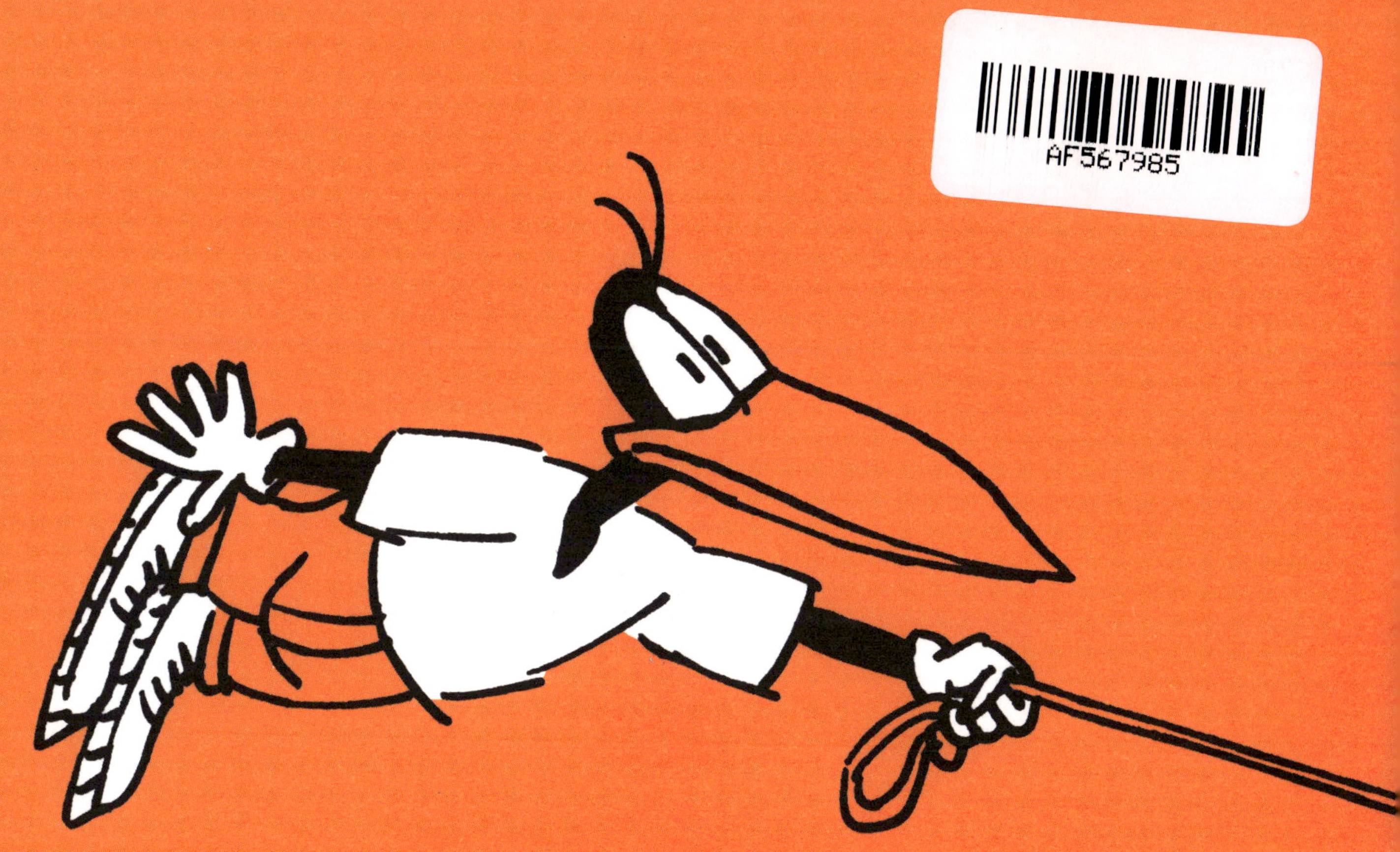

Bernd Pfarr

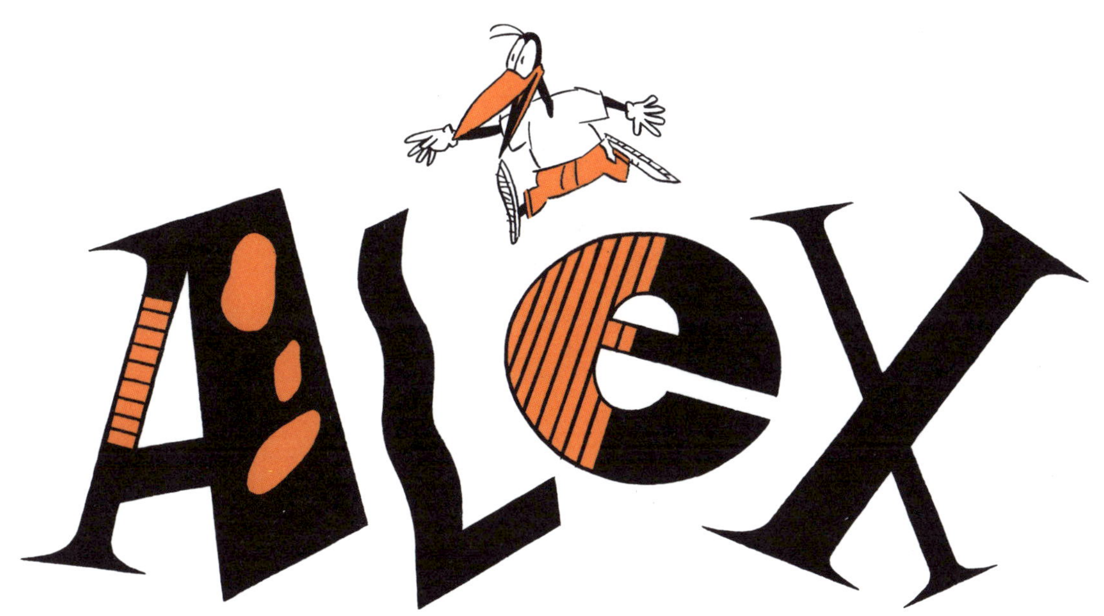

der Rabe

Plink! Plonk! Sproing!

1988–1993

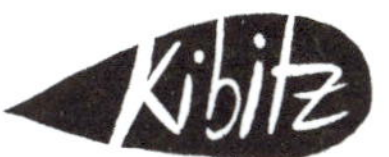

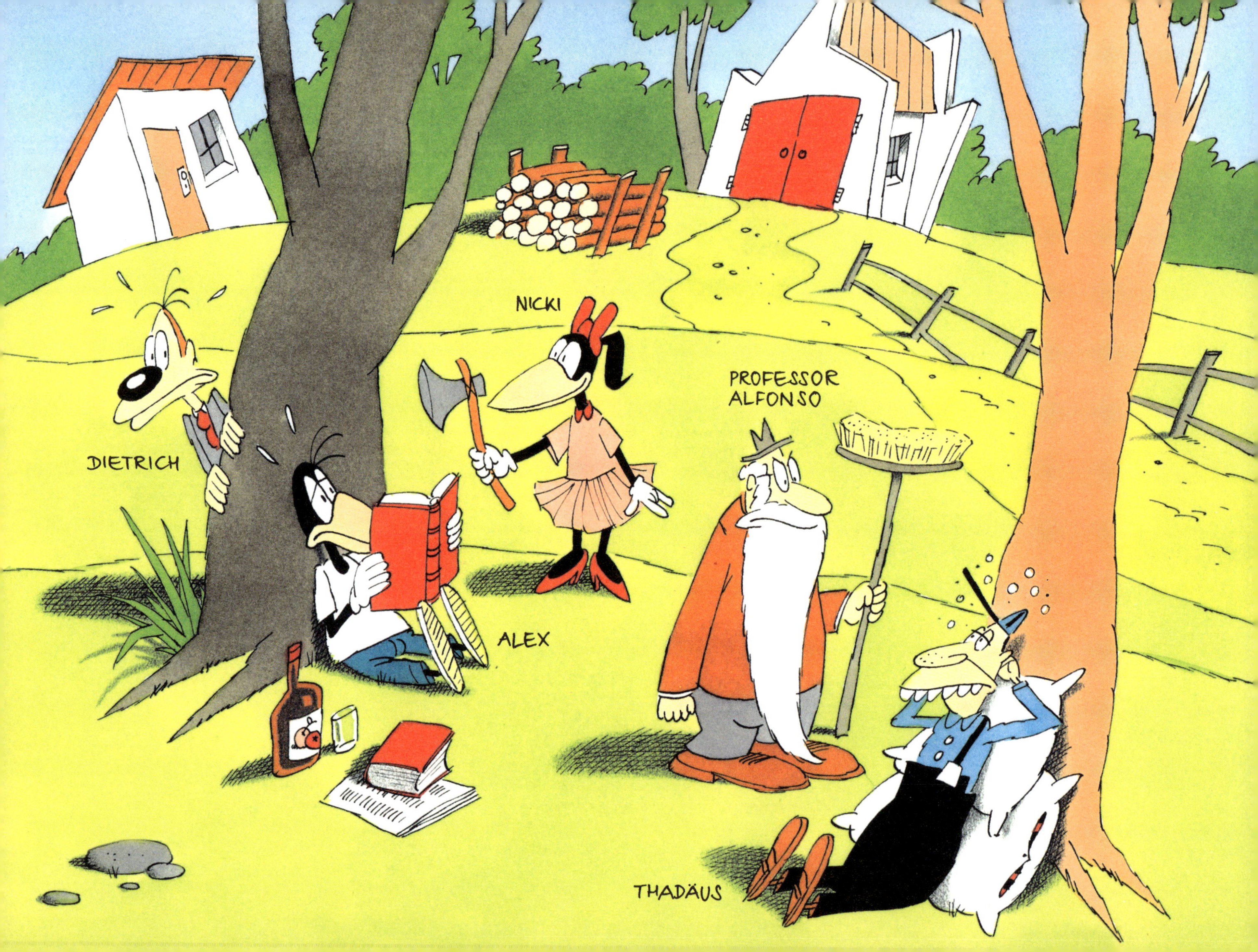
NICKI
PROFESSOR
ALFONSO
DIETRICH
ALEX
THADÄUS

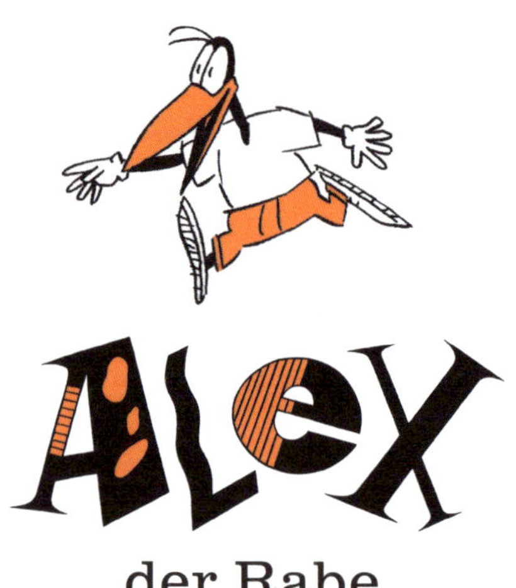
ALEX
der Rabe

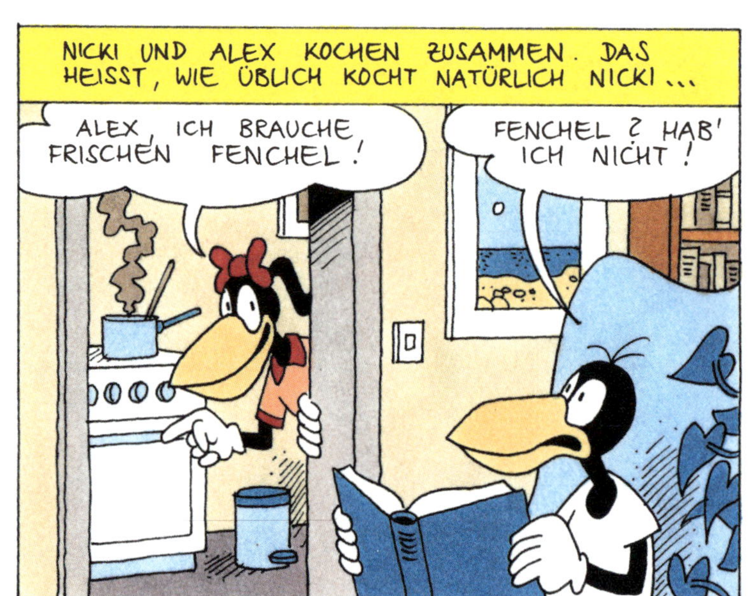
NICKI UND ALEX KOCHEN ZUSAMMEN. DAS HEISST, WIE ÜBLICH KOCHT NATÜRLICH NICKI ...
ALEX, ICH BRAUCHE FRISCHEN FENCHEL!
FENCHEL? HAB' ICH NICHT!

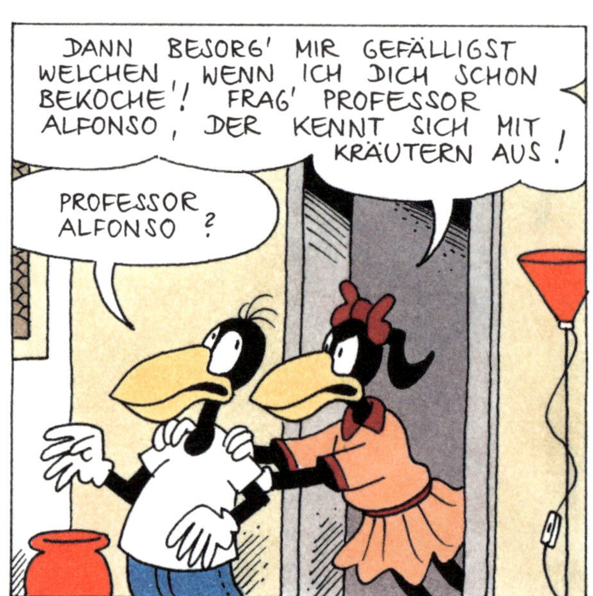
DANN BESORG' MIR GEFÄLLIGST WELCHEN, WENN ICH DICH SCHON BEKOCHE! FRAG' PROFESSOR ALFONSO, DER KENNT SICH MIT KRÄUTERN AUS!
PROFESSOR ALFONSO?

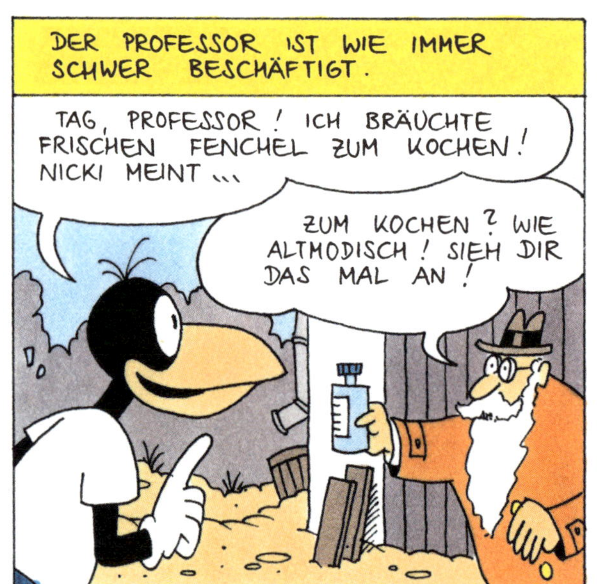
DER PROFESSOR IST WIE IMMER SCHWER BESCHÄFTIGT.
TAG, PROFESSOR! ICH BRÄUCHTE FRISCHEN FENCHEL ZUM KOCHEN! NICKI MEINT ...
ZUM KOCHEN? WIE ALTMODISCH! SIEH DIR DAS MAL AN!

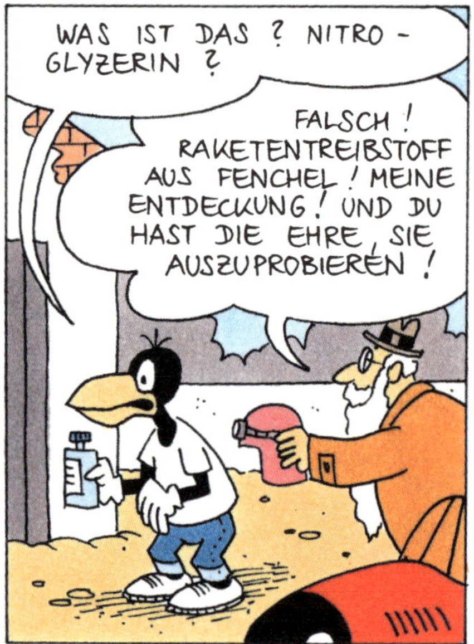
WAS IST DAS? NITRO-GLYZERIN?
FALSCH! RAKETENTREIBSTOFF AUS FENCHEL! MEINE ENTDECKUNG! UND DU HAST DIE EHRE, SIE AUSZUPROBIEREN!

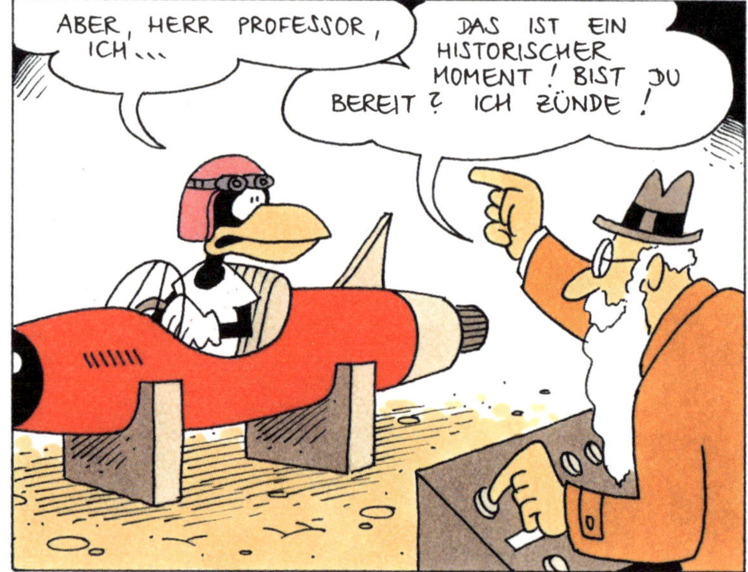
ABER, HERR PROFESSOR, ICH ...
DAS IST EIN HISTORISCHER MOMENT! BIST DU BEREIT? ICH ZÜNDE!

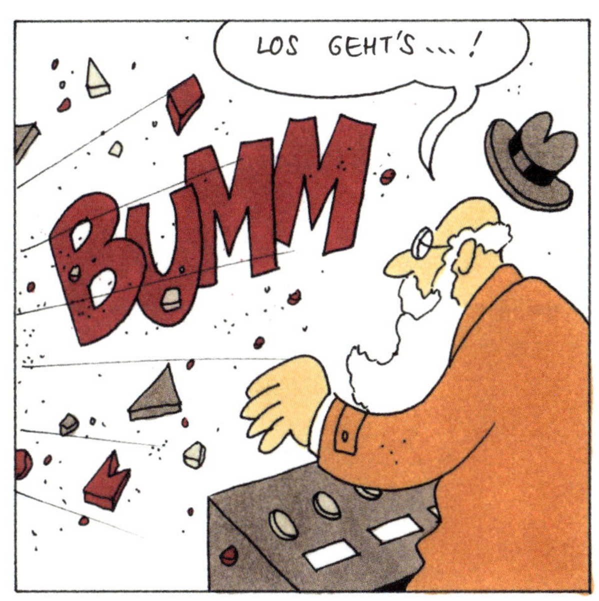
LOS GEHT'S ... !
BUMM

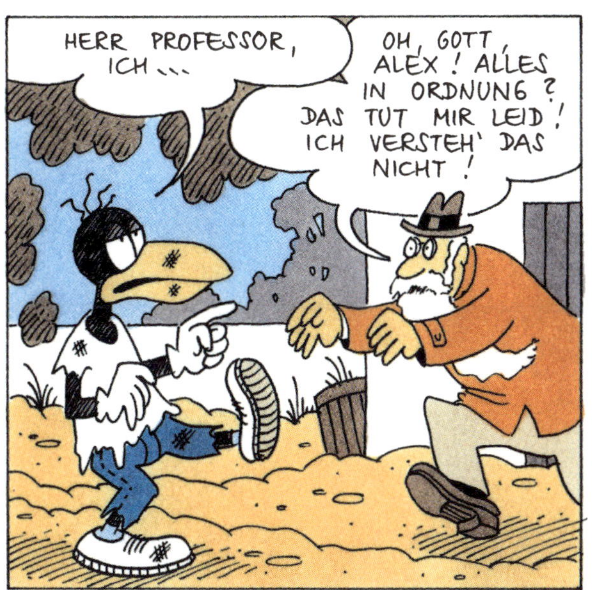
HERR PROFESSOR, ICH ...
OH, GOTT, ALEX! ALLES IN ORDNUNG? DAS TUT MIR LEID! ICH VERSTEH' DAS NICHT!

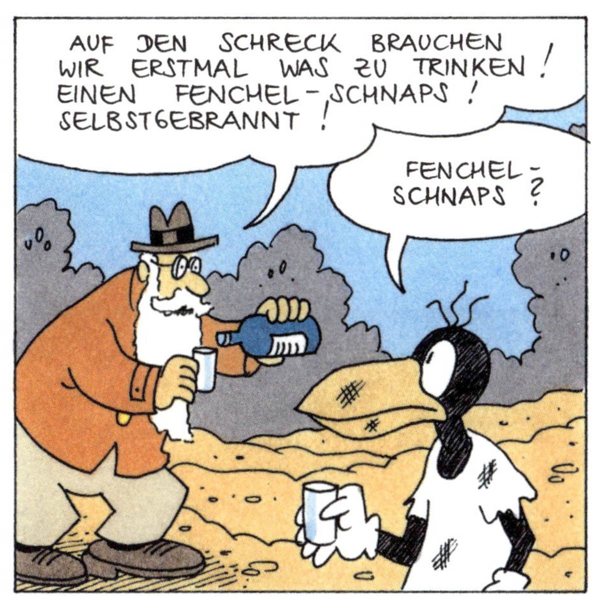
AUF DEN SCHRECK BRAUCHEN WIR ERSTMAL WAS ZU TRINKEN! EINEN FENCHEL-SCHNAPS! SELBSTGEBRANNT!
FENCHEL-SCHNAPS?

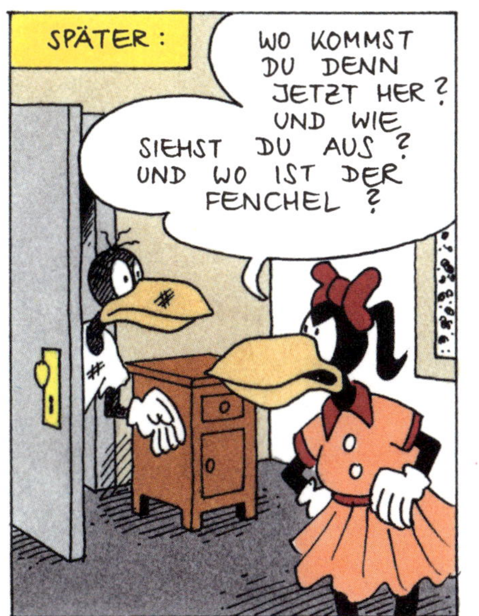
SPÄTER:
WO KOMMST DU DENN JETZT HER? UND WIE SIEHST DU AUS? UND WO IST DER FENCHEL?

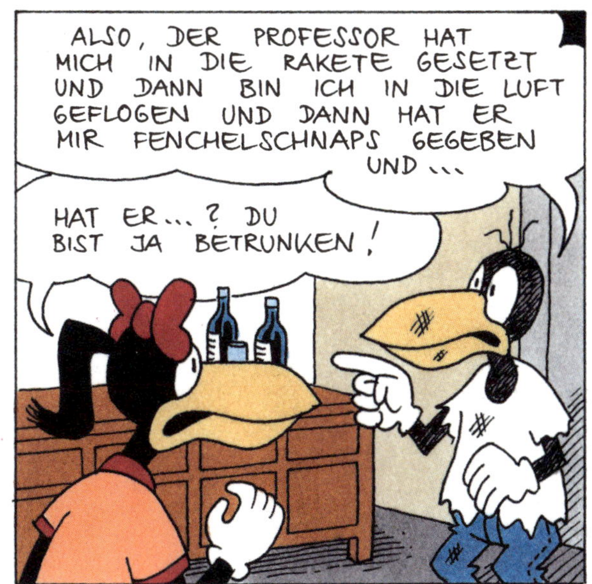
ALSO, DER PROFESSOR HAT MICH IN DIE RAKETE GESETZT UND DANN BIN ICH IN DIE LUFT GEFLOGEN UND DANN HAT ER MIR FENCHELSCHNAPS GEGEBEN UND ...
HAT ER ...? DU BIST JA BETRUNKEN!

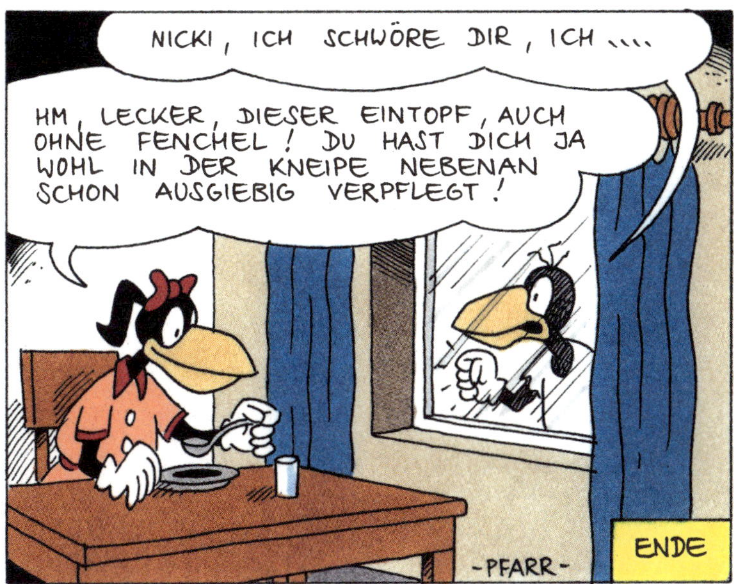
NICKI, ICH SCHWÖRE DIR, ICH ....
HM, LECKER, DIESER EINTOPF, AUCH OHNE FENCHEL! DU HAST DICH JA WOHL IN DER KNEIPE NEBENAN SCHON AUSGIEBIG VERPFLEGT!
-PFARR-
ENDE

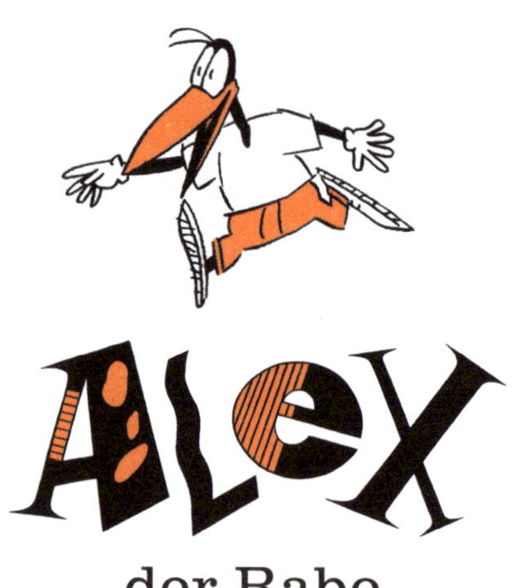
ALEX
der Rabe

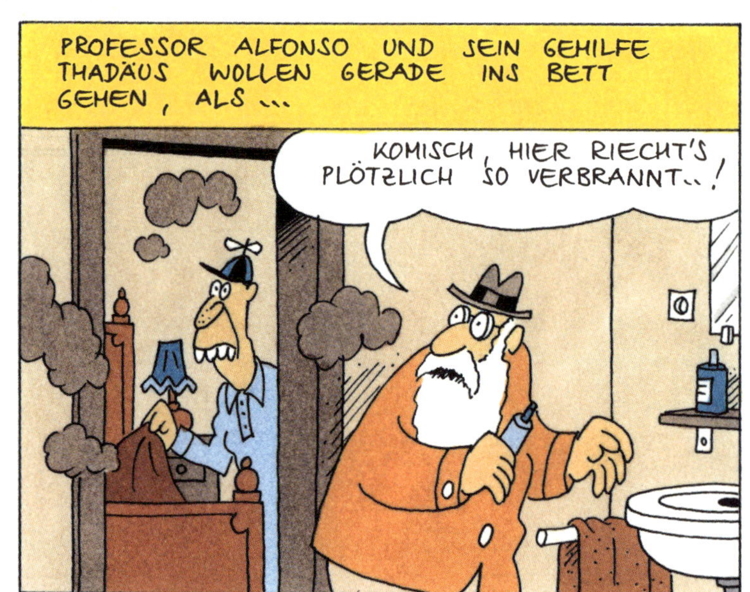
PROFESSOR ALFONSO UND SEIN GEHILFE THADÄUS WOLLEN GERADE INS BETT GEHEN, ALS ...
KOMISCH, HIER RIECHT'S PLÖTZLICH SO VERBRANNT...!

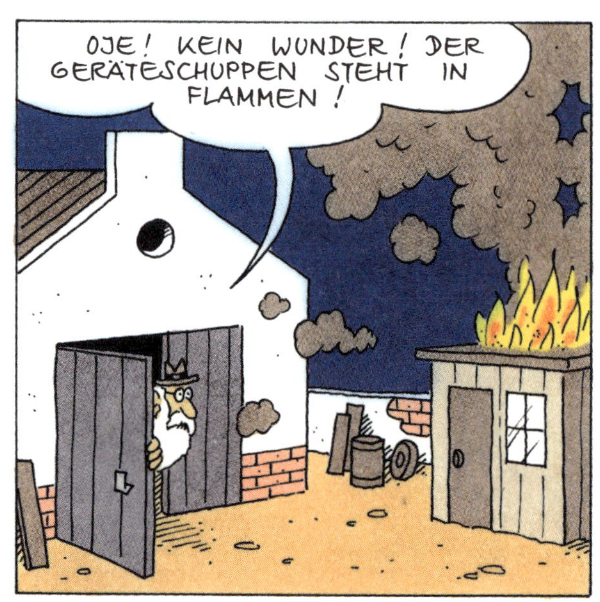
OJE! KEIN WUNDER! DER GERÄTESCHUPPEN STEHT IN FLAMMEN!

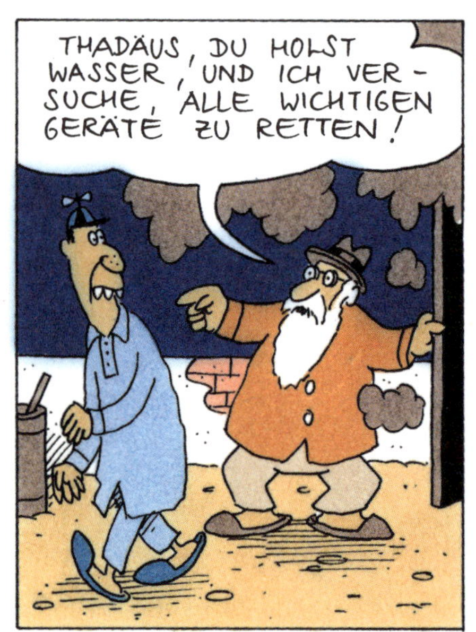
THADÄUS, DU HOLST WASSER, UND ICH VERSUCHE, ALLE WICHTIGEN GERÄTE ZU RETTEN!

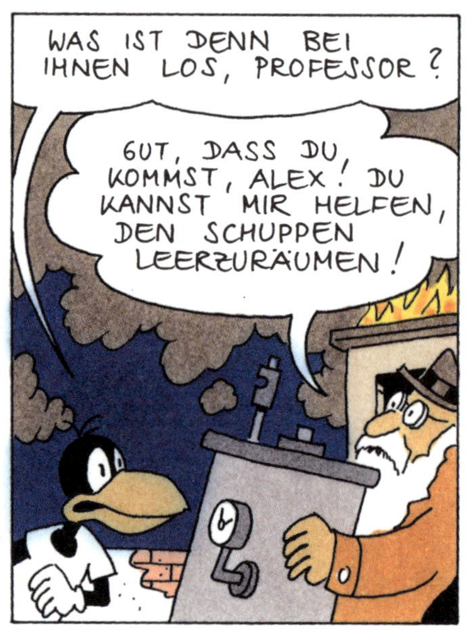
WAS IST DENN BEI IHNEN LOS, PROFESSOR?
GUT, DASS DU KOMMST, ALEX! DU KANNST MIR HELFEN, DEN SCHUPPEN LEERZURÄUMEN!

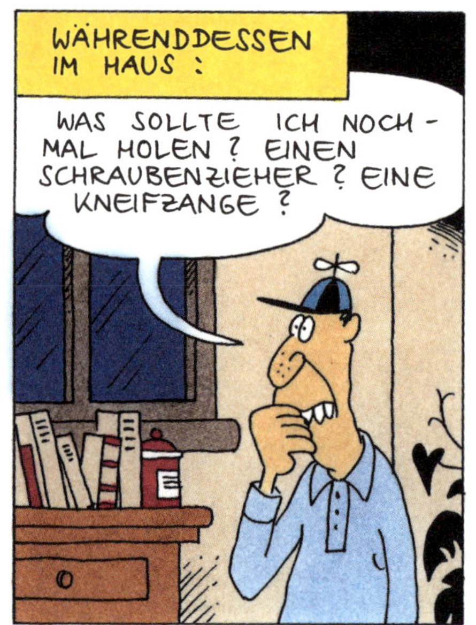
WÄHRENDDESSEN IM HAUS:
WAS SOLLTE ICH NOCHMAL HOLEN? EINEN SCHRAUBENZIEHER? EINE KNEIFZANGE?

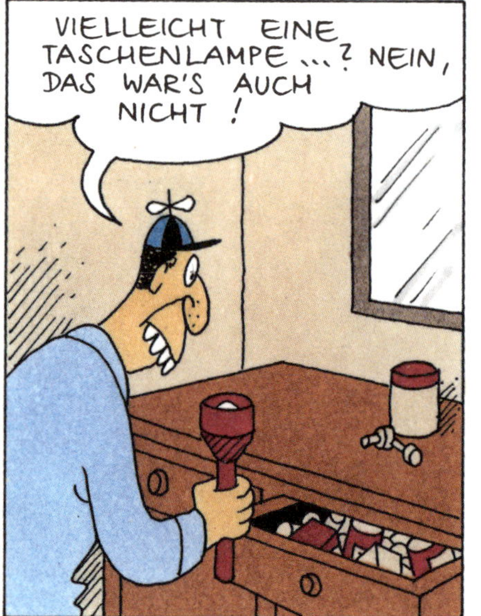
VIELLEICHT EINE TASCHENLAMPE...? NEIN, DAS WAR'S AUCH NICHT!

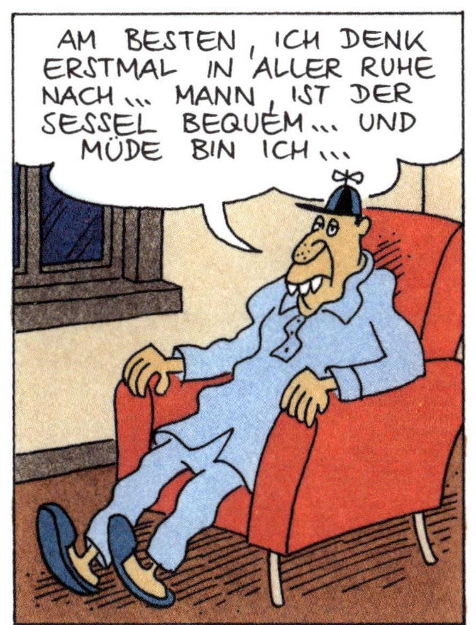
AM BESTEN, ICH DENK ERSTMAL IN ALLER RUHE NACH ... MANN, IST DER SESSEL BEQUEM ... UND MÜDE BIN ICH ...

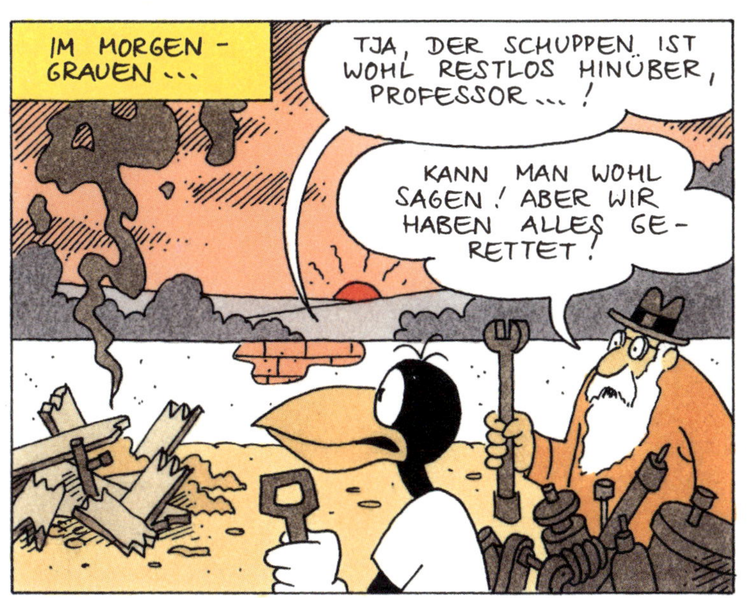
IM MORGEN-GRAUEN ...
TJA, DER SCHUPPEN IST WOHL RESTLOS HINÜBER, PROFESSOR ... !
KANN MAN WOHL SAGEN! ABER WIR HABEN ALLES GE-RETTET!

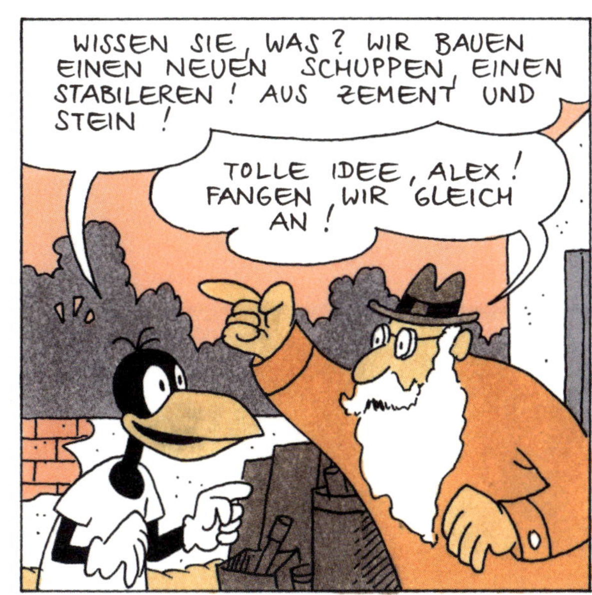
WISSEN SIE, WAS? WIR BAUEN EINEN NEUEN SCHUPPEN, EINEN STABILEREN! AUS ZEMENT UND STEIN!
TOLLE IDEE, ALEX! FANGEN WIR GLEICH AN!

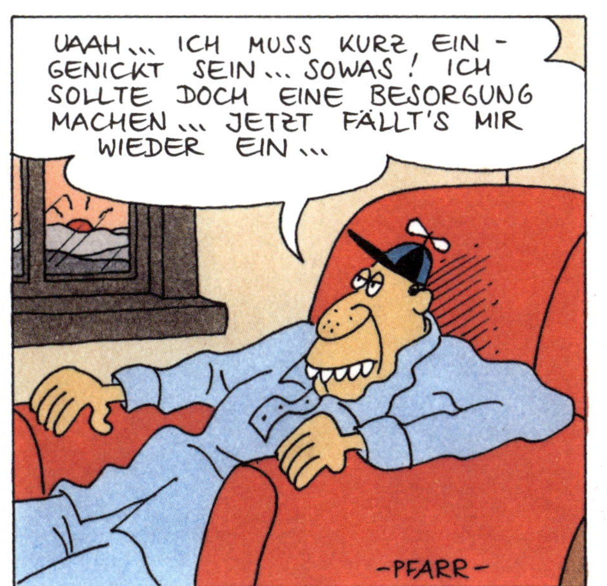
UAAH ... ICH MUSS KURZ EIN-GENICKT SEIN ... SOWAS! ICH SOLLTE DOCH EINE BESORGUNG MACHEN ... JETZT FÄLLT'S MIR WIEDER EIN ...
-PFARR-

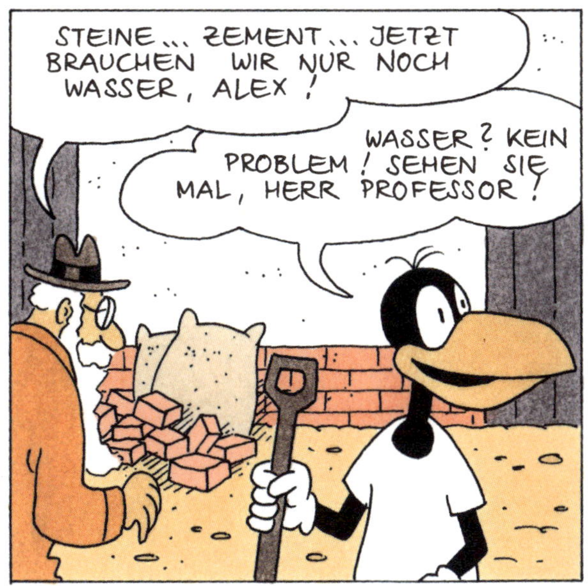
STEINE ... ZEMENT ... JETZT BRAUCHEN WIR NUR NOCH WASSER, ALEX!
WASSER? KEIN PROBLEM! SEHEN SIE MAL, HERR PROFESSOR!

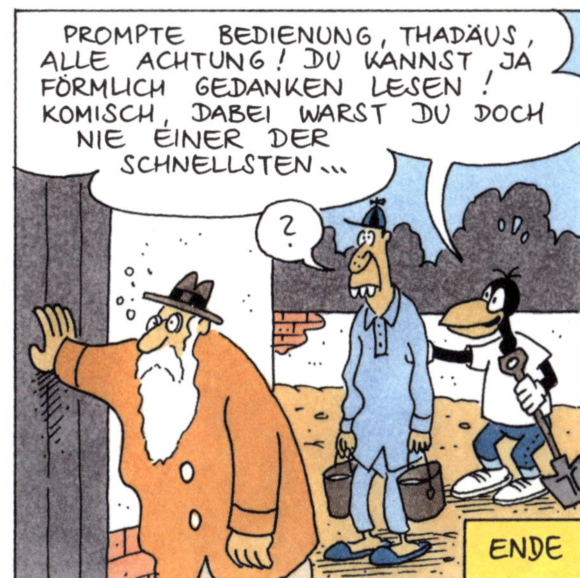
PROMPTE BEDIENUNG, THADÄUS, ALLE ACHTUNG! DU KANNST JA FÖRMLICH GEDANKEN LESEN! KOMISCH, DABEI WARST DU DOCH NIE EINER DER SCHNELLSTEN ...
?
ENDE

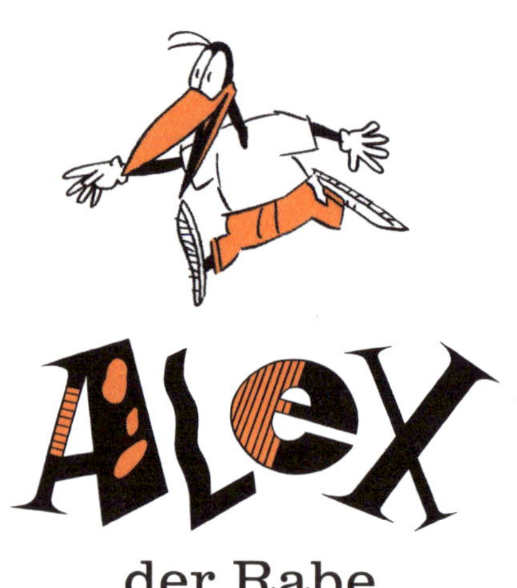
ALEX
der Rabe

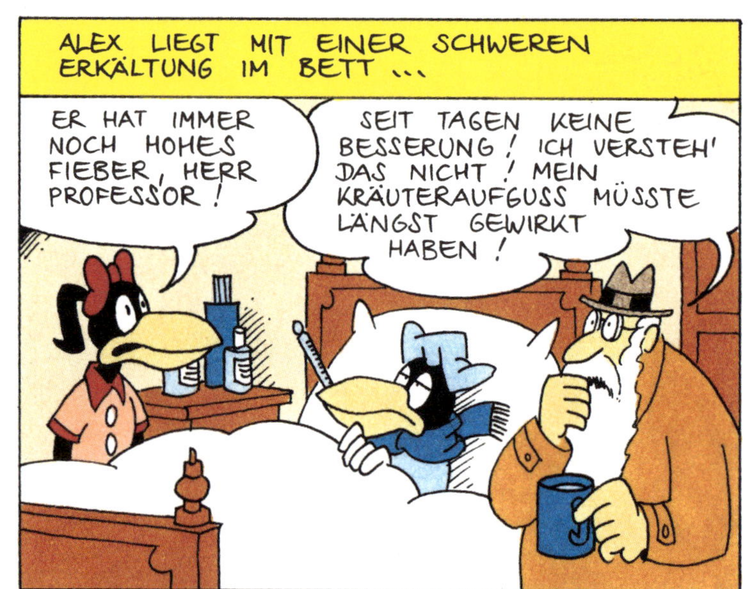
ALEX LIEGT MIT EINER SCHWEREN ERKÄLTUNG IM BETT ...
ER HAT IMMER NOCH HOHES FIEBER, HERR PROFESSOR!
SEIT TAGEN KEINE BESSERUNG! ICH VERSTEH' DAS NICHT! MEIN KRÄUTERAUFGUSS MÜSSTE LÄNGST GEWIRKT HABEN!

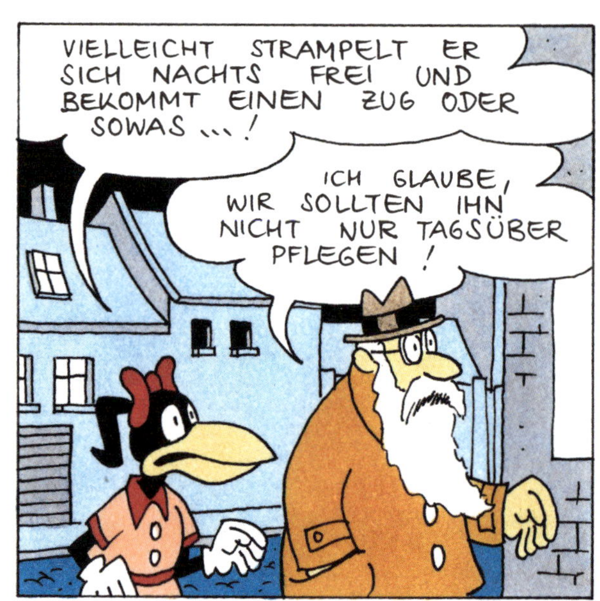
VIELLEICHT STRAMPELT ER SICH NACHTS FREI UND BEKOMMT EINEN ZUG ODER SOWAS ...!
ICH GLAUBE, WIR SOLLTEN IHN NICHT NUR TAGSÜBER PFLEGEN!

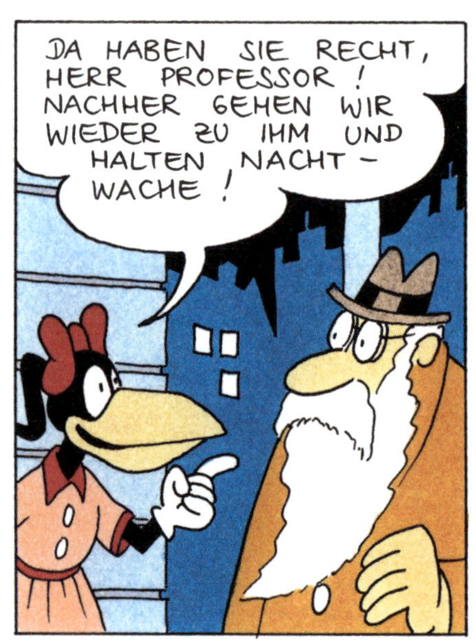
DA HABEN SIE RECHT, HERR PROFESSOR! NACHHER GEHEN WIR WIEDER ZU IHM UND HALTEN NACHT-WACHE!

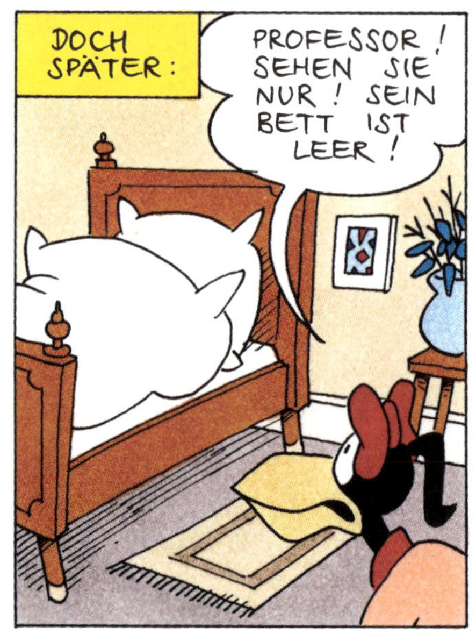
DOCH SPÄTER:
PROFESSOR! SEHEN SIE NUR! SEIN BETT IST LEER!

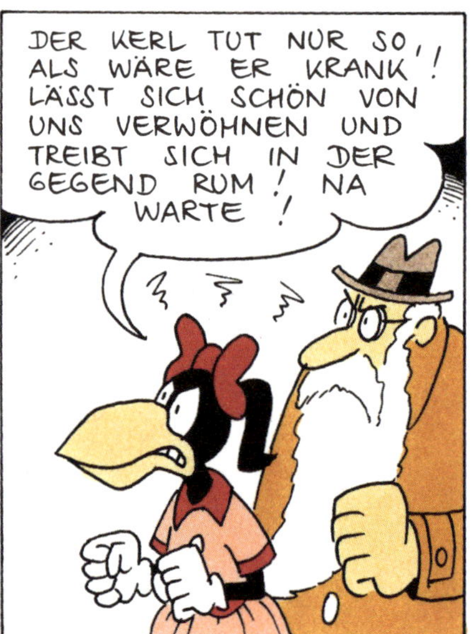
DER KERL TUT NUR SO, ALS WÄRE ER KRANK! LÄSST SICH SCHÖN VON UNS VERWÖHNEN UND TREIBT SICH IN DER GEGEND RUM! NA WARTE!

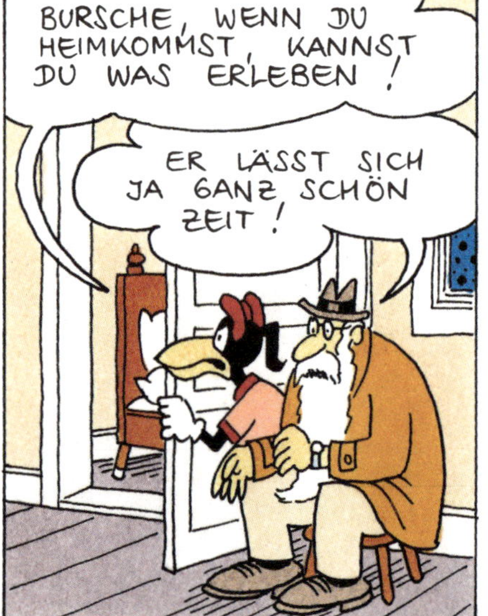
BURSCHE, WENN DU HEIMKOMMST, KANNST DU WAS ERLEBEN!
ER LÄSST SICH JA GANZ SCHÖN ZEIT!

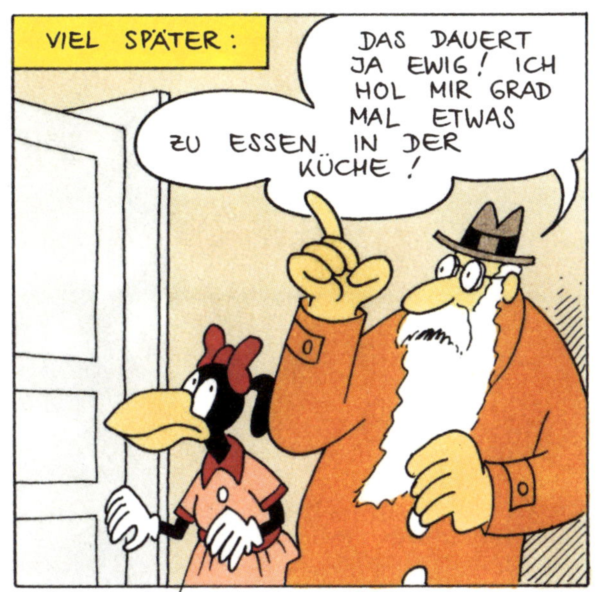
VIEL SPÄTER:
DAS DAUERT JA EWIG! ICH HOL MIR GRAD MAL ETWAS ZU ESSEN IN DER KÜCHE!

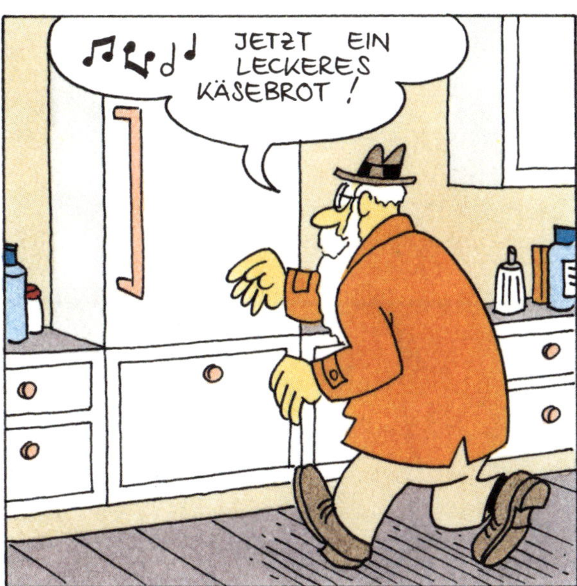
JETZT EIN LECKERES KÄSEBROT!

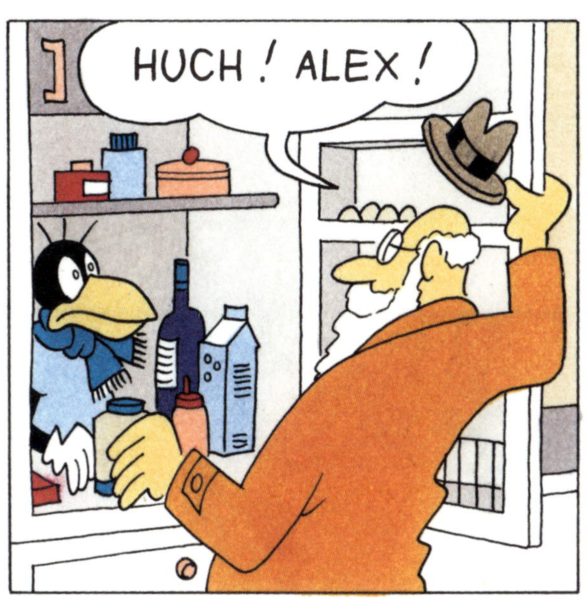
HUCH! ALEX!

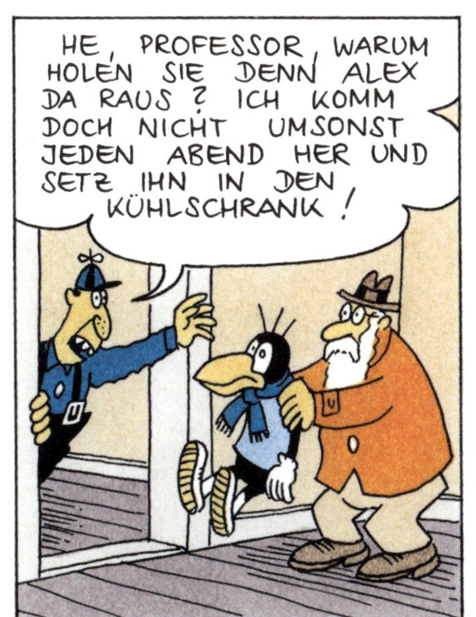
HE, PROFESSOR, WARUM HOLEN SIE DENN ALEX DA RAUS? ICH KOMM DOCH NICHT UMSONST JEDEN ABEND HER UND SETZ IHN IN DEN KÜHLSCHRANK!

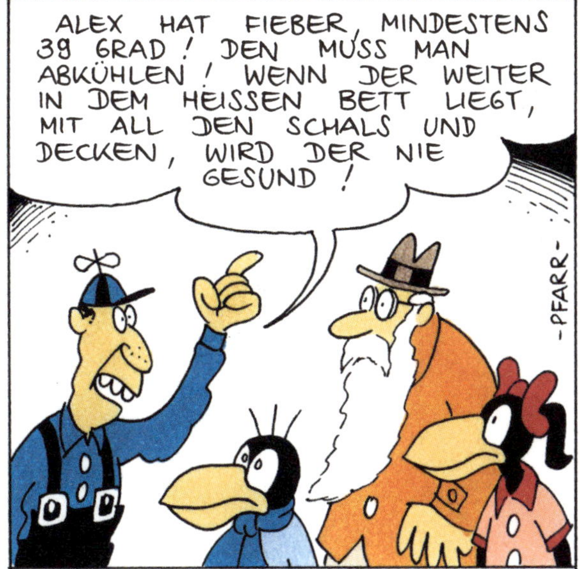
ALEX HAT FIEBER, MINDESTENS 39 GRAD! DEN MUSS MAN ABKÜHLEN! WENN DER WEITER IN DEM HEISSEN BETT LIEGT, MIT ALL DEN SCHALS UND DECKEN, WIRD DER NIE GESUND!
-PFARR-

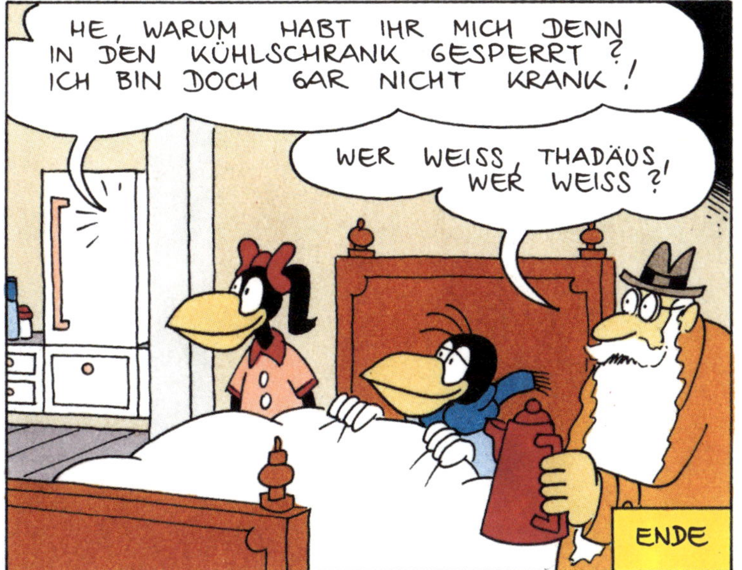
HE, WARUM HABT IHR MICH DENN IN DEN KÜHLSCHRANK GESPERRT? ICH BIN DOCH GAR NICHT KRANK!
WER WEISS, THADÄUS, WER WEISS?
ENDE

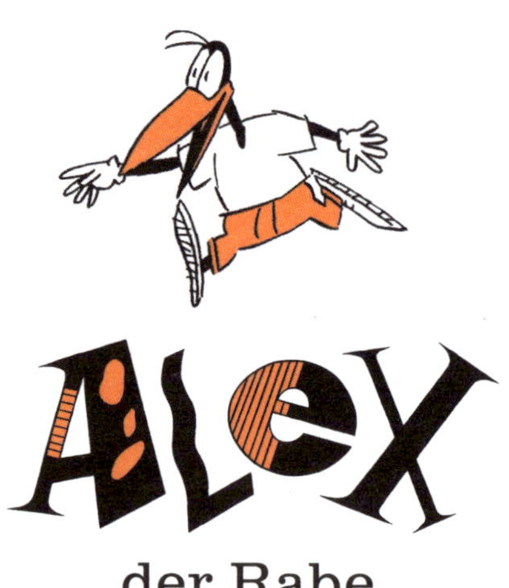
ALEX
der Rabe

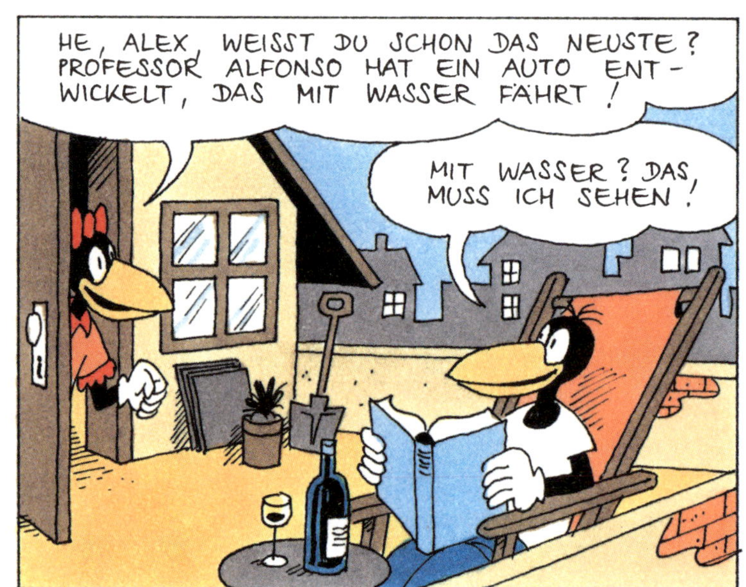
HE, ALEX, WEISST DU SCHON DAS NEUSTE? PROFESSOR ALFONSO HAT EIN AUTO ENT-WICKELT, DAS MIT WASSER FÄHRT!
MIT WASSER? DAS, MUSS ICH SEHEN!

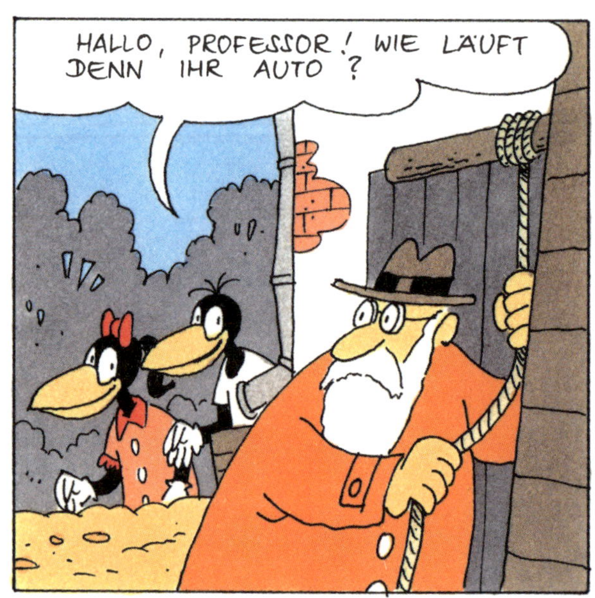
HALLO, PROFESSOR! WIE LÄUFT DENN IHR AUTO?

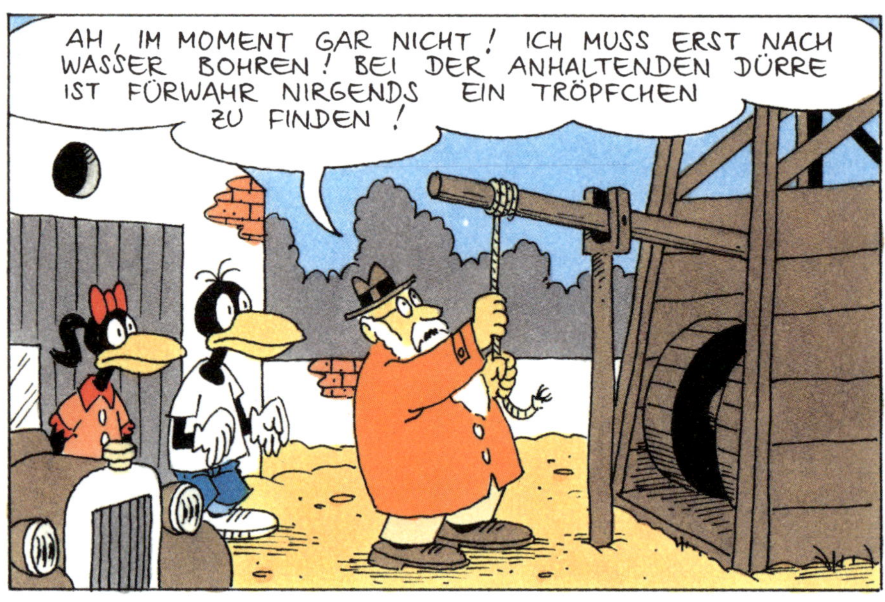
AH, IM MOMENT GAR NICHT! ICH MUSS ERST NACH WASSER BOHREN! BEI DER ANHALTENDEN DÜRRE IST FÜRWAHR NIRGENDS EIN TRÖPFCHEN ZU FINDEN!

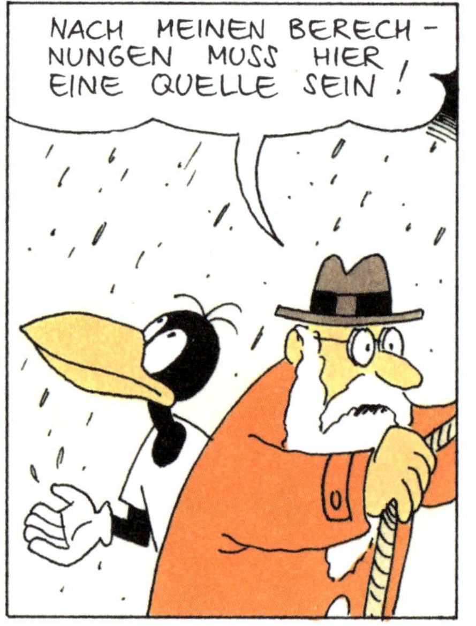
NACH MEINEN BERECH-NUNGEN MUSS HIER EINE QUELLE SEIN!

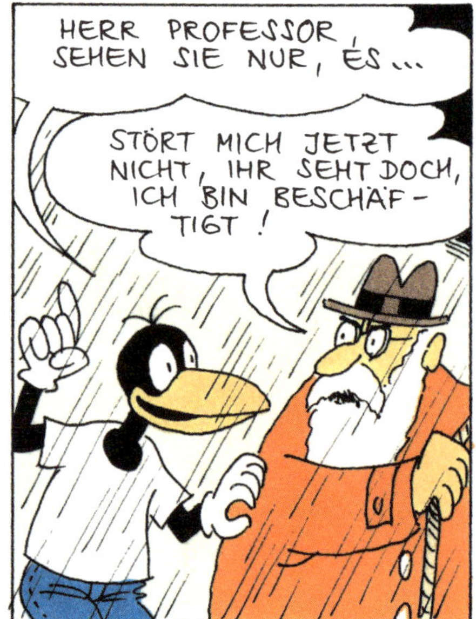
HERR PROFESSOR, SEHEN SIE NUR, ES...
STÖRT MICH JETZT NICHT, IHR SEHT DOCH, ICH BIN BESCHÄF-TIGT!

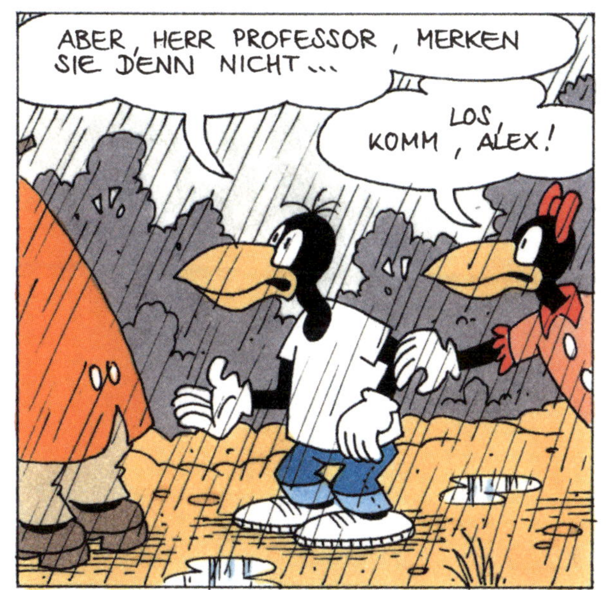
ABER, HERR PROFESSOR, MERKEN SIE DENN NICHT ...
LOS, KOMM, ALEX!

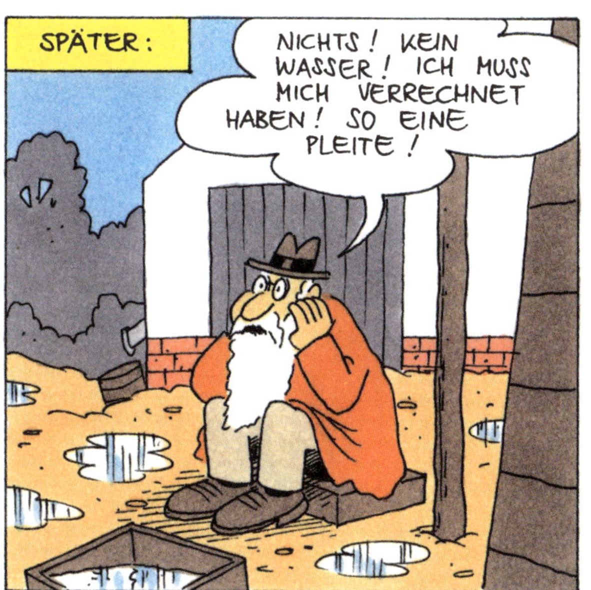
SPÄTER:
NICHTS! KEIN WASSER! ICH MUSS MICH VERRECHNET HABEN! SO EINE PLEITE!

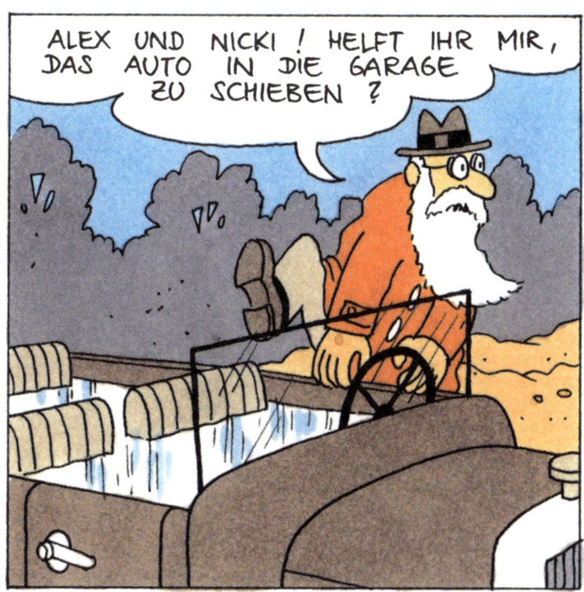
ALEX UND NICKI! HELFT IHR MIR, DAS AUTO IN DIE GARAGE ZU SCHIEBEN?

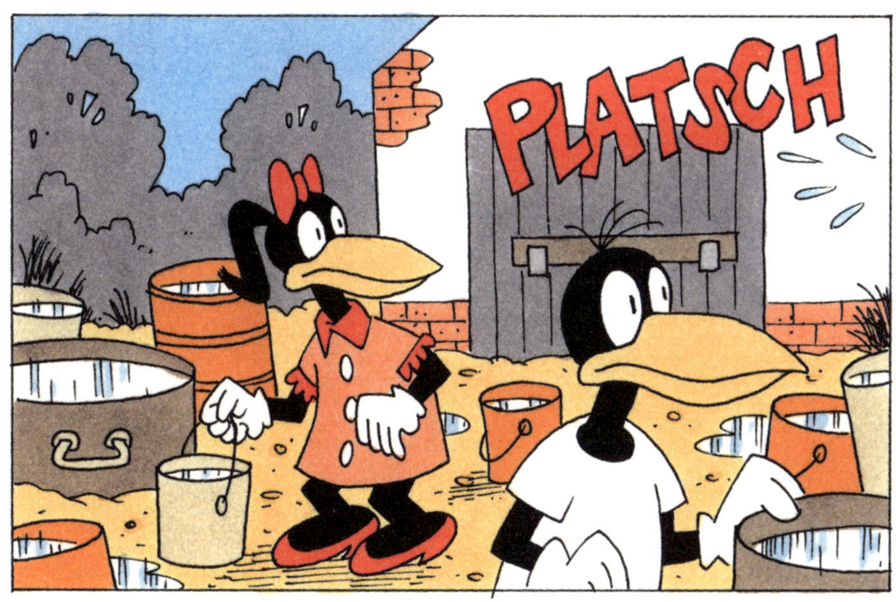
PLATSCH

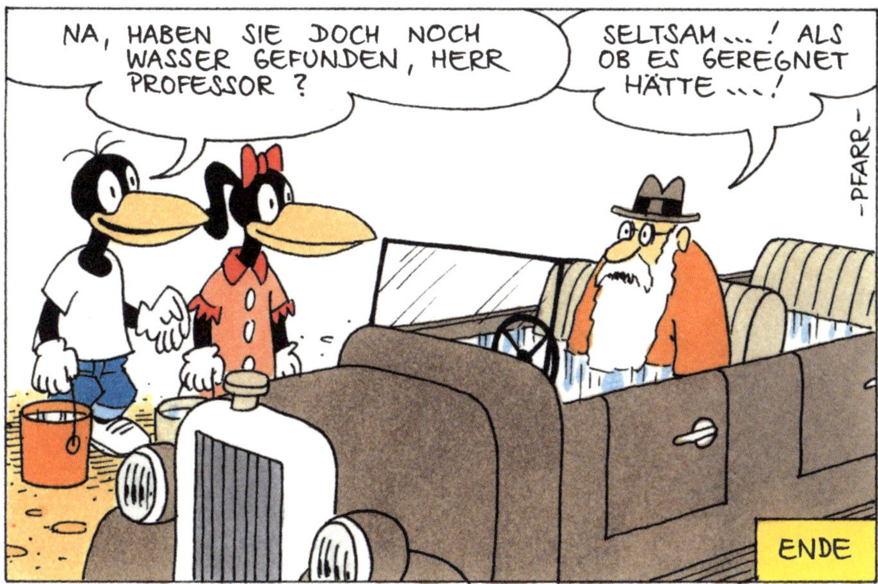
NA, HABEN SIE DOCH NOCH WASSER GEFUNDEN, HERR PROFESSOR?
SELTSAM ...! ALS OB ES GEREGNET HÄTTE ...!
-PFARR-
ENDE

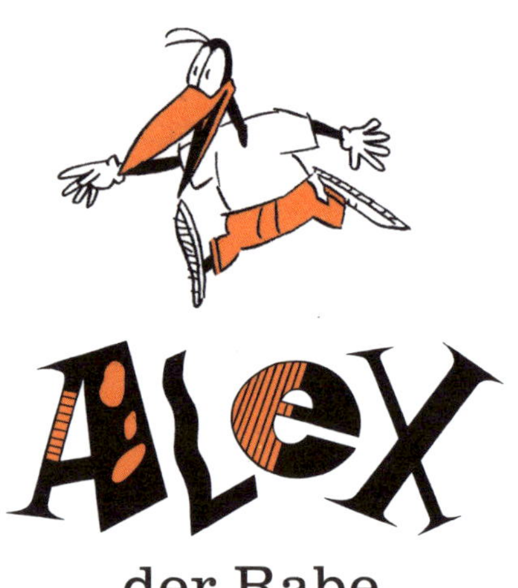
ALEX
der Rabe

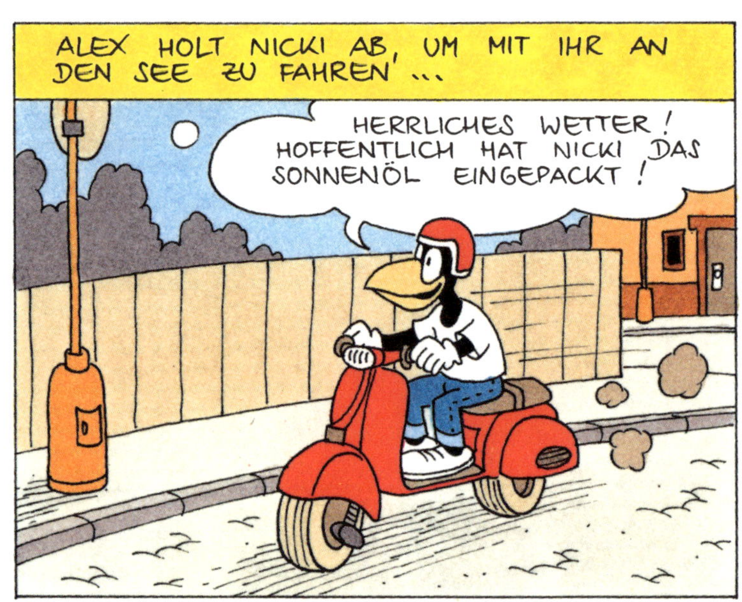
ALEX HOLT NICKI AB, UM MIT IHR AN DEN SEE ZU FAHREN ...
HERRLICHES WETTER! HOFFENTLICH HAT NICKI DAS SONNENÖL EINGEPACKT!

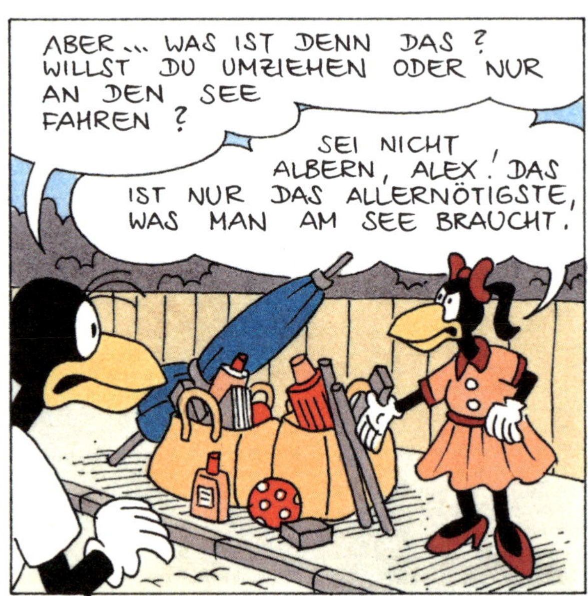
ABER ... WAS IST DENN DAS? WILLST DU UMZIEHEN ODER NUR AN DEN SEE FAHREN?
SEI NICHT ALBERN, ALEX! DAS IST NUR DAS ALLERNÖTIGSTE, WAS MAN AM SEE BRAUCHT.

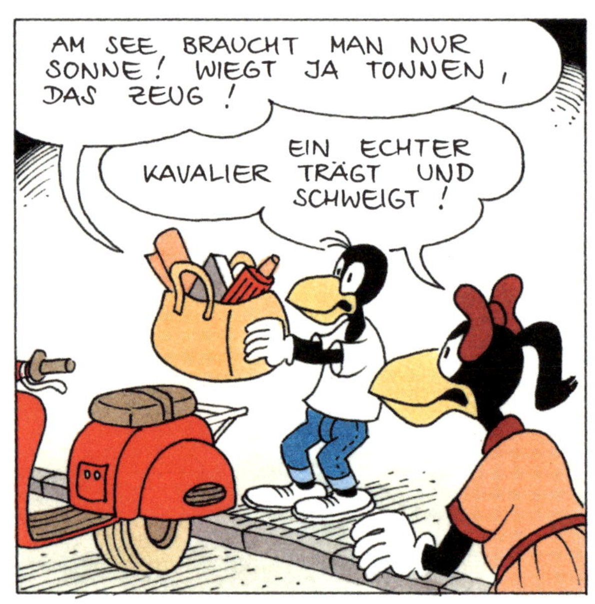
AM SEE BRAUCHT MAN NUR SONNE! WIEGT JA TONNEN, DAS ZEUG!
EIN ECHTER KAVALIER TRÄGT UND SCHWEIGT!

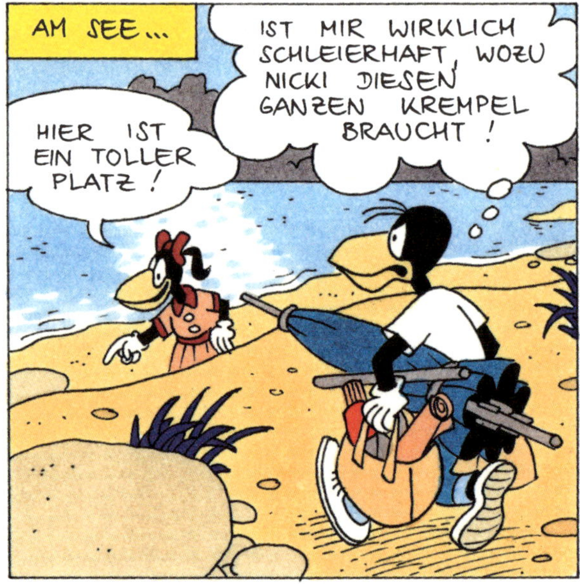
AM SEE...
HIER IST EIN TOLLER PLATZ!
IST MIR WIRKLICH SCHLEIERHAFT, WOZU NICKI DIESEN GANZEN KREMPEL BRAUCHT!

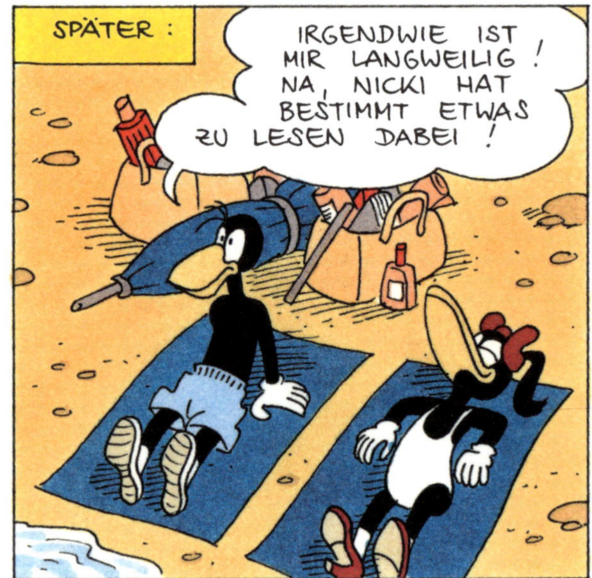
SPÄTER:
IRGENDWIE IST MIR LANGWEILIG! NA, NICKI HAT BESTIMMT ETWAS ZU LESEN DABEI!

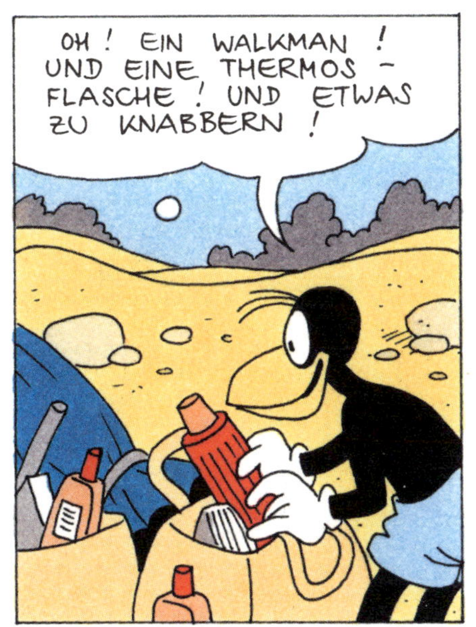
OH! EIN WALKMAN! UND EINE THERMOS-FLASCHE! UND ETWAS ZU KNABBERN!

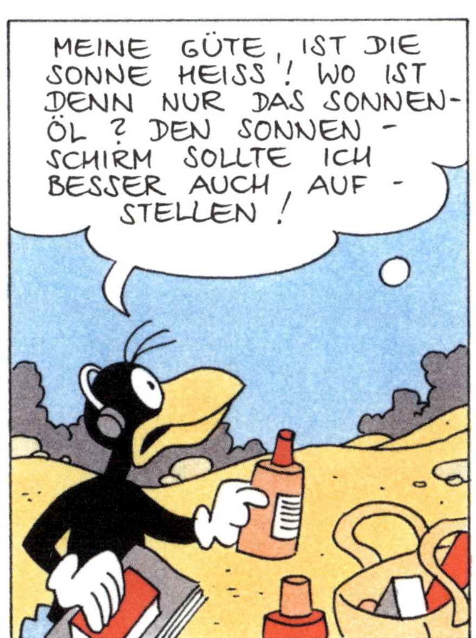
MEINE GÜTE, IST DIE SONNE HEISS! WO IST DENN NUR DAS SONNENÖL? DEN SONNENSCHIRM SOLLTE ICH BESSER AUCH AUFSTELLEN!

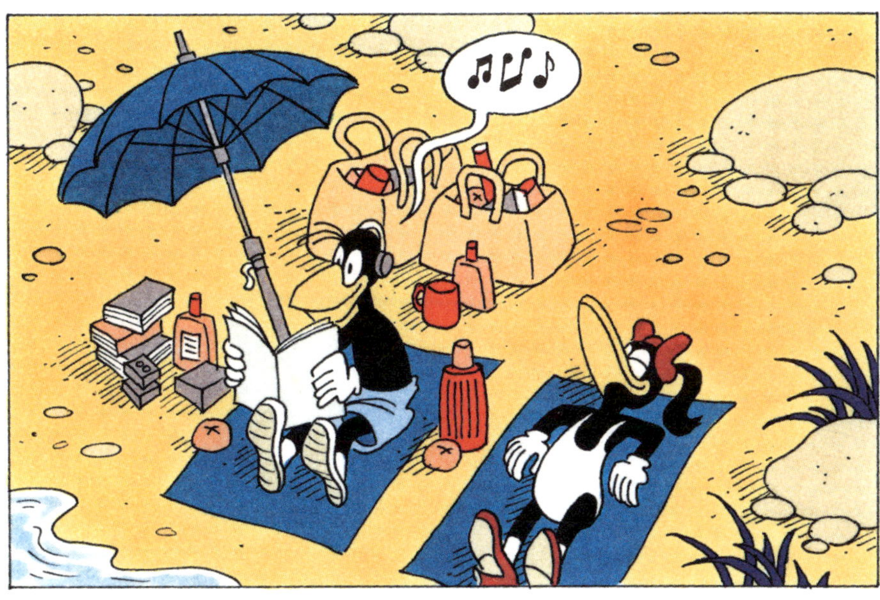

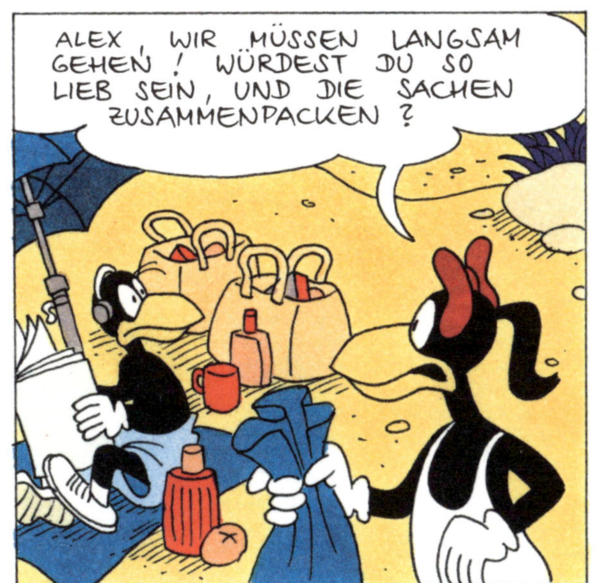
ALEX, WIR MÜSSEN LANGSAM GEHEN! WÜRDEST DU SO LIEB SEIN, UND DIE SACHEN ZUSAMMENPACKEN?

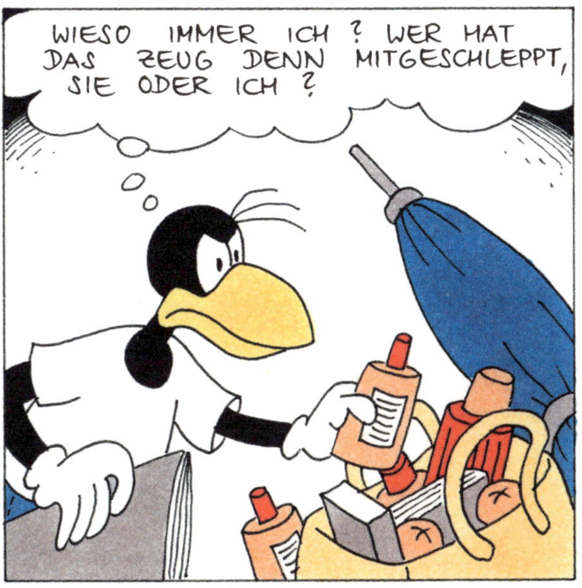
WIESO IMMER ICH? WER HAT DAS ZEUG DENN MITGESCHLEPPT, SIE ODER ICH?

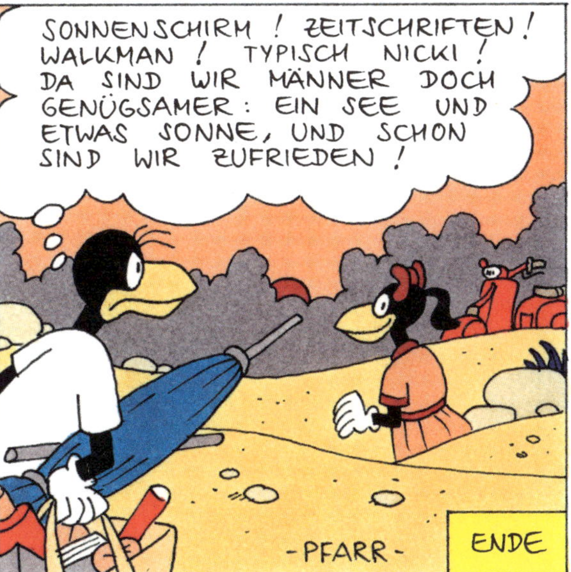
SONNENSCHIRM! ZEITSCHRIFTEN! WALKMAN! TYPISCH NICKI! DA SIND WIR MÄNNER DOCH GENÜGSAMER: EIN SEE UND ETWAS SONNE, UND SCHON SIND WIR ZUFRIEDEN!
-PFARR-
ENDE

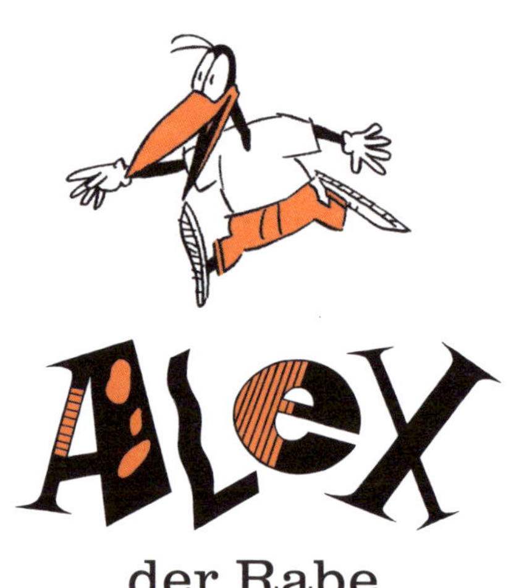
ALEX
der Rabe

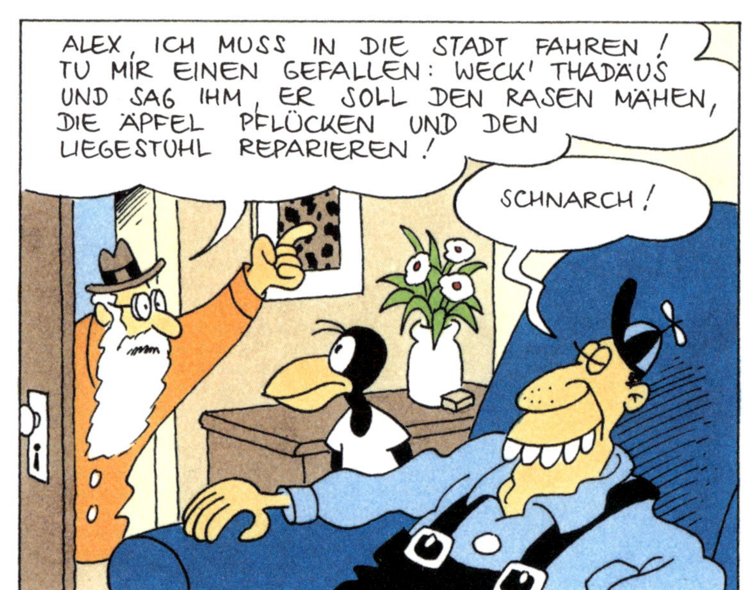
ALEX, ICH MUSS IN DIE STADT FAHREN! TU MIR EINEN GEFALLEN: WECK' THADÄUS UND SAG IHM, ER SOLL DEN RASEN MÄHEN, DIE ÄPFEL PFLÜCKEN UND DEN LIEGESTUHL REPARIEREN!
SCHNARCH!

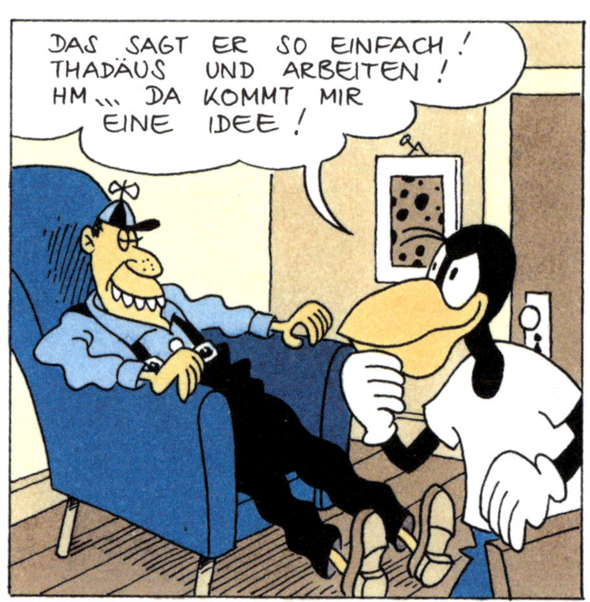
DAS SAGT ER SO EINFACH! THADÄUS UND ARBEITEN! HM ... DA KOMMT MIR EINE IDEE!

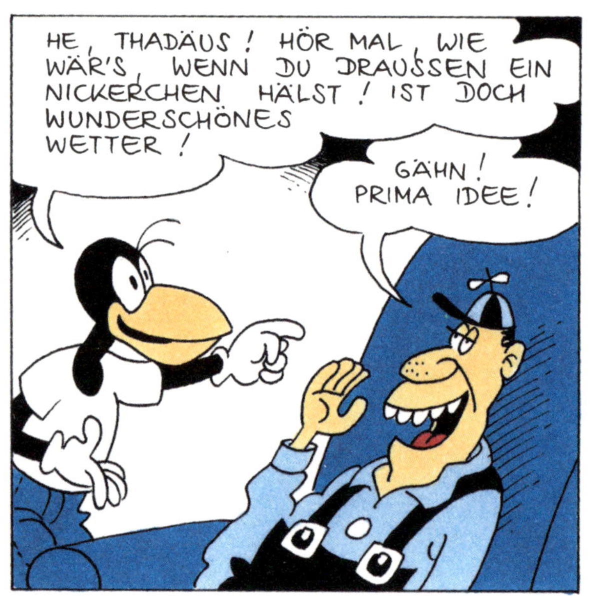
HE, THADÄUS! HÖR MAL, WIE WÄR'S, WENN DU DRAUSSEN EIN NICKERCHEN HÄLST! IST DOCH WUNDERSCHÖNES WETTER!
GÄHN! PRIMA IDEE!

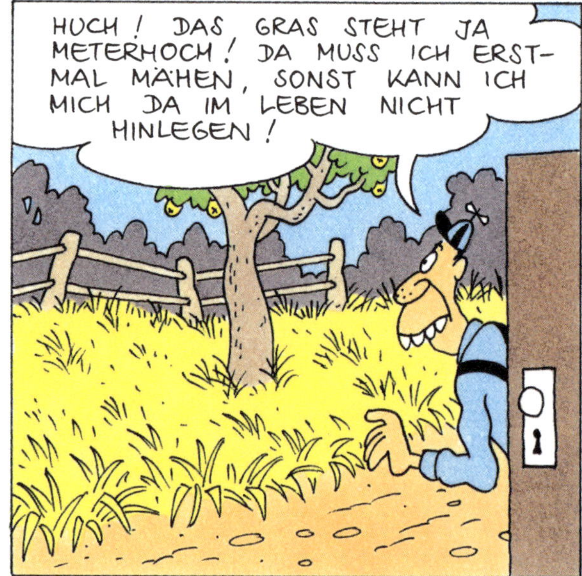
HUCH! DAS GRAS STEHT JA METERHOCH! DA MUSS ICH ERST-MAL MÄHEN, SONST KANN ICH MICH DA IM LEBEN NICHT HINLEGEN!

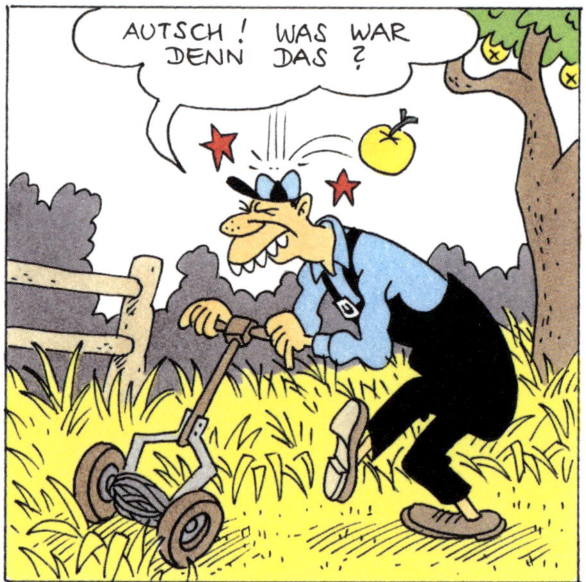
AUTSCH! WAS WAR DENN DAS?

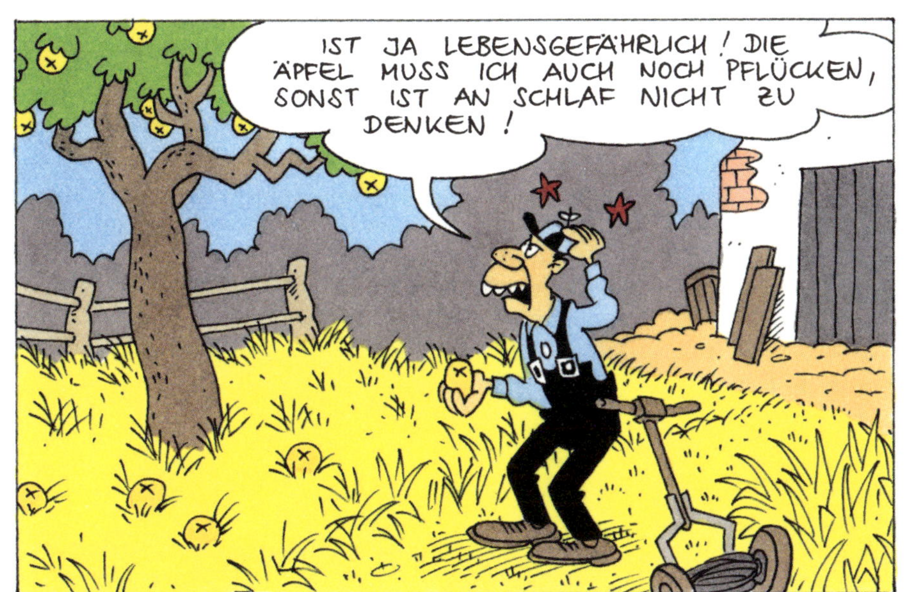
IST JA LEBENSGEFÄHRLICH! DIE ÄPFEL MUSS ICH AUCH NOCH PFLÜCKEN, SONST IST AN SCHLAF NICHT ZU DENKEN!

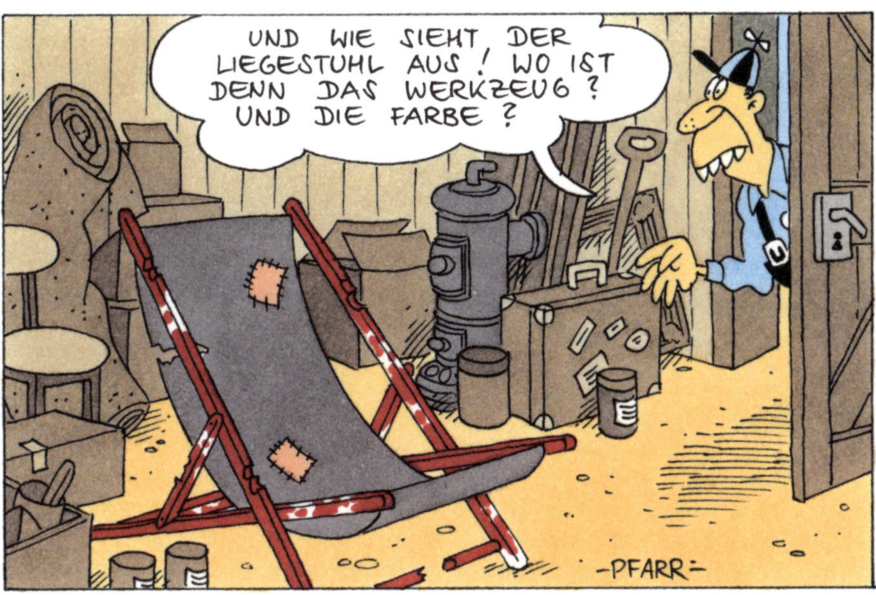
UND WIE SIEHT DER LIEGESTUHL AUS! WO IST DENN DAS WERKZEUG? UND DIE FARBE?
-PFARR-

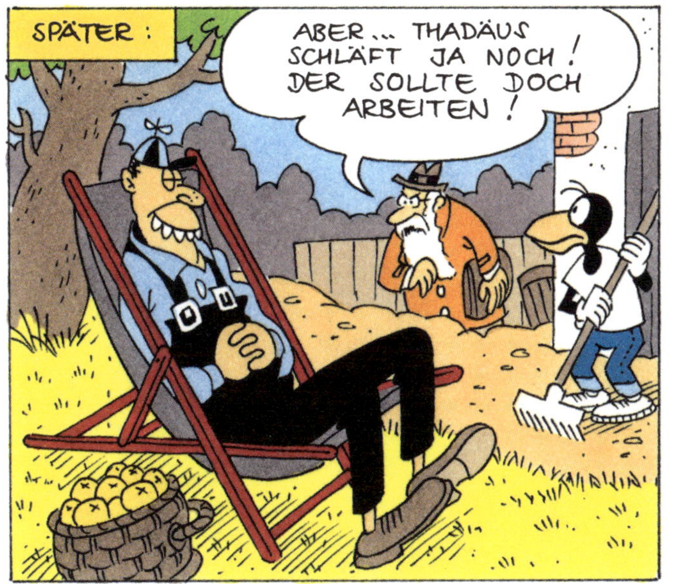
SPÄTER:
ABER... THADÄUS SCHLÄFT JA NOCH! DER SOLLTE DOCH ARBEITEN!

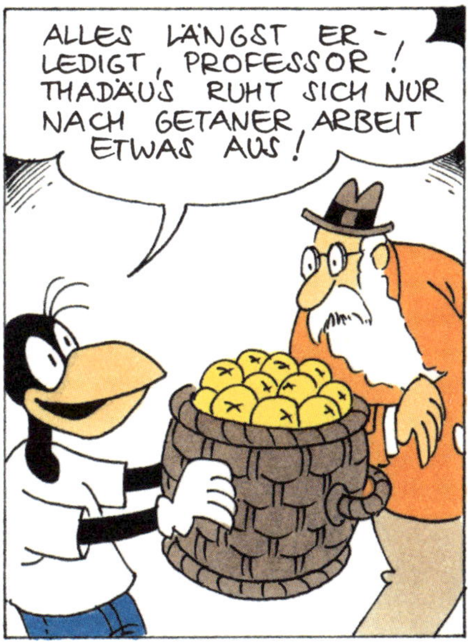
ALLES LÄNGST ERLEDIGT, PROFESSOR! THADÄUS RUHT SICH NUR NACH GETANER ARBEIT ETWAS AUS!

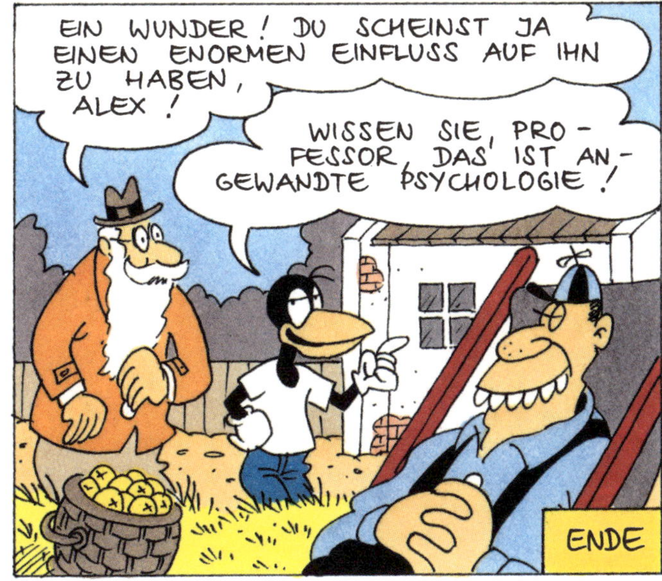
EIN WUNDER! DU SCHEINST JA EINEN ENORMEN EINFLUSS AUF IHN ZU HABEN, ALEX!
WISSEN SIE, PROFESSOR, DAS IST ANGEWANDTE PSYCHOLOGIE!
ENDE

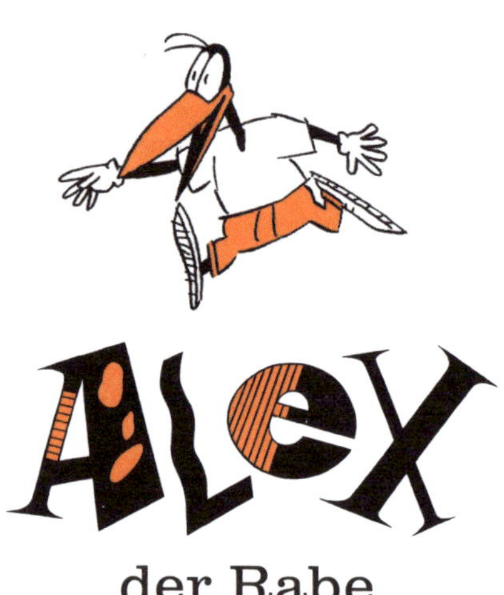
ALEX
der Rabe

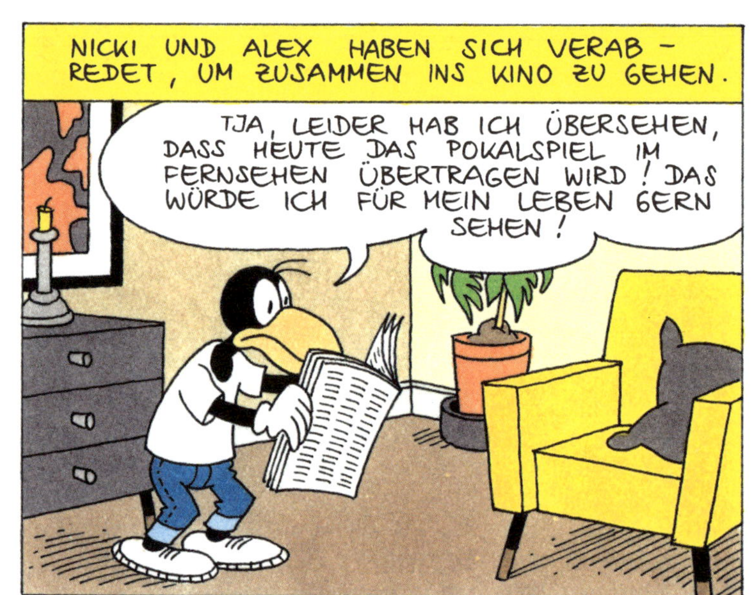
NICKI UND ALEX HABEN SICH VERAB-REDET, UM ZUSAMMEN INS KINO ZU GEHEN.
TJA, LEIDER HAB ICH ÜBERSEHEN, DASS HEUTE DAS POKALSPIEL IM FERNSEHEN ÜBERTRAGEN WIRD! DAS WÜRDE ICH FÜR MEIN LEBEN GERN SEHEN!

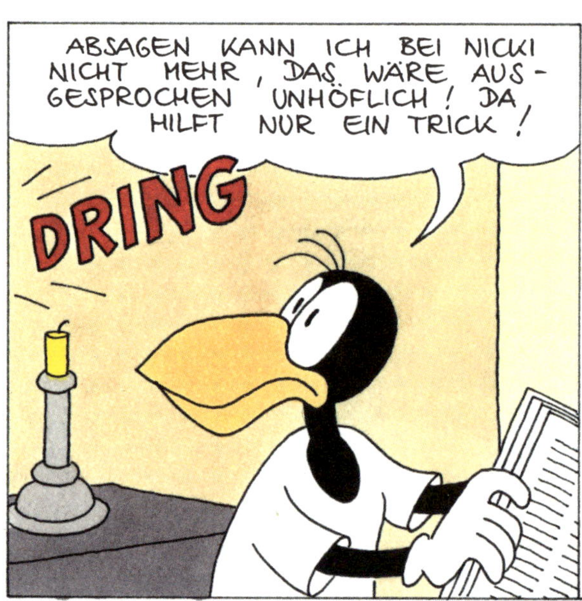
ABSAGEN KANN ICH BEI NICKI NICHT MEHR, DAS WÄRE AUS-GESPROCHEN UNHÖFLICH! DA HILFT NUR EIN TRICK!
DRING

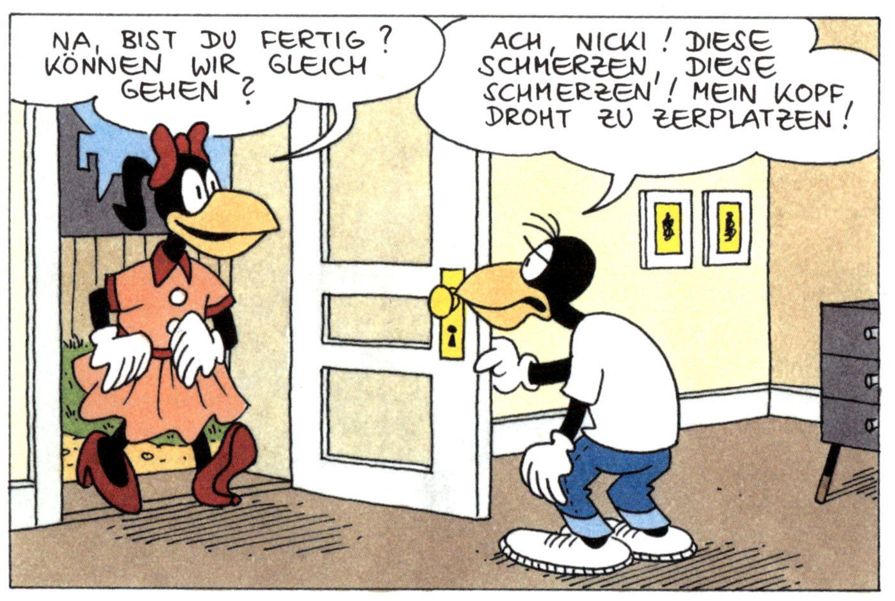
NA, BIST DU FERTIG? KÖNNEN WIR GLEICH GEHEN?
ACH, NICKI! DIESE SCHMERZEN, DIESE SCHMERZEN! MEIN KOPF DROHT ZU ZERPLATZEN!

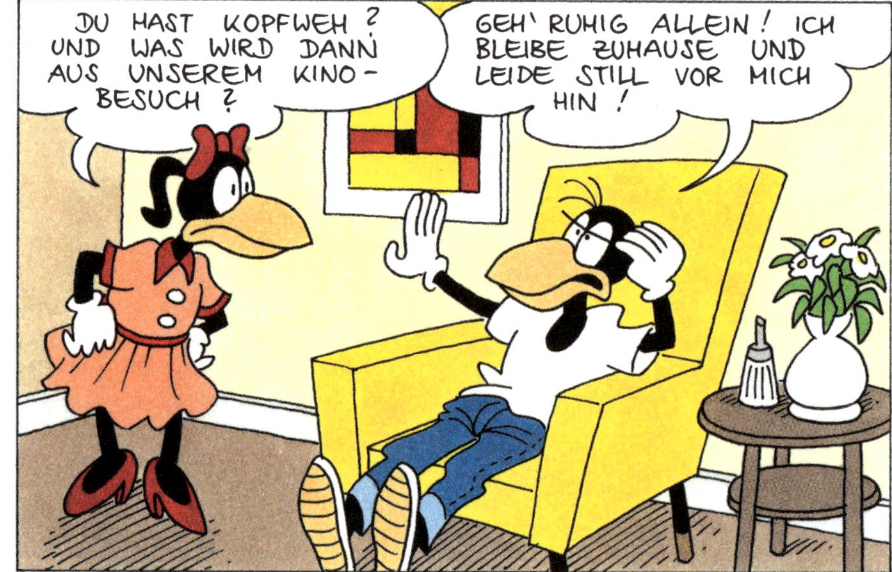
DU HAST KOPFWEH? UND WAS WIRD DANN AUS UNSEREM KINO-BESUCH?
GEH' RUHIG ALLEIN! ICH BLEIBE ZUHAUSE UND LEIDE STILL VOR MICH HIN!

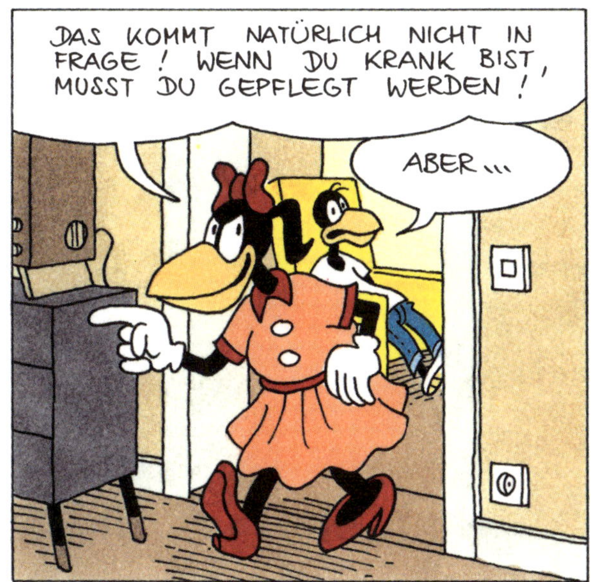
DAS KOMMT NATÜRLICH NICHT IN FRAGE! WENN DU KRANK BIST, MUSST DU GEPFLEGT WERDEN!
ABER...

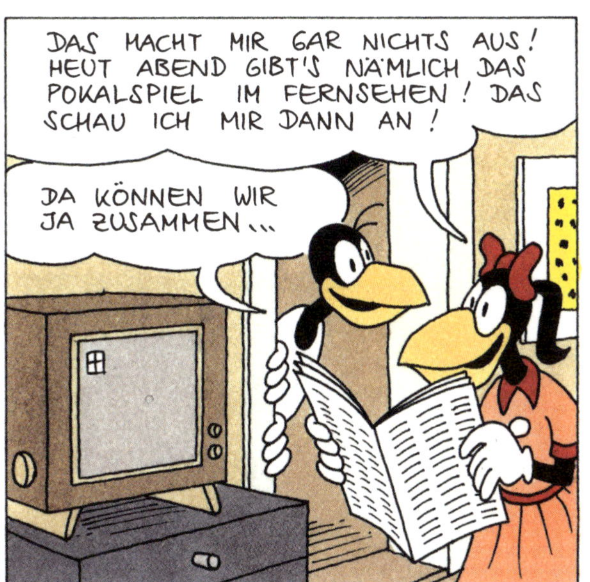
DAS MACHT MIR GAR NICHTS AUS! HEUT ABEND GIBT'S NÄMLICH DAS POKALSPIEL IM FERNSEHEN! DAS SCHAU ICH MIR DANN AN!
DA KÖNNEN WIR JA ZUSAMMEN...

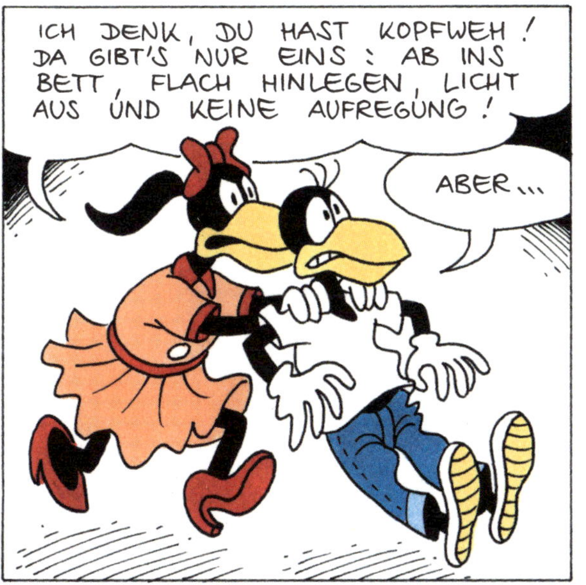
ICH DENK, DU HAST KOPFWEH! DA GIBT'S NUR EINS: AB INS BETT, FLACH HINLEGEN, LICHT AUS UND KEINE AUFREGUNG!
ABER...

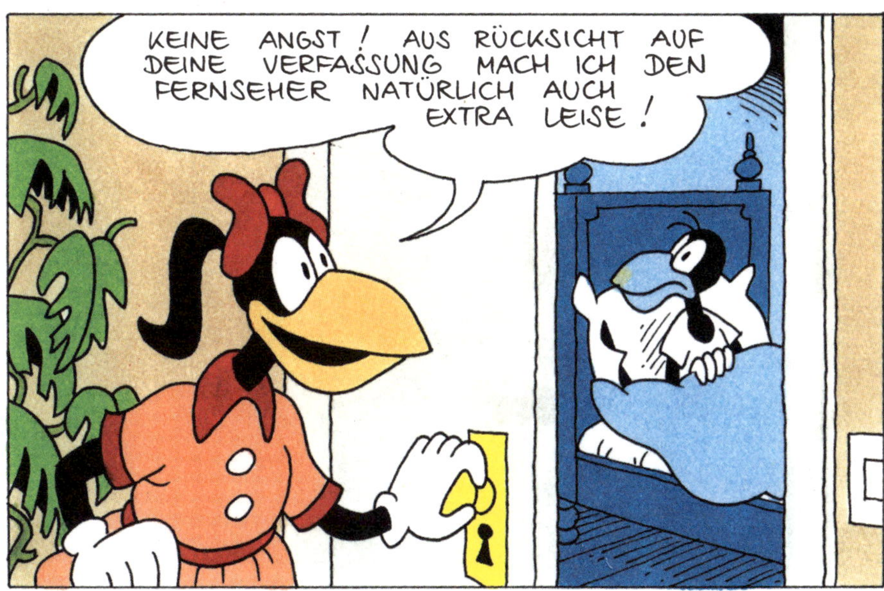
KEINE ANGST! AUS RÜCKSICHT AUF DEINE VERFASSUNG MACH ICH DEN FERNSEHER NATÜRLICH AUCH EXTRA LEISE!

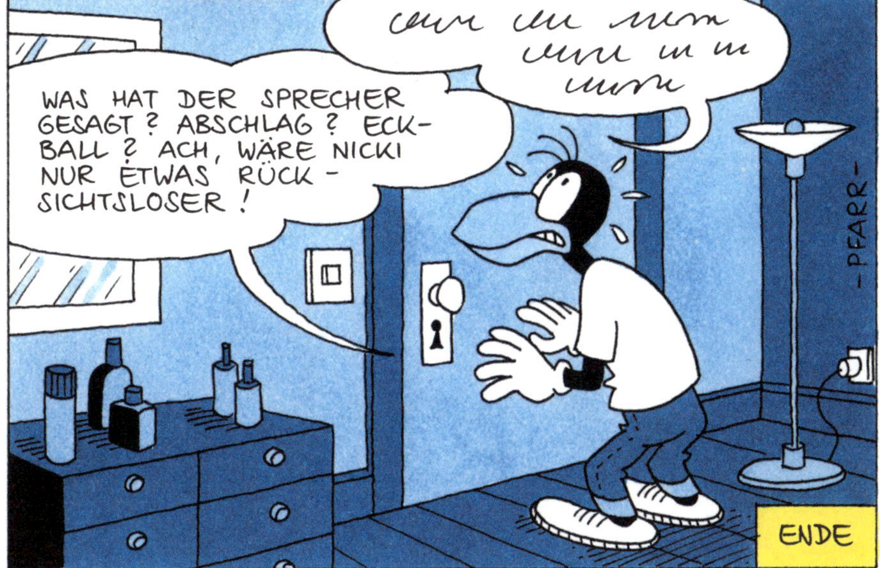
WAS HAT DER SPRECHER GESAGT? ABSCHLAG? ECK-BALL? ACH, WÄRE NICKI NUR ETWAS RÜCK-SICHTSLOSER!
- PFARR -
ENDE

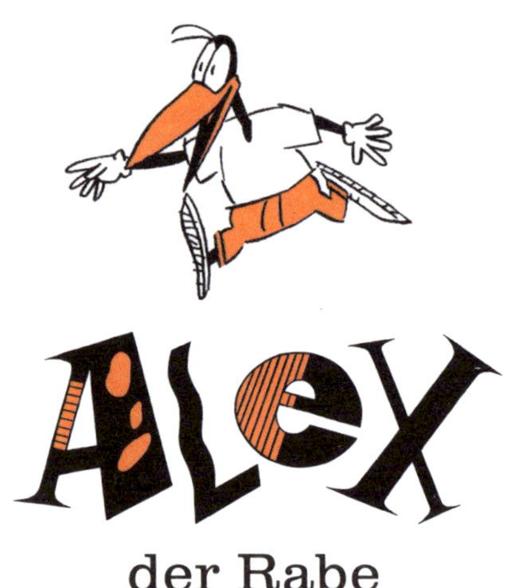
ALEX
der Rabe

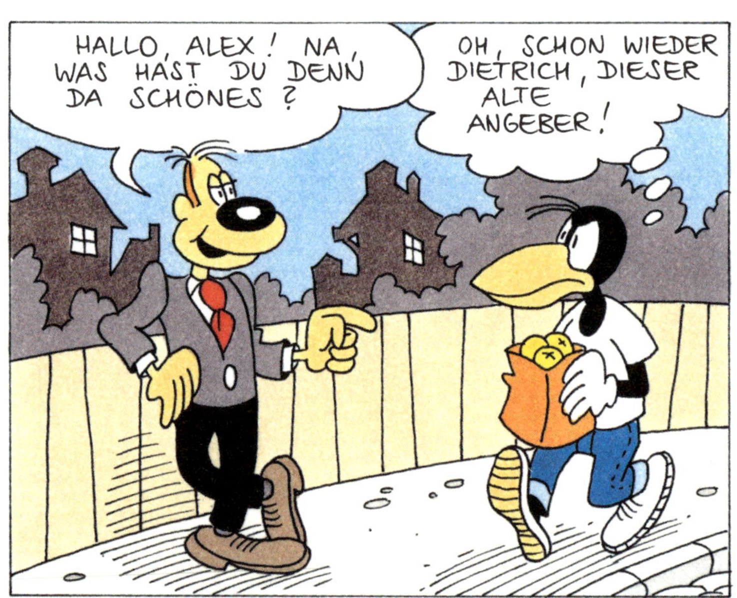
HALLO, ALEX! NA, WAS HAST DU DENN DA SCHÖNES?
OH, SCHON WIEDER DIETRICH, DIESER ALTE ANGEBER!

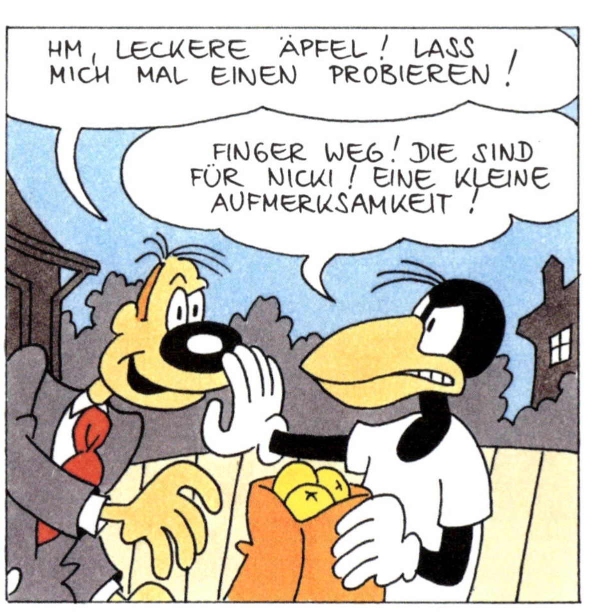
HM, LECKERE ÄPFEL! LASS MICH MAL EINEN PROBIEREN!
FINGER WEG! DIE SIND FÜR NICKI! EINE KLEINE AUFMERKSAMKEIT!

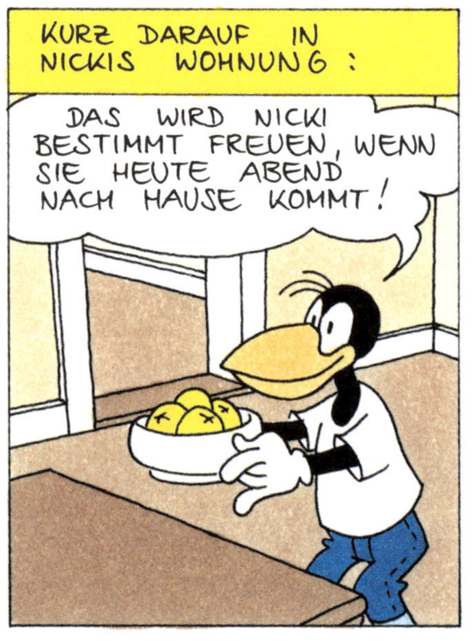
KURZ DARAUF IN NICKIS WOHNUNG:
DAS WIRD NICKI BESTIMMT FREUEN, WENN SIE HEUTE ABEND NACH HAUSE KOMMT!

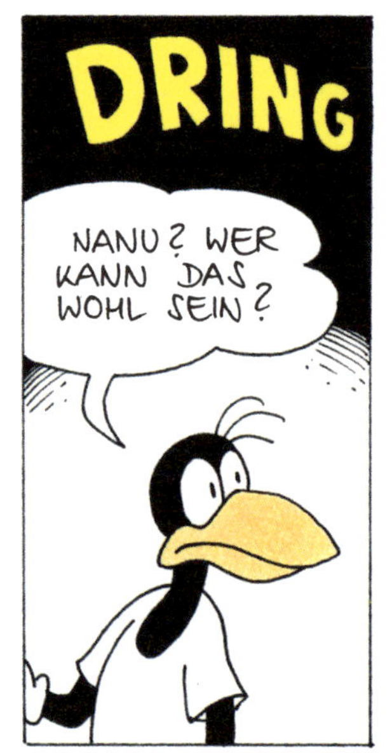
DRING
NANU? WER KANN DAS WOHL SEIN?

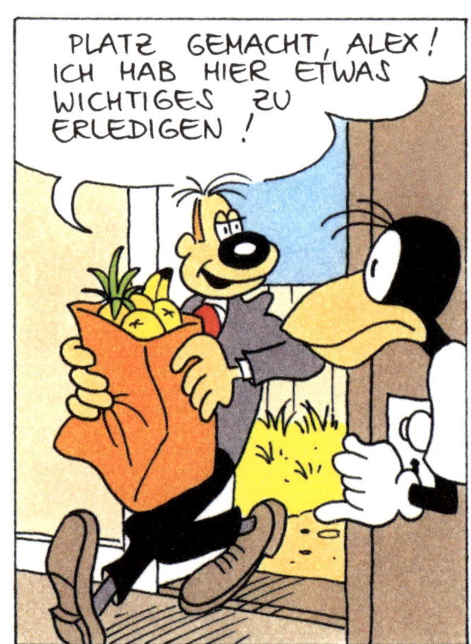
PLATZ GEMACHT, ALEX! ICH HAB HIER ETWAS WICHTIGES ZU ERLEDIGEN!

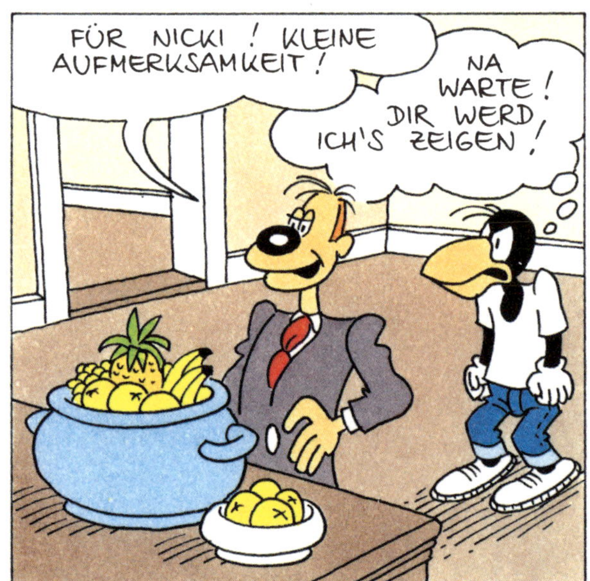
FÜR NICKI! KLEINE AUFMERKSAMKEIT!
NA WARTE! DIR WERD ICH'S ZEIGEN!

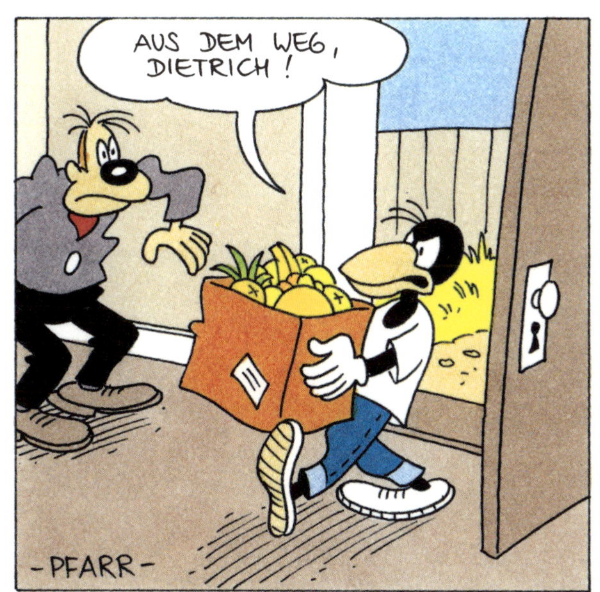
AUS DEM WEG, DIETRICH!
-PFARR-

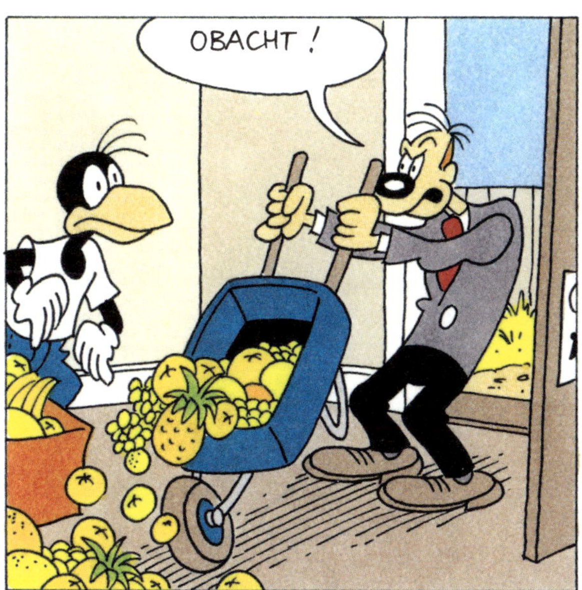
OBACHT!

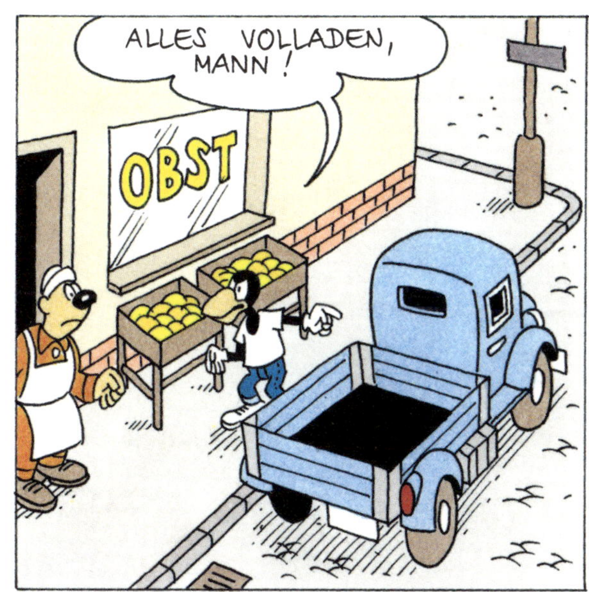
ALLES VOLLADEN, MANN!
OBST

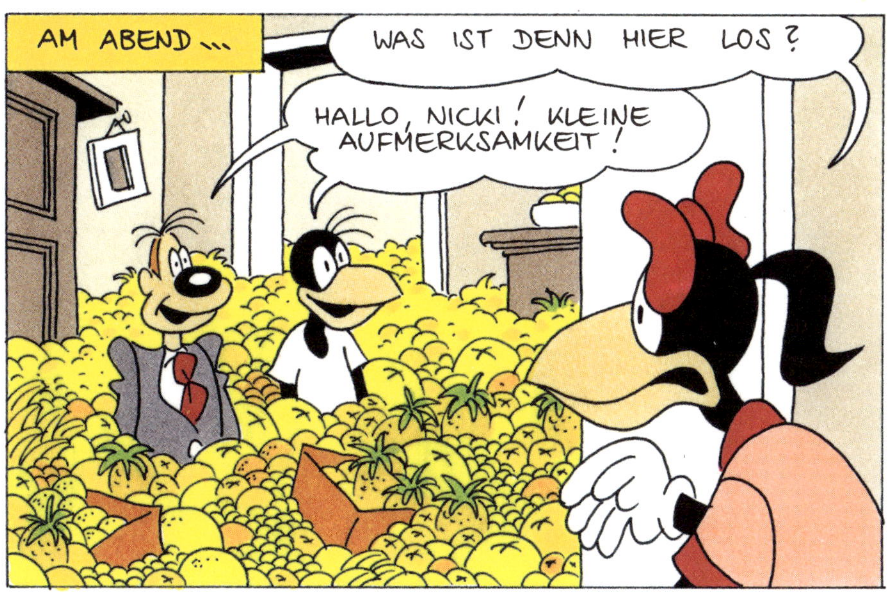
AM ABEND ...
WAS IST DENN HIER LOS?
HALLO, NICKI! KLEINE AUFMERKSAMKEIT!

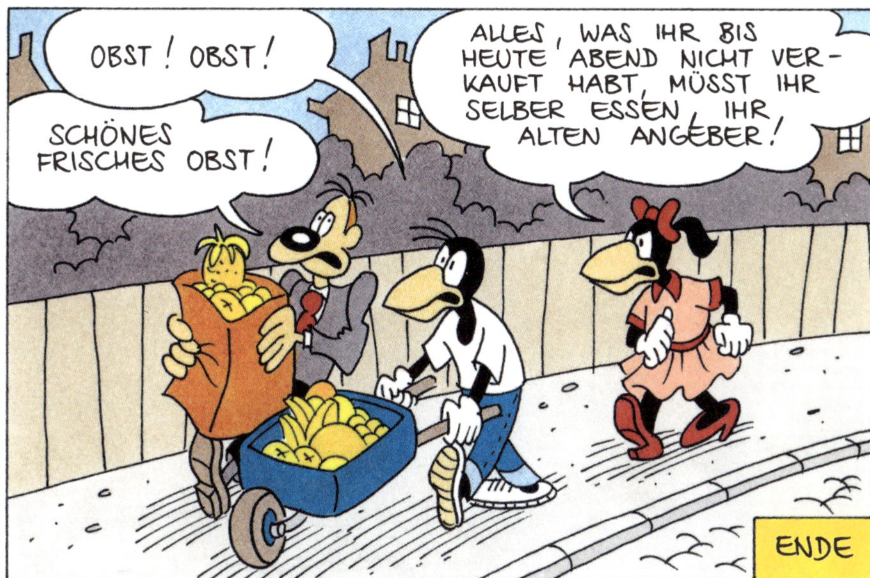
OBST! OBST!
SCHÖNES FRISCHES OBST!
ALLES, WAS IHR BIS HEUTE ABEND NICHT VERKAUFT HABT, MÜSST IHR SELBER ESSEN, IHR ALTEN ANGEBER!
ENDE

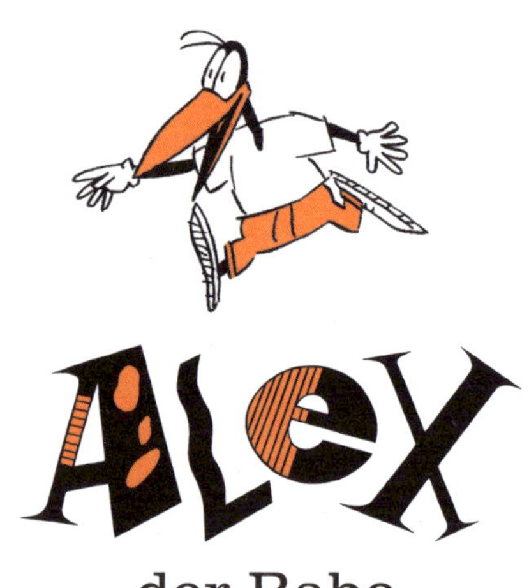
ALEX
der Rabe

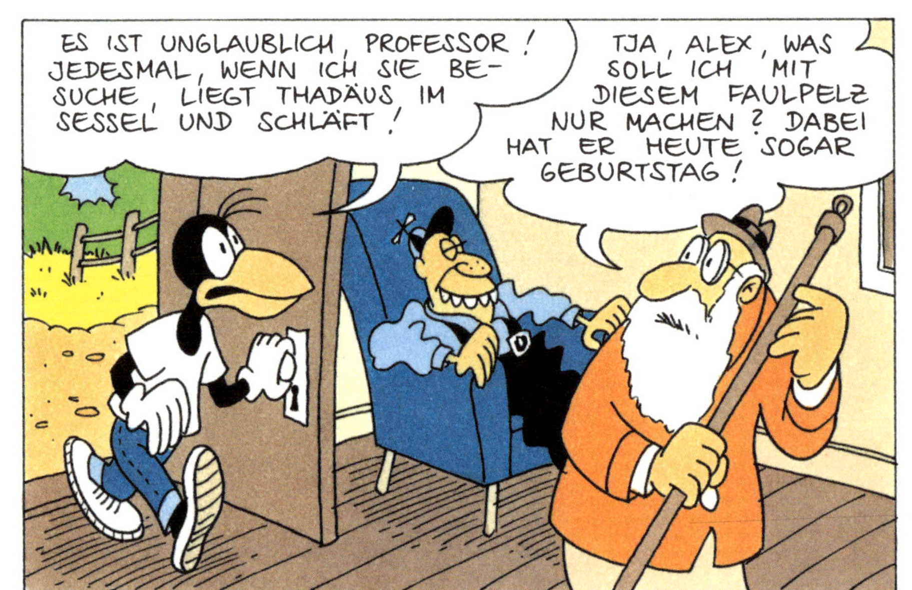
ES IST UNGLAUBLICH, PROFESSOR! JEDESMAL, WENN ICH SIE BESUCHE, LIEGT THADÄUS IM SESSEL UND SCHLÄFT!
TJA, ALEX, WAS SOLL ICH MIT DIESEM FAULPELZ NUR MACHEN? DABEI HAT ER HEUTE SOGAR GEBURTSTAG!

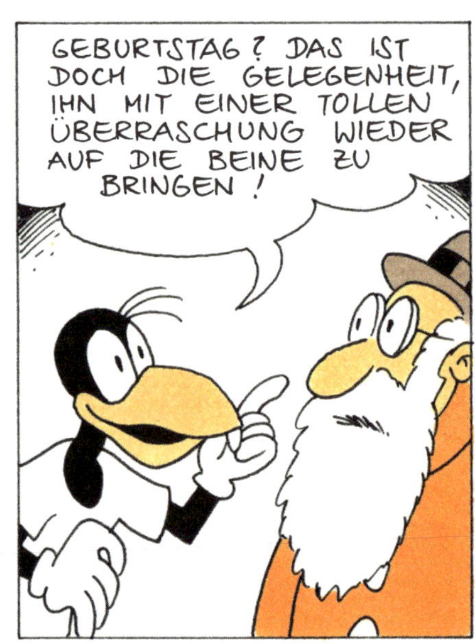
GEBURTSTAG? DAS IST DOCH DIE GELEGENHEIT, IHN MIT EINER TOLLEN ÜBERRASCHUNG WIEDER AUF DIE BEINE ZU BRINGEN!

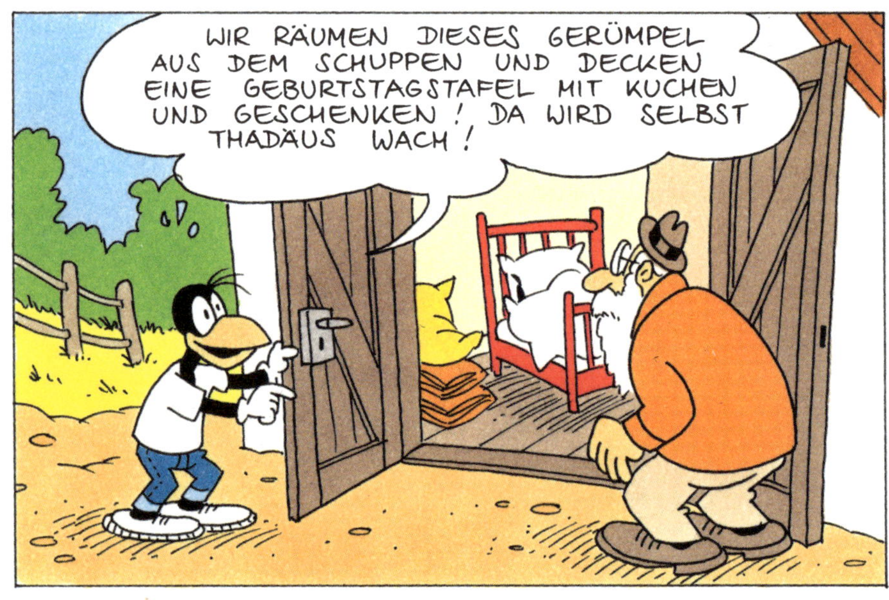
WIR RÄUMEN DIESES GERÜMPEL AUS DEM SCHUPPEN UND DECKEN EINE GEBURTSTAGSTAFEL MIT KUCHEN UND GESCHENKEN! DA WIRD SELBST THADÄUS WACH!

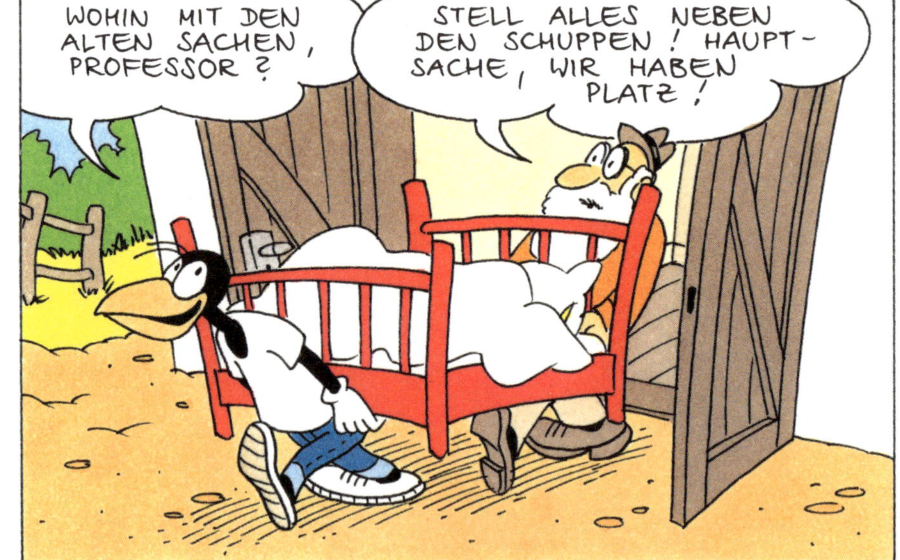
WOHIN MIT DEN ALTEN SACHEN, PROFESSOR?
STELL ALLES NEBEN DEN SCHUPPEN! HAUPTSACHE, WIR HABEN PLATZ!

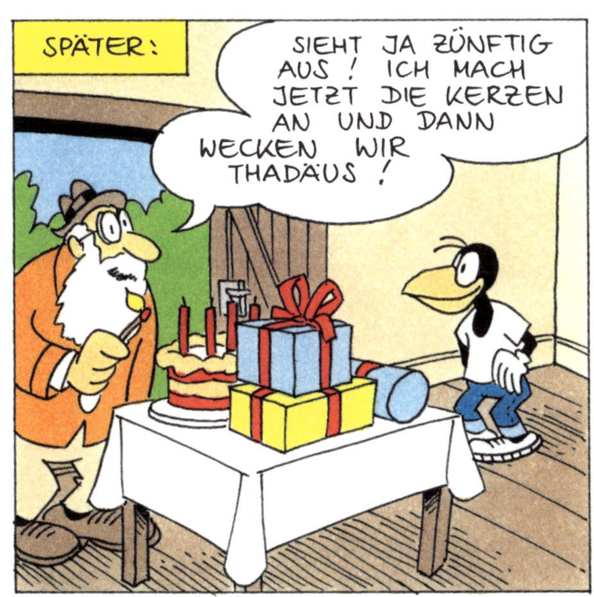
SPÄTER:
SIEHT JA ZÜNFTIG AUS! ICH MACH JETZT DIE KERZEN AN UND DANN WECKEN WIR THADÄUS!

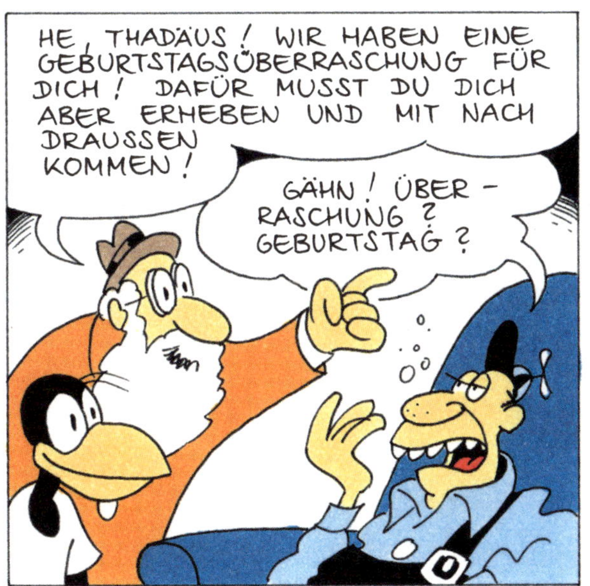
HE, THADÄUS! WIR HABEN EINE GEBURTSTAGSÜBERRASCHUNG FÜR DICH! DAFÜR MUSST DU DICH ABER ERHEBEN UND MIT NACH DRAUSSEN KOMMEN!
GÄHN! ÜBER-RASCHUNG? GEBURTSTAG?

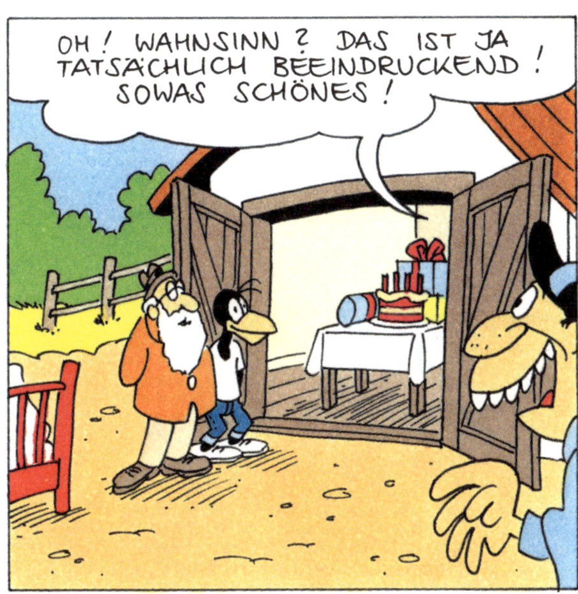
OH! WAHNSINN? DAS IST JA TATSÄCHLICH BEEINDRUCKEND! SOWAS SCHÖNES!

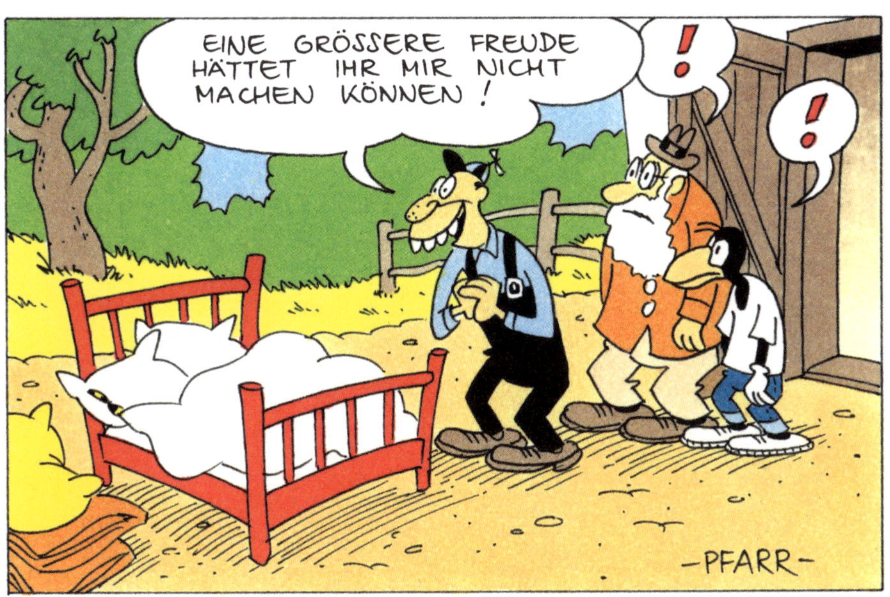
EINE GRÖSSERE FREUDE HÄTTET IHR MIR NICHT MACHEN KÖNNEN!
!
!
-PFARR-

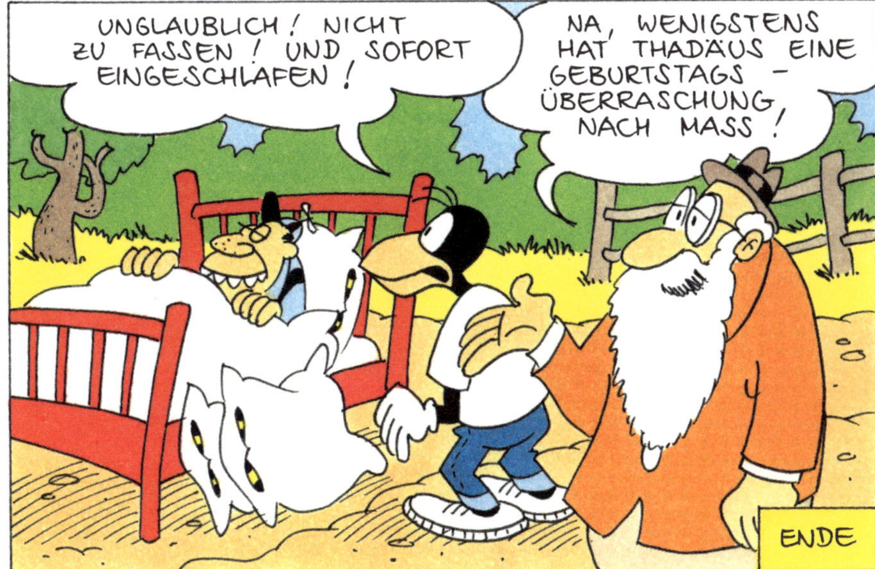
UNGLAUBLICH! NICHT ZU FASSEN! UND SOFORT EINGESCHLAFEN!
NA, WENIGSTENS HAT THADÄUS EINE GEBURTSTAGS-ÜBERRASCHUNG NACH MASS!
ENDE

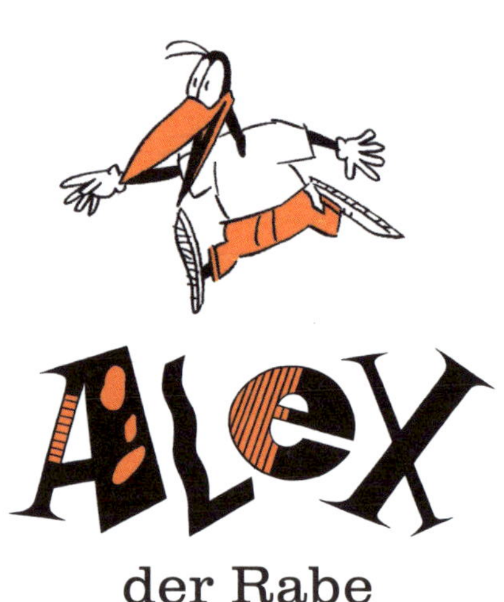
ALEX
der Rabe

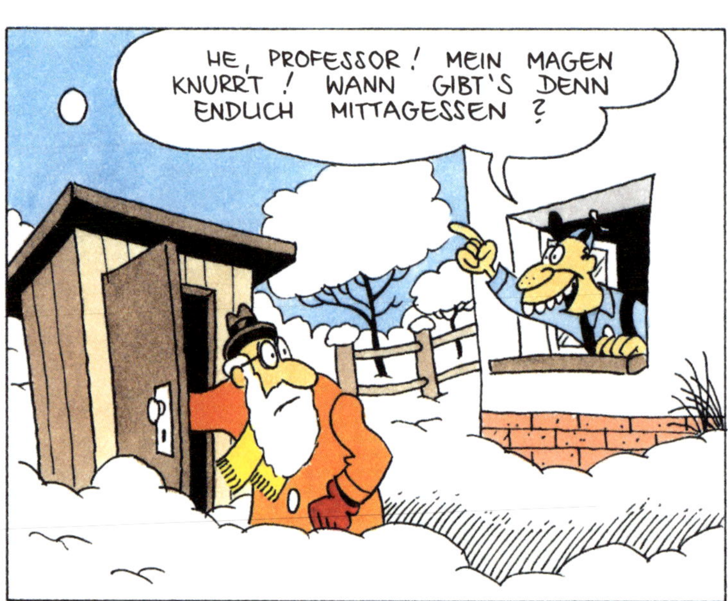
HE, PROFESSOR! MEIN MAGEN KNURRT! WANN GIBT'S DENN ENDLICH MITTAGESSEN?

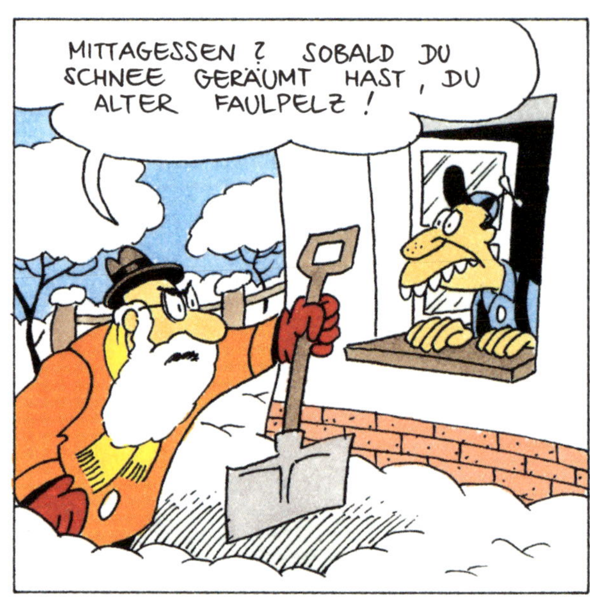
MITTAGESSEN? SOBALD DU SCHNEE GERÄUMT HAST, DU ALTER FAULPELZ!

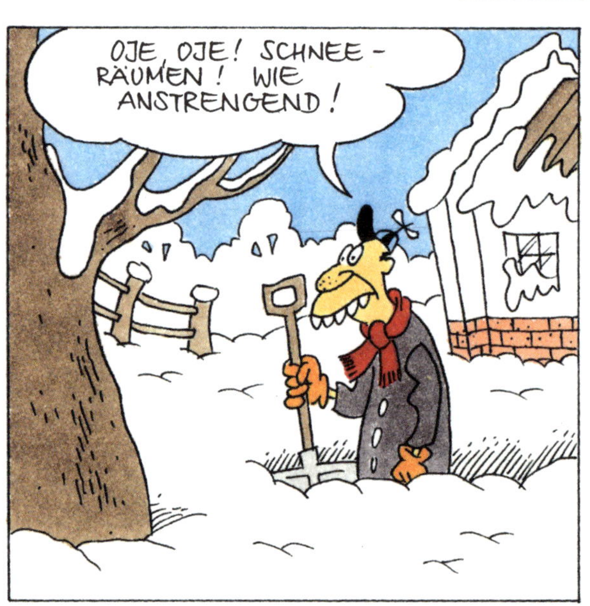
OJE, OJE! SCHNEE-RÄUMEN! WIE ANSTRENGEND!

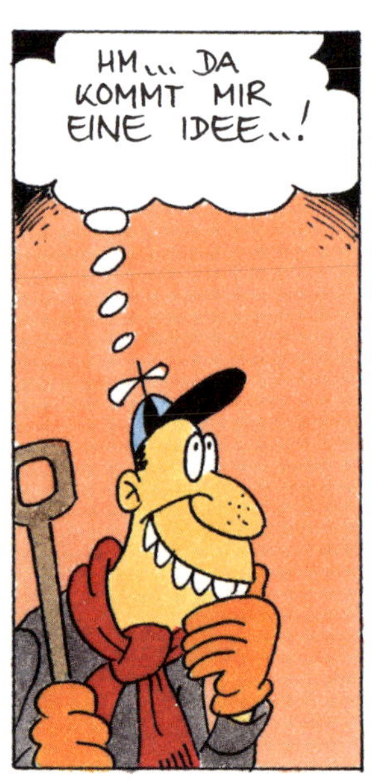
HM... DA KOMMT MIR EINE IDEE...!

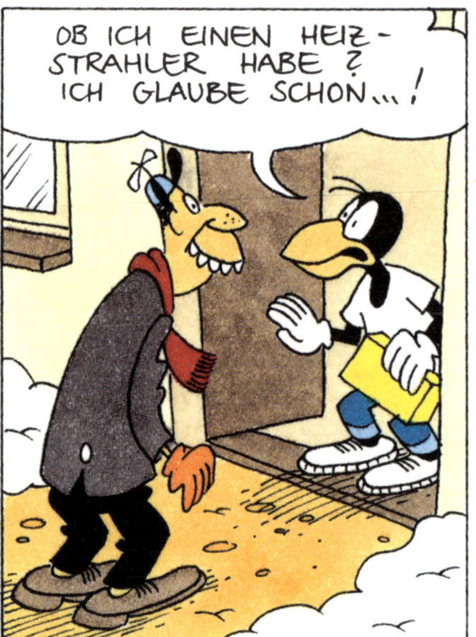
OB ICH EINEN HEIZ-STRAHLER HABE? ICH GLAUBE SCHON...!

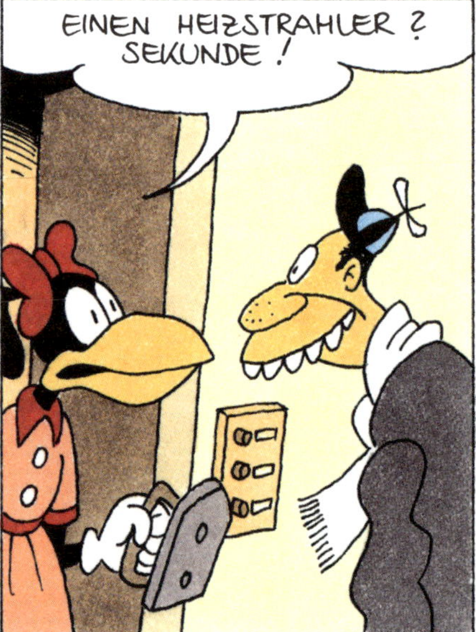
EINEN HEIZSTRAHLER? SEKUNDE!

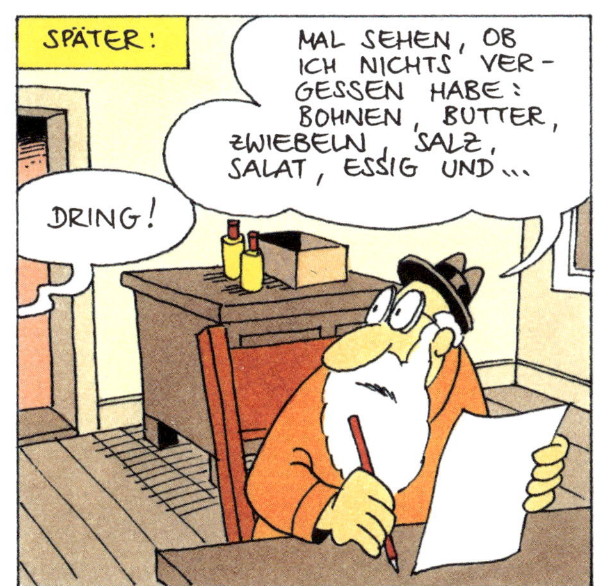
SPÄTER:
MAL SEHEN, OB ICH NICHTS VERGESSEN HABE: BOHNEN, BUTTER, ZWIEBELN, SALZ, SALAT, ESSIG UND...
DRING!

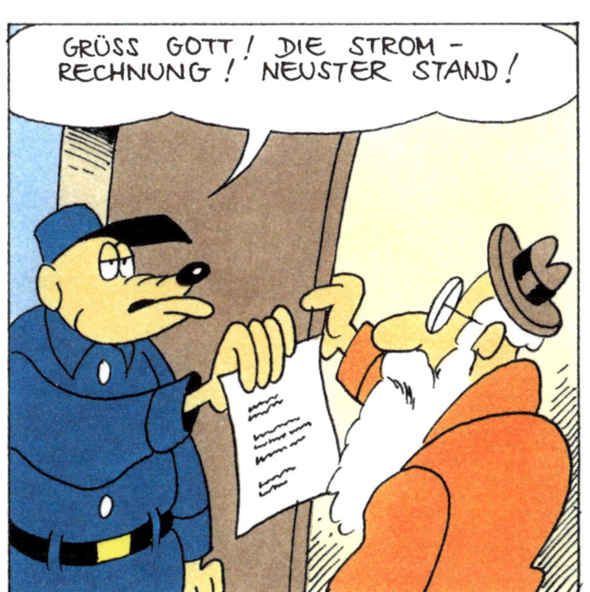
GRÜSS GOTT! DIE STROM-RECHNUNG! NEUSTER STAND!

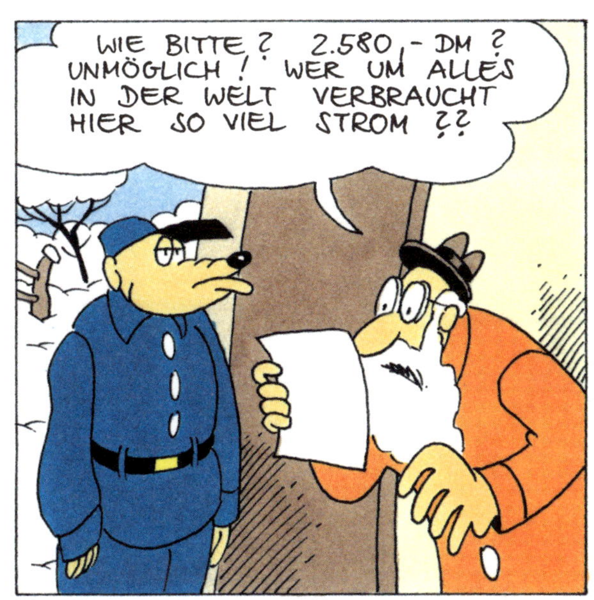
WIE BITTE? 2.580,- DM? UNMÖGLICH! WER UM ALLES IN DER WELT VERBRAUCHT HIER SO VIEL STROM??

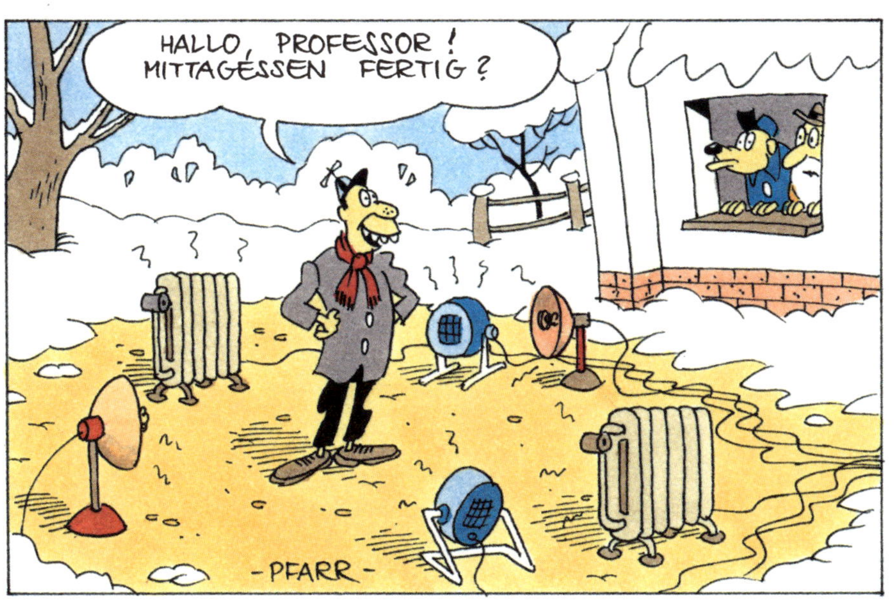
HALLO, PROFESSOR! MITTAGESSEN FERTIG?
-PFARR-

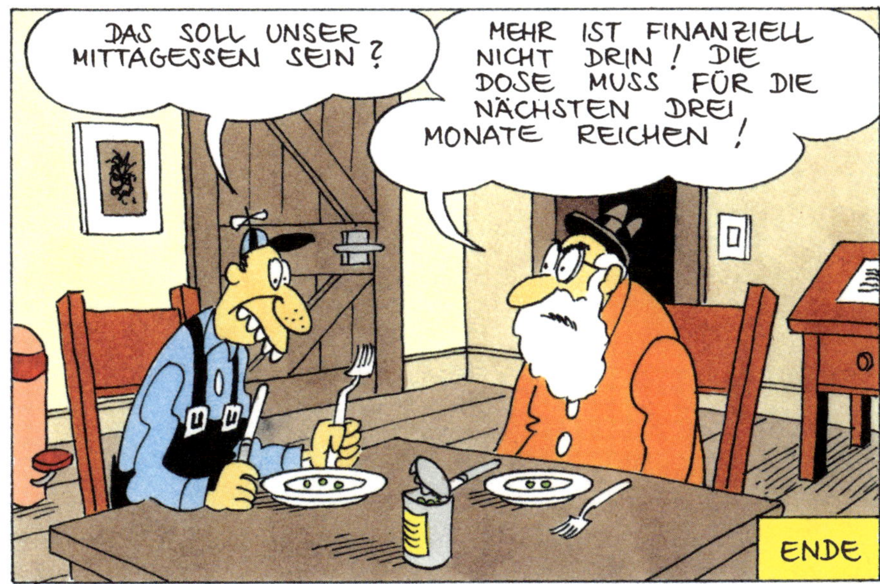
DAS SOLL UNSER MITTAGESSEN SEIN?
MEHR IST FINANZIELL NICHT DRIN! DIE DOSE MUSS FÜR DIE NÄCHSTEN DREI MONATE REICHEN!
ENDE

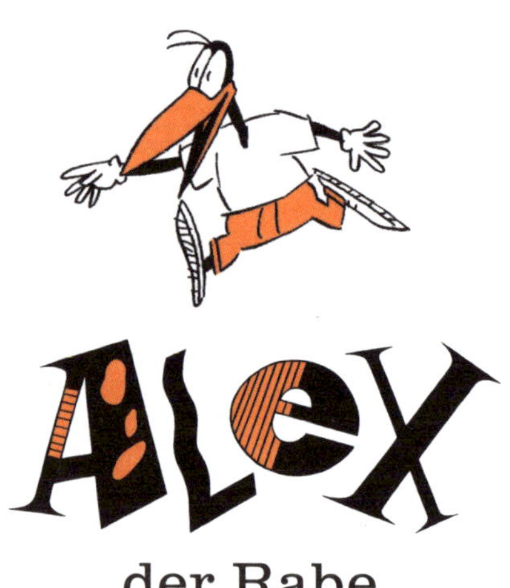
ALEX
der Rabe

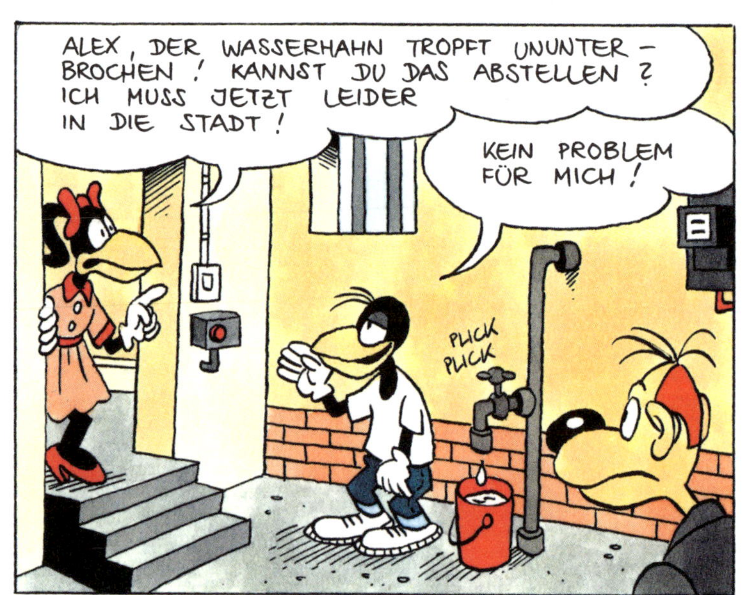
ALEX, DER WASSERHAHN TROPFT UNUNTER-BROCHEN! KANNST DU DAS ABSTELLEN? ICH MUSS JETZT LEIDER IN DIE STADT!
KEIN PROBLEM FÜR MICH!
PLICK PLICK

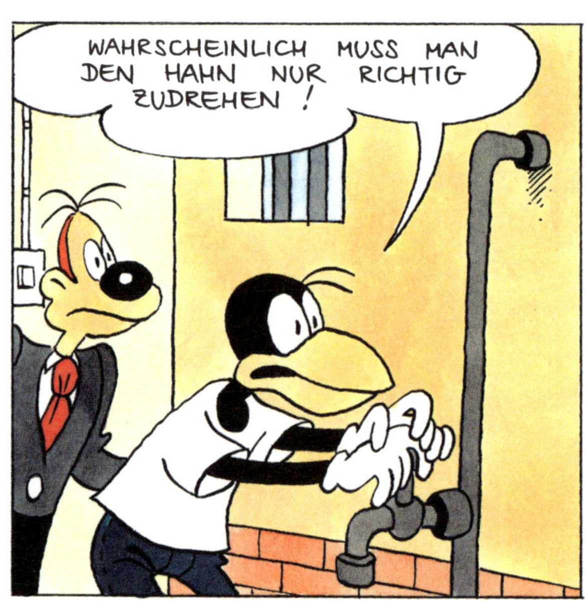
WAHRSCHEINLICH MUSS MAN DEN HAHN NUR RICHTIG ZUDREHEN!

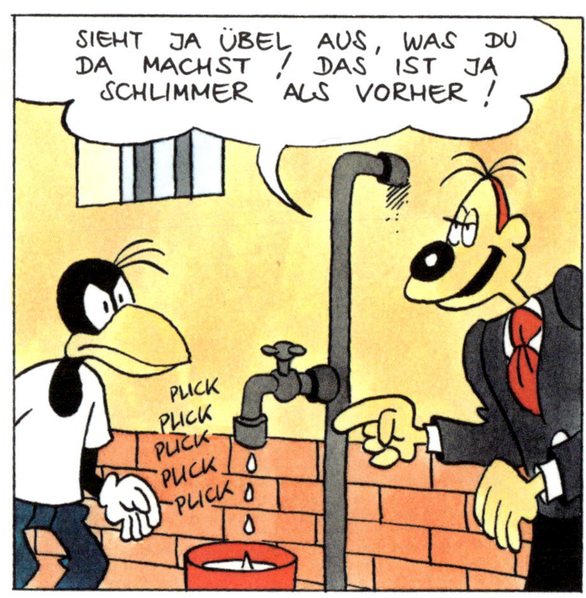
SIEHT JA ÜBEL AUS, WAS DU DA MACHST! DAS IST JA SCHLIMMER ALS VORHER!
PLICK PLICK PLICK PLICK PLICK

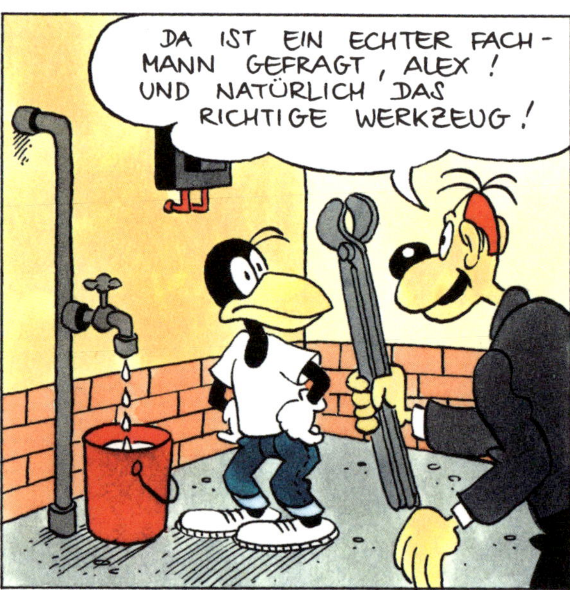
DA IST EIN ECHTER FACH-MANN GEFRAGT, ALEX! UND NATÜRLICH DAS RICHTIGE WERKZEUG!

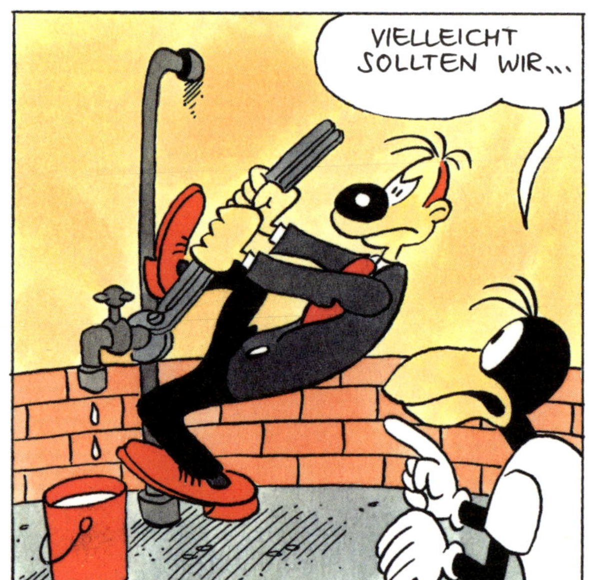
VIELLEICHT SOLLTEN WIR...

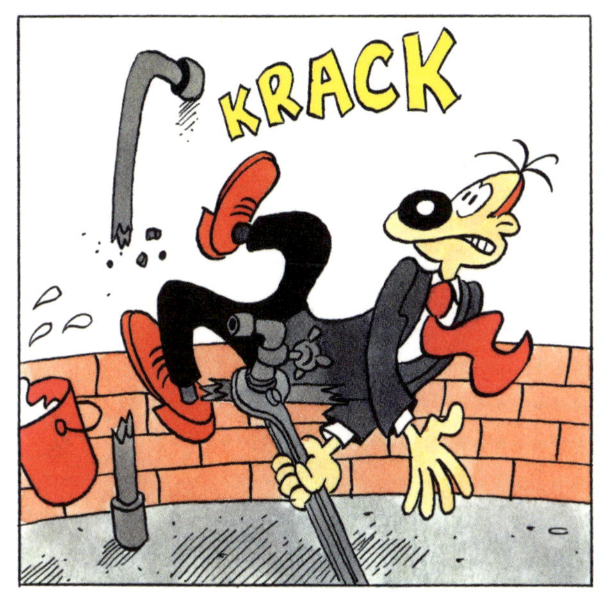
KRACK

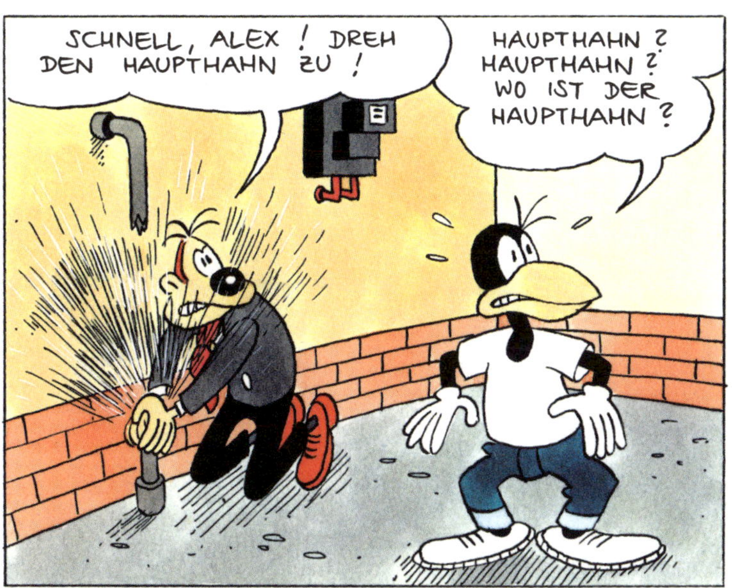
SCHNELL, ALEX ! DREH DEN HAUPTHAHN ZU !
HAUPTHAHN ? HAUPTHAHN ? WO IST DER HAUPTHAHN ?

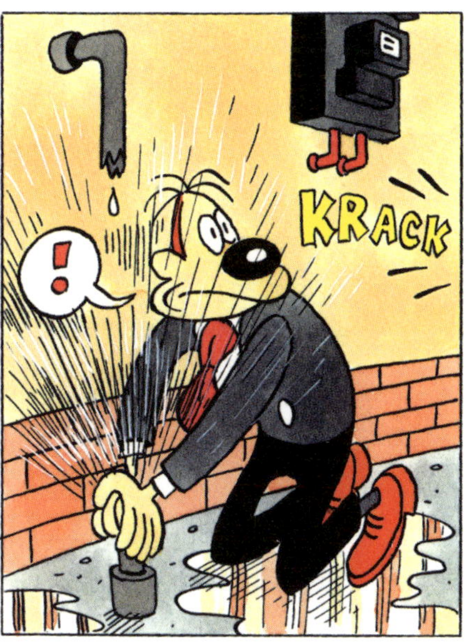
!
KRACK

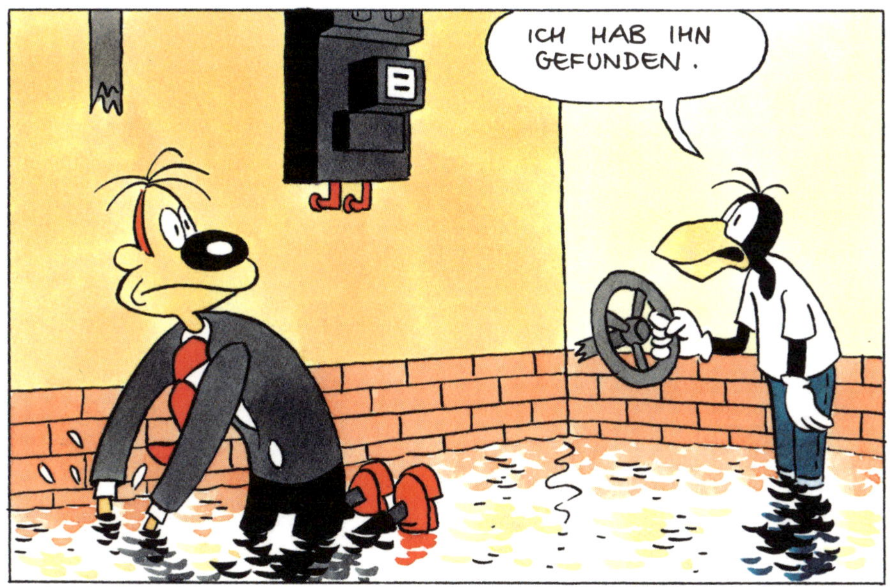
ICH HAB IHN GEFUNDEN .

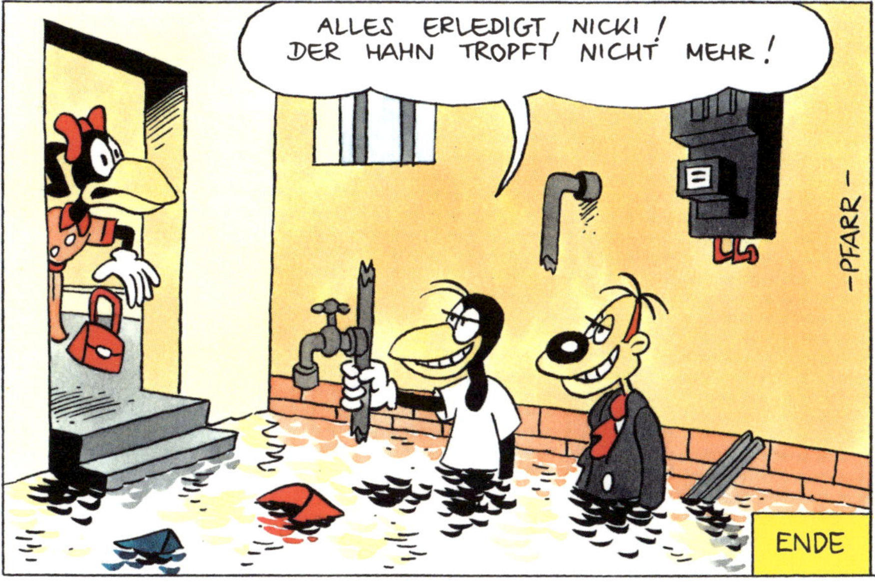
ALLES ERLEDIGT, NICKI ! DER HAHN TROPFT NICHT MEHR !
- PFARR -
ENDE

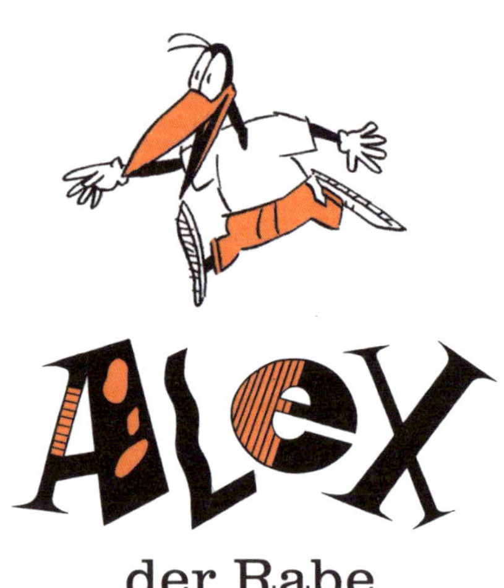
ALEX
der Rabe

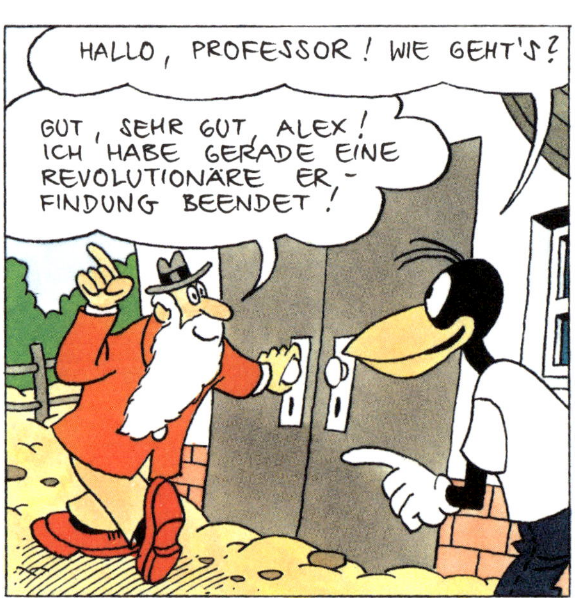
HALLO, PROFESSOR! WIE GEHT'S?
GUT, SEHR GUT, ALEX! ICH HABE GERADE EINE REVOLUTIONÄRE ERFINDUNG BEENDET!

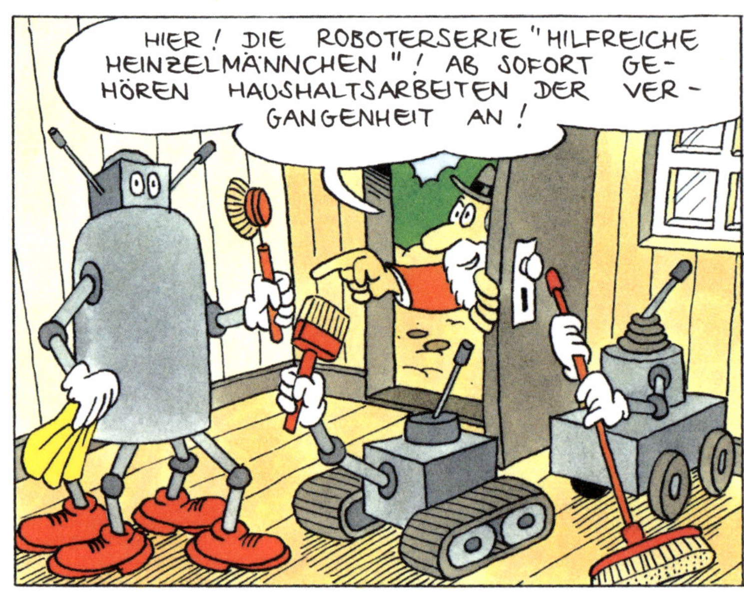
HIER! DIE ROBOTERSERIE "HILFREICHE HEINZELMÄNNCHEN"! AB SOFORT GEHÖREN HAUSHALTSARBEITEN DER VERGANGENHEIT AN!

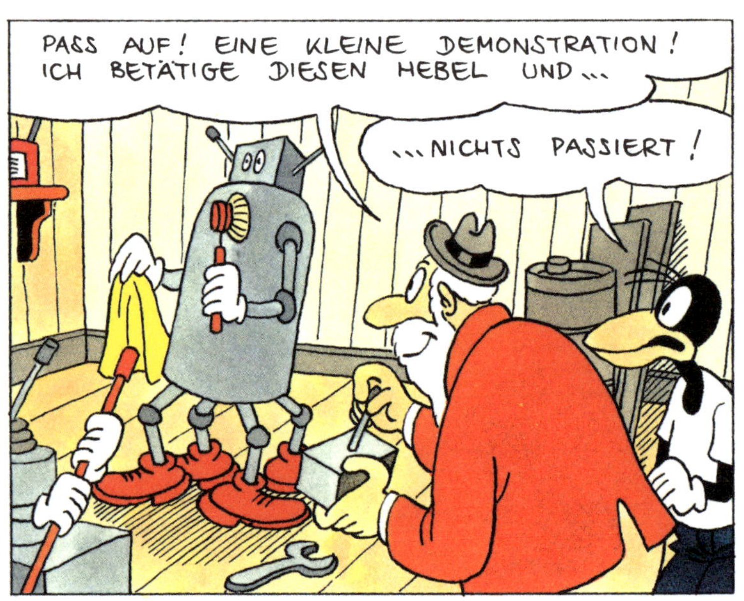
PASS AUF! EINE KLEINE DEMONSTRATION! ICH BETÄTIGE DIESEN HEBEL UND ...
... NICHTS PASSIERT!

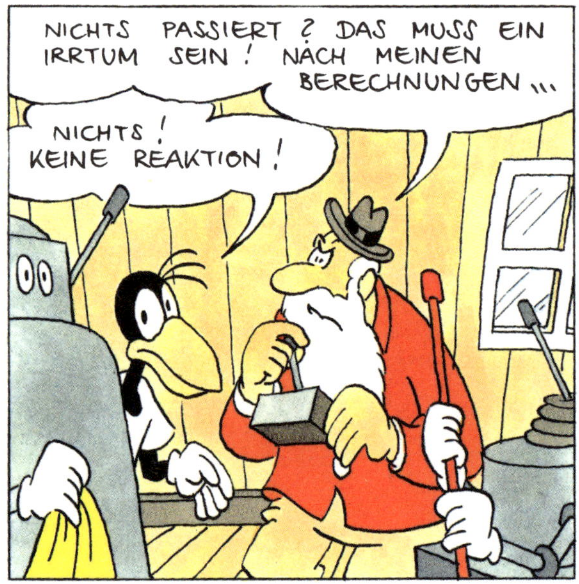
NICHTS PASSIERT? DAS MUSS EIN IRRTUM SEIN! NACH MEINEN BERECHNUNGEN ...
NICHTS! KEINE REAKTION!

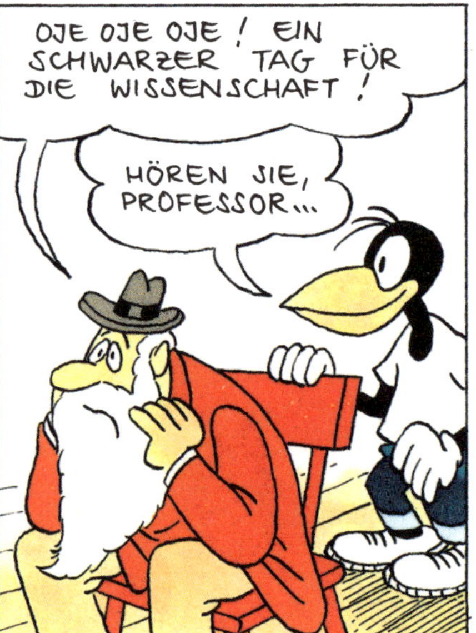
OJE OJE OJE! EIN SCHWARZER TAG FÜR DIE WISSENSCHAFT!
HÖREN SIE, PROFESSOR ...

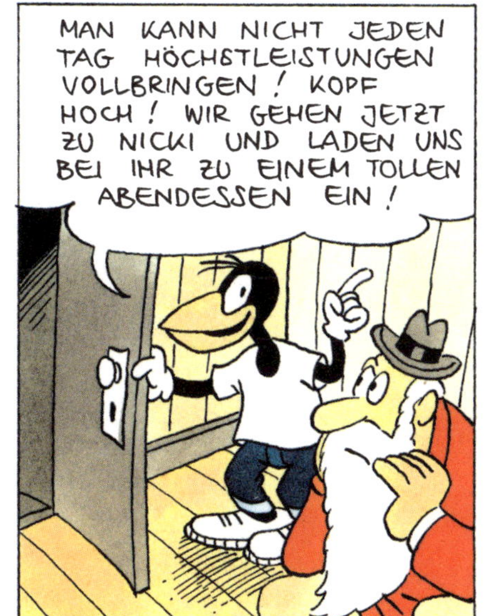
MAN KANN NICHT JEDEN TAG HÖCHSTLEISTUNGEN VOLLBRINGEN! KOPF HOCH! WIR GEHEN JETZT ZU NICKI UND LADEN UNS BEI IHR ZU EINEM TOLLEN ABENDESSEN EIN!

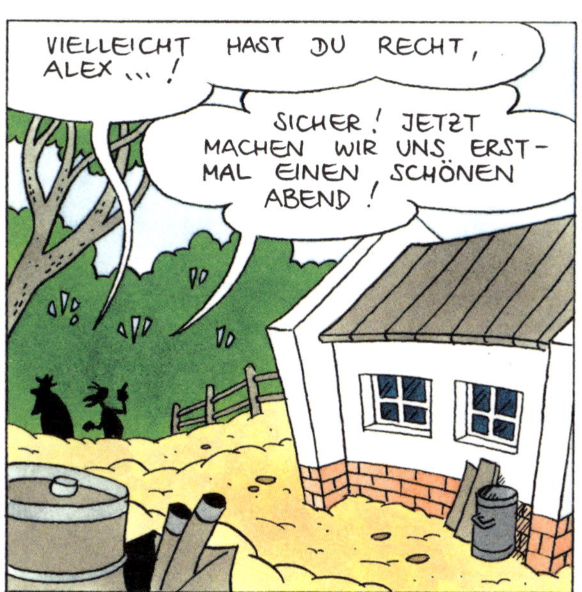
VIELLEICHT HAST DU RECHT, ALEX ...!
SICHER! JETZT MACHEN WIR UNS ERST-MAL EINEN SCHÖNEN ABEND!

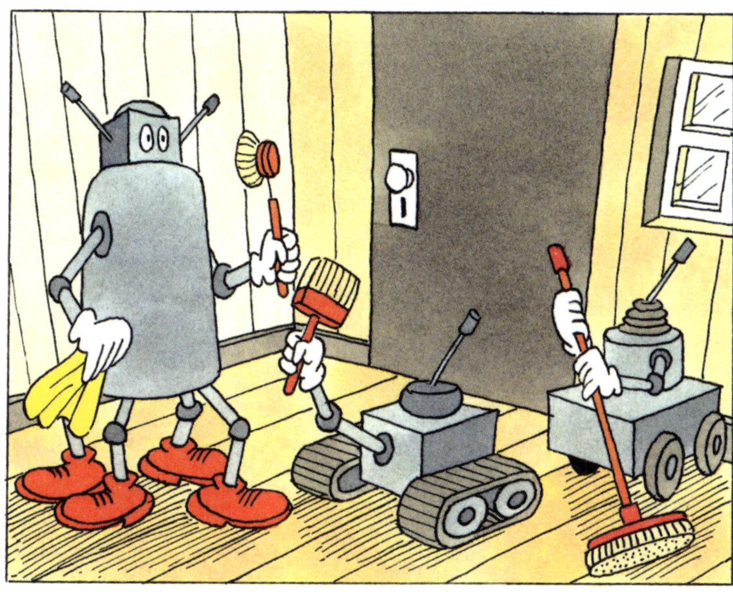

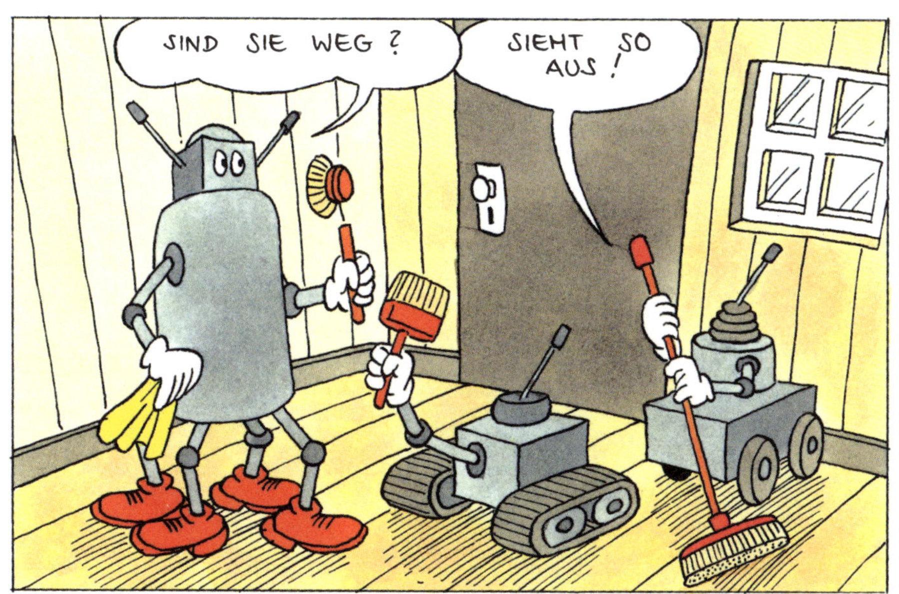
SIND SIE WEG?
SIEHT SO AUS!

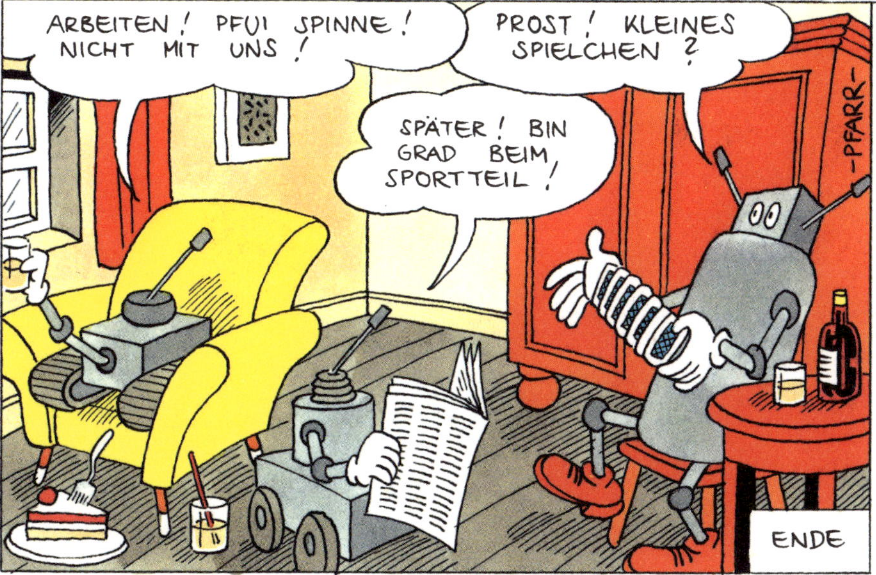
ARBEITEN! PFUI SPINNE! NICHT MIT UNS!
PROST! KLEINES SPIELCHEN?
SPÄTER! BIN GRAD BEIM SPORTTEIL!
-PFARR-
ENDE

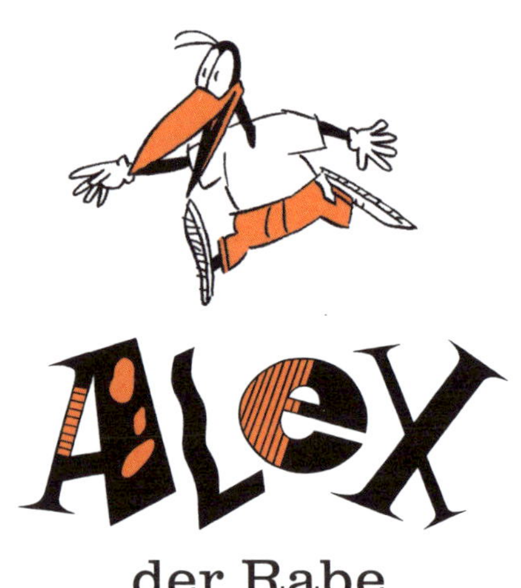
ALEX
der Rabe

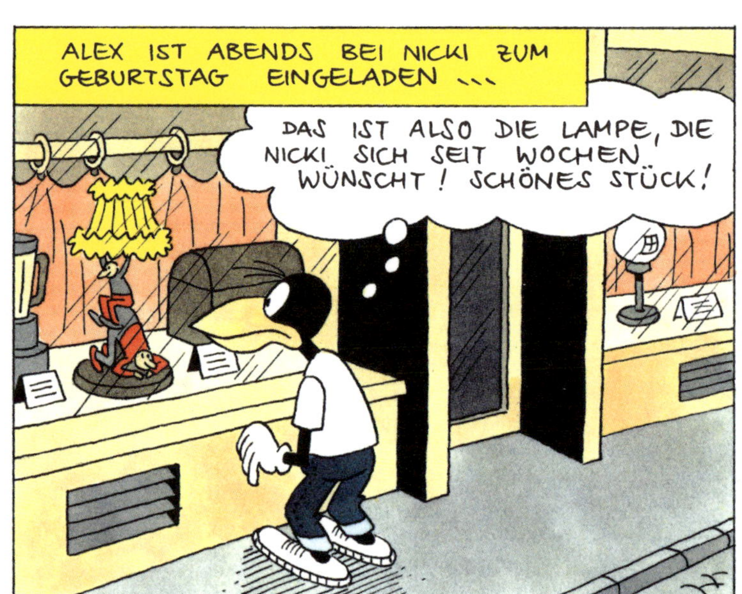
ALEX IST ABENDS BEI NICKI ZUM GEBURTSTAG EINGELADEN ...
DAS IST ALSO DIE LAMPE, DIE NICKI SICH SEIT WOCHEN WÜNSCHT! SCHÖNES STÜCK!

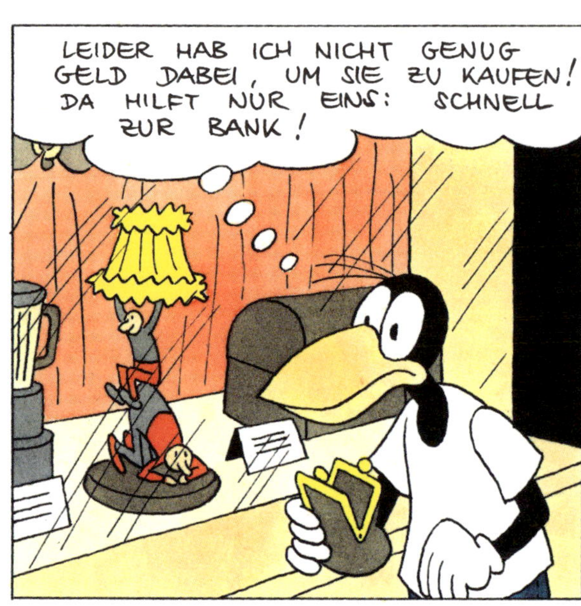
LEIDER HAB ICH NICHT GENUG GELD DABEI, UM SIE ZU KAUFEN! DA HILFT NUR EINS: SCHNELL ZUR BANK!

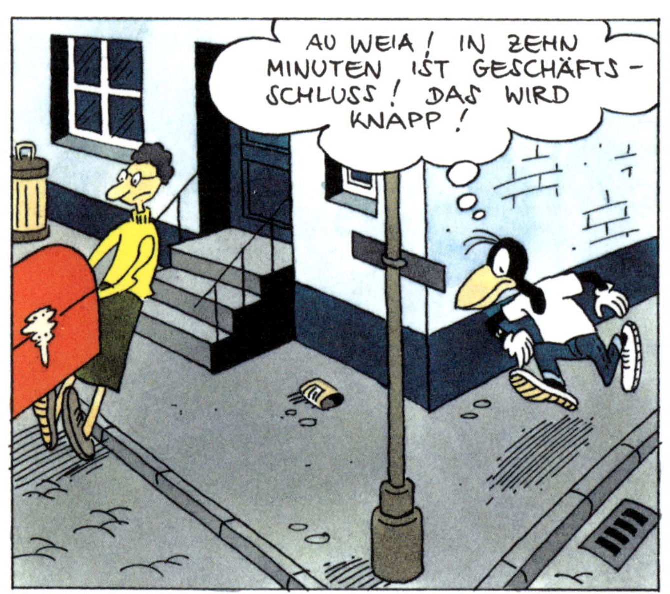
AU WEIA! IN ZEHN MINUTEN IST GESCHÄFTS-SCHLUSS! DAS WIRD KNAPP!

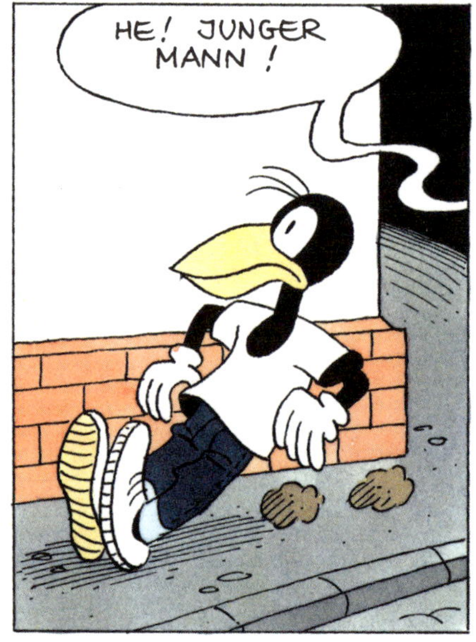
HE! JUNGER MANN!

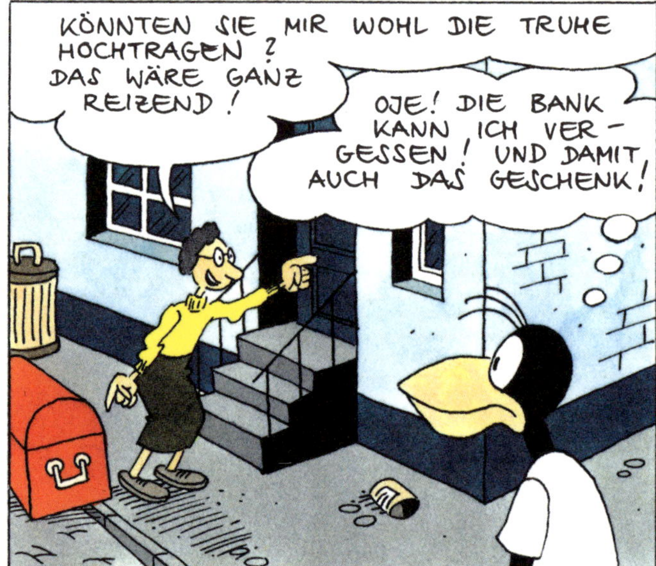
KÖNNTEN SIE MIR WOHL DIE TRUHE HOCHTRAGEN? DAS WÄRE GANZ REIZEND!
OJE! DIE BANK KANN ICH VER-GESSEN! UND DAMIT AUCH DAS GESCHENK!

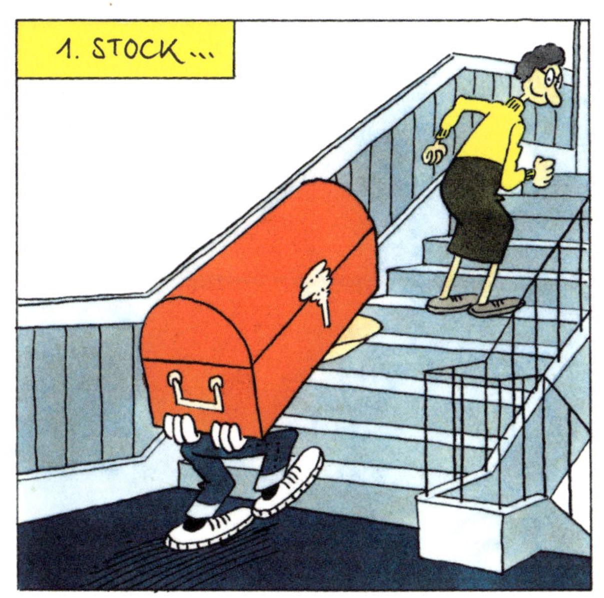
1. STOCK ...

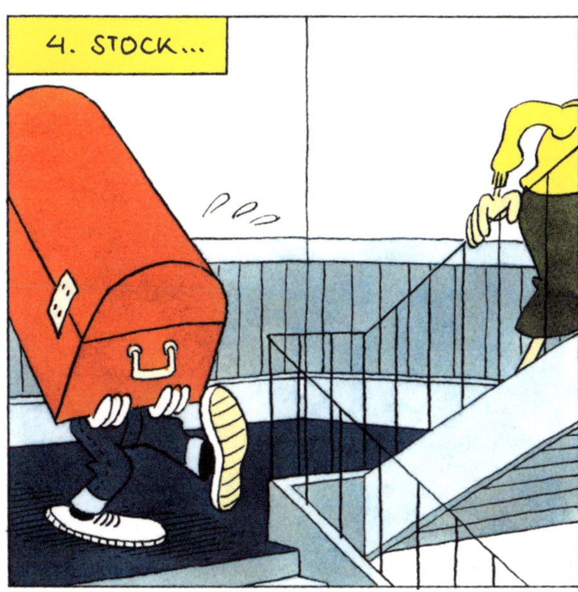
4. STOCK ...

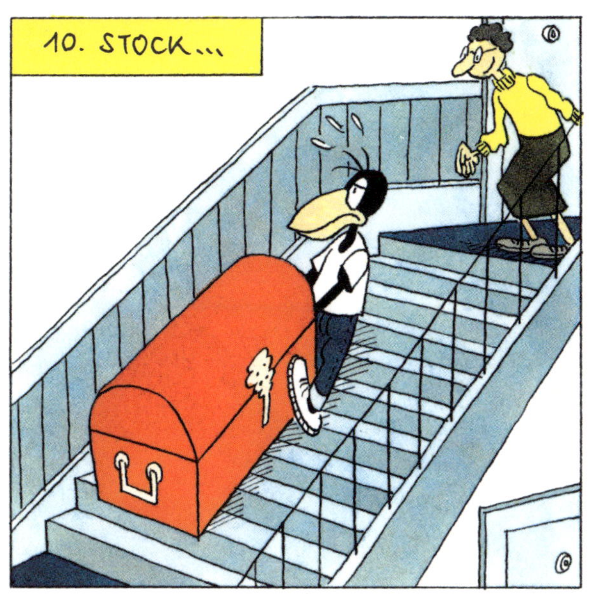
10. STOCK ...

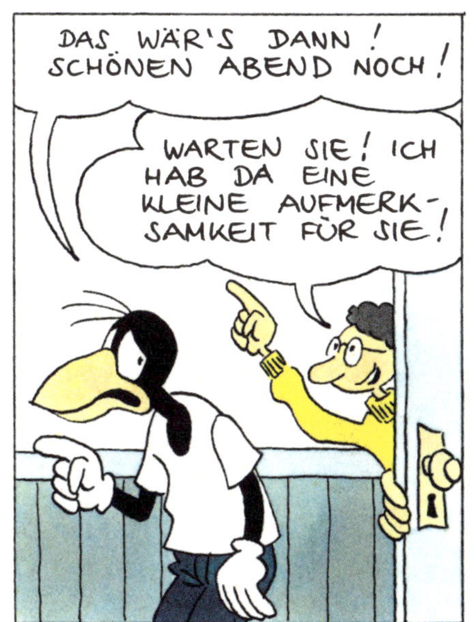
DAS WÄR'S DANN! SCHÖNEN ABEND NOCH!
WARTEN SIE! ICH HAB DA EINE KLEINE AUFMERKSAMKEIT FÜR SIE!

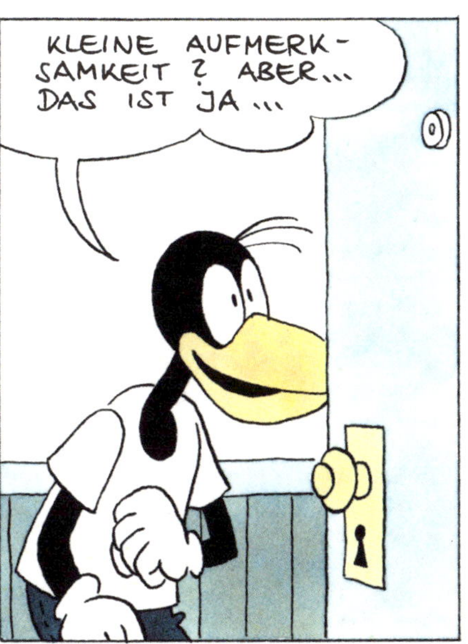
KLEINE AUFMERKSAMKEIT? ABER... DAS IST JA ...

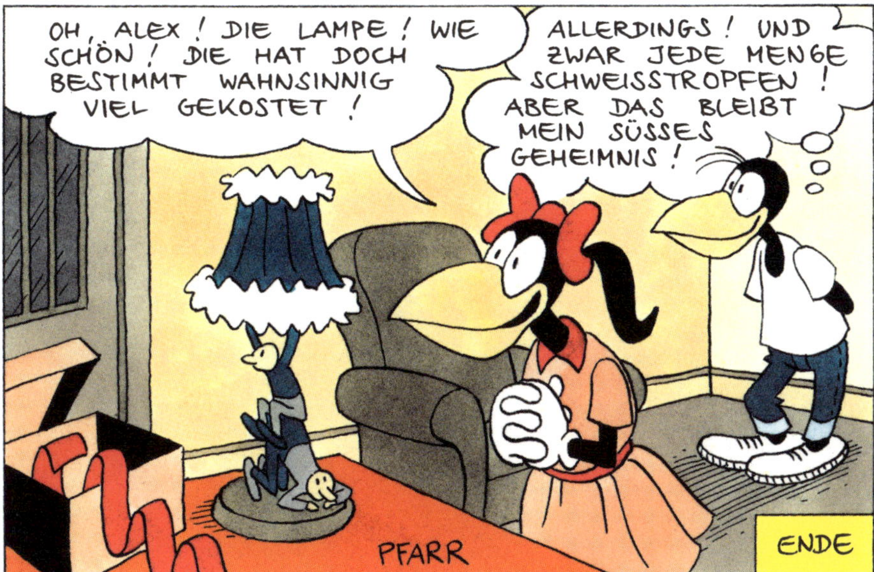
OH, ALEX! DIE LAMPE! WIE SCHÖN! DIE HAT DOCH BESTIMMT WAHNSINNIG VIEL GEKOSTET!
ALLERDINGS! UND ZWAR JEDE MENGE SCHWEISSTROPFEN! ABER DAS BLEIBT MEIN SÜSSES GEHEIMNIS!
PFARR
ENDE

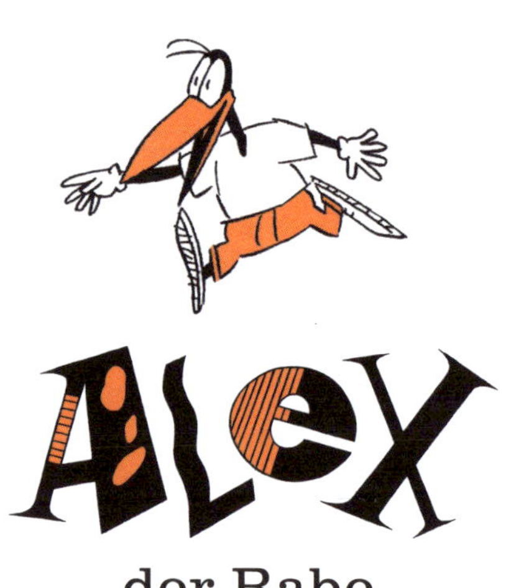
ALEX
der Rabe

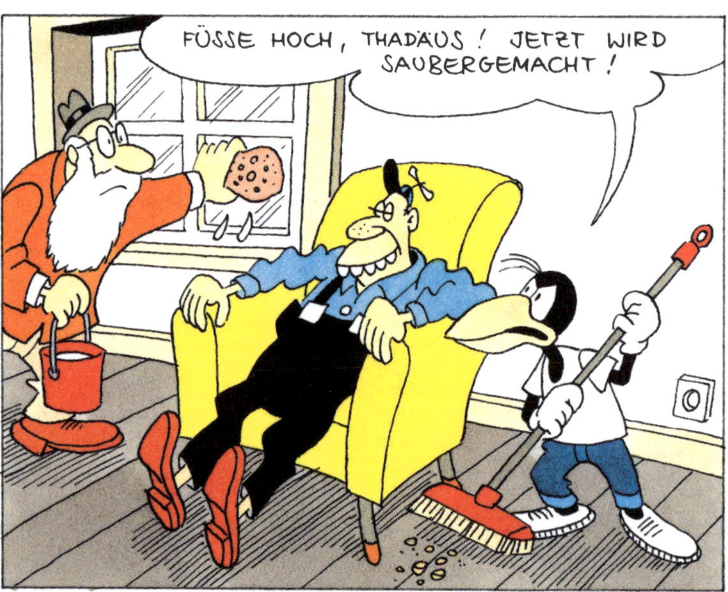
FÜSSE HOCH, THADÄUS! JETZT WIRD SAUBERGEMACHT!

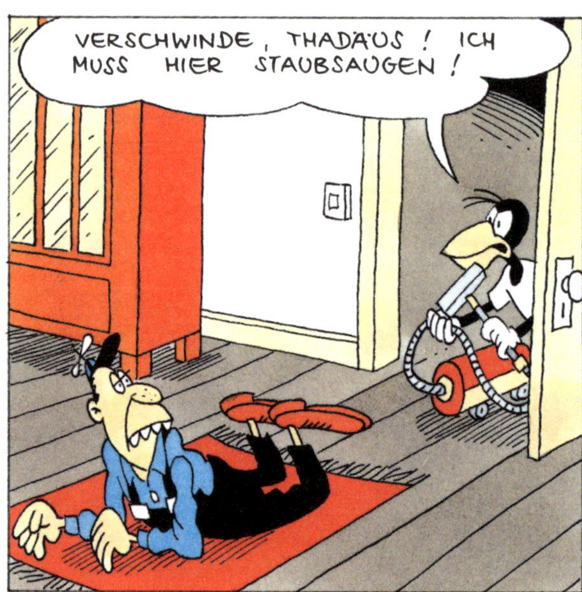
VERSCHWINDE, THADÄUS! ICH MUSS HIER STAUBSAUGEN!

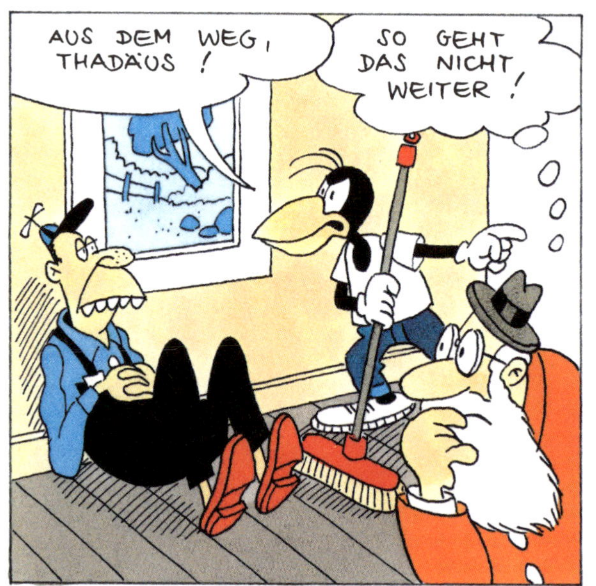
AUS DEM WEG, THADÄUS!
SO GEHT DAS NICHT WEITER!

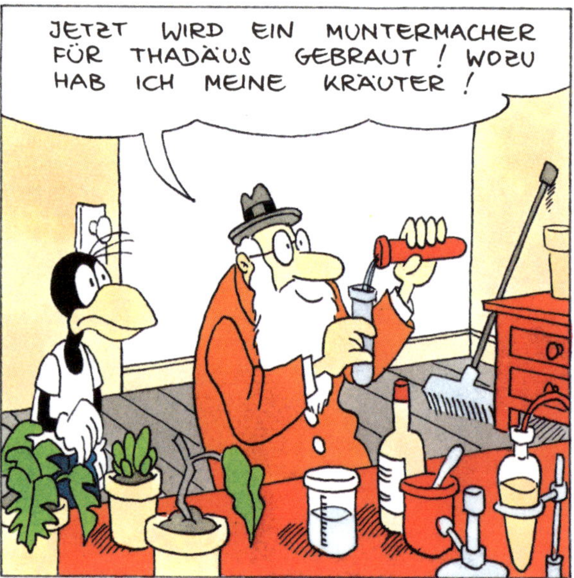
JETZT WIRD EIN MUNTERMACHER FÜR THADÄUS GEBRAUT! WOZU HAB ICH MEINE KRÄUTER!

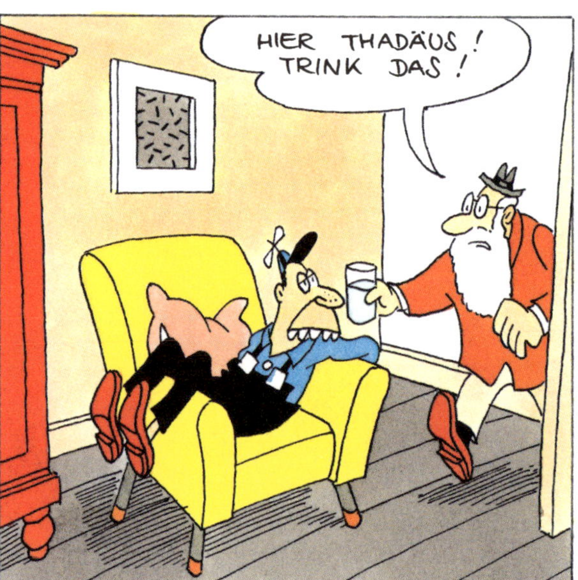
HIER THADÄUS! TRINK DAS!

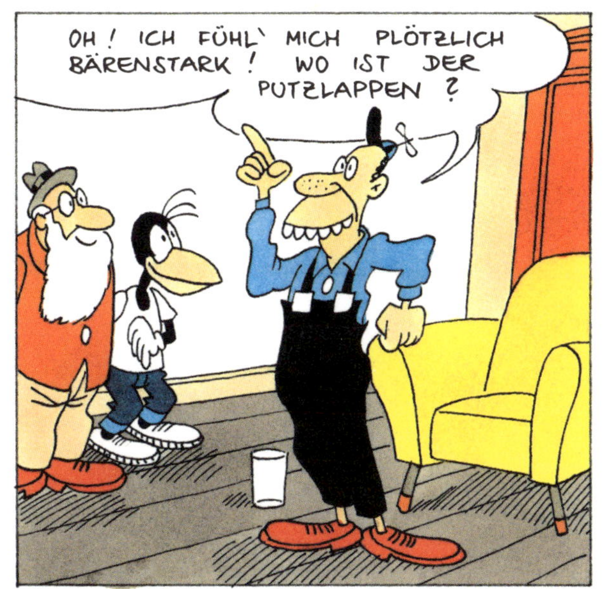
OH! ICH FÜHL' MICH PLÖTZLICH BÄRENSTARK! WO IST DER PUTZLAPPEN?

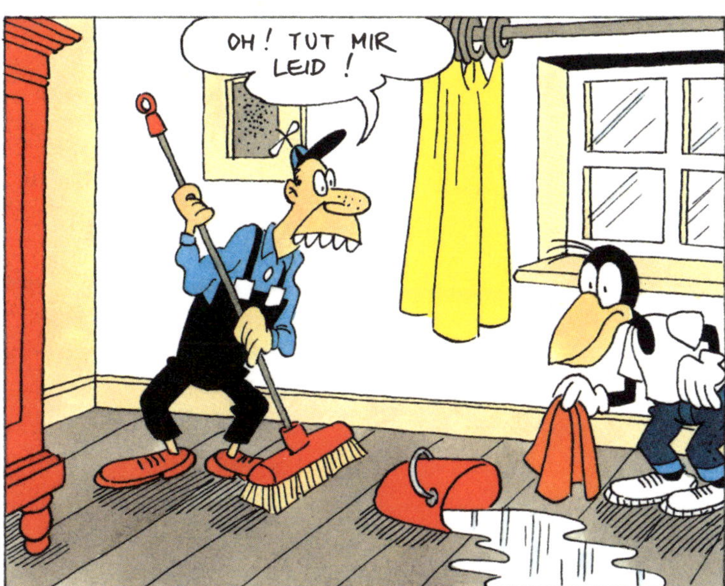
OH! TUT MIR LEID!

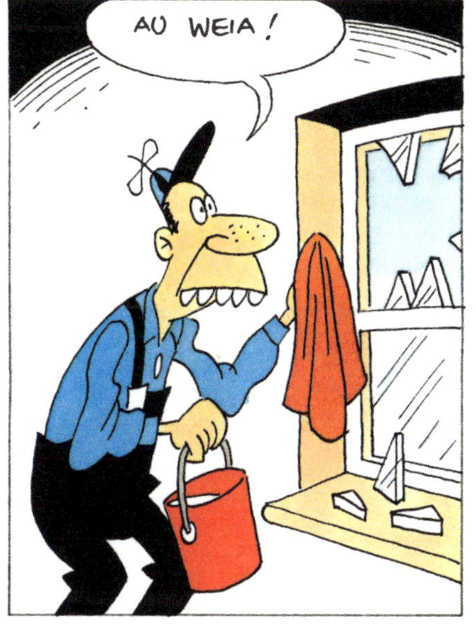
AU WEIA!

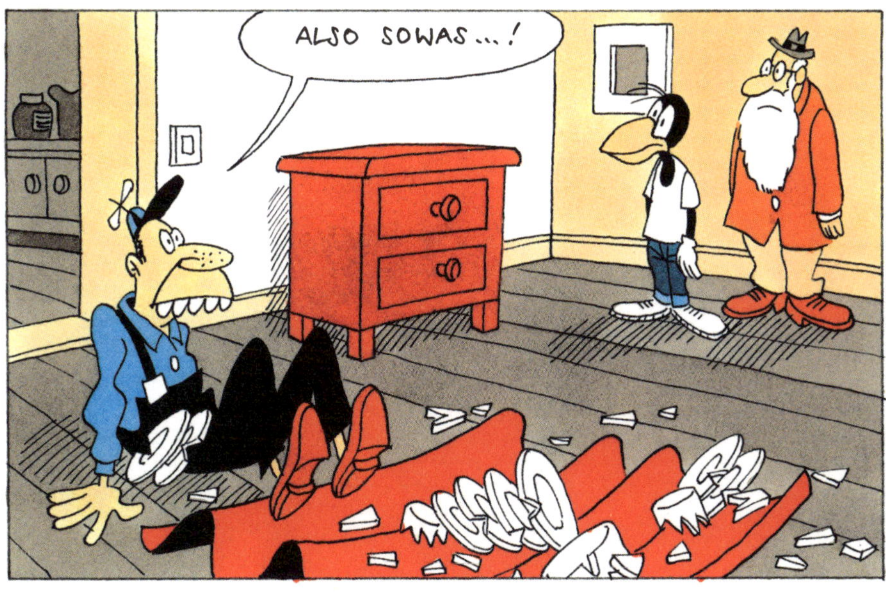
ALSO SOWAS...!

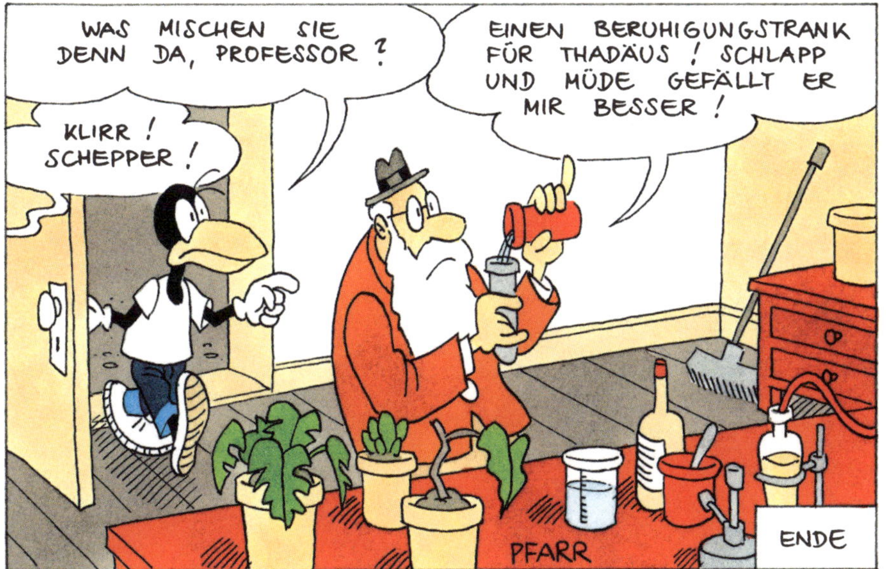
KLIRR! SCHEPPER!
WAS MISCHEN SIE DENN DA, PROFESSOR?
EINEN BERUHIGUNGSTRANK FÜR THADÄUS! SCHLAPP UND MÜDE GEFÄLLT ER MIR BESSER!
PFARR
ENDE

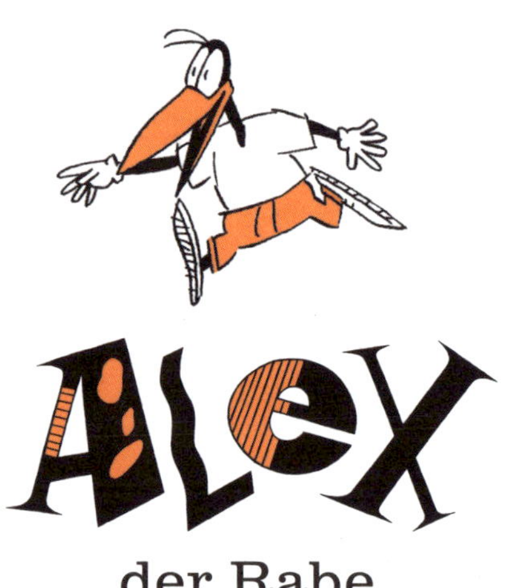
ALEX
der Rabe

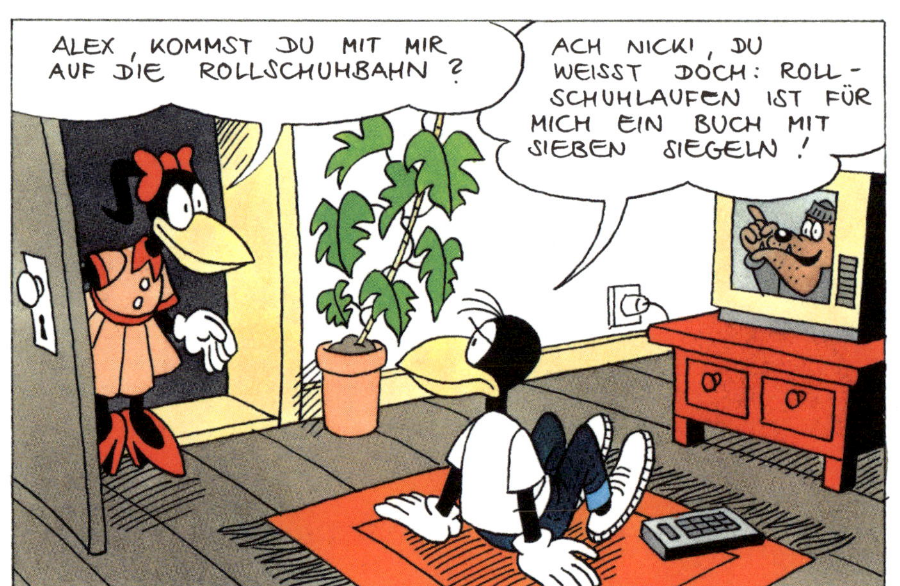
ALEX, KOMMST DU MIT MIR AUF DIE ROLLSCHUHBAHN?
ACH NICKI, DU WEISST DOCH: ROLLSCHUHLAUFEN IST FÜR MICH EIN BUCH MIT SIEBEN SIEGELN!

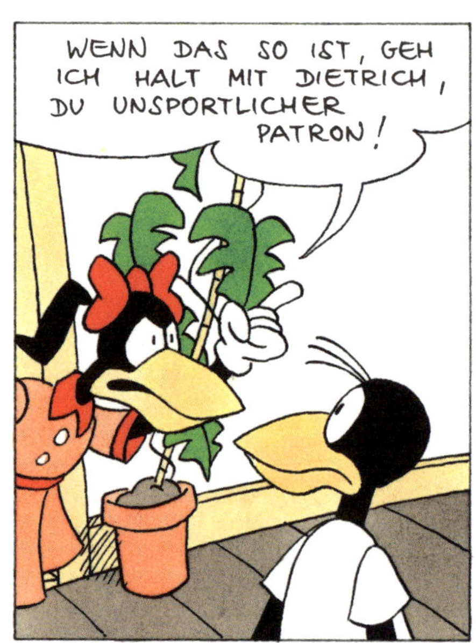
WENN DAS SO IST, GEH ICH HALT MIT DIETRICH, DU UNSPORTLICHER PATRON!

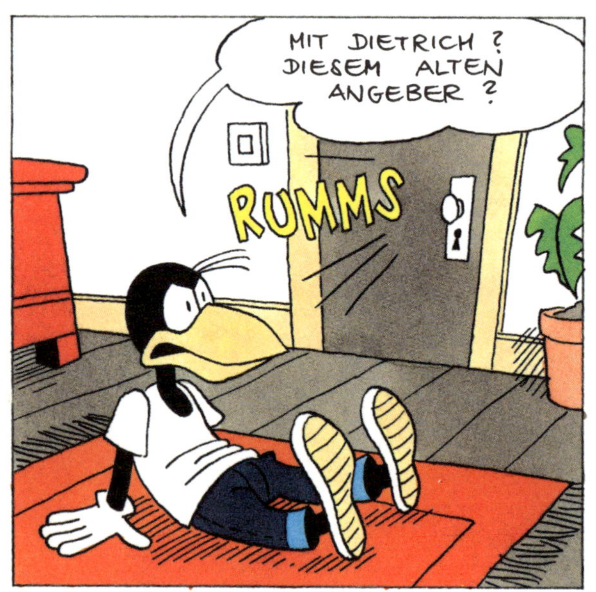
MIT DIETRICH? DIESEM ALTEN ANGEBER?
RUMMS

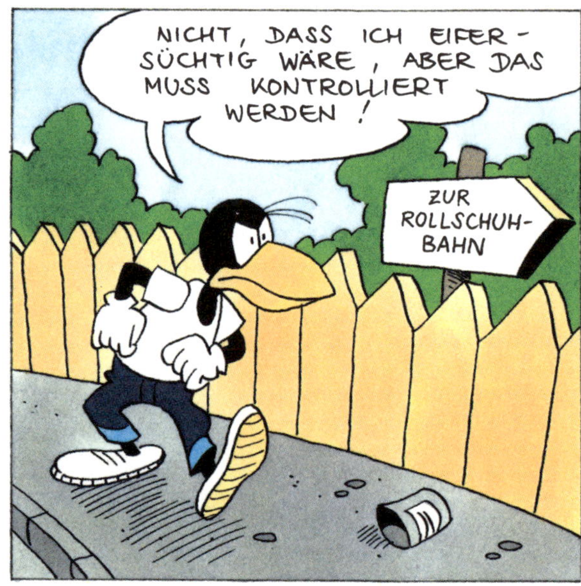
NICHT, DASS ICH EIFERSÜCHTIG WÄRE, ABER DAS MUSS KONTROLLIERT WERDEN!
ZUR ROLLSCHUHBAHN

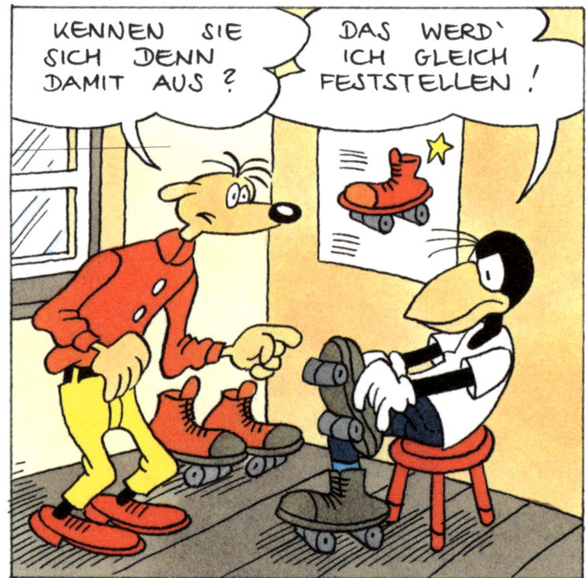
KENNEN SIE SICH DENN DAMIT AUS?
DAS WERD' ICH GLEICH FESTSTELLEN!

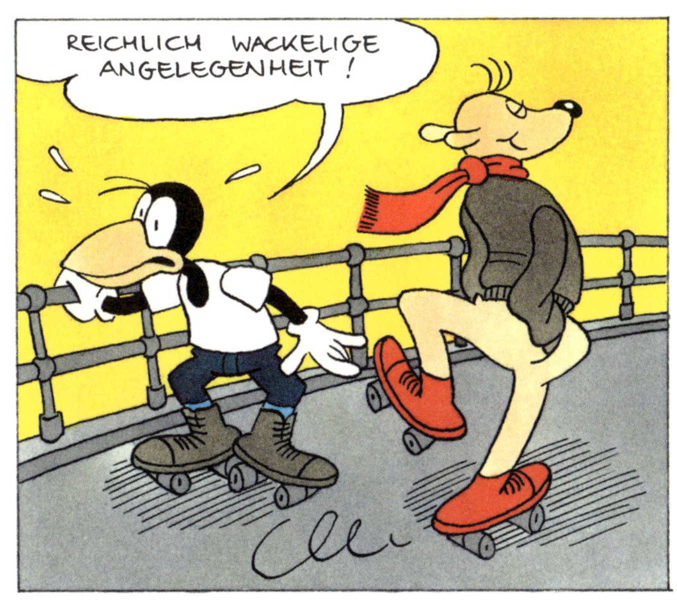
REICHLICH WACKELIGE ANGELEGENHEIT !

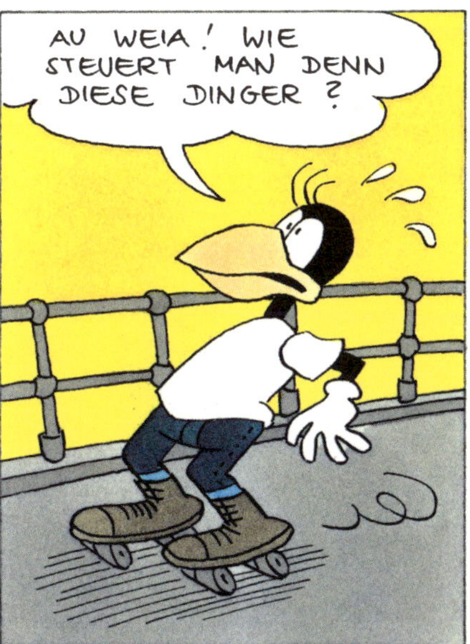
AU WEIA ! WIE STEUERT MAN DENN DIESE DINGER ?

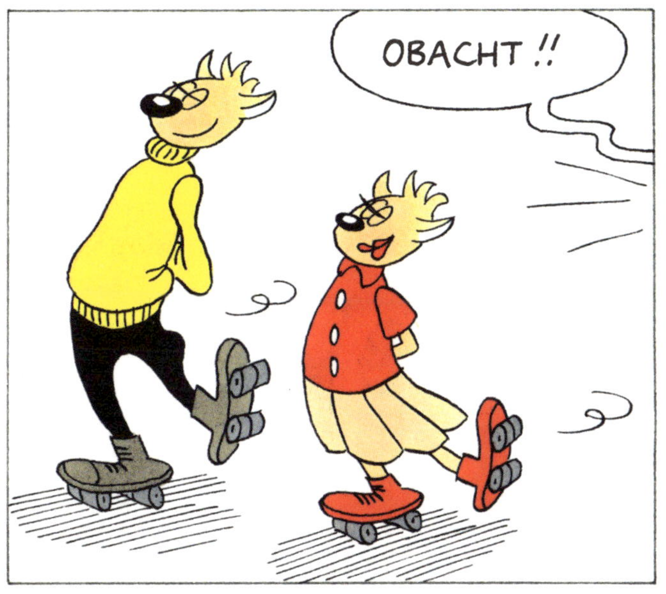
OBACHT !!

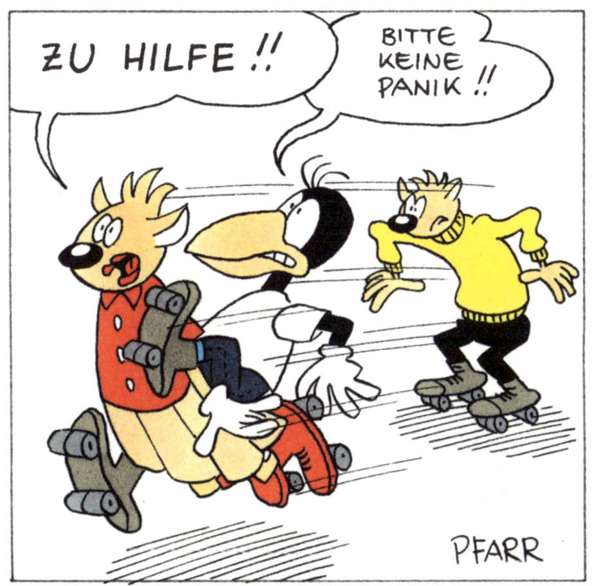
ZU HILFE !!
BITTE KEINE PANIK !!
PFARR

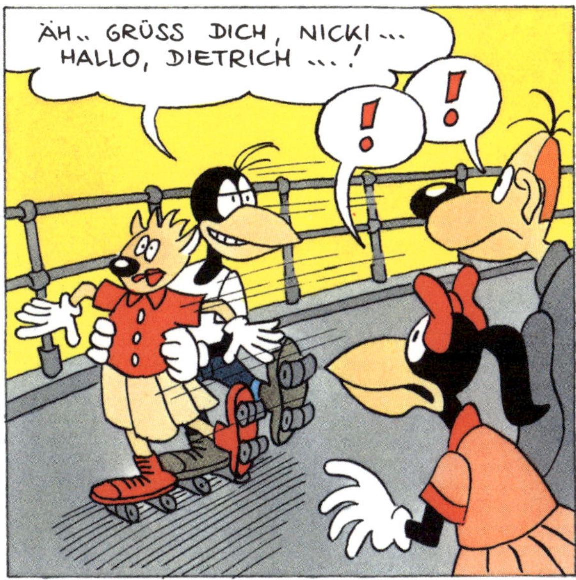
ÄH.. GRÜSS DICH, NICKI ... HALLO, DIETRICH ... !
!
!

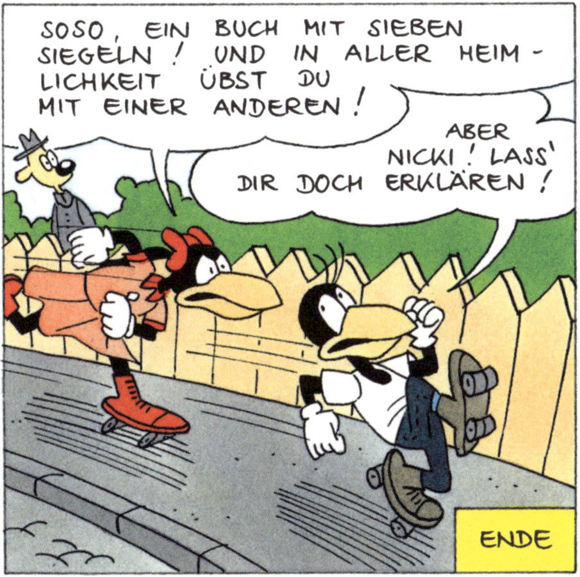
SOSO, EIN BUCH MIT SIEBEN SIEGELN ! UND IN ALLER HEIM-LICHKEIT ÜBST DU MIT EINER ANDEREN !
ABER NICKI ! LASS' DIR DOCH ERKLÄREN !
ENDE

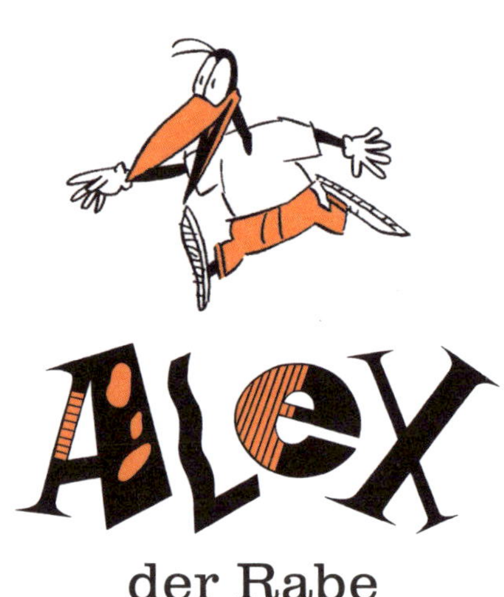
ALEX
der Rabe

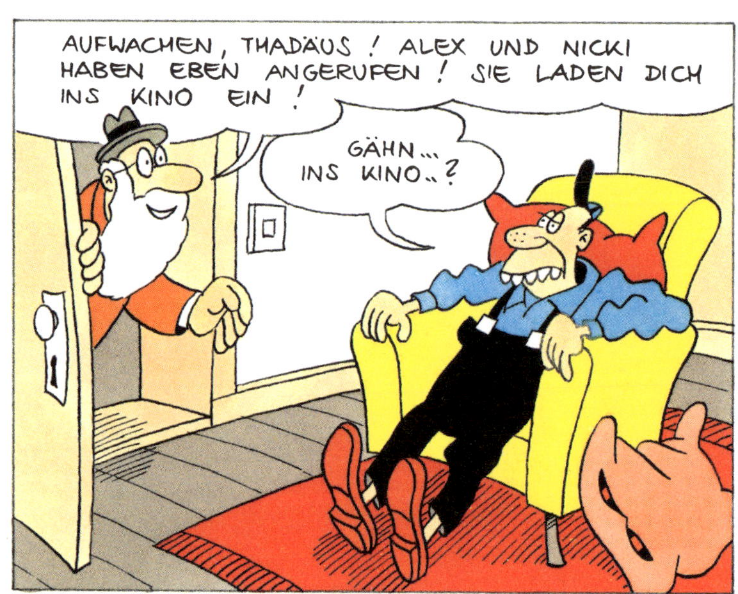
AUFWACHEN, THADÄUS! ALEX UND NICKI HABEN EBEN ANGERUFEN! SIE LADEN DICH INS KINO EIN!
GÄHN... INS KINO..?

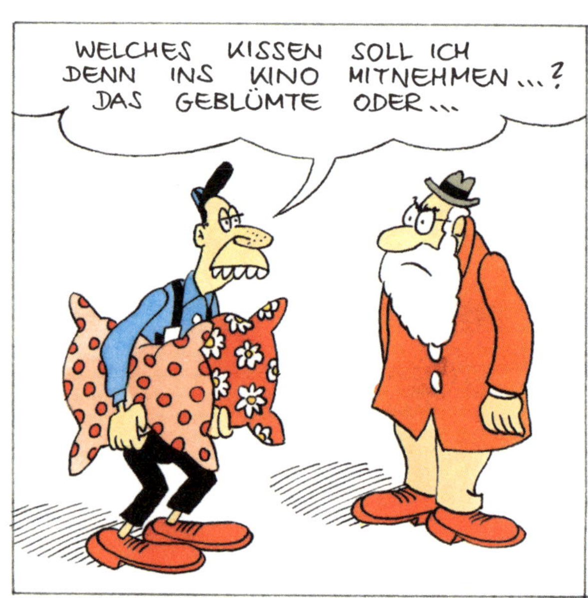
WELCHES KISSEN SOLL ICH DENN INS KINO MITNEHMEN...? DAS GEBLÜMTE ODER...

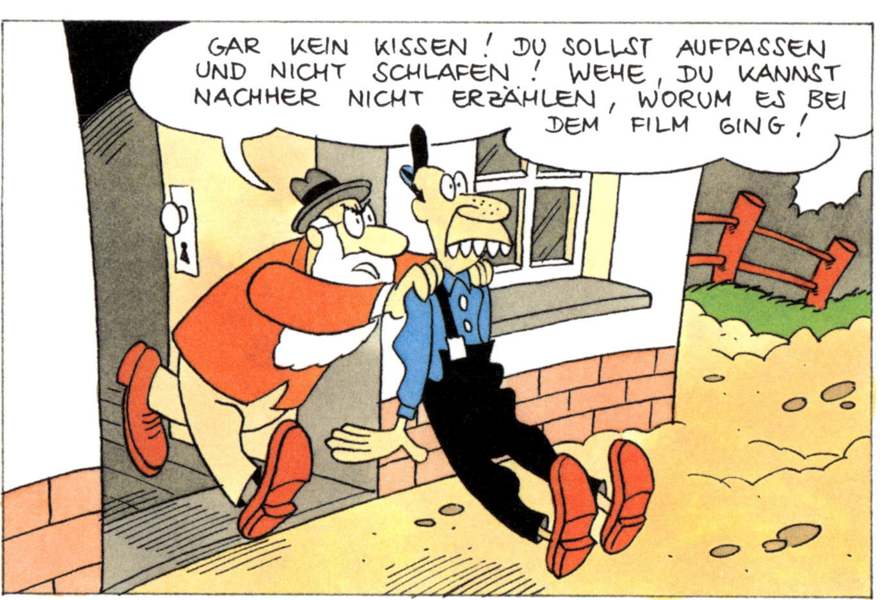
GAR KEIN KISSEN! DU SOLLST AUFPASSEN UND NICHT SCHLAFEN! WEHE, DU KANNST NACHHER NICHT ERZÄHLEN, WORUM ES BEI DEM FILM GING!

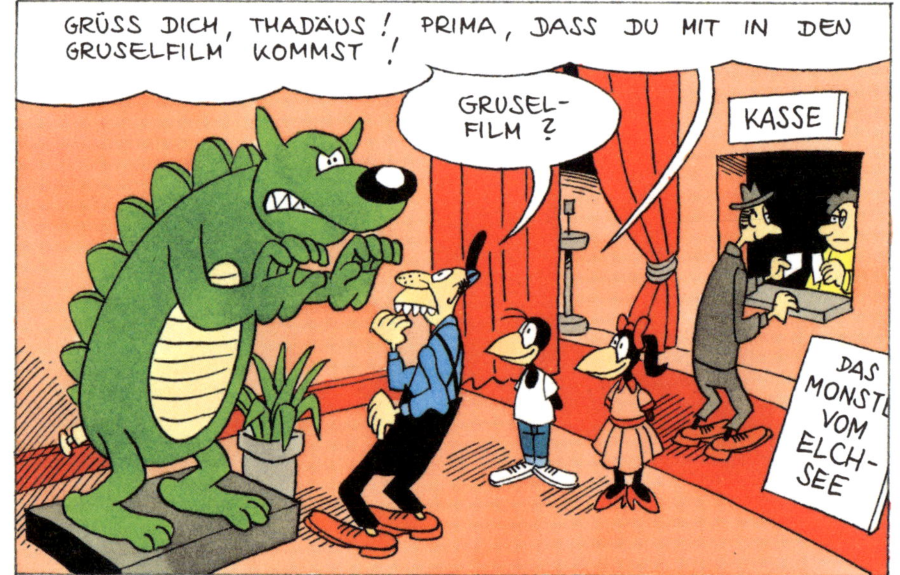
GRÜSS DICH, THADÄUS! PRIMA, DASS DU MIT IN DEN GRUSELFILM KOMMST!
GRUSEL-FILM?
KASSE
DAS MONST VOM ELCH-SEE

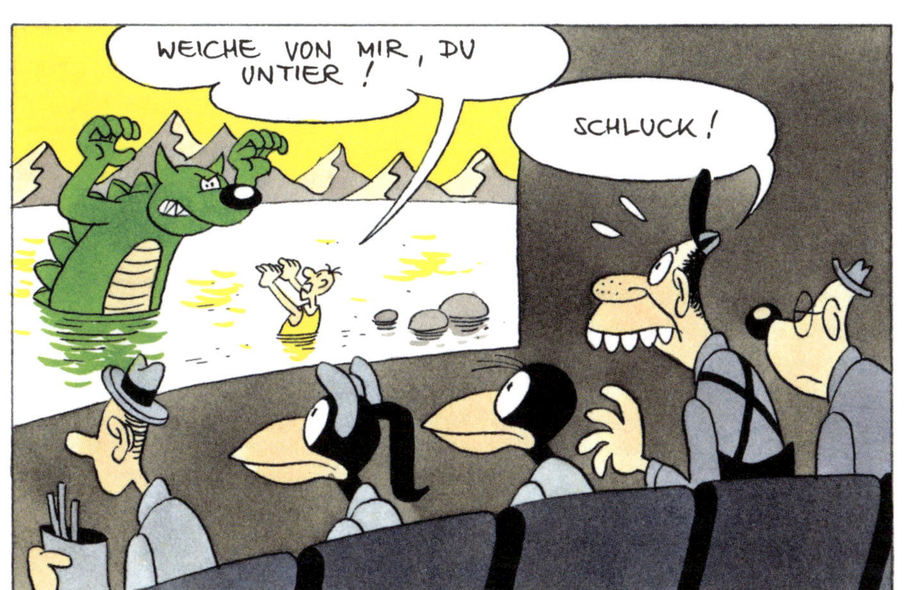
WEICHE VON MIR, DU UNTIER!
SCHLUCK!

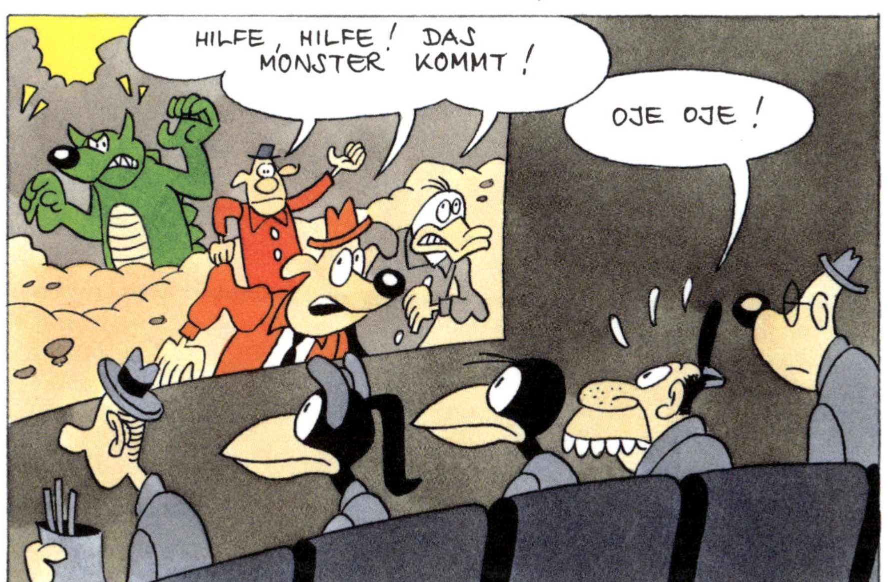
HILFE, HILFE! DAS MONSTER KOMMT!
OJE OJE!

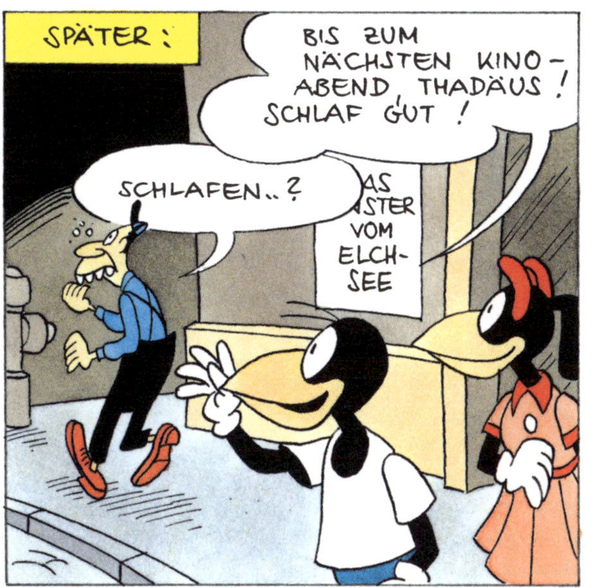
SPÄTER:
BIS ZUM NÄCHSTEN KINO-ABEND, THADÄUS! SCHLAF GUT!
SCHLAFEN..?
AS
NSTER
VOM
ELCH-
SEE

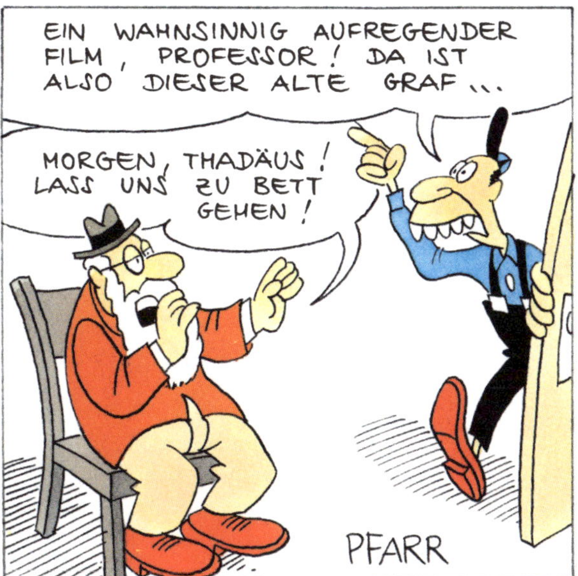
EIN WAHNSINNIG AUFREGENDER FILM, PROFESSOR! DA IST ALSO DIESER ALTE GRAF...
MORGEN, THADÄUS! LASS UNS ZU BETT GEHEN!
PFARR

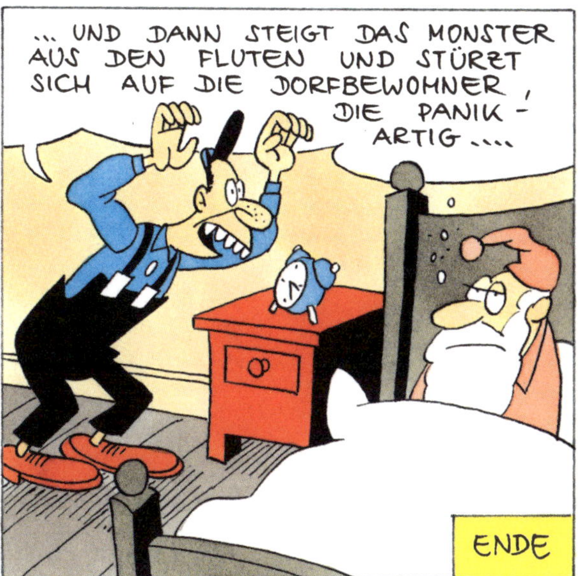
... UND DANN STEIGT DAS MONSTER AUS DEN FLUTEN UND STÜRZT SICH AUF DIE DORFBEWOHNER, DIE PANIK-ARTIG....
ENDE

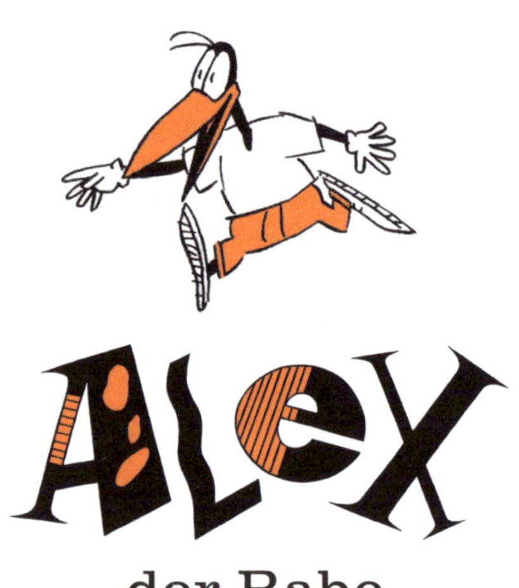
ALEX
der Rabe

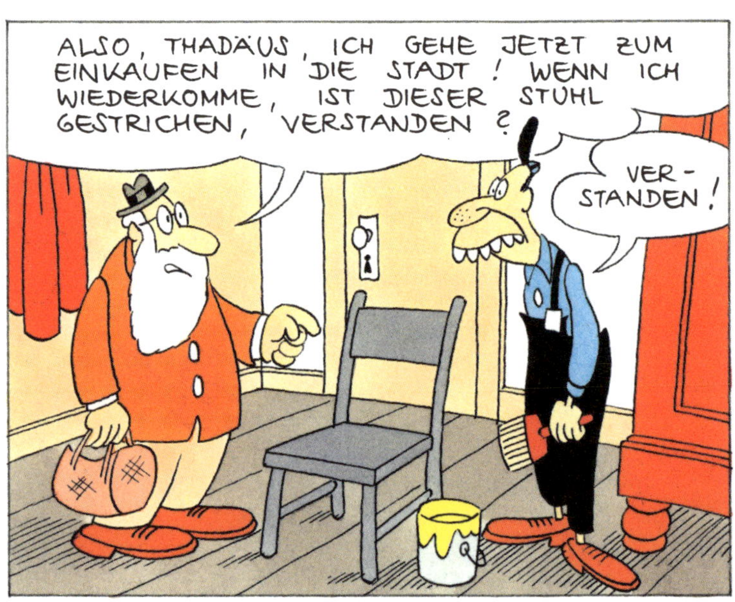
ALSO, THADÄUS, ICH GEHE JETZT ZUM EINKAUFEN IN DIE STADT! WENN ICH WIEDERKOMME, IST DIESER STUHL GESTRICHEN, VERSTANDEN?
VER-STANDEN!

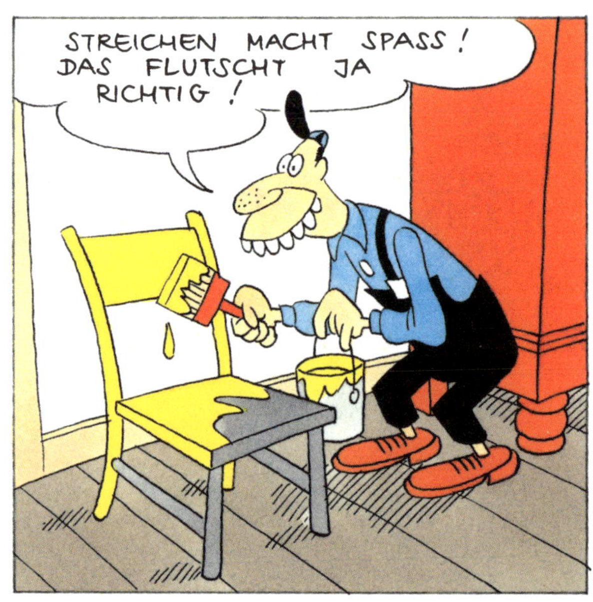
STREICHEN MACHT SPASS! DAS FLUTSCHT JA RICHTIG!

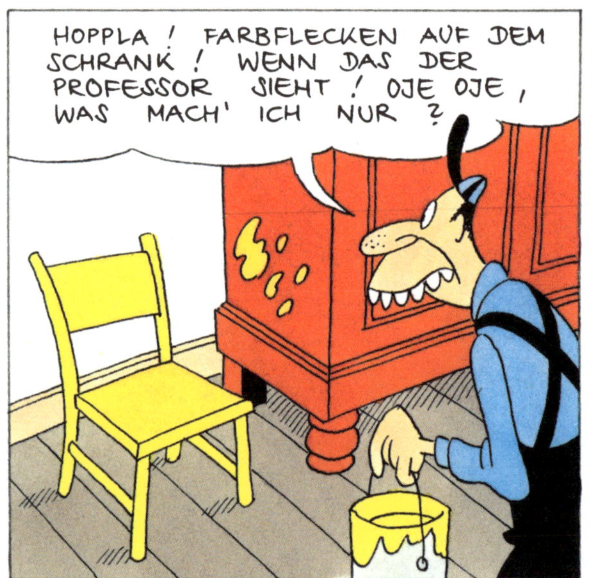
HOPPLA! FARBFLECKEN AUF DEM SCHRANK! WENN DAS DER PROFESSOR SIEHT! OJE OJE, WAS MACH' ICH NUR?

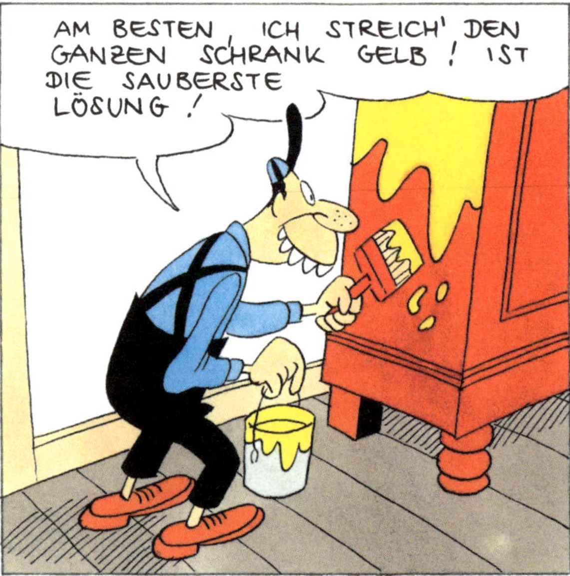
AM BESTEN, ICH STREICH' DEN GANZEN SCHRANK GELB! IST DIE SAUBERSTE LÖSUNG!

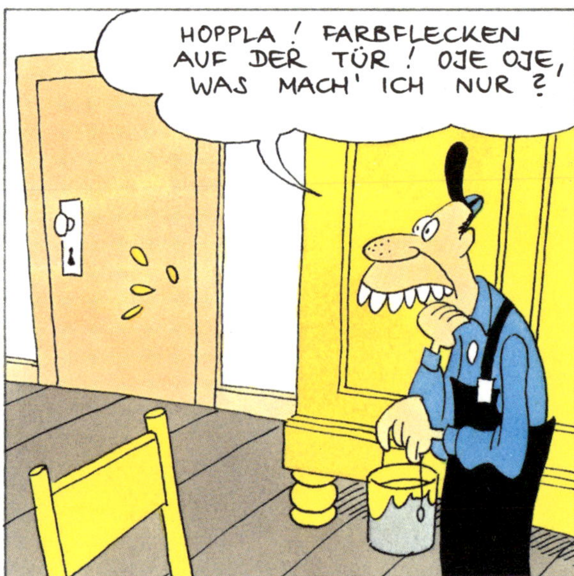
HOPPLA! FARBFLECKEN AUF DER TÜR! OJE OJE, WAS MACH' ICH NUR?

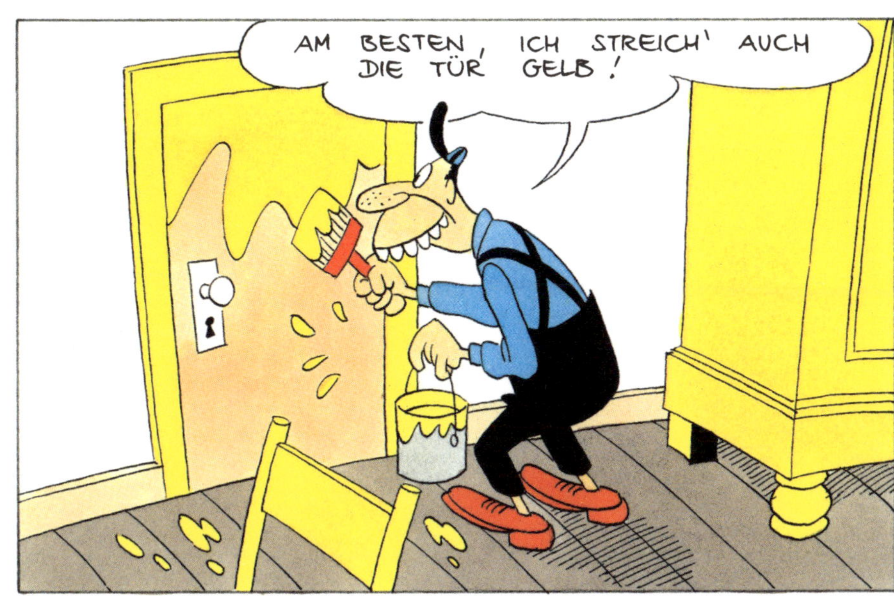

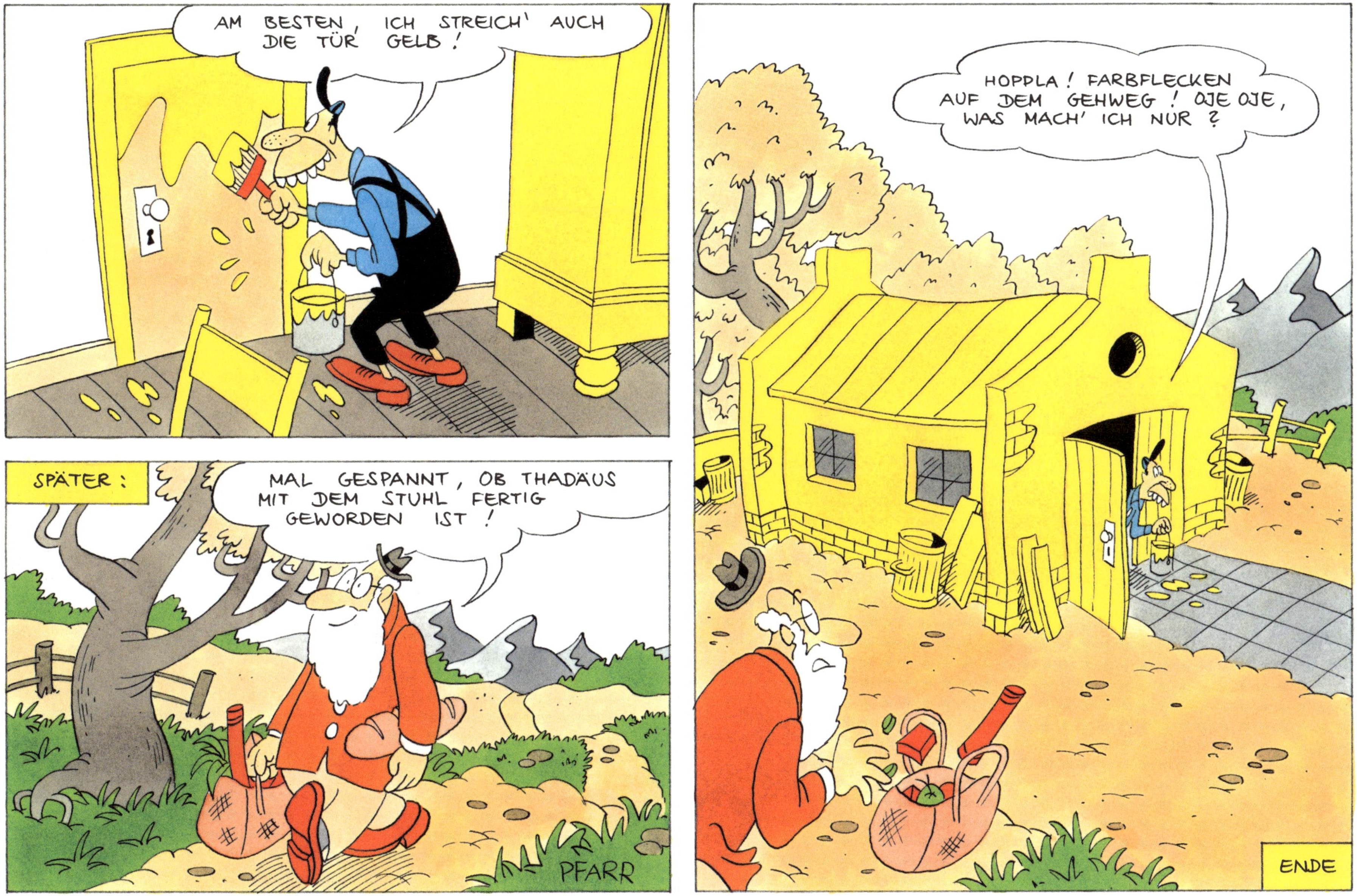

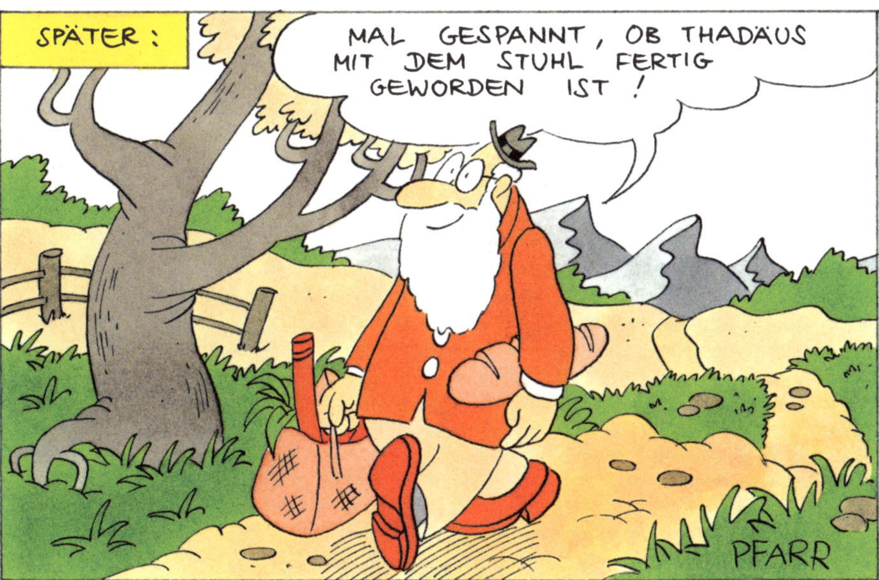

HOPPLA! FARBFLECKEN AUF DEM GEHWEG! OJE OJE, WAS MACH' ICH NUR?

ENDE

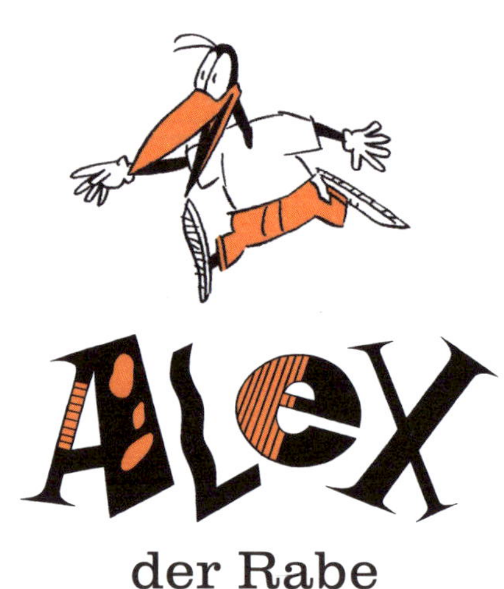
ALEX
der Rabe

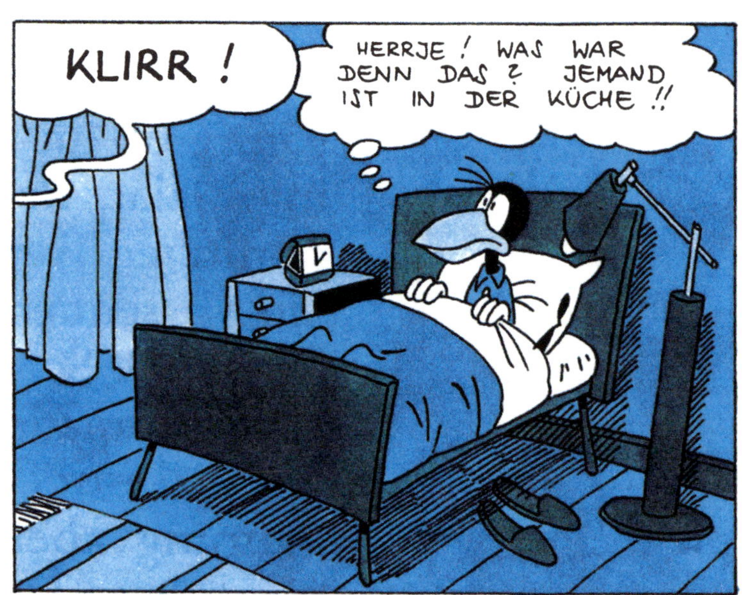
KLIRR !
HERRJE ! WAS WAR DENN DAS ? JEMAND IST IN DER KÜCHE !!

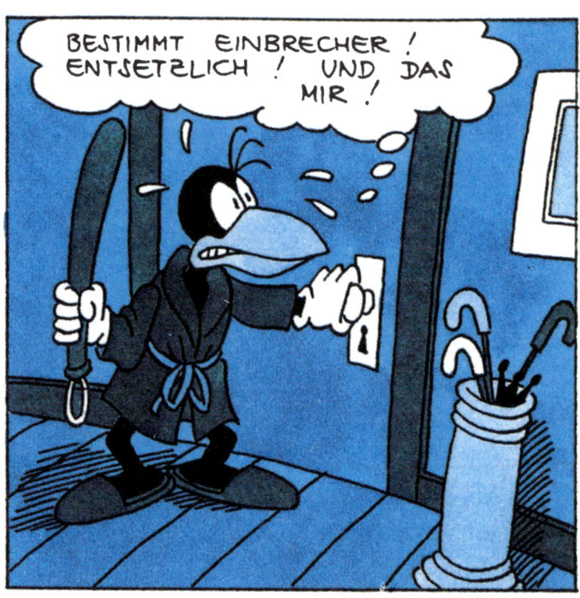
BESTIMMT EINBRECHER ! ENTSETZLICH ! UND DAS MIR !

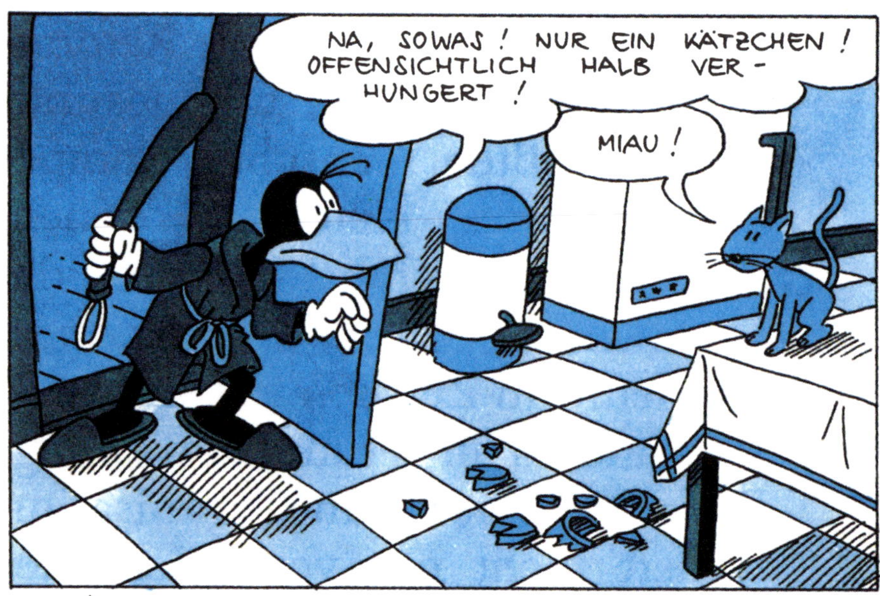
NA, SOWAS ! NUR EIN KÄTZCHEN ! OFFENSICHTLICH HALB VER-HUNGERT !
MIAU !

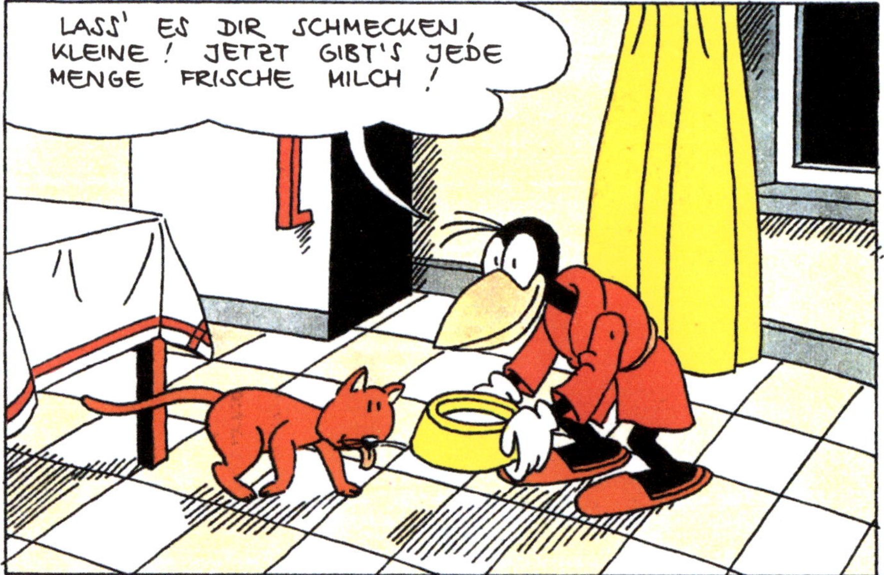
LASS' ES DIR SCHMECKEN, KLEINE ! JETZT GIBT'S JEDE MENGE FRISCHE MILCH !

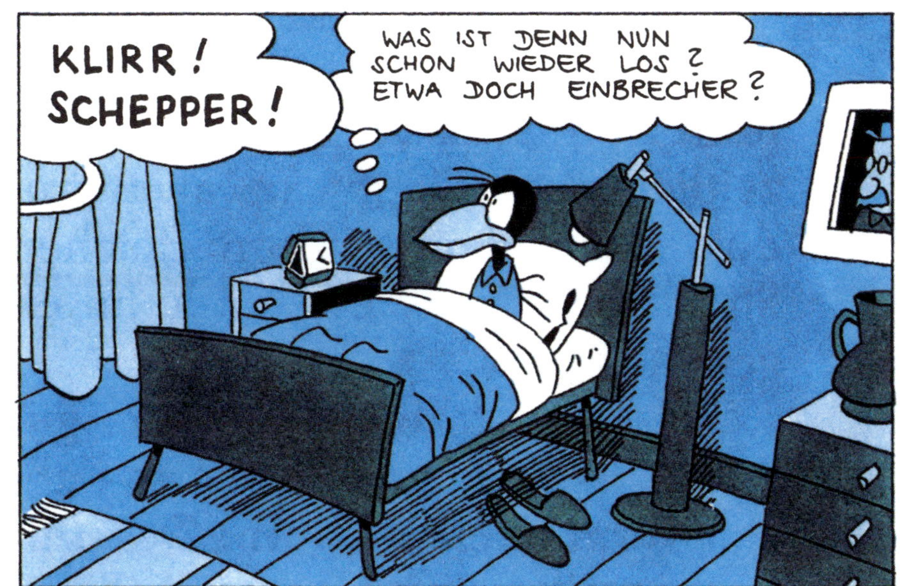
KLIRR! SCHEPPER!
WAS IST DENN NUN SCHON WIEDER LOS? ETWA DOCH EINBRECHER?

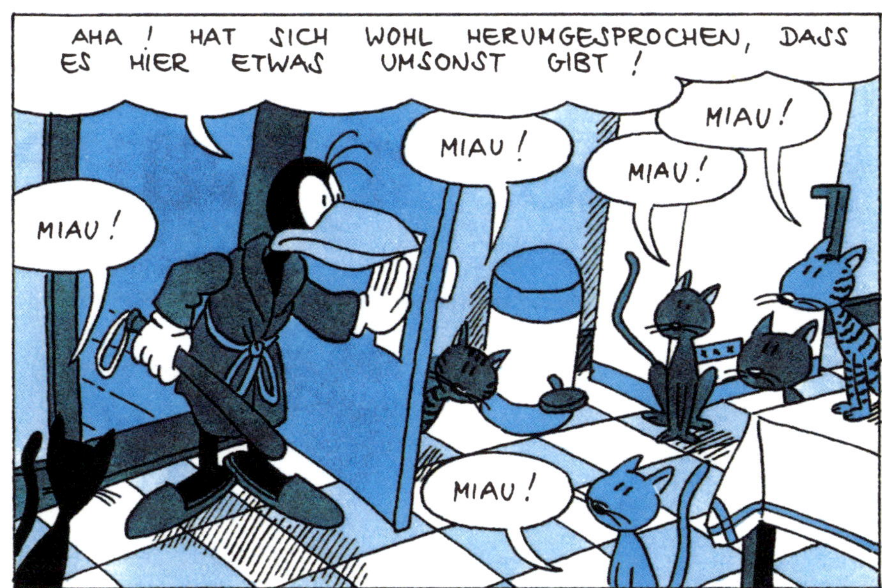
AHA! HAT SICH WOHL HERUMGESPROCHEN, DASS ES HIER ETWAS UMSONST GIBT!
MIAU!
MIAU!
MIAU!
MIAU!
MIAU!

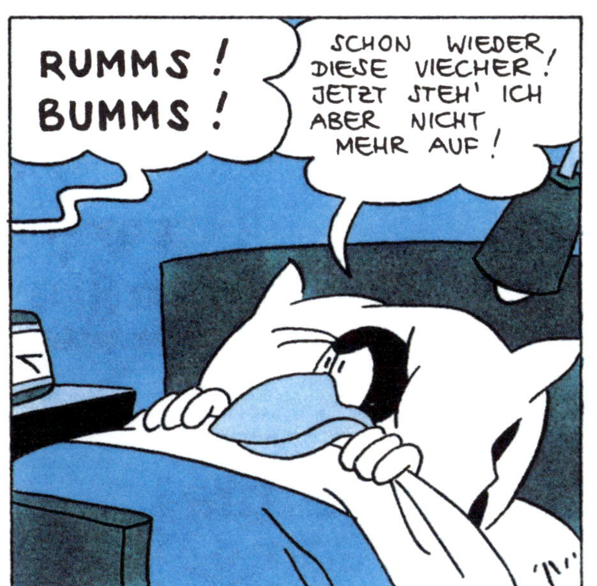
RUMMS! BUMMS!
SCHON WIEDER, DIESE VIECHER! JETZT STEH' ICH ABER NICHT MEHR AUF!

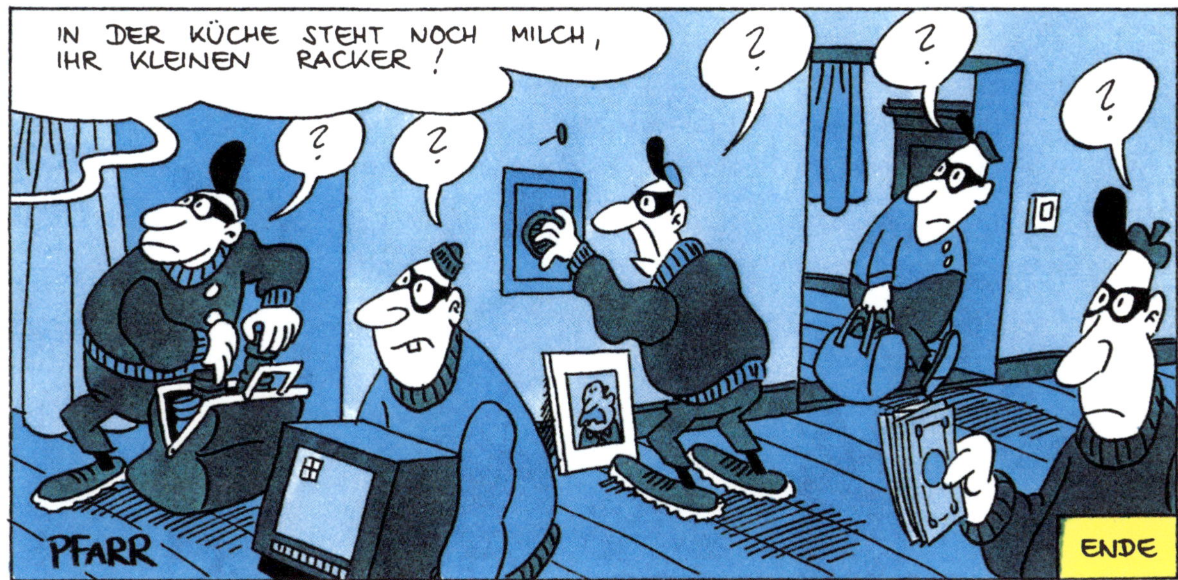
IN DER KÜCHE STEHT NOCH MILCH, IHR KLEINEN RACKER!
?
?
?
?
?
PFARR
ENDE

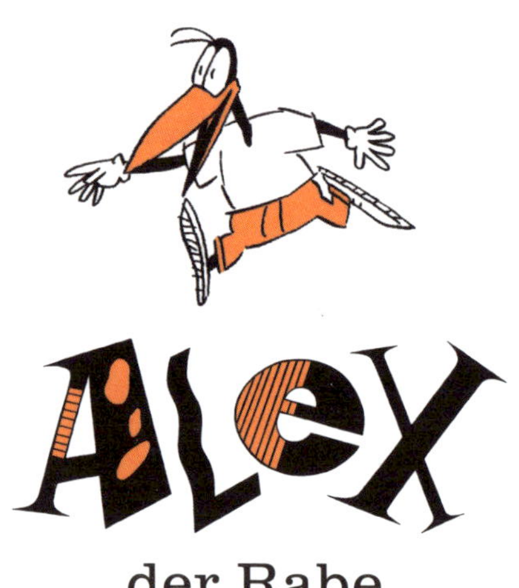
ALEX
der Rabe

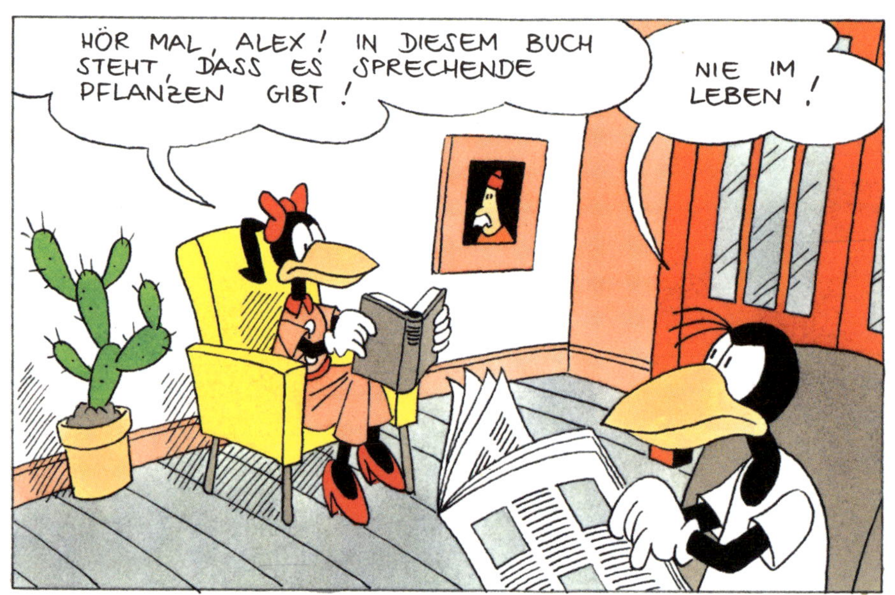
HÖR MAL, ALEX! IN DIESEM BUCH STEHT, DASS ES SPRECHENDE PFLANZEN GIBT!
NIE IM LEBEN!

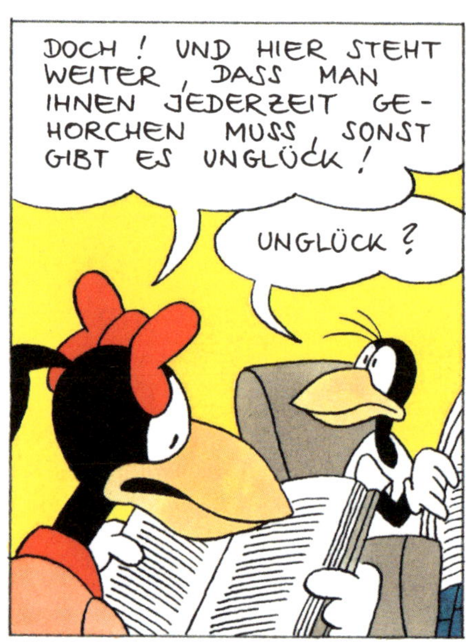
DOCH! UND HIER STEHT WEITER, DASS MAN IHNEN JEDERZEIT GE-HORCHEN MUSS, SONST GIBT ES UNGLÜCK!
UNGLÜCK?

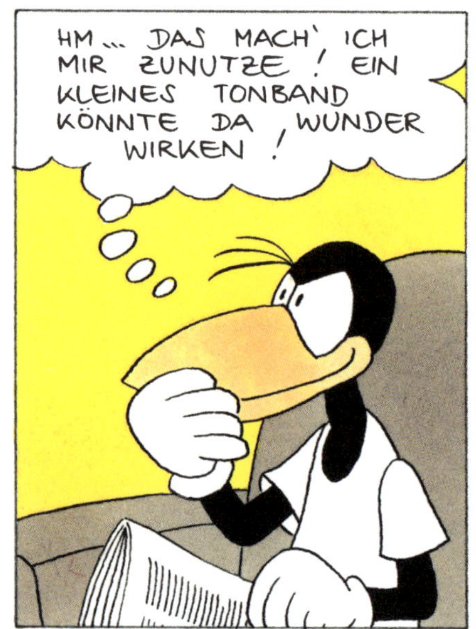
HM... DAS MACH' ICH MIR ZUNUTZE! EIN KLEINES TONBAND KÖNNTE DA WUNDER WIRKEN!

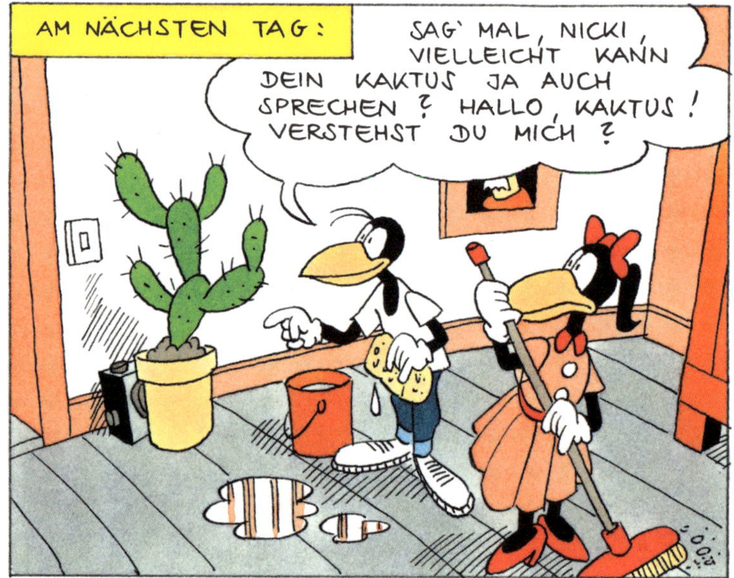
AM NÄCHSTEN TAG:
SAG' MAL, NICKI, VIELLEICHT KANN DEIN KAKTUS JA AUCH SPRECHEN? HALLO, KAKTUS! VERSTEHST DU MICH?

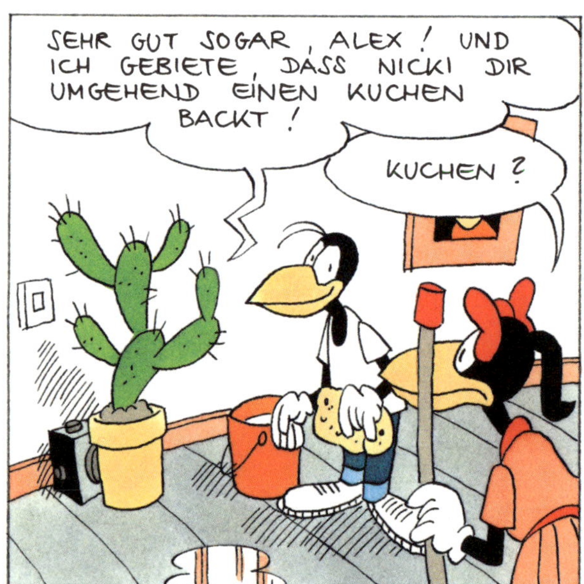
SEHR GUT SOGAR, ALEX! UND ICH GEBIETE, DASS NICKI DIR UMGEHEND EINEN KUCHEN BACKT!
KUCHEN?

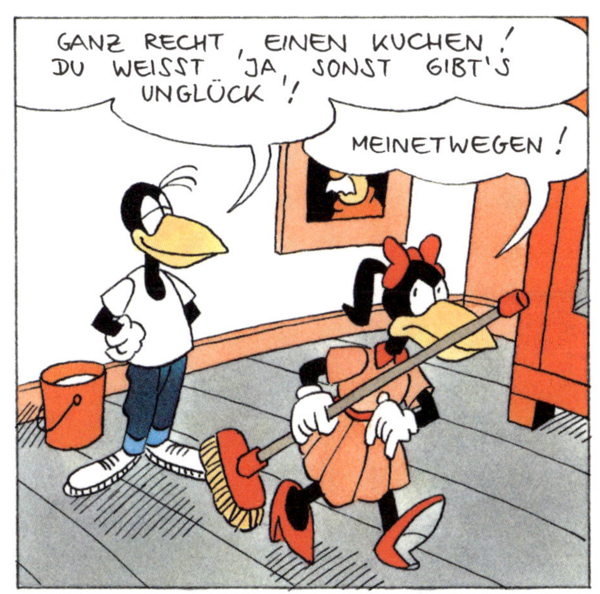
GANZ RECHT, EINEN KUCHEN! DU WEISST JA, SONST GIBT'S UNGLÜCK!
MEINETWEGEN!

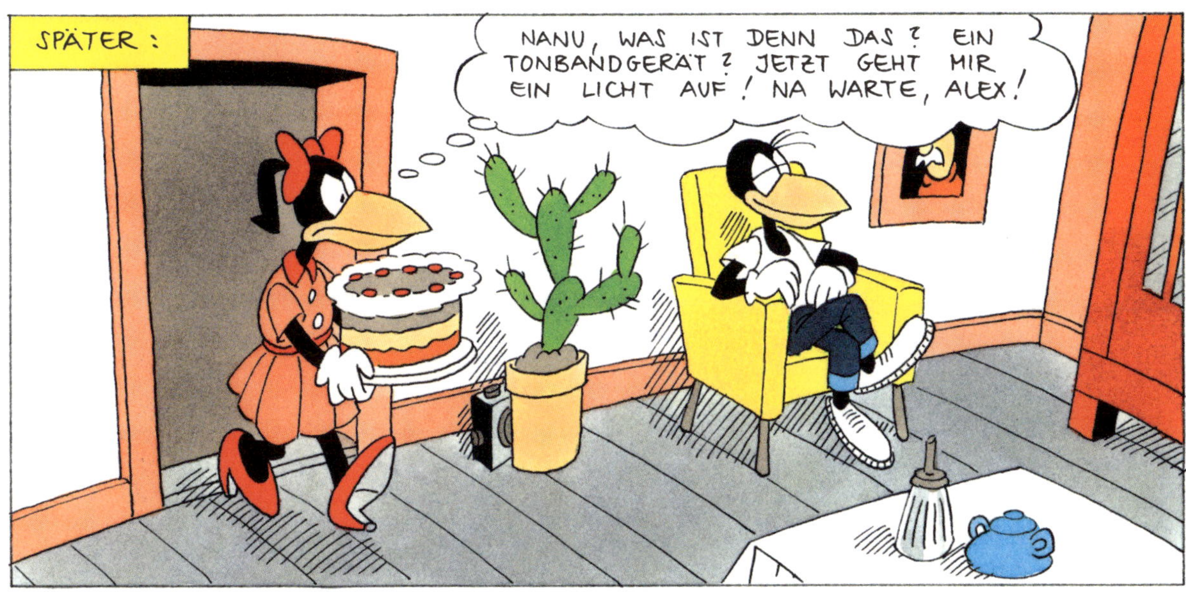
SPÄTER:
NANU, WAS IST DENN DAS? EIN TONBANDGERÄT? JETZT GEHT MIR EIN LICHT AUF! NA WARTE, ALEX!

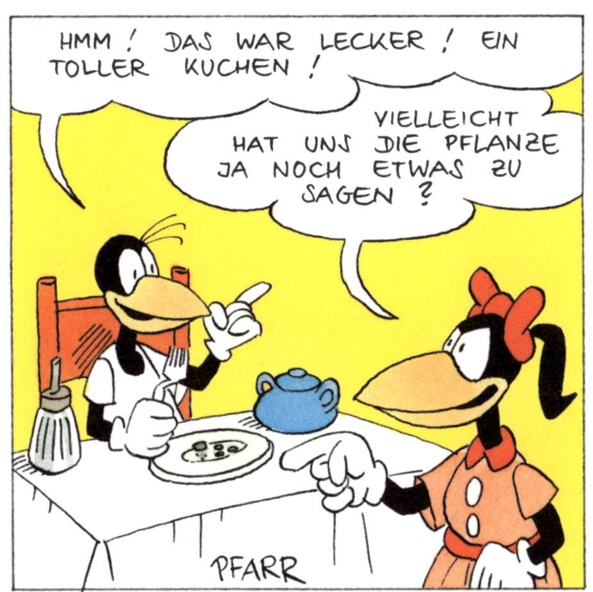
HMM! DAS WAR LECKER! EIN TOLLER KUCHEN!
VIELLEICHT HAT UNS DIE PFLANZE JA NOCH ETWAS ZU SAGEN?
PFARR

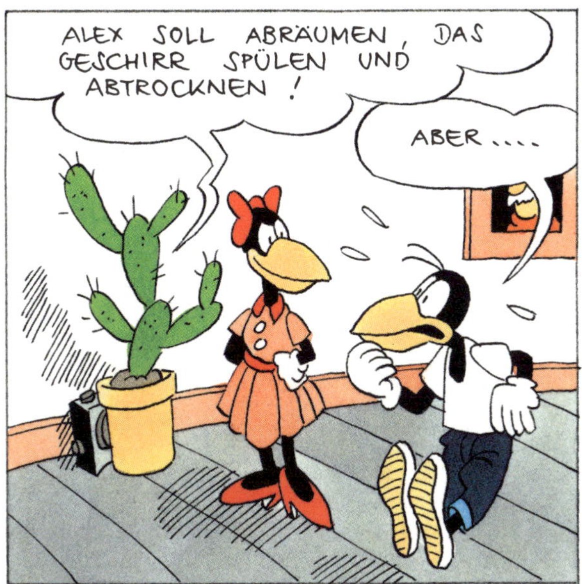
ALEX SOLL ABRÄUMEN, DAS GESCHIRR SPÜLEN UND ABTROCKNEN!
ABER....

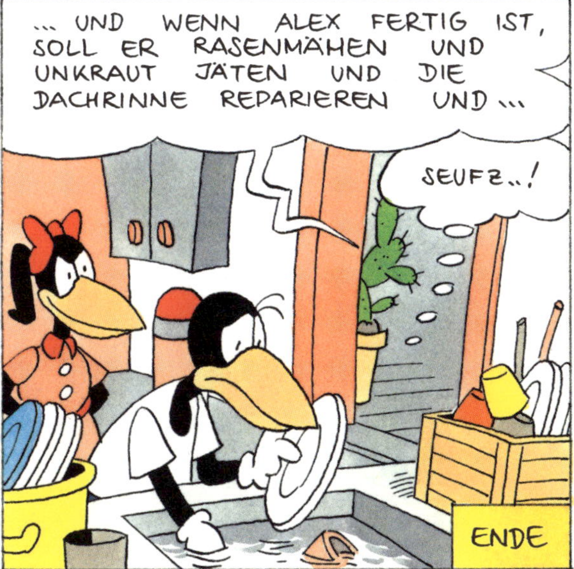
... UND WENN ALEX FERTIG IST, SOLL ER RASENMÄHEN UND UNKRAUT JÄTEN UND DIE DACHRINNE REPARIEREN UND ...
SEUFZ..!
ENDE

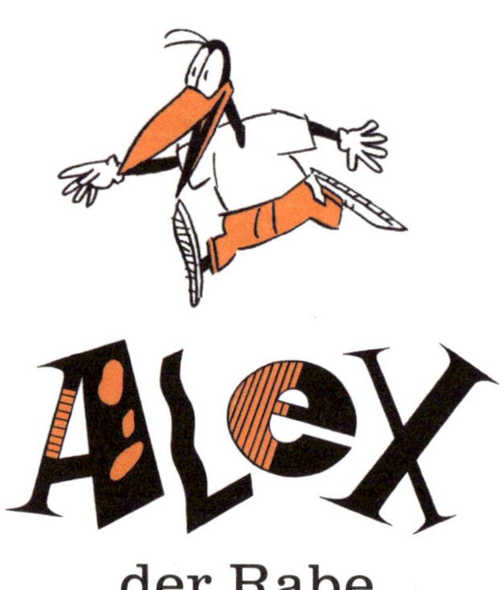
ALEX
der Rabe

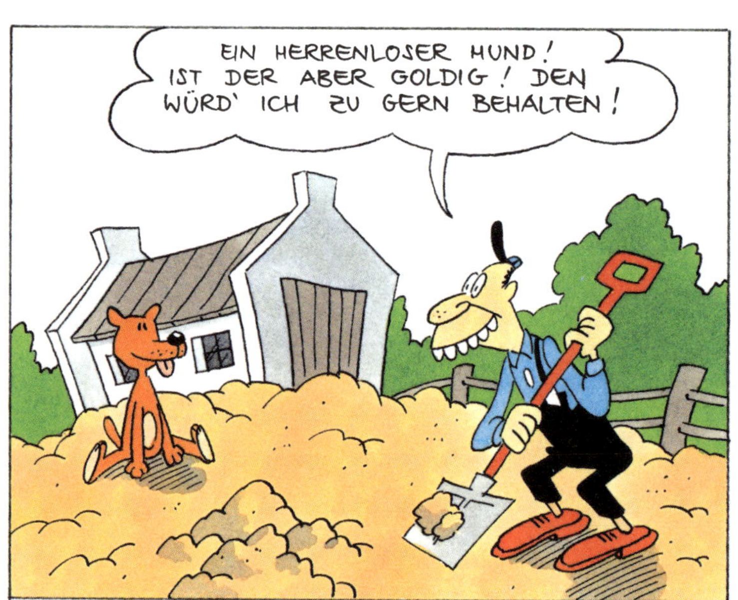
EIN HERRENLOSER HUND! IST DER ABER GOLDIG! DEN WÜRD' ICH ZU GERN BEHALTEN!

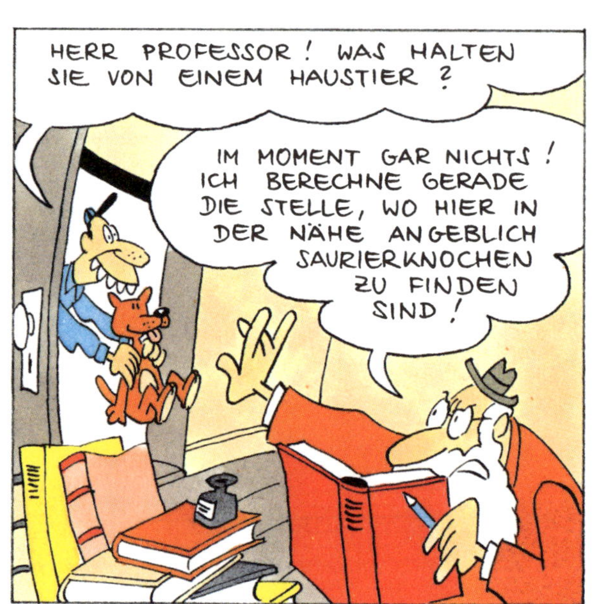
HERR PROFESSOR! WAS HALTEN SIE VON EINEM HAUSTIER?
IM MOMENT GAR NICHTS! ICH BERECHNE GERADE DIE STELLE, WO HIER IN DER NÄHE ANGEBLICH SAURIERKNOCHEN ZU FINDEN SIND!

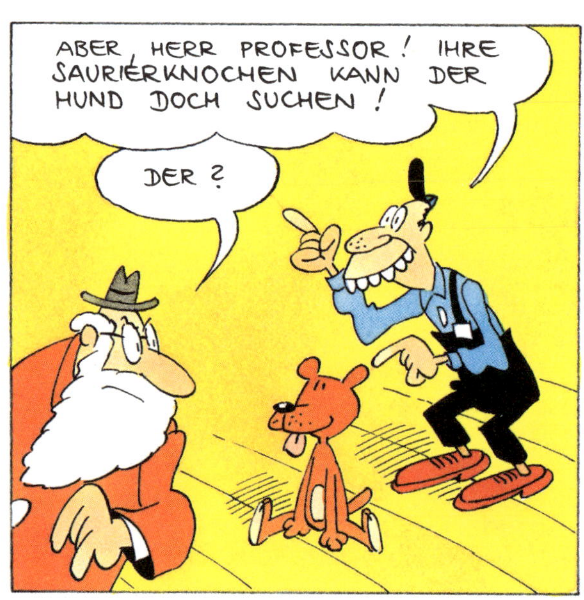
ABER, HERR PROFESSOR! IHRE SAURIERKNOCHEN KANN DER HUND DOCH SUCHEN!
DER?

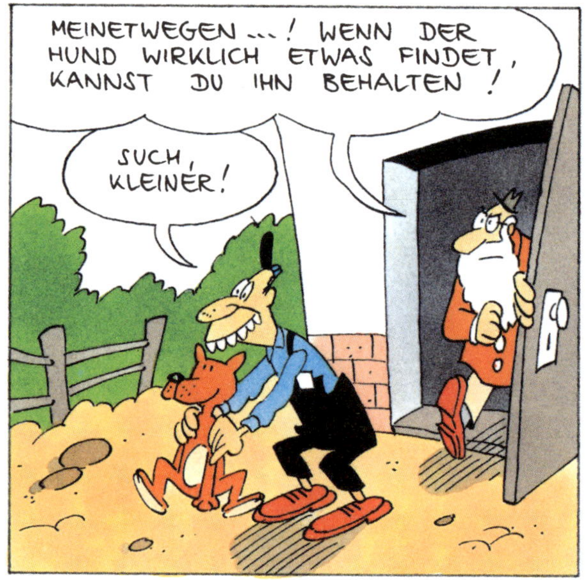
MEINETWEGEN...! WENN DER HUND WIRKLICH ETWAS FINDET, KANNST DU IHN BEHALTEN!
SUCH, KLEINER!

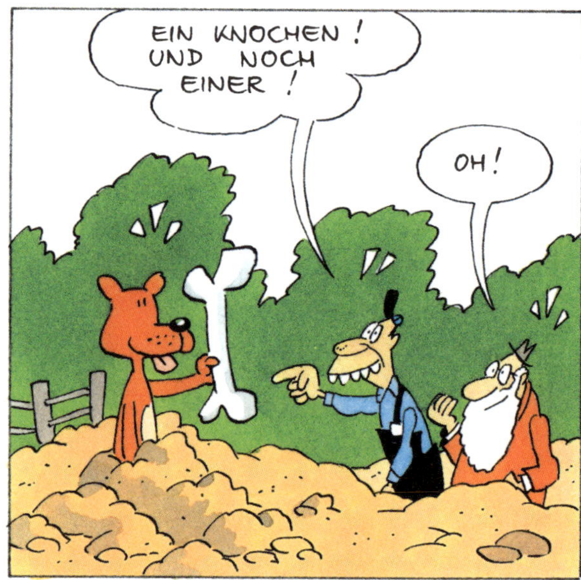
EIN KNOCHEN! UND NOCH EINER!
OH!

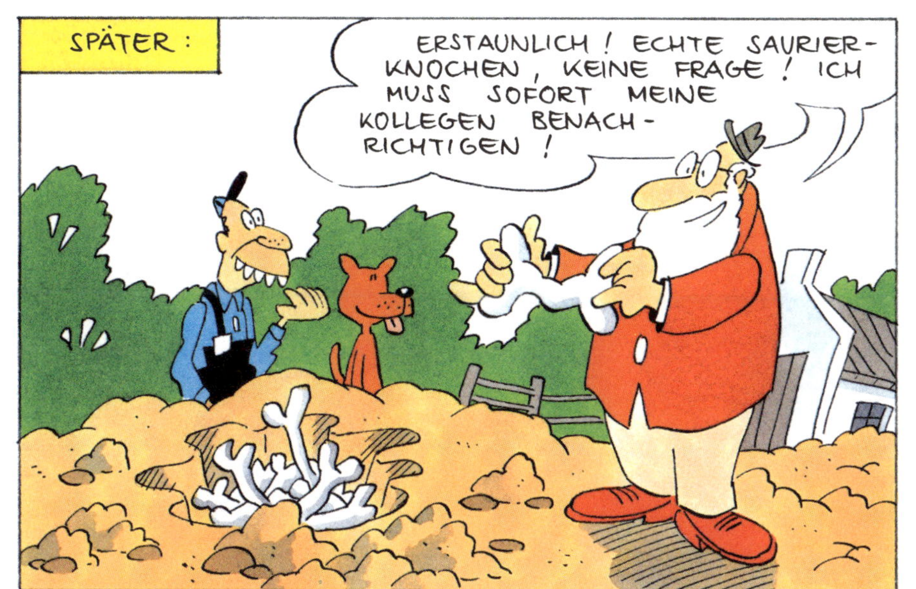
SPÄTER:
ERSTAUNLICH! ECHTE SAURIER-KNOCHEN, KEINE FRAGE! ICH MUSS SOFORT MEINE KOLLEGEN BENACHRICHTIGEN!

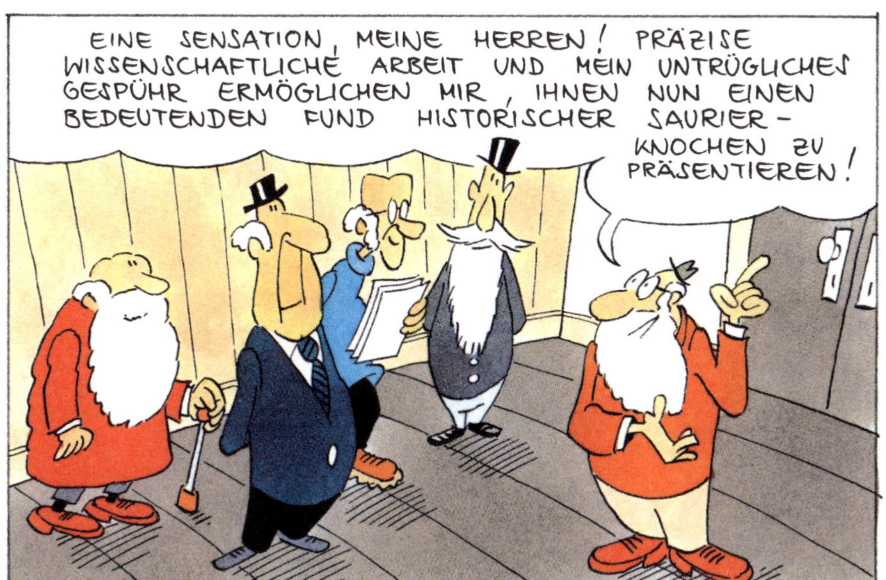
EINE SENSATION, MEINE HERREN! PRÄZISE WISSENSCHAFTLICHE ARBEIT UND MEIN UNTRÜGLICHES GESPÜHR ERMÖGLICHEN MIR, IHNEN NUN EINEN BEDEUTENDEN FUND HISTORISCHER SAURIER-KNOCHEN ZU PRÄSENTIEREN!

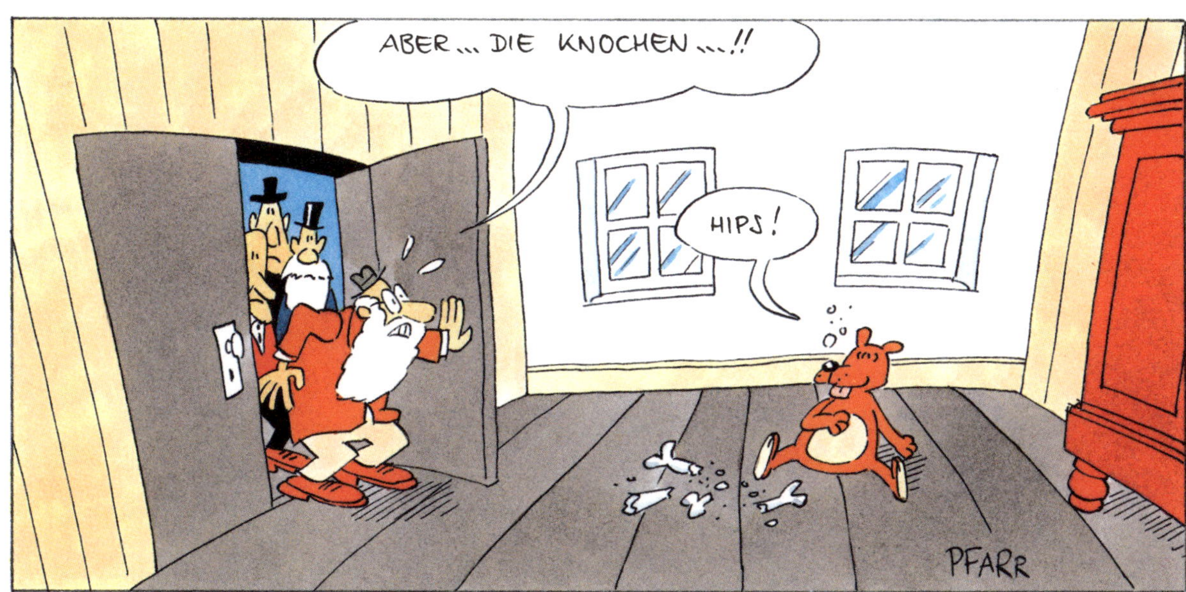
ABER... DIE KNOCHEN...!!
HIPS!
PFARR

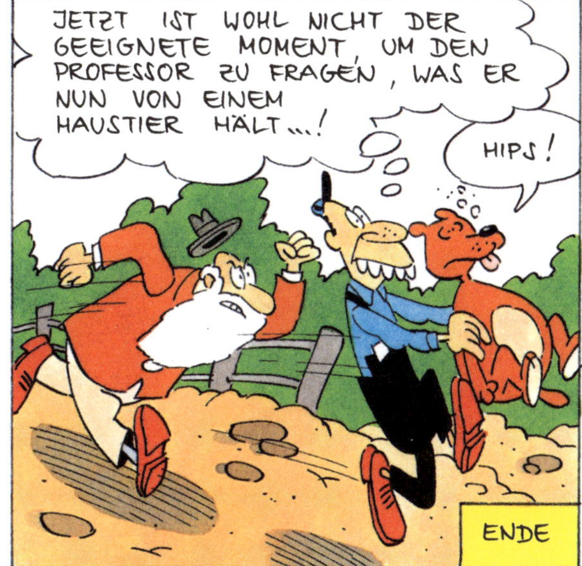
JETZT IST WOHL NICHT DER GEEIGNETE MOMENT, UM DEN PROFESSOR ZU FRAGEN, WAS ER NUN VON EINEM HAUSTIER HÄLT...!
HIPS!
ENDE

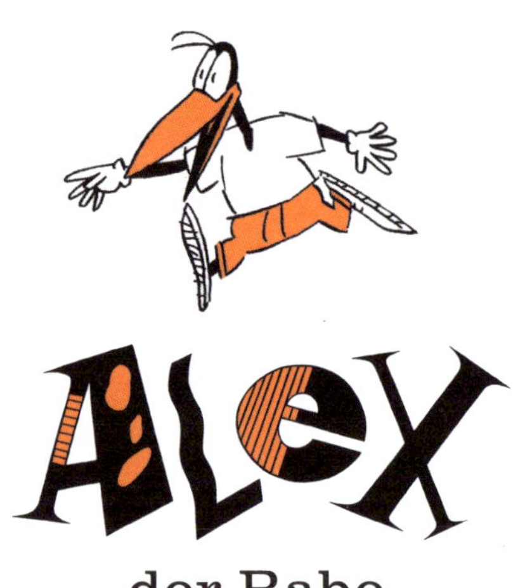
ALEX
der Rabe

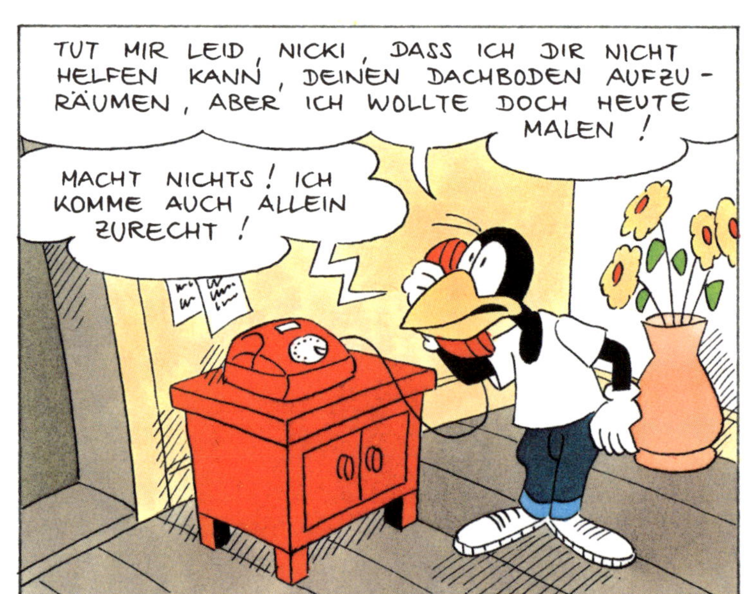
TUT MIR LEID, NICKI, DASS ICH DIR NICHT HELFEN KANN, DEINEN DACHBODEN AUFZURÄUMEN, ABER ICH WOLLTE DOCH HEUTE MALEN!
MACHT NICHTS! ICH KOMME AUCH ALLEIN ZURECHT!

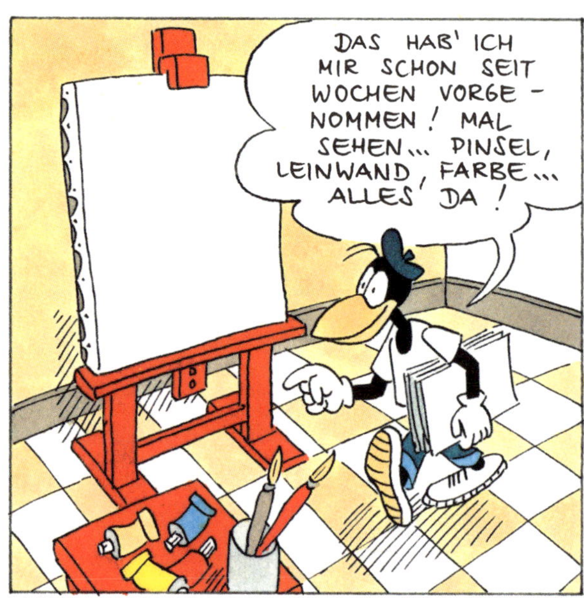
DAS HAB' ICH MIR SCHON SEIT WOCHEN VORGENOMMEN! MAL SEHEN ... PINSEL, LEINWAND, FARBE ... ALLES DA!

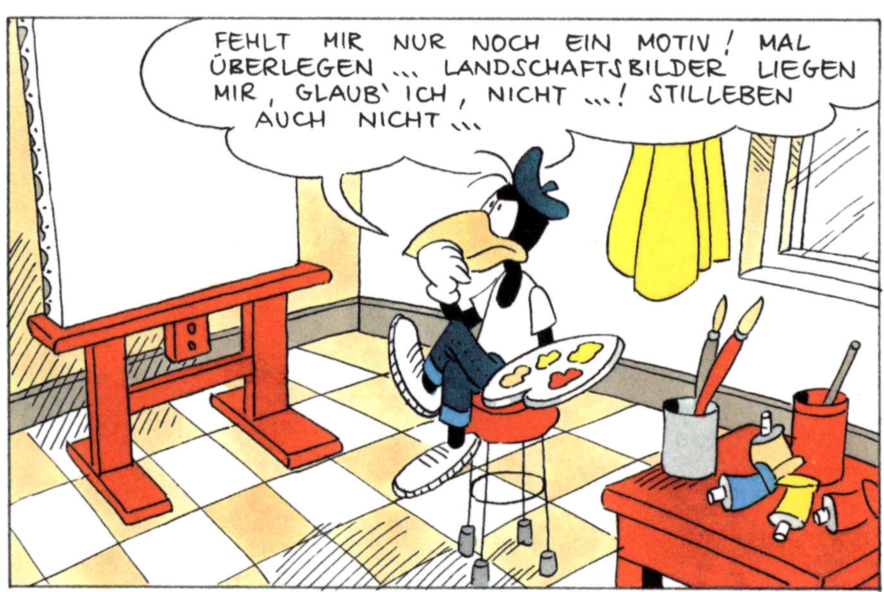
FEHLT MIR NUR NOCH EIN MOTIV! MAL ÜBERLEGEN ... LANDSCHAFTSBILDER LIEGEN MIR, GLAUB' ICH, NICHT ...! STILLEBEN AUCH NICHT ...

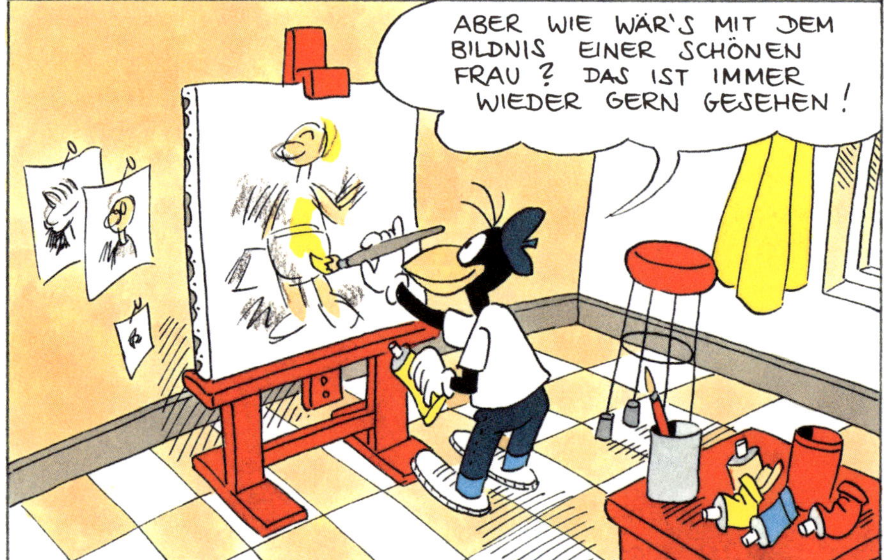
ABER WIE WÄR'S MIT DEM BILDNIS EINER SCHÖNEN FRAU? DAS IST IMMER WIEDER GERN GESEHEN!

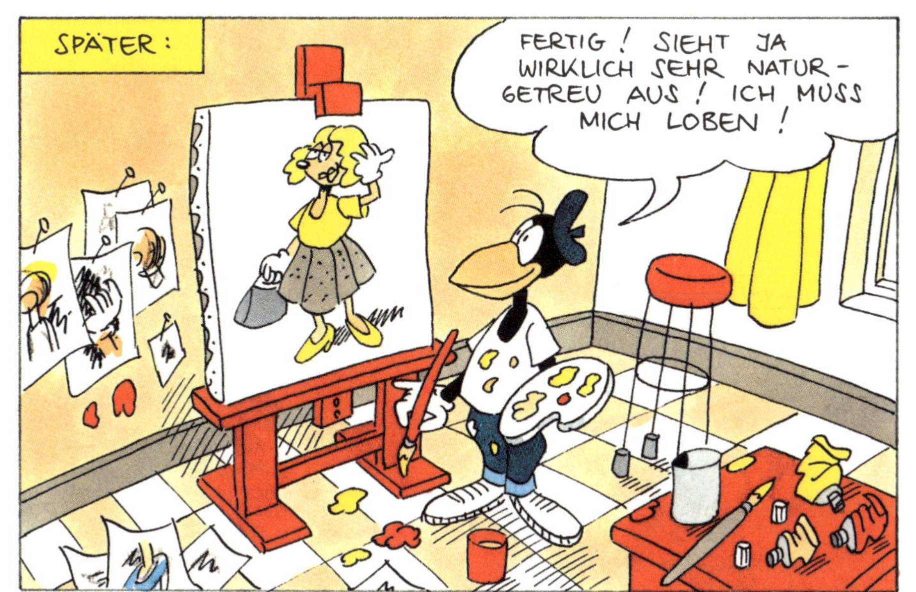
SPÄTER:
FERTIG! SIEHT JA WIRKLICH SEHR NATURGETREU AUS! ICH MUSS MICH LOBEN!

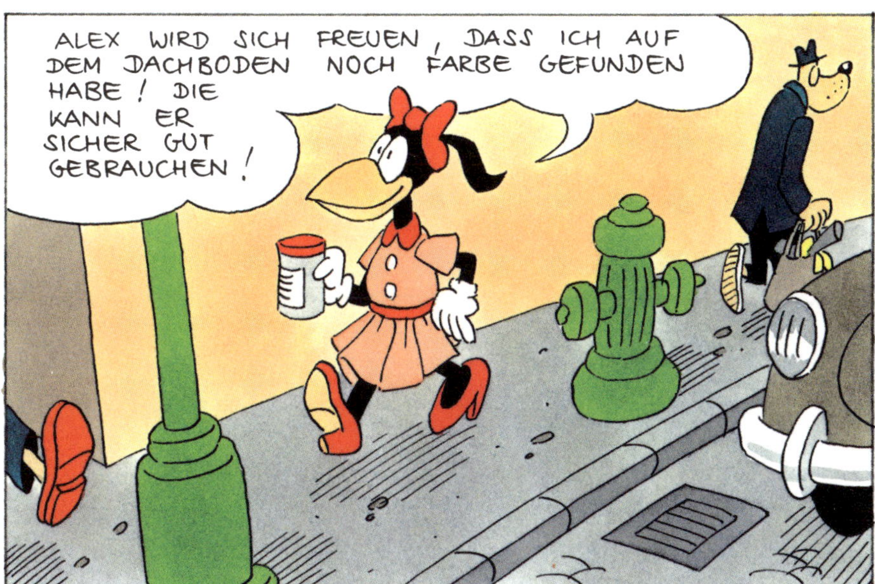
ALEX WIRD SICH FREUEN, DASS ICH AUF DEM DACHBODEN NOCH FARBE GEFUNDEN HABE! DIE KANN ER SICHER GUT GEBRAUCHEN!

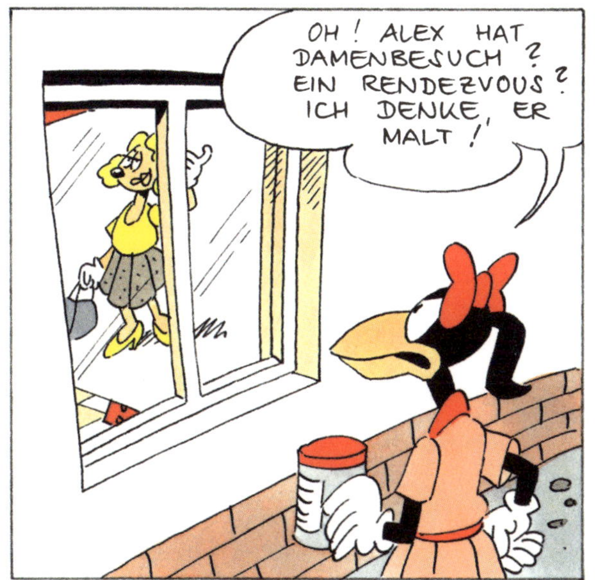
OH! ALEX HAT DAMENBESUCH? EIN RENDEZVOUS? ICH DENKE, ER MALT!

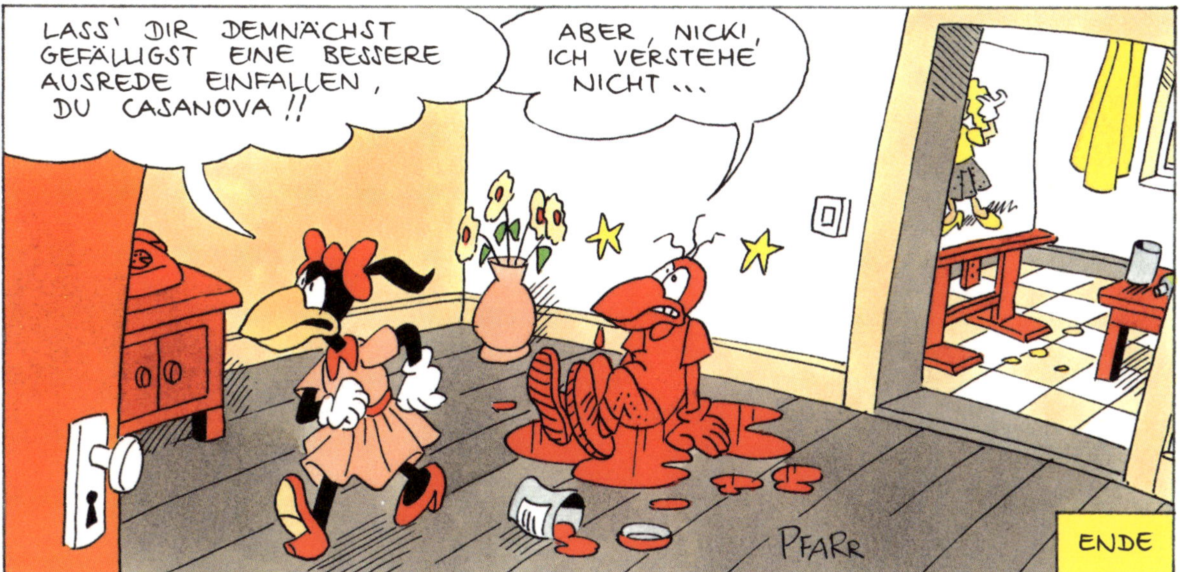
LASS' DIR DEMNÄCHST GEFÄLLIGST EINE BESSERE AUSREDE EINFALLEN, DU CASANOVA!!
ABER, NICKI, ICH VERSTEHE NICHT...
PFARR
ENDE

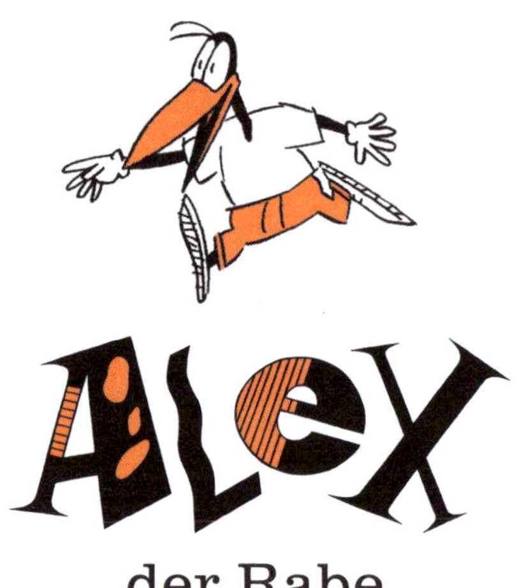
ALEX
der Rabe

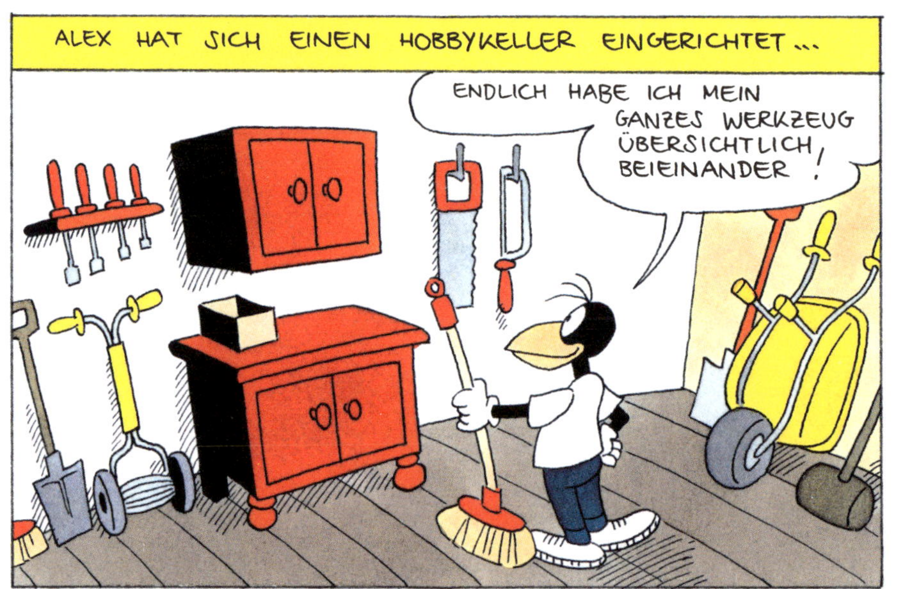
ALEX HAT SICH EINEN HOBBYKELLER EINGERICHTET ...
ENDLICH HABE ICH MEIN GANZES WERKZEUG ÜBERSICHTLICH BEIEINANDER!

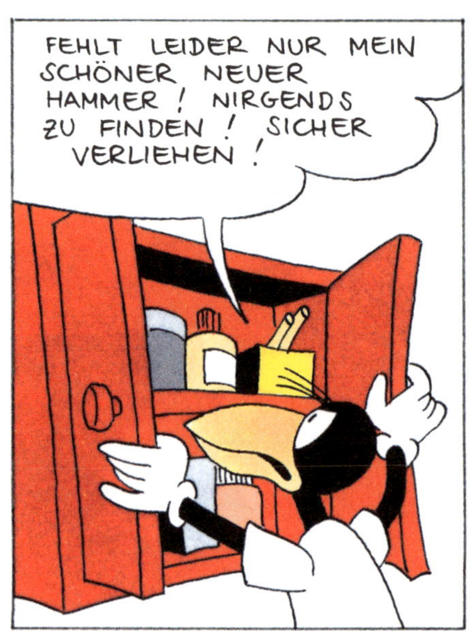
FEHLT LEIDER NUR MEIN SCHÖNER NEUER HAMMER! NIRGENDS ZU FINDEN! SICHER VERLIEHEN!

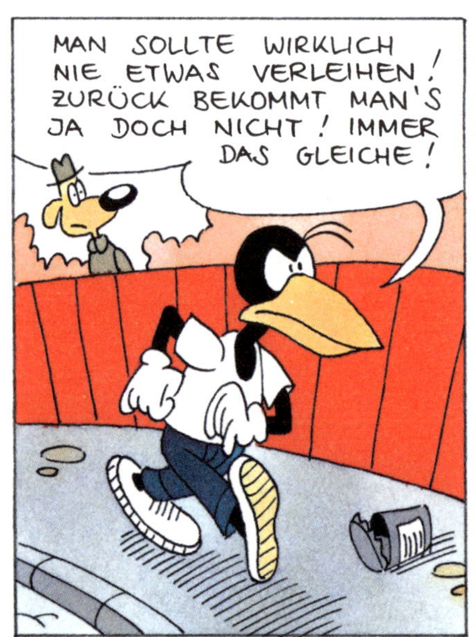
MAN SOLLTE WIRKLICH NIE ETWAS VERLEIHEN! ZURÜCK BEKOMMT MAN'S JA DOCH NICHT! IMMER DAS GLEICHE!

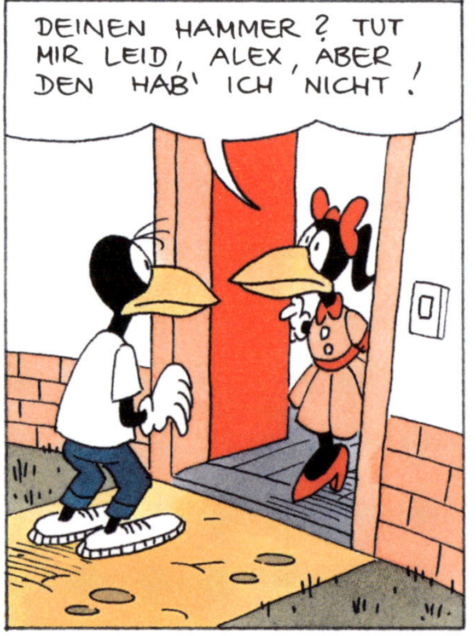
DEINEN HAMMER? TUT MIR LEID, ALEX, ABER DEN HAB' ICH NICHT!

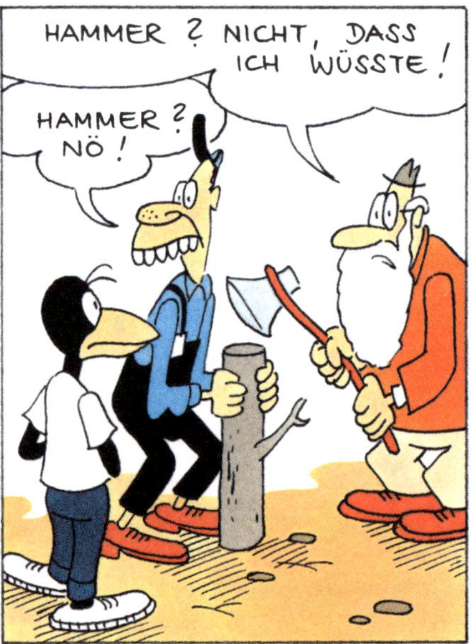
HAMMER? NICHT, DASS ICH WÜSSTE!
HAMMER? NÖ!

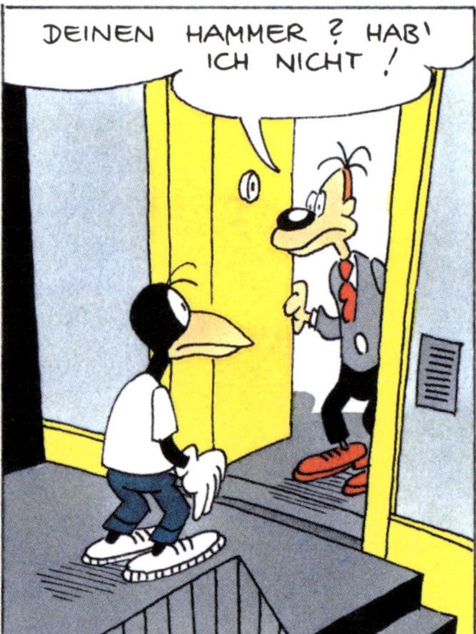
DEINEN HAMMER? HAB' ICH NICHT!

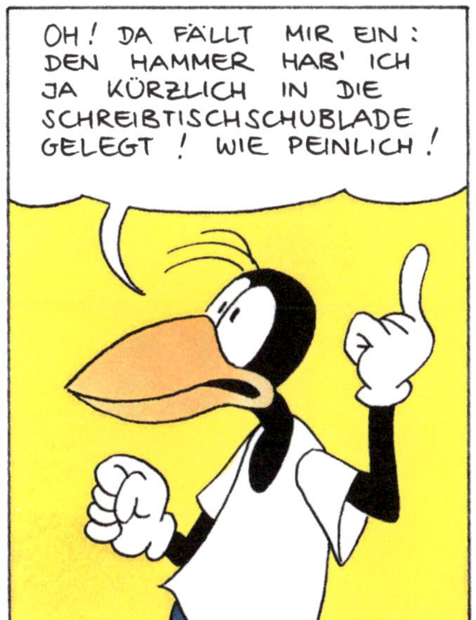
OH! DA FÄLLT MIR EIN: DEN HAMMER HAB' ICH JA KÜRZLICH IN DIE SCHREIBTISCHSCHUBLADE GELEGT! WIE PEINLICH!

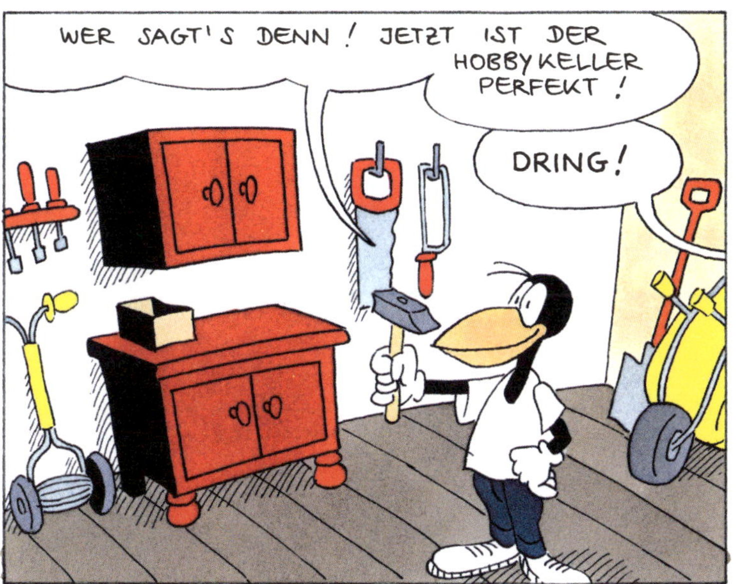
WER SAGT'S DENN! JETZT IST DER HOBBYKELLER PERFEKT!
DRING!

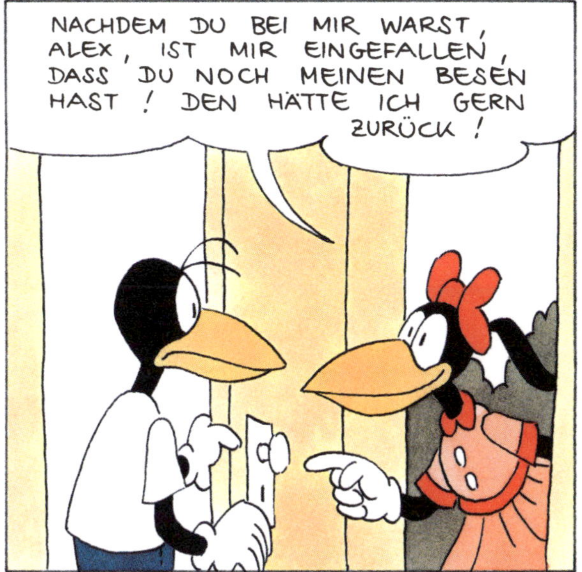
NACHDEM DU BEI MIR WARST, ALEX, IST MIR EINGEFALLEN, DASS DU NOCH MEINEN BESEN HAST! DEN HÄTTE ICH GERN ZURÜCK!

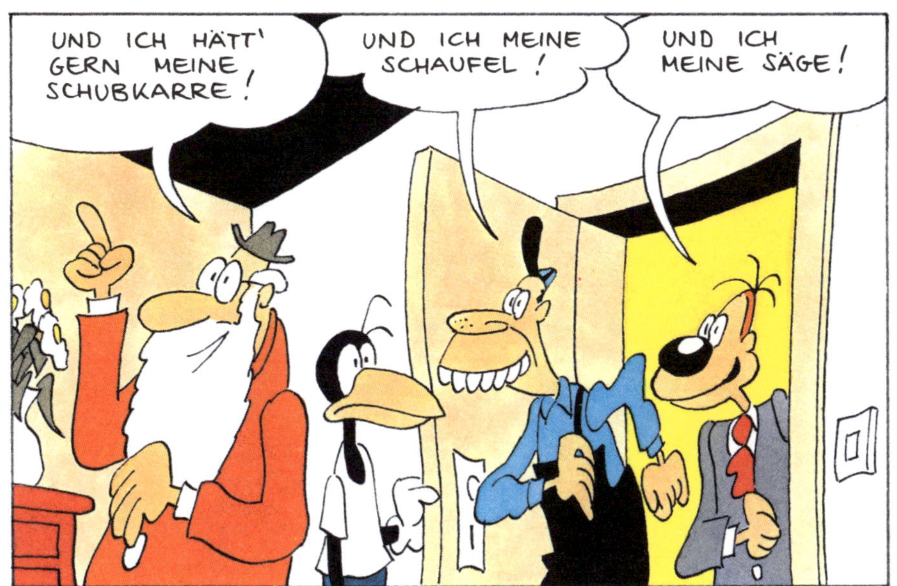
UND ICH HÄTT' GERN MEINE SCHUBKARRE!
UND ICH MEINE SCHAUFEL!
UND ICH MEINE SÄGE!

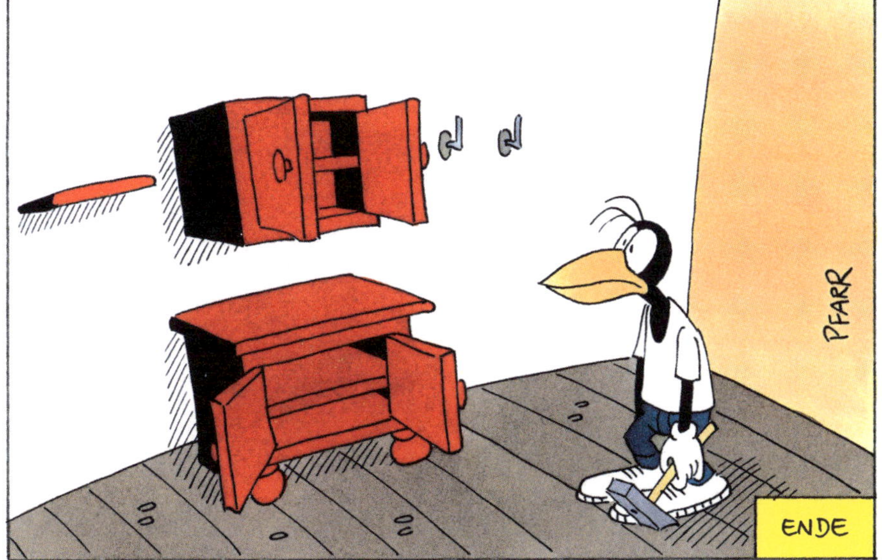
PFARR
ENDE

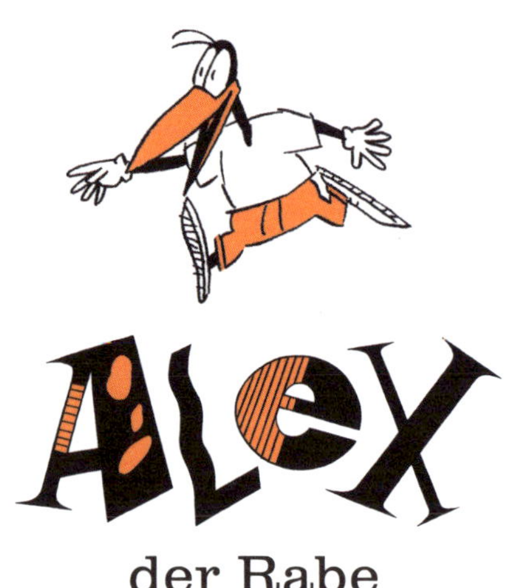
ALEX
der Rabe

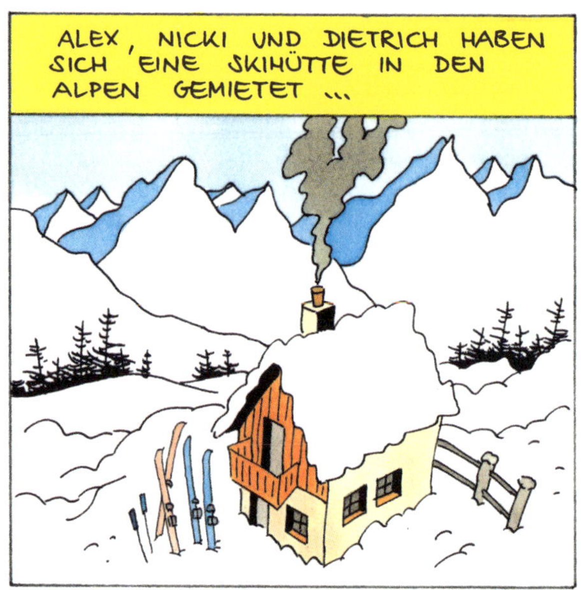
ALEX, NICKI UND DIETRICH HABEN SICH EINE SKIHÜTTE IN DEN ALPEN GEMIETET ...

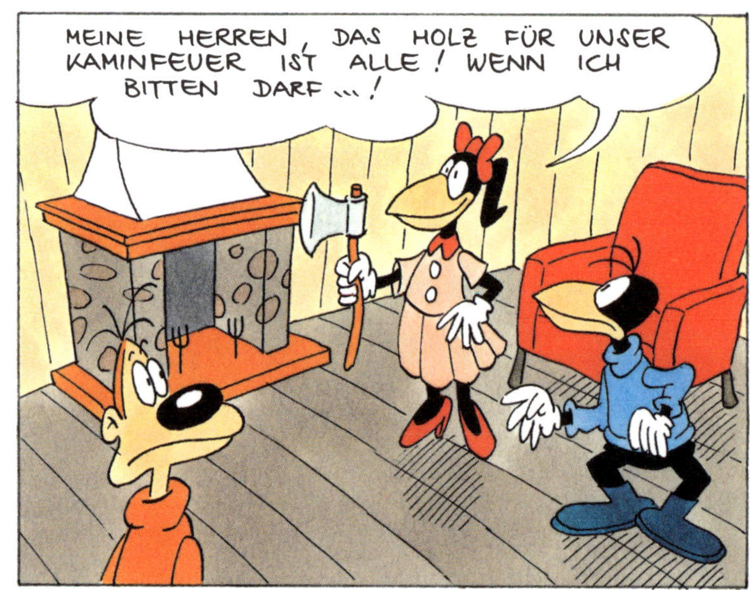
MEINE HERREN, DAS HOLZ FÜR UNSER KAMINFEUER IST ALLE! WENN ICH BITTEN DARF ...!

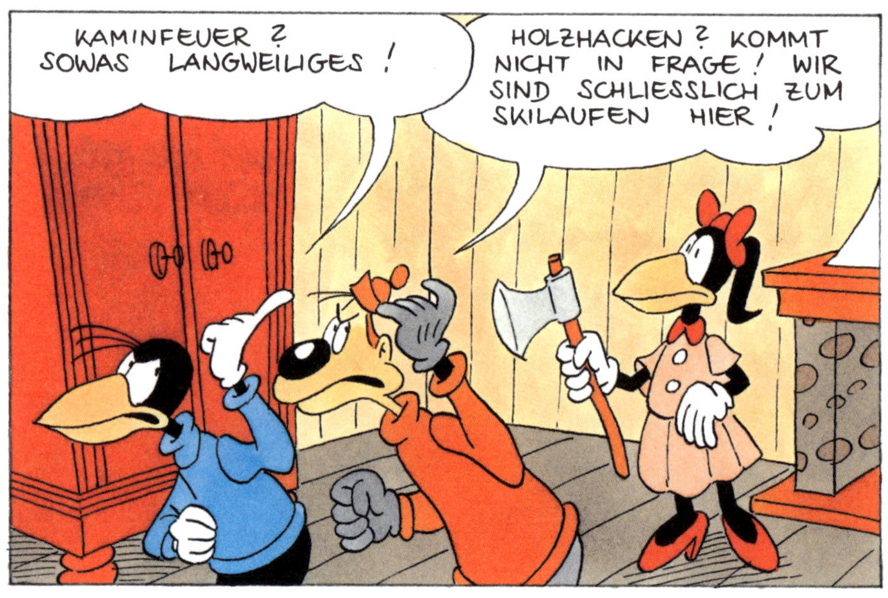
KAMINFEUER? SOWAS LANGWEILIGES!
HOLZHACKEN? KOMMT NICHT IN FRAGE! WIR SIND SCHLIESSLICH ZUM SKILAUFEN HIER!

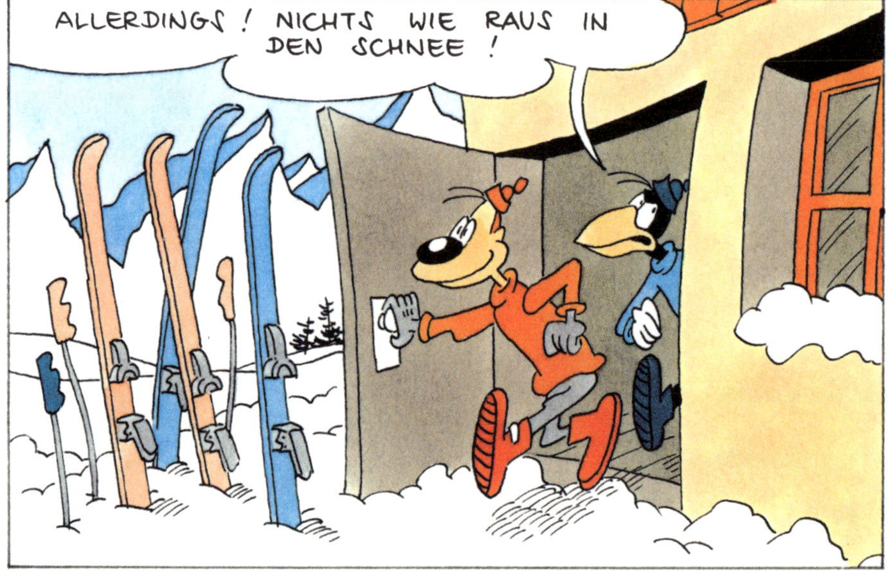
ALLERDINGS! NICHTS WIE RAUS IN DEN SCHNEE!

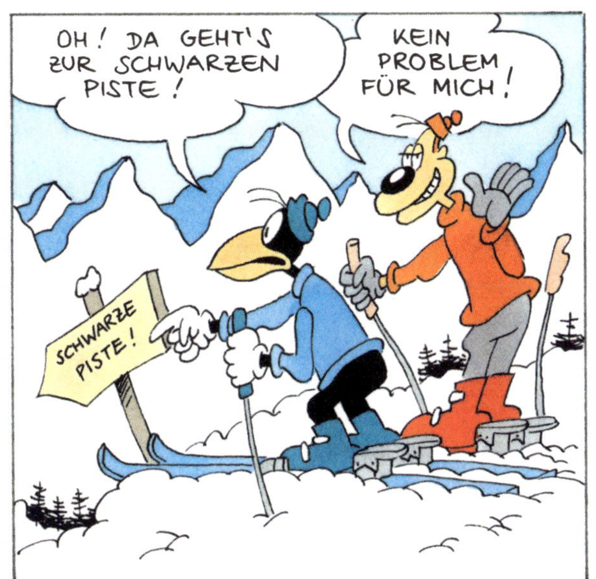
OH! DA GEHT'S ZUR SCHWARZEN PISTE!
KEIN PROBLEM FÜR MICH!
SCHWARZE PISTE!

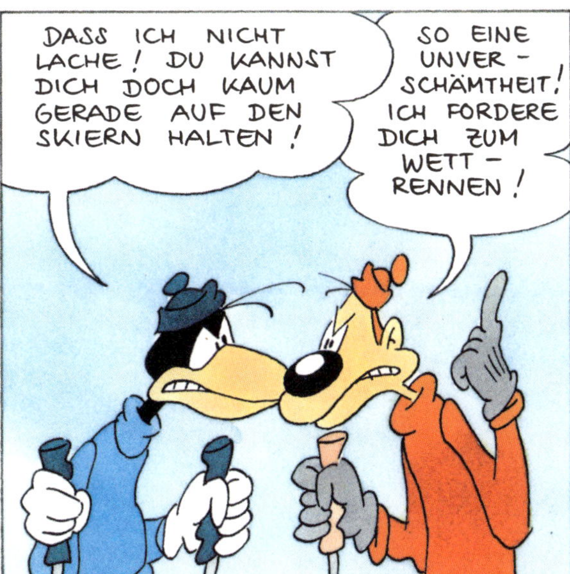
DASS ICH NICHT LACHE! DU KANNST DICH DOCH KAUM GERADE AUF DEN SKIERN HALTEN!
SO EINE UNVER-SCHÄMTHEIT! ICH FORDERE DICH ZUM WETT-RENNEN!

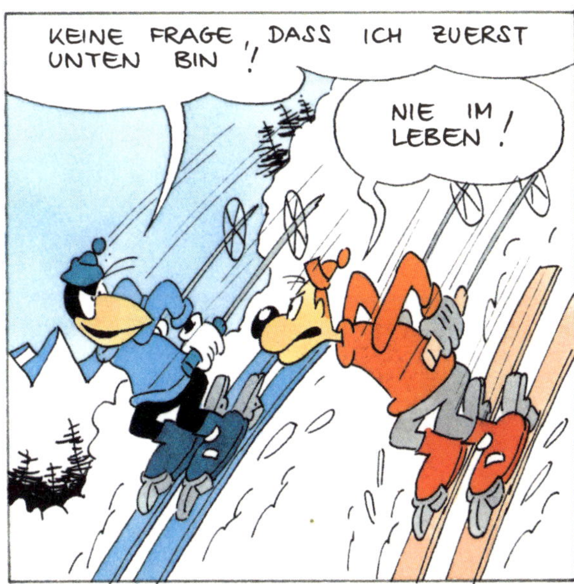
KEINE FRAGE, DASS ICH ZUERST UNTEN BIN!
NIE IM LEBEN!

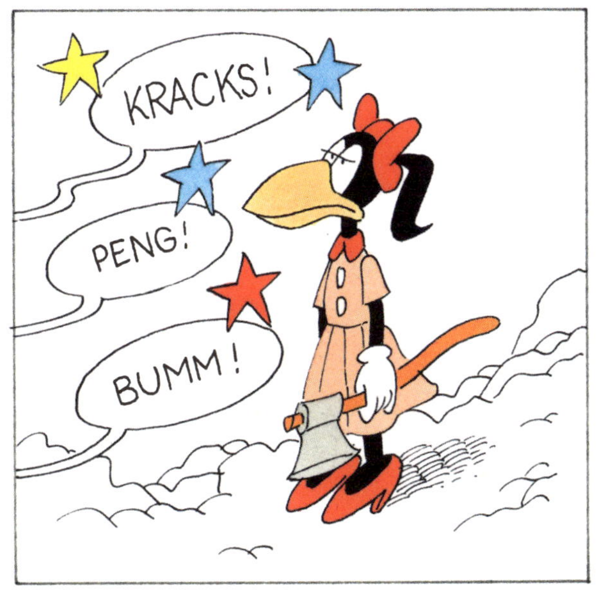
KRACKS!
PENG!
BUMM!

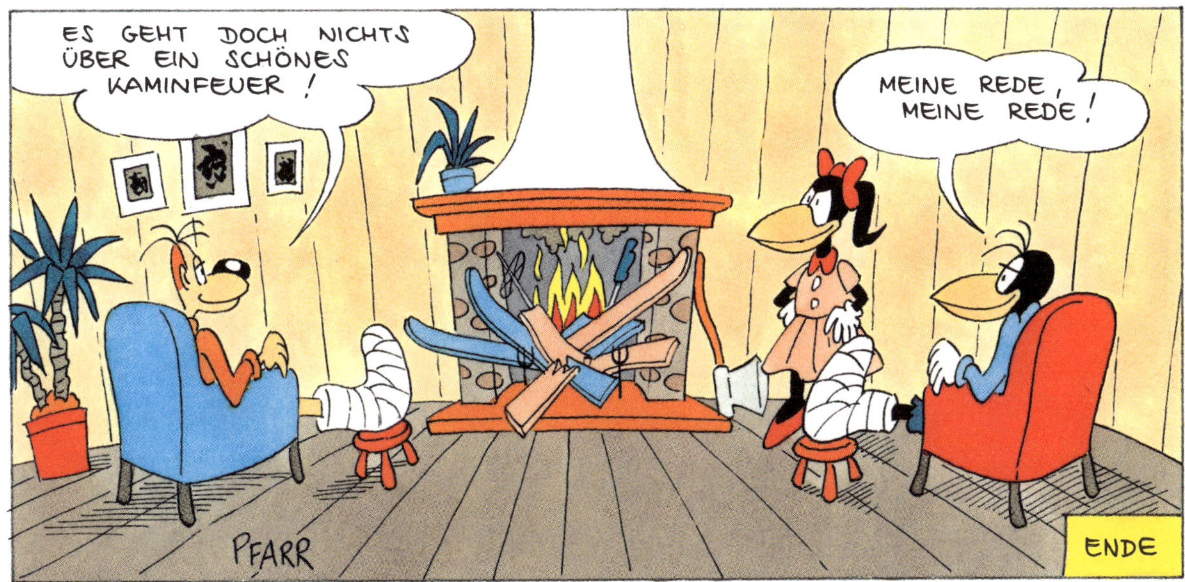
ES GEHT DOCH NICHTS ÜBER EIN SCHÖNES KAMINFEUER!
MEINE REDE, MEINE REDE!
PFARR
ENDE

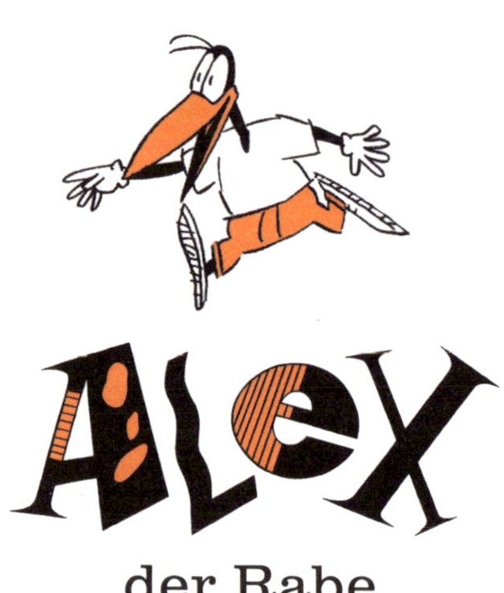
ALEX
der Rabe

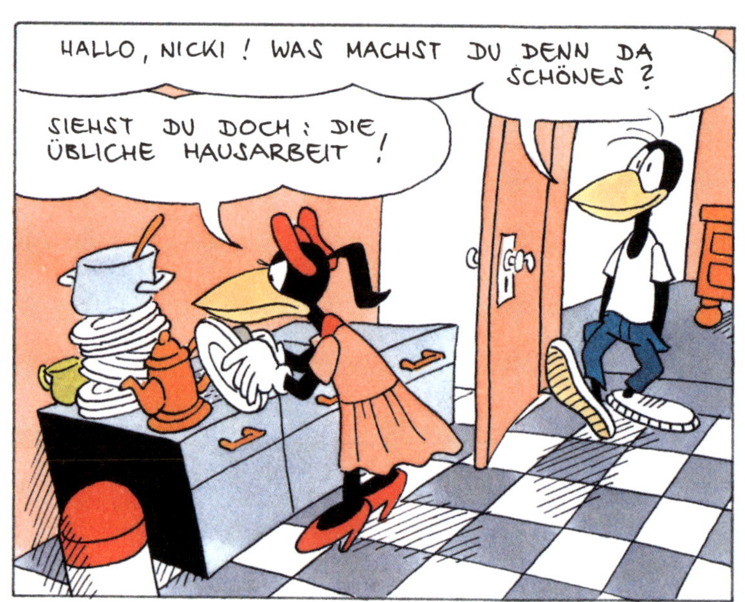
HALLO, NICKI ! WAS MACHST DU DENN DA SCHÖNES ?
SIEHST DU DOCH : DIE ÜBLICHE HAUSARBEIT !

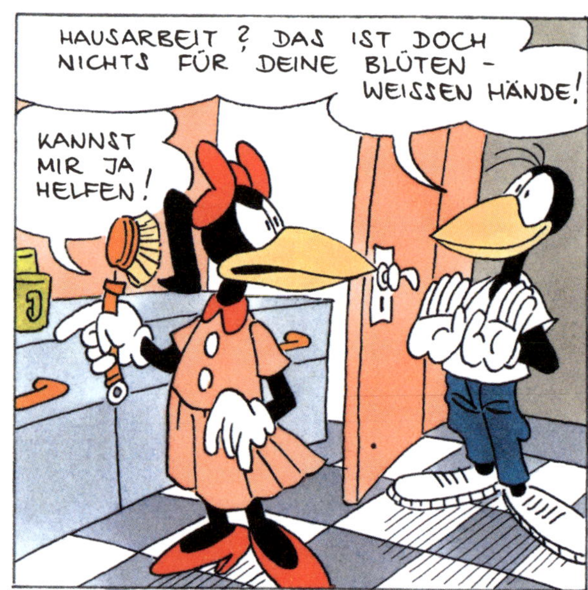
HAUSARBEIT ? DAS IST DOCH NICHTS FÜR DEINE BLÜTEN - WEISSEN HÄNDE !
KANNST MIR JA HELFEN !

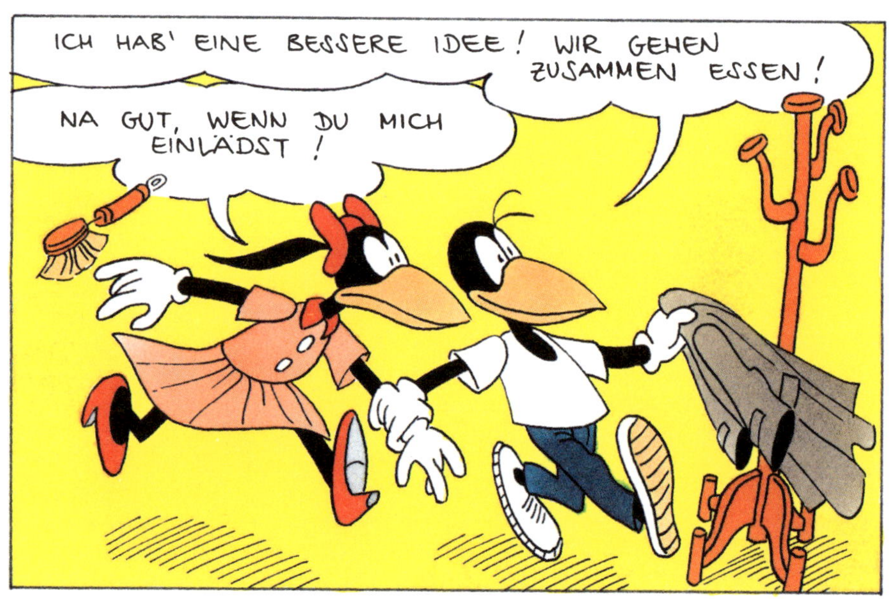
ICH HAB' EINE BESSERE IDEE ! WIR GEHEN ZUSAMMEN ESSEN !
NA GUT, WENN DU MICH EINLÄDST !

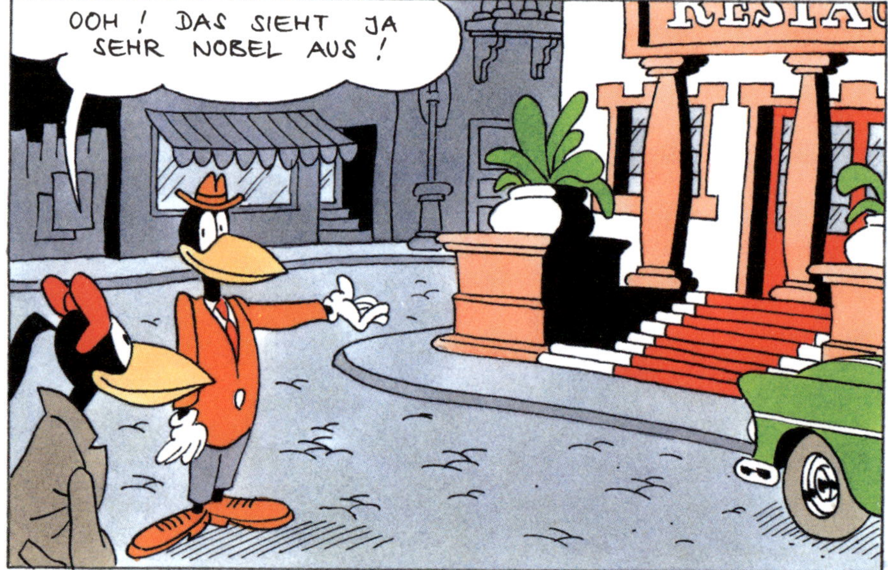
OOH ! DAS SIEHT JA SEHR NOBEL AUS !

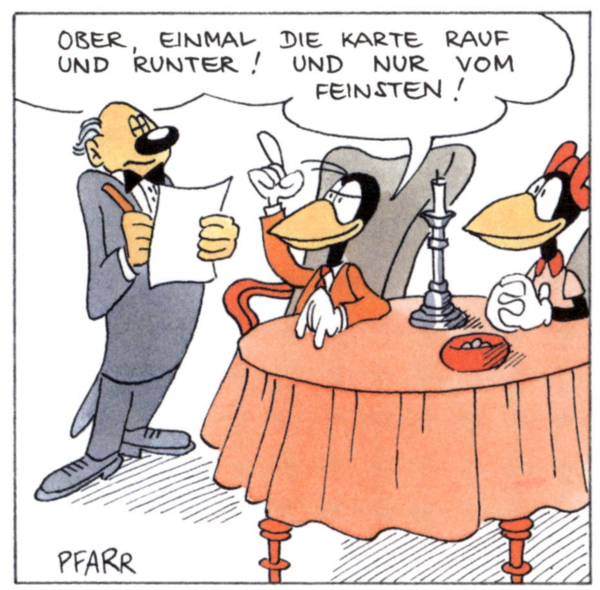
OBER, EINMAL DIE KARTE RAUF UND RUNTER! UND NUR VOM FEINSTEN!
PFARR

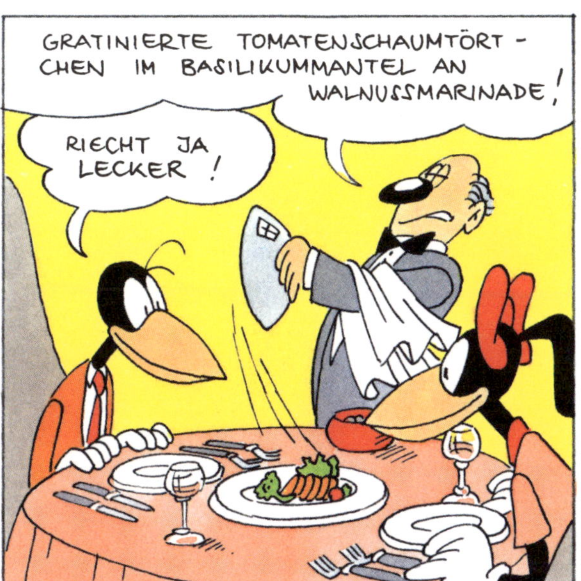
GRATINIERTE TOMATENSCHAUMTÖRTCHEN IM BASILIKUMMANTEL AN WALNUSSMARINADE!
RIECHT JA LECKER!

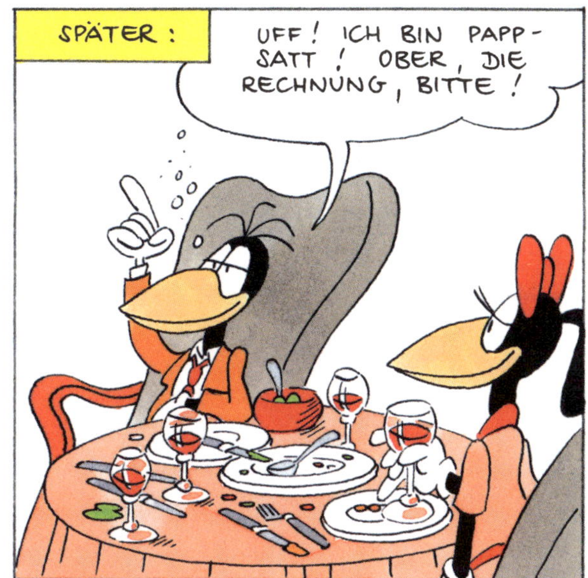
SPÄTER:
UFF! ICH BIN PAPPSATT! OBER, DIE RECHNUNG, BITTE!

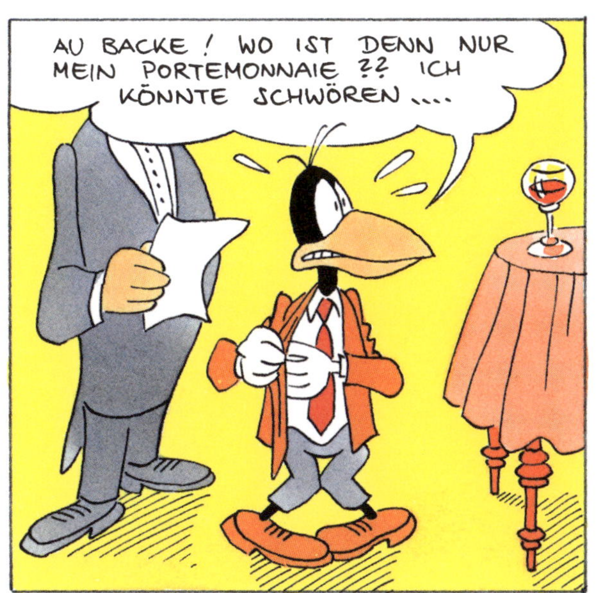
AU BACKE! WO IST DENN NUR MEIN PORTEMONNAIE ?? ICH KÖNNTE SCHWÖREN....

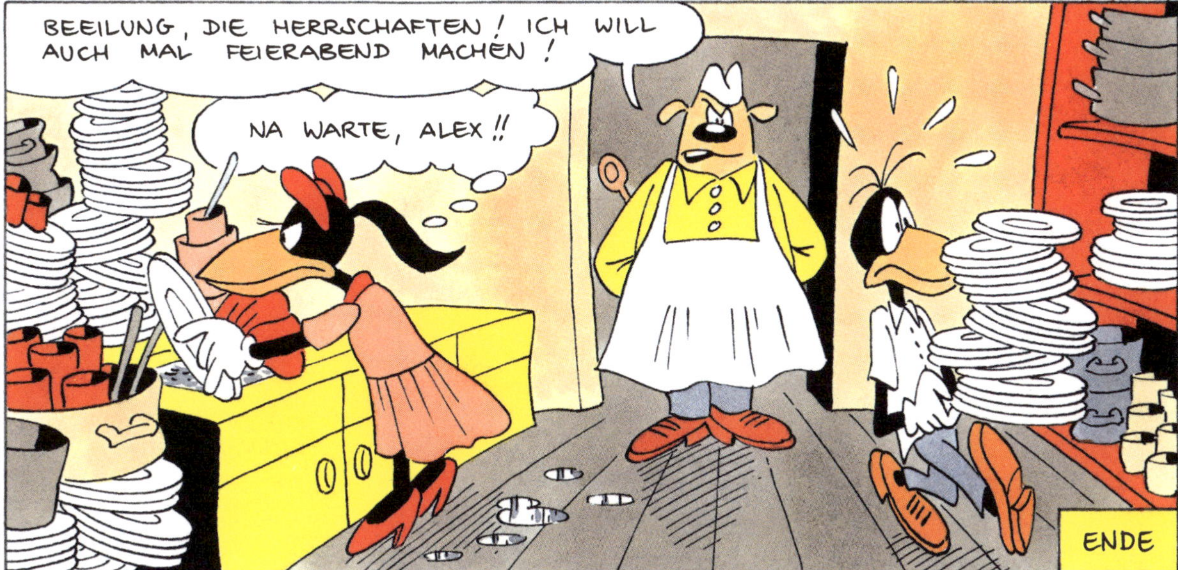
BEEILUNG, DIE HERRSCHAFTEN! ICH WILL AUCH MAL FEIERABEND MACHEN!
NA WARTE, ALEX!!
ENDE

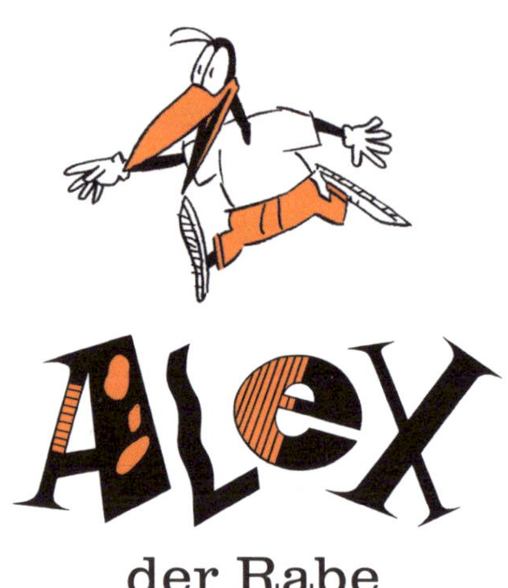
ALEX
der Rabe

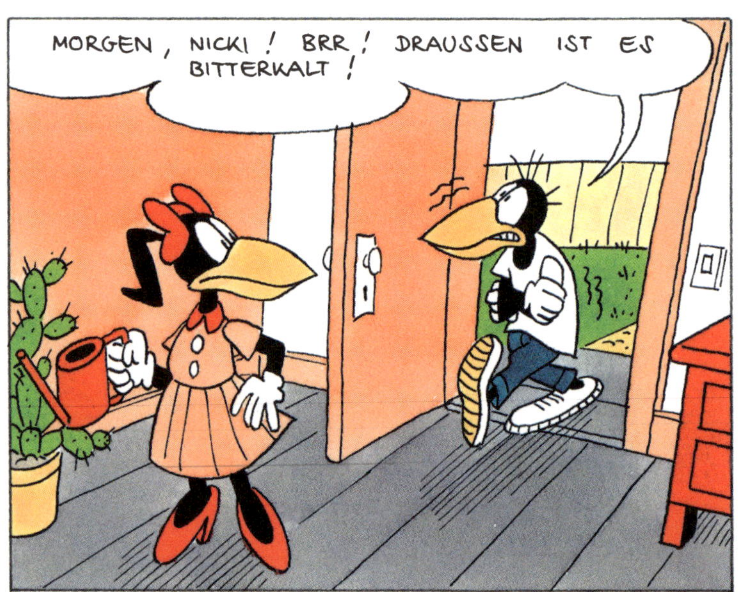
MORGEN, NICKI! BRR! DRAUSSEN IST ES BITTERKALT!

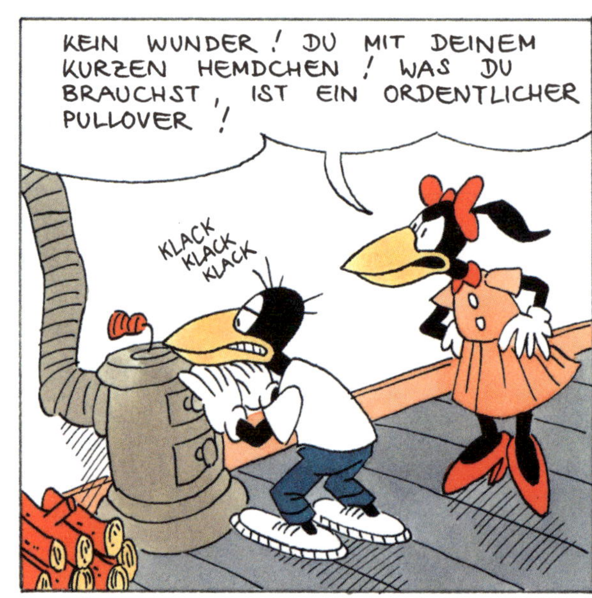
KEIN WUNDER! DU MIT DEINEM KURZEN HEMDCHEN! WAS DU BRAUCHST, IST EIN ORDENTLICHER PULLOVER!
KLACK KLACK KLACK

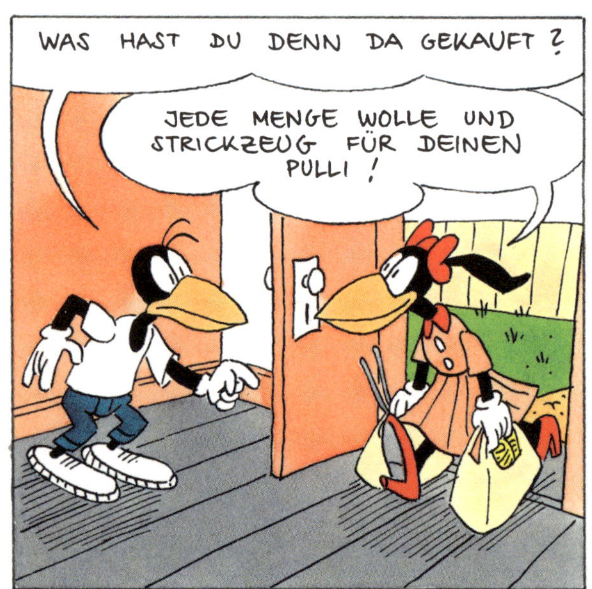
WAS HAST DU DENN DA GEKAUFT?
JEDE MENGE WOLLE UND STRICKZEUG FÜR DEINEN PULLI!

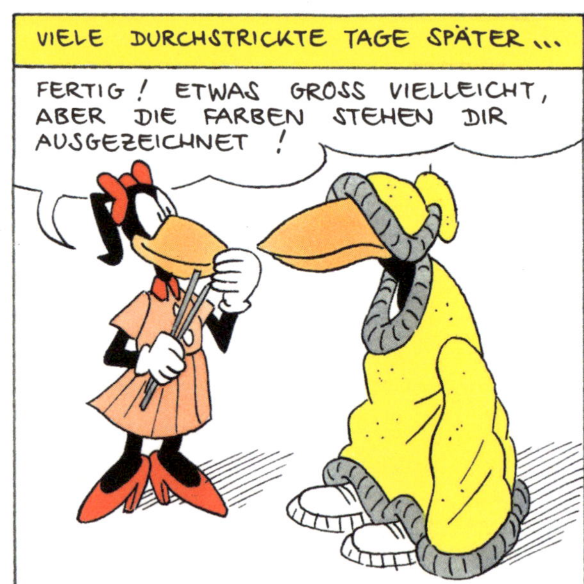
VIELE DURCHSTRICKTE TAGE SPÄTER...
FERTIG! ETWAS GROSS VIELLEICHT, ABER DIE FARBEN STEHEN DIR AUSGEZEICHNET!

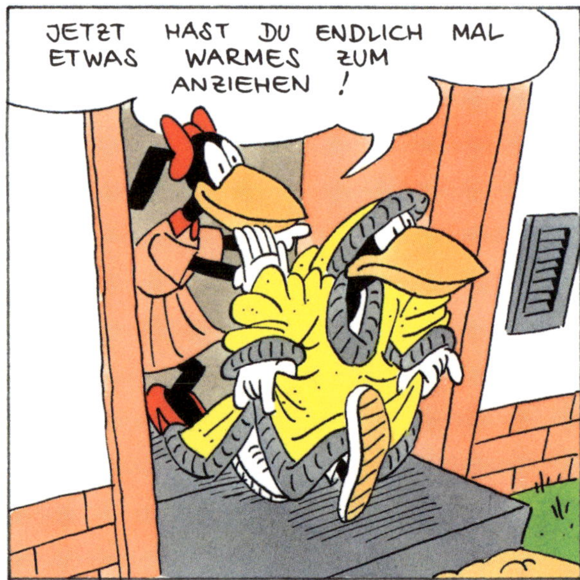
JETZT HAST DU ENDLICH MAL ETWAS WARMES ZUM ANZIEHEN!

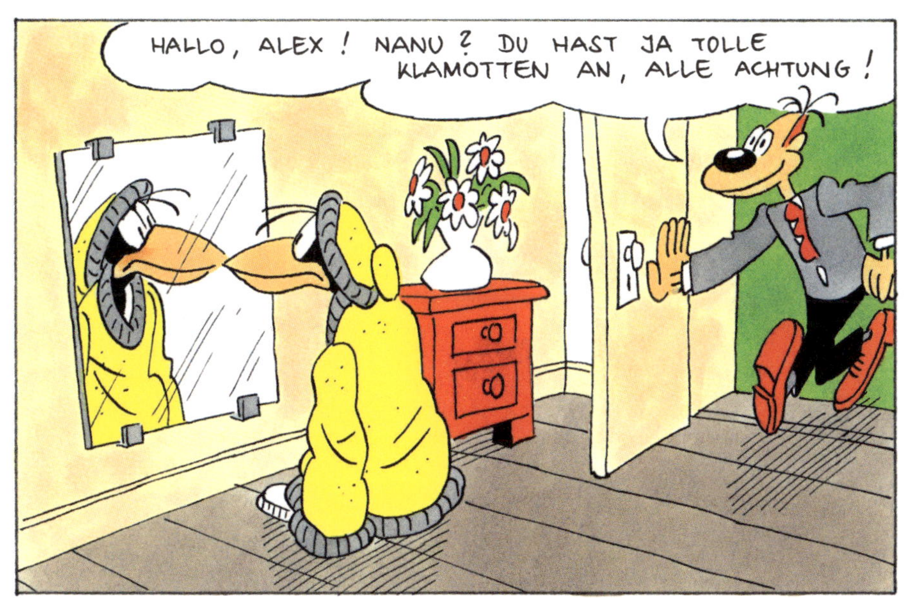
HALLO, ALEX ! NANU ? DU HAST JA TOLLE KLAMOTTEN AN, ALLE ACHTUNG !

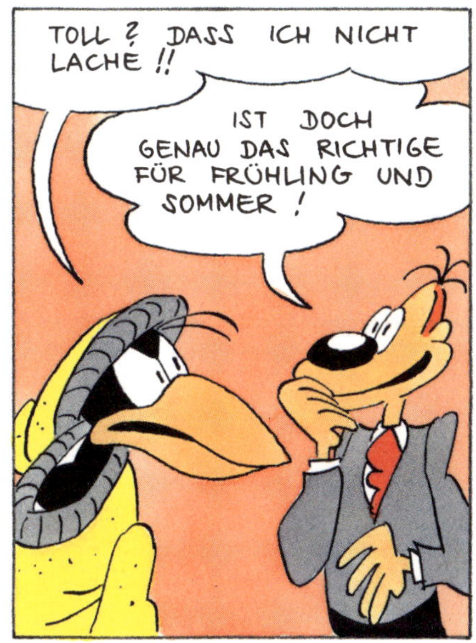
TOLL ? DASS ICH NICHT LACHE !!
IST DOCH GENAU DAS RICHTIGE FÜR FRÜHLING UND SOMMER !

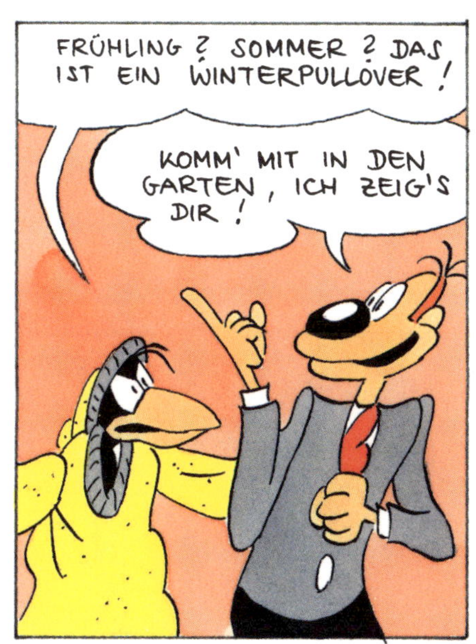
FRÜHLING ? SOMMER ? DAS IST EIN WINTERPULLOVER !
KOMM' MIT IN DEN GARTEN, ICH ZEIG'S DIR !

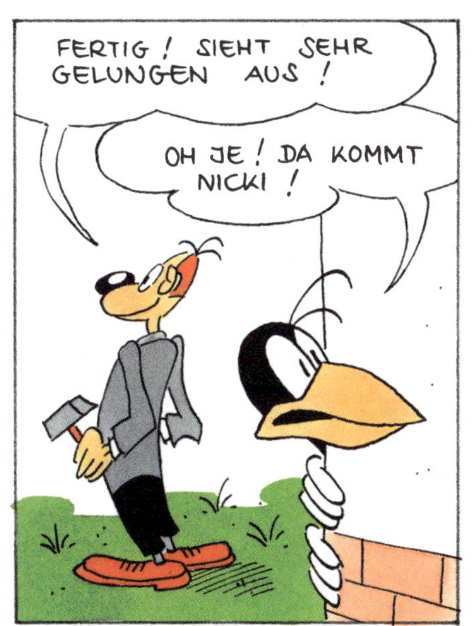
FERTIG ! SIEHT SEHR GELUNGEN AUS !
OH JE ! DA KOMMT NICKI !

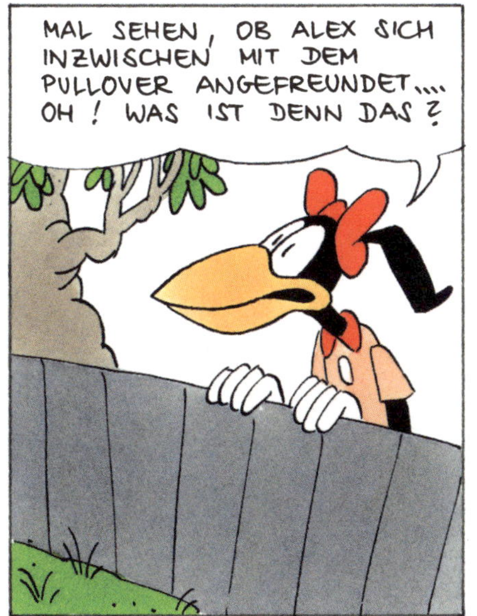
MAL SEHEN, OB ALEX SICH INZWISCHEN MIT DEM PULLOVER ANGEFREUNDET.... OH ! WAS IST DENN DAS ?

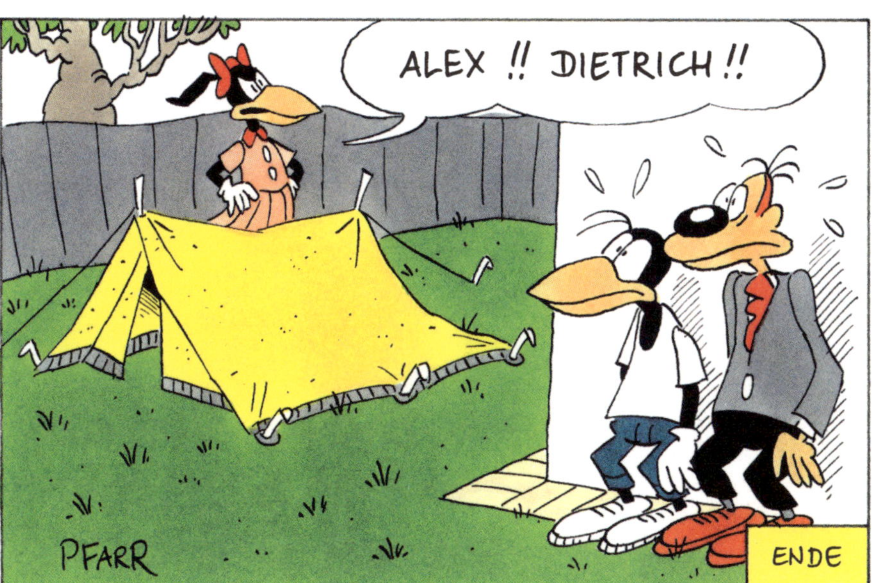
ALEX !! DIETRICH !!
PFARR
ENDE

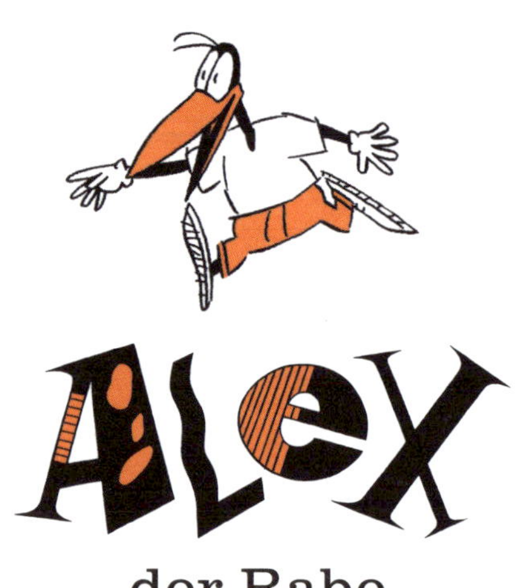
ALEX
der Rabe

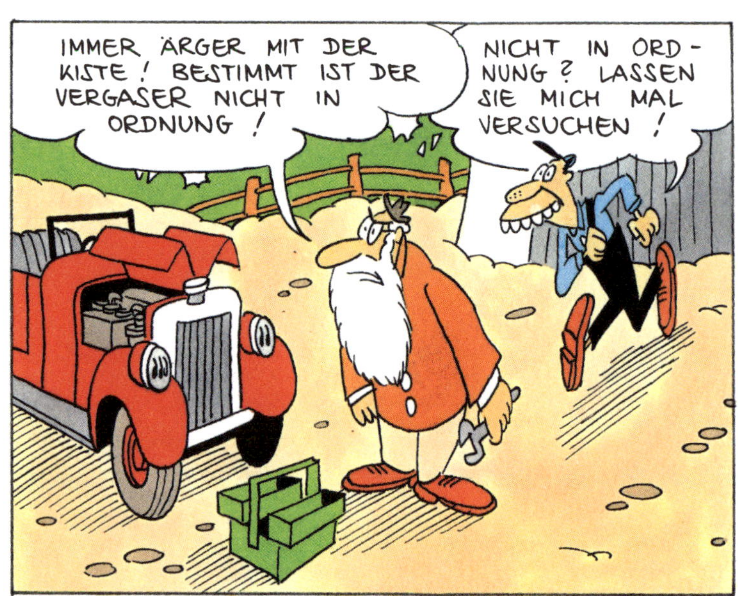
IMMER ÄRGER MIT DER KISTE! BESTIMMT IST DER VERGASER NICHT IN ORDNUNG!
NICHT IN ORD-NUNG? LASSEN SIE MICH MAL VERSUCHEN!

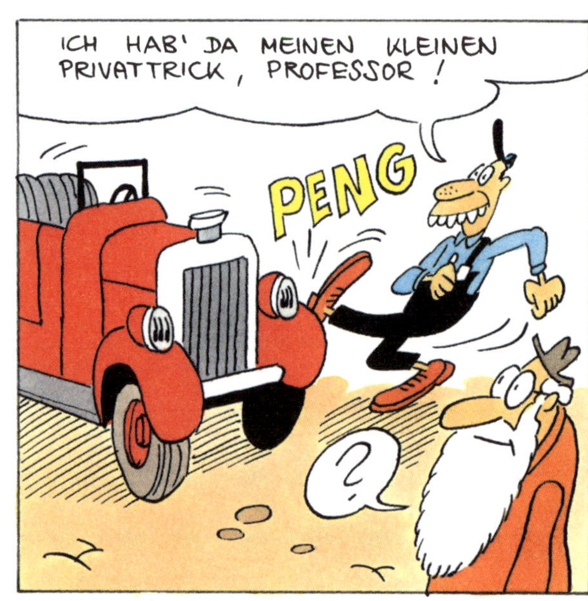
ICH HAB' DA MEINEN KLEINEN PRIVATTRICK, PROFESSOR!
PENG
?

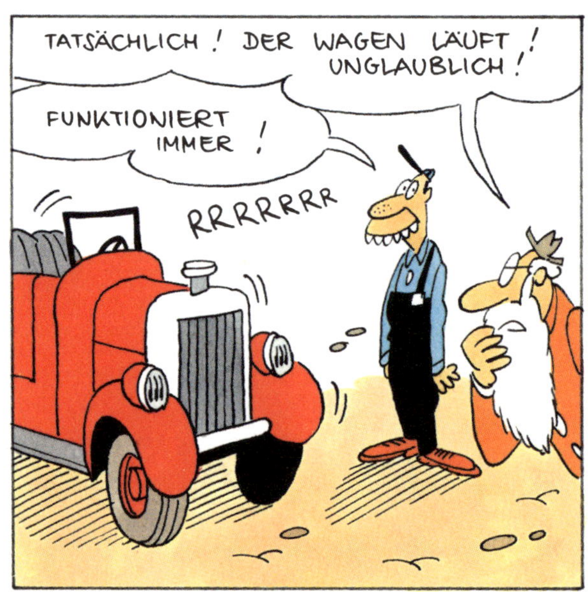
TATSÄCHLICH! DER WAGEN LÄUFT! UNGLAUBLICH!
FUNKTIONIERT IMMER!
RRRRRRR

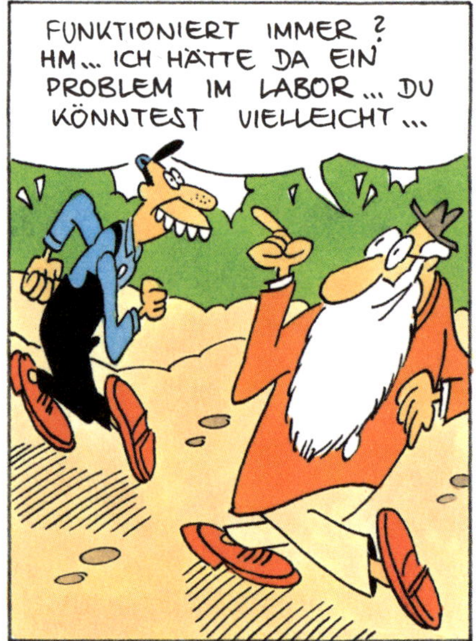
FUNKTIONIERT IMMER? HM... ICH HÄTTE DA EIN PROBLEM IM LABOR... DU KÖNNTEST VIELLEICHT...

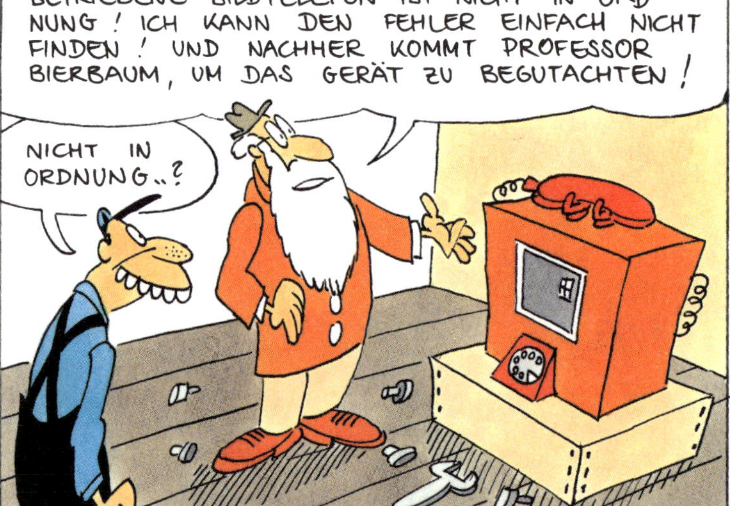
HIER! MEINE NEUSTE ERFINDUNG, DAS BATTERIE-BETRIEBENE BILDTELEFON IST NICHT IN ORD-NUNG! ICH KANN DEN FEHLER EINFACH NICHT FINDEN! UND NACHHER KOMMT PROFESSOR BIERBAUM, UM DAS GERÄT ZU BEGUTACHTEN!
NICHT IN ORDNUNG..?

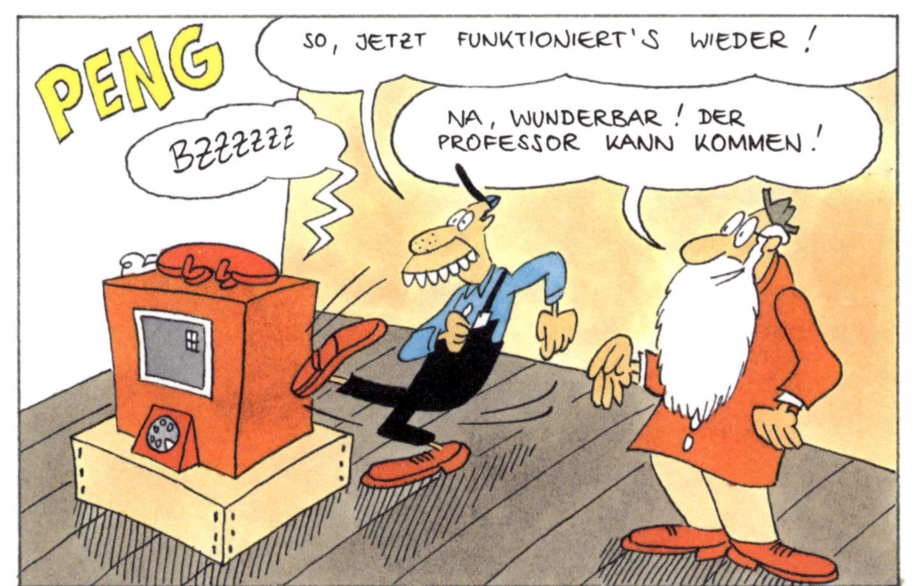
PENG
SO, JETZT FUNKTIONIERT'S WIEDER!
BZZZZZZ
NA, WUNDERBAR! DER PROFESSOR KANN KOMMEN!

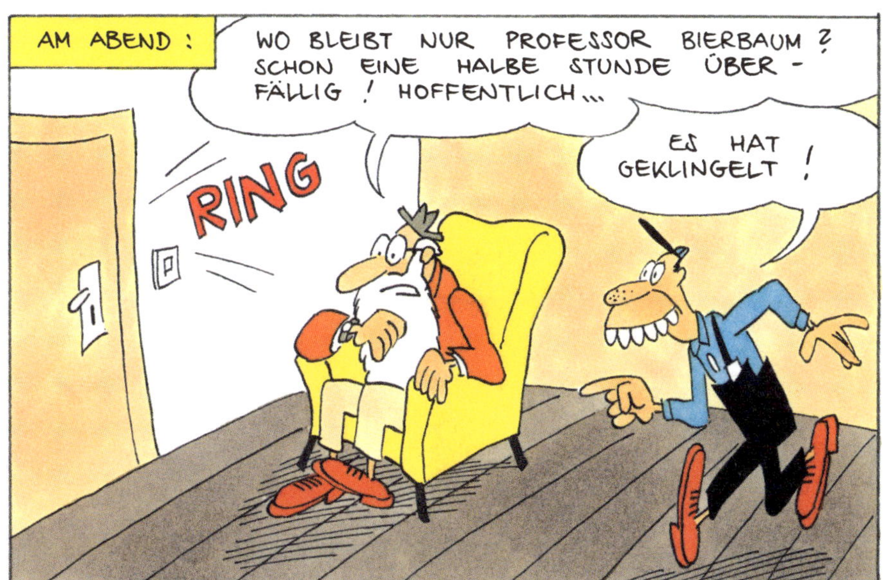
AM ABEND:
WO BLEIBT NUR PROFESSOR BIERBAUM? SCHON EINE HALBE STUNDE ÜBER-FÄLLIG! HOFFENTLICH...
RING
ES HAT GEKLINGELT!

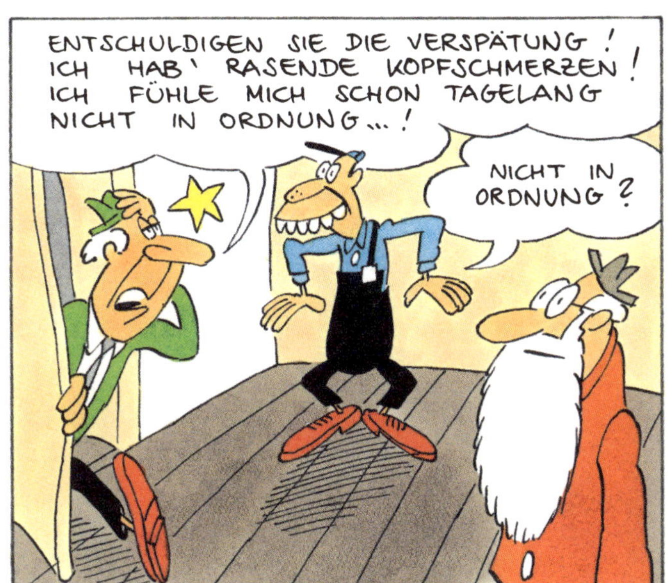
ENTSCHULDIGEN SIE DIE VERSPÄTUNG! ICH HAB' RASENDE KOPFSCHMERZEN! ICH FÜHLE MICH SCHON TAGELANG NICHT IN ORDNUNG...!
NICHT IN ORDNUNG?

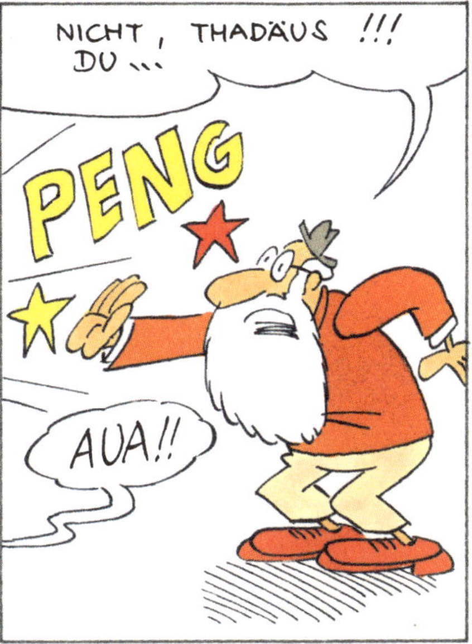
NICHT, THADÄUS!!! DU...!
PENG
AUA!!

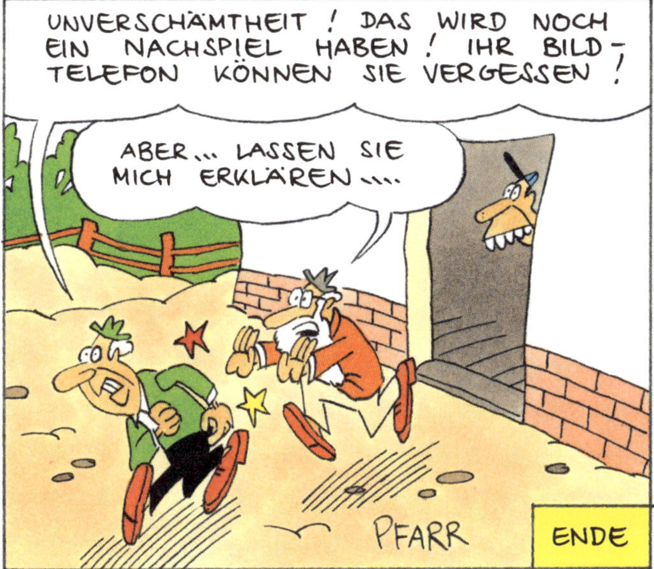
UNVERSCHÄMTHEIT! DAS WIRD NOCH EIN NACHSPIEL HABEN! IHR BILD-TELEFON KÖNNEN SIE VERGESSEN!
ABER... LASSEN SIE MICH ERKLÄREN....
PFARR
ENDE

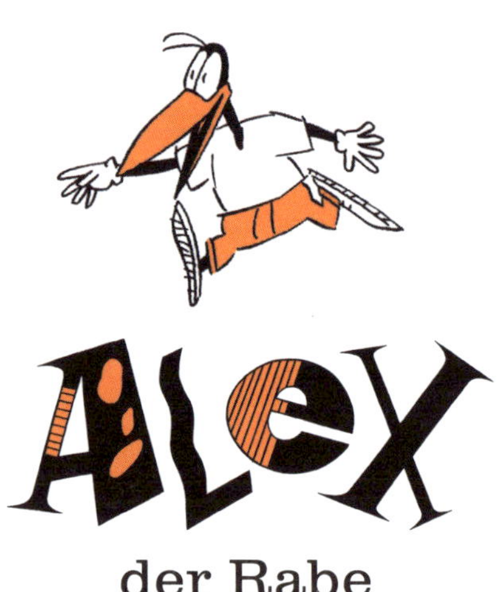
ALEX
der Rabe

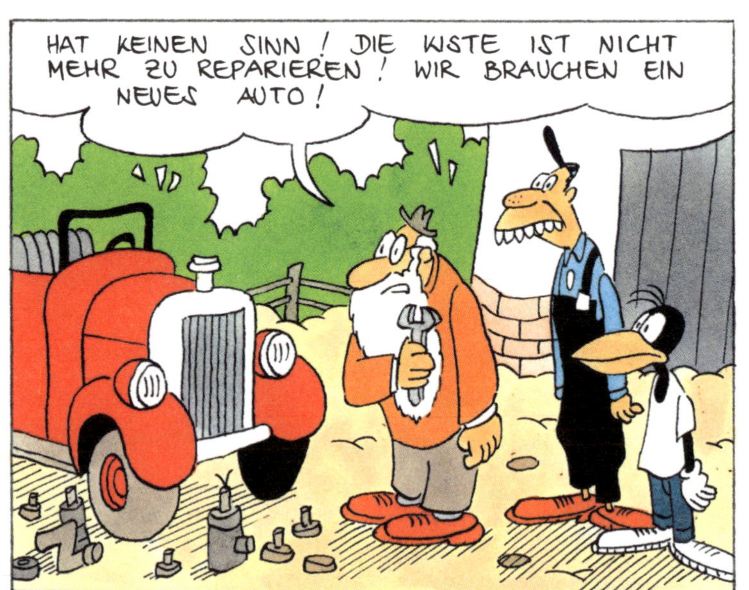
HAT KEINEN SINN ! DIE KISTE IST NICHT MEHR ZU REPARIEREN ! WIR BRAUCHEN EIN NEUES AUTO !

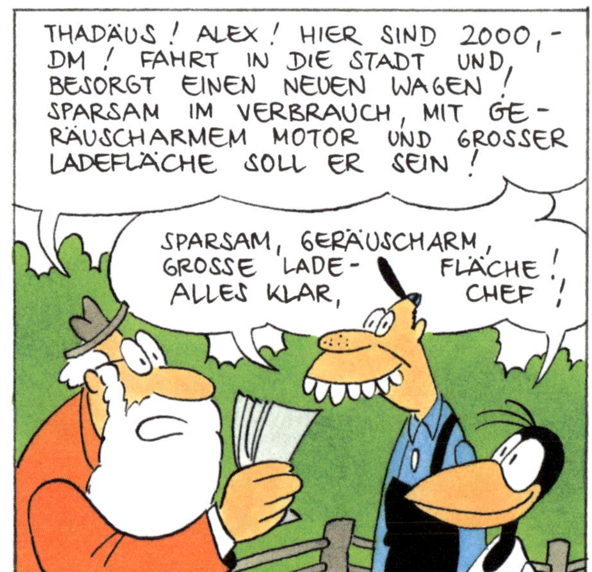
THADÄUS ! ALEX ! HIER SIND 2000,- DM ! FAHRT IN DIE STADT UND, BESORGT EINEN NEUEN WAGEN ! SPARSAM IM VERBRAUCH, MIT GERÄUSCHARMEM MOTOR UND GROSSER LADEFLÄCHE SOLL ER SEIN !
SPARSAM, GERÄUSCHARM, GROSSE LADE-
FLÄCHE ! CHEF !
ALLES KLAR,

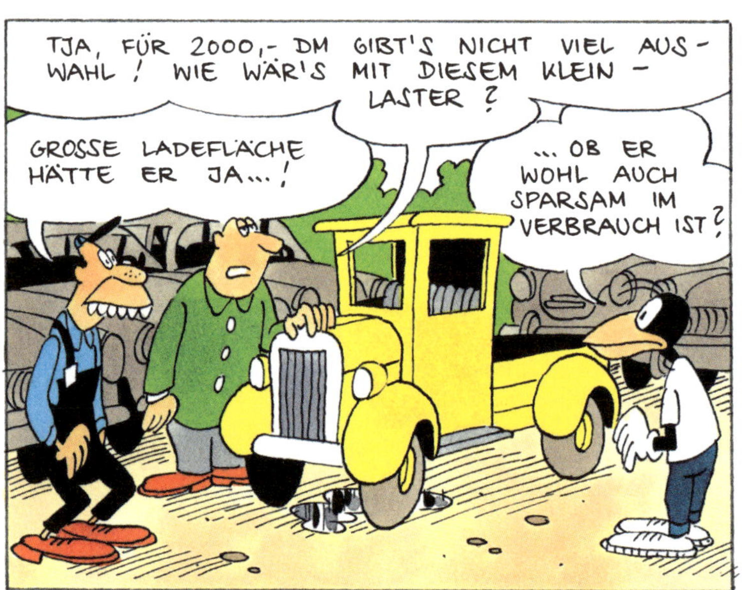
TJA, FÜR 2000,- DM GIBT'S NICHT VIEL AUSWAHL ! WIE WÄR'S MIT DIESEM KLEIN - LASTER ?
GROSSE LADEFLÄCHE HÄTTE ER JA ... !
... OB ER WOHL AUCH SPARSAM IM VERBRAUCH IST ?

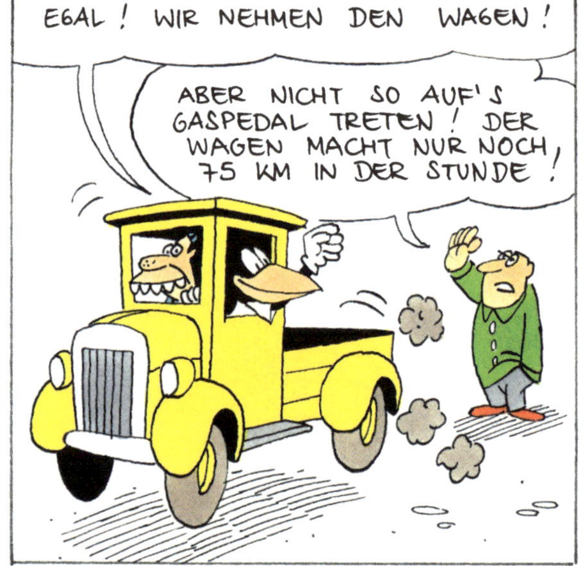
EGAL ! WIR NEHMEN DEN WAGEN !
ABER NICHT SO AUF'S GASPEDAL TRETEN ! DER WAGEN MACHT NUR NOCH 75 KM IN DER STUNDE !

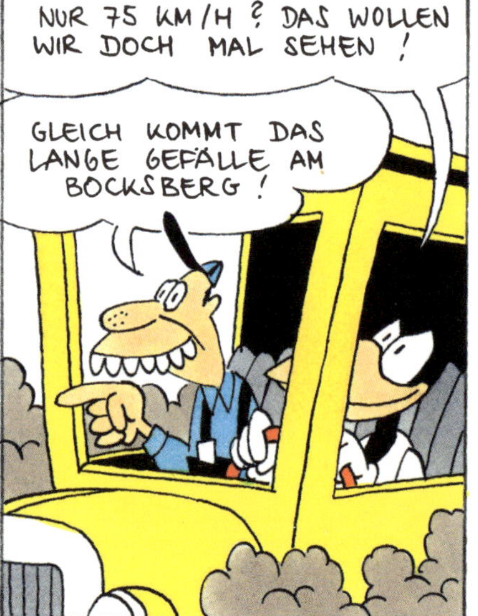
NUR 75 KM/H ? DAS WOLLEN WIR DOCH MAL SEHEN !
GLEICH KOMMT DAS LANGE GEFÄLLE AM BOCKSBERG !

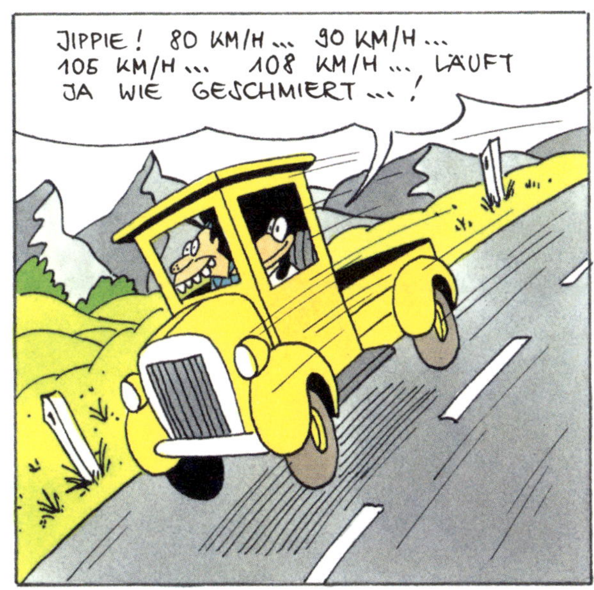
JIPPIE ! 80 KM/H ... 90 KM/H ... 105 KM/H ... 108 KM/H ... LÄUFT JA WIE GESCHMIERT ... !

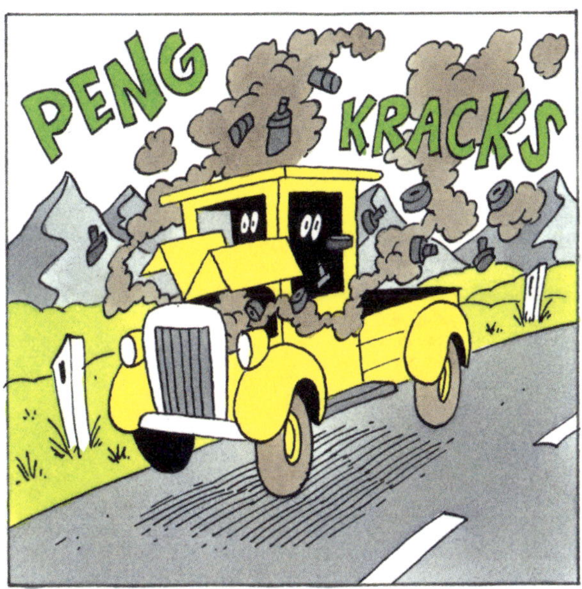
PENG
KRACKS

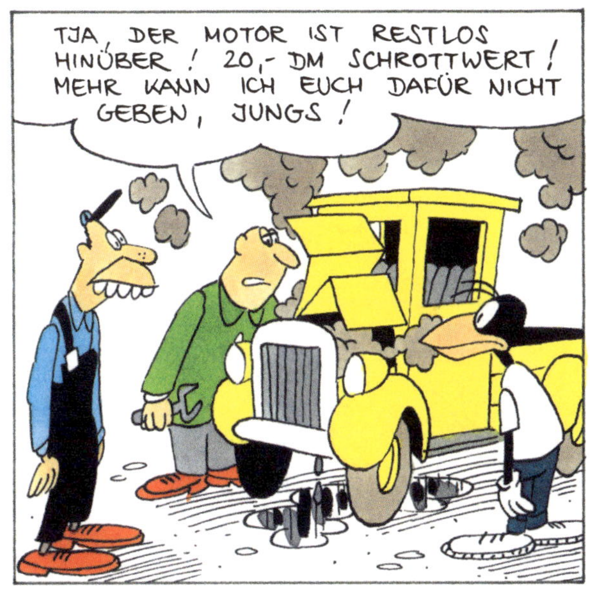
TJA, DER MOTOR IST RESTLOS HINÜBER ! 20,- DM SCHROTTWERT ! MEHR KANN ICH EUCH DAFÜR NICHT GEBEN, JUNGS !

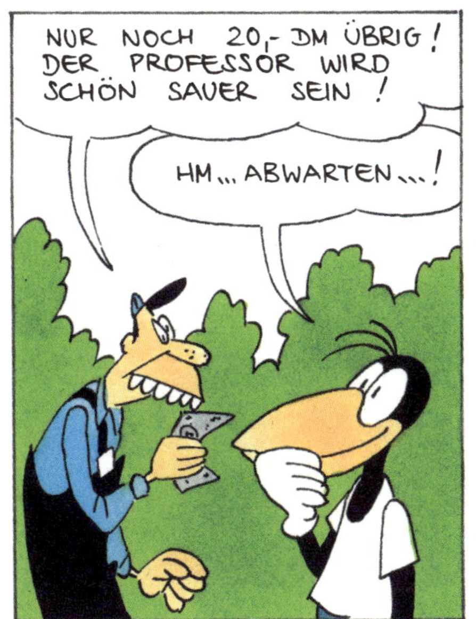
NUR NOCH 20,- DM ÜBRIG ! DER PROFESSOR WIRD SCHÖN SAUER SEIN !
HM ... ABWARTEN ... !

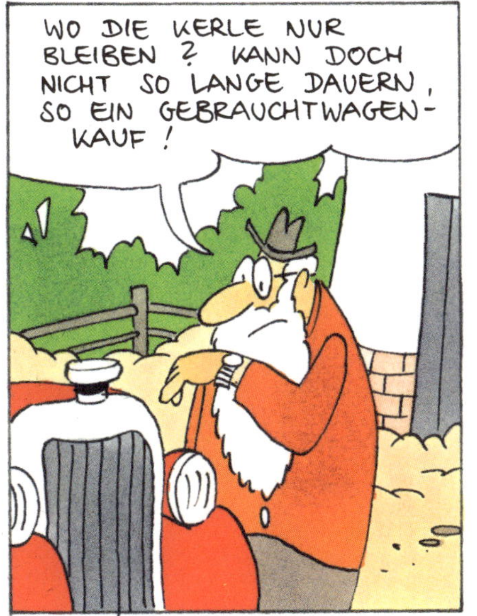
WO DIE KERLE NUR BLEIBEN ? KANN DOCH NICHT SO LANGE DAUERN, SO EIN GEBRAUCHTWAGEN-KAUF !

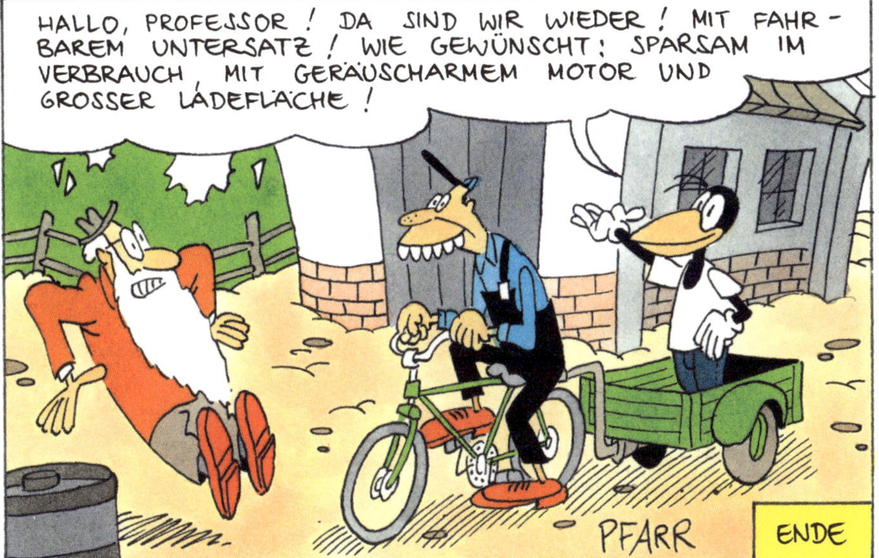
HALLO, PROFESSOR ! DA SIND WIR WIEDER ! MIT FAHRBAREM UNTERSATZ ! WIE GEWÜNSCHT: SPARSAM IM VERBRAUCH, MIT GERÄUSCHARMEM MOTOR UND GROSSER LADEFLÄCHE !
PFARR
ENDE

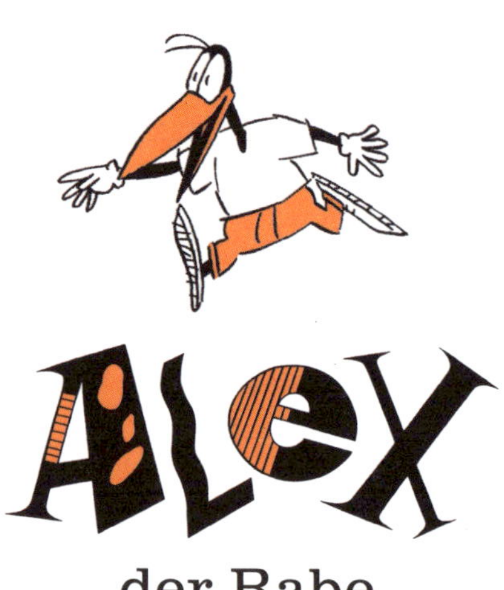
ALEX
der Rabe

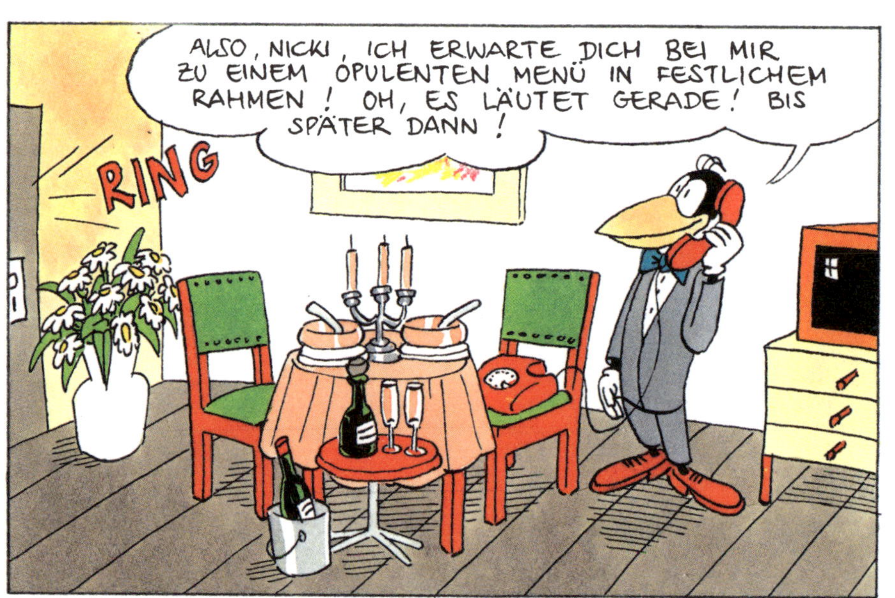
ALSO, NICKI, ICH ERWARTE DICH BEI MIR ZU EINEM OPULENTEN MENÜ IN FESTLICHEM RAHMEN! OH, ES LÄUTET GERADE! BIS SPÄTER DANN!
RING

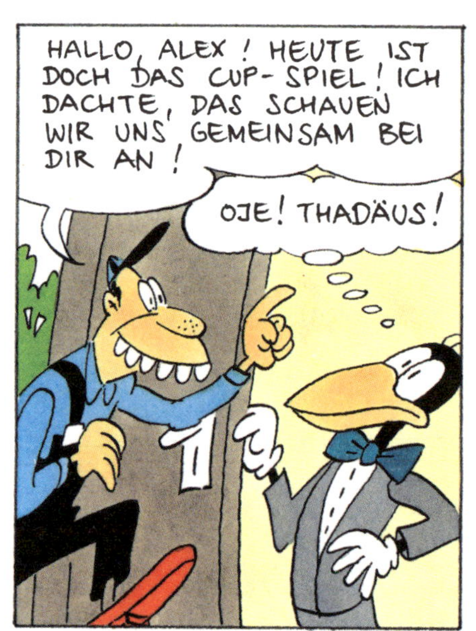
HALLO, ALEX! HEUTE IST DOCH DAS CUP-SPIEL! ICH DACHTE, DAS SCHAUEN WIR UNS GEMEINSAM BEI DIR AN!
OJE! THADÄUS!

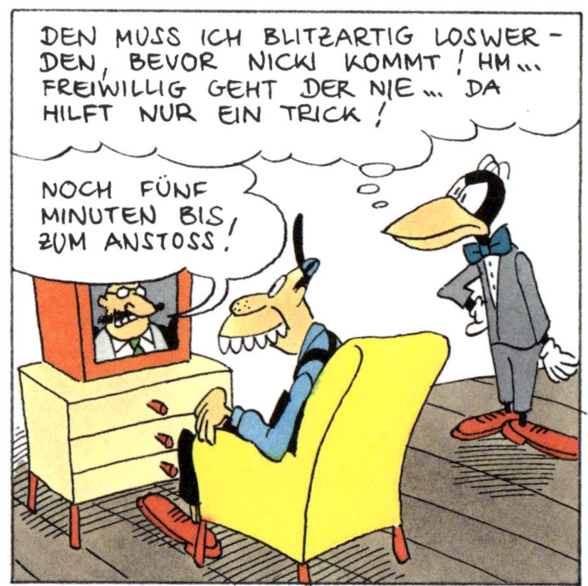
DEN MUSS ICH BLITZARTIG LOSWERDEN, BEVOR NICKI KOMMT! HM... FREIWILLIG GEHT DER NIE... DA HILFT NUR EIN TRICK!
NOCH FÜNF MINUTEN BIS ZUM ANSTOSS!

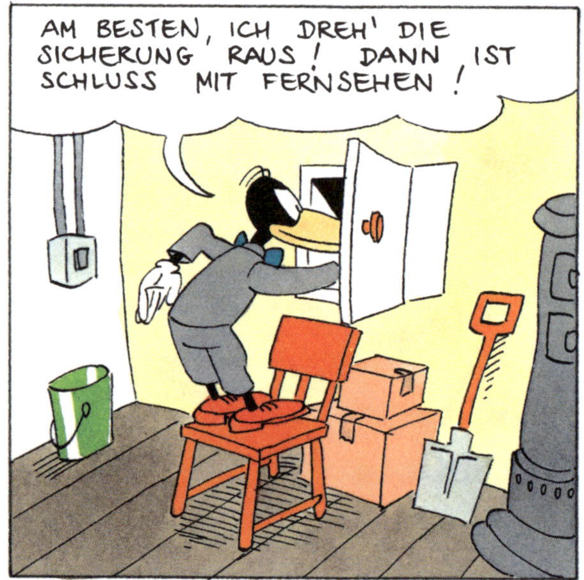
AM BESTEN, ICH DREH' DIE SICHERUNG RAUS! DANN IST SCHLUSS MIT FERNSEHEN!

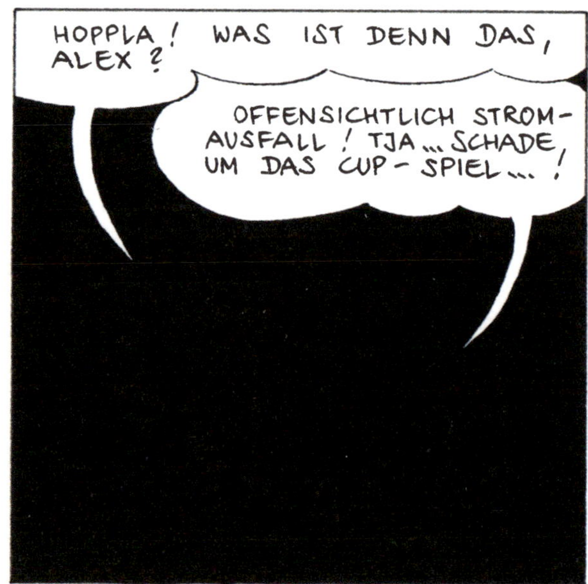
HOPPLA! WAS IST DENN DAS, ALEX?
OFFENSICHTLICH STROMAUSFALL! TJA... SCHADE UM DAS CUP-SPIEL...!

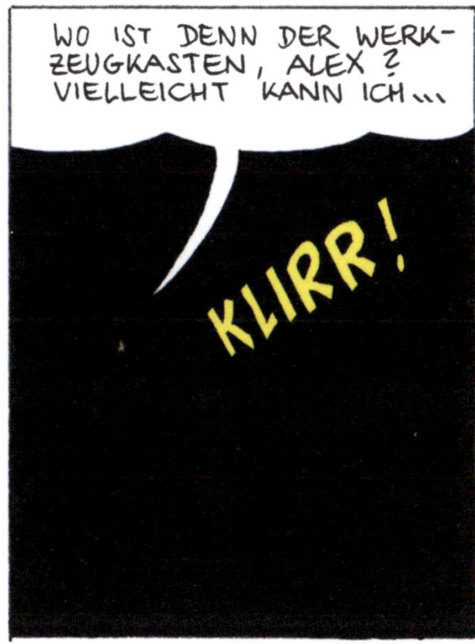
WO IST DENN DER WERKZEUGKASTEN, ALEX? VIELLEICHT KANN ICH...
KLIRR!

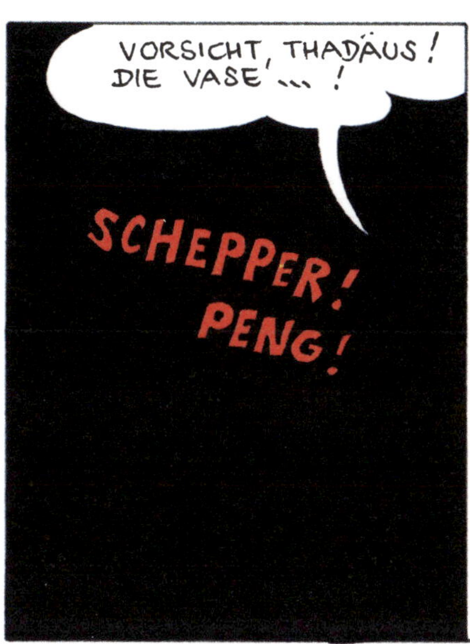
VORSICHT, THADÄUS! DIE VASE...!
SCHEPPER! PENG!

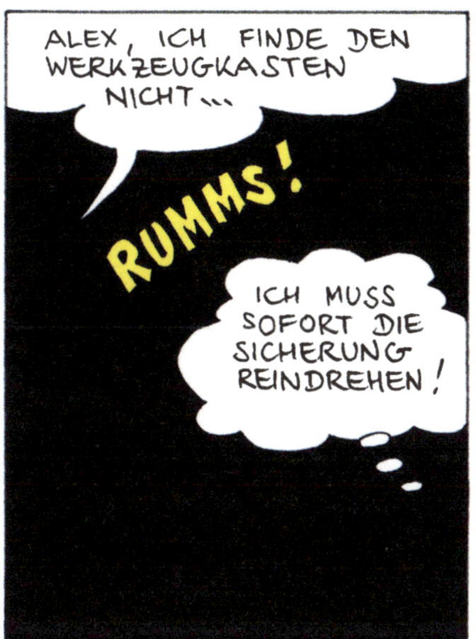
ALEX, ICH FINDE DEN WERKZEUGKASTEN NICHT...
RUMMS!
ICH MUSS SOFORT DIE SICHERUNG REINDREHEN!

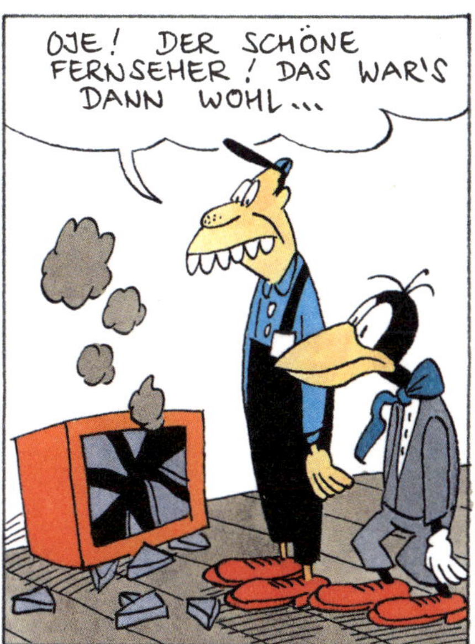
OJE! DER SCHÖNE FERNSEHER! DAS WAR'S DANN WOHL...

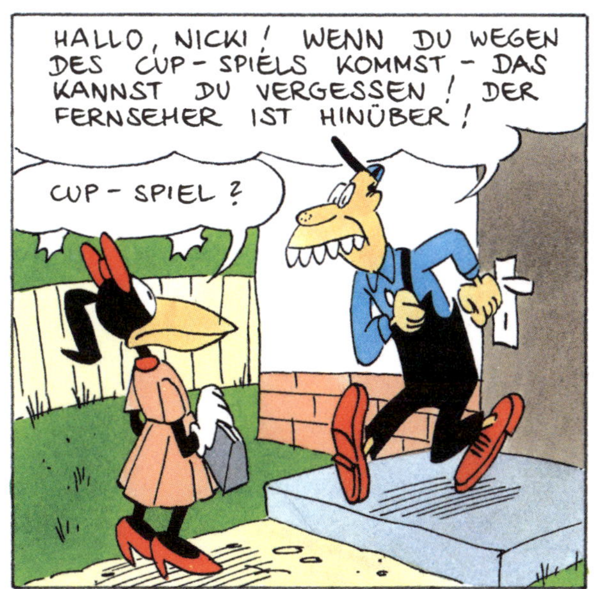
HALLO, NICKI! WENN DU WEGEN DES CUP-SPIELS KOMMST – DAS KANNST DU VERGESSEN! DER FERNSEHER IST HINÜBER!
CUP-SPIEL?

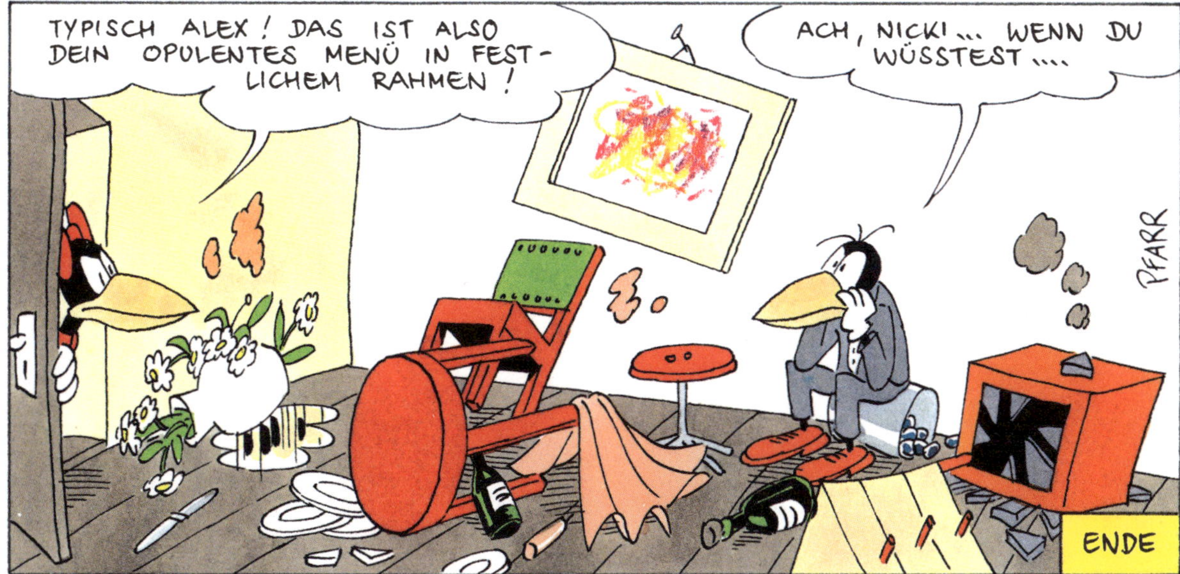
TYPISCH ALEX! DAS IST ALSO DEIN OPULENTES MENÜ IN FESTLICHEM RAHMEN!
ACH, NICKI... WENN DU WÜSSTEST....
PFARR
ENDE

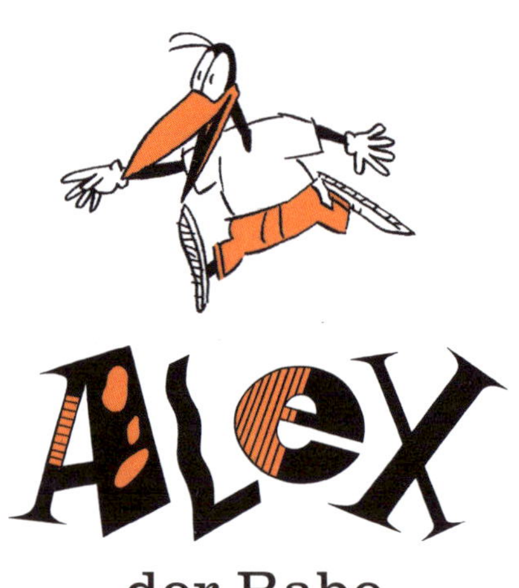
ALEX
der Rabe

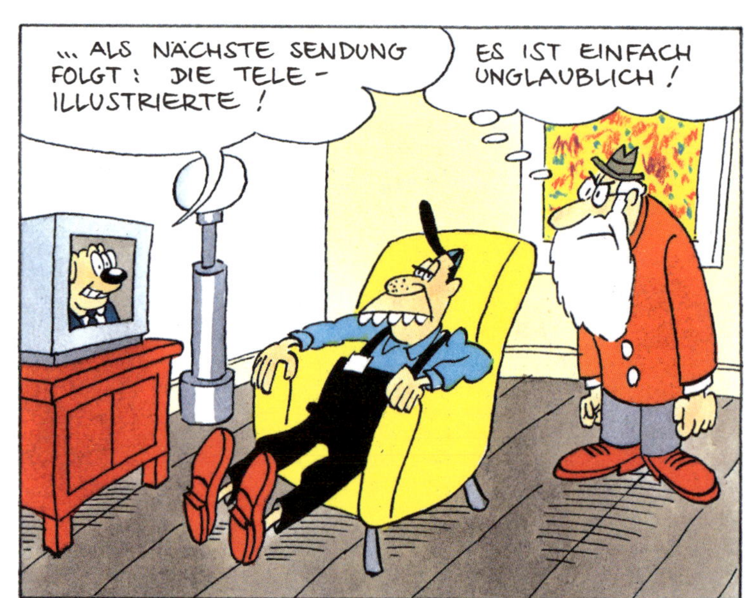
... ALS NÄCHSTE SENDUNG FOLGT: DIE TELE-ILLUSTRIERTE!
ES IST EINFACH UNGLAUBLICH!

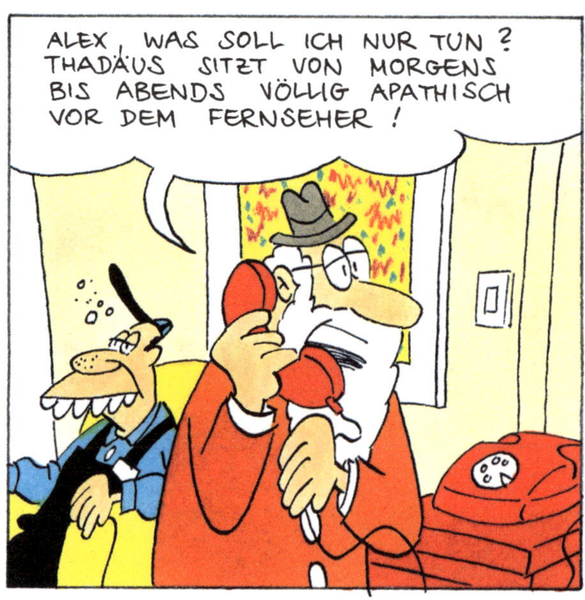
ALEX, WAS SOLL ICH NUR TUN? THADÄUS SITZT VON MORGENS BIS ABENDS VÖLLIG APATHISCH VOR DEM FERNSEHER!

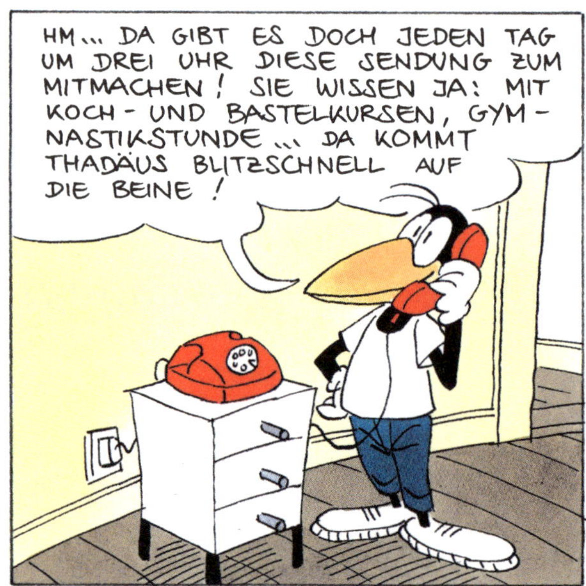
HM... DA GIBT ES DOCH JEDEN TAG UM DREI UHR DIESE SENDUNG ZUM MITMACHEN! SIE WISSEN JA: MIT KOCH- UND BASTELKURSEN, GYMNASTIKSTUNDE... DA KOMMT THADÄUS BLITZSCHNELL AUF DIE BEINE!

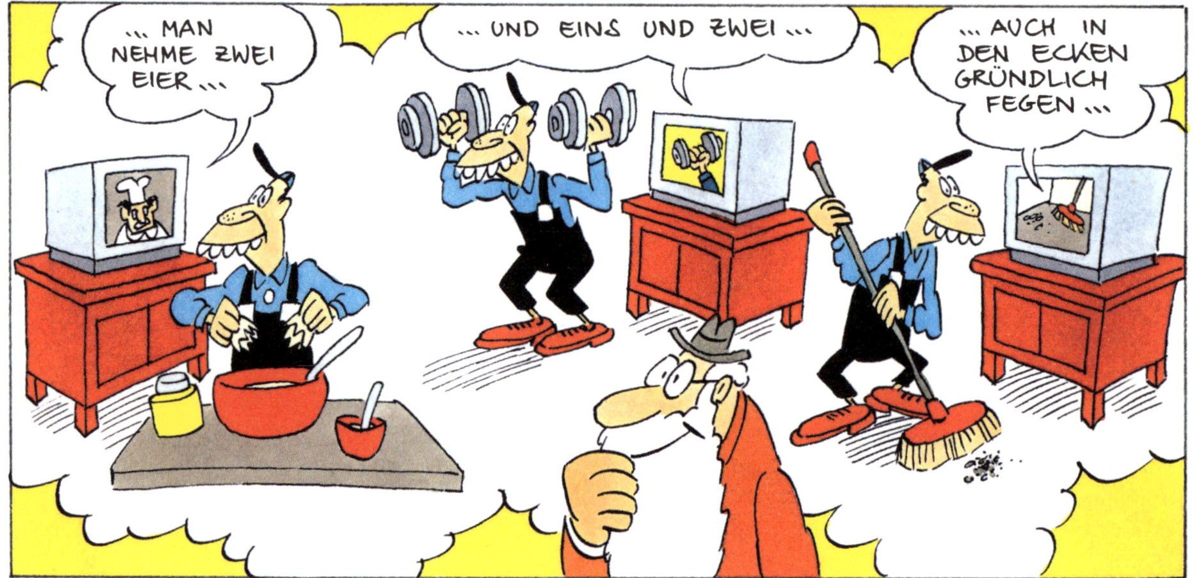
... MAN NEHME ZWEI EIER...
... UND EINS UND ZWEI...
... AUCH IN DEN ECKEN GRÜNDLICH FEGEN...

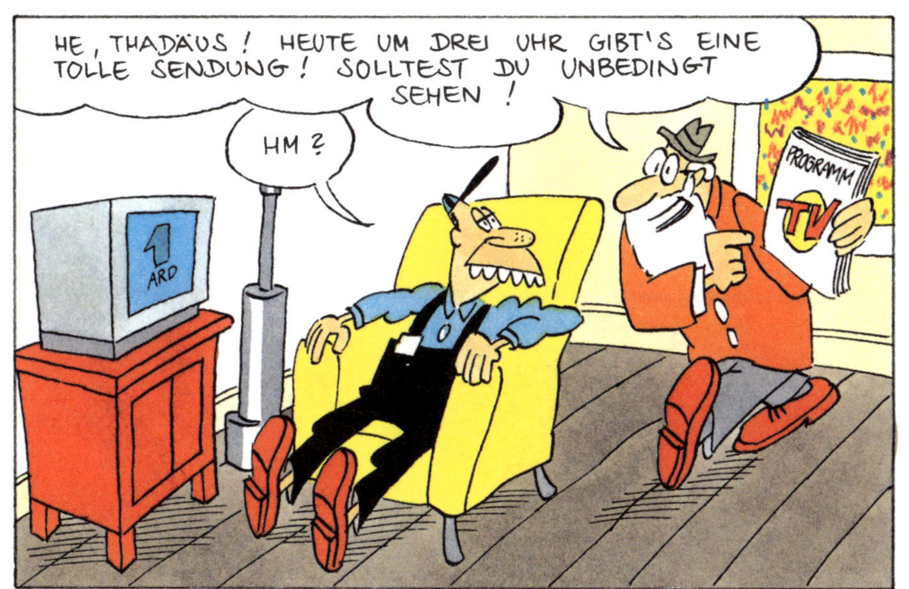
HE, THADÄUS! HEUTE UM DREI UHR GIBT'S EINE TOLLE SENDUNG! SOLLTEST DU UNBEDINGT SEHEN!
HM?
PROGRAMM
TV
1
ARD

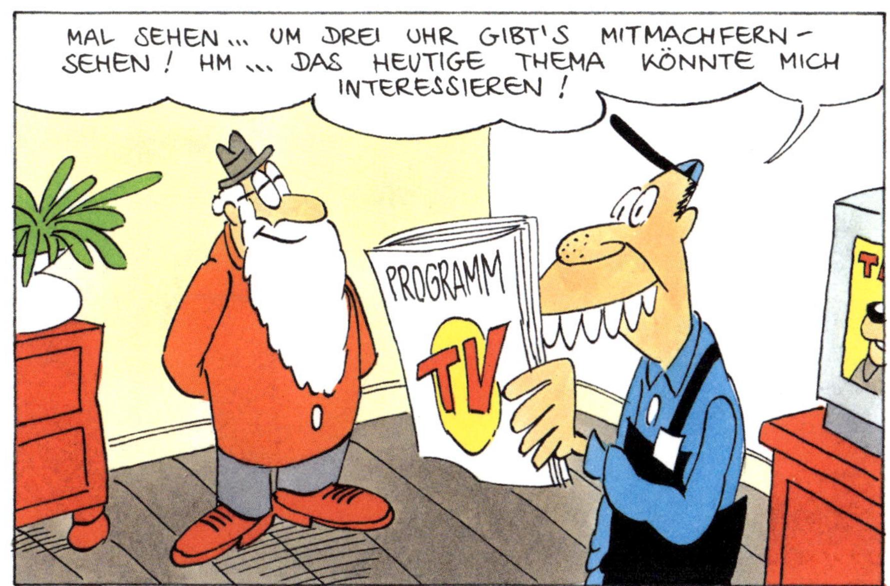
MAL SEHEN... UM DREI UHR GIBT'S MITMACHFERN-SEHEN! HM... DAS HEUTIGE THEMA KÖNNTE MICH INTERESSIEREN!
PROGRAMM
TV

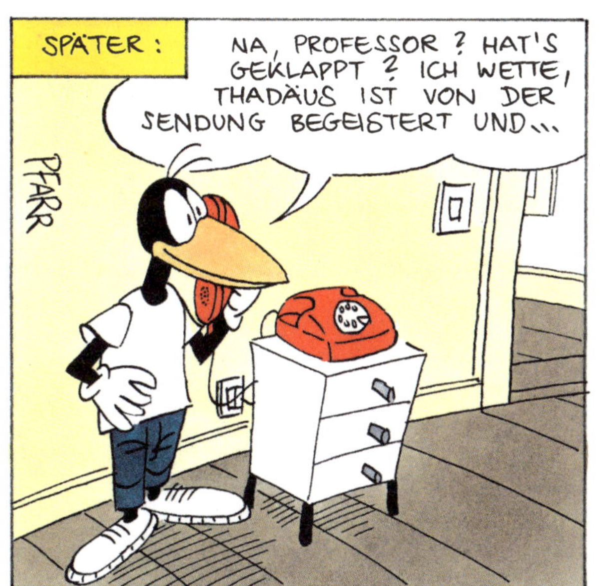
SPÄTER:
NA, PROFESSOR? HAT'S GEKLAPPT? ICH WETTE, THADÄUS IST VON DER SENDUNG BEGEISTERT UND...
PFARR

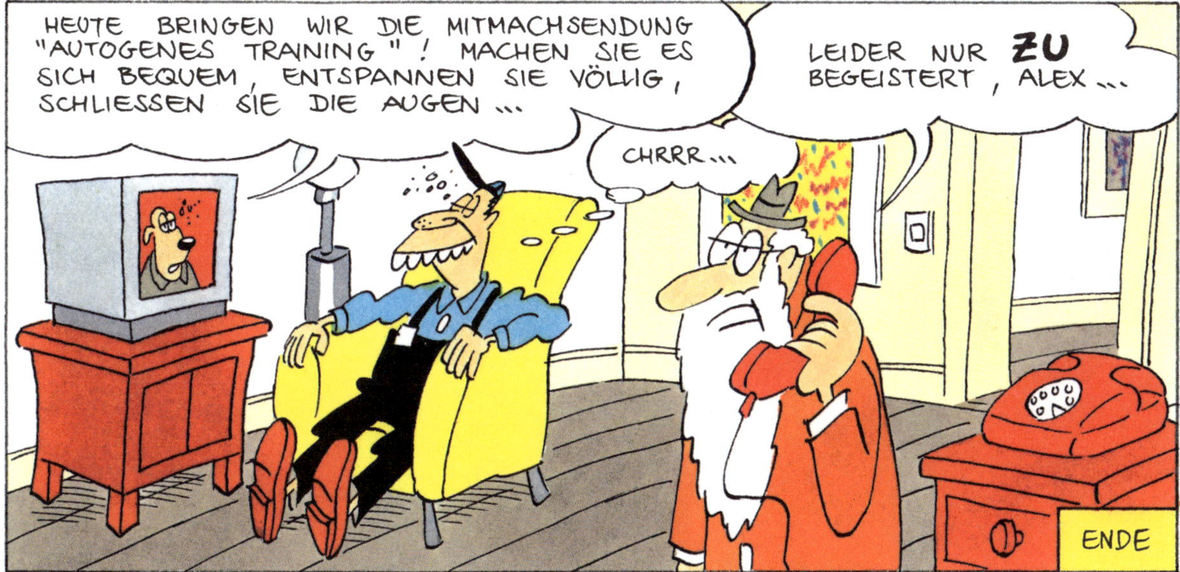
HEUTE BRINGEN WIR DIE MITMACHSENDUNG "AUTOGENES TRAINING"! MACHEN SIE ES SICH BEQUEM, ENTSPANNEN SIE VÖLLIG, SCHLIESSEN SIE DIE AUGEN...
LEIDER NUR **ZU** BEGEISTERT, ALEX...
CHRRR...
ENDE

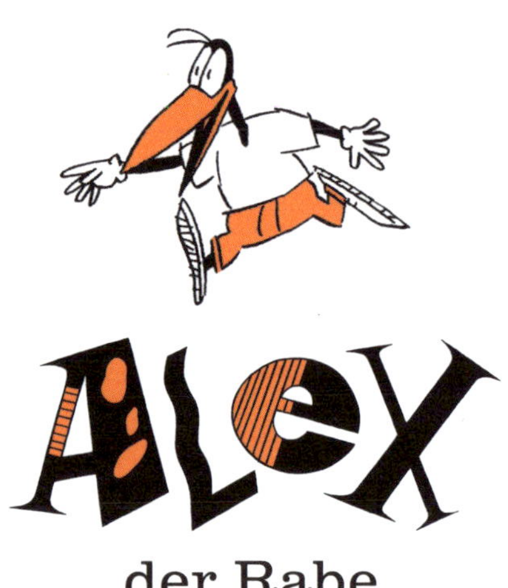
ALEX
der Rabe

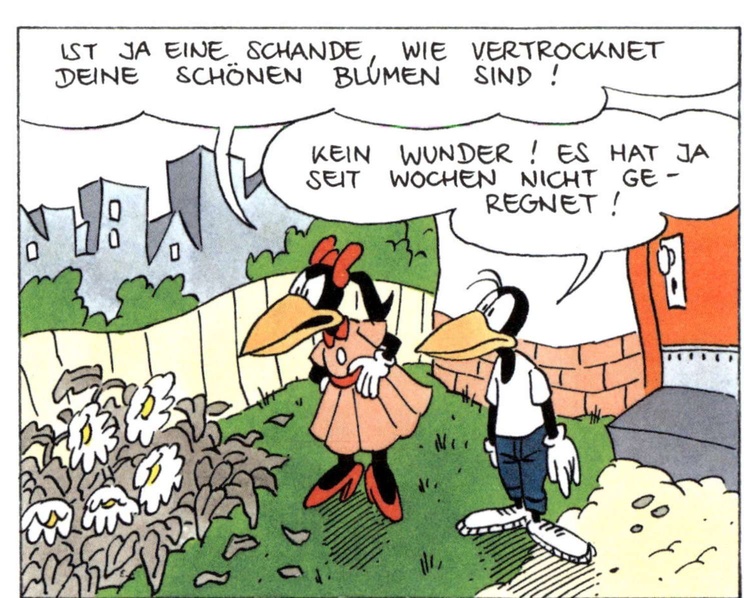
IST JA EINE SCHANDE, WIE VERTROCKNET DEINE SCHÖNEN BLUMEN SIND!
KEIN WUNDER! ES HAT JA SEIT WOCHEN NICHT GE-REGNET!

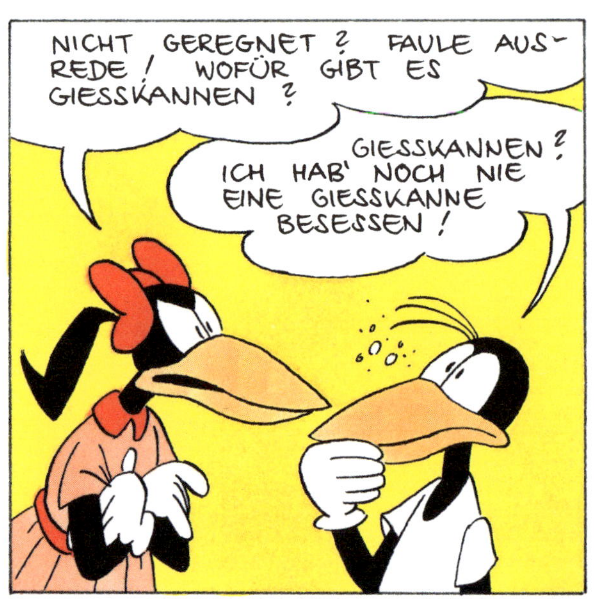
NICHT GEREGNET? FAULE AUS-REDE! WOFÜR GIBT ES GIESSKANNEN?
GIESSKANNEN? ICH HAB' NOCH NIE EINE GIESSKANNE BESESSEN!

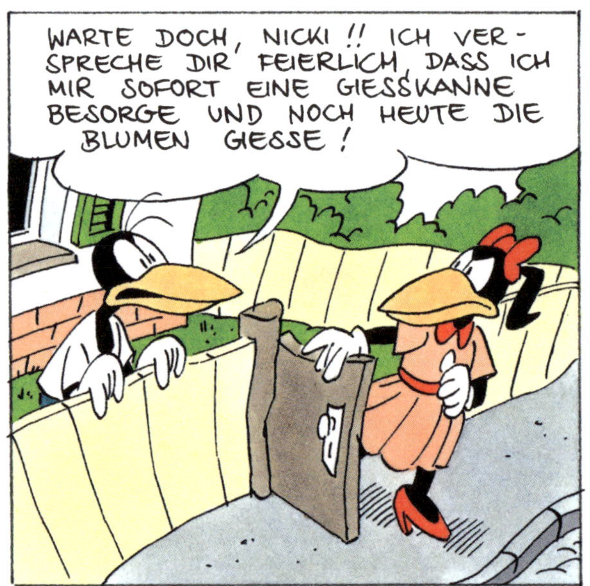
WARTE DOCH, NICKI!! ICH VER-SPRECHE DIR FEIERLICH, DASS ICH MIR SOFORT EINE GIESSKANNE BESORGE UND NOCH HEUTE DIE BLUMEN GIESSE!

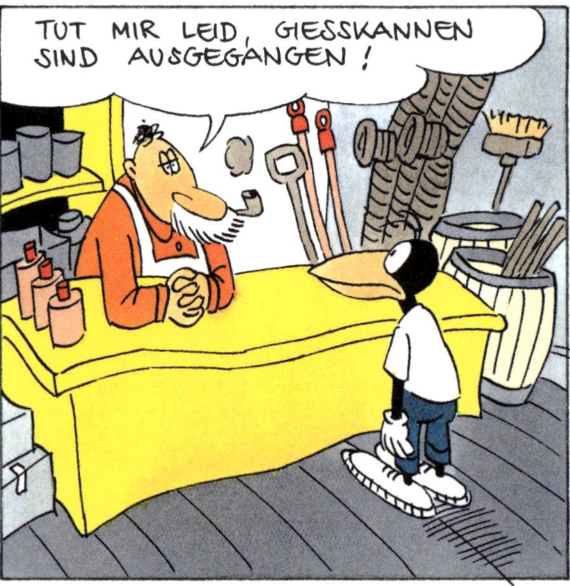
TUT MIR LEID, GIESSKANNEN SIND AUSGEGANGEN!

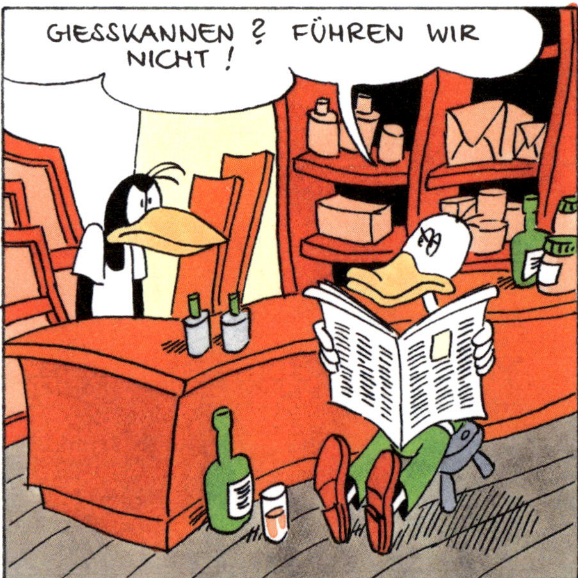
GIESSKANNEN? FÜHREN WIR NICHT!

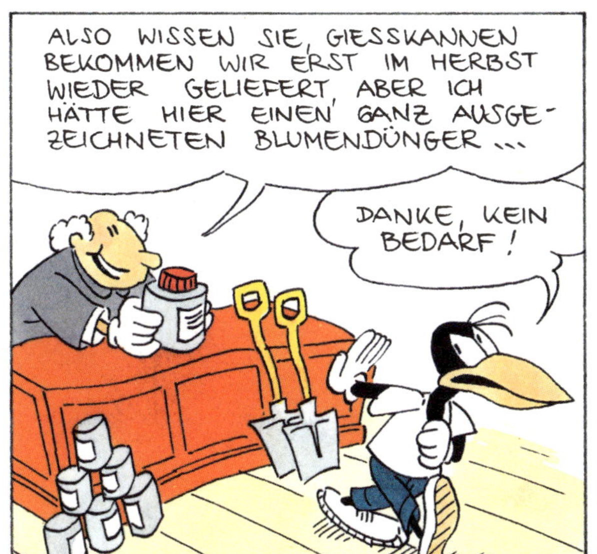
ALSO WISSEN SIE, GIESSKANNEN BEKOMMEN WIR ERST IM HERBST WIEDER GELIEFERT, ABER ICH HÄTTE HIER EINEN GANZ AUSGEZEICHNETEN BLUMENDÜNGER ...
DANKE, KEIN BEDARF!
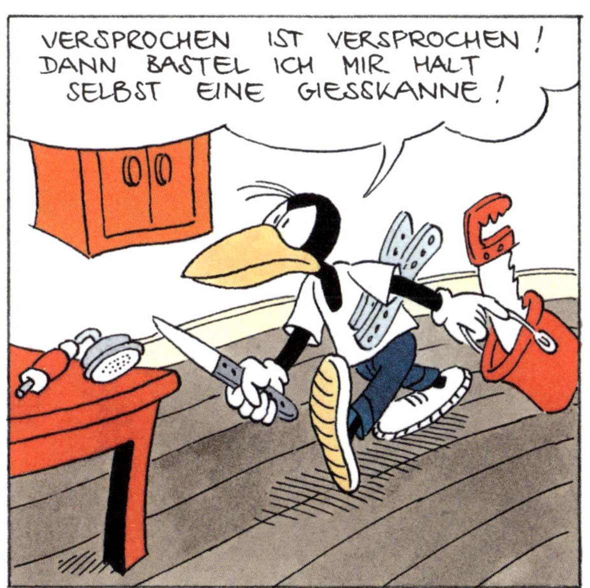
VERSPROCHEN IST VERSPROCHEN! DANN BASTEL ICH MIR HALT SELBST EINE GIESSKANNE!
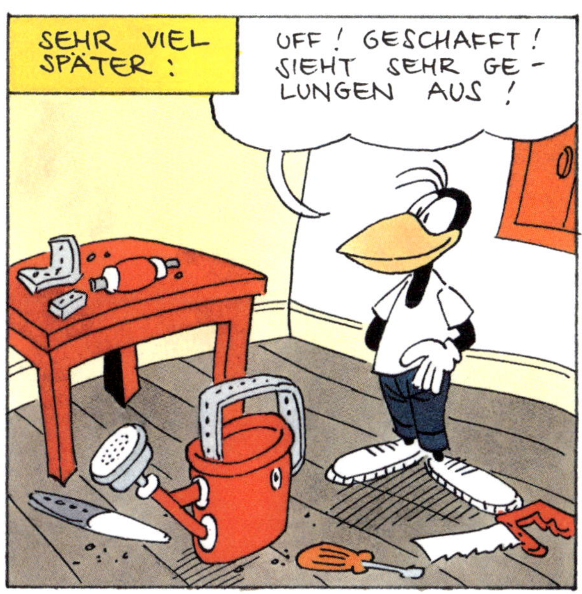
SEHR VIEL SPÄTER:
UFF! GESCHAFFT! SIEHT SEHR GELUNGEN AUS!
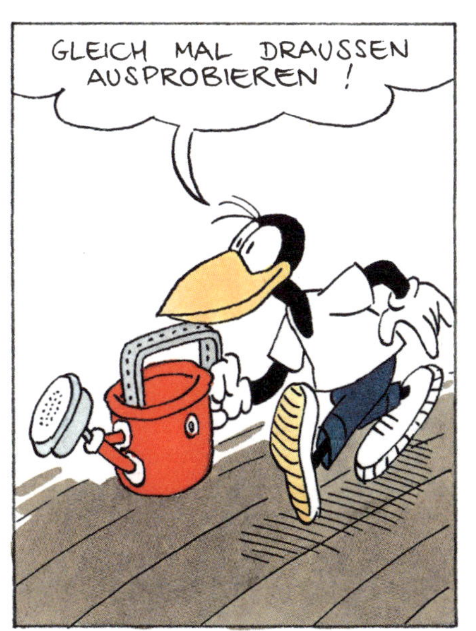
GLEICH MAL DRAUSSEN AUSPROBIEREN!
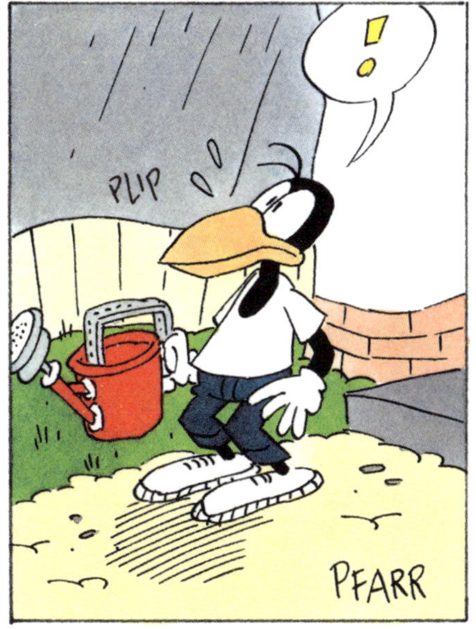
!
PLIP
PFARR
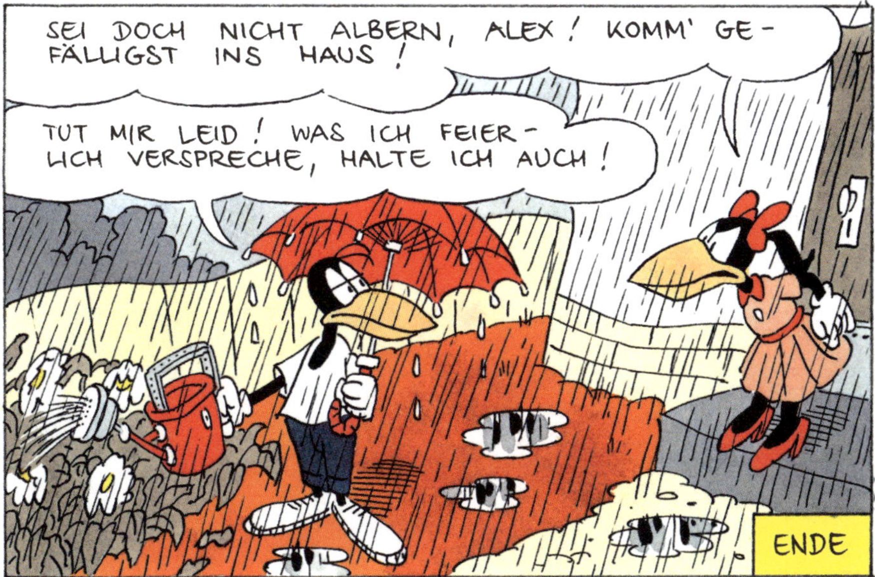
SEI DOCH NICHT ALBERN, ALEX! KOMM' GEFÄLLIGST INS HAUS!
TUT MIR LEID! WAS ICH FEIERLICH VERSPRECHE, HALTE ICH AUCH!
ENDE

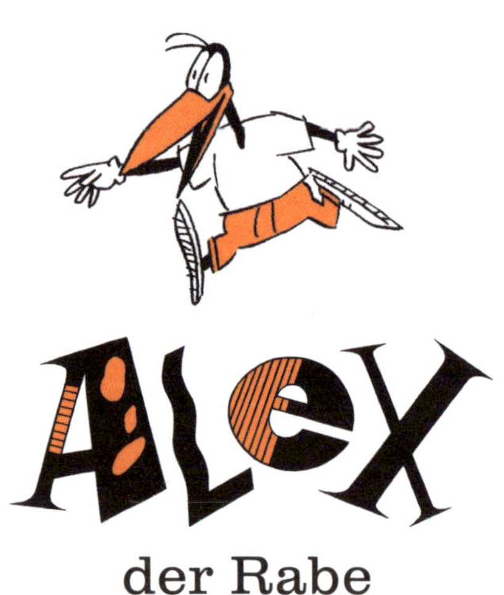
ALEX
der Rabe

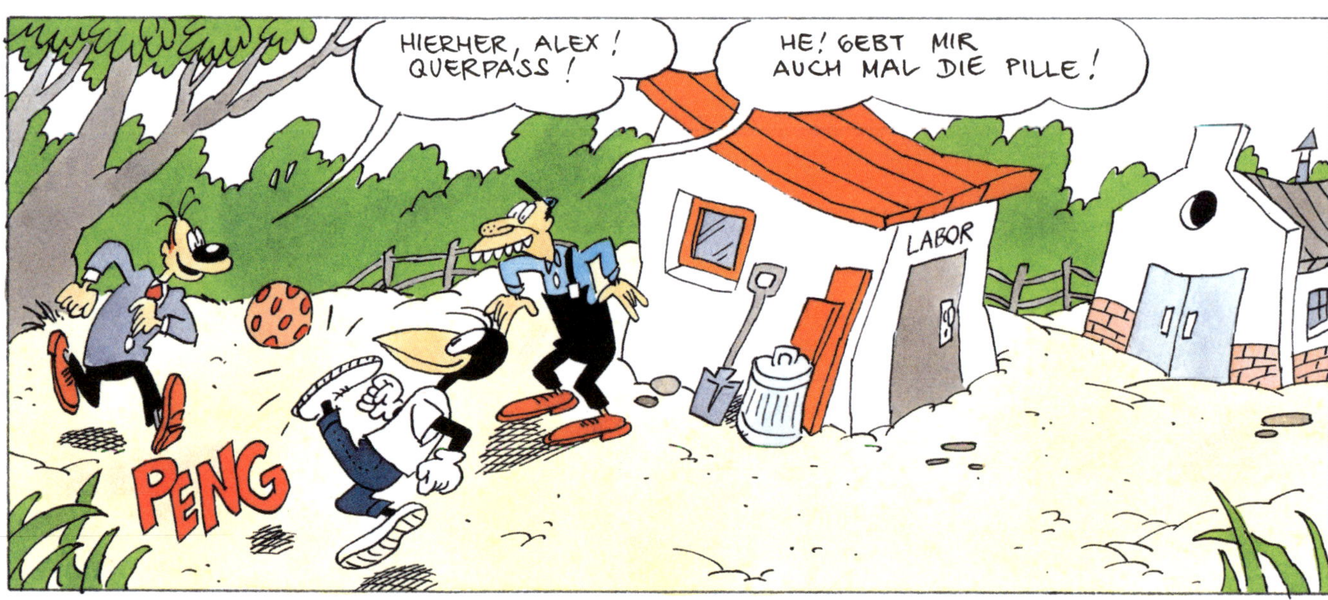
HIERHER, ALEX! QUERPASS!
HE! GEBT MIR AUCH MAL DIE PILLE!
LABOR
PENG

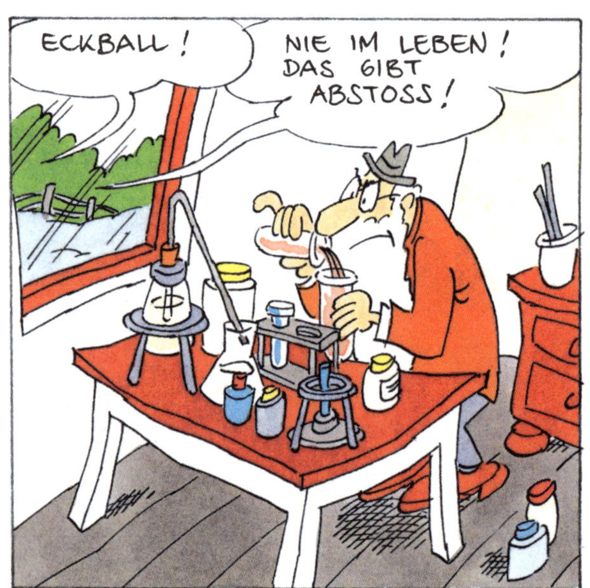
ECKBALL!
NIE IM LEBEN! DAS GIBT ABSTOSS!

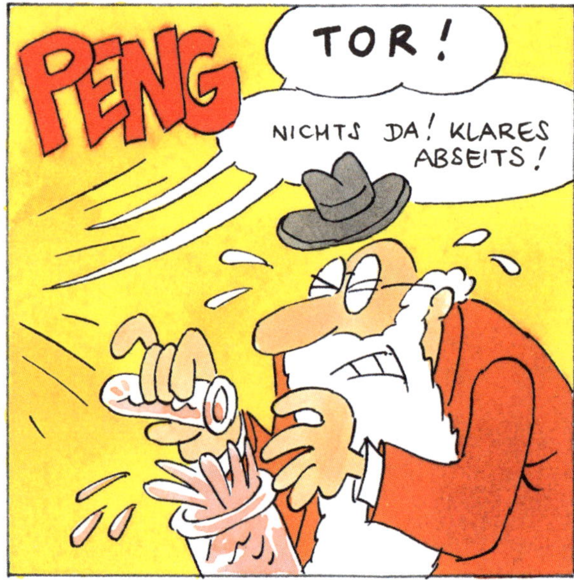
PENG
TOR!
NICHTS DA! KLARES ABSEITS!

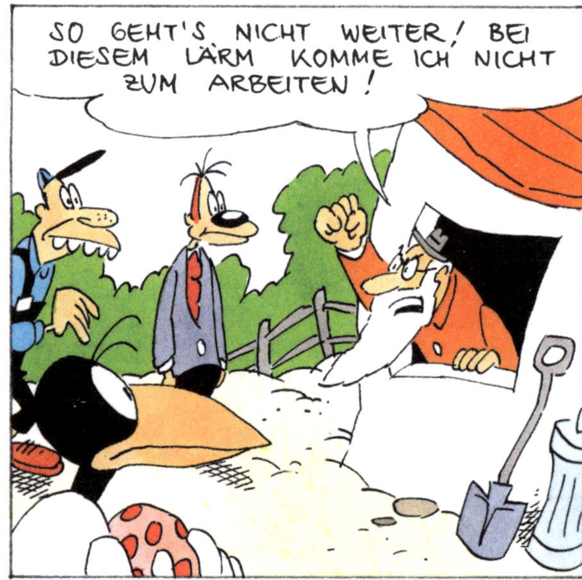
SO GEHT'S NICHT WEITER! BEI DIESEM LÄRM KOMME ICH NICHT ZUM ARBEITEN!

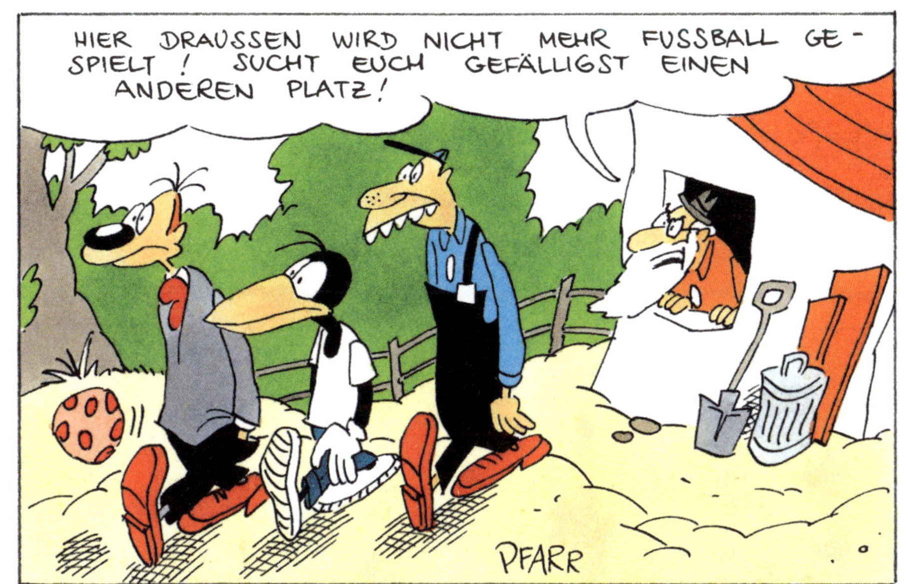
HIER DRAUSSEN WIRD NICHT MEHR FUSSBALL GESPIELT! SUCHT EUCH GEFÄLLIGST EINEN ANDEREN PLATZ!
PFARR

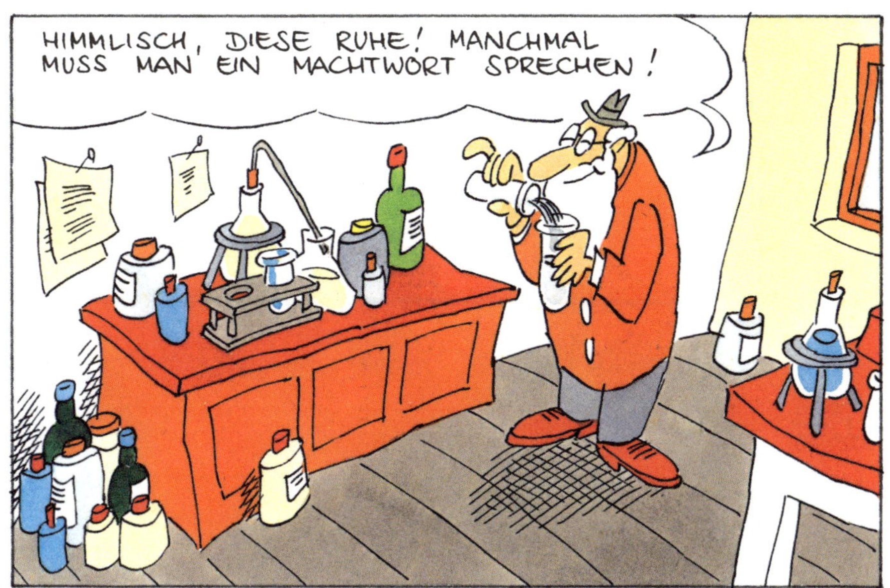
HIMMLISCH, DIESE RUHE! MANCHMAL MUSS MAN EIN MACHTWORT SPRECHEN!

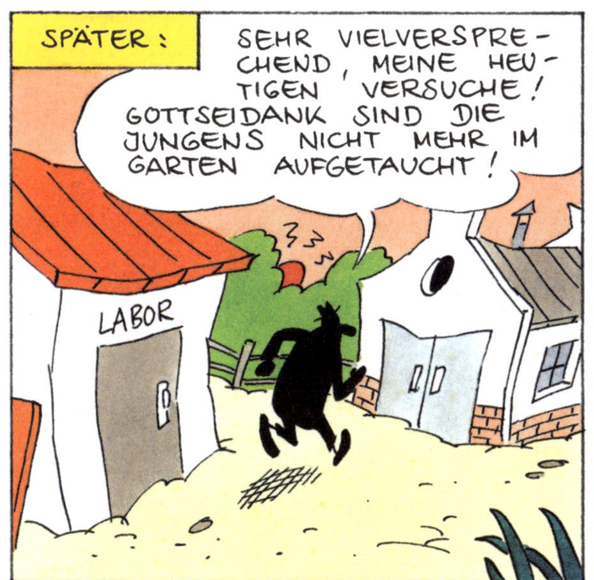
SPÄTER:
SEHR VIELVERSPRECHEND, MEINE HEUTIGEN VERSUCHE! GOTTSEIDANK SIND DIE JUNGENS NICHT MEHR IM GARTEN AUFGETAUCHT!
LABOR

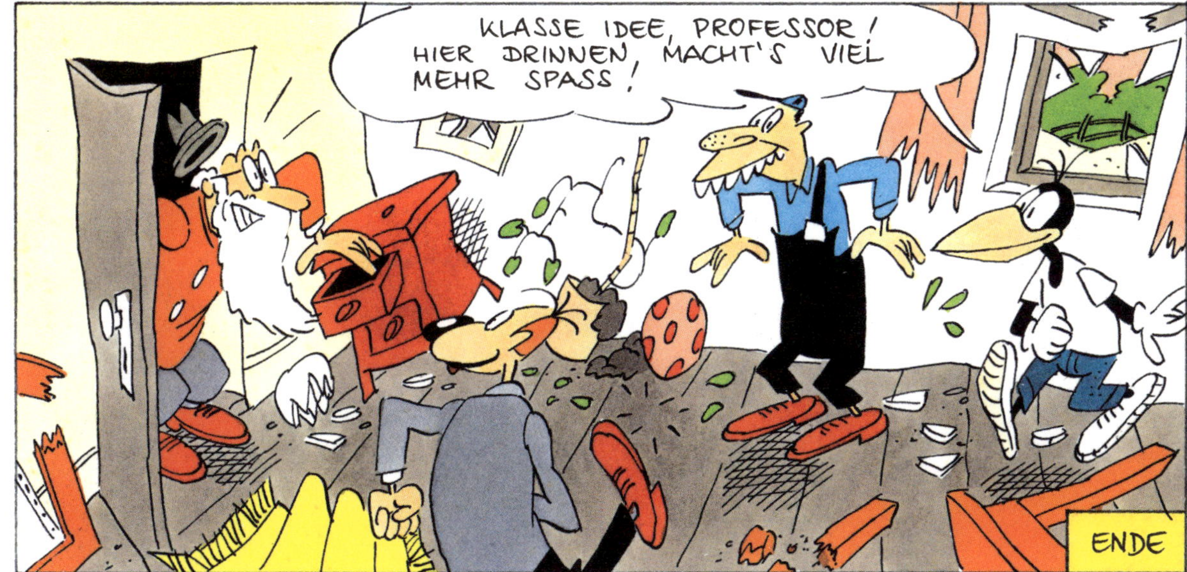
KLASSE IDEE, PROFESSOR! HIER DRINNEN MACHT'S VIEL MEHR SPASS!
ENDE

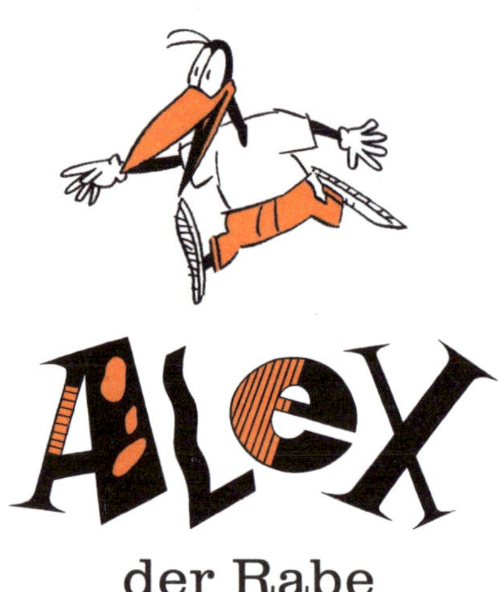
ALEX
der Rabe

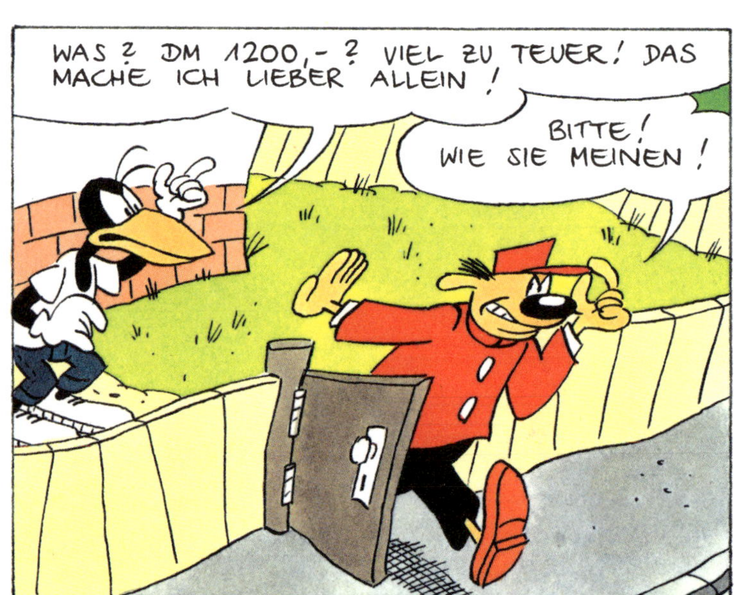
WAS? DM 1200,-? VIEL ZU TEUER! DAS MACHE ICH LIEBER ALLEIN!
BITTE! WIE SIE MEINEN!

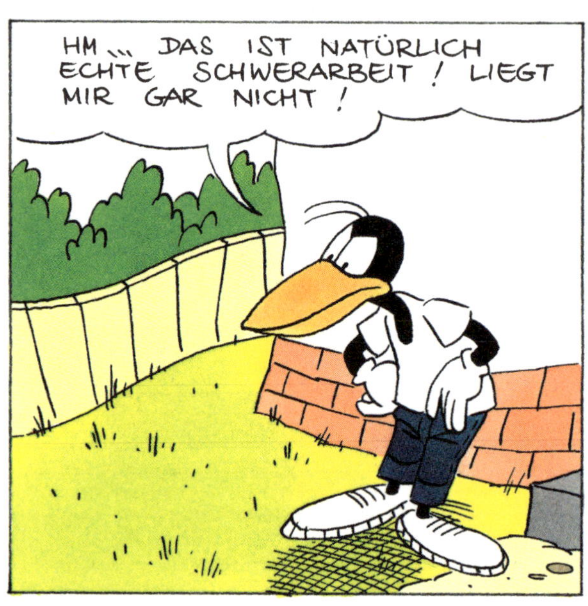
HM... DAS IST NATÜRLICH ECHTE SCHWERARBEIT! LIEGT MIR GAR NICHT!

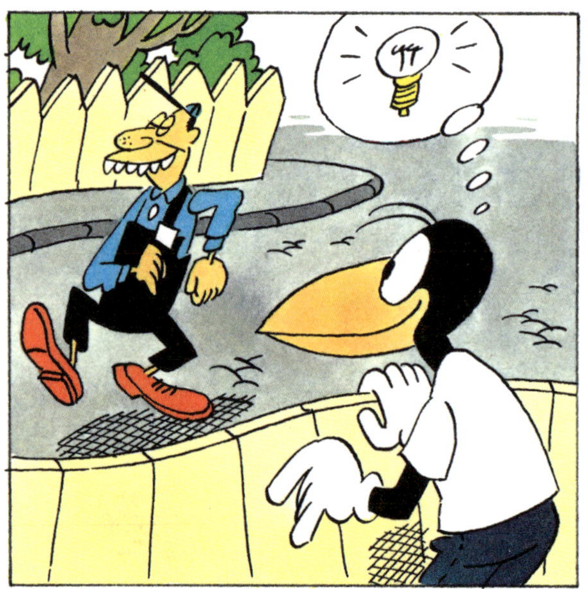

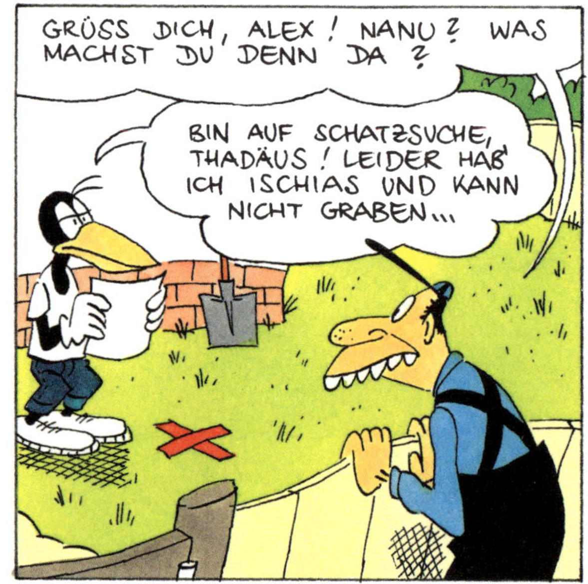
GRÜSS DICH, ALEX! NANU? WAS MACHST DU DENN DA?
BIN AUF SCHATZSUCHE, THADÄUS! LEIDER HAB' ICH ISCHIAS UND KANN NICHT GRABEN...

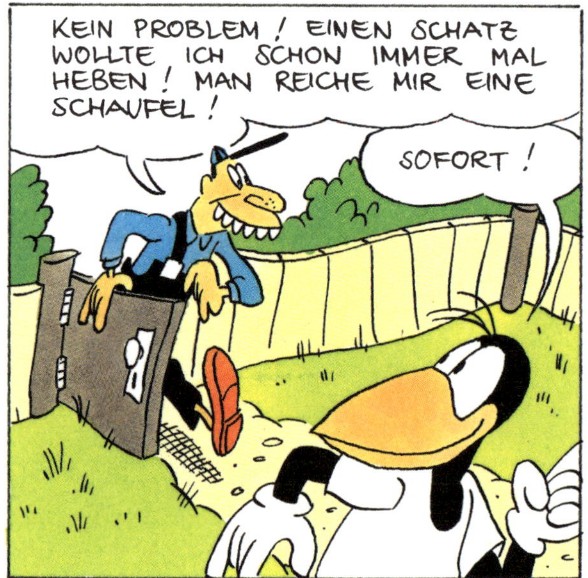
KEIN PROBLEM! EINEN SCHATZ WOLLTE ICH SCHON IMMER MAL HEBEN! MAN REICHE MIR EINE SCHAUFEL!
SOFORT!

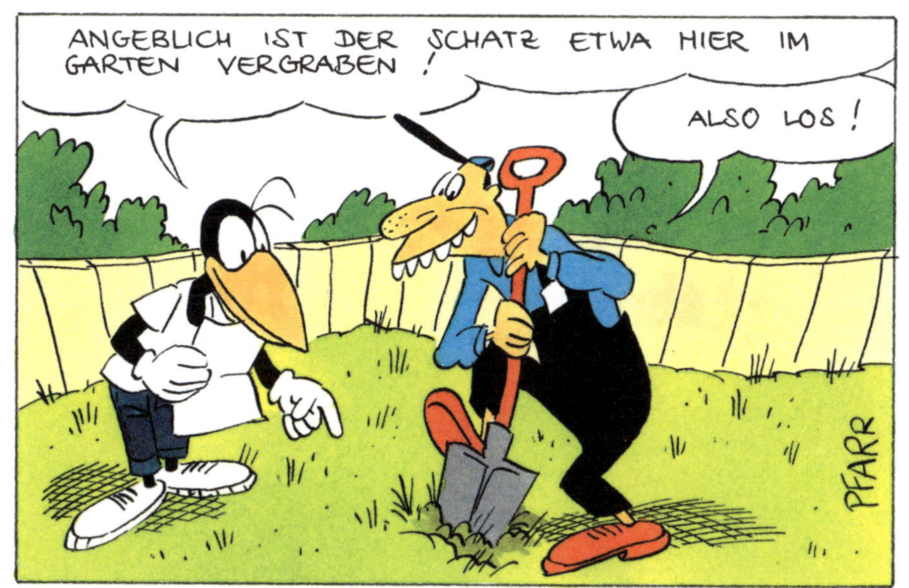
ANGEBLICH IST DER SCHATZ ETWA HIER IM GARTEN VERGRABEN!
ALSO LOS!
PFARR

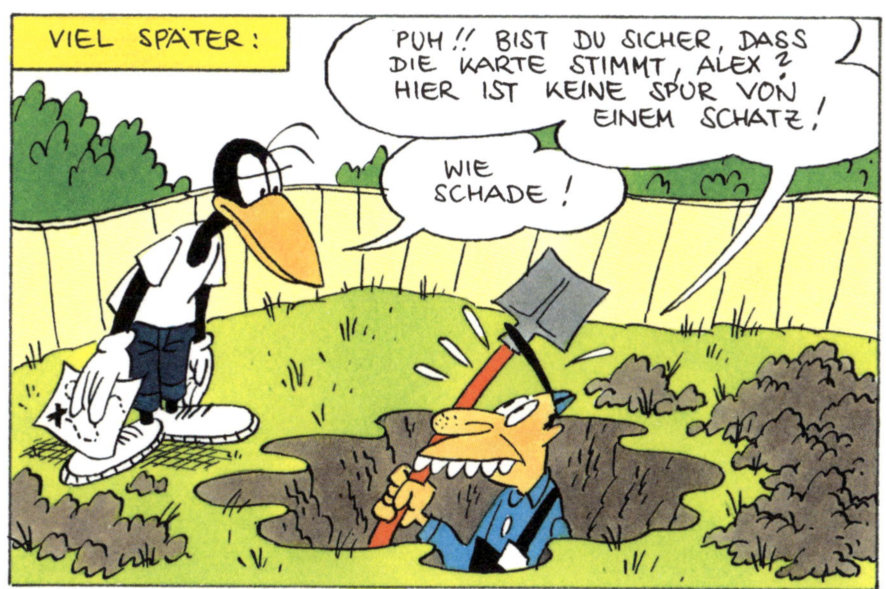
VIEL SPÄTER:
PUH!! BIST DU SICHER, DASS DIE KARTE STIMMT, ALEX? HIER IST KEINE SPUR VON EINEM SCHATZ!
WIE SCHADE!

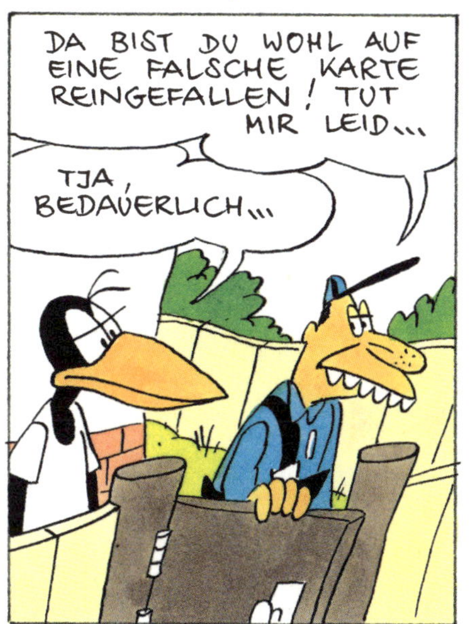
DA BIST DU WOHL AUF EINE FALSCHE KARTE REINGEFALLEN! TUT MIR LEID...
TJA, BEDAUERLICH...

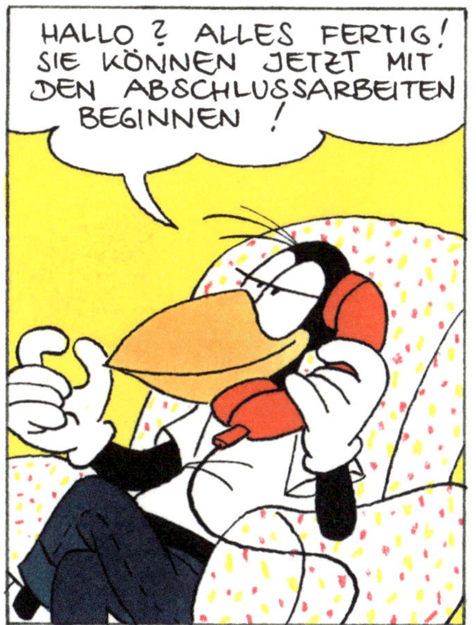
HALLO? ALLES FERTIG! SIE KÖNNEN JETZT MIT DEN ABSCHLUSSARBEITEN BEGINNEN!

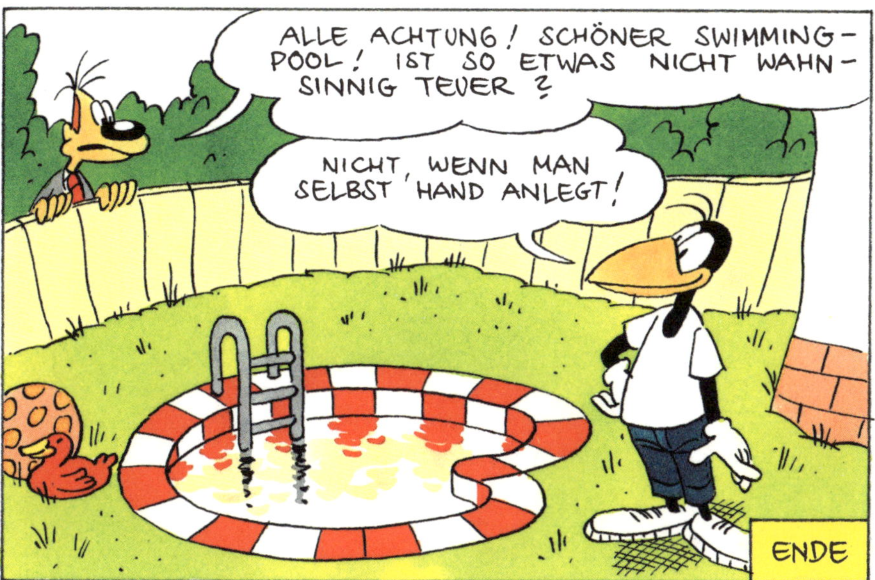
ALLE ACHTUNG! SCHÖNER SWIMMING-POOL! IST SO ETWAS NICHT WAHNSINNIG TEUER?
NICHT, WENN MAN SELBST HAND ANLEGT!
ENDE

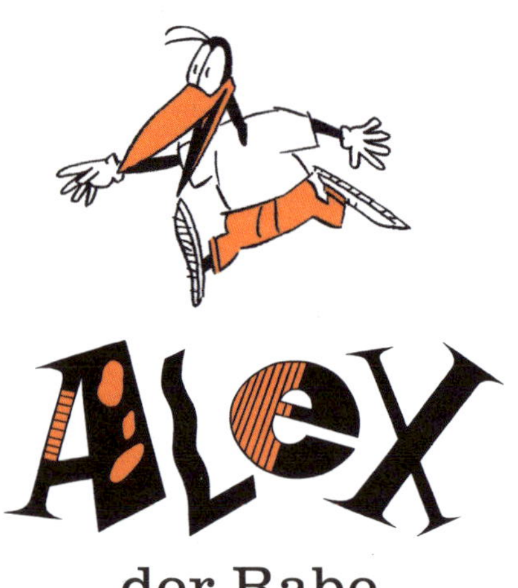
ALEX
der Rabe

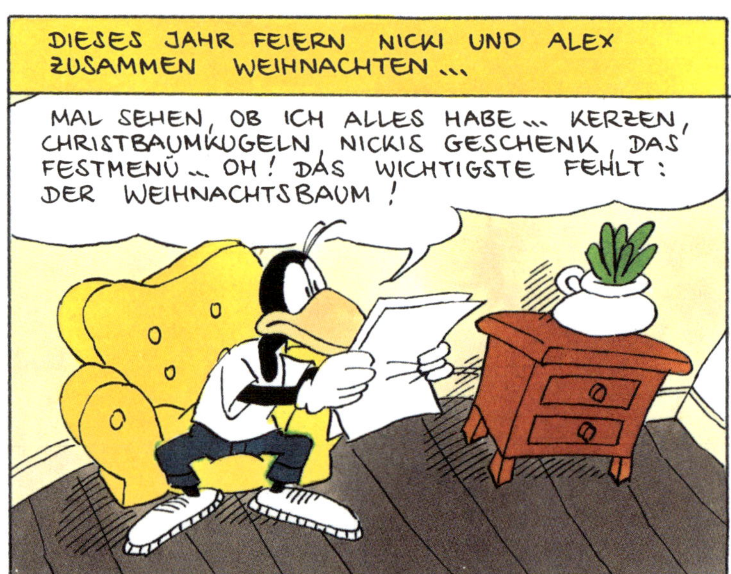
DIESES JAHR FEIERN NICKI UND ALEX ZUSAMMEN WEIHNACHTEN ...
MAL SEHEN, OB ICH ALLES HABE ... KERZEN, CHRISTBAUMKUGELN, NICKIS GESCHENK, DAS FESTMENÜ ... OH! DAS WICHTIGSTE FEHLT: DER WEIHNACHTSBAUM!

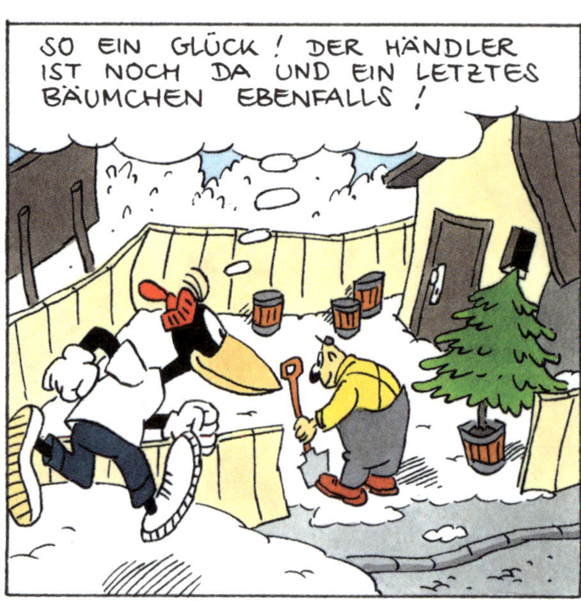
SO EIN GLÜCK! DER HÄNDLER IST NOCH DA UND EIN LETZTES BÄUMCHEN EBENFALLS!

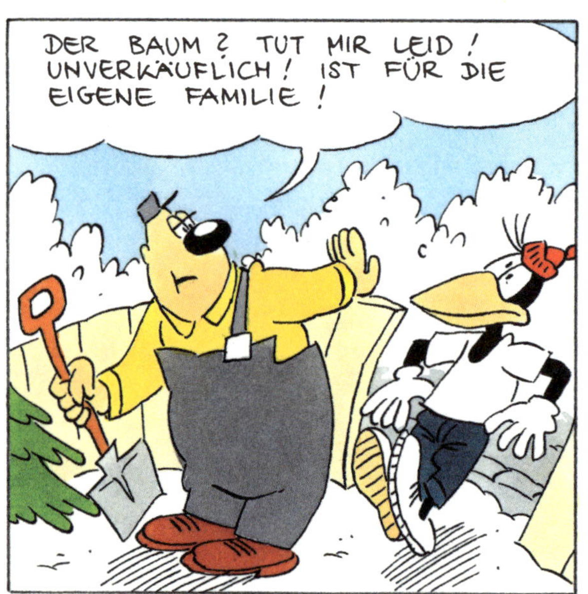
DER BAUM? TUT MIR LEID! UNVERKÄUFLICH! IST FÜR DIE EIGENE FAMILIE!

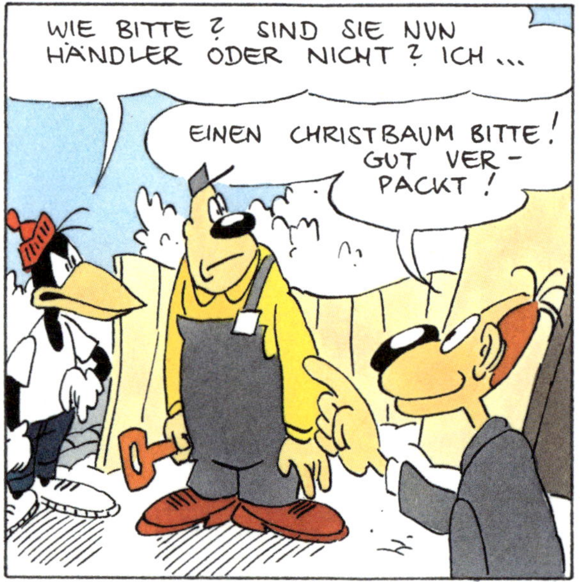
WIE BITTE? SIND SIE NUN HÄNDLER ODER NICHT? ICH ...
EINEN CHRISTBAUM BITTE! GUT VER-PACKT!

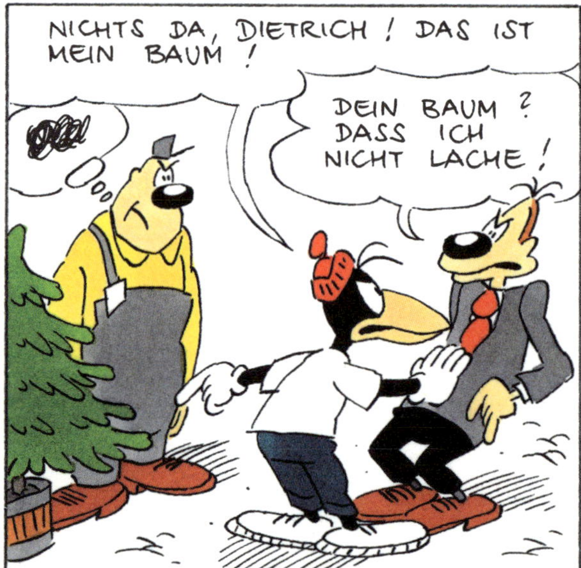
NICHTS DA, DIETRICH! DAS IST MEIN BAUM!
DEIN BAUM? DASS ICH NICHT LACHE!

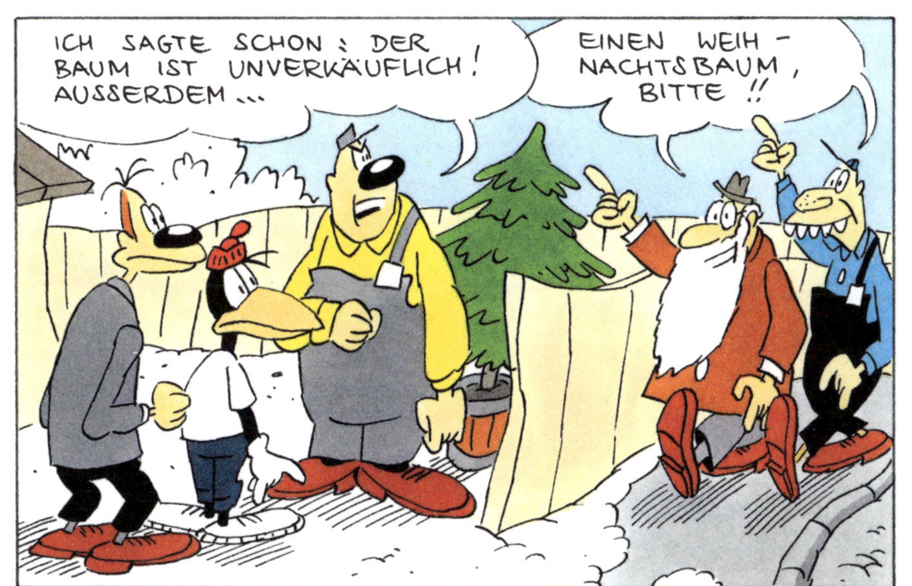
ICH SAGTE SCHON: DER BAUM IST UNVERKÄUFLICH! AUSSERDEM ...
EINEN WEIHNACHTSBAUM, BITTE!!

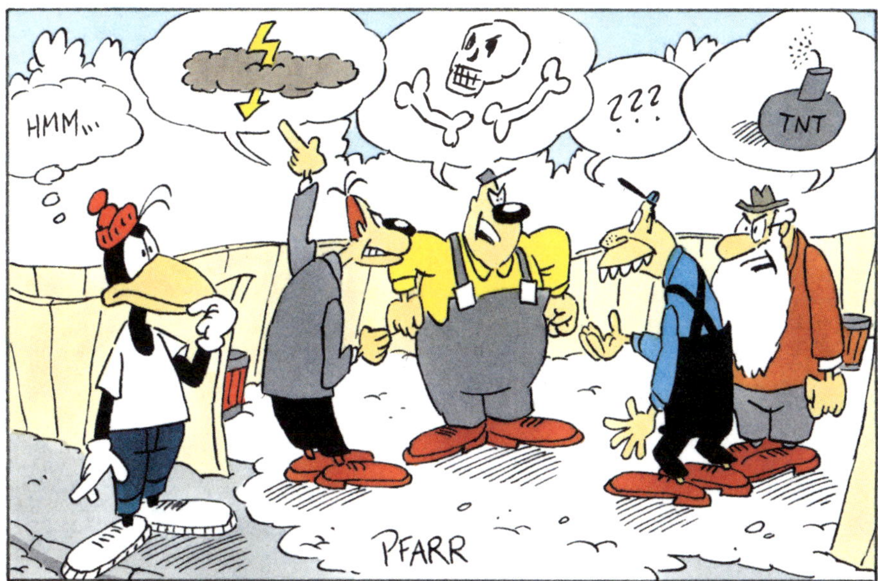
HMM...
???
TNT
PFARR

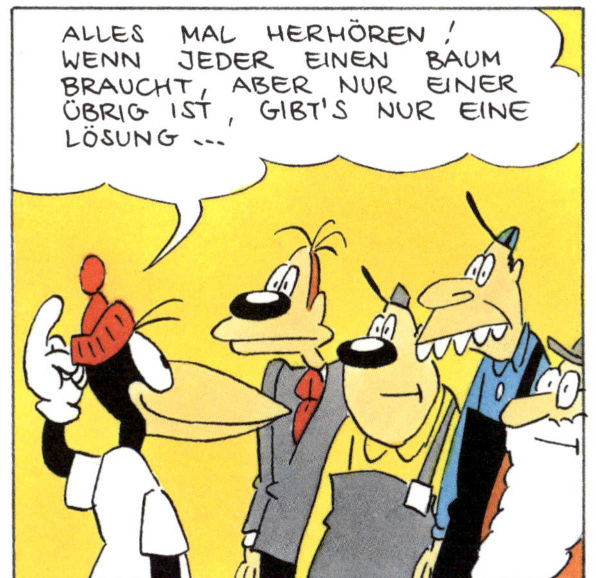
ALLES MAL HERHÖREN! WENN JEDER EINEN BAUM BRAUCHT, ABER NUR EINER ÜBRIG IST, GIBT'S NUR EINE LÖSUNG ...

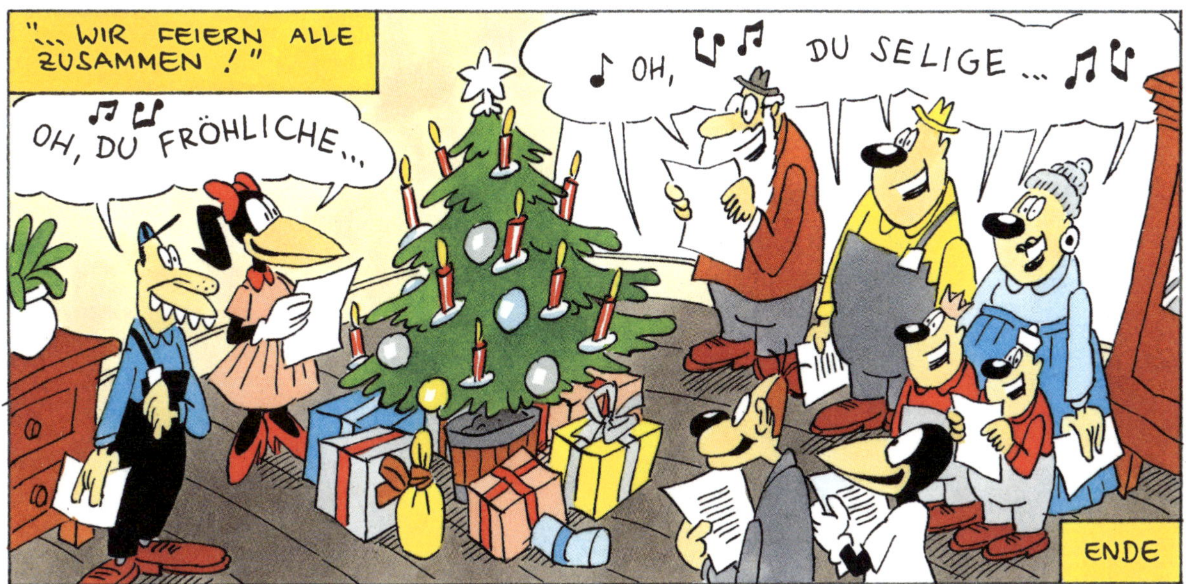
"... WIR FEIERN ALLE ZUSAMMEN!"
OH, DU FRÖHLICHE...
OH, DU SELIGE...
ENDE

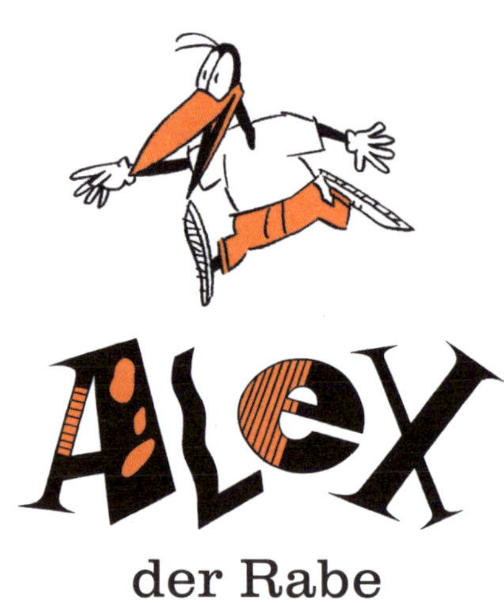
ALEX
der Rabe

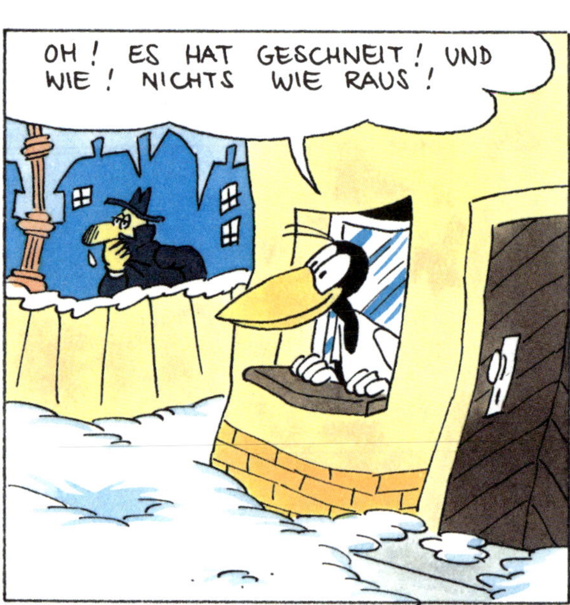
OH! ES HAT GESCHNEIT! UND WIE! NICHTS WIE RAUS!

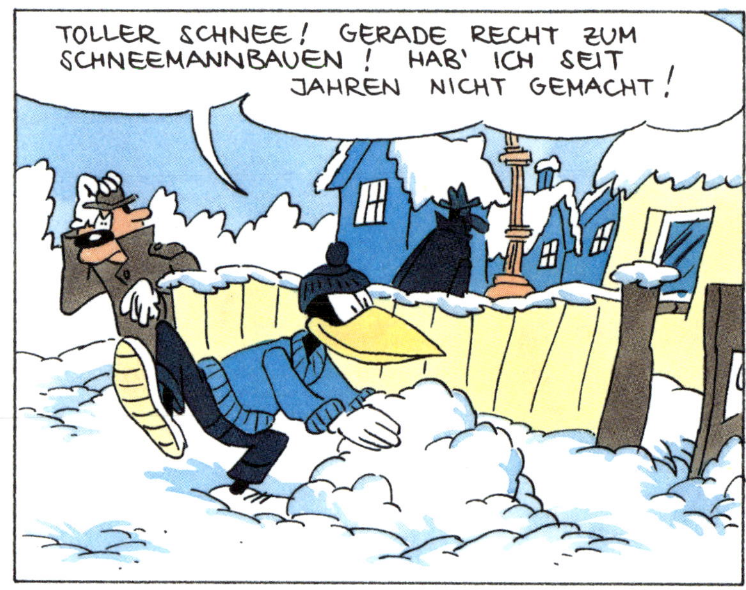
TOLLER SCHNEE! GERADE RECHT ZUM SCHNEEMANNBAUEN! HAB' ICH SEIT JAHREN NICHT GEMACHT!

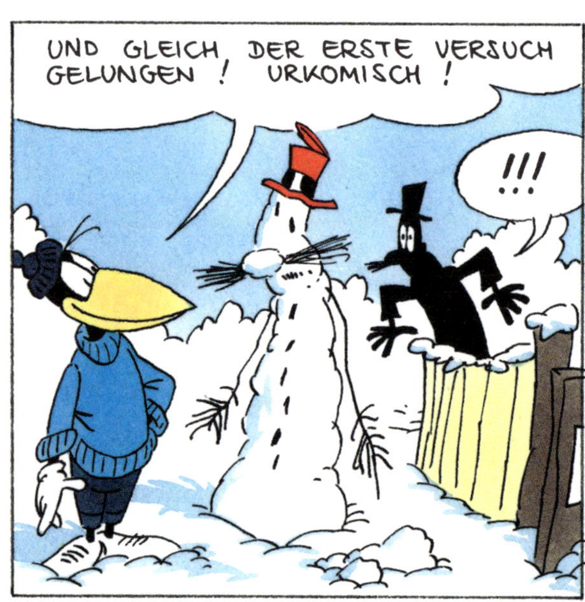
UND GLEICH DER ERSTE VERSUCH GELUNGEN! URKOMISCH!
!!!

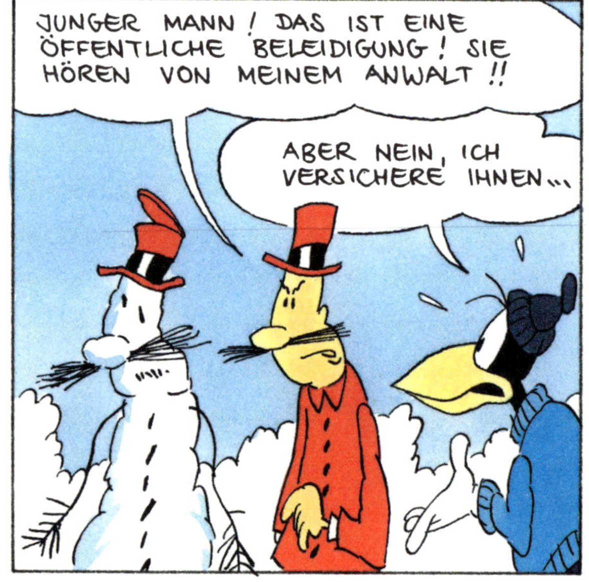
JUNGER MANN! DAS IST EINE ÖFFENTLICHE BELEIDIGUNG! SIE HÖREN VON MEINEM ANWALT!!
ABER NEIN, ICH VERSICHERE IHNEN...

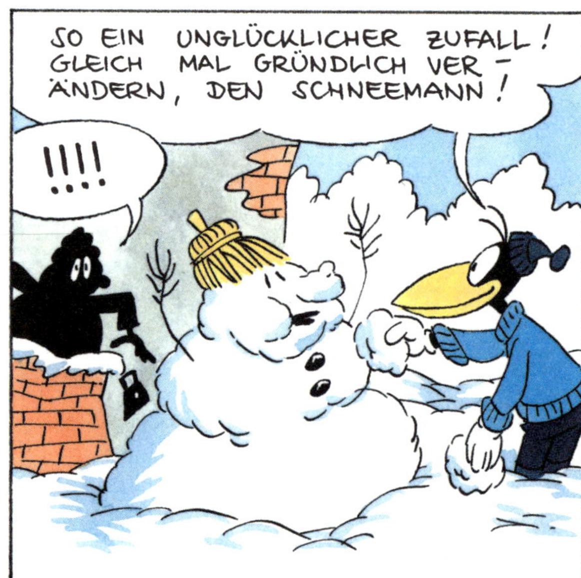
SO EIN UNGLÜCKLICHER ZUFALL! GLEICH MAL GRÜNDLICH VER-ÄNDERN, DEN SCHNEEMANN!
!!!!

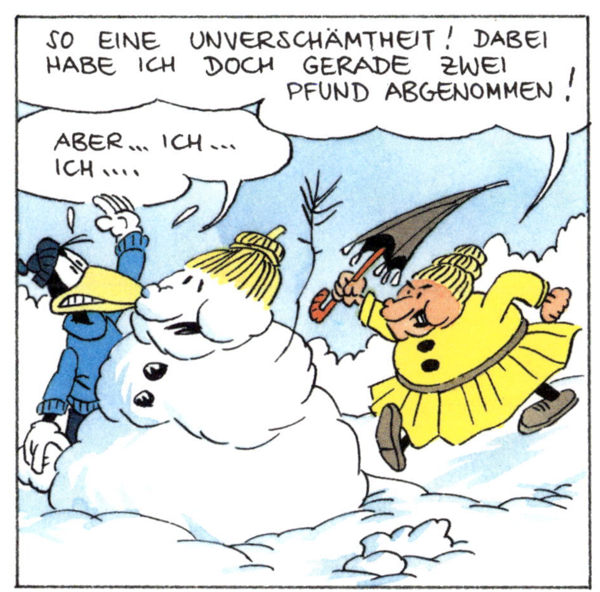
SO EINE UNVERSCHÄMTHEIT! DABEI HABE ICH DOCH GERADE ZWEI PFUND ABGENOMMEN!
ABER... ICH... ICH....

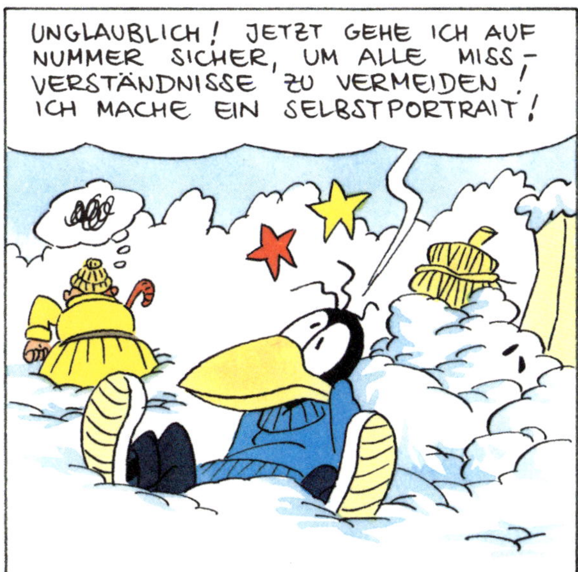
UNGLAUBLICH! JETZT GEHE ICH AUF NUMMER SICHER, UM ALLE MISS-VERSTÄNDNISSE ZU VERMEIDEN! ICH MACHE EIN SELBSTPORTRAIT!

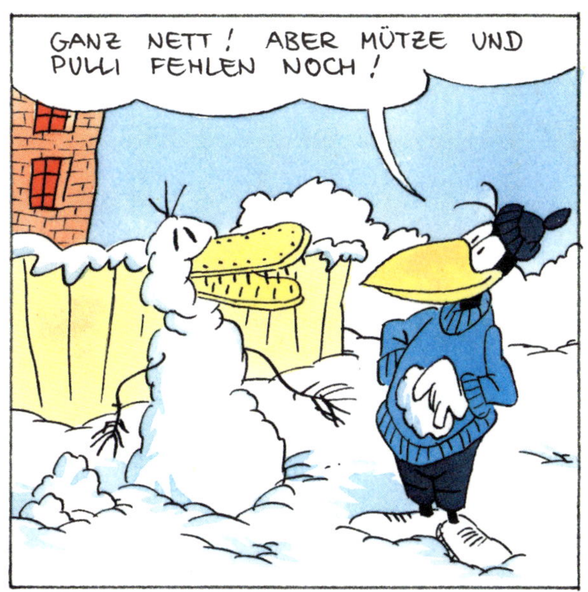
GANZ NETT! ABER MÜTZE UND PULLI FEHLEN NOCH!

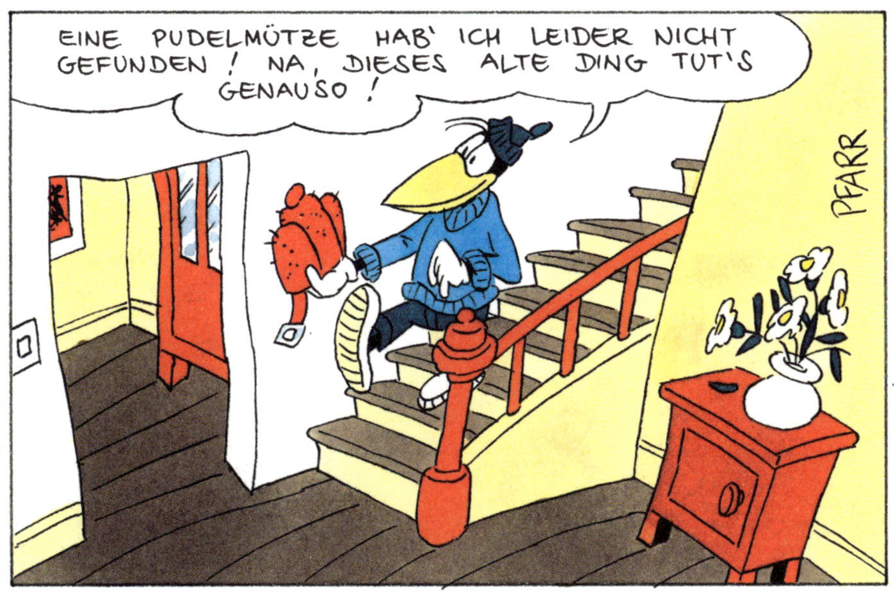
EINE PUDELMÜTZE HAB' ICH LEIDER NICHT GEFUNDEN! NA, DIESES ALTE DING TUT'S GENAUSO!
PFARR

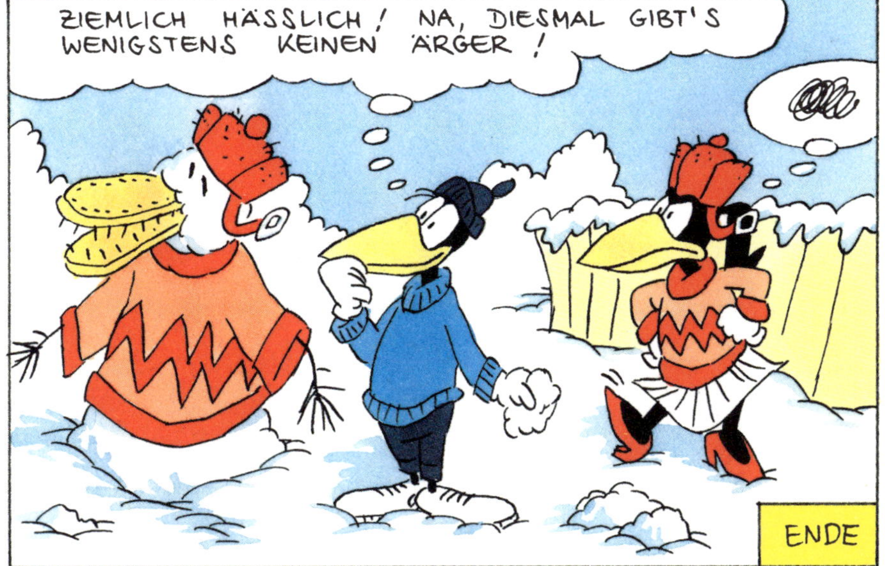
ZIEMLICH HÄSSLICH! NA, DIESMAL GIBT'S WENIGSTENS KEINEN ÄRGER!
ENDE

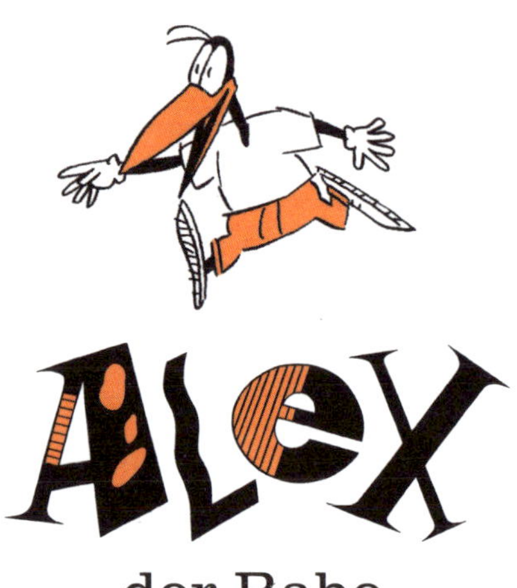
ALEX
der Rabe

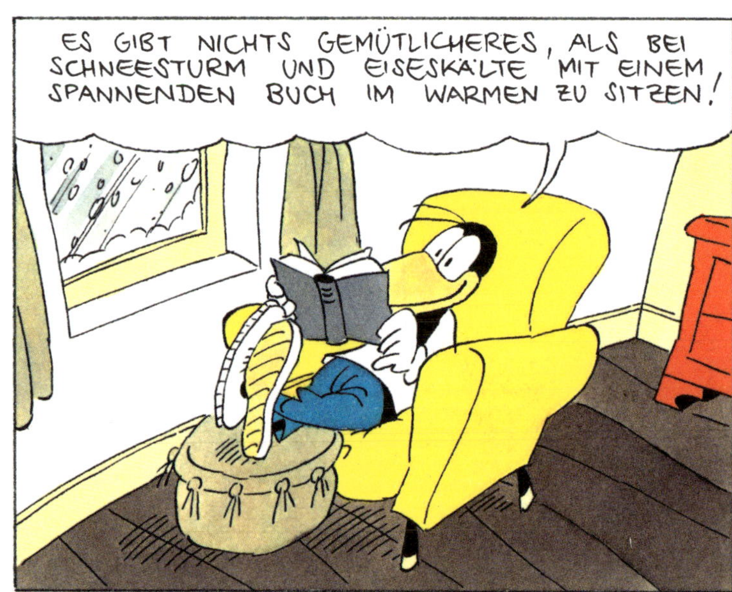
ES GIBT NICHTS GEMÜTLICHERES, ALS BEI SCHNEESTURM UND EISESKÄLTE MIT EINEM SPANNENDEN BUCH IM WARMEN ZU SITZEN!

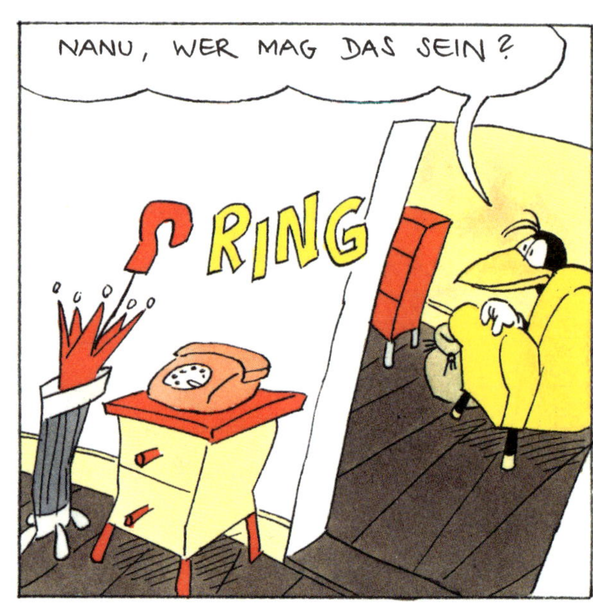
NANU, WER MAG DAS SEIN?
RING

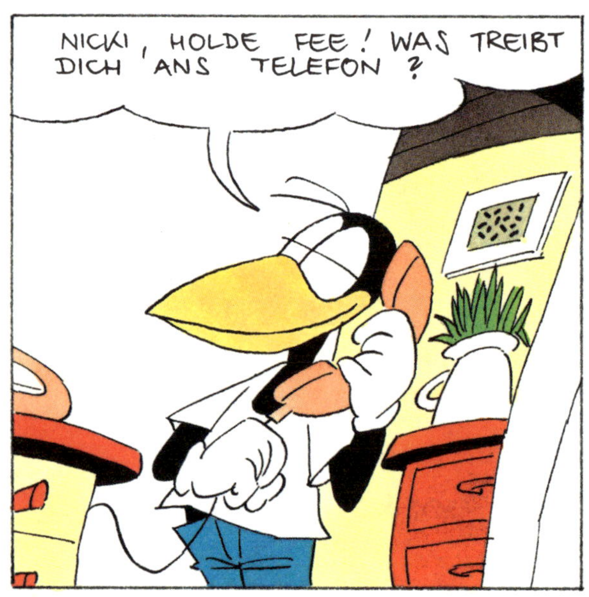
NICKI, HOLDE FEE! WAS TREIBT DICH ANS TELEFON?

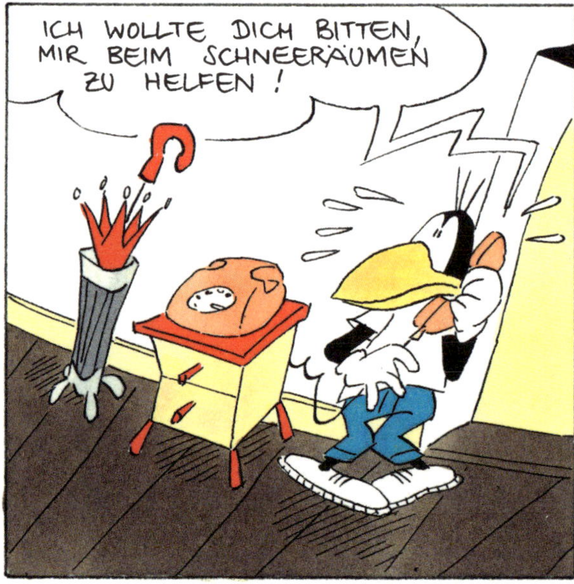
ICH WOLLTE DICH BITTEN, MIR BEIM SCHNEERÄUMEN ZU HELFEN!

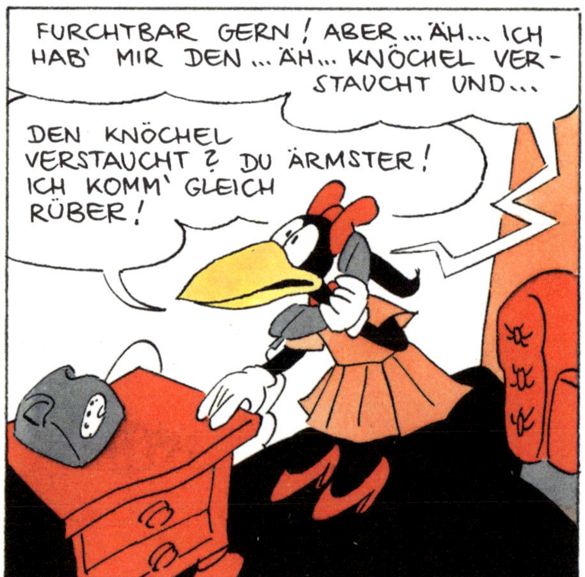
FURCHTBAR GERN! ABER... ÄH... ICH HAB' MIR DEN... ÄH... KNÖCHEL VERSTAUCHT UND...
DEN KNÖCHEL VERSTAUCHT? DU ÄRMSTER! ICH KOMM' GLEICH RÜBER!

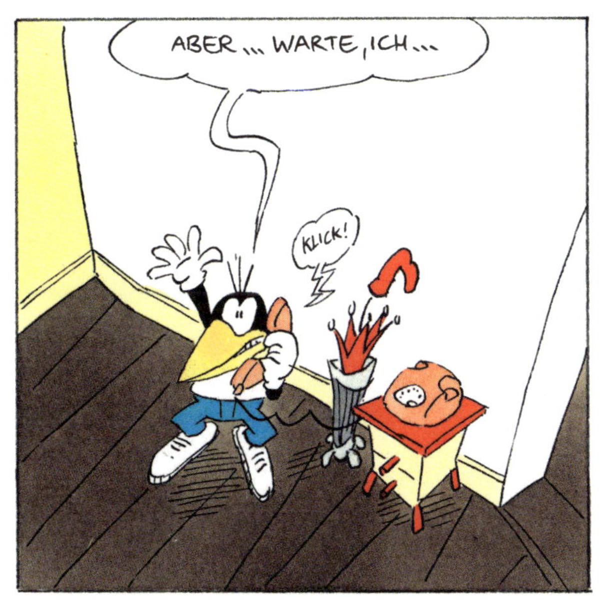
ABER ... WARTE, ICH ...
KLICK!

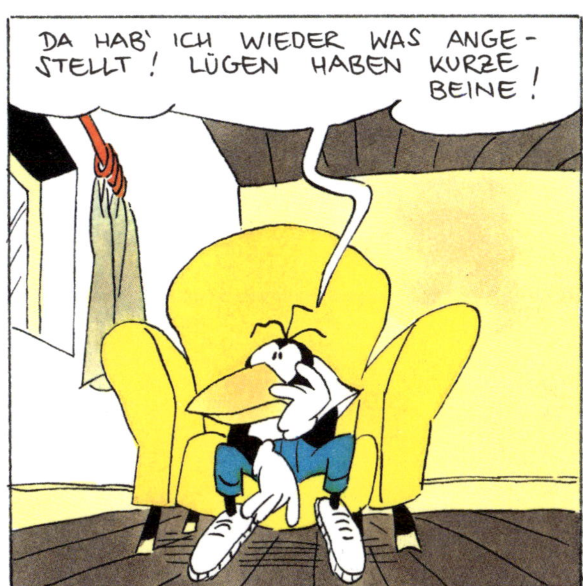
DA HAB' ICH WIEDER WAS ANGESTELLT! LÜGEN HABEN KURZE BEINE!

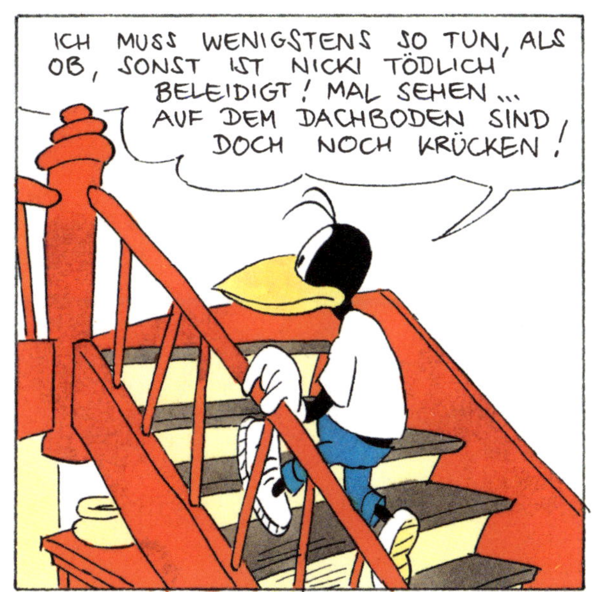
ICH MUSS WENIGSTENS SO TUN, ALS OB, SONST IST NICKI TÖDLICH BELEIDIGT! MAL SEHEN ... AUF DEM DACHBODEN SIND DOCH NOCH KRÜCKEN!

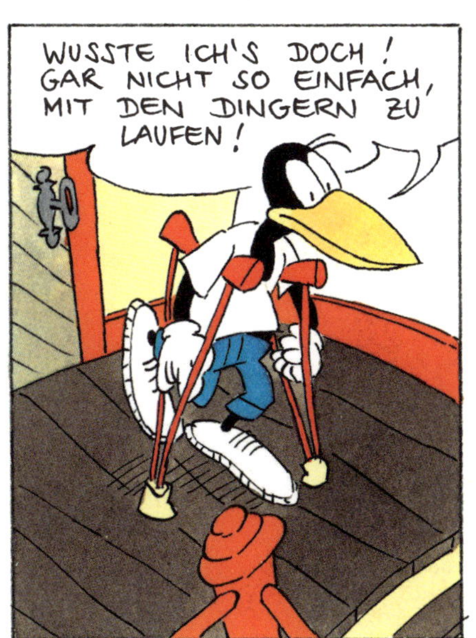
WUSSTE ICH'S DOCH! GAR NICHT SO EINFACH, MIT DEN DINGERN ZU LAUFEN!

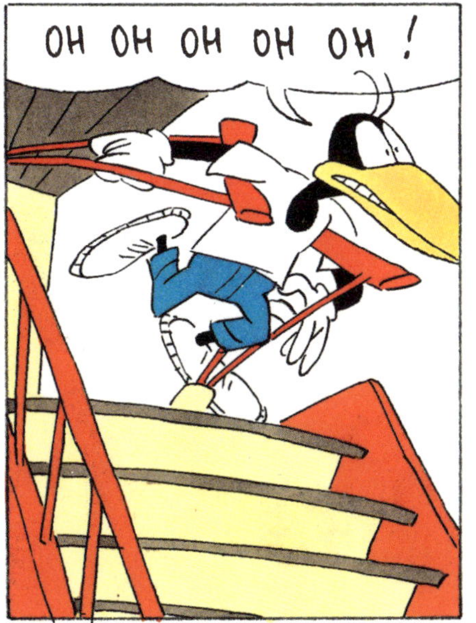
OH OH OH OH OH!

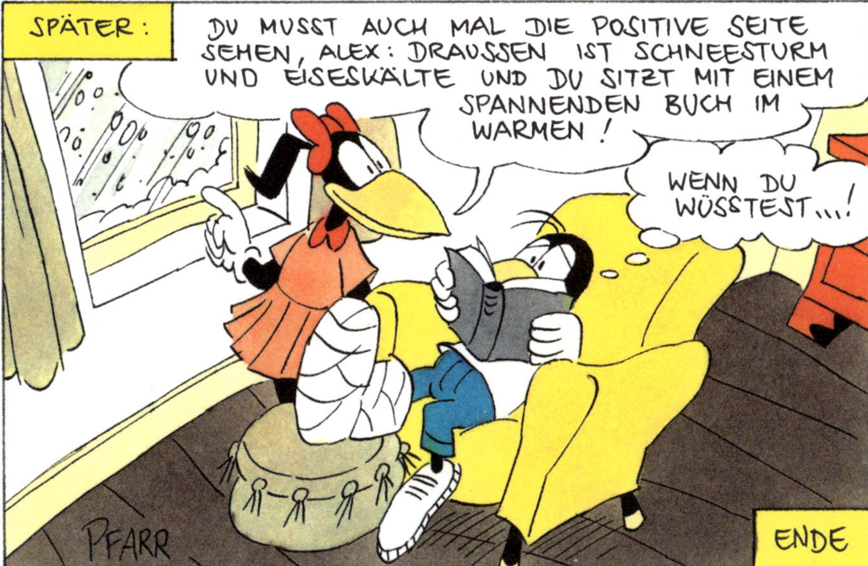
SPÄTER:
DU MUSST AUCH MAL DIE POSITIVE SEITE SEHEN, ALEX: DRAUSSEN IST SCHNEESTURM UND EISESKÄLTE UND DU SITZT MIT EINEM SPANNENDEN BUCH IM WARMEN!
WENN DU WÜSSTEST ...!
PFARR
ENDE

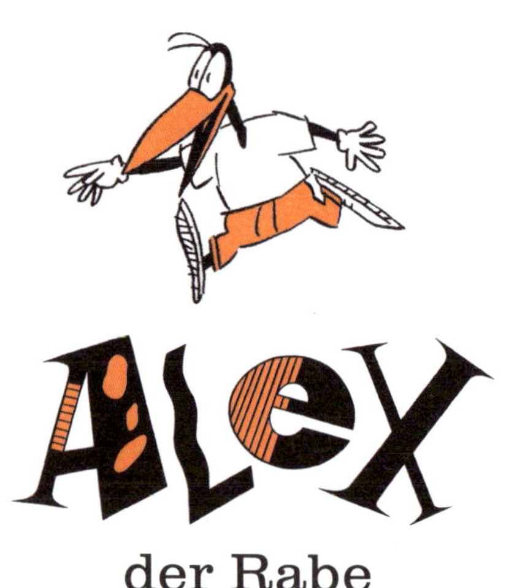
ALEX
der Rabe

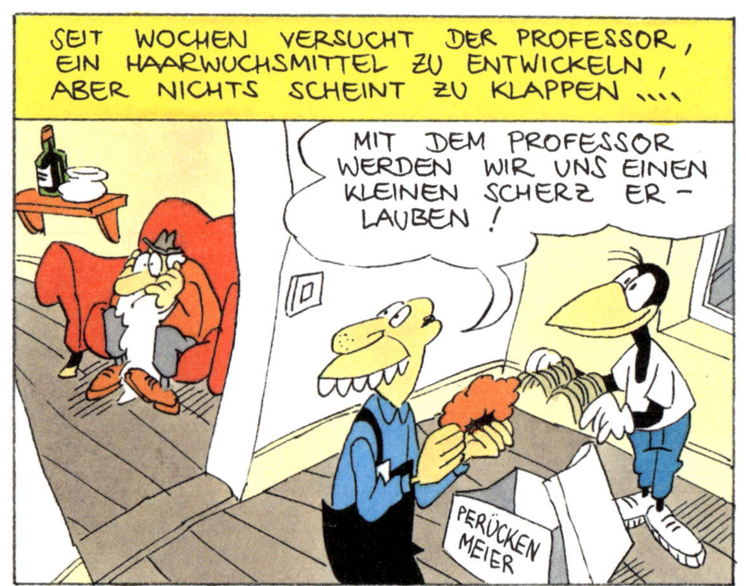
SEIT WOCHEN VERSUCHT DER PROFESSOR, EIN HAARWUCHSMITTEL ZU ENTWICKELN, ABER NICHTS SCHEINT ZU KLAPPEN ....
MIT DEM PROFESSOR WERDEN WIR UNS EINEN KLEINEN SCHERZ ER-LAUBEN!
PERÜCKEN MEIER

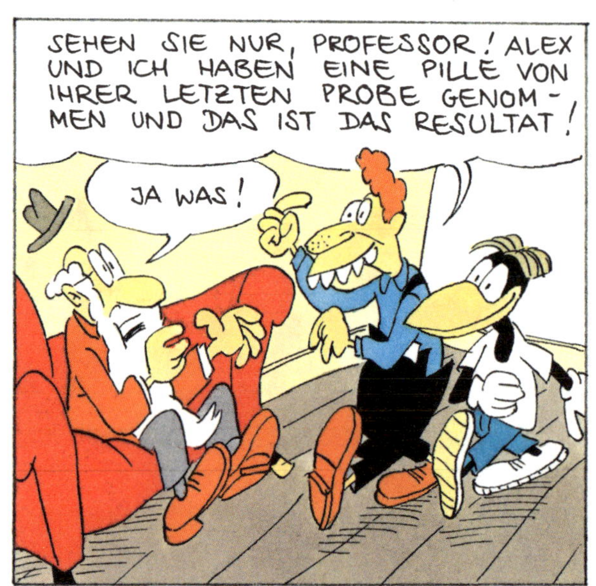
SEHEN SIE NUR, PROFESSOR! ALEX UND ICH HABEN EINE PILLE VON IHRER LETZTEN PROBE GENOM-MEN UND DAS IST DAS RESULTAT!
JA WAS!

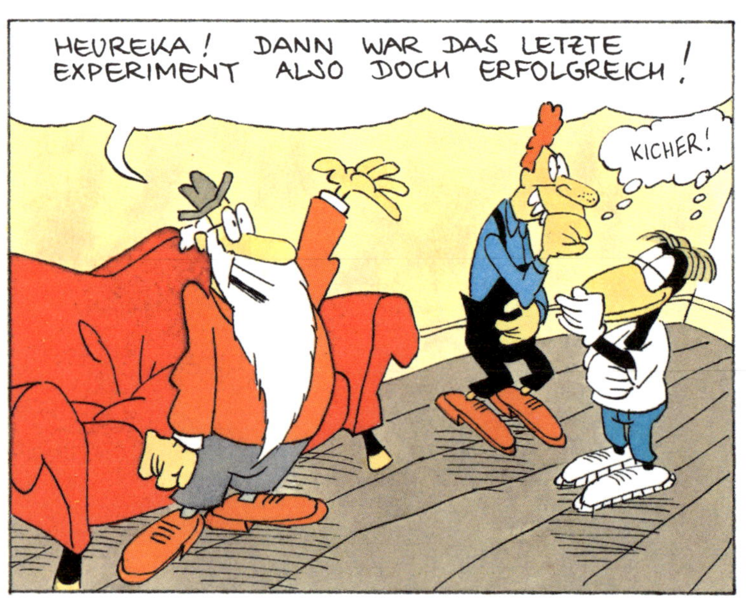
HEUREKA! DANN WAR DAS LETZTE EXPERIMENT ALSO DOCH ERFOLGREICH!
KICHER!

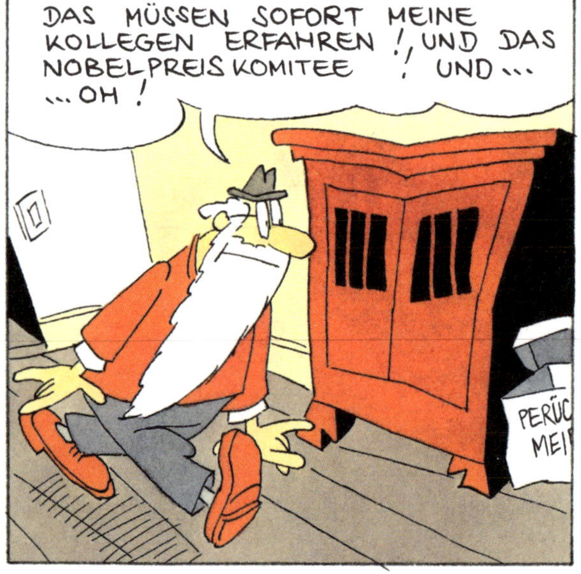
DAS MÜSSEN SOFORT MEINE KOLLEGEN ERFAHREN!, UND DAS NOBELPREISKOMITEE! UND ... ... OH!

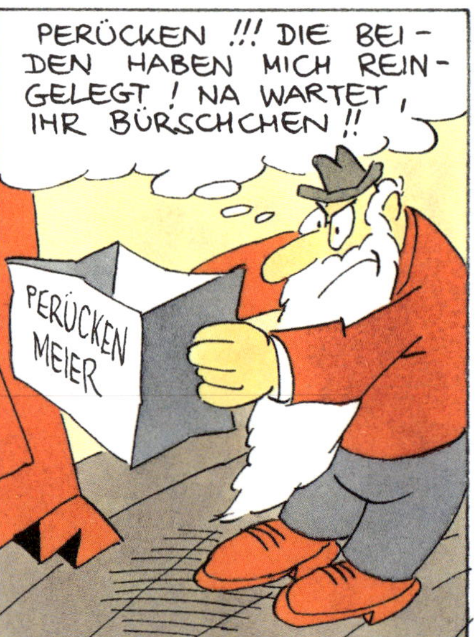
PERÜCKEN!!! DIE BEI-DEN HABEN MICH REIN-GELEGT! NA WARTET, IHR BÜRSCHCHEN!!
PERÜCKEN MEIER

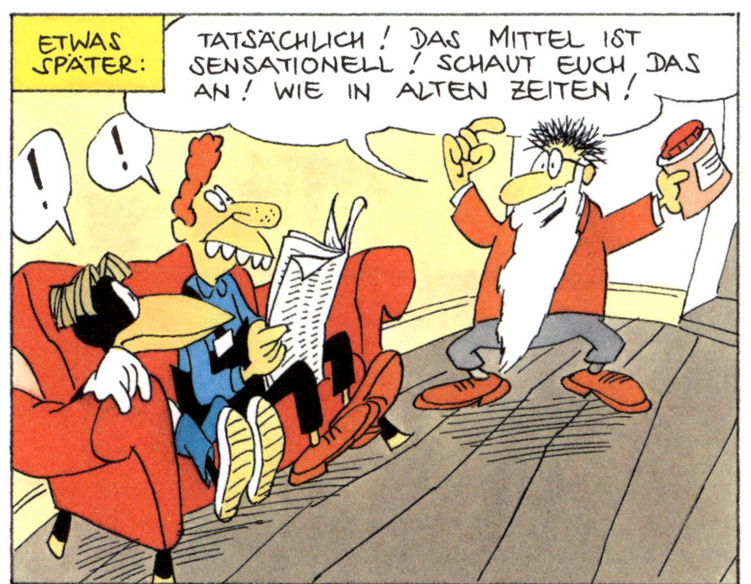
ETWAS SPÄTER:
TATSÄCHLICH! DAS MITTEL IST SENSATIONELL! SCHAUT EUCH DAS AN! WIE IN ALTEN ZEITEN!
!
!

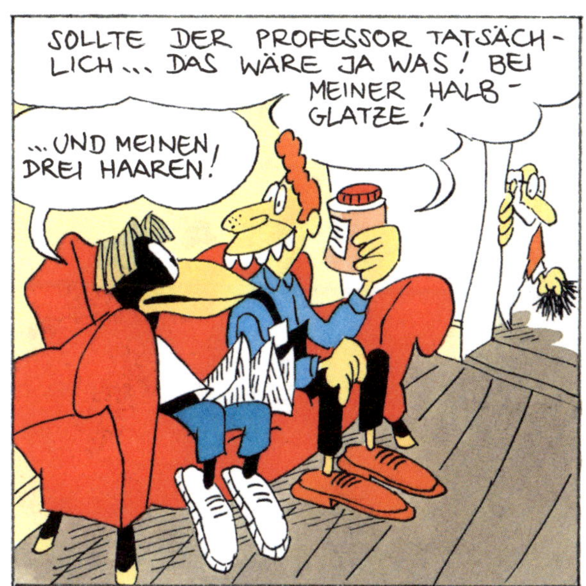
SOLLTE DER PROFESSOR TATSÄCHLICH ... DAS WÄRE JA WAS! BEI MEINER HALBGLATZE!
... UND MEINEN DREI HAAREN!

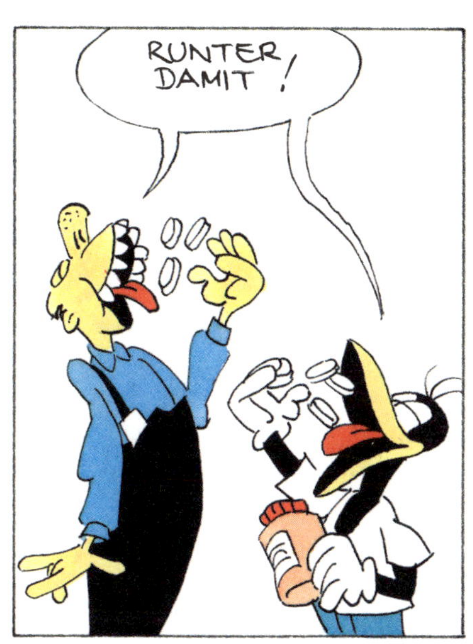
RUNTER DAMIT!

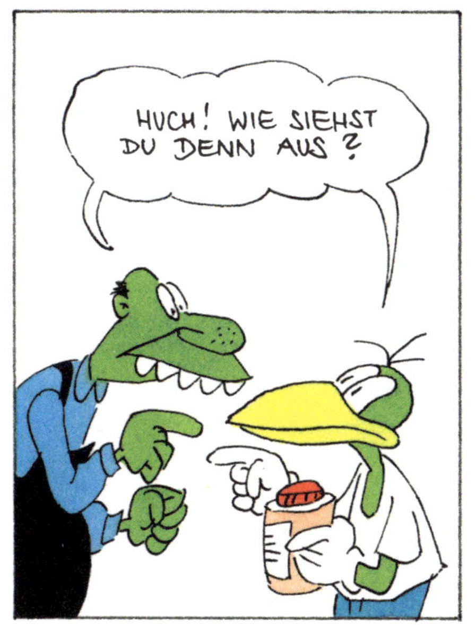
HUCH! WIE SIEHST DU DENN AUS?

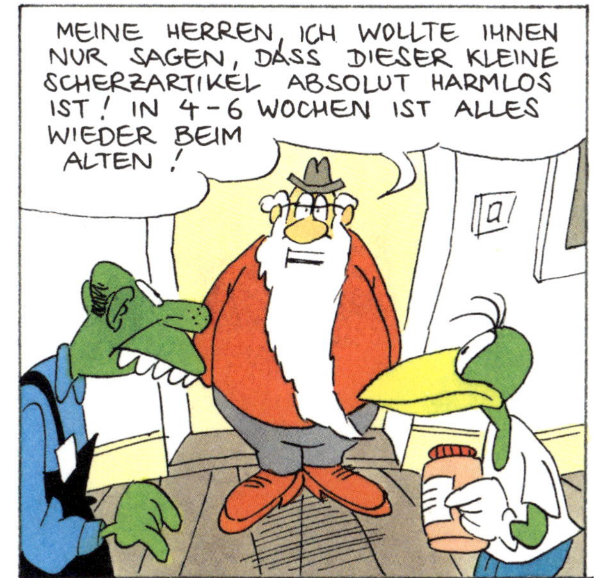
MEINE HERREN, ICH WOLLTE IHNEN NUR SAGEN, DASS DIESER KLEINE SCHERZARTIKEL ABSOLUT HARMLOS IST! IN 4-6 WOCHEN IST ALLES WIEDER BEIM ALTEN!

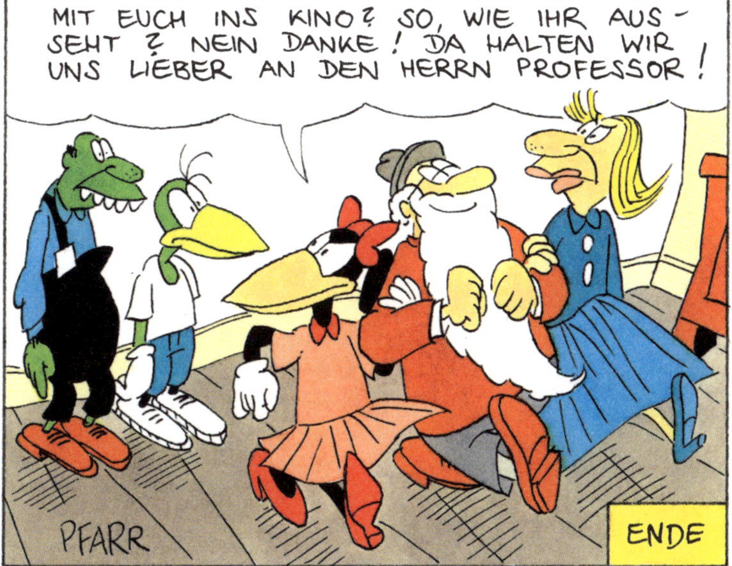
MIT EUCH INS KINO? SO, WIE IHR AUSSEHT? NEIN DANKE! DA HALTEN WIR UNS LIEBER AN DEN HERRN PROFESSOR!
PFARR
ENDE

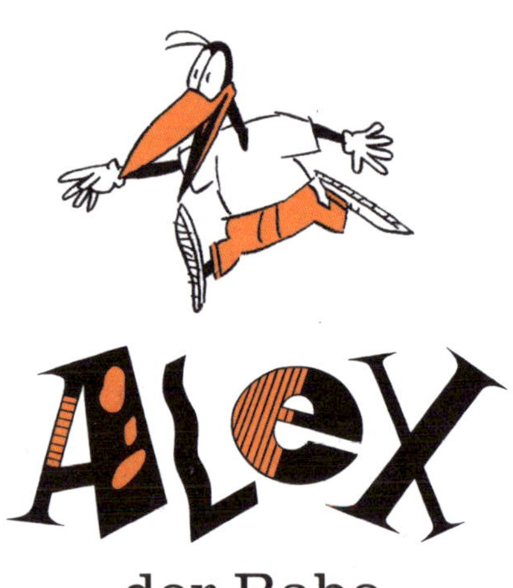
ALEX
der Rabe

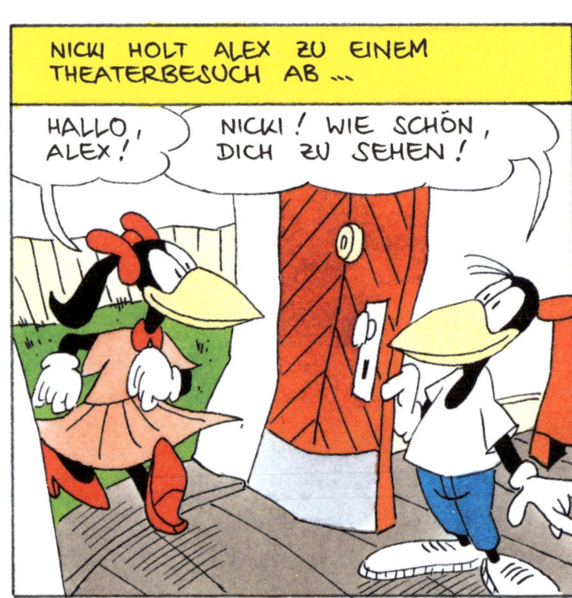
NICKI HOLT ALEX ZU EINEM THEATERBESUCH AB ...
HALLO, ALEX!
NICKI! WIE SCHÖN, DICH ZU SEHEN!

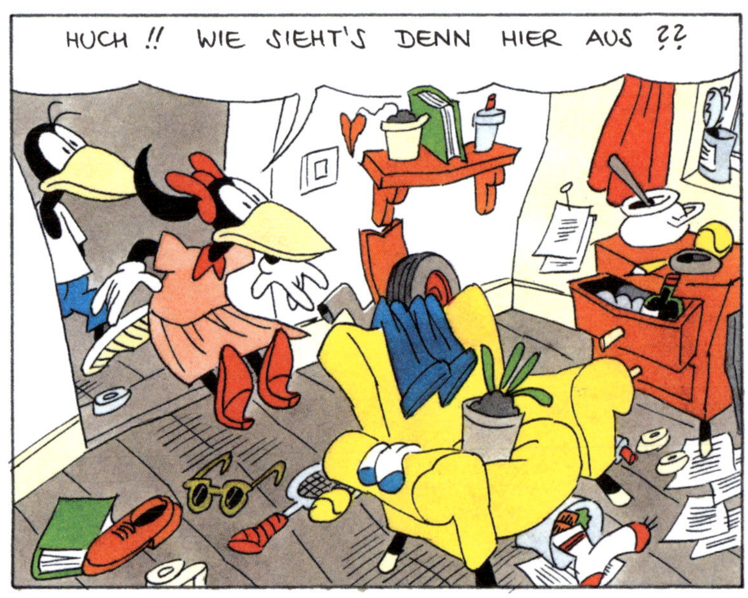
HUCH !! WIE SIEHT'S DENN HIER AUS ??

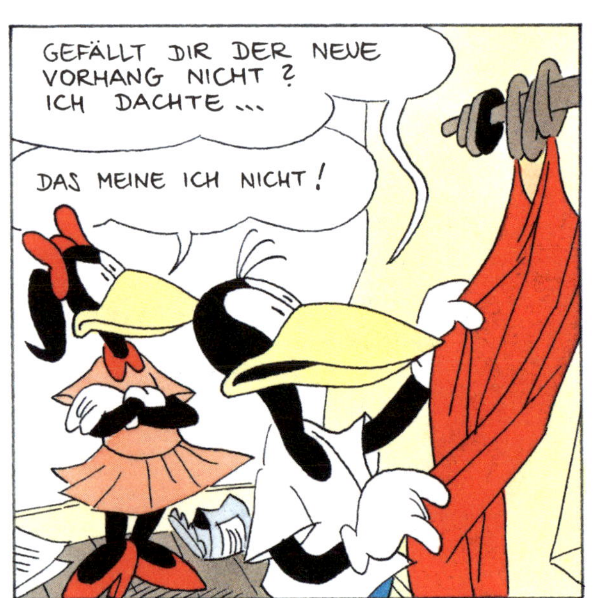
GEFÄLLT DIR DER NEUE VORHANG NICHT ? ICH DACHTE ...
DAS MEINE ICH NICHT!

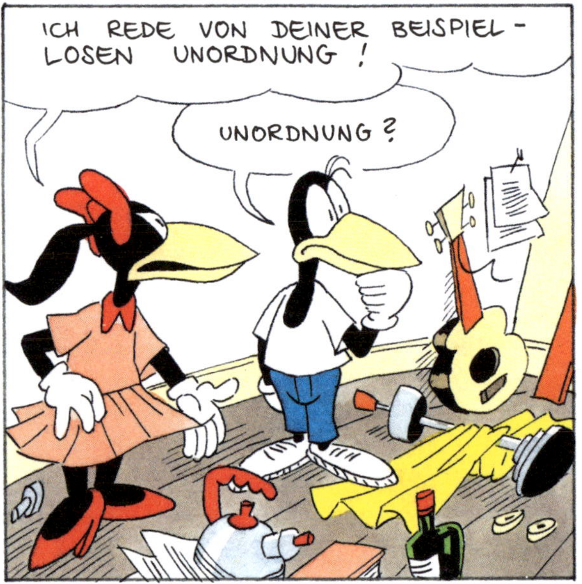
ICH REDE VON DEINER BEISPIEL-LOSEN UNORDNUNG!
UNORDNUNG ?

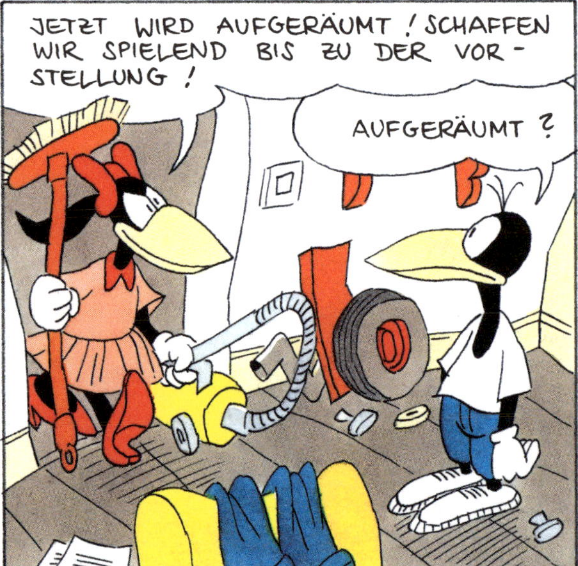
JETZT WIRD AUFGERÄUMT! SCHAFFEN WIR SPIELEND BIS ZU DER VOR-STELLUNG!
AUFGERÄUMT ?

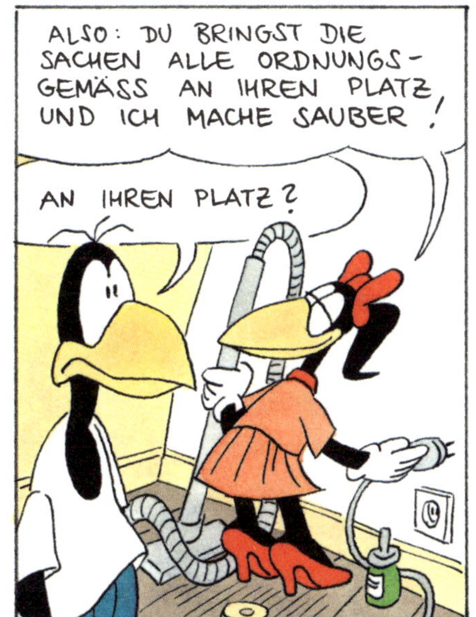
ALSO: DU BRINGST DIE SACHEN ALLE ORDNUNGS-GEMÄSS AN IHREN PLATZ, UND ICH MACHE SAUBER!
AN IHREN PLATZ?

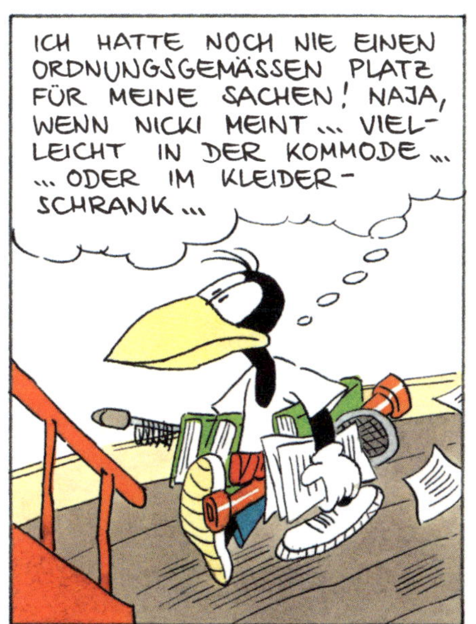
ICH HATTE NOCH NIE EINEN ORDNUNGSGEMÄSSEN PLATZ FÜR MEINE SACHEN! NAJA, WENN NICKI MEINT ... VIEL-LEICHT IN DER KOMMODE ... ... ODER IM KLEIDER-SCHRANK ...

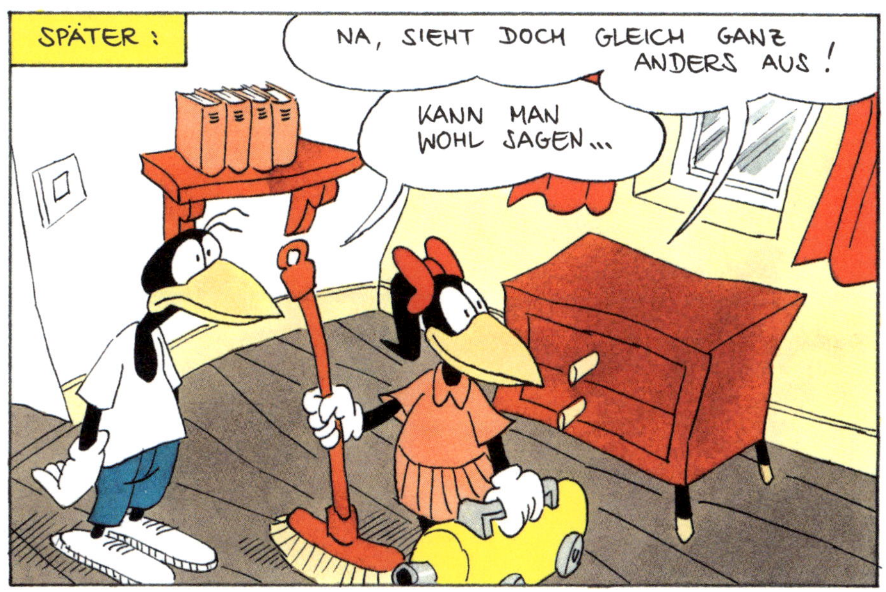
SPÄTER:
NA, SIEHT DOCH GLEICH GANZ ANDERS AUS!
KANN MAN WOHL SAGEN ...

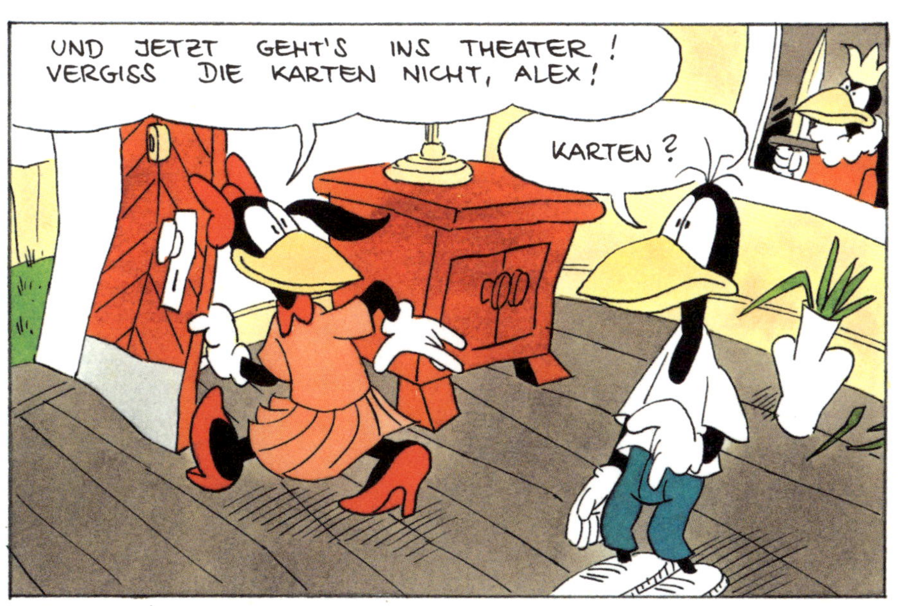
UND JETZT GEHT'S INS THEATER! VERGISS DIE KARTEN NICHT, ALEX!
KARTEN?

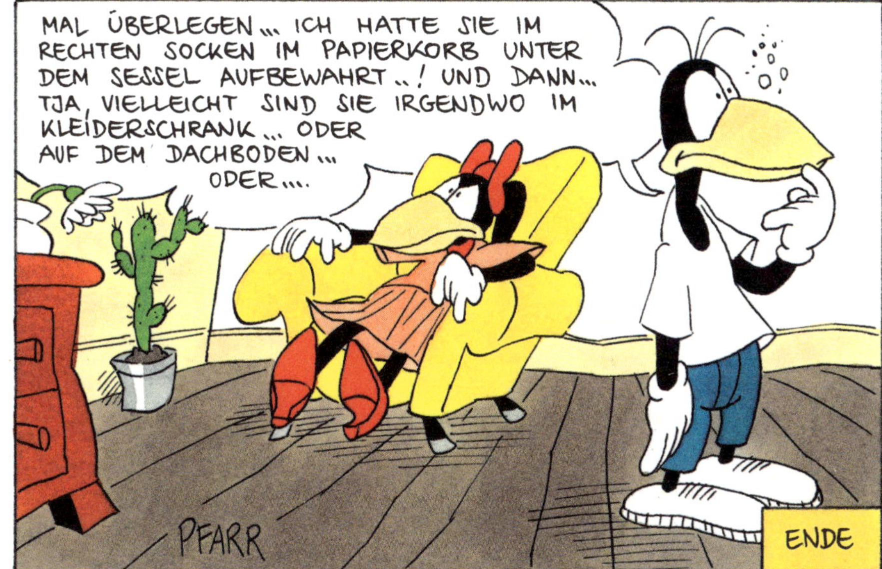
MAL ÜBERLEGEN ... ICH HATTE SIE IM RECHTEN SOCKEN IM PAPIERKORB UNTER DEM SESSEL AUFBEWAHRT ..! UND DANN ... TJA, VIELLEICHT SIND SIE IRGENDWO IM KLEIDERSCHRANK ... ODER AUF DEM DACHBODEN ... ODER ....
PFARR
ENDE

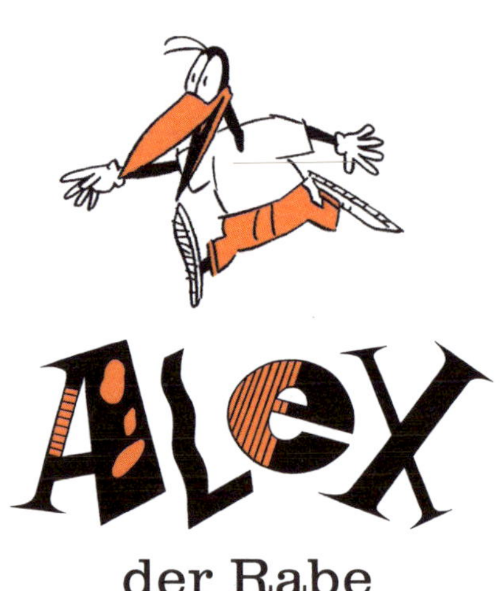
ALEX
der Rabe

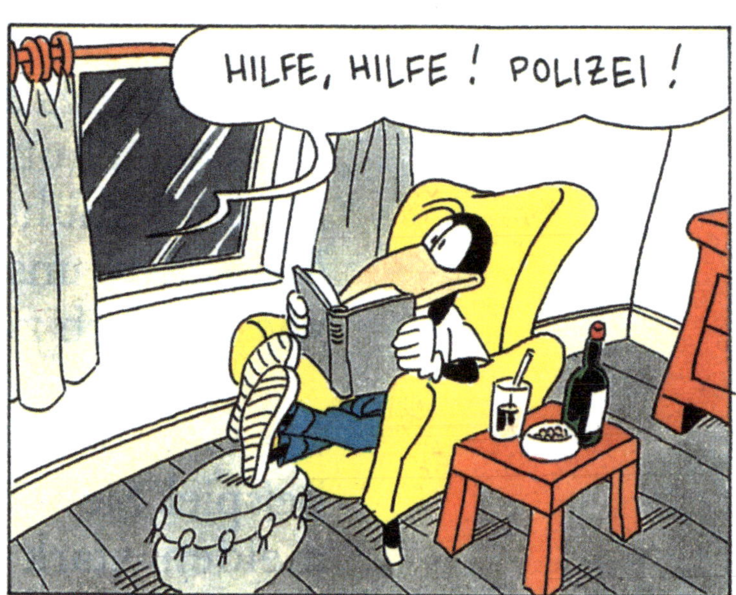
HILFE, HILFE ! POLIZEI !

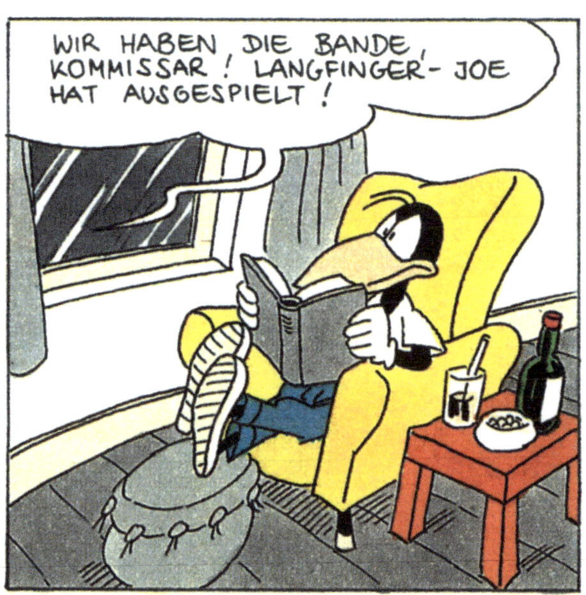
WIR HABEN DIE BANDE, KOMMISSAR ! LANGFINGER-JOE HAT AUSGESPIELT !

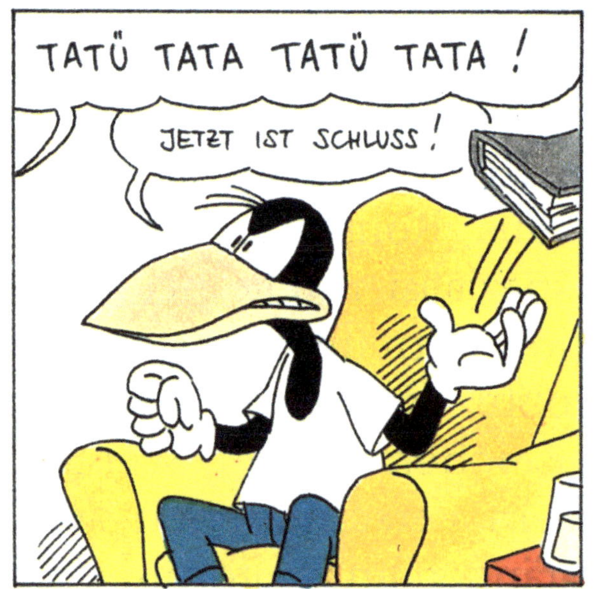
TATÜ TATA TATÜ TATA !
JETZT IST SCHLUSS !

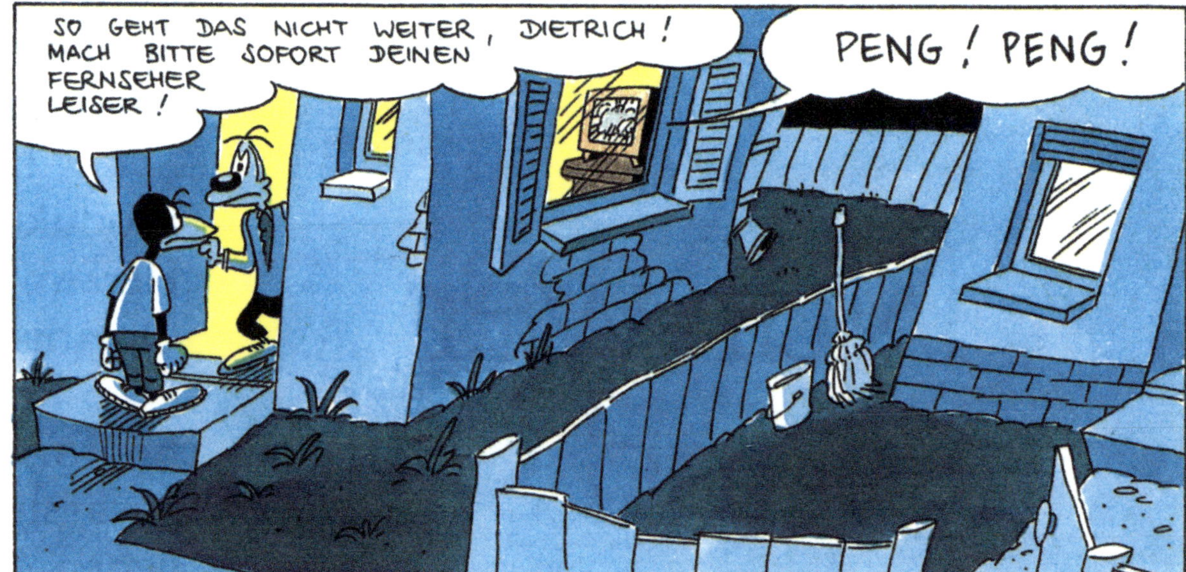
SO GEHT DAS NICHT WEITER, DIETRICH ! MACH BITTE SOFORT DEINEN FERNSEHER LEISER !
PENG ! PENG !

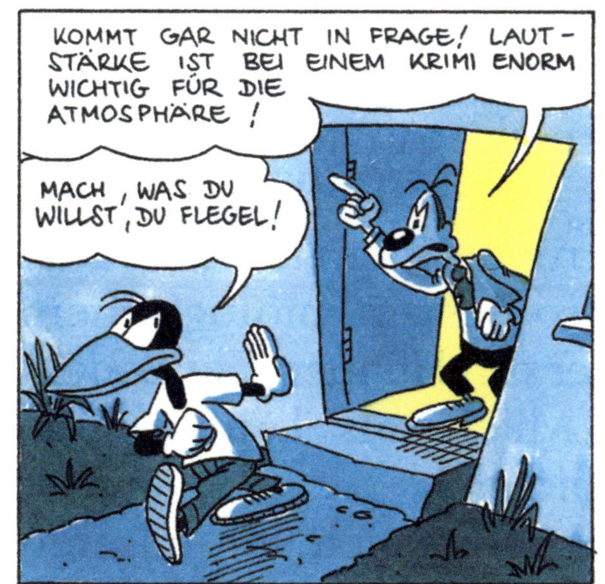
KOMMT GAR NICHT IN FRAGE! LAUTSTÄRKE IST BEI EINEM KRIMI ENORM WICHTIG FÜR DIE ATMOSPHÄRE!
MACH, WAS DU WILLST, DU FLEGEL!

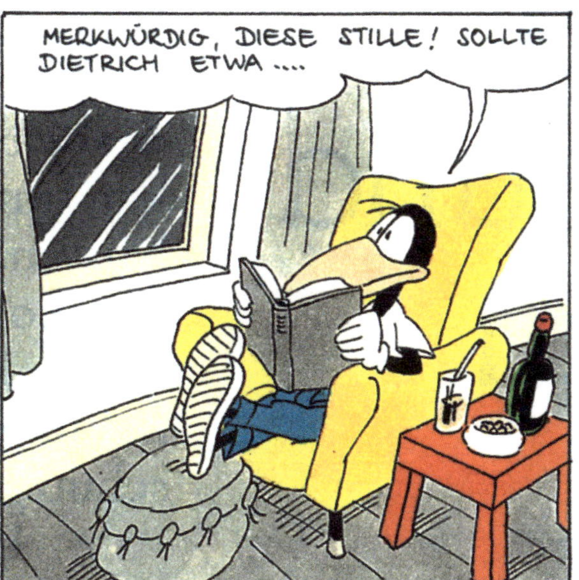
MERKWÜRDIG, DIESE STILLE! SOLLTE DIETRICH ETWA ....

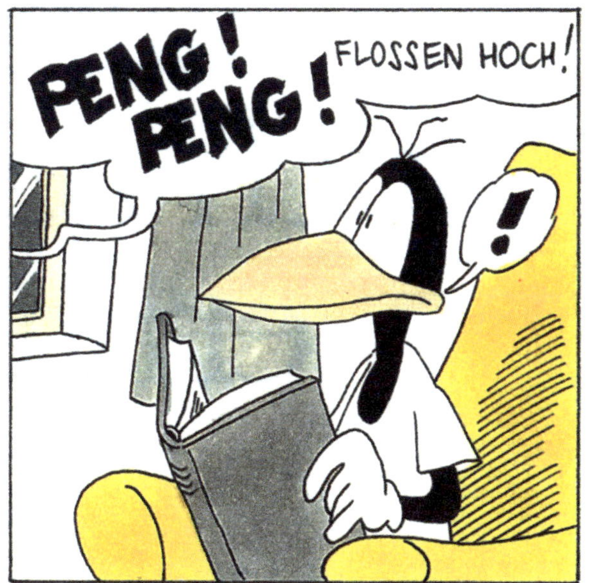
PENG! PENG!
FLOSSEN HOCH!
!

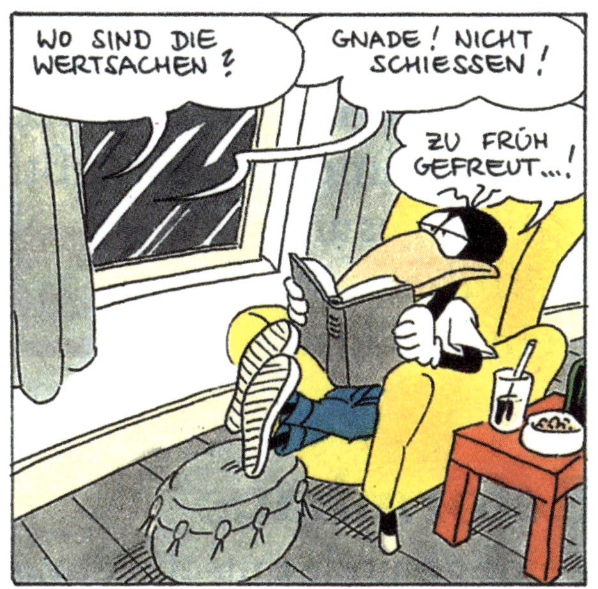
WO SIND DIE WERTSACHEN?
GNADE! NICHT SCHIESSEN!
ZU FRÜH GEFREUT...!

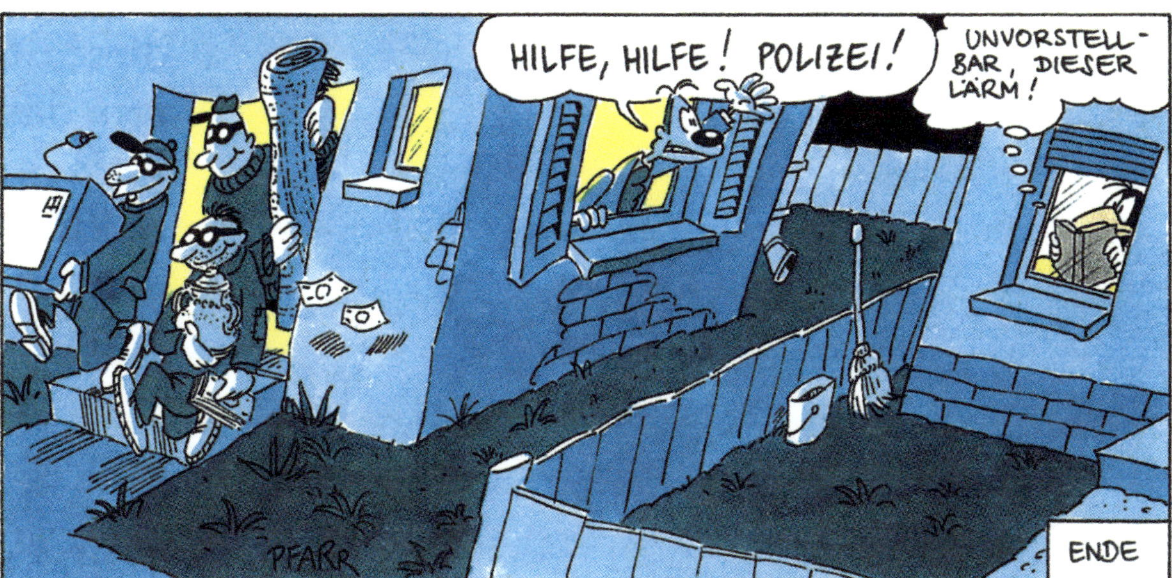
HILFE, HILFE! POLIZEI!
UNVORSTELLBAR, DIESER LÄRM!
PFARR
ENDE

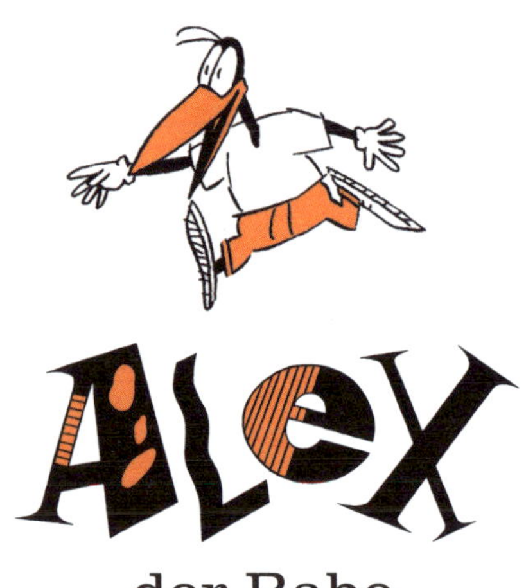
ALEX
der Rabe

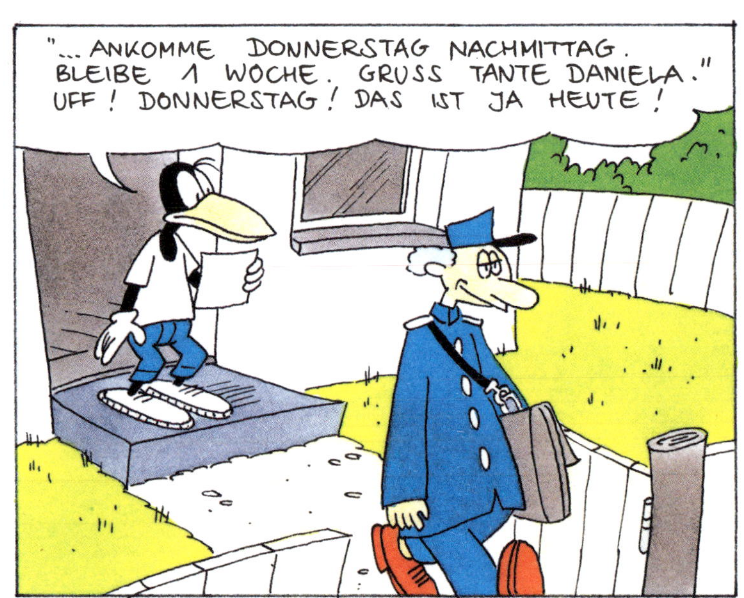
"... ANKOMME DONNERSTAG NACHMITTAG. BLEIBE 1 WOCHE. GRUSS TANTE DANIELA." UFF! DONNERSTAG! DAS IST JA HEUTE!

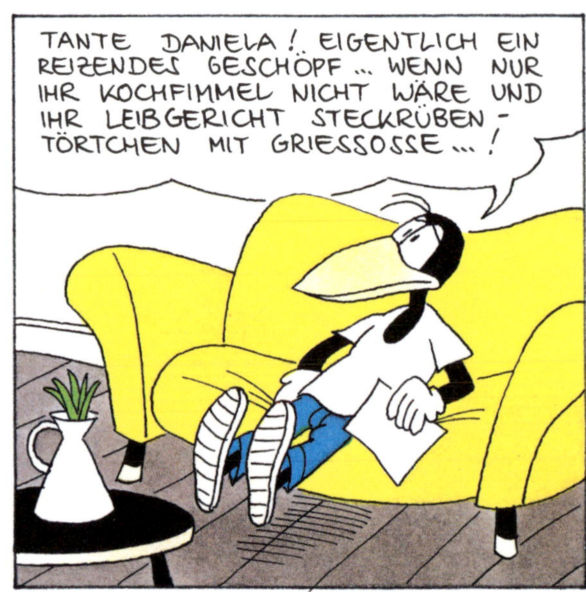
TANTE DANIELA! EIGENTLICH EIN REIZENDES GESCHÖPF ... WENN NUR IHR KOCHFIMMEL NICHT WÄRE UND IHR LEIBGERICHT STECKRÜBEN-TÖRTCHEN MIT GRIESSOSSE ...!

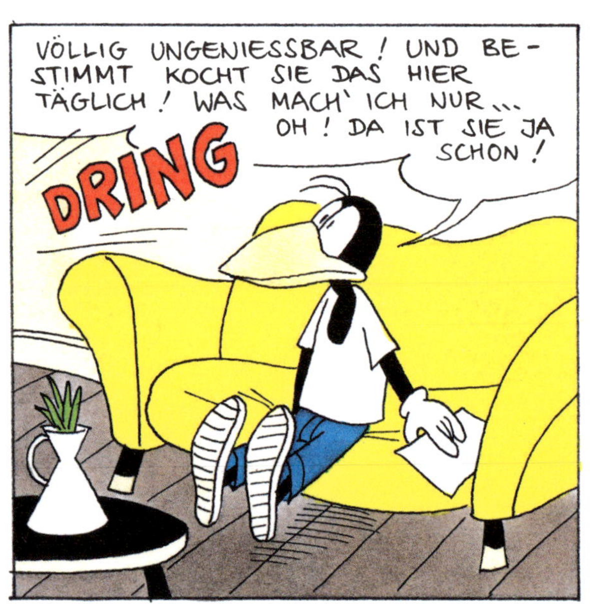
VÖLLIG UNGENIESSBAR! UND BESTIMMT KOCHT SIE DAS HIER TÄGLICH! WAS MACH' ICH NUR ...
DRING
OH! DA IST SIE JA SCHON!

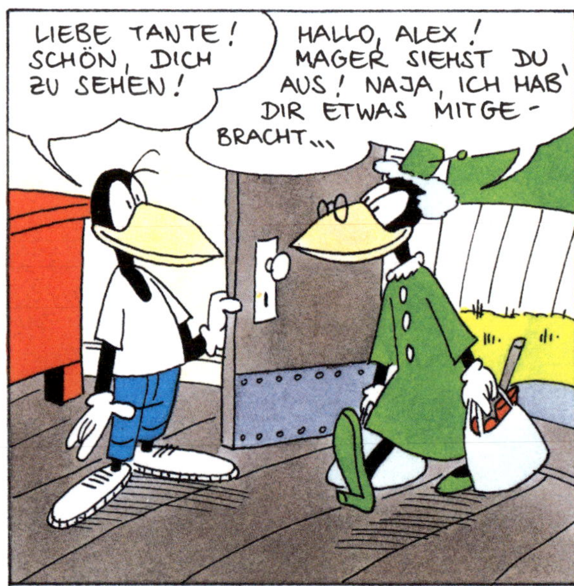
LIEBE TANTE! SCHÖN, DICH ZU SEHEN!
HALLO, ALEX! MAGER SIEHST DU AUS! NAJA, ICH HAB' DIR ETWAS MITGEBRACHT ...

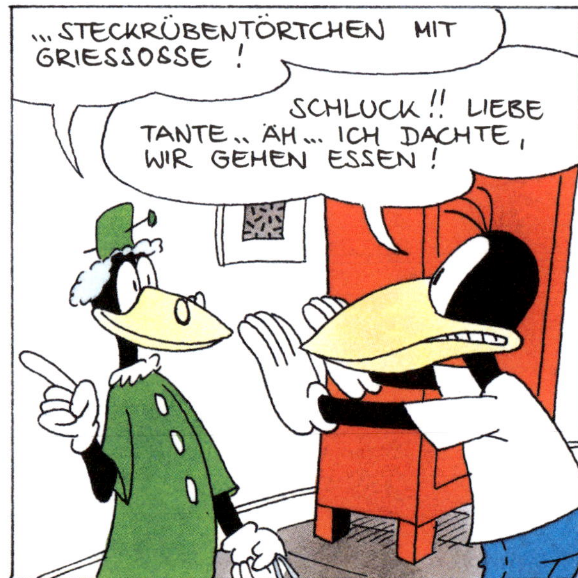
... STECKRÜBENTÖRTCHEN MIT GRIESSOSSE!
SCHLUCK!! LIEBE TANTE .. ÄH ... ICH DACHTE, WIR GEHEN ESSEN!

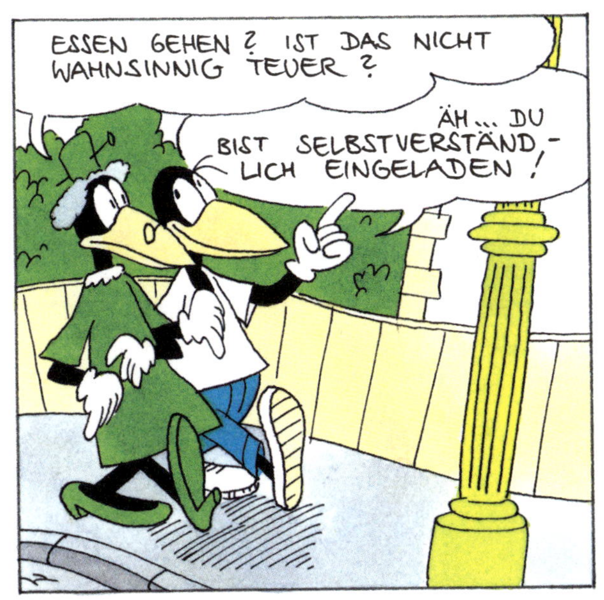
ESSEN GEHEN? IST DAS NICHT WAHNSINNIG TEUER?
ÄH... DU BIST SELBSTVERSTÄND-LICH EINGELADEN!

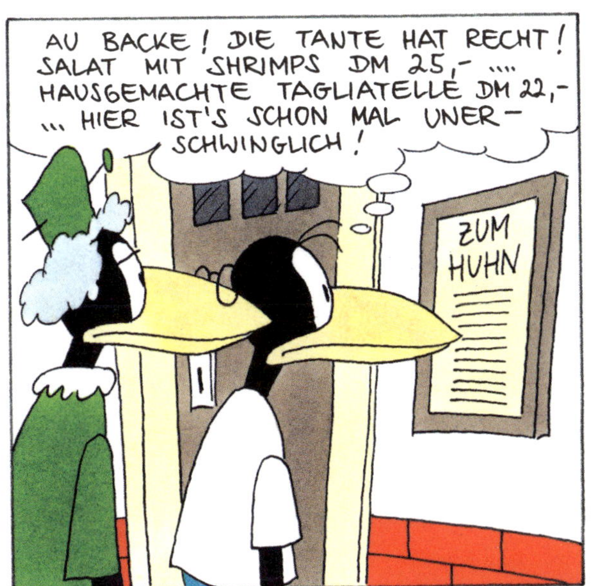
AU BACKE! DIE TANTE HAT RECHT! SALAT MIT SHRIMPS DM 25,- .... HAUSGEMACHTE TAGLIATELLE DM 22,- ... HIER IST'S SCHON MAL UNER-SCHWINGLICH!
ZUM HUHN

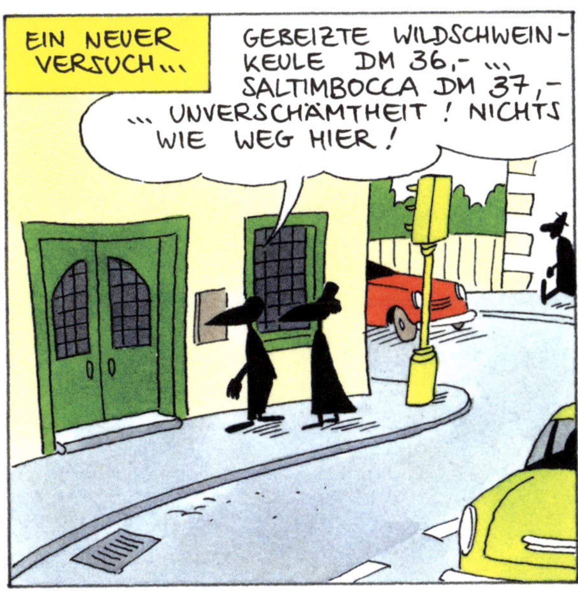
EIN NEUER VERSUCH...
GEBEIZTE WILDSCHWEIN-KEULE DM 36,- ... SALTIMBOCCA DM 37,- ... UNVERSCHÄMTHEIT! NICHTS WIE WEG HIER!

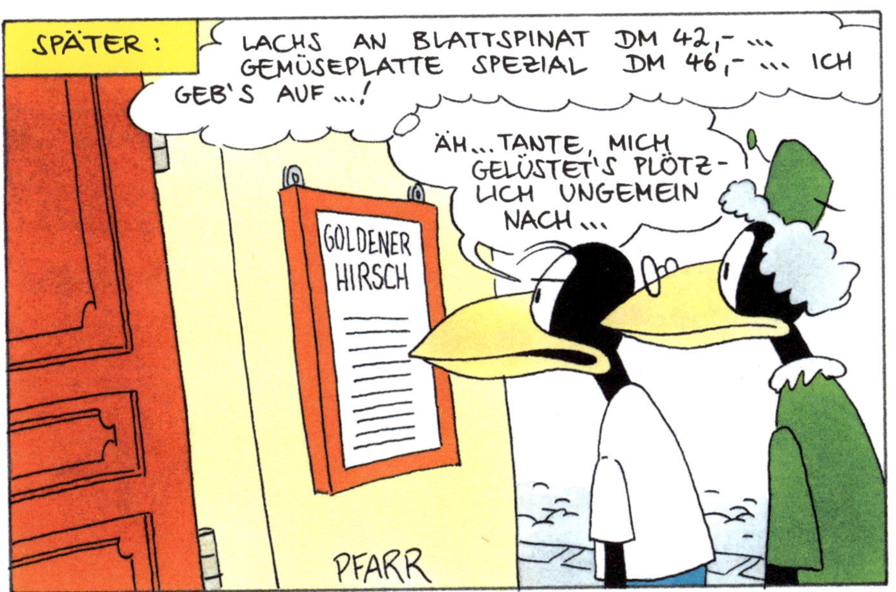
SPÄTER:
LACHS AN BLATTSPINAT DM 42,- ... GEMÜSEPLATTE SPEZIAL DM 46,- ... ICH GEB'S AUF...!
ÄH... TANTE, MICH GELÜSTET'S PLÖTZ-LICH UNGEMEIN NACH...
GOLDENER HIRSCH
PFARR

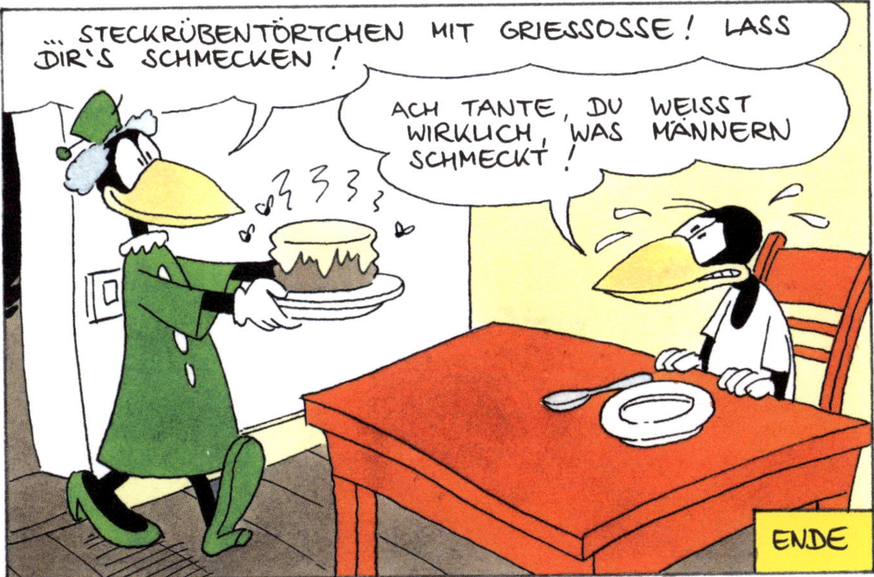
... STECKRÜBENTÖRTCHEN MIT GRIESSOSSE! LASS DIR'S SCHMECKEN!
ACH TANTE, DU WEISST WIRKLICH, WAS MÄNNERN SCHMECKT!
ENDE

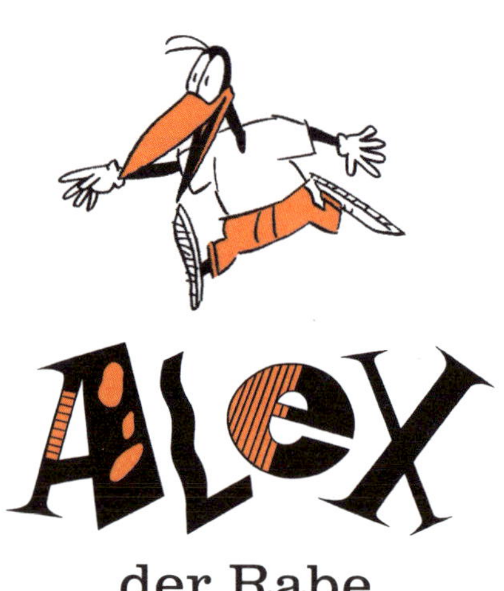
ALEX
der Rabe

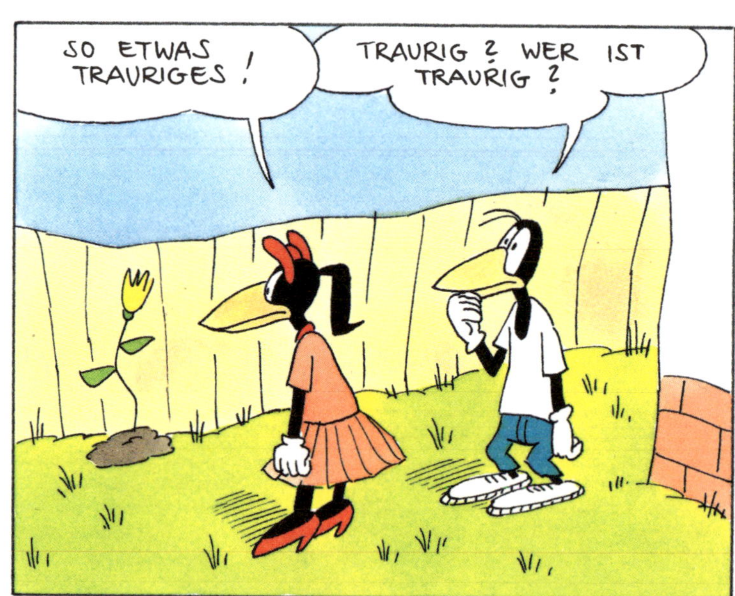
SO ETWAS TRAURIGES !
TRAURIG ? WER IST TRAURIG ?

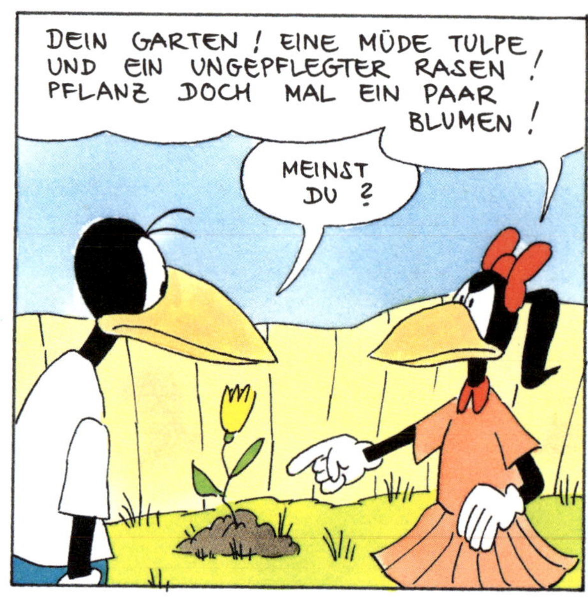
DEIN GARTEN ! EINE MÜDE TULPE UND EIN UNGEPFLEGTER RASEN ! PFLANZ DOCH MAL EIN PAAR BLUMEN !
MEINST DU ?

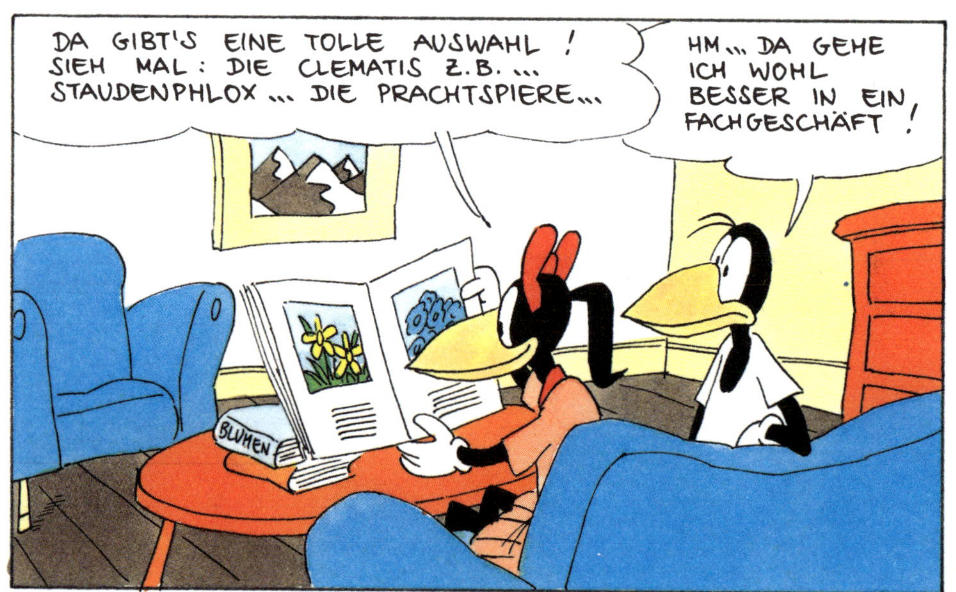
DA GIBT'S EINE TOLLE AUSWAHL ! SIEH MAL : DIE CLEMATIS Z.B. ... STAUDENPHLOX ... DIE PRACHTSPIERE ...
HM ... DA GEHE ICH WOHL BESSER IN EIN FACHGESCHÄFT !
BLUMEN

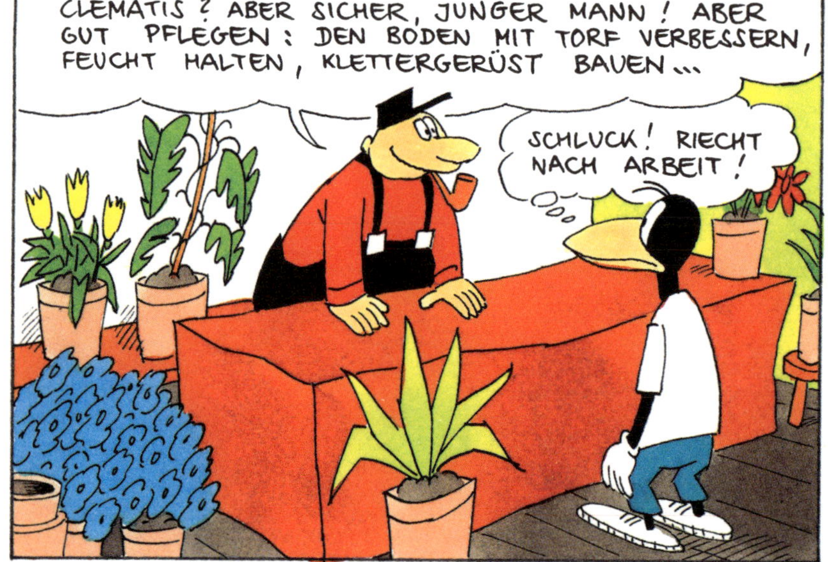
CLEMATIS ? ABER SICHER, JUNGER MANN ! ABER GUT PFLEGEN : DEN BODEN MIT TORF VERBESSERN, FEUCHT HALTEN, KLETTERGERÜST BAUEN ...
SCHLUCK ! RIECHT NACH ARBEIT !

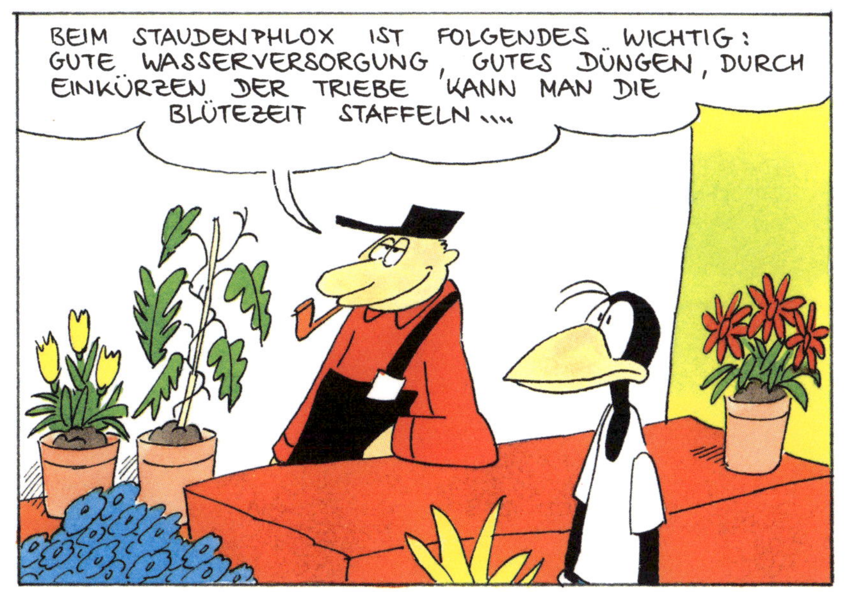
BEIM STAUDENPHLOX IST FOLGENDES WICHTIG: GUTE WASSERVERSORGUNG, GUTES DÜNGEN, DURCH EINKÜRZEN DER TRIEBE KANN MAN DIE BLÜTEZEIT STAFFELN....

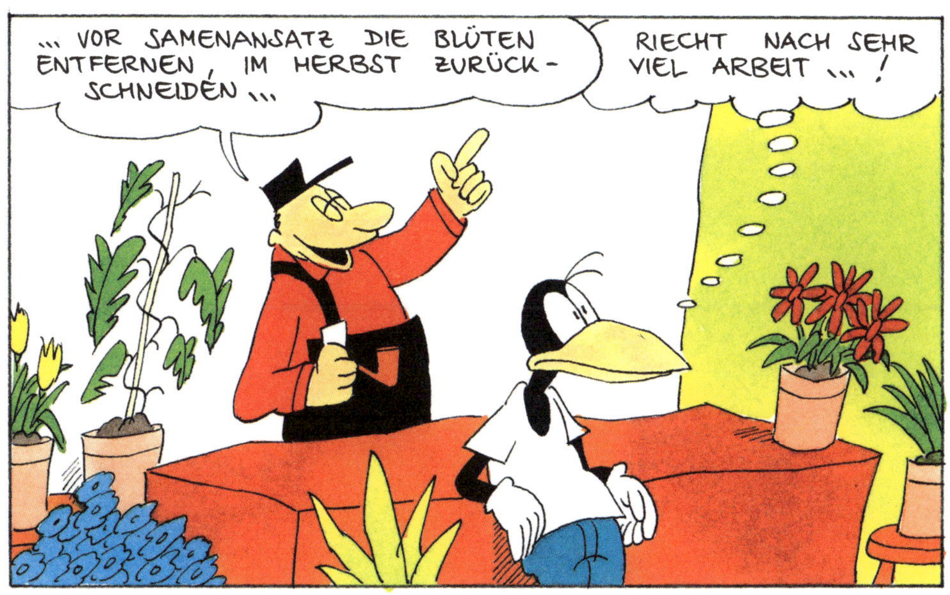
... VOR SAMENANSATZ DIE BLÜTEN ENTFERNEN, IM HERBST ZURÜCK-SCHNEIDEN...
RIECHT NACH SEHR VIEL ARBEIT ...!

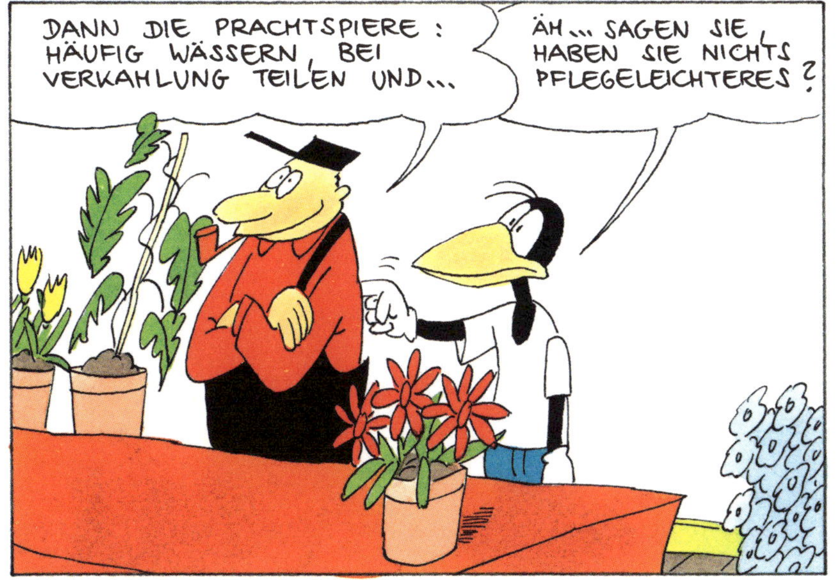
DANN DIE PRACHTSPIERE: HÄUFIG WÄSSERN, BEI VERKAHLUNG TEILEN UND...
ÄH... SAGEN SIE, HABEN SIE NICHTS PFLEGELEICHTERES?

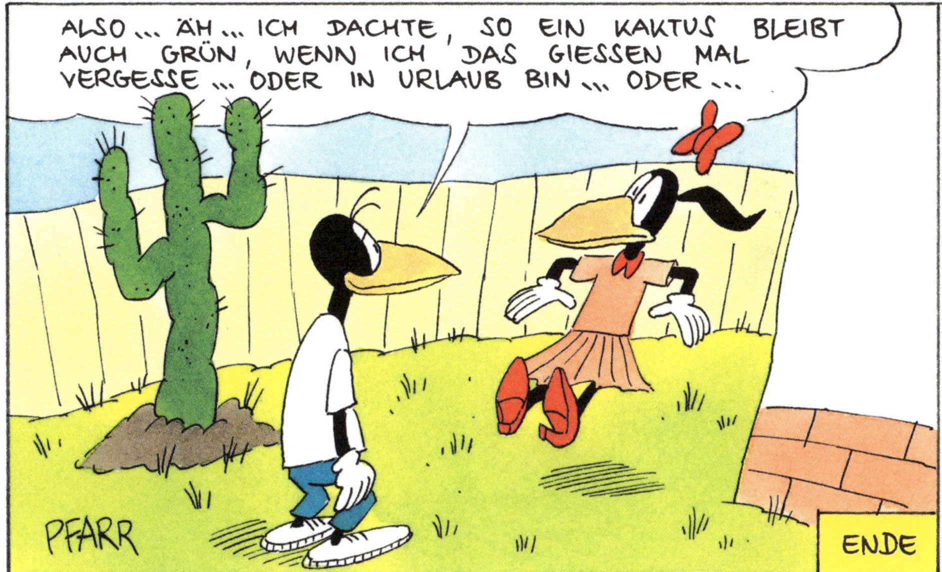
ALSO... ÄH... ICH DACHTE, SO EIN KAKTUS BLEIBT AUCH GRÜN, WENN ICH DAS GIESSEN MAL VERGESSE ... ODER IN URLAUB BIN ... ODER ...
PFARR
ENDE

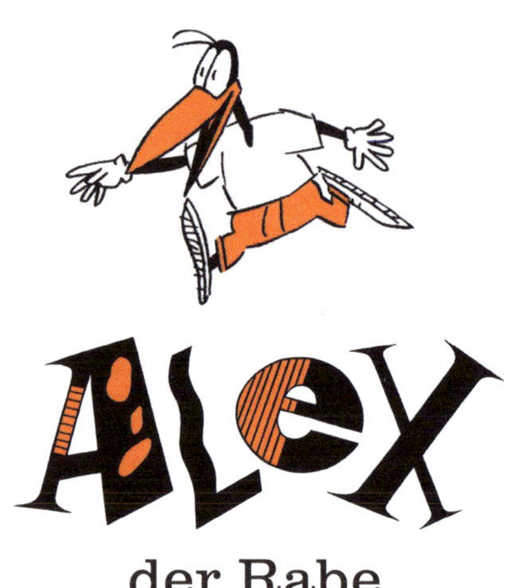
ALEX
der Rabe

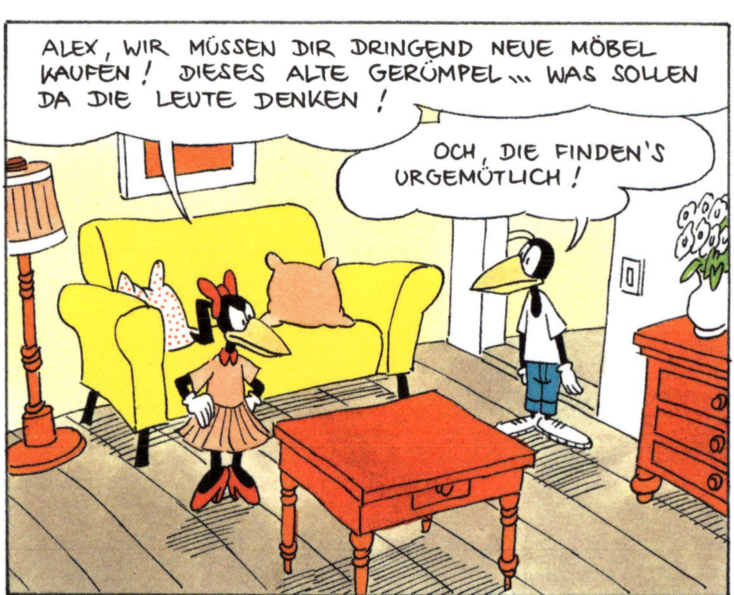
ALEX, WIR MÜSSEN DIR DRINGEND NEUE MÖBEL KAUFEN! DIESES ALTE GERÜMPEL ... WAS SOLLEN DA DIE LEUTE DENKEN!
OCH, DIE FINDEN'S URGEMÜTLICH!

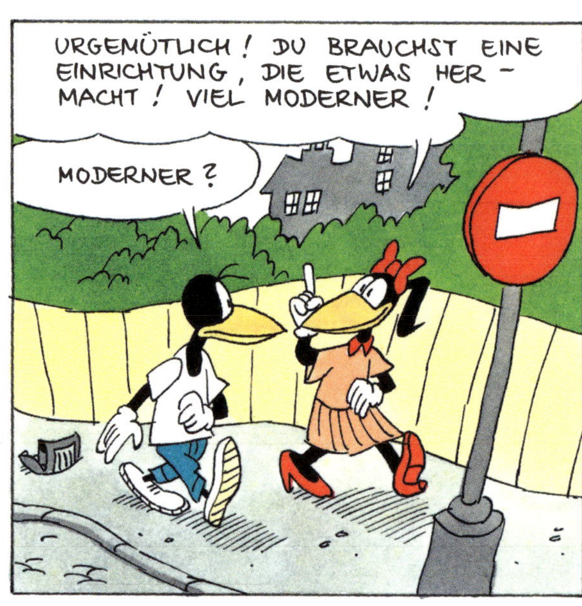
URGEMÜTLICH! DU BRAUCHST EINE EINRICHTUNG, DIE ETWAS HER - MACHT! VIEL MODERNER!
MODERNER?

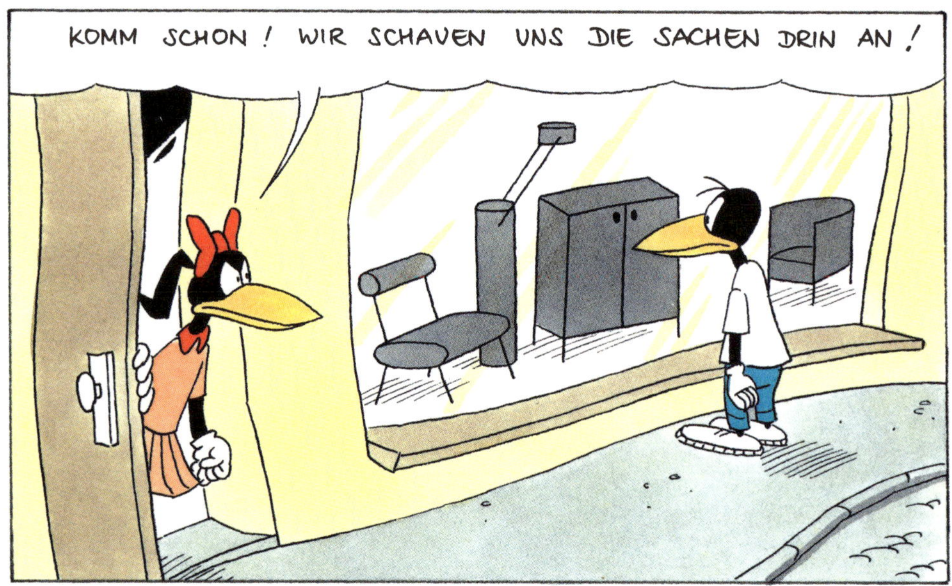
KOMM SCHON! WIR SCHAUEN UNS DIE SACHEN DRIN AN!

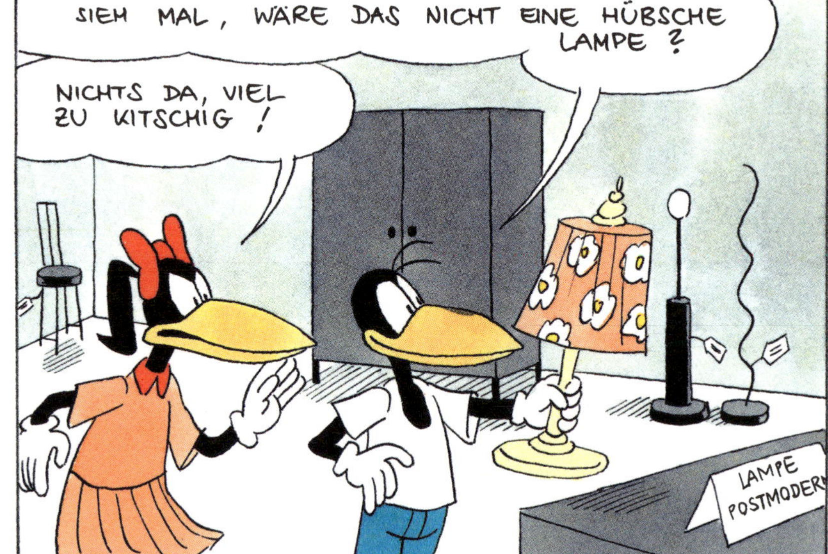
SIEH MAL, WÄRE DAS NICHT EINE HÜBSCHE LAMPE?
NICHTS DA, VIEL ZU KITSCHIG!
LAMPE POSTMODERN

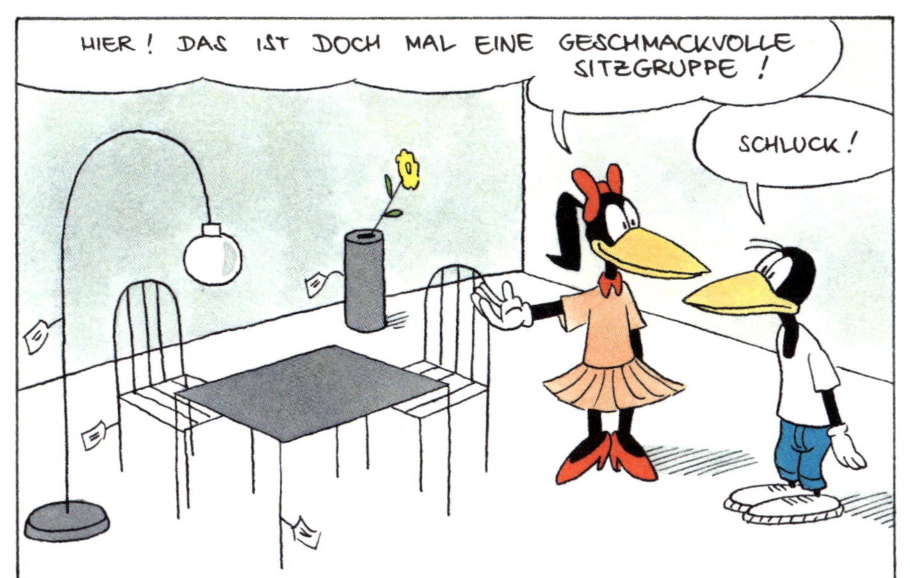
HIER! DAS IST DOCH MAL EINE GESCHMACKVOLLE SITZGRUPPE!
SCHLUCK!

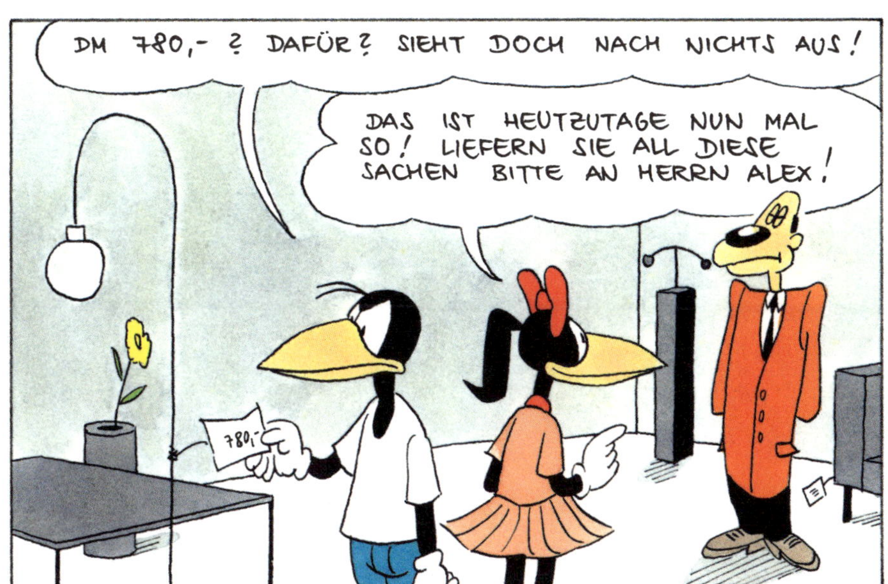
DM 780,- ? DAFÜR? SIEHT DOCH NACH NICHTS AUS!
DAS IST HEUTZUTAGE NUN MAL SO! LIEFERN SIE ALL DIESE SACHEN BITTE AN HERRN ALEX!
780,-

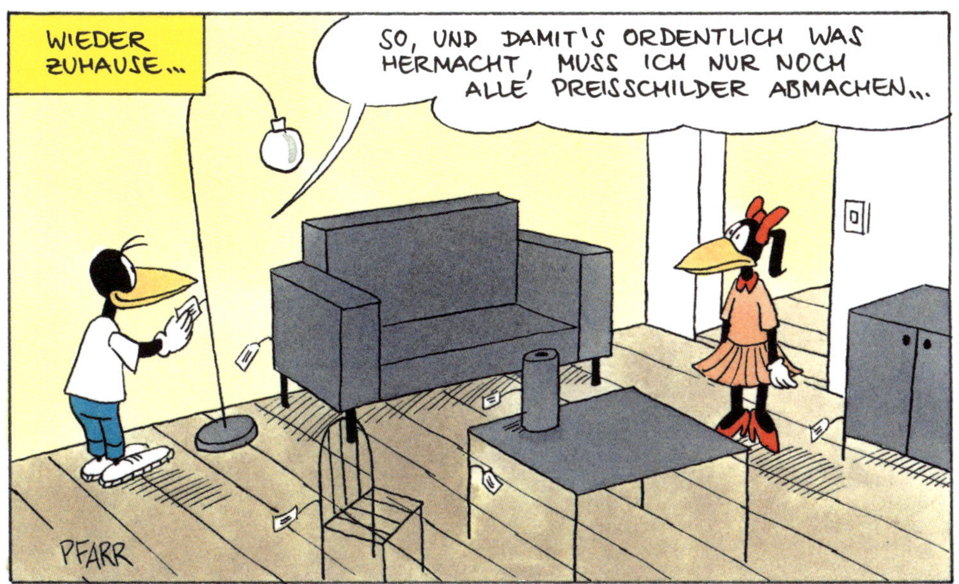
WIEDER ZUHAUSE...
SO, UND DAMIT'S ORDENTLICH WAS HERMACHT, MUSS ICH NUR NOCH ALLE PREISSCHILDER ABMACHEN...
PFARR

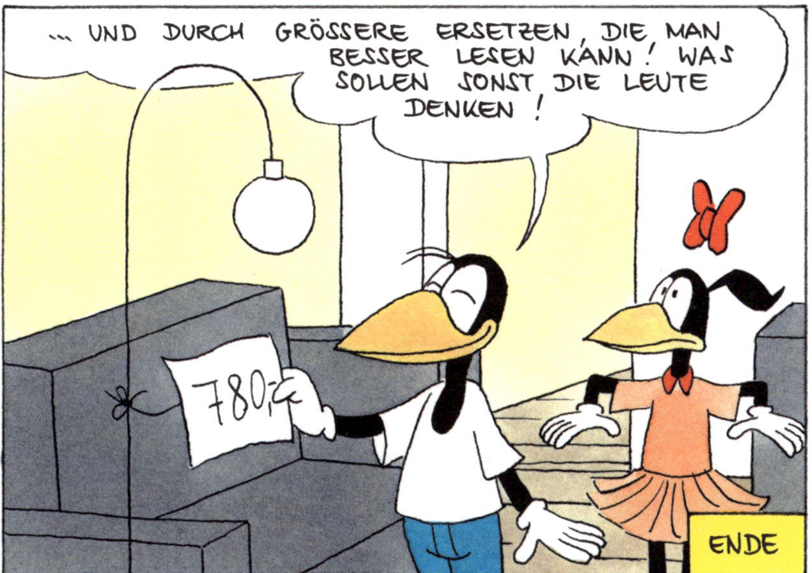
... UND DURCH GRÖSSERE ERSETZEN, DIE MAN BESSER LESEN KANN! WAS SOLLEN SONST DIE LEUTE DENKEN!
780,-
ENDE

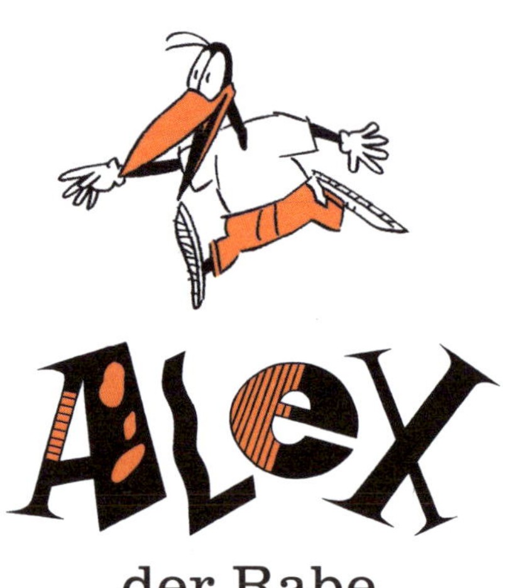
ALEX
der Rabe

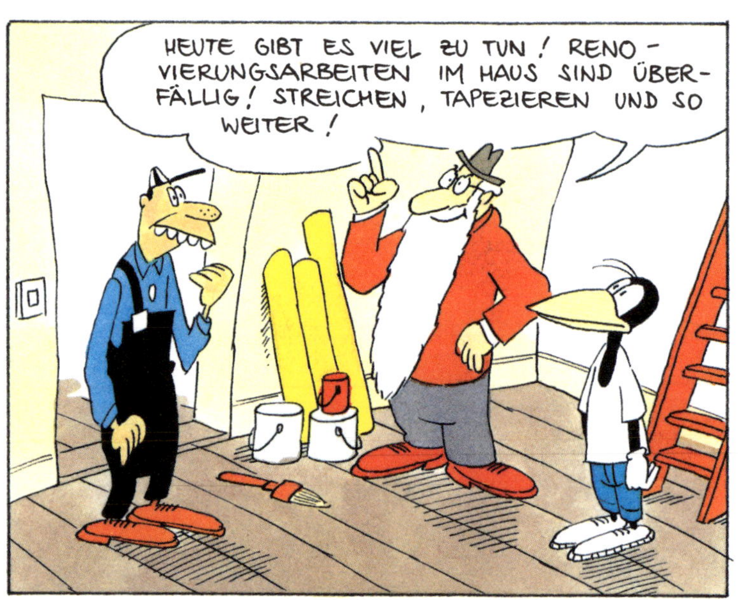
HEUTE GIBT ES VIEL ZU TUN! RENOVIERUNGSARBEITEN IM HAUS SIND ÜBERFÄLLIG! STREICHEN, TAPEZIEREN UND SO WEITER!

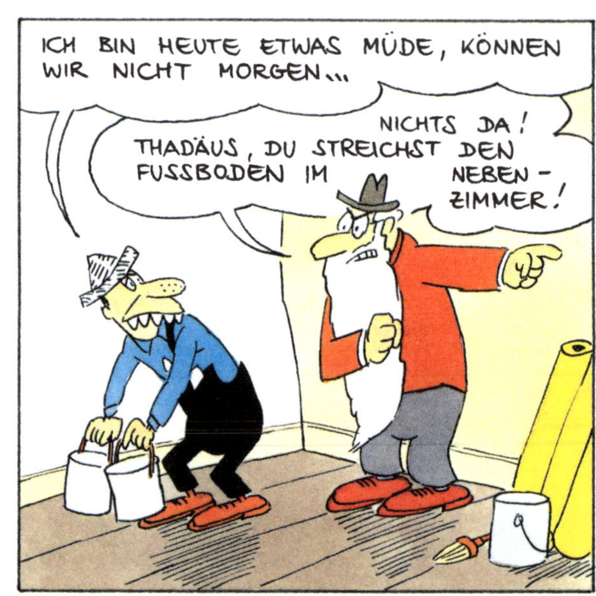
ICH BIN HEUTE ETWAS MÜDE, KÖNNEN WIR NICHT MORGEN...
NICHTS DA! THADÄUS, DU STREICHST DEN FUSSBODEN IM NEBENZIMMER!

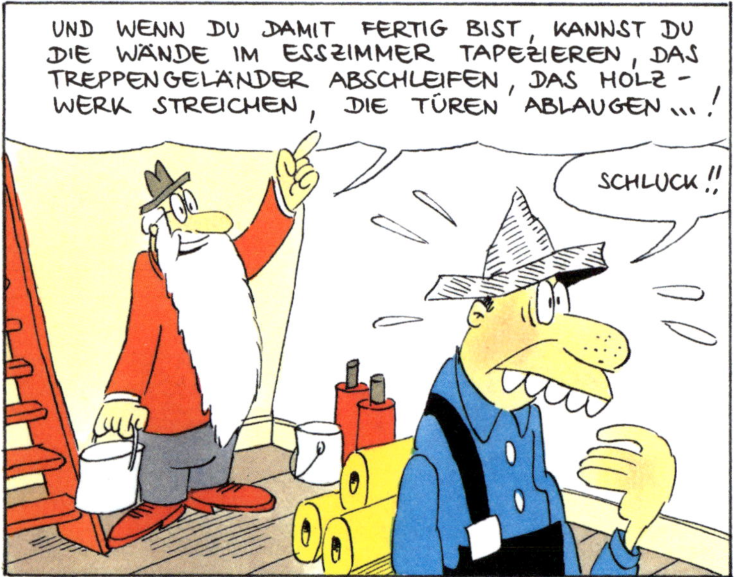
UND WENN DU DAMIT FERTIG BIST, KANNST DU DIE WÄNDE IM ESSZIMMER TAPEZIEREN, DAS TREPPENGELÄNDER ABSCHLEIFEN, DAS HOLZWERK STREICHEN, DIE TÜREN ABLAUGEN...!
SCHLUCK!!

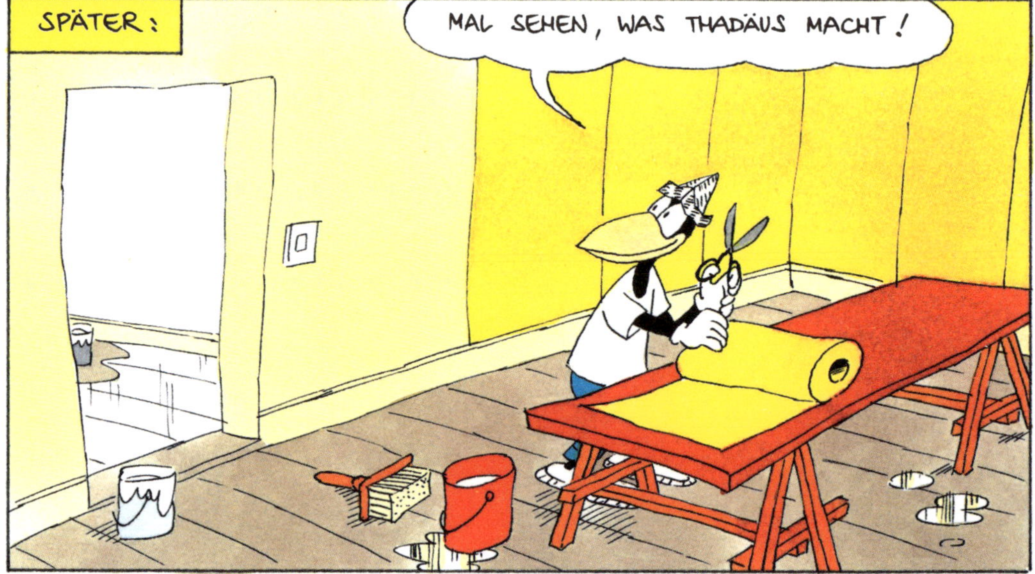
SPÄTER:
MAL SEHEN, WAS THADÄUS MACHT!

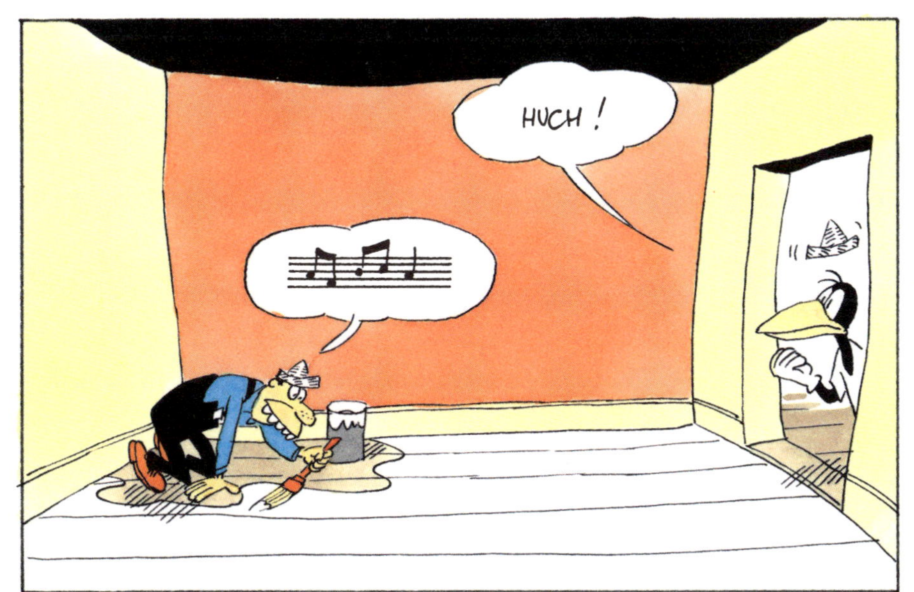
HUCH!

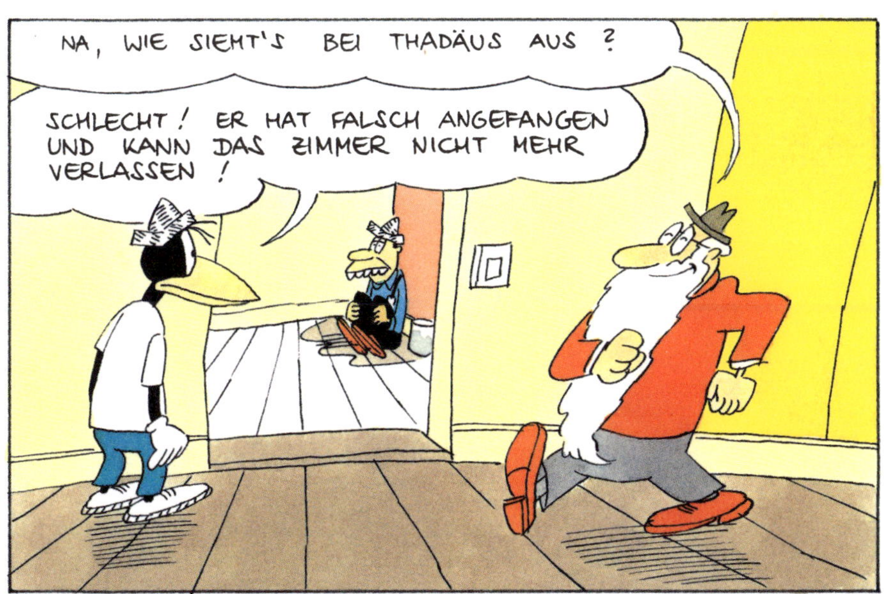
NA, WIE SIEHT'S BEI THADÄUS AUS?
SCHLECHT! ER HAT FALSCH ANGEFANGEN UND KANN DAS ZIMMER NICHT MEHR VERLASSEN!

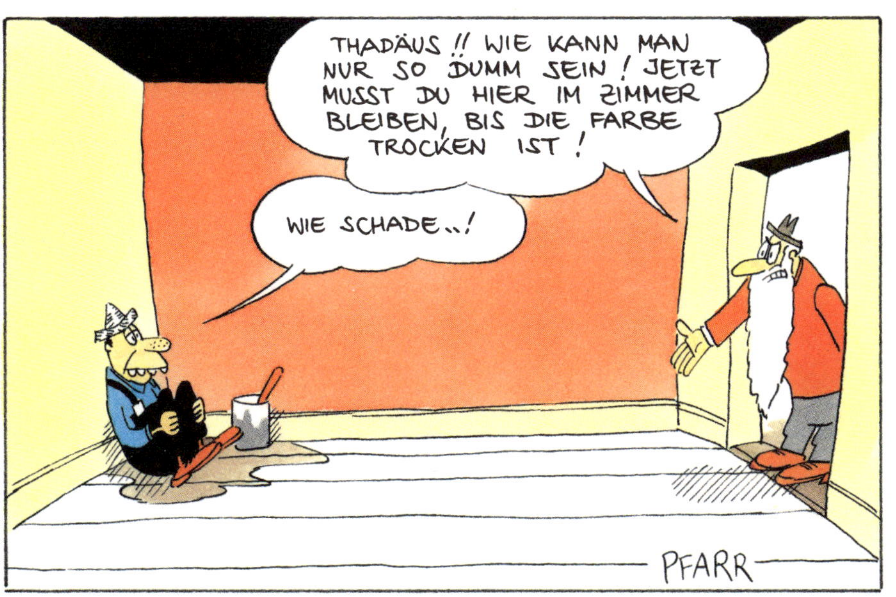
THADÄUS!! WIE KANN MAN NUR SO DUMM SEIN! JETZT MUSST DU HIER IM ZIMMER BLEIBEN, BIS DIE FARBE TROCKEN IST!
WIE SCHADE..!
PFARR

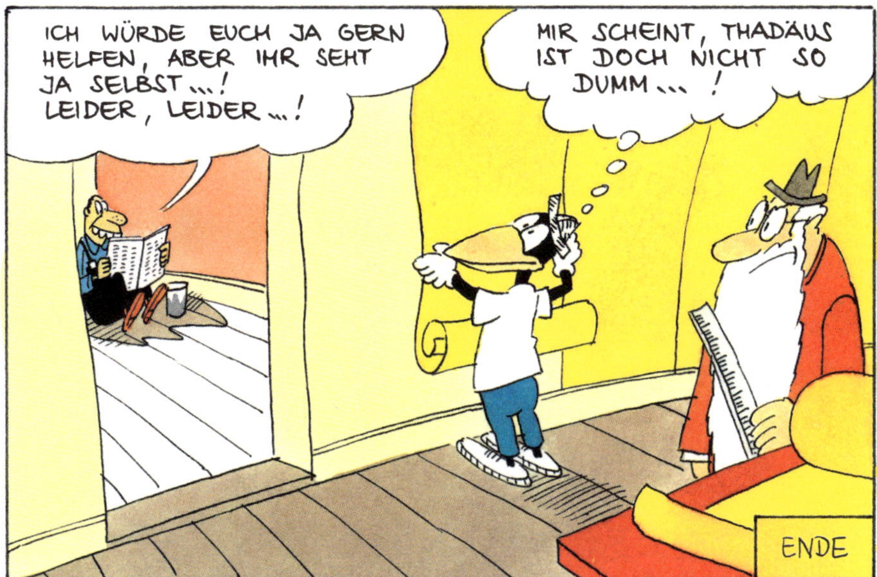
ICH WÜRDE EUCH JA GERN HELFEN, ABER IHR SEHT JA SELBST...! LEIDER, LEIDER...!
MIR SCHEINT, THADÄUS IST DOCH NICHT SO DUMM...!
ENDE

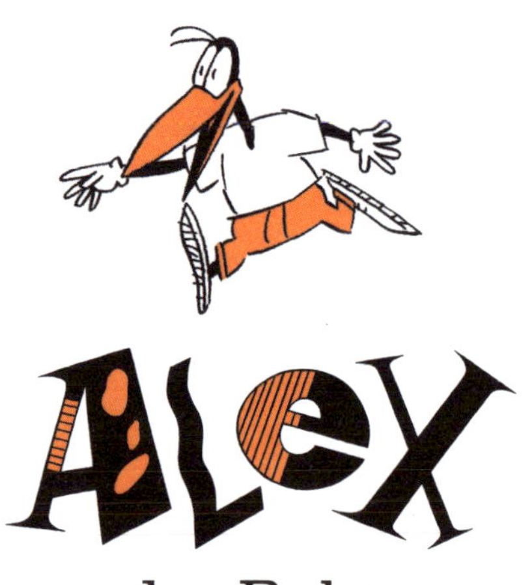
ALEX
der Rabe

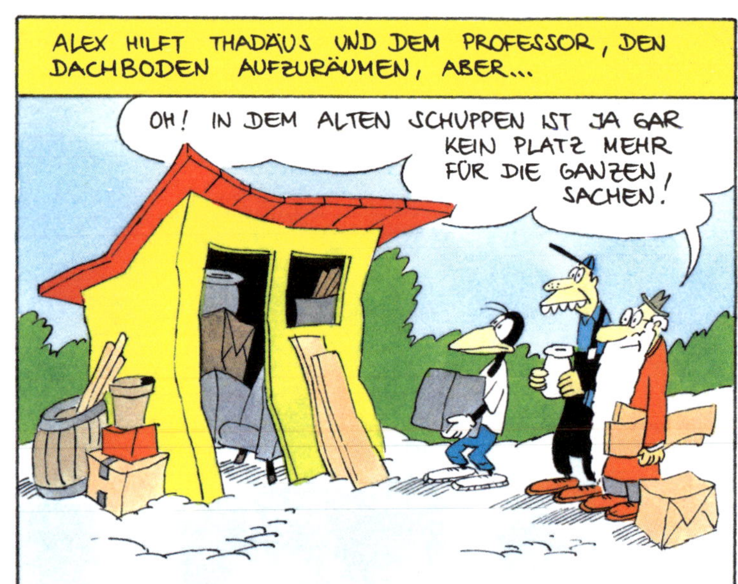
ALEX HILFT THADÄUS UND DEM PROFESSOR, DEN DACHBODEN AUFZURÄUMEN, ABER...
OH! IN DEM ALTEN SCHUPPEN IST JA GAR KEIN PLATZ MEHR FÜR DIE GANZEN SACHEN!

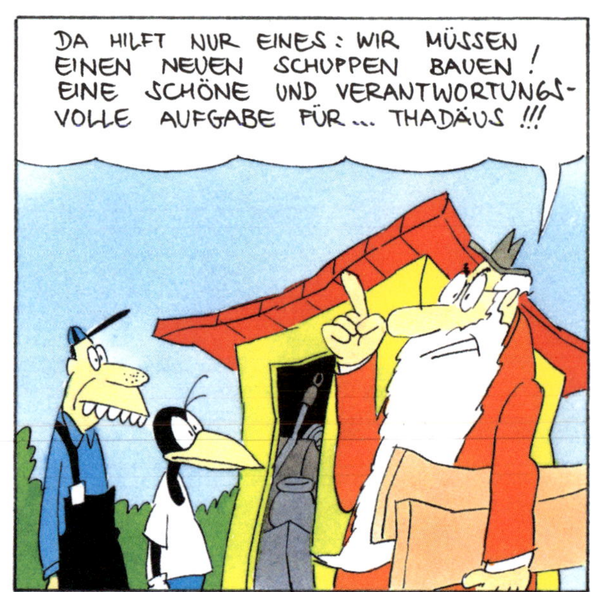
DA HILFT NUR EINES: WIR MÜSSEN EINEN NEUEN SCHUPPEN BAUEN! EINE SCHÖNE UND VERANTWORTUNGSVOLLE AUFGABE FÜR... THADÄUS !!!

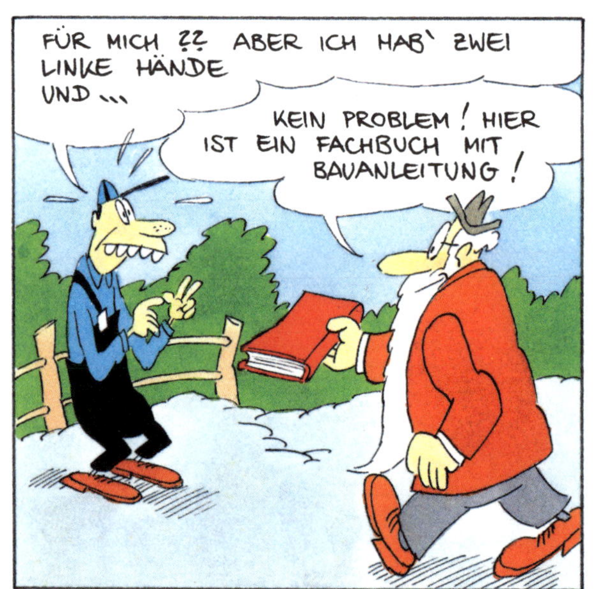
FÜR MICH ?? ABER ICH HAB' ZWEI LINKE HÄNDE UND...
KEIN PROBLEM! HIER IST EIN FACHBUCH MIT BAUANLEITUNG!

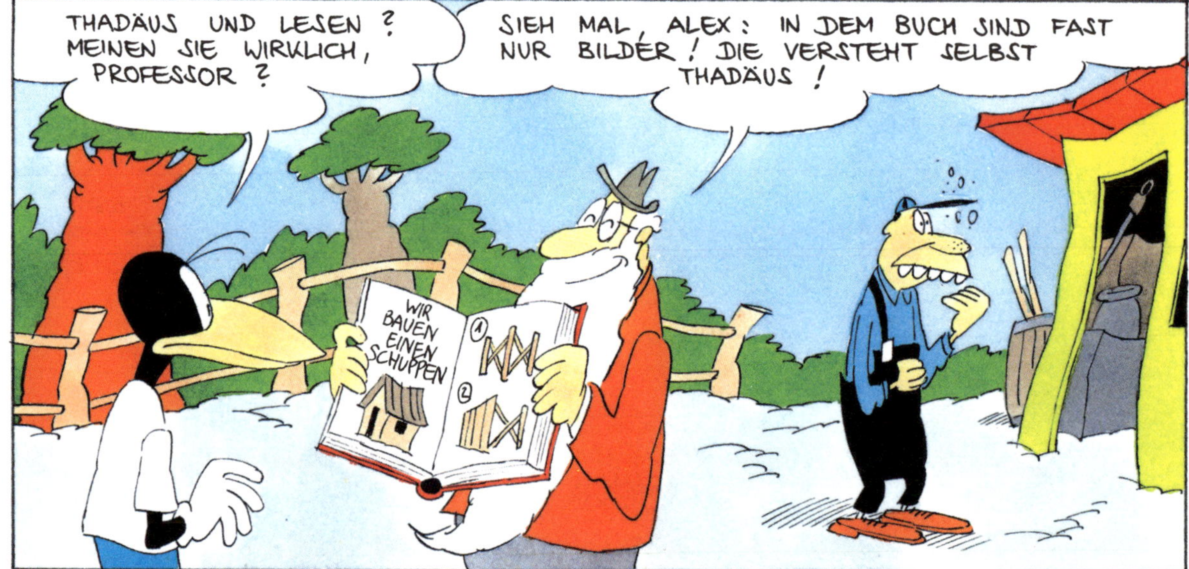
THADÄUS UND LESEN? MEINEN SIE WIRKLICH, PROFESSOR?
SIEH MAL, ALEX: IN DEM BUCH SIND FAST NUR BILDER! DIE VERSTEHT SELBST THADÄUS!
WIR BAUEN EINEN SCHUPPEN

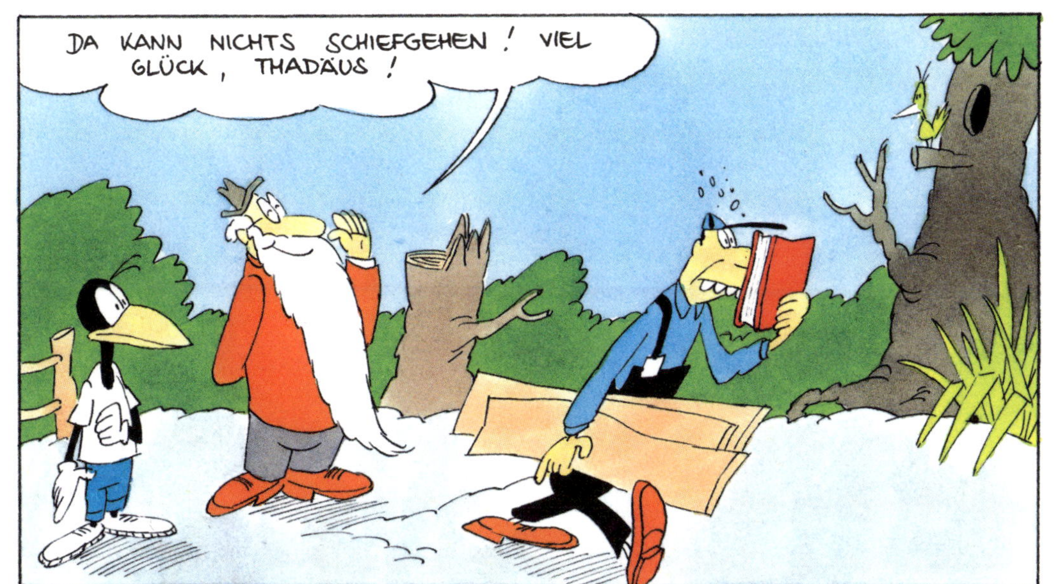
DA KANN NICHTS SCHIEFGEHEN ! VIEL GLÜCK , THADÄUS !

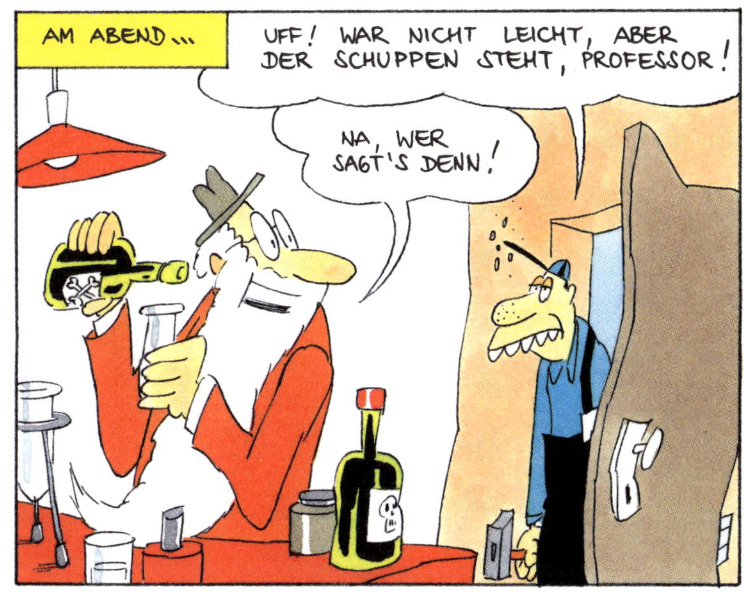
AM ABEND...
UFF ! WAR NICHT LEICHT, ABER DER SCHUPPEN STEHT, PROFESSOR !
NA, WER SAGT'S DENN !

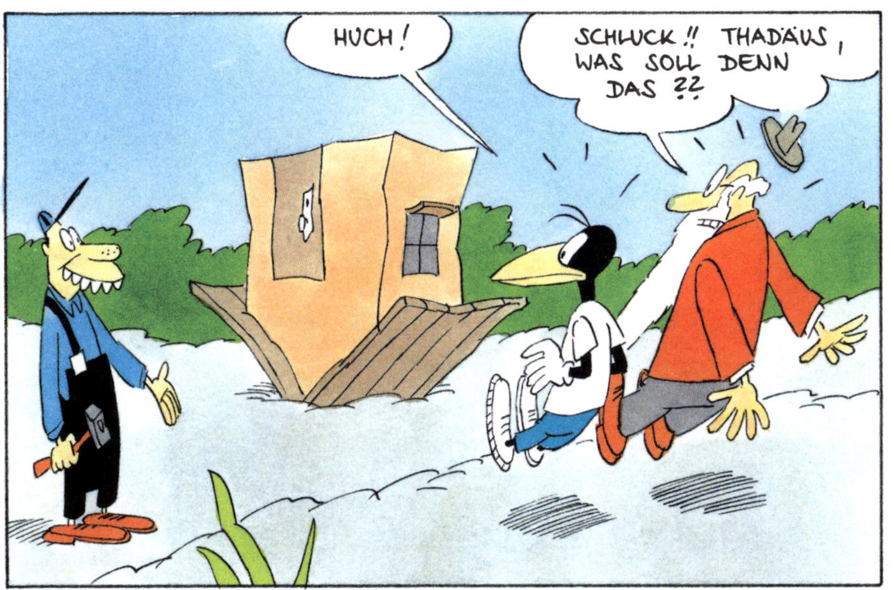
HUCH !
SCHLUCK !! THADÄUS, WAS SOLL DENN DAS ??

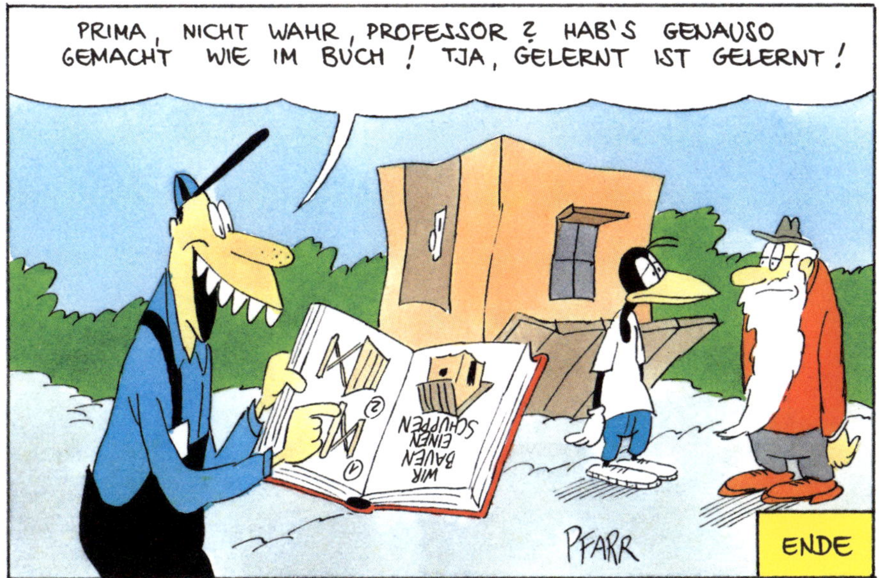
PRIMA, NICHT WAHR, PROFESSOR ? HAB'S GENAUSO GEMACHT WIE IM BUCH ! TJA, GELERNT IST GELERNT !
WIR BAUEN EINEN SCHUPPEN
PFARR
ENDE

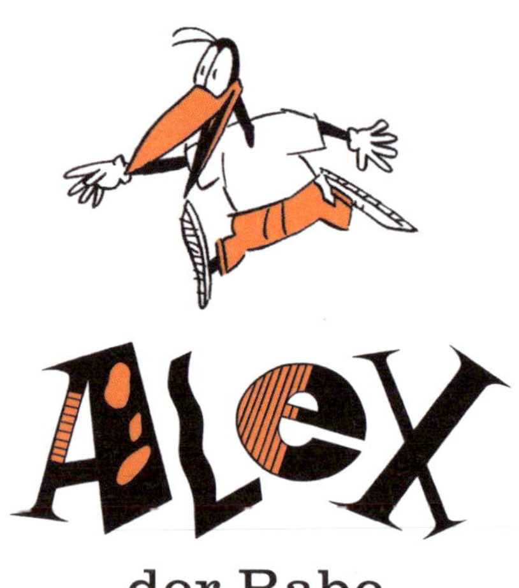
ALEX
der Rabe

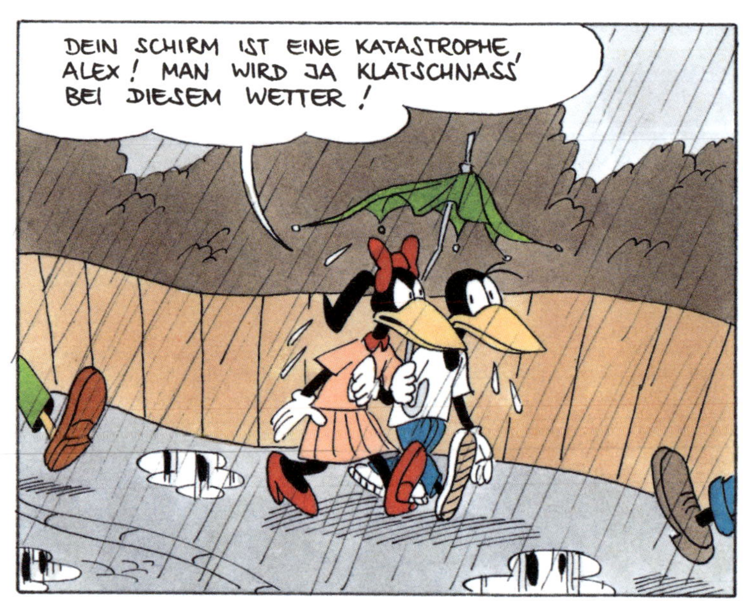
DEIN SCHIRM IST EINE KATASTROPHE, ALEX! MAN WIRD JA KLATSCHNASS BEI DIESEM WETTER!

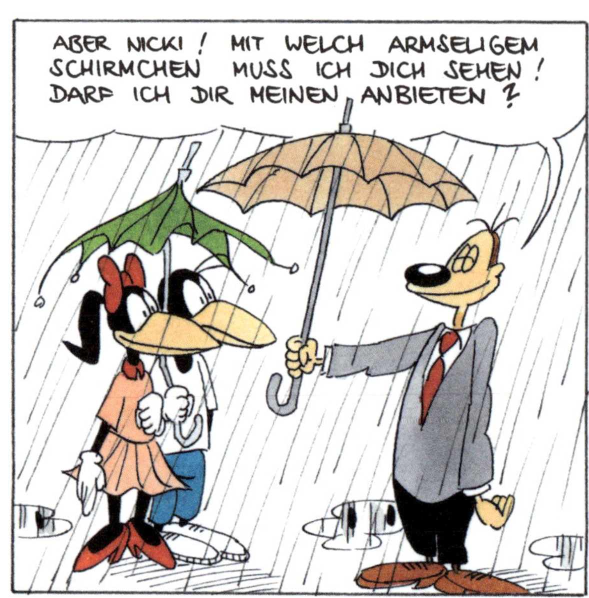
ABER NICKI! MIT WELCH ARMSELIGEM SCHIRMCHEN MUSS ICH DICH SEHEN! DARF ICH DIR MEINEN ANBIETEN?

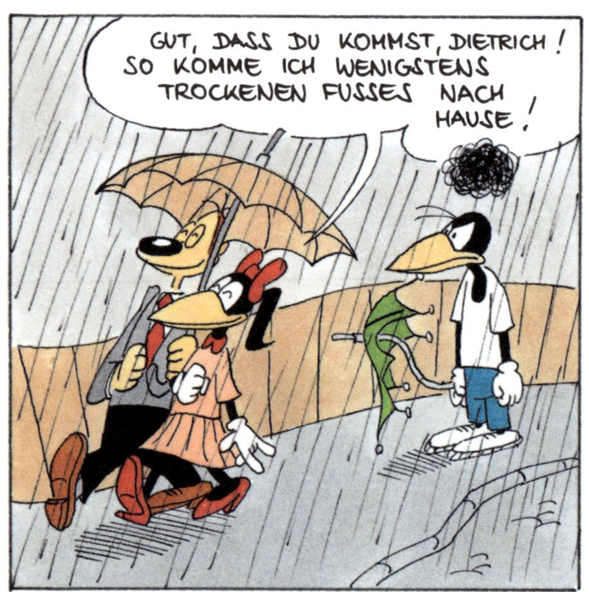
GUT, DASS DU KOMMST, DIETRICH! SO KOMME ICH WENIGSTENS TROCKENEN FUSSES NACH HAUSE!

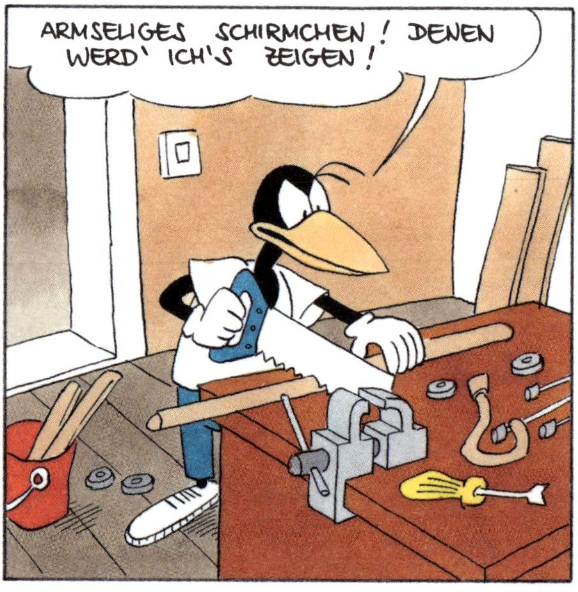
ARMSELIGES SCHIRMCHEN! DENEN WERD' ICH'S ZEIGEN!

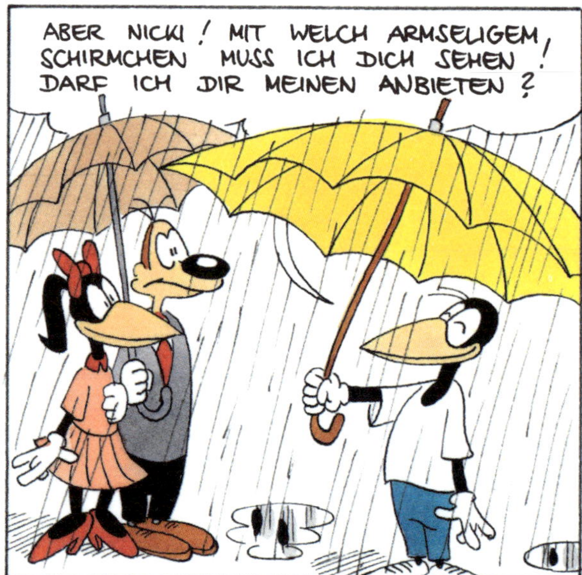
ABER NICKI! MIT WELCH ARMSELIGEM SCHIRMCHEN MUSS ICH DICH SEHEN! DARF ICH DIR MEINEN ANBIETEN?

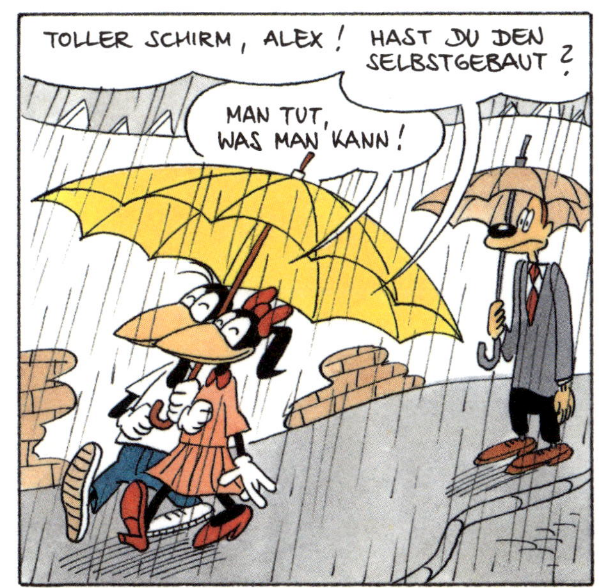
TOLLER SCHIRM, ALEX! HAST DU DEN SELBSTGEBAUT?
MAN TUT, WAS MAN KANN!

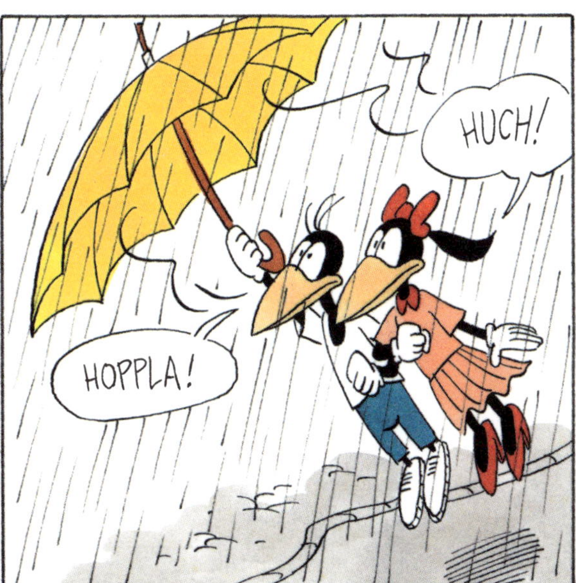
HUCH!
HOPPLA!

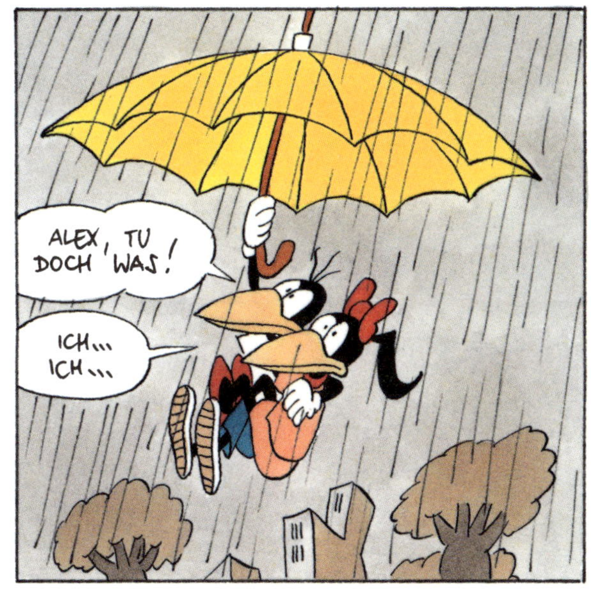
ALEX, TU DOCH WAS!
ICH... ICH...

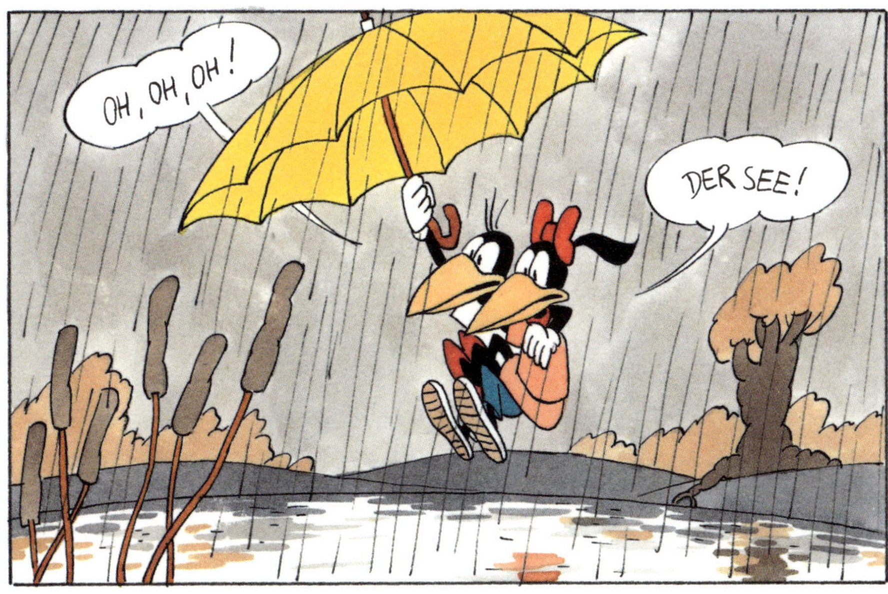
OH, OH, OH!
DER SEE!

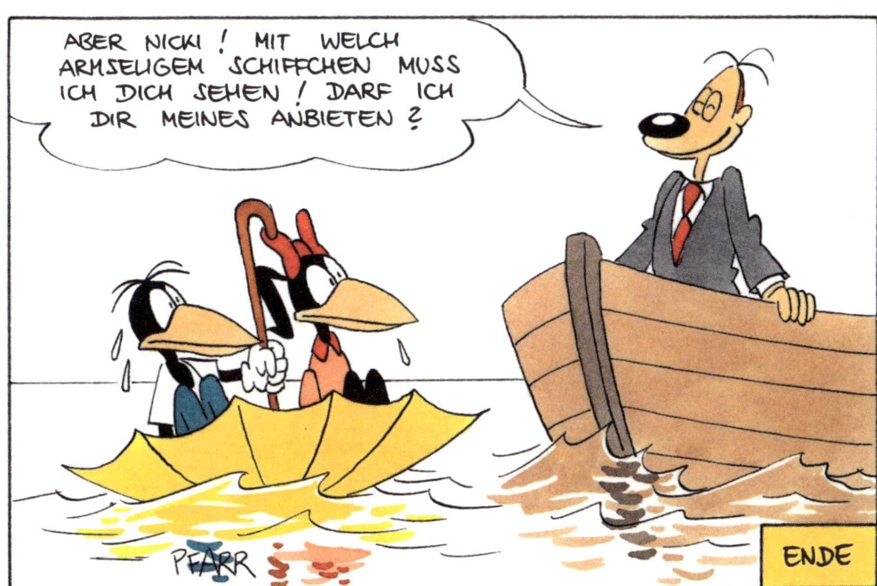
ABER NICKI! MIT WELCH ARMSELIGEM SCHIFFCHEN MUSS ICH DICH SEHEN! DARF ICH DIR MEINES ANBIETEN?
PFARR
ENDE

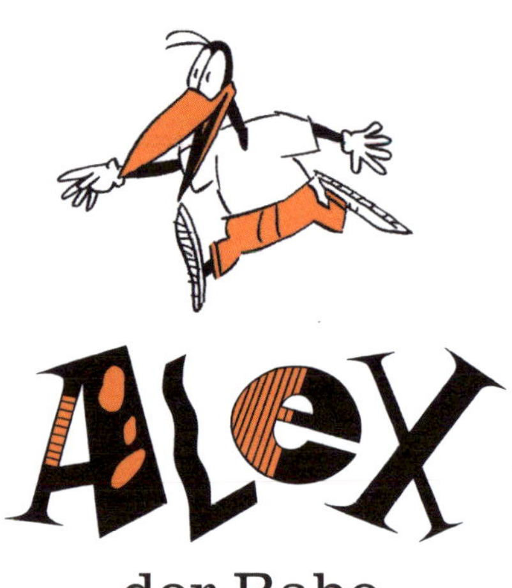
ALEX
der Rabe

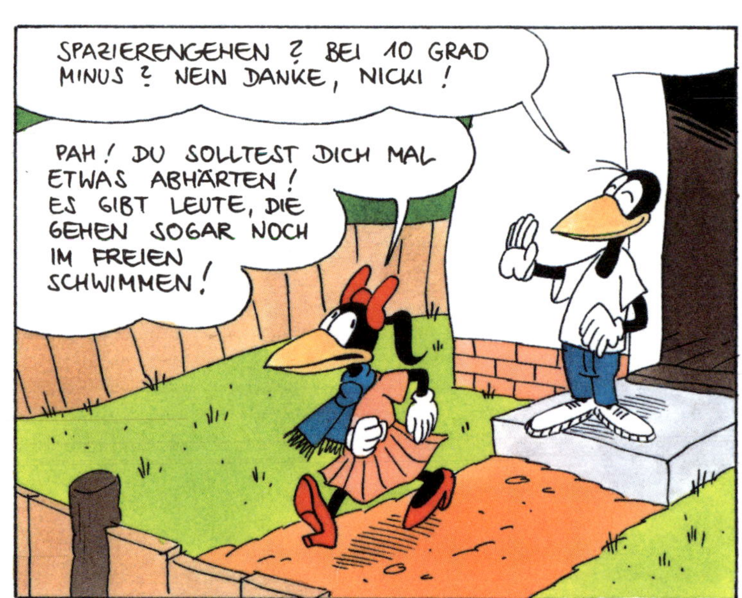
SPAZIERENGEHEN ? BEI 10 GRAD MINUS ? NEIN DANKE, NICKI !
PAH ! DU SOLLTEST DICH MAL ETWAS ABHÄRTEN ! ES GIBT LEUTE, DIE GEHEN SOGAR NOCH IM FREIEN SCHWIMMEN !

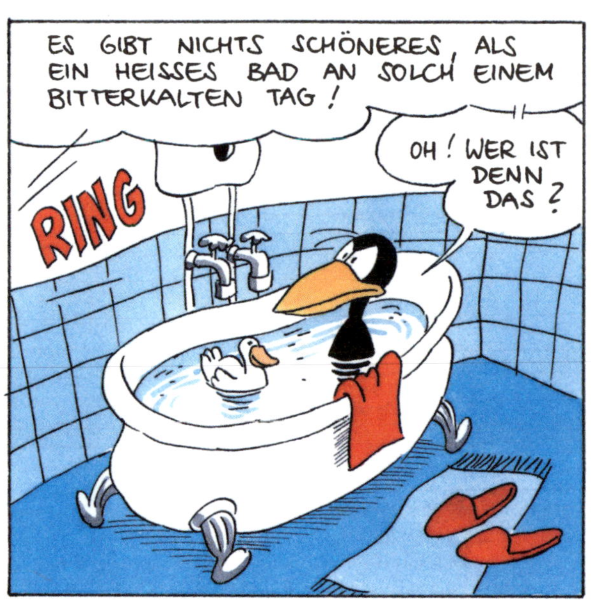
ES GIBT NICHTS SCHÖNERES, ALS EIN HEISSES BAD AN SOLCH EINEM BITTERKALTEN TAG !
RING
OH ! WER IST DENN DAS ?

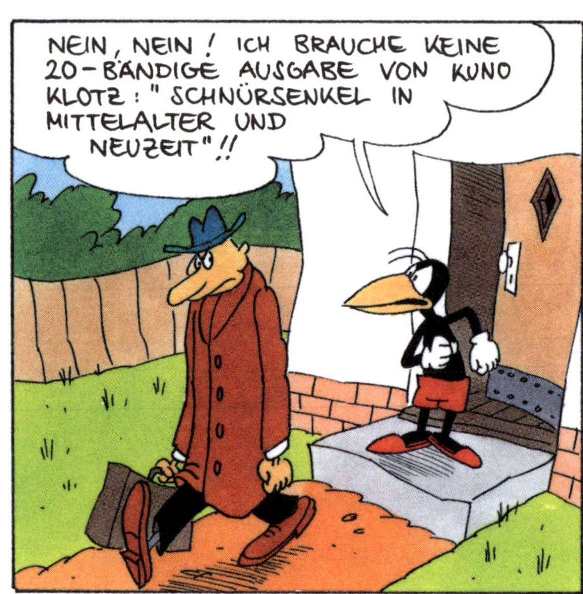
NEIN, NEIN ! ICH BRAUCHE KEINE 20-BÄNDIGE AUSGABE VON KUNO KLOTZ : "SCHNÜRSENKEL IN MITTELALTER UND NEUZEIT" !!

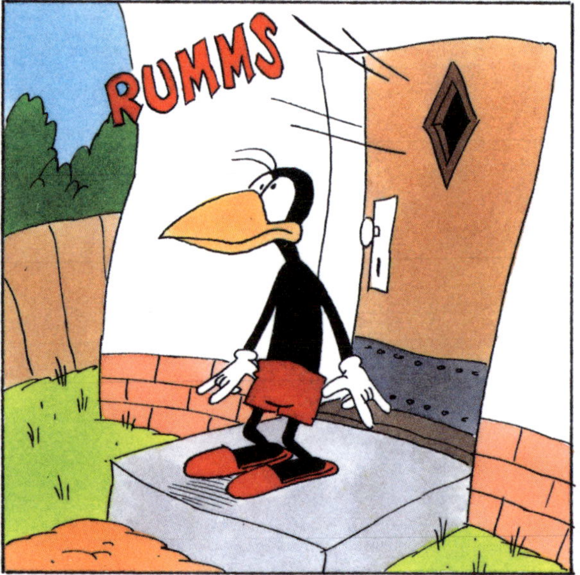
RUMMS

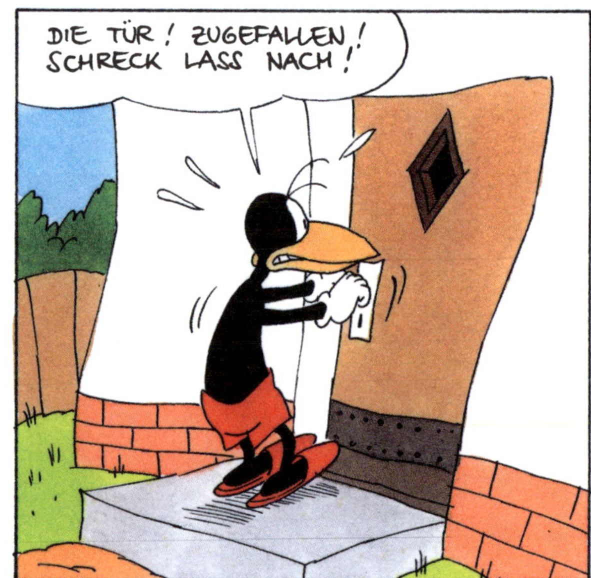
DIE TÜR ! ZUGEFALLEN ! SCHRECK LASS NACH !

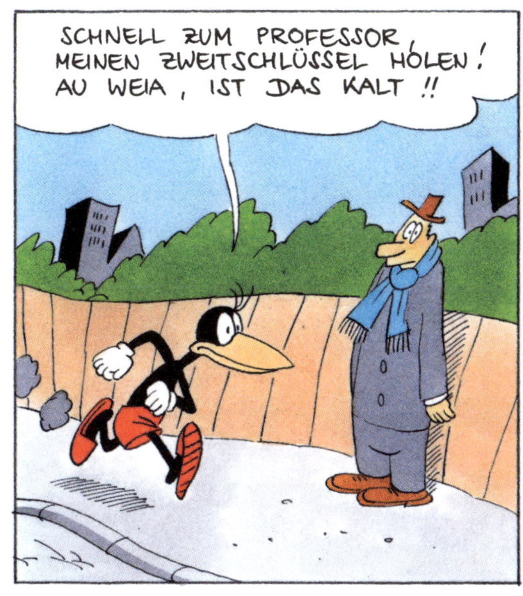
SCHNELL ZUM PROFESSOR, MEINEN ZWEITSCHLÜSSEL HOLEN! AU WEIA, IST DAS KALT!!

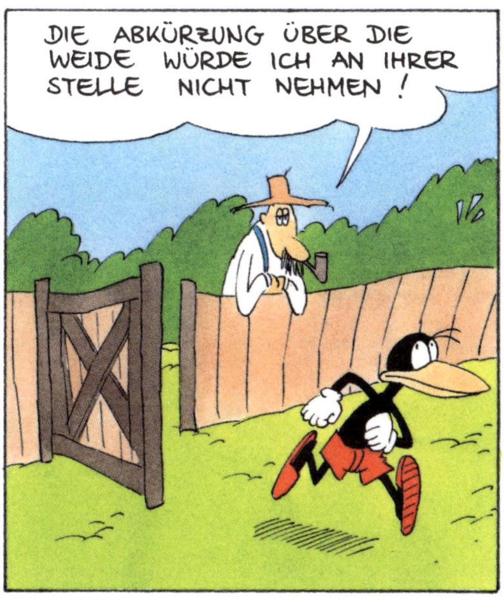
DIE ABKÜRZUNG ÜBER DIE WEIDE WÜRDE ICH AN IHRER STELLE NICHT NEHMEN!

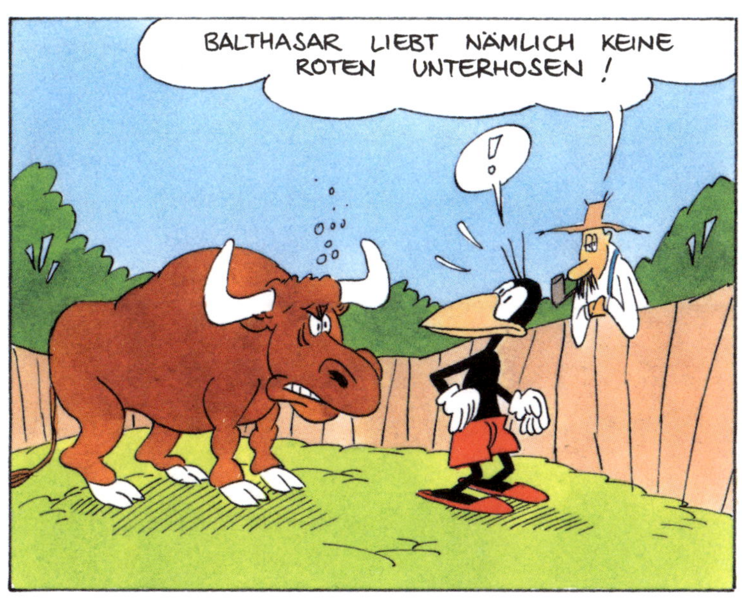
BALTHASAR LIEBT NÄMLICH KEINE ROTEN UNTERHOSEN!
!

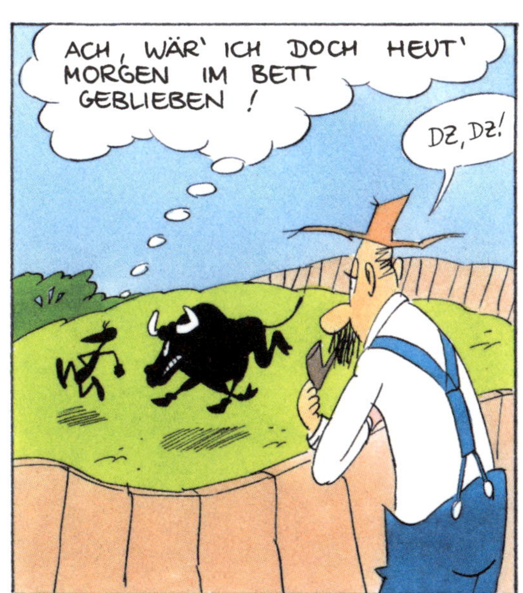
ACH, WÄR' ICH DOCH HEUT' MORGEN IM BETT GEBLIEBEN!
DZ, DZ!

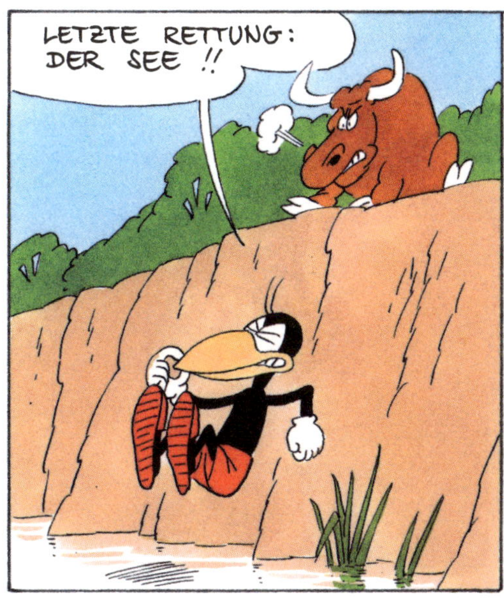
LETZTE RETTUNG: DER SEE!!

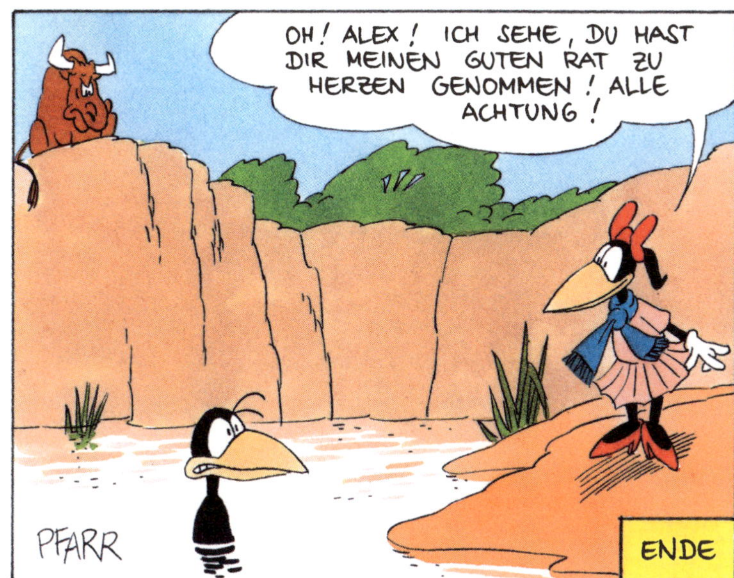
OH! ALEX! ICH SEHE, DU HAST DIR MEINEN GUTEN RAT ZU HERZEN GENOMMEN! ALLE ACHTUNG!
PFARR
ENDE

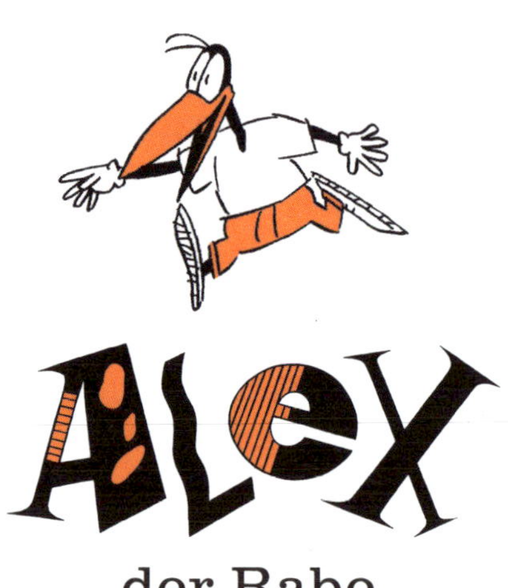
ALEX
der Rabe

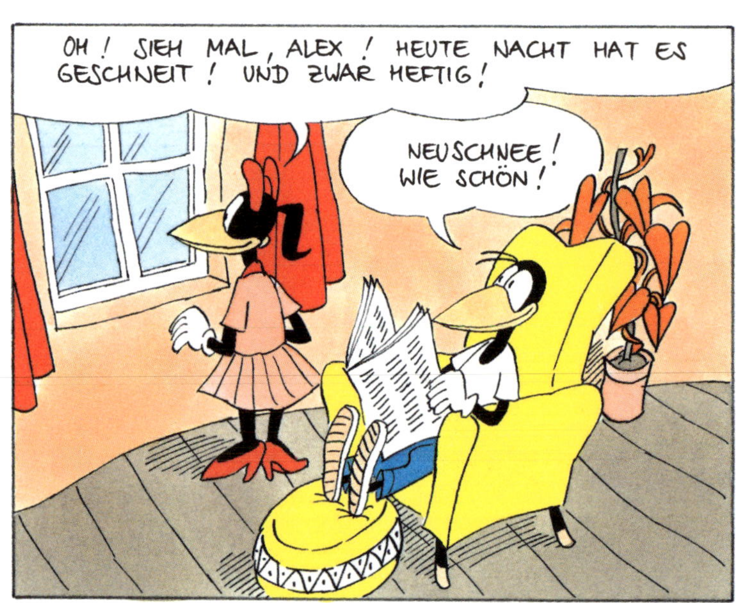
OH! SIEH MAL, ALEX! HEUTE NACHT HAT ES GESCHNEIT! UND ZWAR HEFTIG!
NEUSCHNEE! WIE SCHÖN!

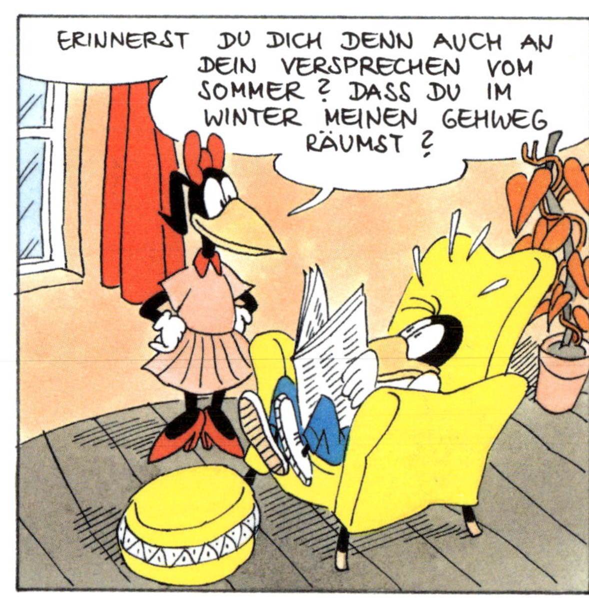
ERINNERST DU DICH DENN AUCH AN DEIN VERSPRECHEN VOM SOMMER? DASS DU IM WINTER MEINEN GEHWEG RÄUMST?

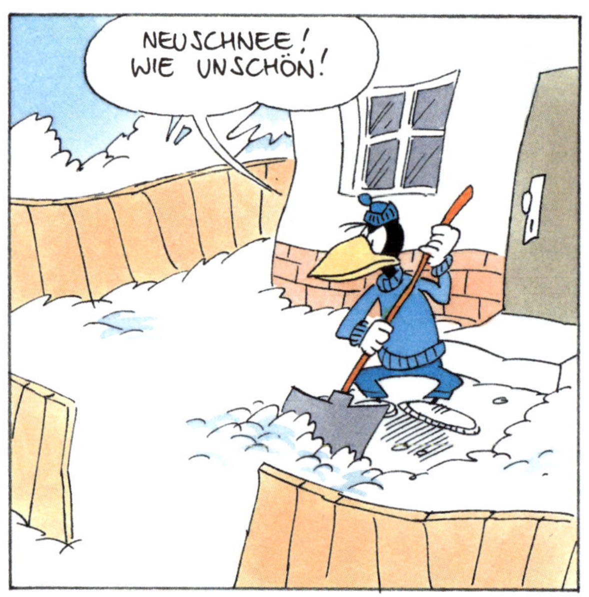
NEUSCHNEE! WIE UNSCHÖN!

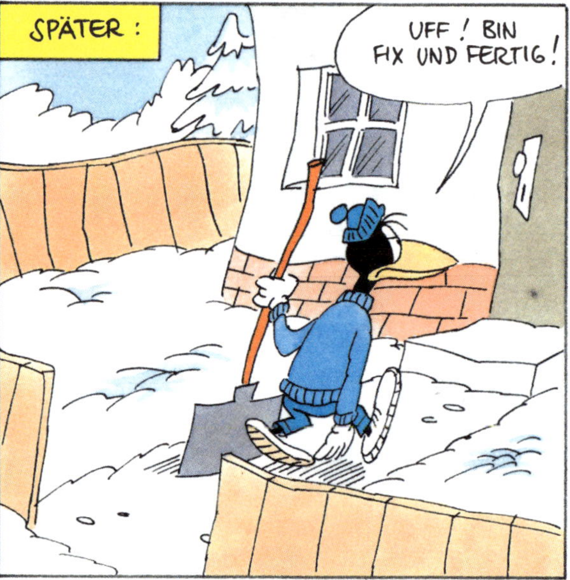
SPÄTER:
UFF! BIN FIX UND FERTIG!

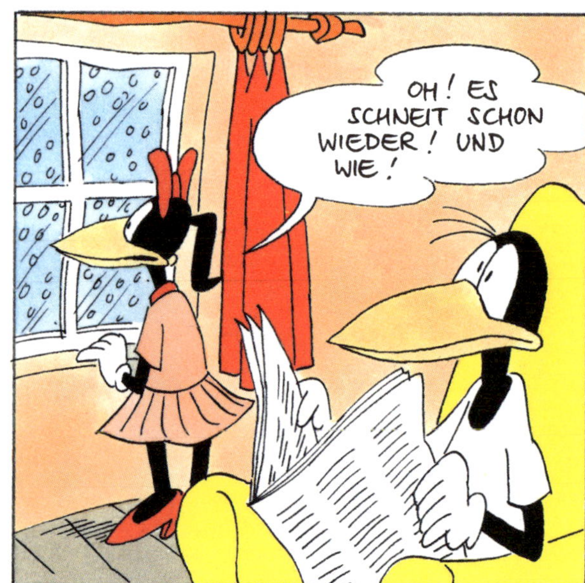
OH! ES SCHNEIT SCHON WIEDER! UND WIE!

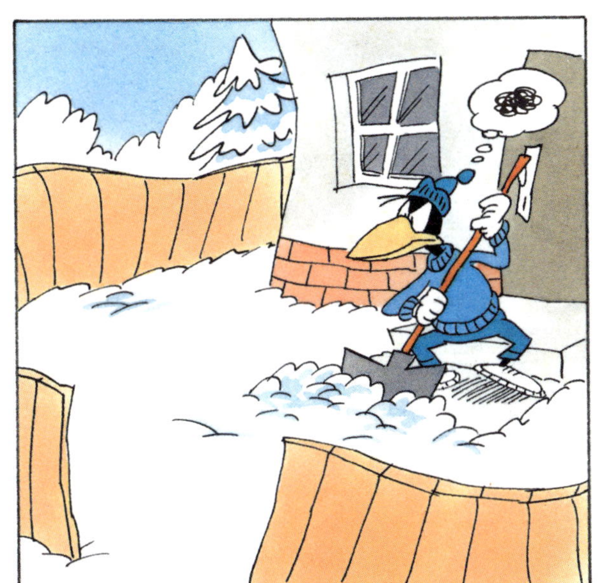

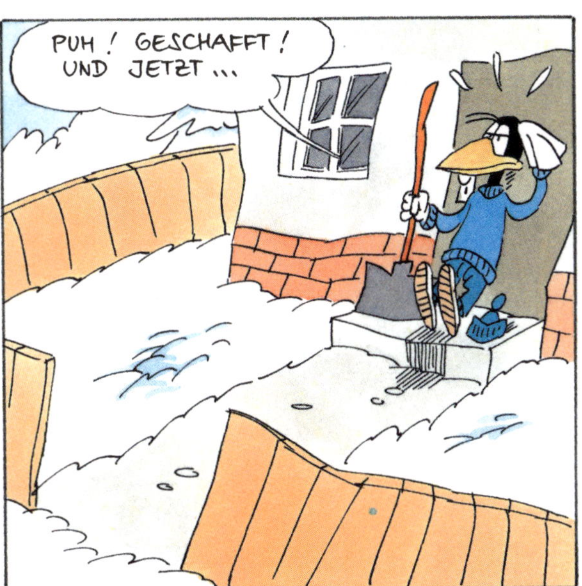
PUH ! GESCHAFFT !
UND JETZT ...

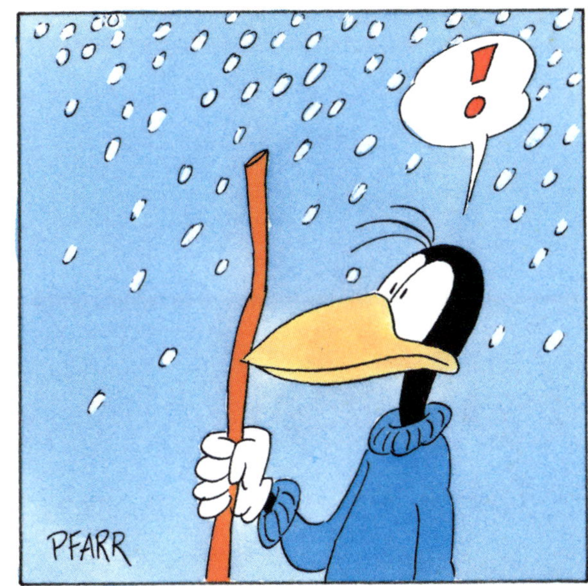
!
PFARR

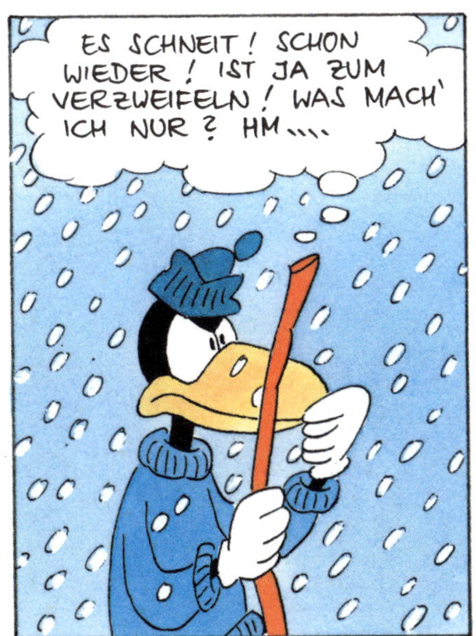
ES SCHNEIT ! SCHON WIEDER ! IST JA ZUM VERZWEIFELN ! WAS MACH' ICH NUR ? HM ....

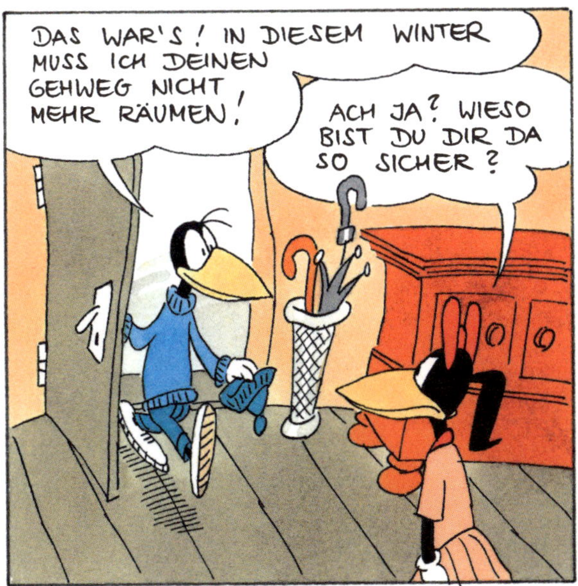
DAS WAR'S ! IN DIESEM WINTER MUSS ICH DEINEN GEHWEG NICHT MEHR RÄUMEN !
ACH JA ? WIESO BIST DU DIR DA SO SICHER ?

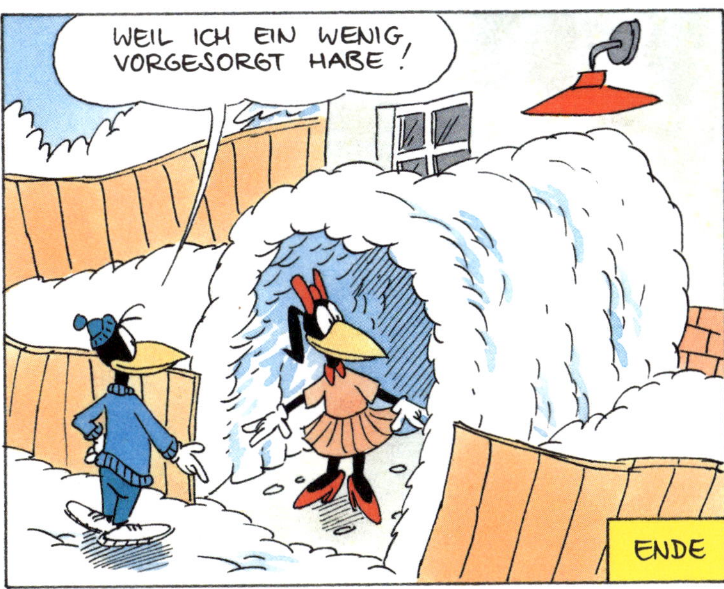
WEIL ICH EIN WENIG VORGESORGT HABE !
ENDE

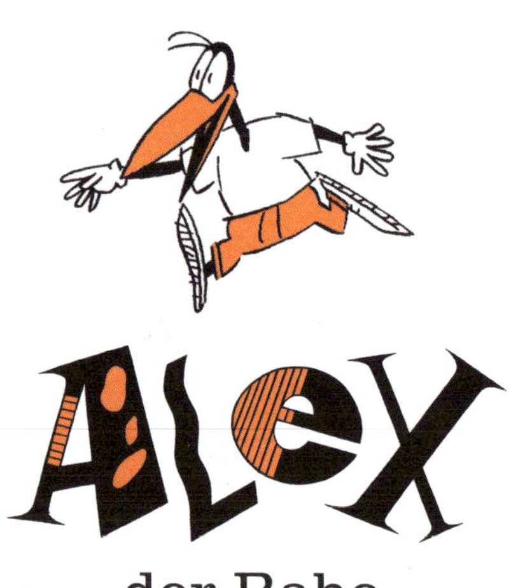
ALEX
der Rabe

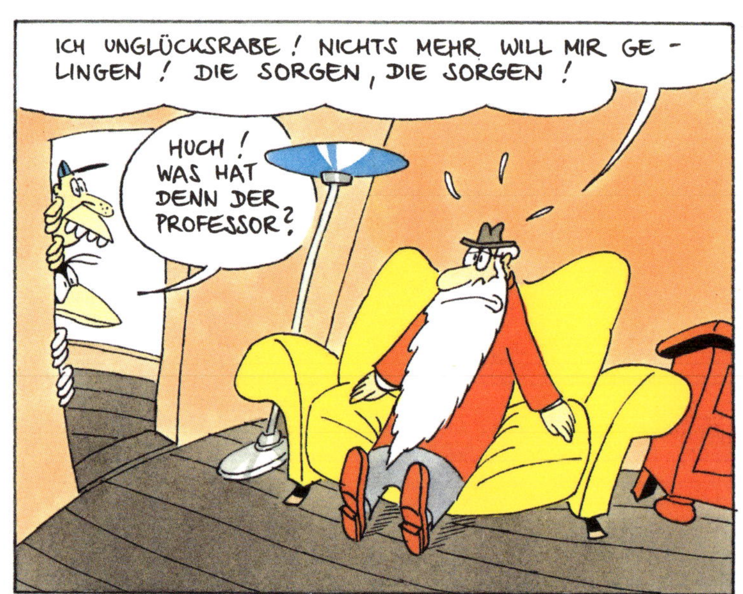
ICH UNGLÜCKSRABE! NICHTS MEHR WILL MIR GE-LINGEN! DIE SORGEN, DIE SORGEN!
HUCH! WAS HAT DENN DER PROFESSOR?

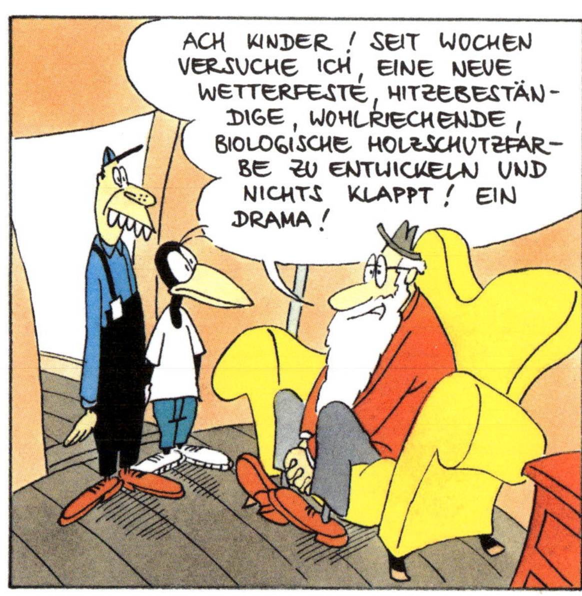
ACH KINDER! SEIT WOCHEN VERSUCHE ICH, EINE NEUE WETTERFESTE, HITZEBESTÄN-DIGE, WOHLRIECHENDE, BIOLOGISCHE HOLZSCHUTZFAR-BE ZU ENTWICKELN UND NICHTS KLAPPT! EIN DRAMA!

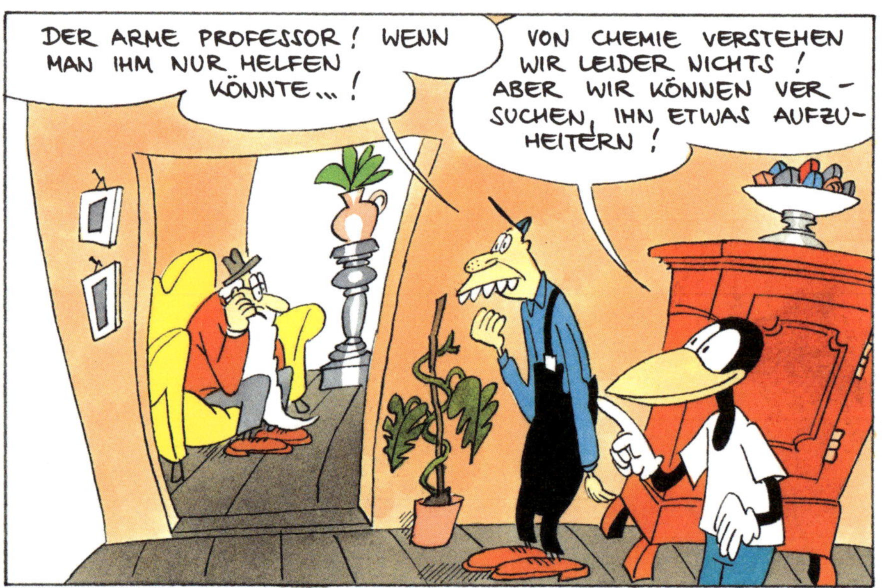
DER ARME PROFESSOR! WENN MAN IHM NUR HELFEN KÖNNTE...!
VON CHEMIE VERSTEHEN WIR LEIDER NICHTS! ABER WIR KÖNNEN VER-SUCHEN, IHN ETWAS AUFZU-HEITERN!

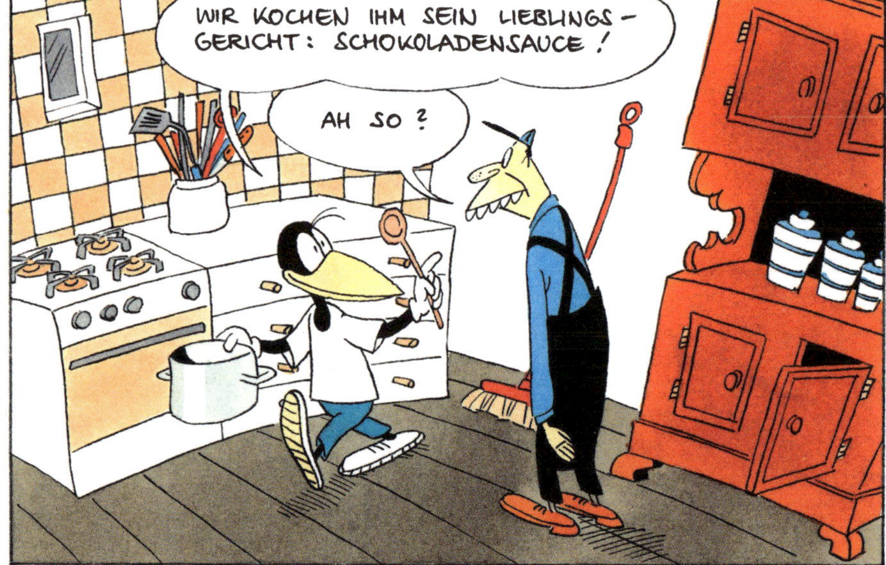
WIR KOCHEN IHM SEIN LIEBLINGS-GERICHT: SCHOKOLADENSAUCE!
AH SO?

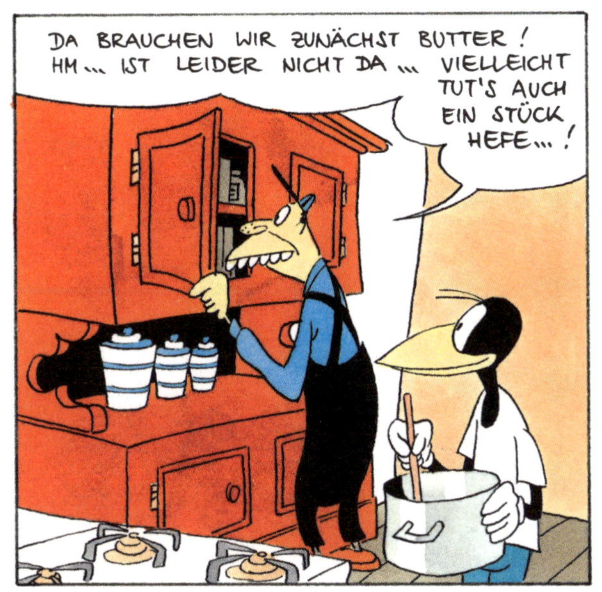
DA BRAUCHEN WIR ZUNÄCHST BUTTER! HM... IST LEIDER NICHT DA...
VIELLEICHT TUT'S AUCH EIN STÜCK HEFE...!

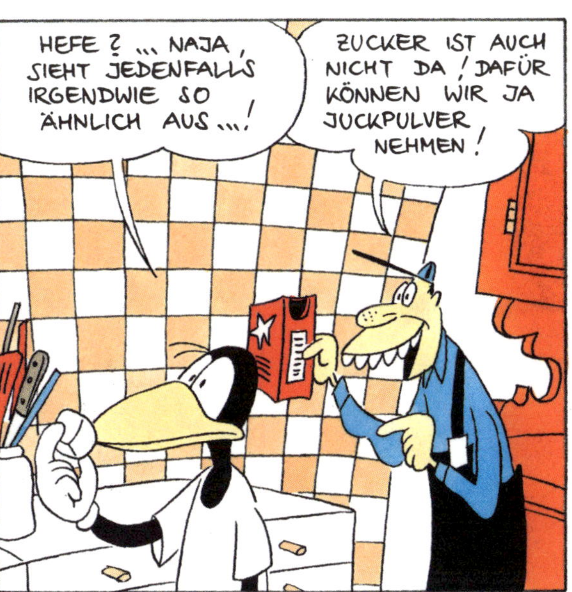
HEFE? ... NAJA, SIEHT JEDENFALLS IRGENDWIE SO ÄHNLICH AUS...!
ZUCKER IST AUCH NICHT DA! DAFÜR KÖNNEN WIR JA JUCKPULVER NEHMEN!

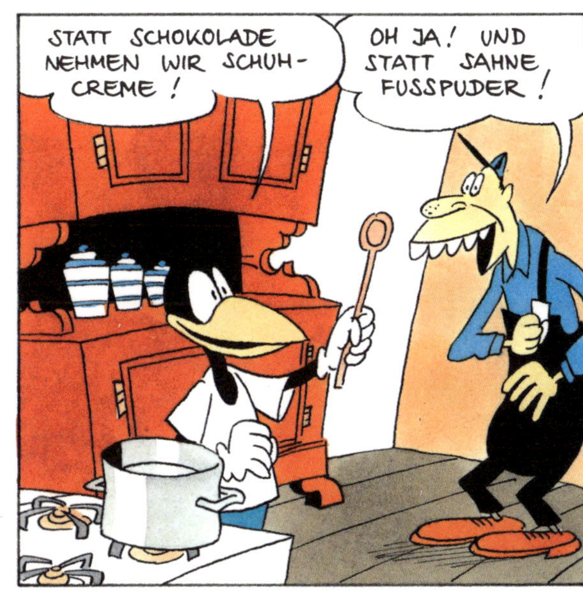
STATT SCHOKOLADE NEHMEN WIR SCHUH-CREME!
OH JA! UND STATT SAHNE FUSSPUDER!

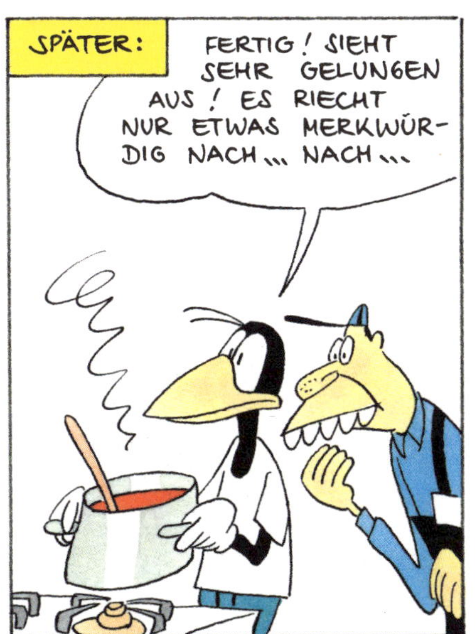
SPÄTER:
FERTIG! SIEHT SEHR GELUNGEN AUS! ES RIECHT NUR ETWAS MERKWÜR-DIG NACH... NACH...

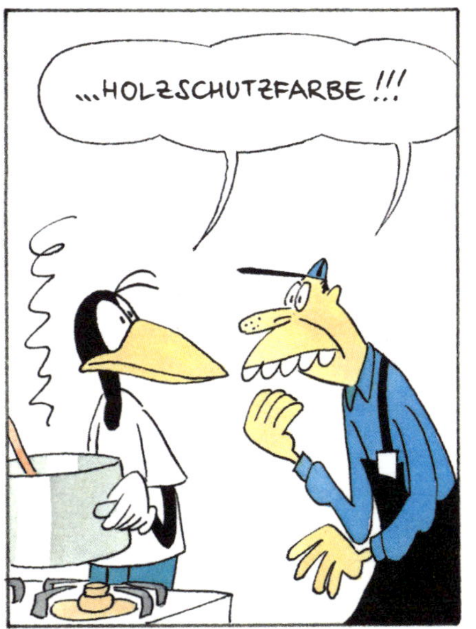
...HOLZSCHUTZFARBE!!!

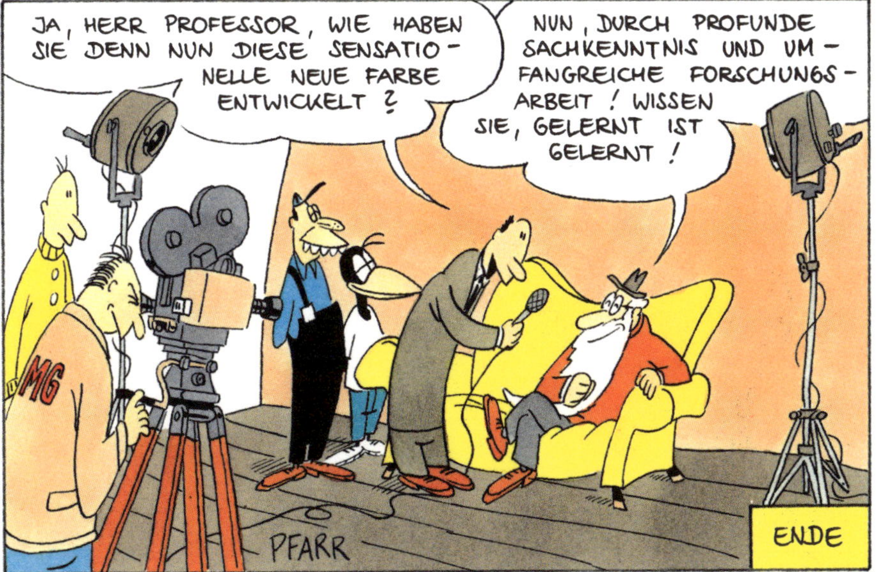
JA, HERR PROFESSOR, WIE HABEN SIE DENN NUN DIESE SENSATIO-NELLE NEUE FARBE ENTWICKELT?
NUN, DURCH PROFUNDE SACHKENNTNIS UND UM-FANGREICHE FORSCHUNGS-ARBEIT! WISSEN SIE, GELERNT IST GELERNT!
MG
PFARR
ENDE

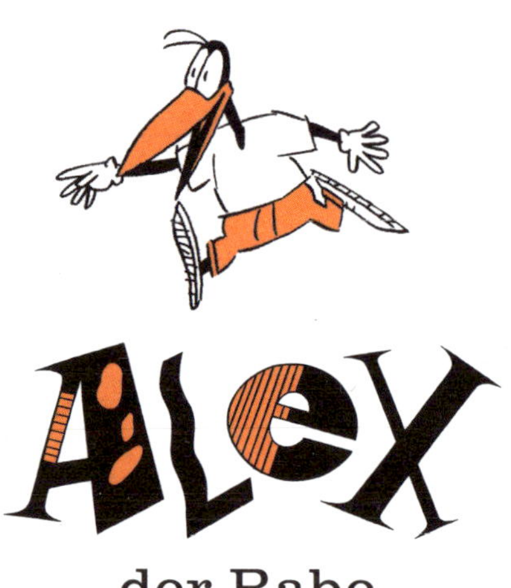
ALEX
der Rabe

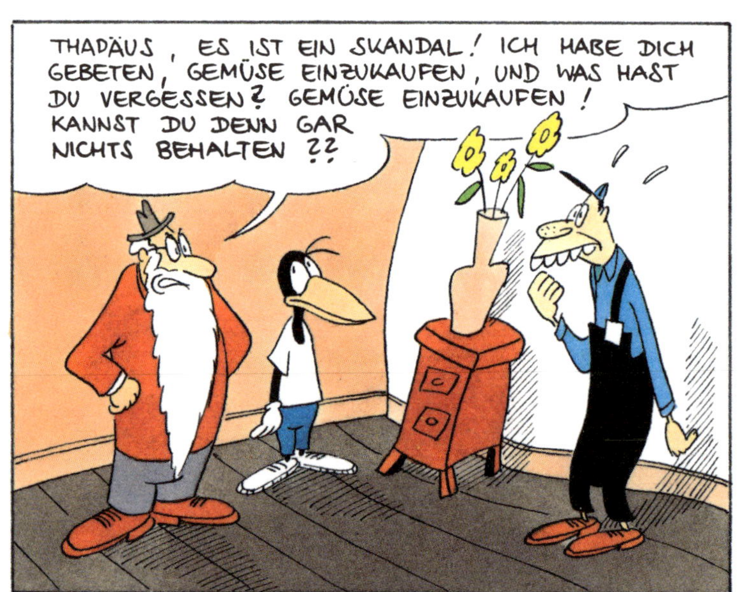
THADÄUS, ES IST EIN SKANDAL! ICH HABE DICH GEBETEN, GEMÜSE EINZUKAUFEN, UND WAS HAST DU VERGESSEN? GEMÜSE EINZUKAUFEN! KANNST DU DENN GAR NICHTS BEHALTEN ??

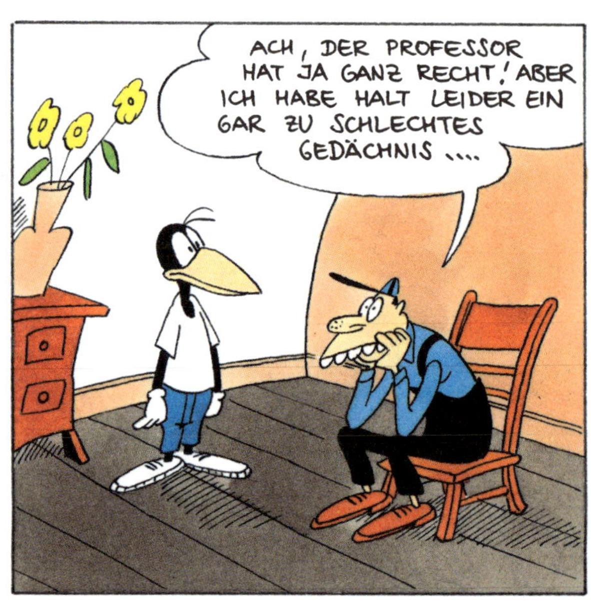
ACH, DER PROFESSOR HAT JA GANZ RECHT! ABER ICH HABE HALT LEIDER EIN GAR ZU SCHLECHTES GEDÄCHNIS ....

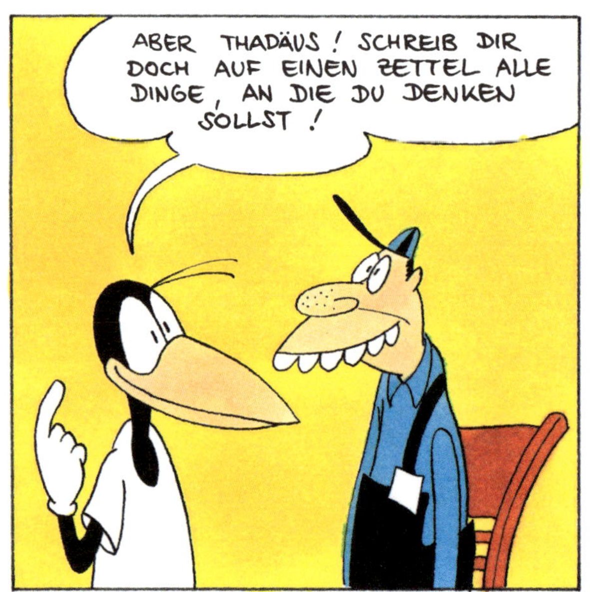
ABER THADÄUS! SCHREIB DIR DOCH AUF EINEN ZETTEL ALLE DINGE, AN DIE DU DENKEN SOLLST!

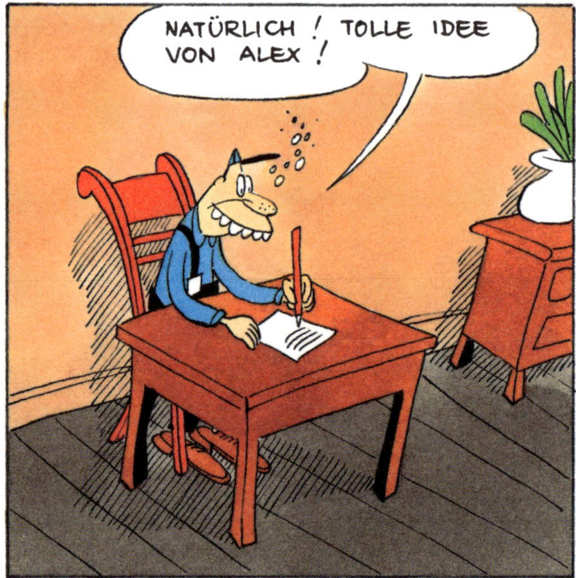
NATÜRLICH! TOLLE IDEE VON ALEX!

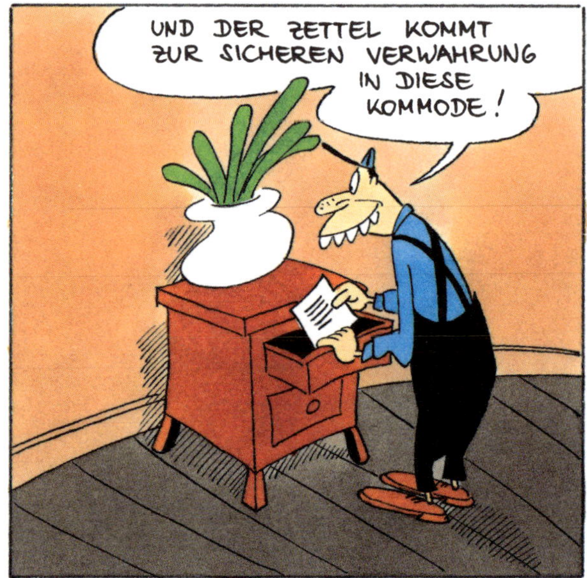
UND DER ZETTEL KOMMT ZUR SICHEREN VERWAHRUNG IN DIESE KOMMODE!

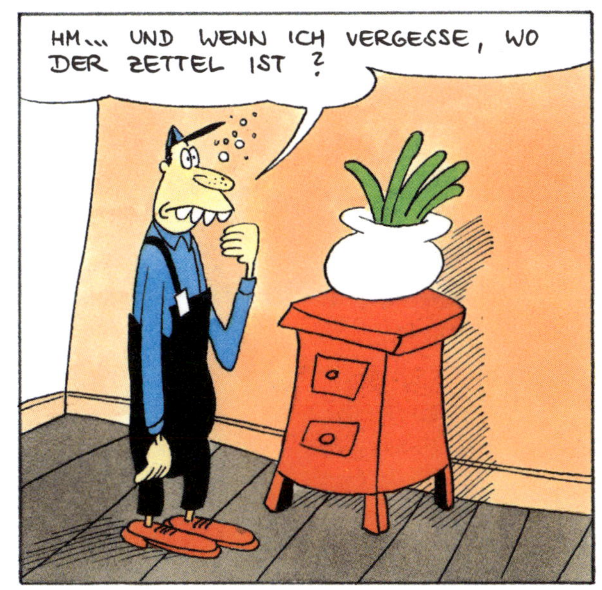
HM... UND WENN ICH VERGESSE, WO DER ZETTEL IST?

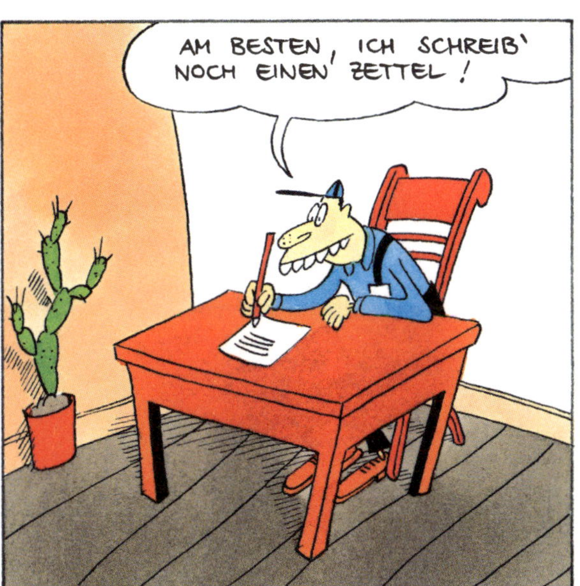
AM BESTEN, ICH SCHREIB' NOCH EINEN ZETTEL!

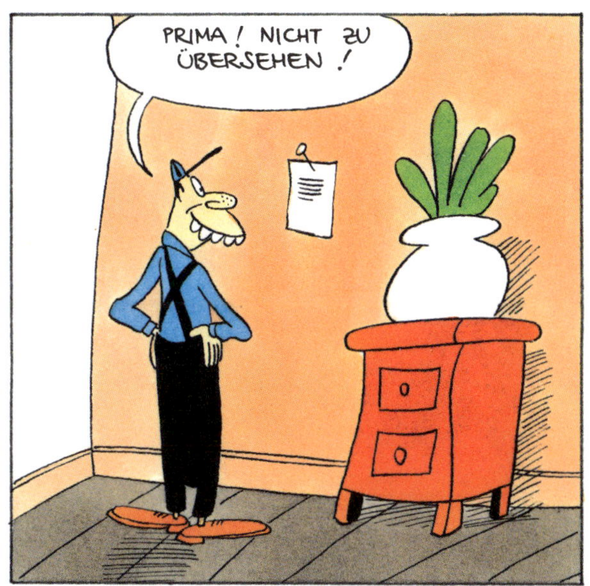
PRIMA! NICHT ZU ÜBERSEHEN!

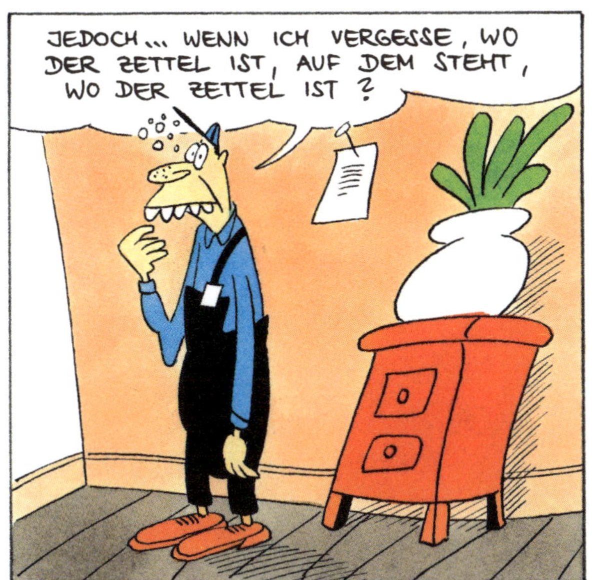
JEDOCH... WENN ICH VERGESSE, WO DER ZETTEL IST, AUF DEM STEHT, WO DER ZETTEL IST?

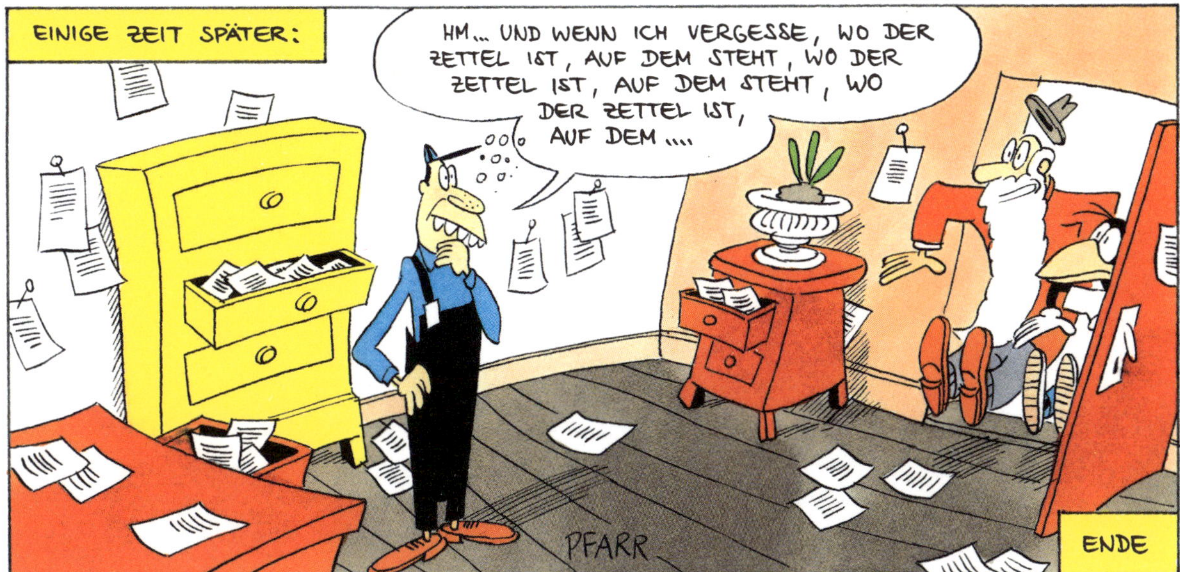
EINIGE ZEIT SPÄTER:
HM... UND WENN ICH VERGESSE, WO DER ZETTEL IST, AUF DEM STEHT, WO DER ZETTEL IST, AUF DEM STEHT, WO DER ZETTEL IST, AUF DEM ....
PFARR
ENDE

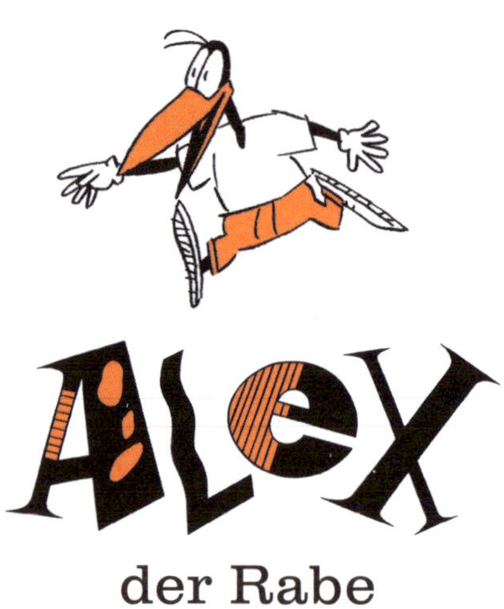
ALEX
der Rabe

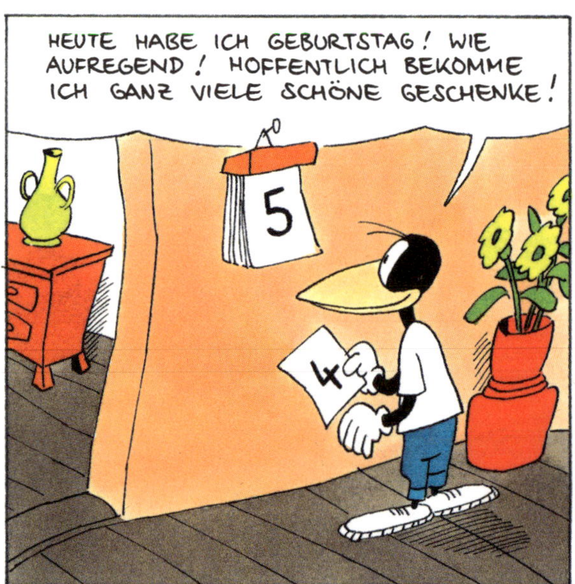
HEUTE HABE ICH GEBURTSTAG! WIE AUFREGEND! HOFFENTLICH BEKOMME ICH GANZ VIELE SCHÖNE GESCHENKE!
5
4

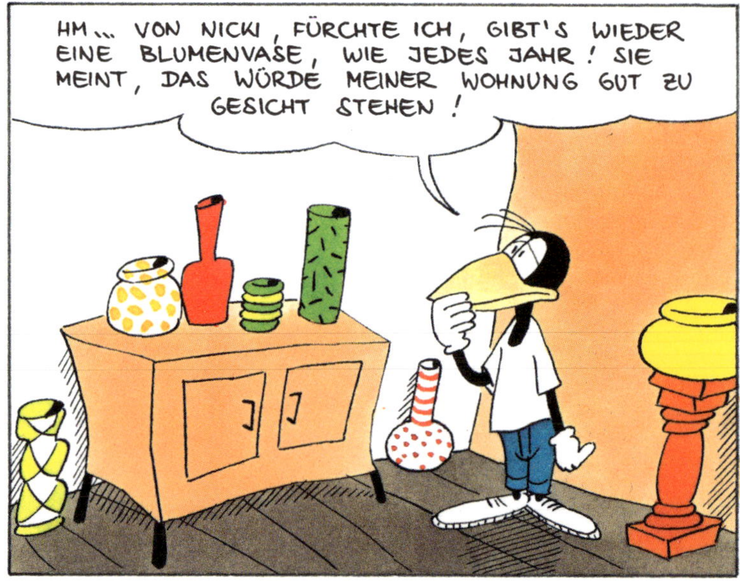
HM... VON NICKI, FÜRCHTE ICH, GIBT'S WIEDER EINE BLUMENVASE, WIE JEDES JAHR! SIE MEINT, DAS WÜRDE MEINER WOHNUNG GUT ZU GESICHT STEHEN!

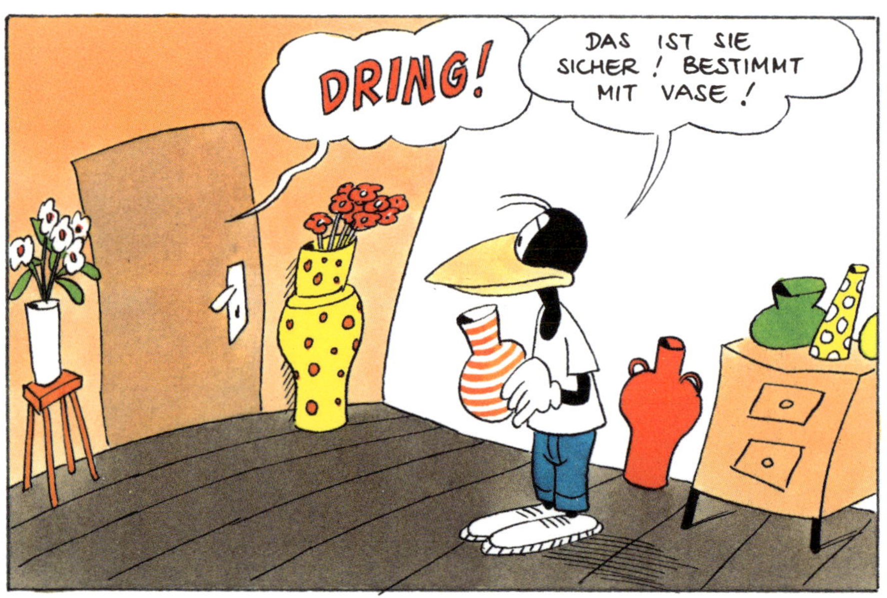
DRING!
DAS IST SIE SICHER! BESTIMMT MIT VASE!

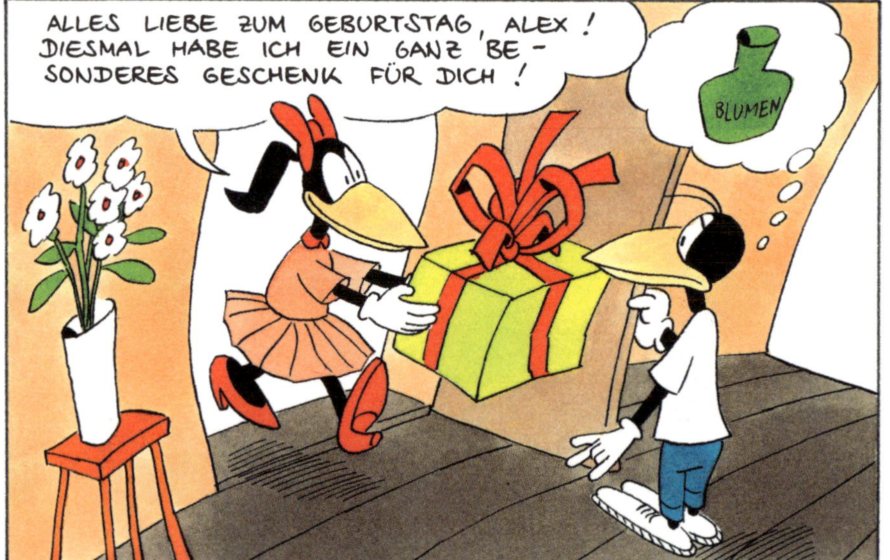
ALLES LIEBE ZUM GEBURTSTAG, ALEX! DIESMAL HABE ICH EIN GANZ BE-SONDERES GESCHENK FÜR DICH!
BLUMEN

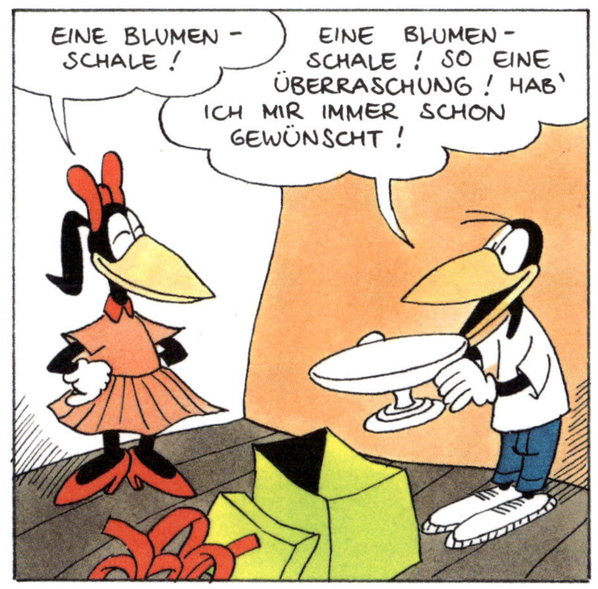
EINE BLUMEN-
SCHALE!
EINE BLUMEN-
SCHALE! SO EINE
ÜBERRASCHUNG! HAB'
ICH MIR IMMER SCHON
GEWÜNSCHT!

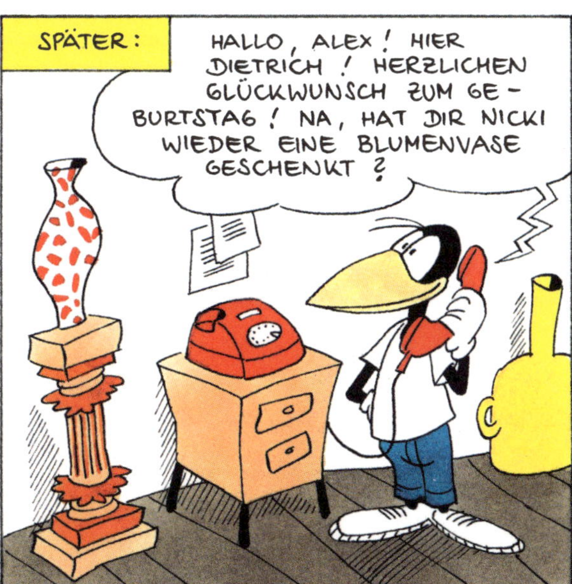
SPÄTER:
HALLO, ALEX! HIER
DIETRICH! HERZLICHEN
GLÜCKWUNSCH ZUM GE-
BURTSTAG! NA, HAT DIR NICKI
WIEDER EINE BLUMENVASE
GESCHENKT?

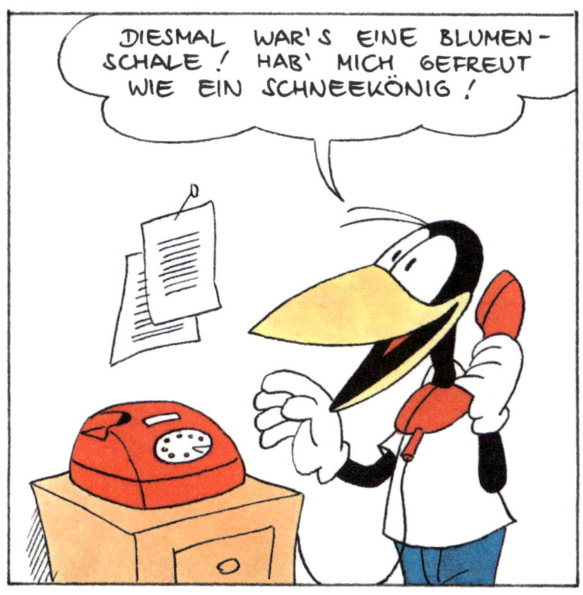
DIESMAL WAR'S EINE BLUMEN-
SCHALE! HAB' MICH GEFREUT
WIE EIN SCHNEEKÖNIG!

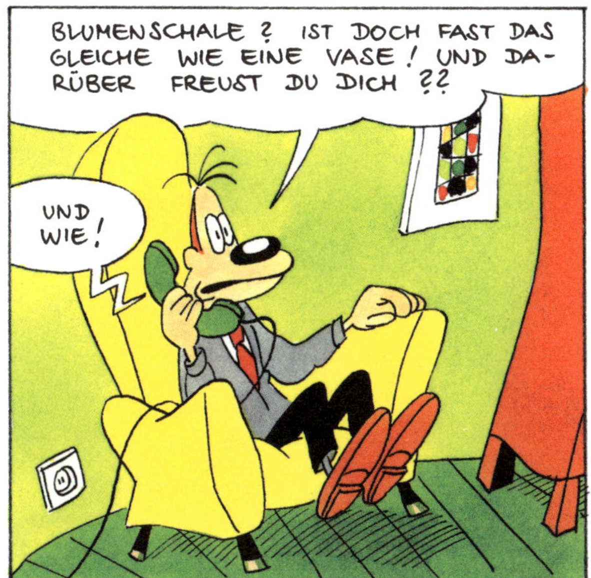
BLUMENSCHALE? IST DOCH FAST DAS
GLEICHE WIE EINE VASE! UND DA-
RÜBER FREUST DU DICH??
UND
WIE!

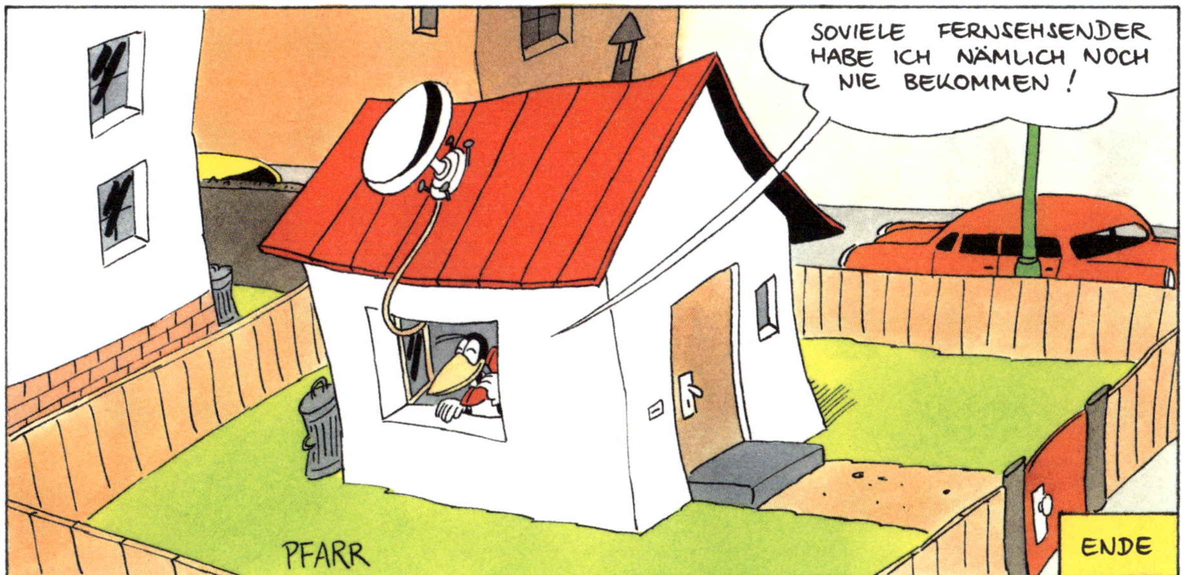
SOVIELE FERNSEHSENDER
HABE ICH NÄMLICH NOCH
NIE BEKOMMEN!
PFARR
ENDE

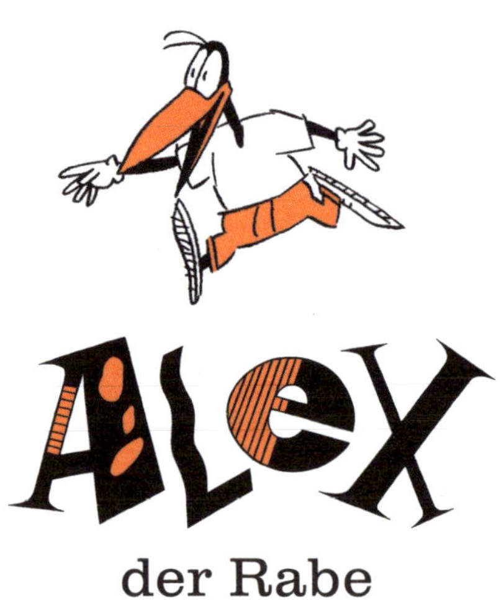

IN ALEX' WOHNZIMMER STEHT EIN DICKES SPARSCHWEIN, DAS HIN UND WIEDER GEFÜTTERT WIRD, WENN SEIN BESITZER SICH DURCH MANCHE KLEINE ARBEIT NEBENBEI EIN WENIG GELD VERDIENT.

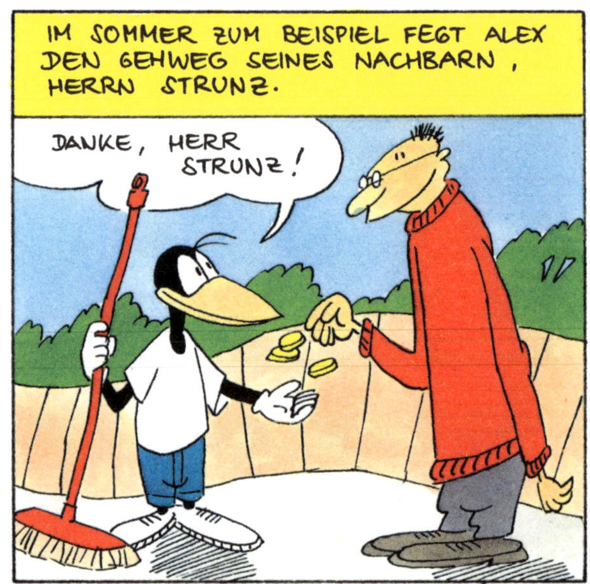

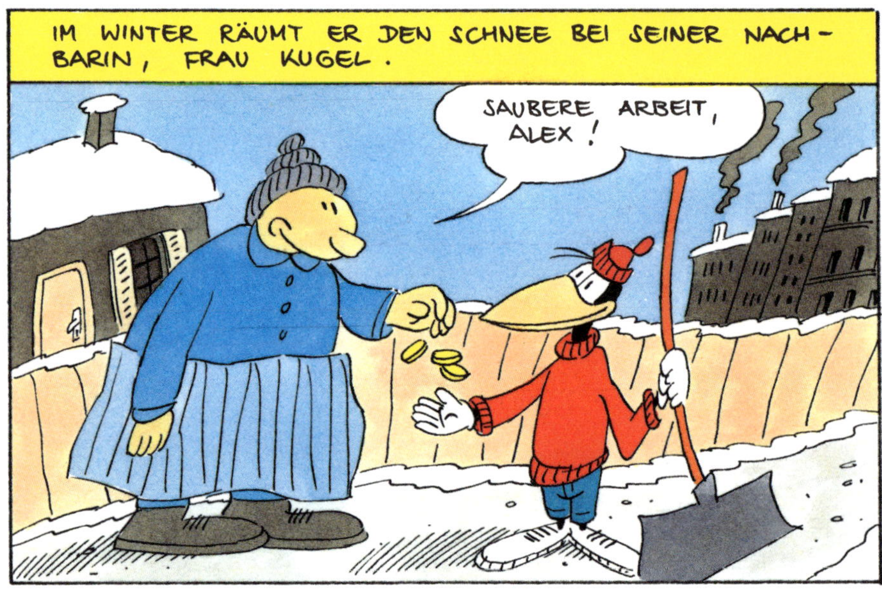

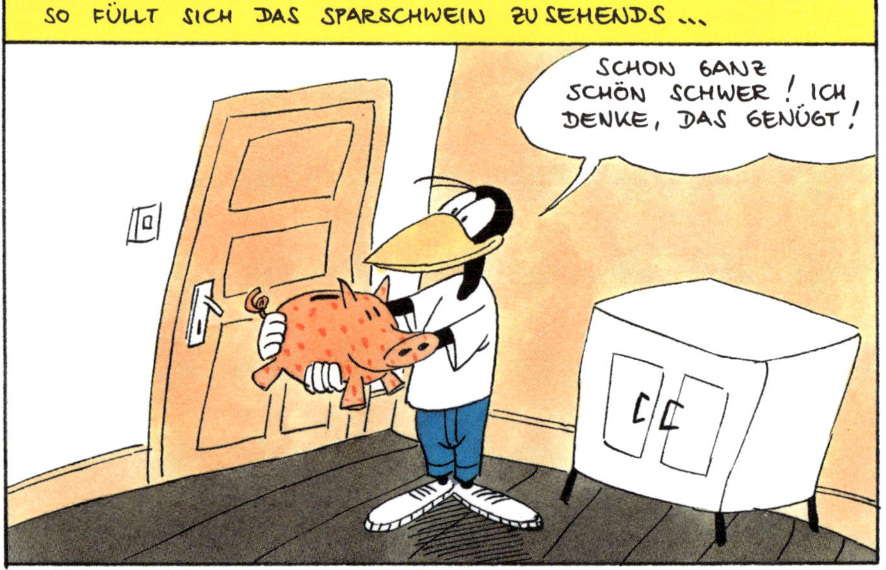

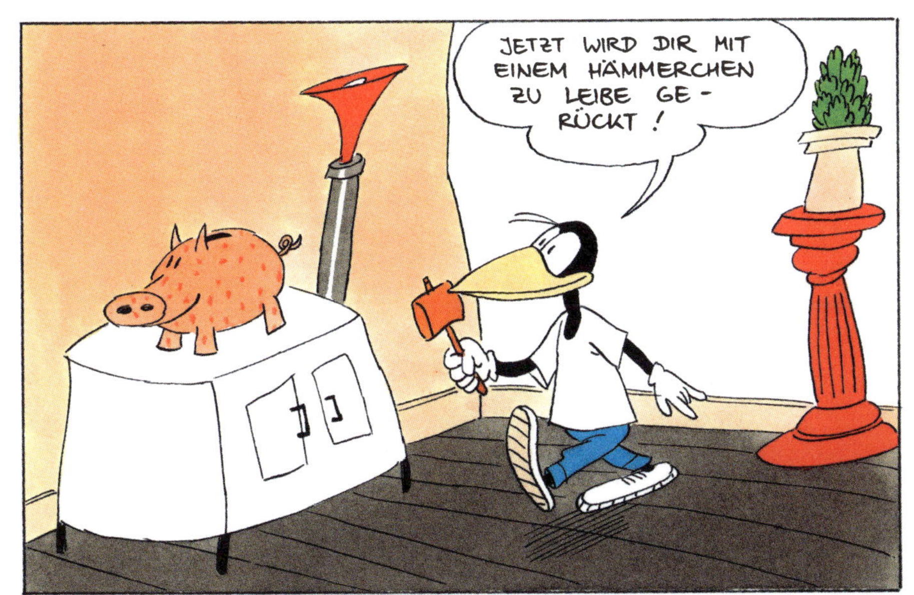
JETZT WIRD DIR MIT EINEM HÄMMERCHEN ZU LEIBE GE-RÜCKT!

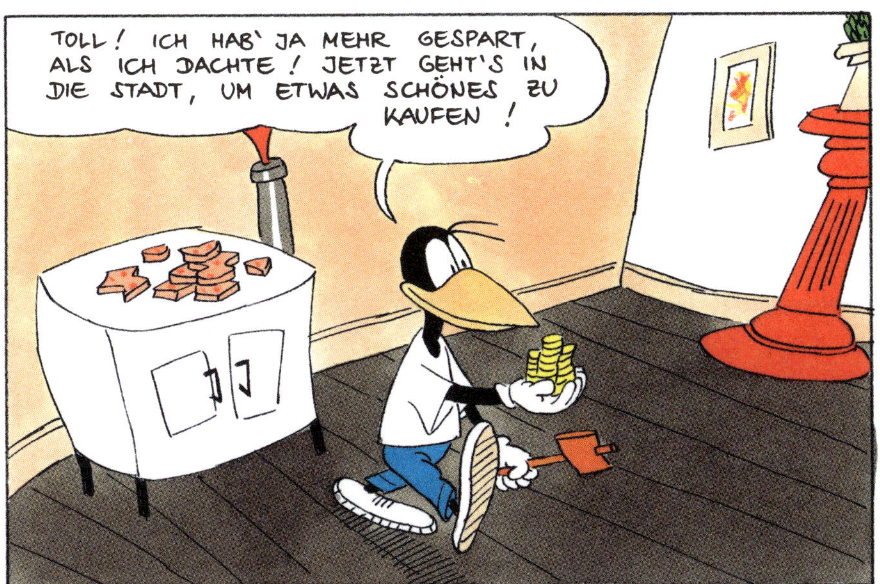
TOLL! ICH HAB' JA MEHR GESPART, ALS ICH DACHTE! JETZT GEHT'S IN DIE STADT, UM ETWAS SCHÖNES ZU KAUFEN!

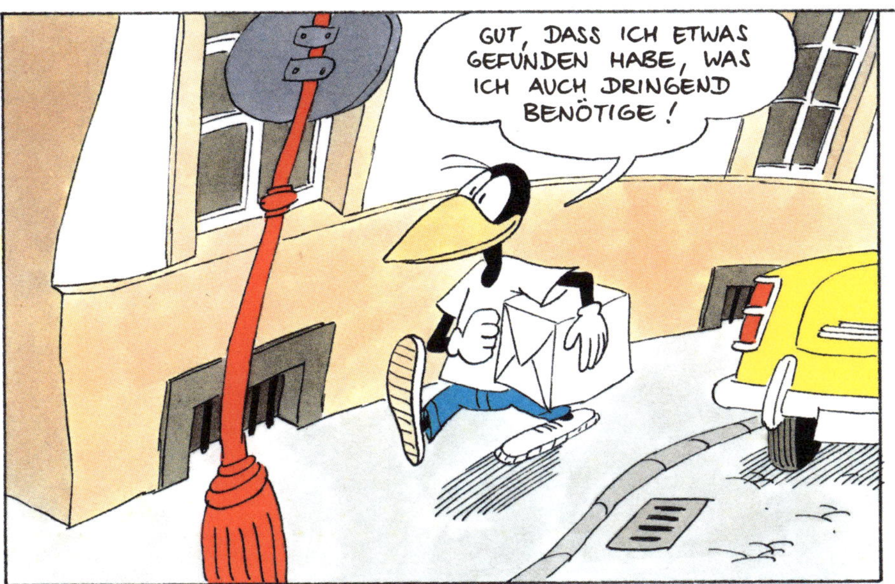
GUT, DASS ICH ETWAS GEFUNDEN HABE, WAS ICH AUCH DRINGEND BENÖTIGE!
PFARR

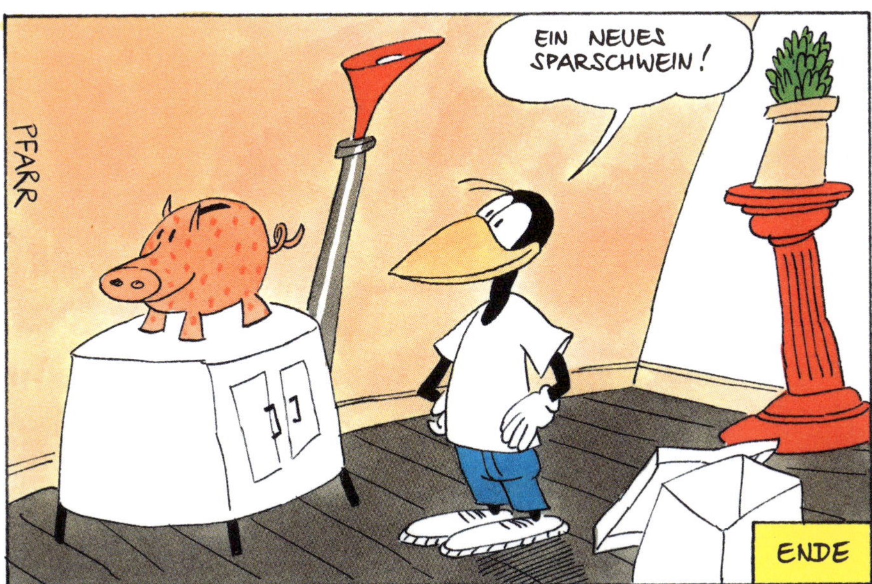
EIN NEUES SPARSCHWEIN!
ENDE

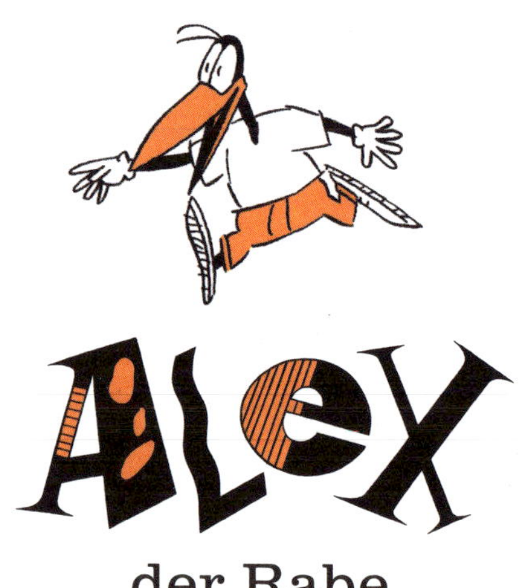
ALEX
der Rabe

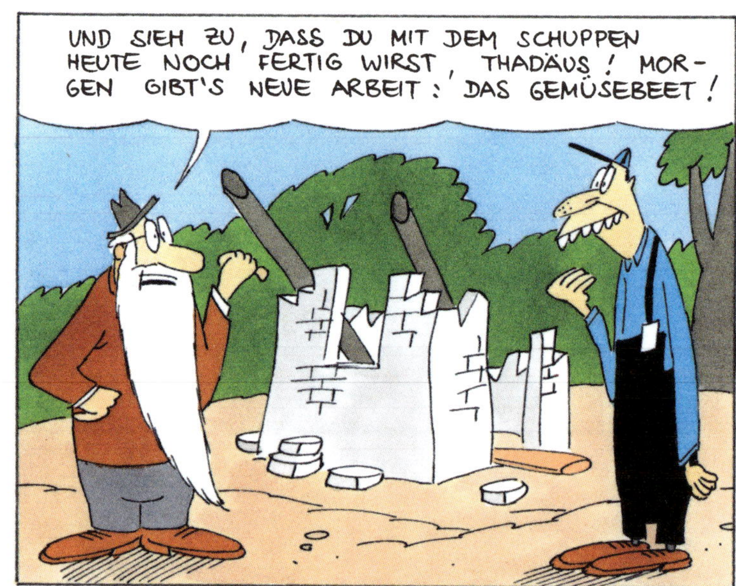
UND SIEH ZU, DASS DU MIT DEM SCHUPPEN HEUTE NOCH FERTIG WIRST, THADÄUS! MORGEN GIBT'S NEUE ARBEIT: DAS GEMÜSEBEET!

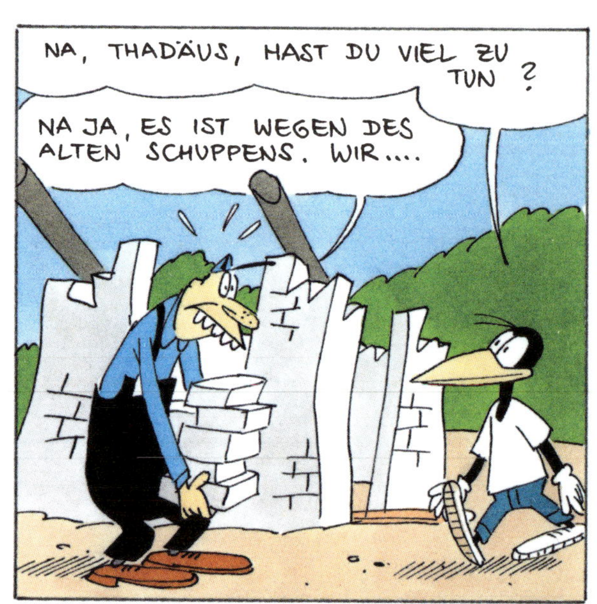
NA, THADÄUS, HAST DU VIEL ZU TUN?
NA JA, ES IST WEGEN DES ALTEN SCHUPPENS. WIR....

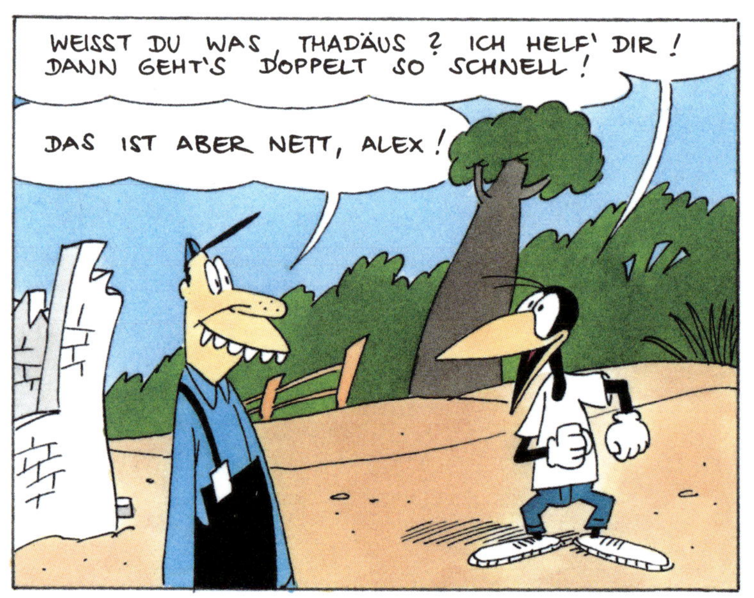
WEISST DU WAS, THADÄUS? ICH HELF' DIR! DANN GEHT'S DOPPELT SO SCHNELL!
DAS IST ABER NETT, ALEX!

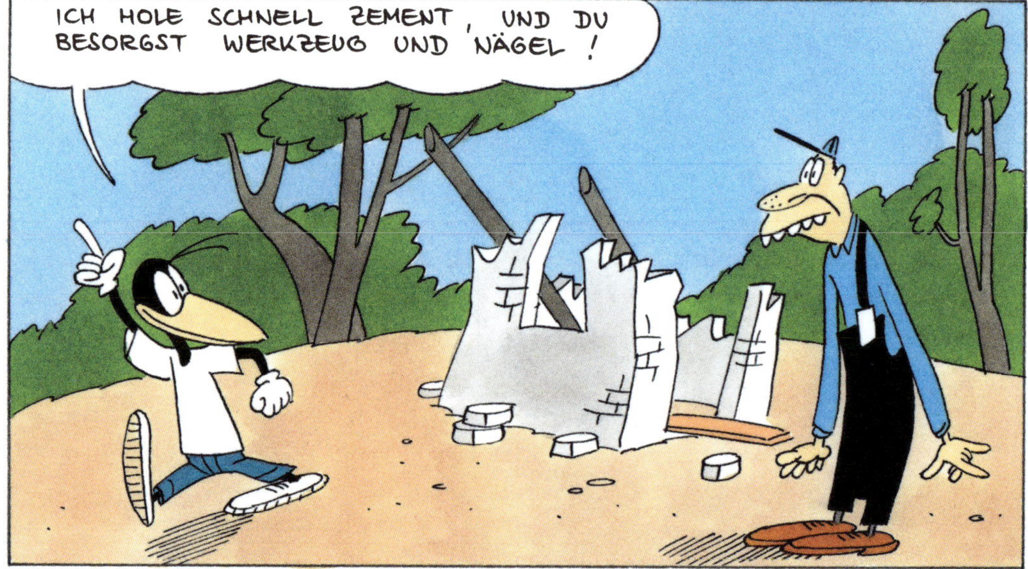
ICH HOLE SCHNELL ZEMENT, UND DU BESORGST WERKZEUG UND NÄGEL!

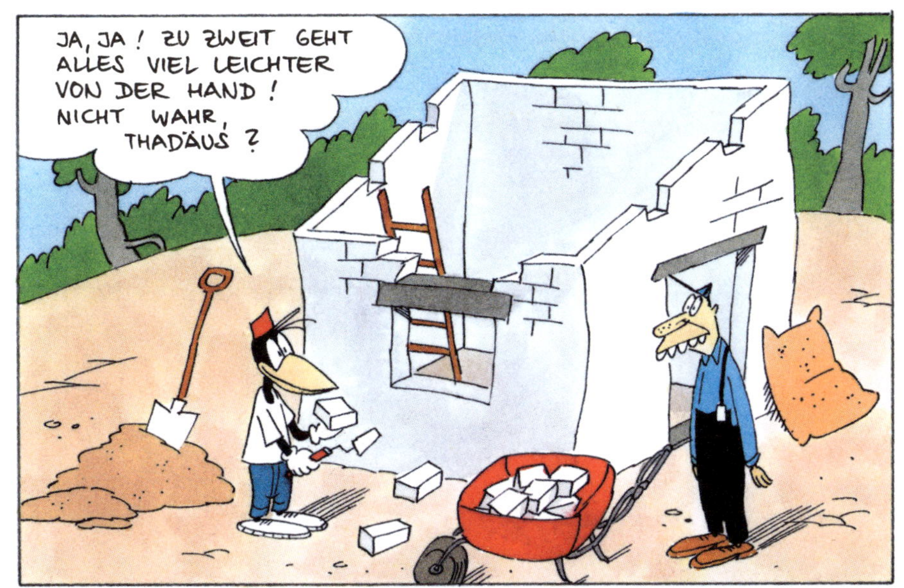
JA, JA! ZU ZWEIT GEHT ALLES VIEL LEICHTER VON DER HAND! NICHT WAHR, THADÄUS?

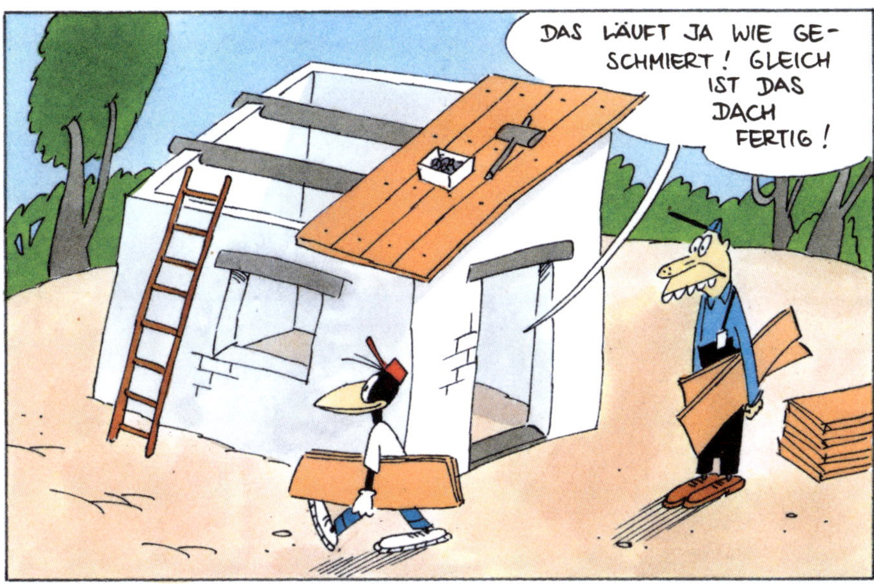
DAS LÄUFT JA WIE GESCHMIERT! GLEICH IST DAS DACH FERTIG!

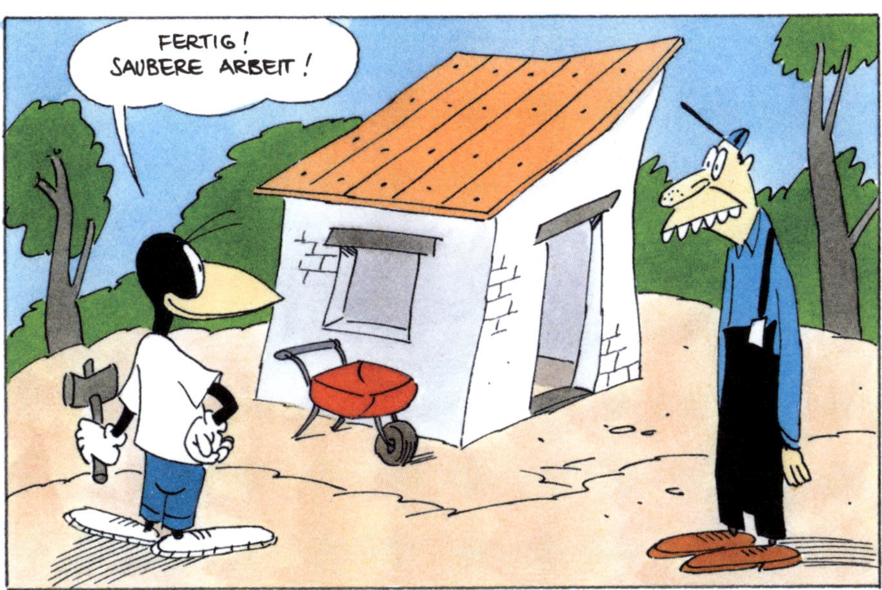
FERTIG! SAUBERE ARBEIT!

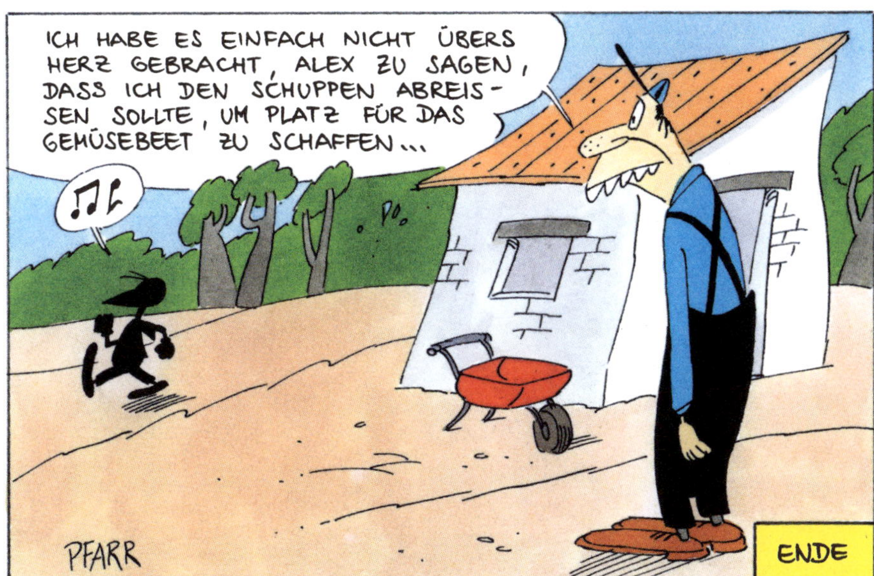
ICH HABE ES EINFACH NICHT ÜBERS HERZ GEBRACHT, ALEX ZU SAGEN, DASS ICH DEN SCHUPPEN ABREISSEN SOLLTE, UM PLATZ FÜR DAS GEMÜSEBEET ZU SCHAFFEN...
PFARR
ENDE

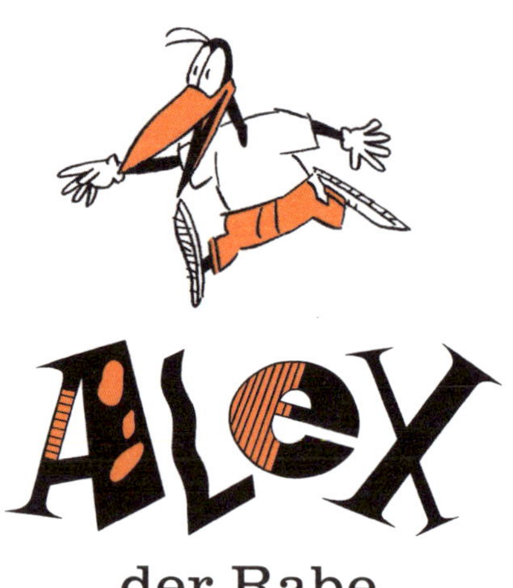
ALEX
der Rabe

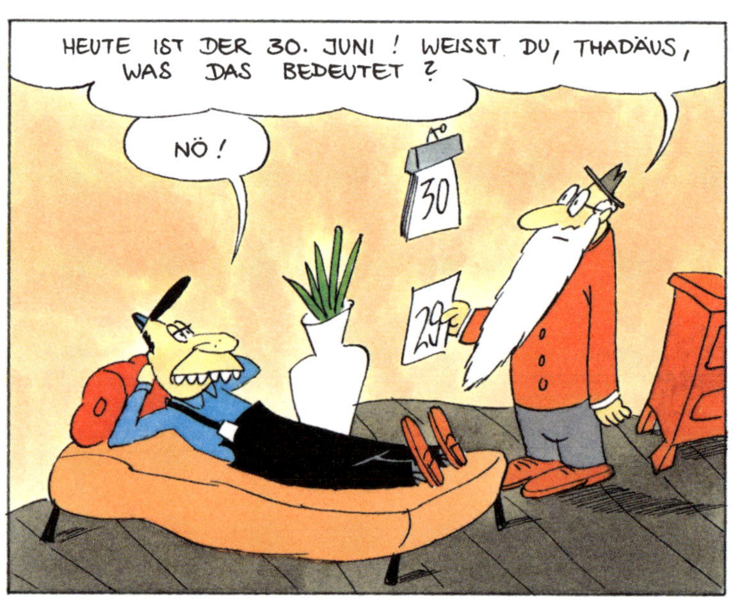
HEUTE IST DER 30. JUNI ! WEISST DU, THADÄUS, WAS DAS BEDEUTET ?
NÖ !
30
29

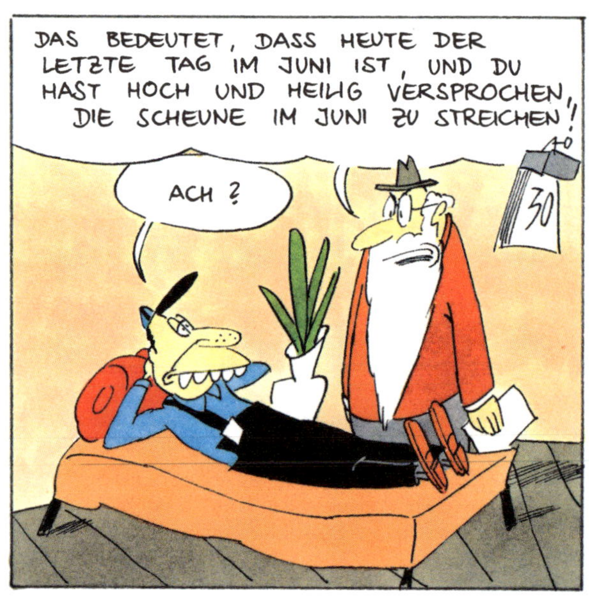
DAS BEDEUTET, DASS HEUTE DER LETZTE TAG IM JUNI IST, UND DU HAST HOCH UND HEILIG VERSPROCHEN, DIE SCHEUNE IM JUNI ZU STREICHEN !
ACH ?
30

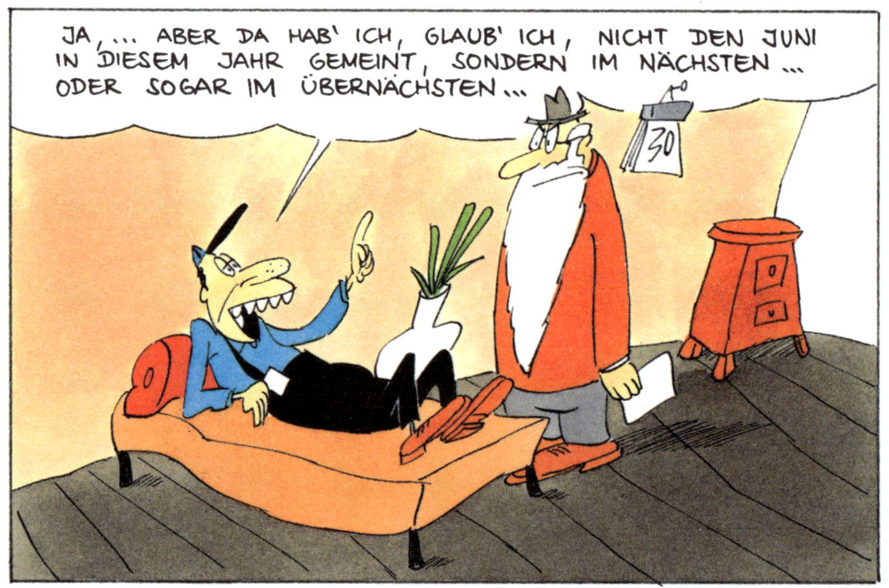
JA, ... ABER DA HAB' ICH, GLAUB' ICH, NICHT DEN JUNI IN DIESEM JAHR GEMEINT, SONDERN IM NÄCHSTEN ... ODER SOGAR IM ÜBERNÄCHSTEN ...
30

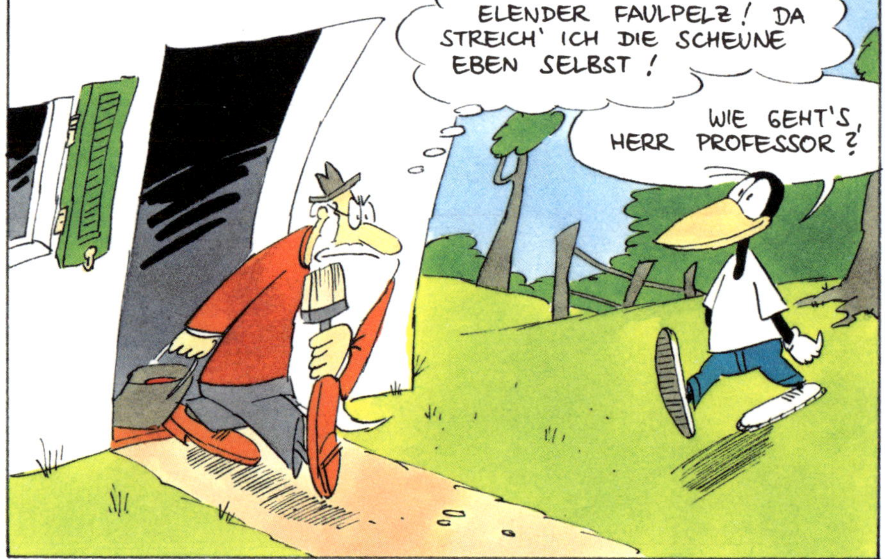
ELENDER FAULPELZ ! DA STREICH' ICH DIE SCHEUNE EBEN SELBST !
WIE GEHT'S, HERR PROFESSOR ?

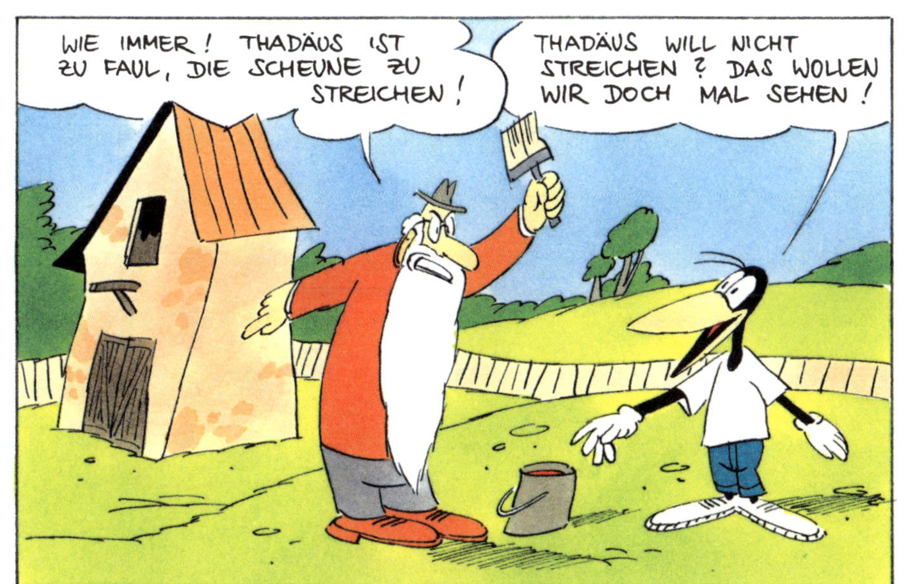
WIE IMMER! THADÄUS IST ZU FAUL, DIE SCHEUNE ZU STREICHEN!
THADÄUS WILL NICHT STREICHEN? DAS WOLLEN WIR DOCH MAL SEHEN!

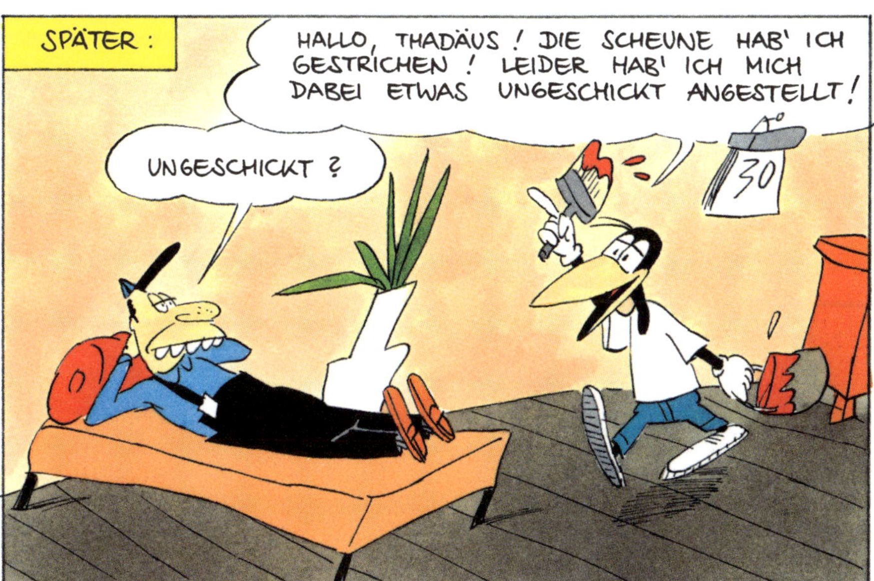
SPÄTER:
HALLO, THADÄUS! DIE SCHEUNE HAB' ICH GESTRICHEN! LEIDER HAB' ICH MICH DABEI ETWAS UNGESCHICKT ANGESTELLT!
UNGESCHICKT?
30

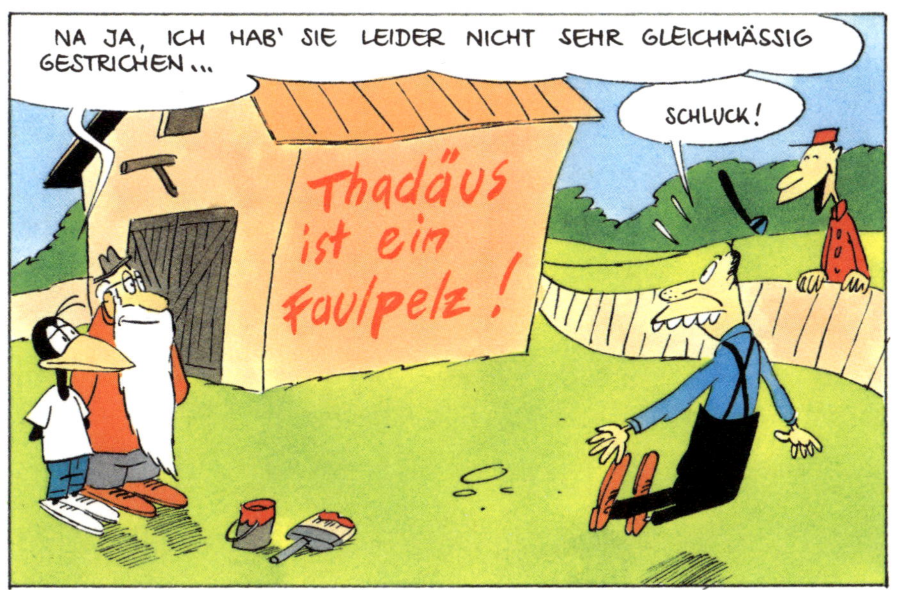
NA JA, ICH HAB' SIE LEIDER NICHT SEHR GLEICHMÄSSIG GESTRICHEN...
SCHLUCK!
Thadäus ist ein Faulpelz!

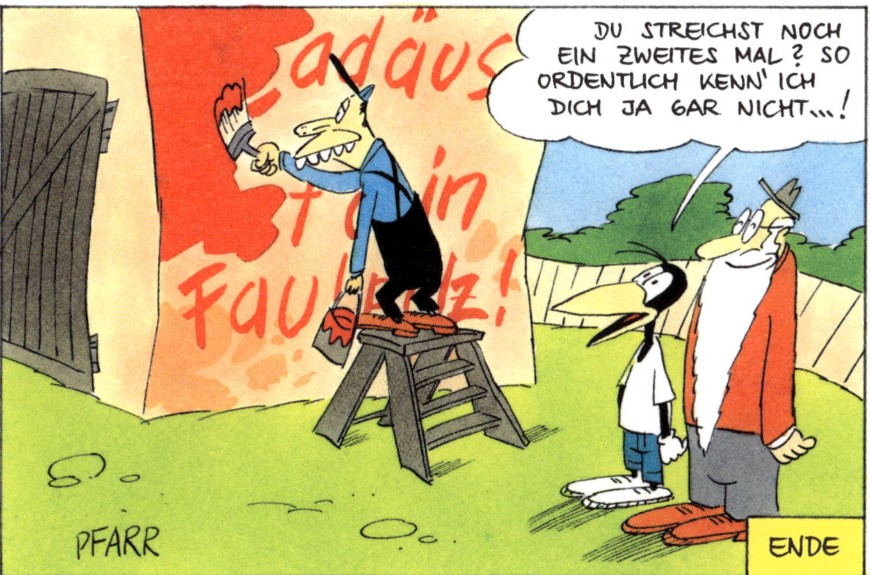
DU STREICHST NOCH EIN ZWEITES MAL? SO ORDENTLICH KENN' ICH DICH JA GAR NICHT...!
PFARR
ENDE

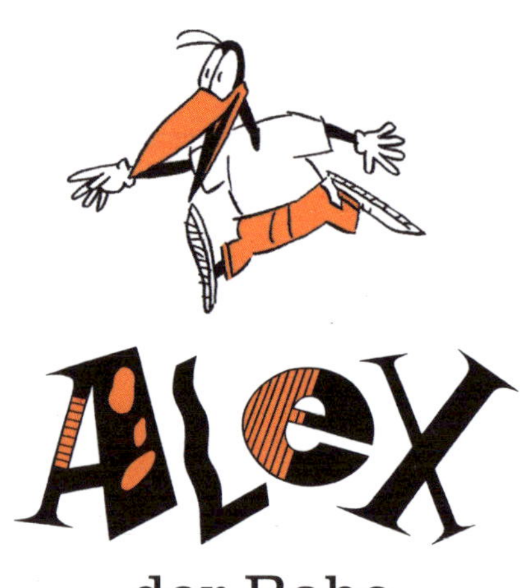
ALEX
der Rabe

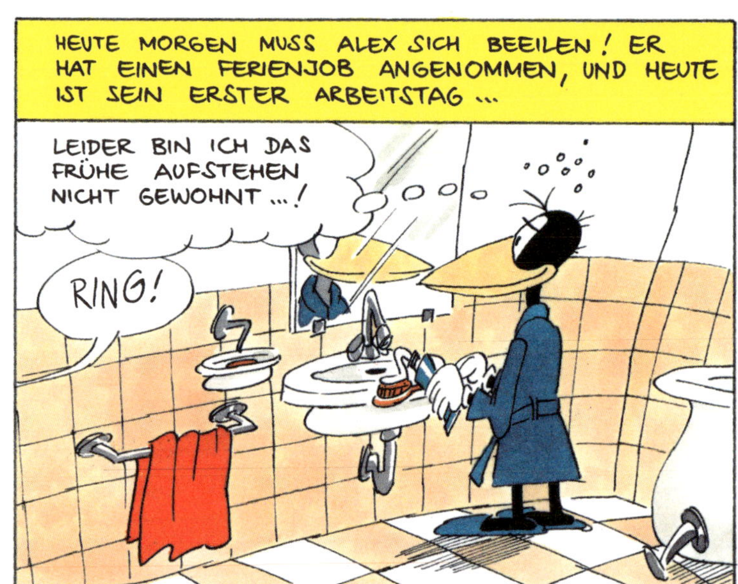
HEUTE MORGEN MUSS ALEX SICH BEEILEN! ER HAT EINEN FERIENJOB ANGENOMMEN, UND HEUTE IST SEIN ERSTER ARBEITSTAG ...
LEIDER BIN ICH DAS FRÜHE AUFSTEHEN NICHT GEWOHNT ...!
RING!

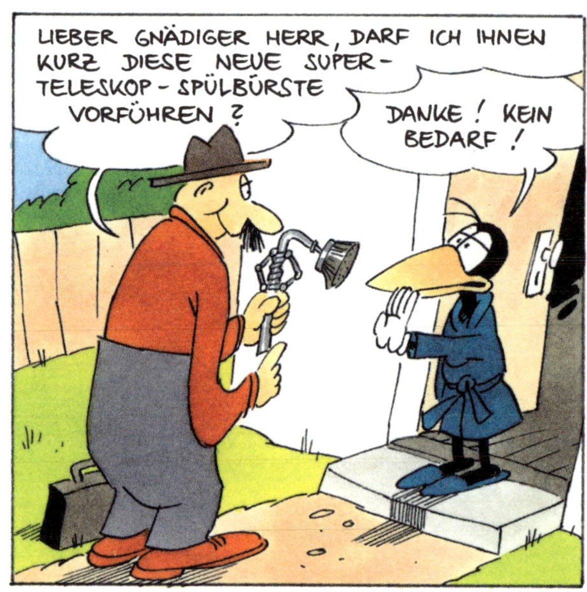
LIEBER GNÄDIGER HERR, DARF ICH IHNEN KURZ DIESE NEUE SUPER-TELESKOP-SPÜLBÜRSTE VORFÜHREN?
DANKE! KEIN BEDARF!

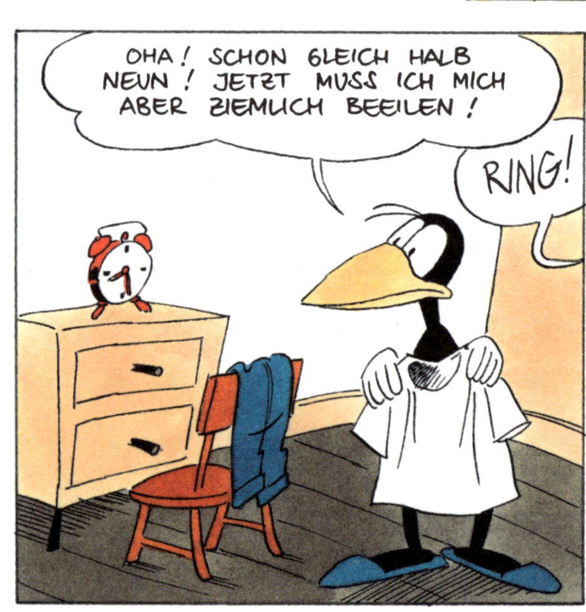
OHA! SCHON GLEICH HALB NEUN! JETZT MUSS ICH MICH ABER ZIEMLICH BEEILEN!
RING!

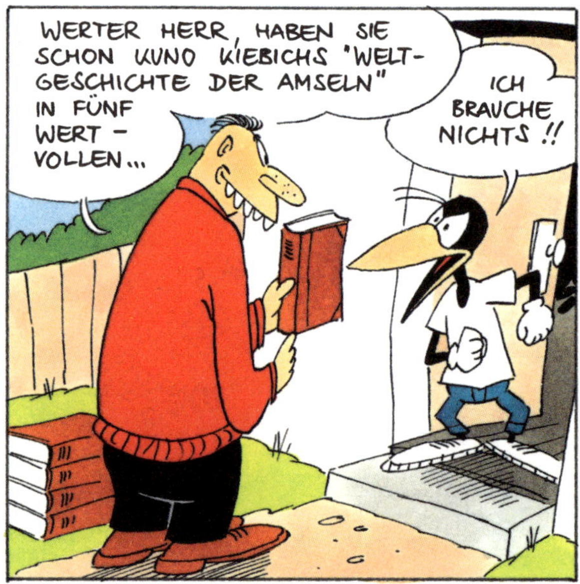
WERTER HERR, HABEN SIE SCHON KUNO KIEBICHS "WELTGESCHICHTE DER AMSELN" IN FÜNF WERTVOLLEN...
ICH BRAUCHE NICHTS!!

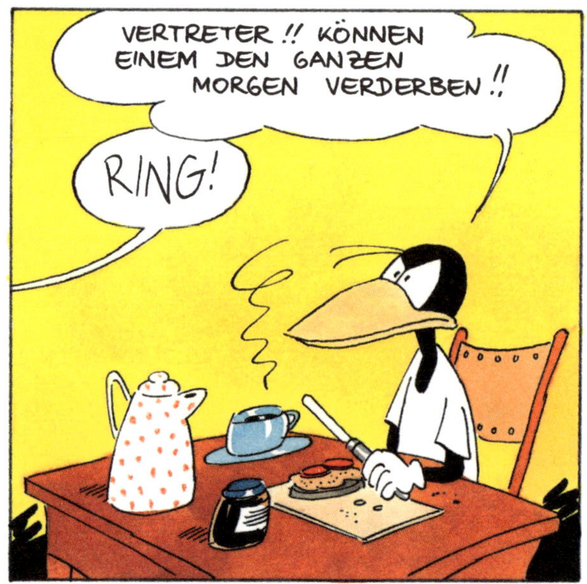
VERTRETER!! KÖNNEN EINEM DEN GANZEN MORGEN VERDERBEN!!
RING!

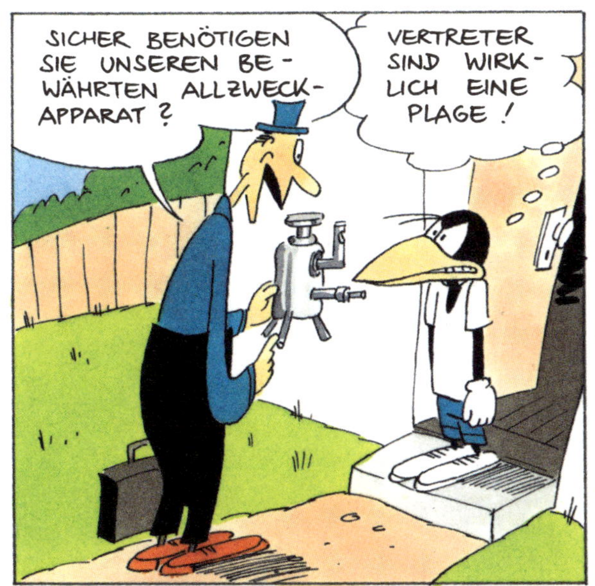
SICHER BENÖTIGEN SIE UNSEREN BE-WÄHRTEN ALLZWECK-APPARAT ?
VERTRETER SIND WIRK-LICH EINE PLAGE !

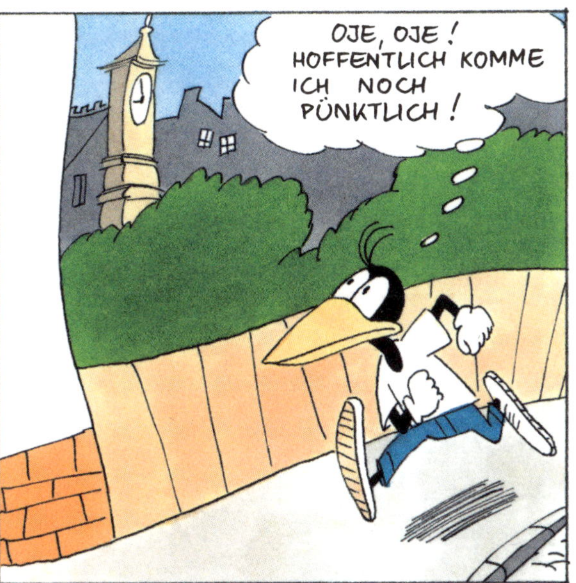
OJE, OJE ! HOFFENTLICH KOMME ICH NOCH PÜNKTLICH !

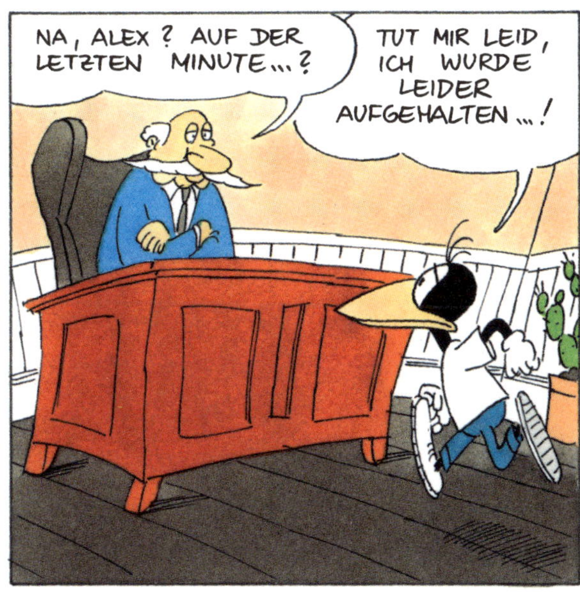
NA, ALEX ? AUF DER LETZTEN MINUTE ...?
TUT MIR LEID, ICH WURDE LEIDER AUFGEHALTEN ...!

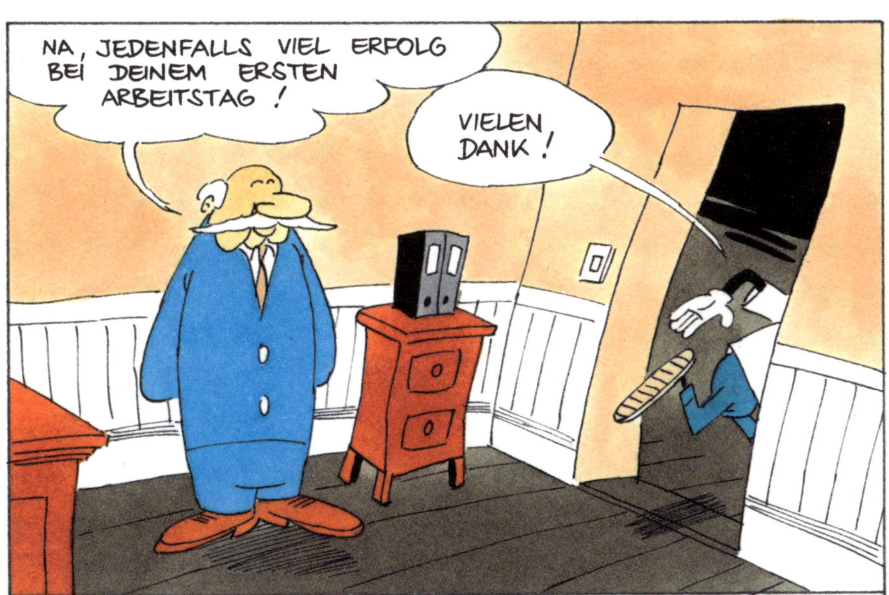
NA, JEDENFALLS VIEL ERFOLG BEI DEINEM ERSTEN ARBEITSTAG !
VIELEN DANK !

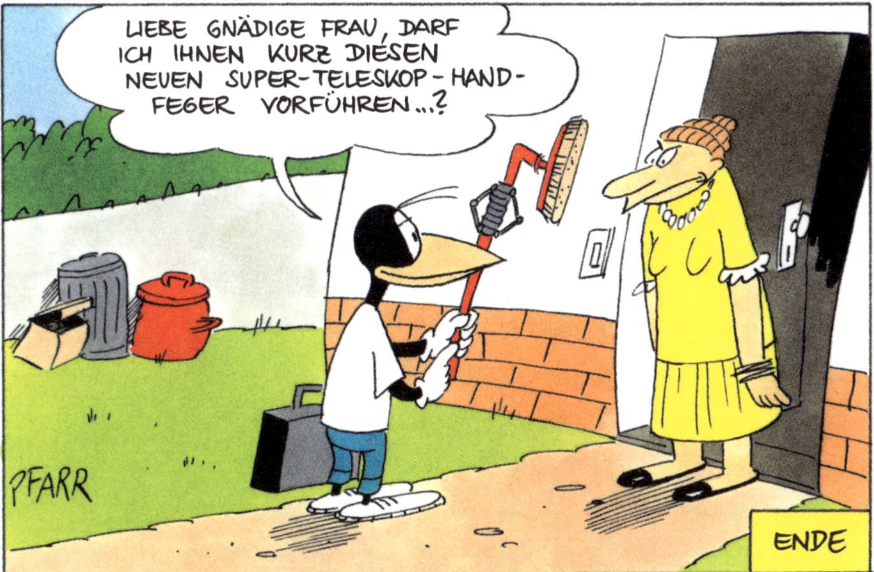
LIEBE GNÄDIGE FRAU, DARF ICH IHNEN KURZ DIESEN NEUEN SUPER-TELESKOP-HAND-FEGER VORFÜHREN ...?
PFARR
ENDE

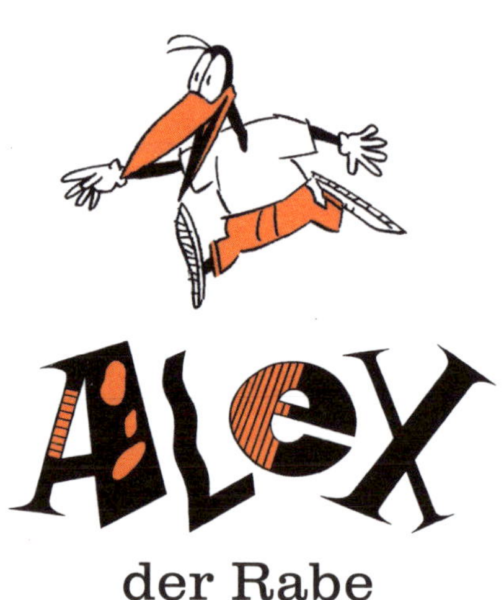
ALEX
der Rabe

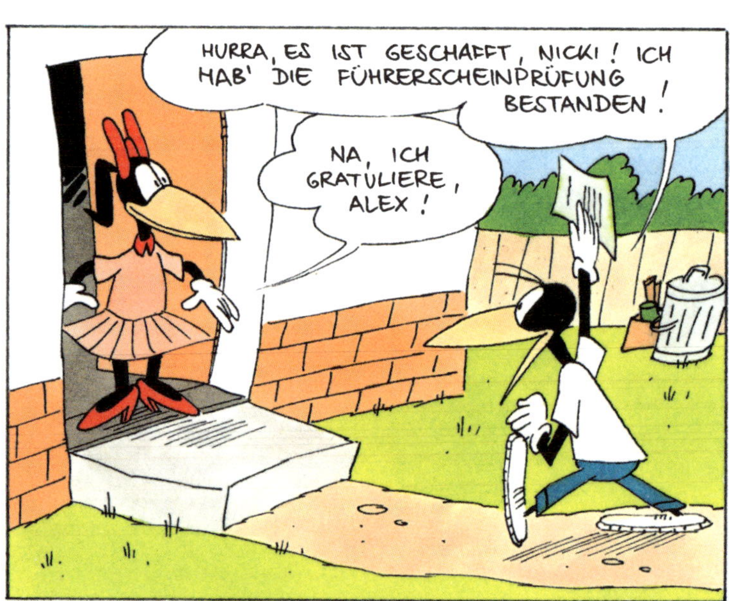
HURRA, ES IST GESCHAFFT, NICKI! ICH HAB' DIE FÜHRERSCHEINPRÜFUNG BESTANDEN!
NA, ICH GRATULIERE, ALEX!

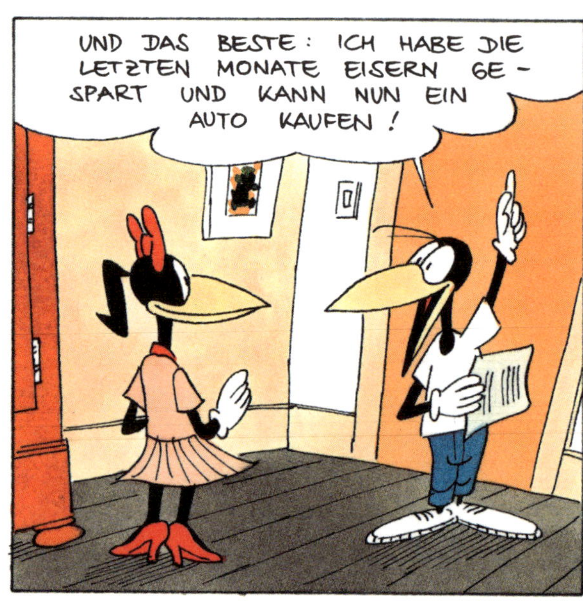
UND DAS BESTE: ICH HABE DIE LETZTEN MONATE EISERN GE-SPART UND KANN NUN EIN AUTO KAUFEN!

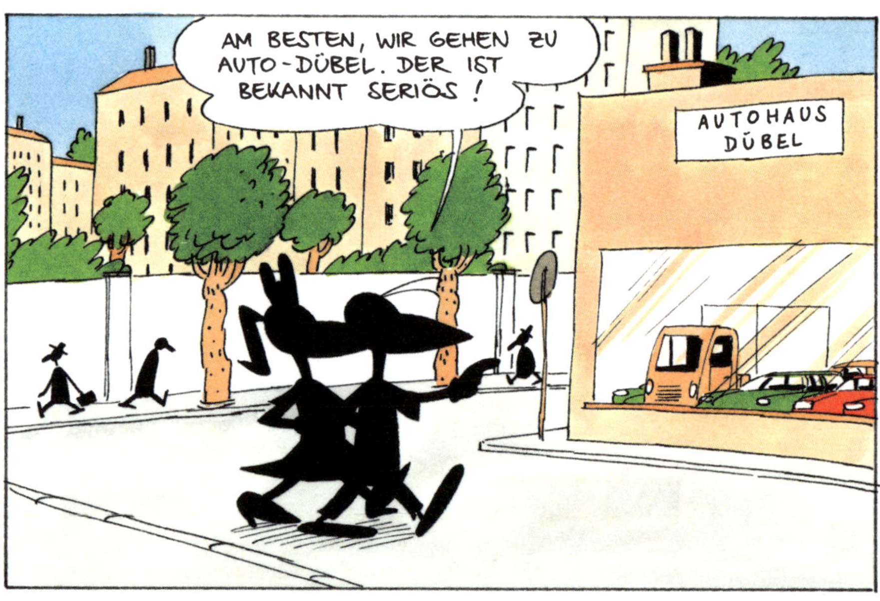
AM BESTEN, WIR GEHEN ZU AUTO-DÜBEL. DER IST BEKANNT SERIÖS!
AUTOHAUS DÜBEL

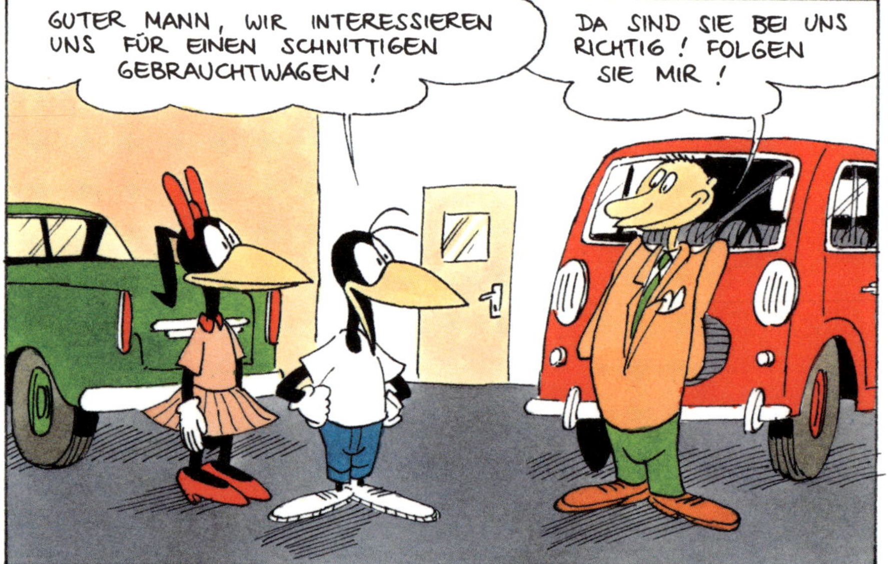
GUTER MANN, WIR INTERESSIEREN UNS FÜR EINEN SCHNITTIGEN GEBRAUCHTWAGEN!
DA SIND SIE BEI UNS RICHTIG! FOLGEN SIE MIR!

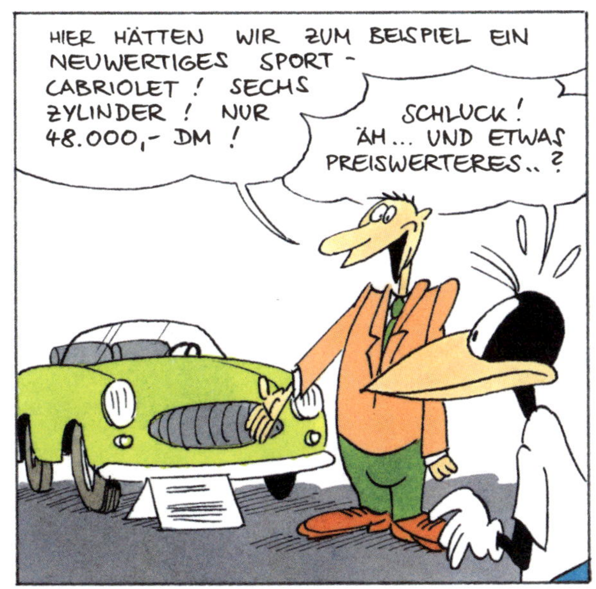
HIER HÄTTEN WIR ZUM BEISPIEL EIN NEUWERTIGES SPORT-CABRIOLET! SECHS ZYLINDER! NUR 48.000,- DM!
SCHLUCK! ÄH... UND ETWAS PREISWERTERES..?

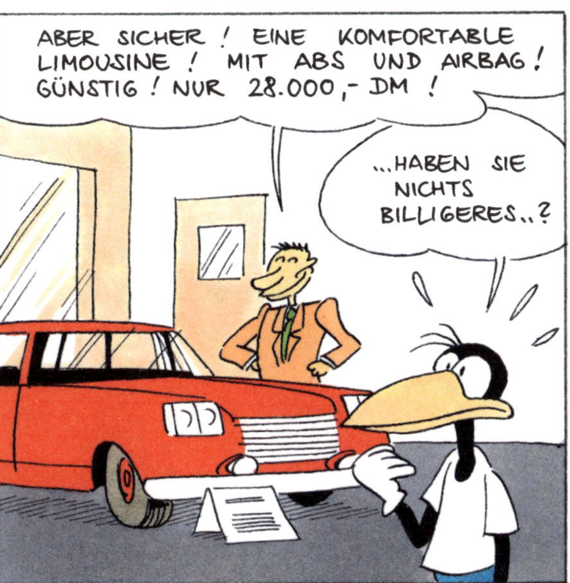
ABER SICHER! EINE KOMFORTABLE LIMOUSINE! MIT ABS UND AIRBAG! GÜNSTIG! NUR 28.000,- DM!
...HABEN SIE NICHTS BILLIGERES..?

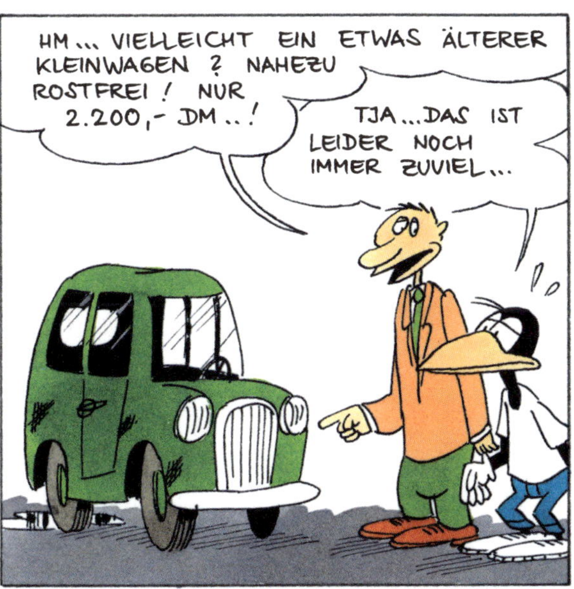
HM... VIELLEICHT EIN ETWAS ÄLTERER KLEINWAGEN? NAHEZU ROSTFREI! NUR 2.200,- DM..!
TJA...DAS IST LEIDER NOCH IMMER ZUVIEL...

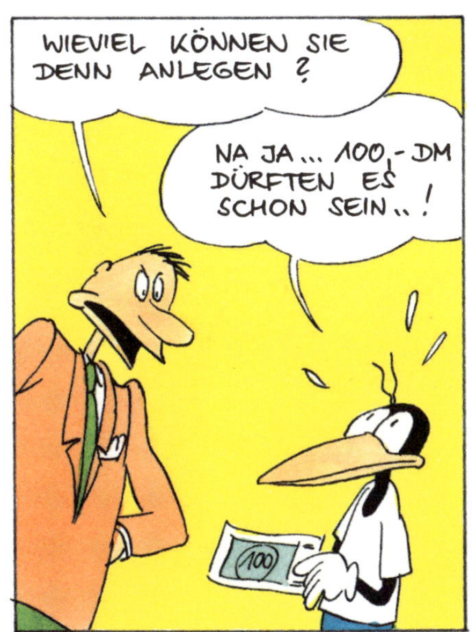
WIEVIEL KÖNNEN SIE DENN ANLEGEN?
NA JA... 100,-DM DÜRFTEN ES SCHON SEIN..!
100

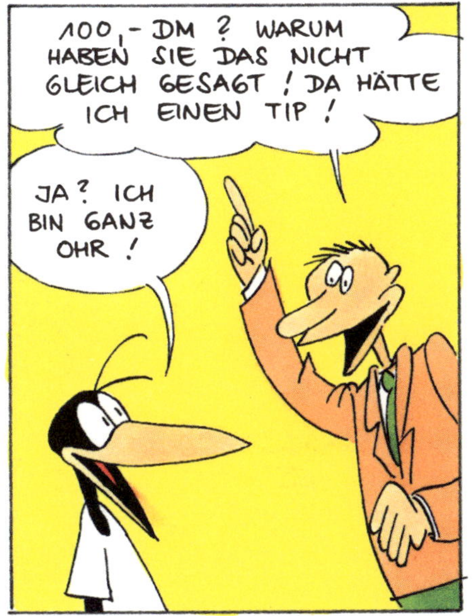
100,-DM? WARUM HABEN SIE DAS NICHT GLEICH GESAGT! DA HÄTTE ICH EINEN TIP!
JA? ICH BIN GANZ OHR!

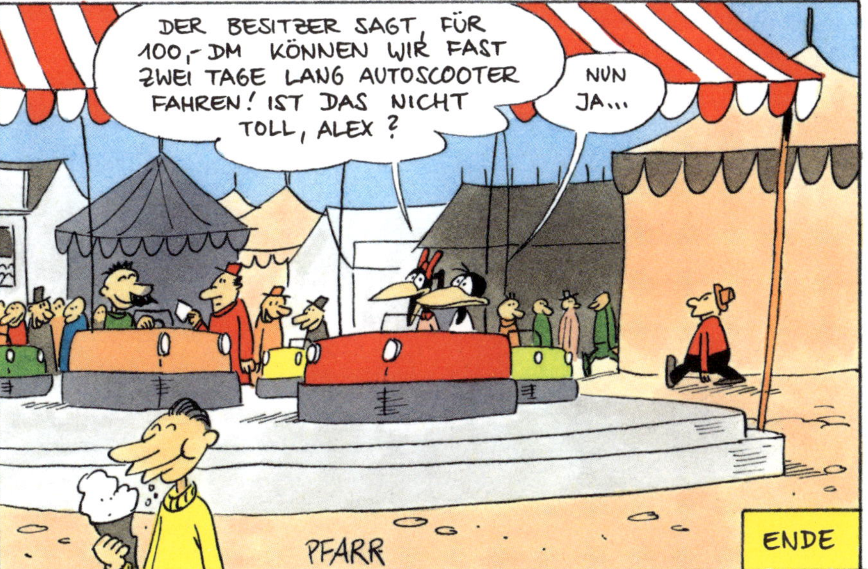
DER BESITZER SAGT, FÜR 100,-DM KÖNNEN WIR FAST ZWEI TAGE LANG AUTOSCOOTER FAHREN! IST DAS NICHT TOLL, ALEX?
NUN JA...
PFARR
ENDE

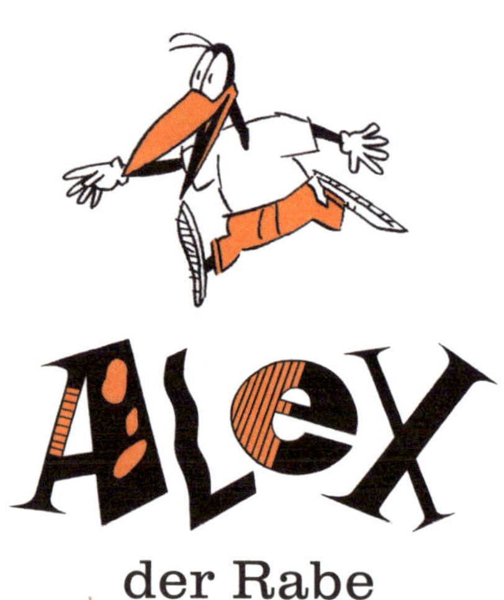
ALEX
der Rabe

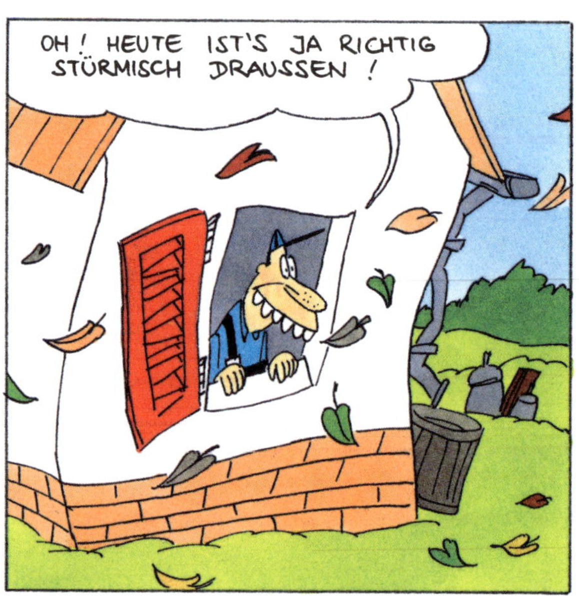
OH! HEUTE IST'S JA RICHTIG STÜRMISCH DRAUSSEN!

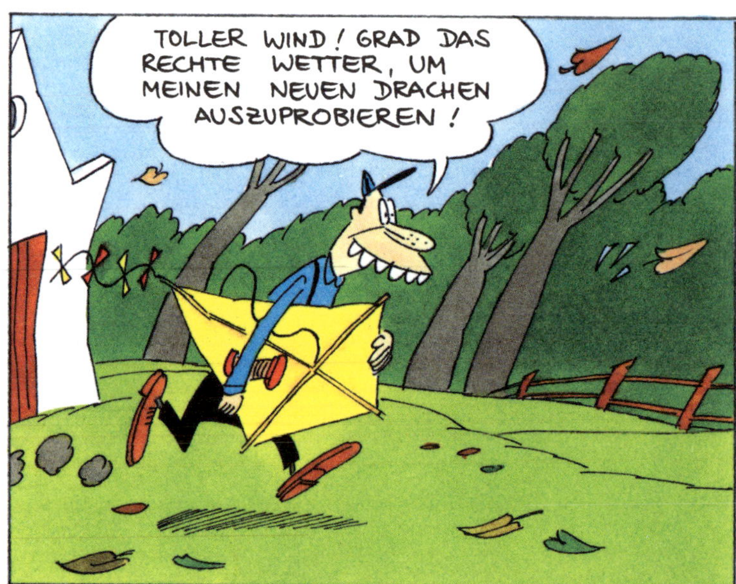
TOLLER WIND! GRAD DAS RECHTE WETTER, UM MEINEN NEUEN DRACHEN AUSZUPROBIEREN!

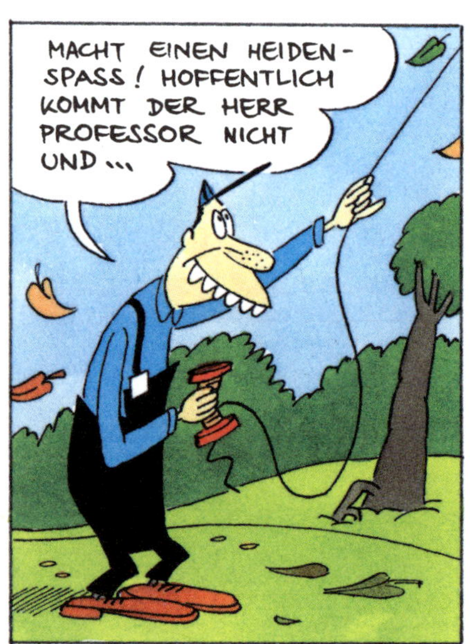
MACHT EINEN HEIDEN-SPASS! HOFFENTLICH KOMMT DER HERR PROFESSOR NICHT UND...

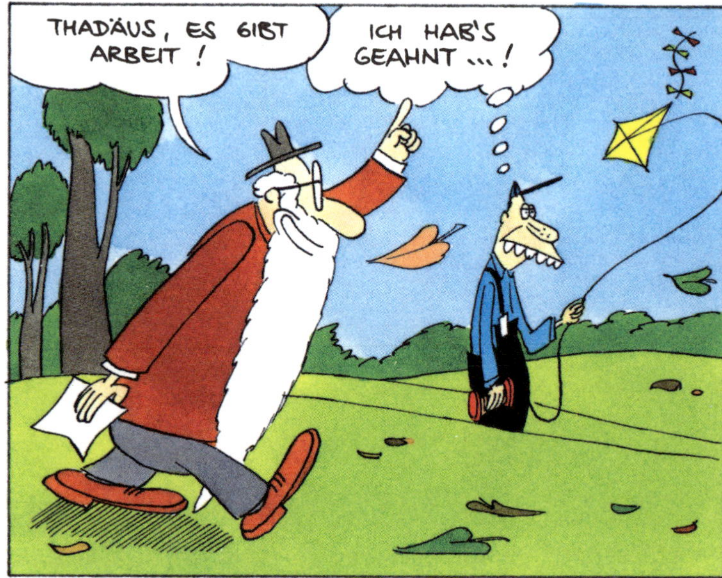
THADÄUS, ES GIBT ARBEIT!
ICH HAB'S GEAHNT ...!

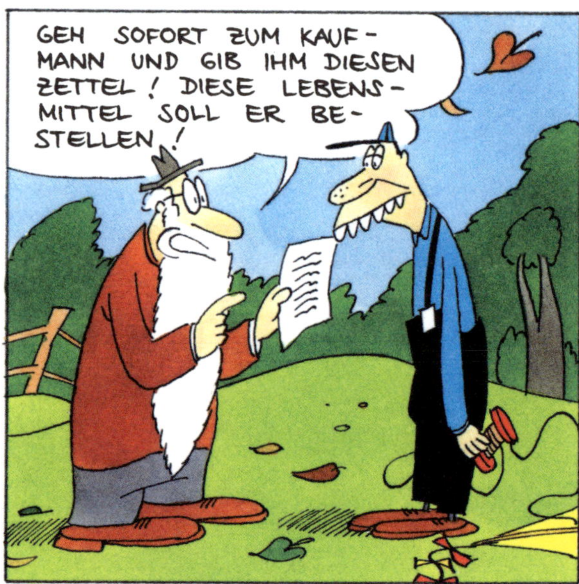
GEH SOFORT ZUM KAUF-MANN UND GIB IHM DIESEN ZETTEL! DIESE LEBENS-MITTEL SOLL ER BE-STELLEN!

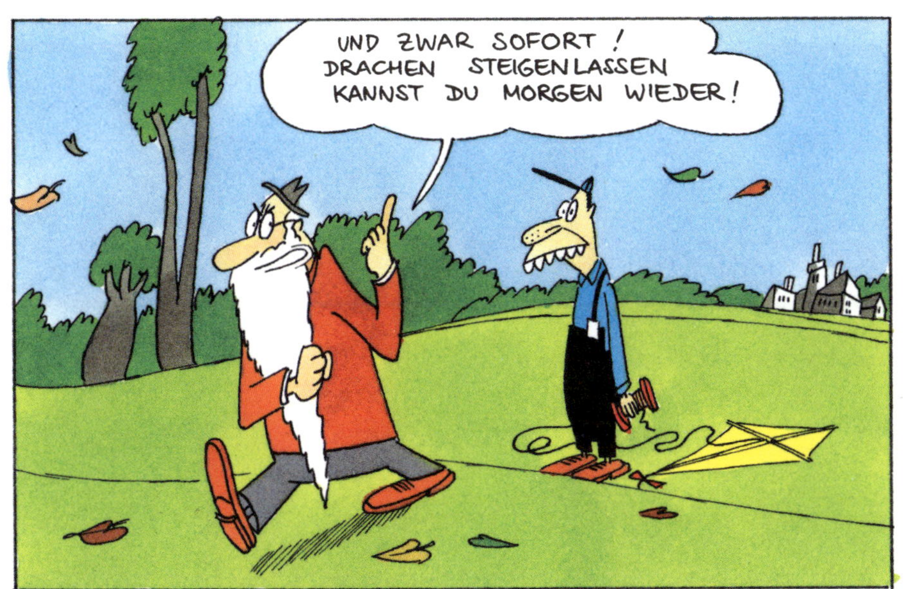
UND ZWAR SOFORT ! DRACHEN STEIGENLASSEN KANNST DU MORGEN WIEDER !

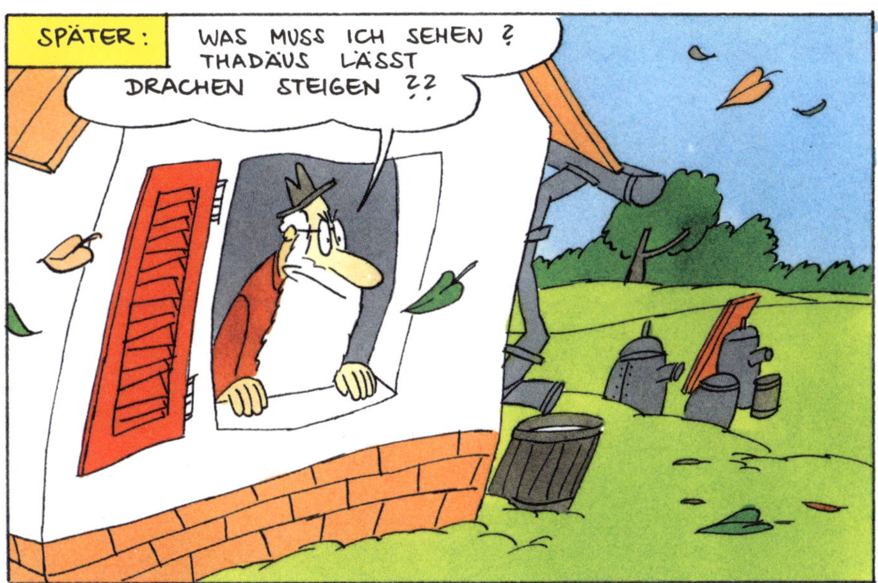
SPÄTER :
WAS MUSS ICH SEHEN ? THADÄUS LÄSST DRACHEN STEIGEN ??

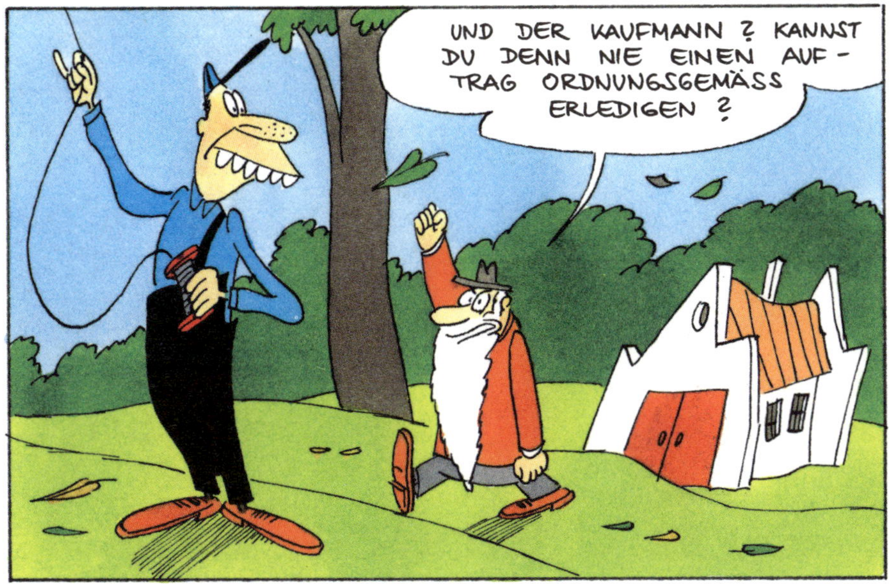
UND DER KAUFMANN ? KANNST DU DENN NIE EINEN AUF- TRAG ORDNUNGSGEMÄSS ERLEDIGEN ?

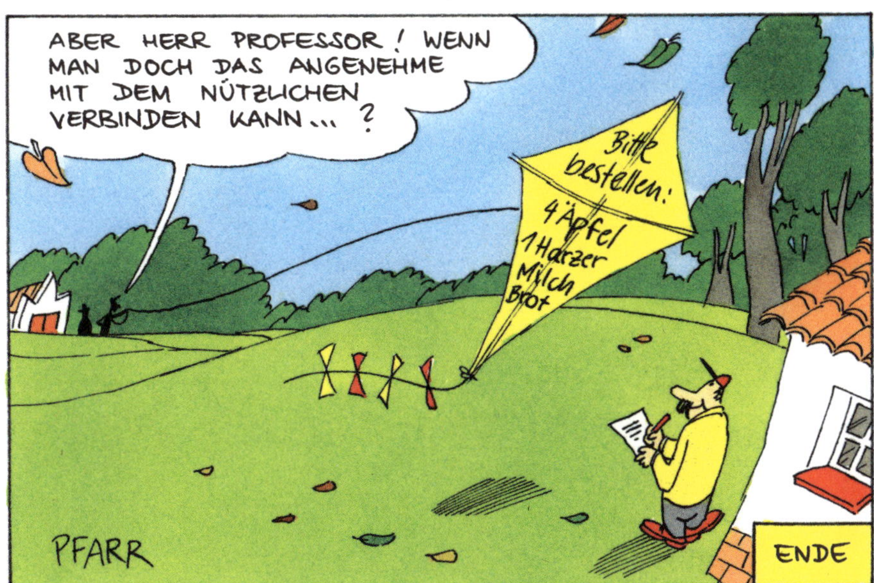
ABER HERR PROFESSOR ! WENN MAN DOCH DAS ANGENEHME MIT DEM NÜTZLICHEN VERBINDEN KANN... ?
Bitte bestellen: 4 Äpfel 1 Harzer Milch Brot
PFARR
ENDE

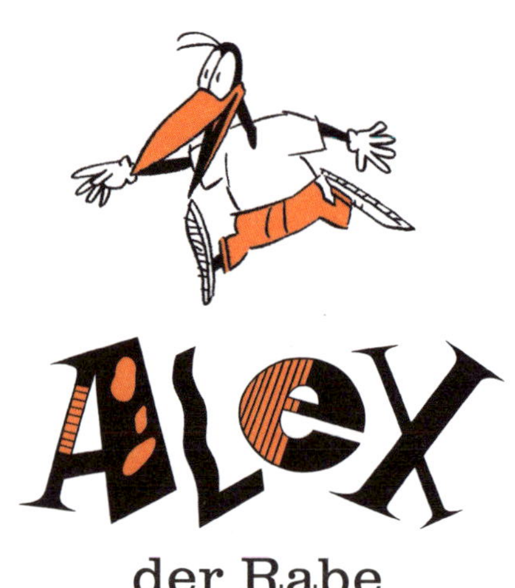
ALEX
der Rabe

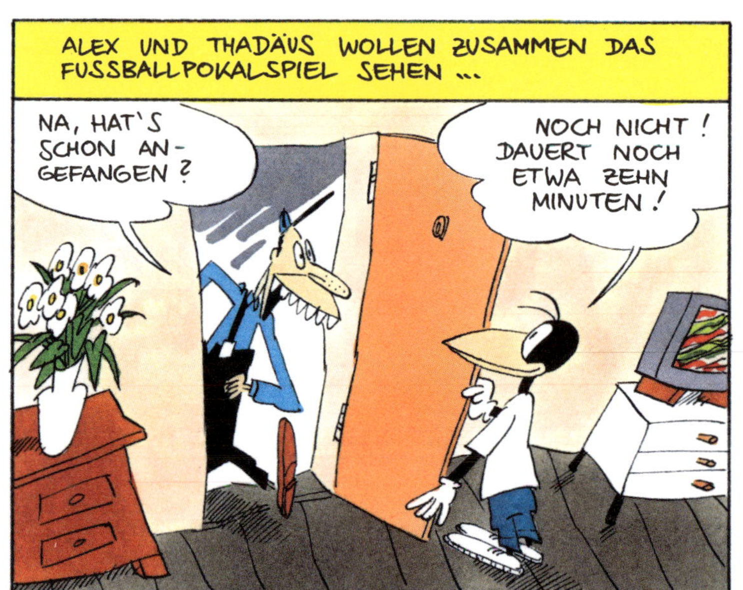
ALEX UND THADÄUS WOLLEN ZUSAMMEN DAS FUSSBALLPOKALSPIEL SEHEN ...
NA, HAT'S SCHON AN-GEFANGEN ?
NOCH NICHT ! DAUERT NOCH ETWA ZEHN MINUTEN !

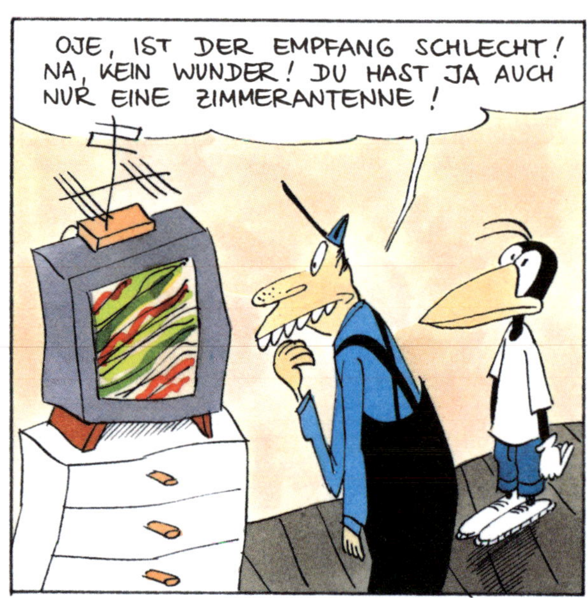
OJE, IST DER EMPFANG SCHLECHT ! NA, KEIN WUNDER ! DU HAST JA AUCH NUR EINE ZIMMERANTENNE !

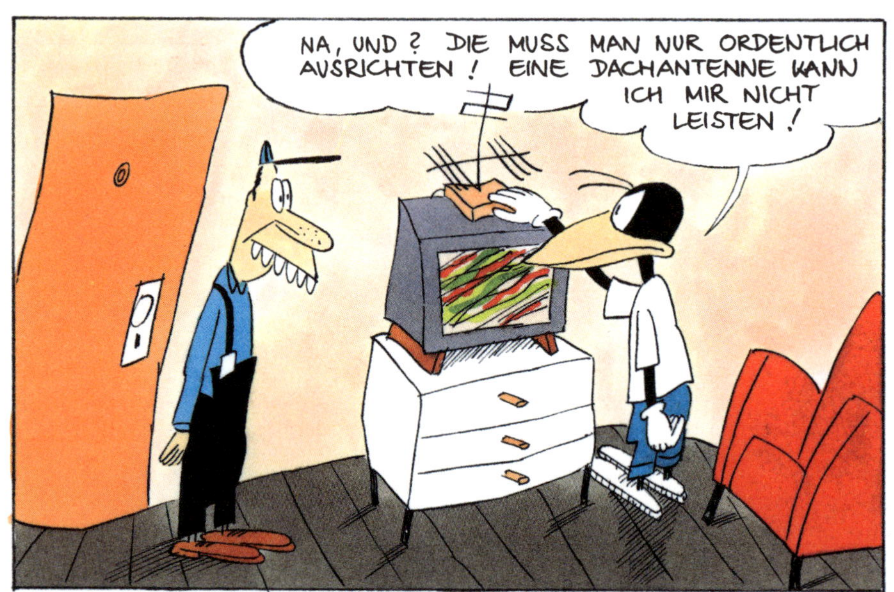
NA, UND ? DIE MUSS MAN NUR ORDENTLICH AUSRICHTEN ! EINE DACHANTENNE KANN ICH MIR NICHT LEISTEN !

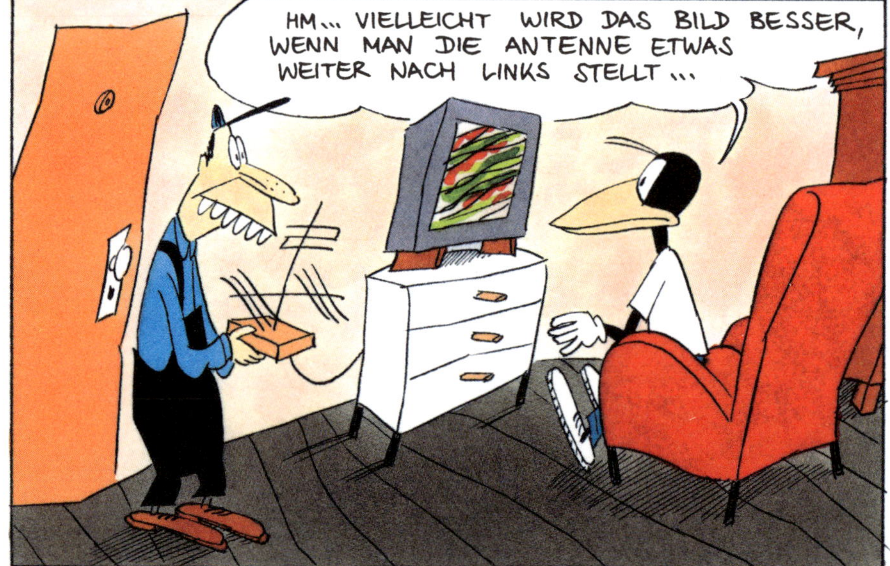
HM... VIELLEICHT WIRD DAS BILD BESSER, WENN MAN DIE ANTENNE ETWAS WEITER NACH LINKS STELLT ...

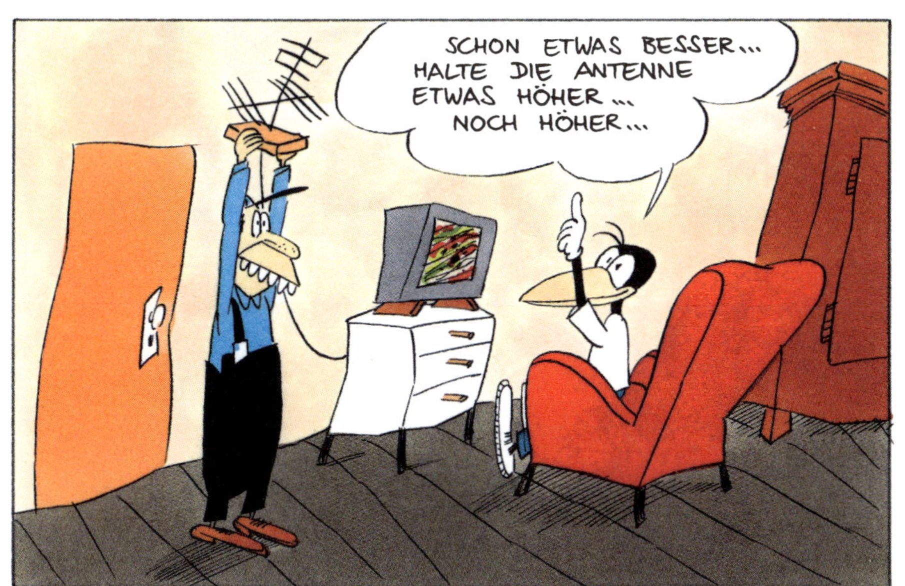
SCHON ETWAS BESSER... HALTE DIE ANTENNE ETWAS HÖHER... NOCH HÖHER...

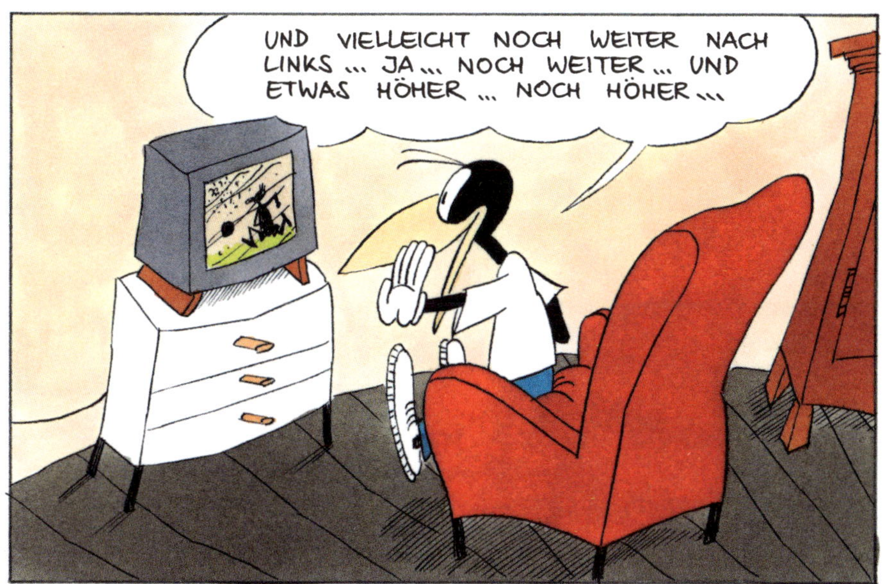
UND VIELLEICHT NOCH WEITER NACH LINKS ... JA ... NOCH WEITER ... UND ETWAS HÖHER ... NOCH HÖHER ...

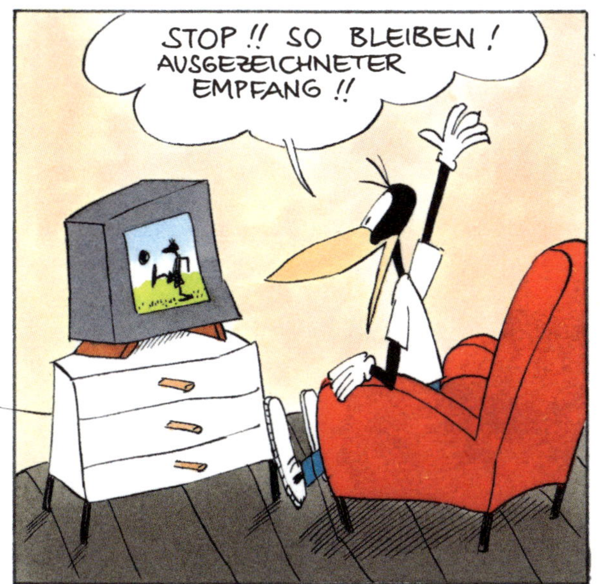
STOP !! SO BLEIBEN ! AUSGEZEICHNETER EMPFANG !!

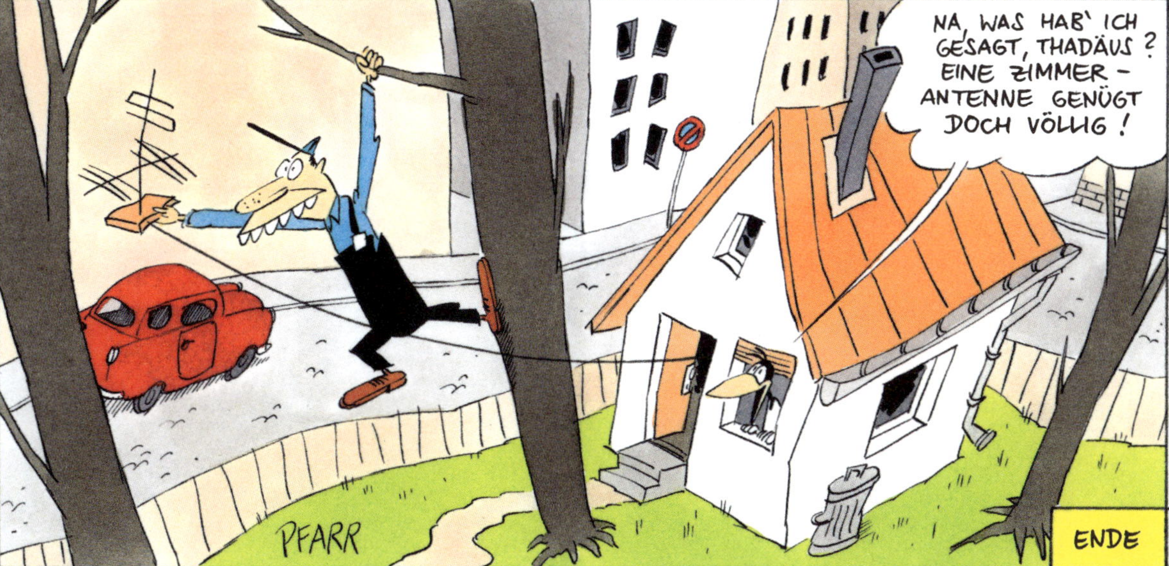
NA, WAS HAB' ICH GESAGT, THADÄUS ? EINE ZIMMER-ANTENNE GENÜGT DOCH VÖLLIG !
PFARR
ENDE

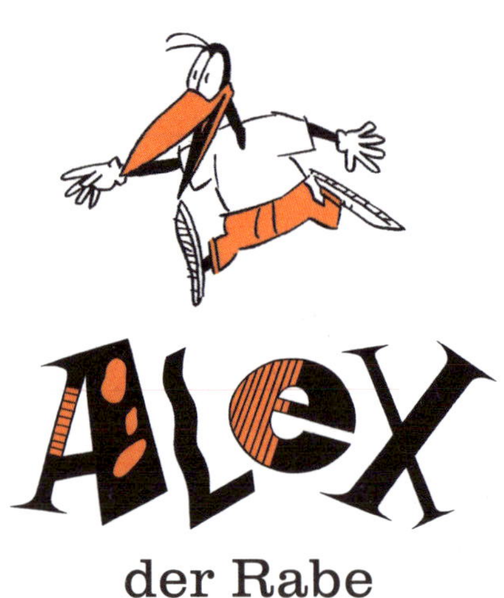
ALEX
der Rabe

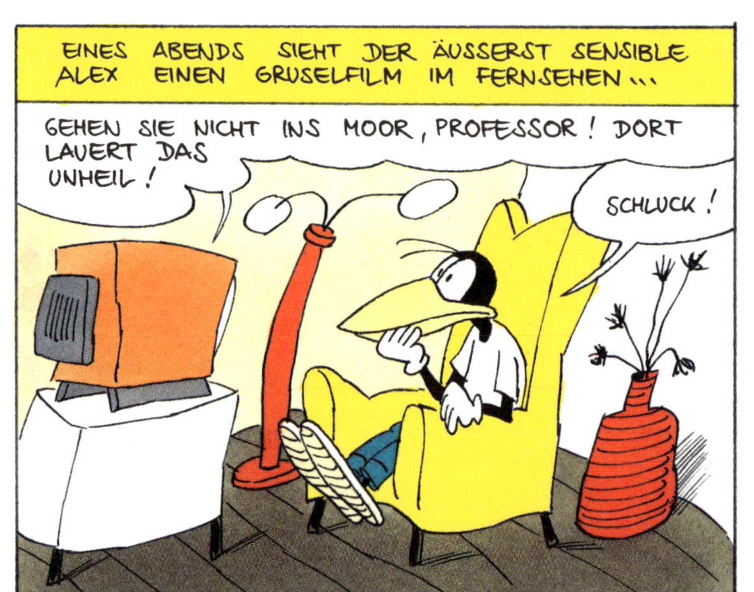
EINES ABENDS SIEHT DER ÄUSSERST SENSIBLE ALEX EINEN GRUSELFILM IM FERNSEHEN ...
GEHEN SIE NICHT INS MOOR, PROFESSOR! DORT LAUERT DAS UNHEIL!
SCHLUCK!

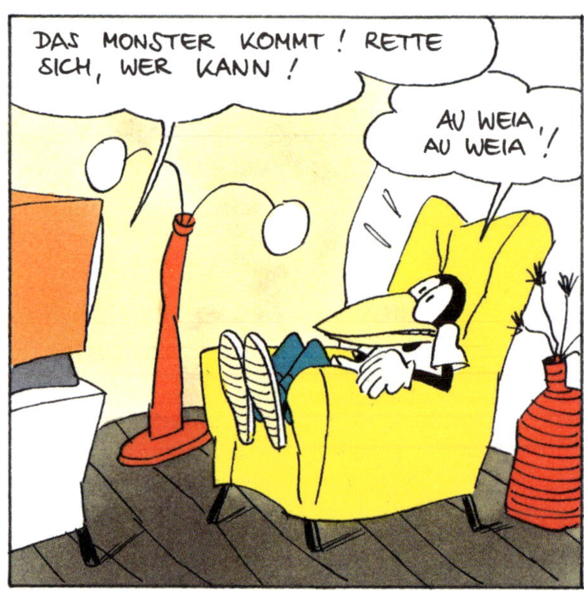
DAS MONSTER KOMMT! RETTE SICH, WER KANN!
AU WEIA! AU WEIA!

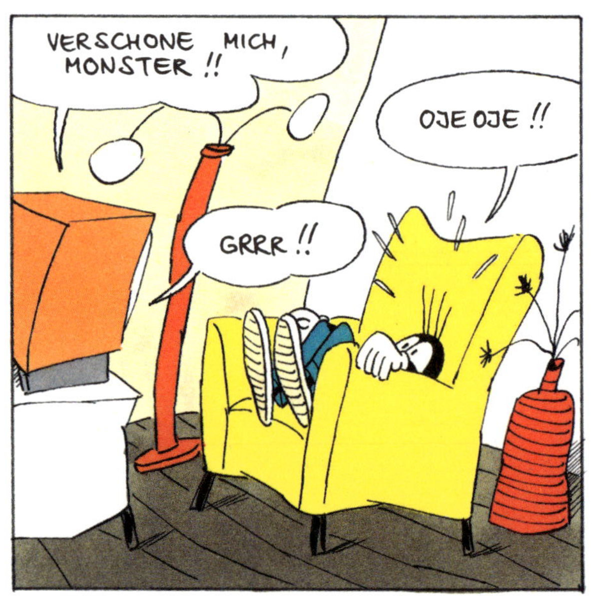
VERSCHONE MICH, MONSTER!!
OJE OJE!!
GRRR!!

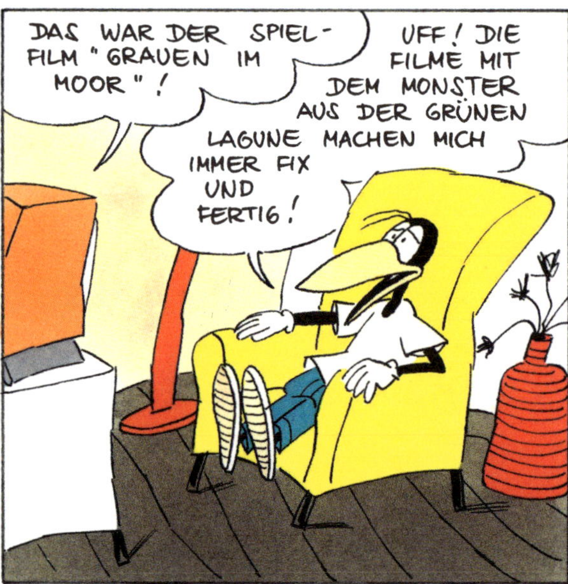
DAS WAR DER SPIEL-FILM "GRAUEN IM MOOR"!
UFF! DIE FILME MIT DEM MONSTER AUS DER GRÜNEN LAGUNE MACHEN MICH IMMER FIX UND FERTIG!

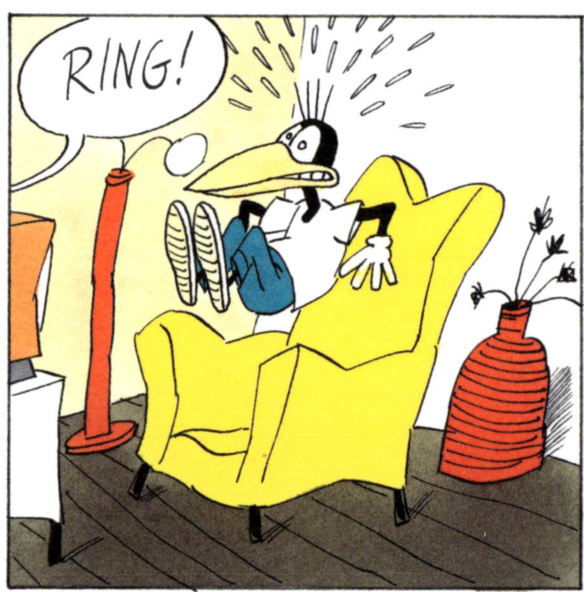
RING!

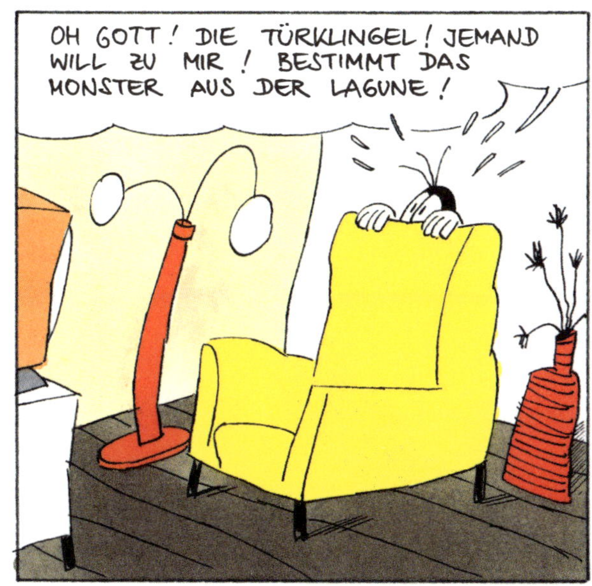
OH GOTT! DIE TÜRKLINGEL! JEMAND WILL ZU MIR! BESTIMMT DAS MONSTER AUS DER LAGUNE!

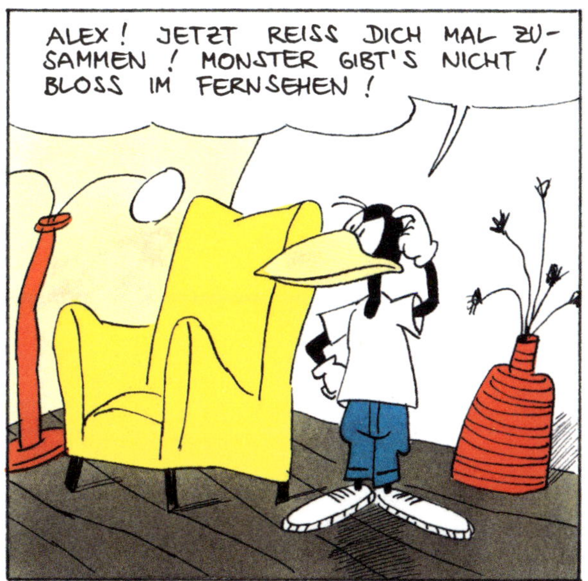
ALEX! JETZT REISS DICH MAL ZUSAMMEN! MONSTER GIBT'S NICHT! BLOSS IM FERNSEHEN!

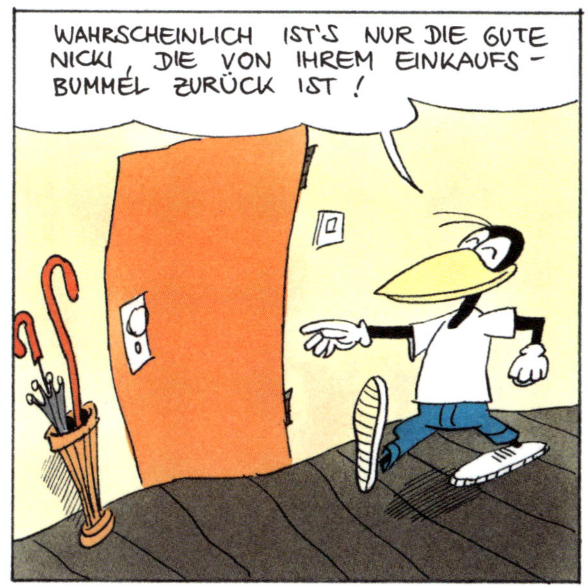
WAHRSCHEINLICH IST'S NUR DIE GUTE NICKI, DIE VON IHREM EINKAUFSBUMMEL ZURÜCK IST!

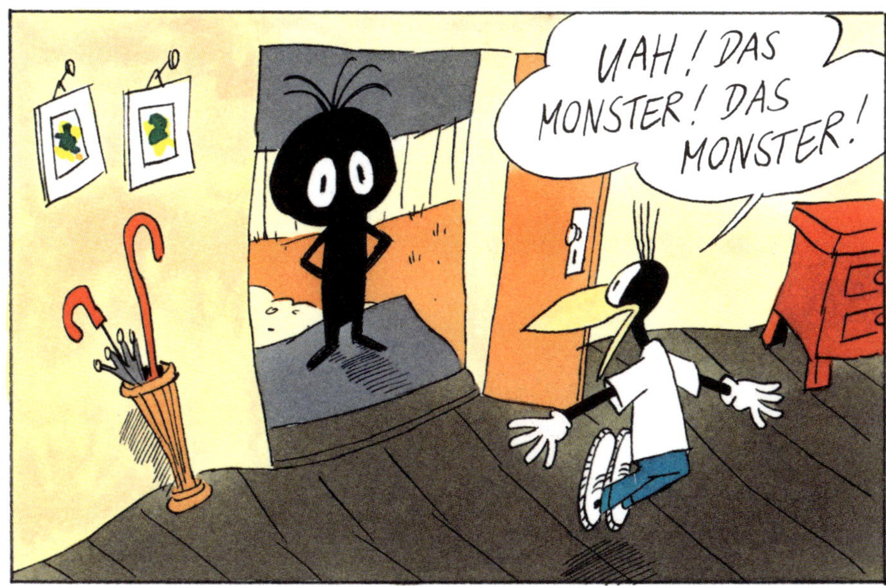
UAH! DAS MONSTER! DAS MONSTER!

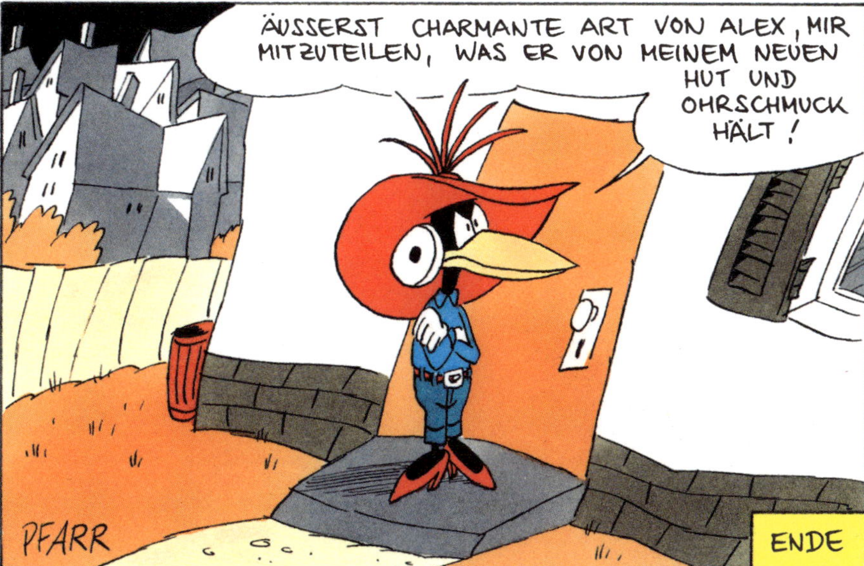
ÄUSSERST CHARMANTE ART VON ALEX, MIR MITZUTEILEN, WAS ER VON MEINEM NEUEN HUT UND OHRSCHMUCK HÄLT!
PFARR
ENDE

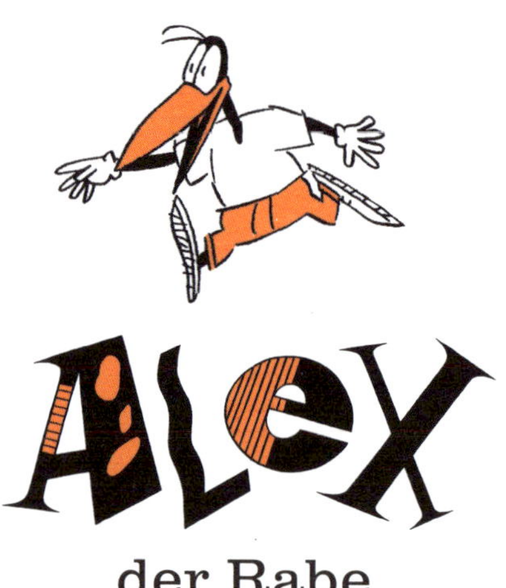
ALEX
der Rabe

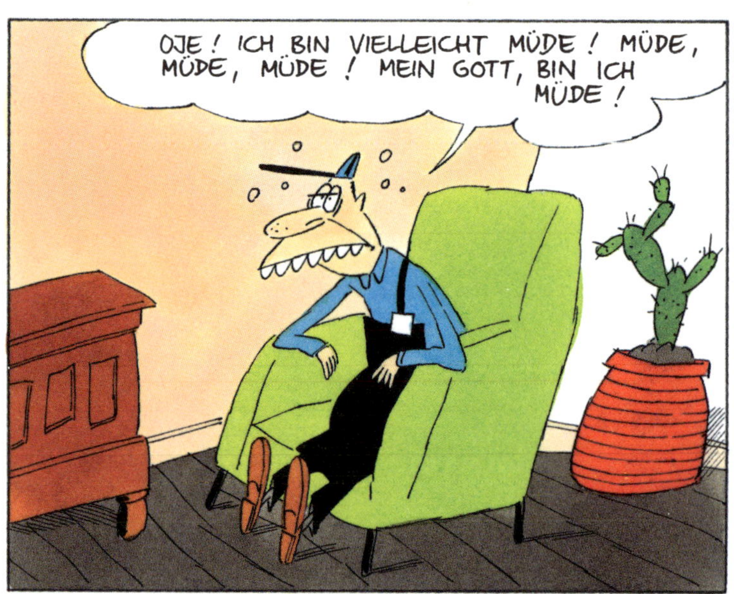
OJE ! ICH BIN VIELLEICHT MÜDE ! MÜDE, MÜDE, MÜDE ! MEIN GOTT, BIN ICH MÜDE !

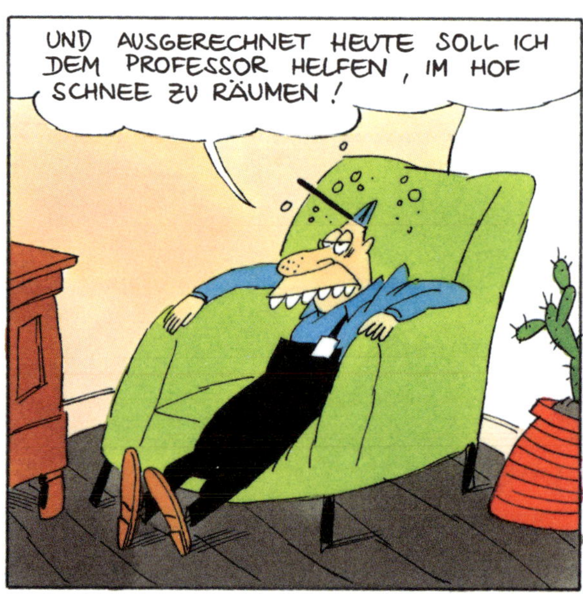
UND AUSGERECHNET HEUTE SOLL ICH DEM PROFESSOR HELFEN, IM HOF SCHNEE ZU RÄUMEN !

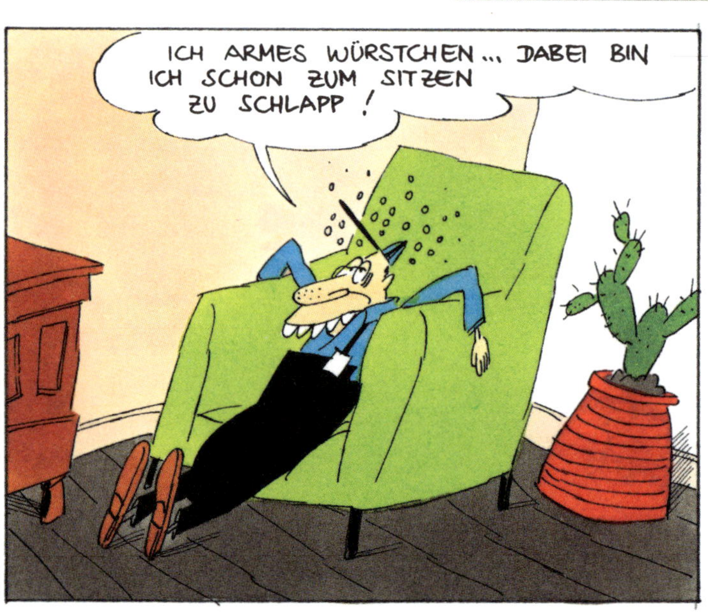
ICH ARMES WÜRSTCHEN ... DABEI BIN ICH SCHON ZUM SITZEN ZU SCHLAPP !

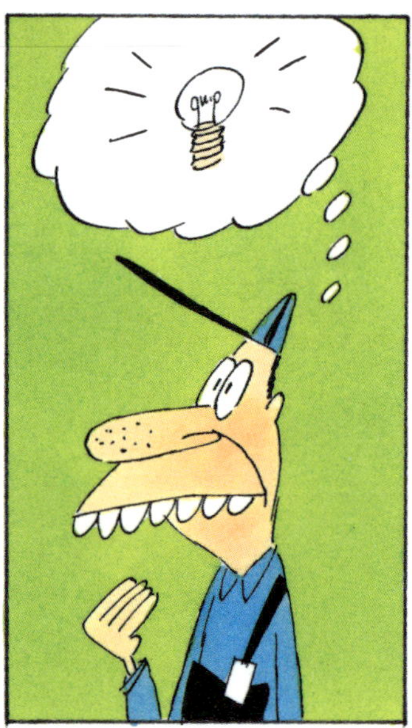

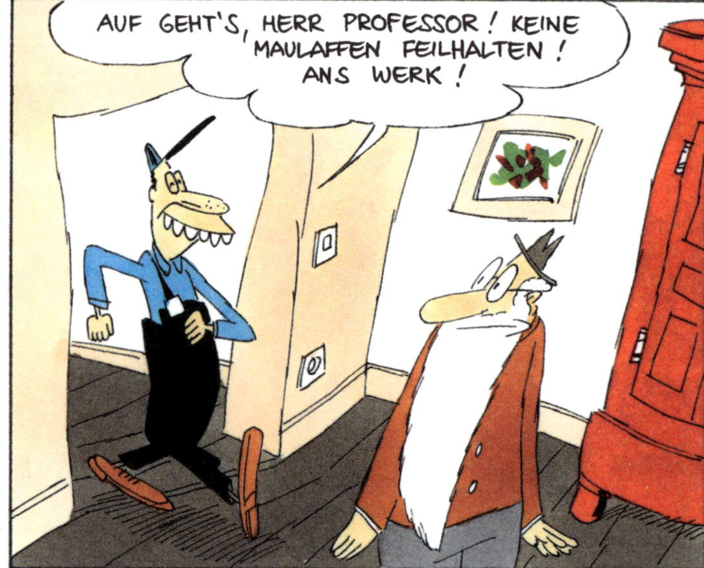
AUF GEHT'S, HERR PROFESSOR ! KEINE MAULAFFEN FEILHALTEN ! ANS WERK !

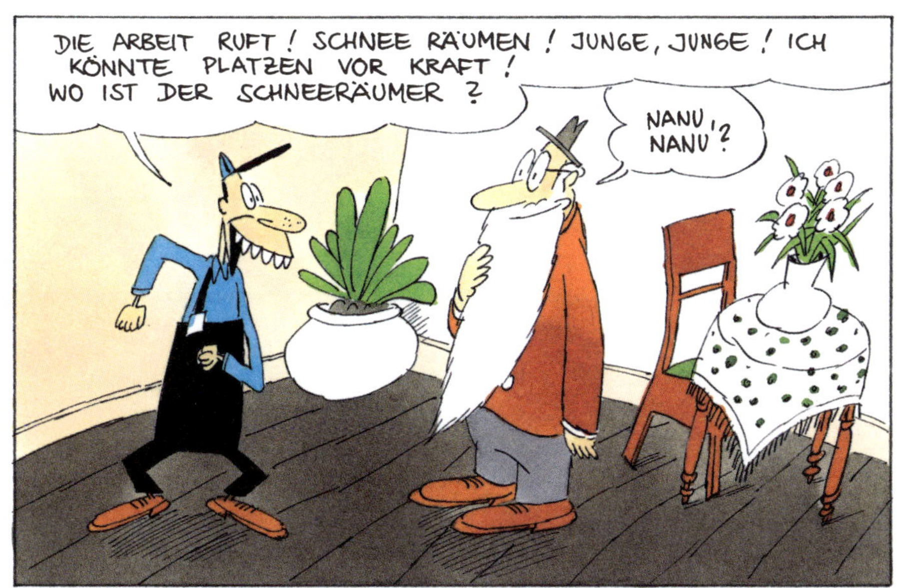
DIE ARBEIT RUFT! SCHNEE RÄUMEN! JUNGE, JUNGE! ICH KÖNNTE PLATZEN VOR KRAFT! WO IST DER SCHNEERÄUMER?
NANU, NANU?

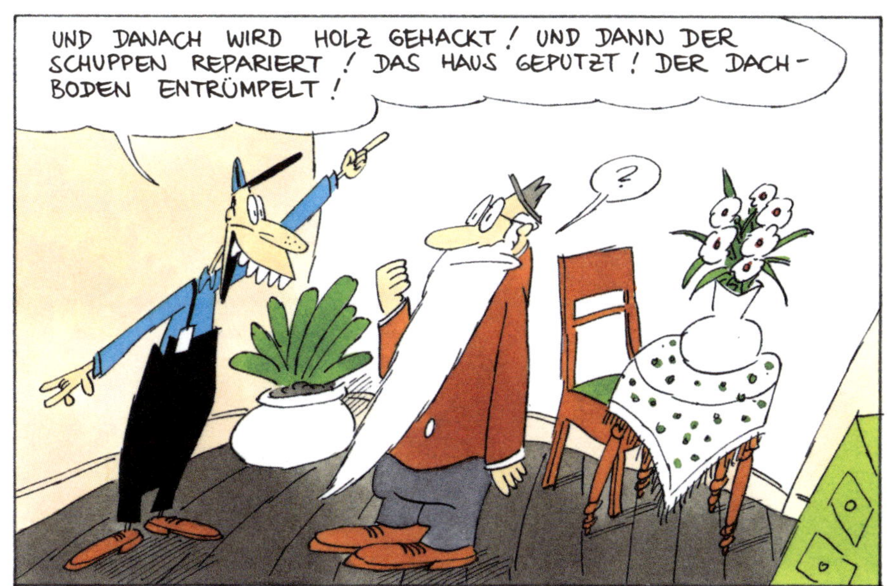
UND DANACH WIRD HOLZ GEHACKT! UND DANN DER SCHUPPEN REPARIERT! DAS HAUS GEPUTZT! DER DACHBODEN ENTRÜMPELT!
?

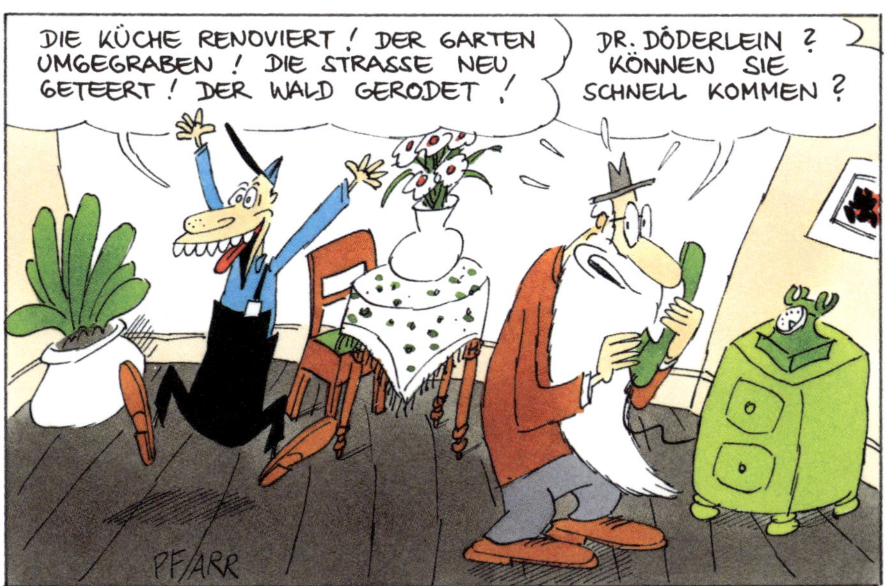
DIE KÜCHE RENOVIERT! DER GARTEN UMGEGRABEN! DIE STRASSE NEU GETEERT! DER WALD GERODET!
DR. DÖDERLEIN? KÖNNEN SIE SCHNELL KOMMEN?
PFARR

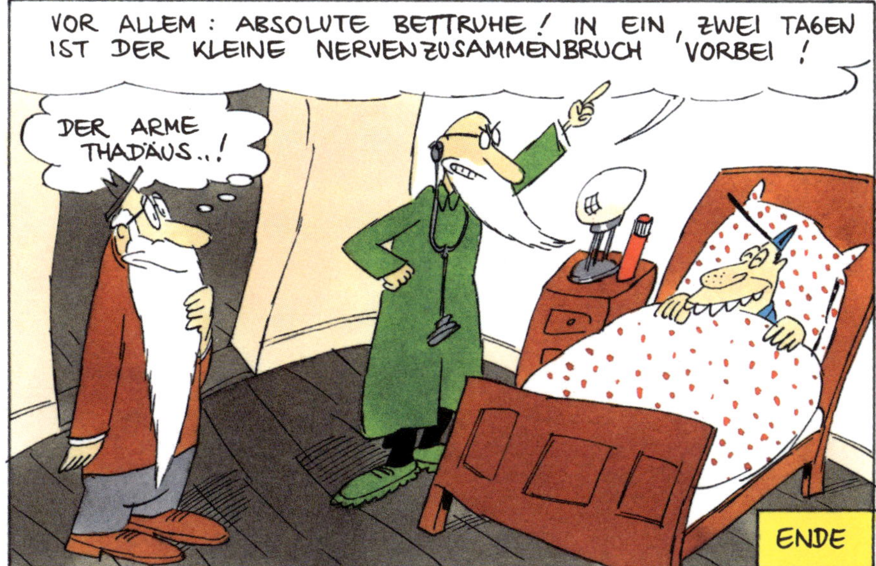
VOR ALLEM: ABSOLUTE BETTRUHE! IN EIN, ZWEI TAGEN IST DER KLEINE NERVENZUSAMMENBRUCH VORBEI!
DER ARME THADÄUS...!
ENDE

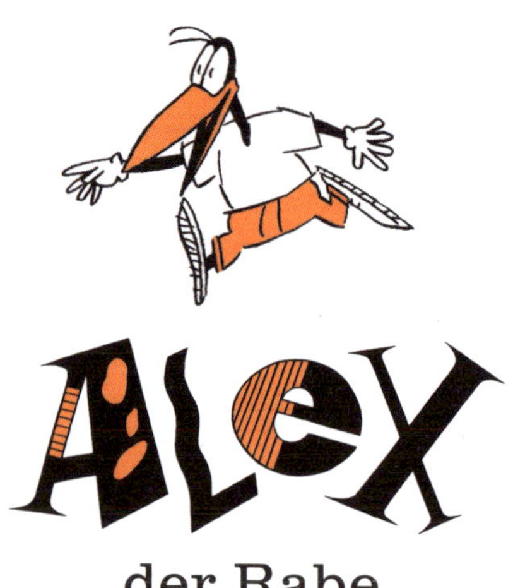
ALEX
der Rabe

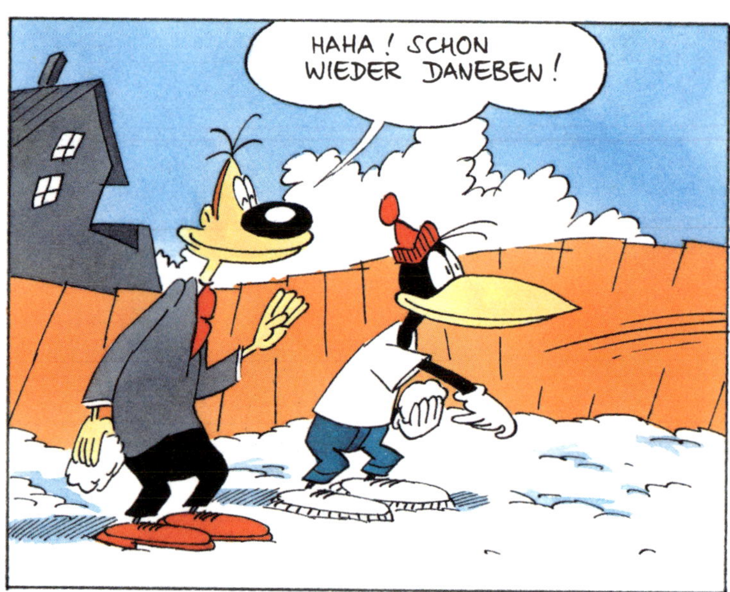
HAHA ! SCHON WIEDER DANEBEN !

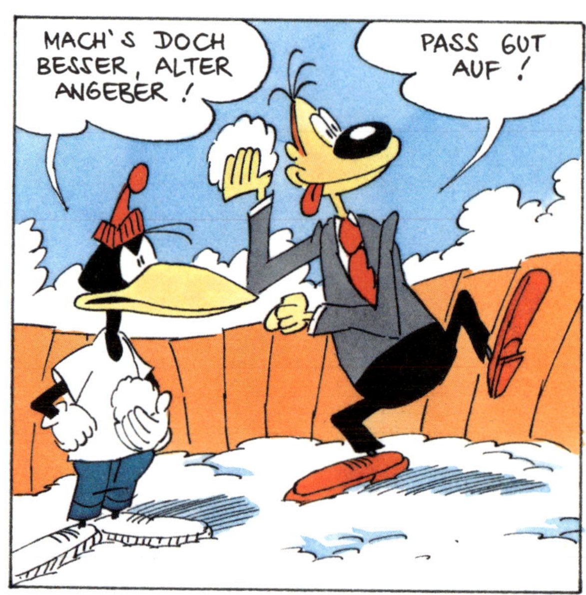
MACH'S DOCH BESSER, ALTER ANGEBER !
PASS GUT AUF !

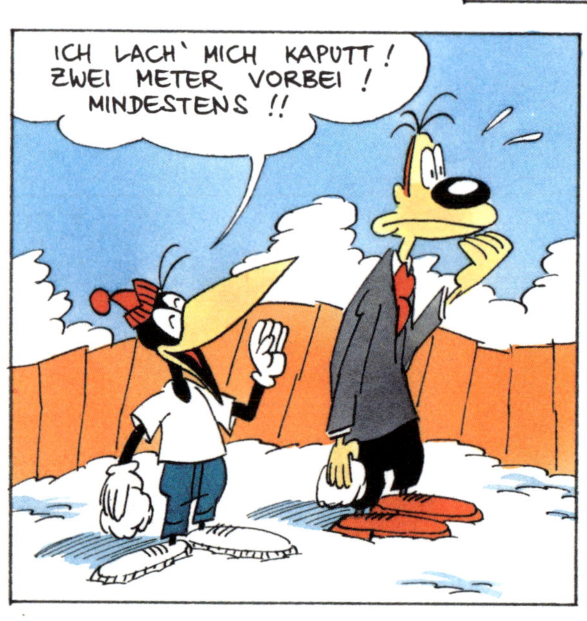
ICH LACH' MICH KAPUTT ! ZWEI METER VORBEI ! MINDESTENS !!

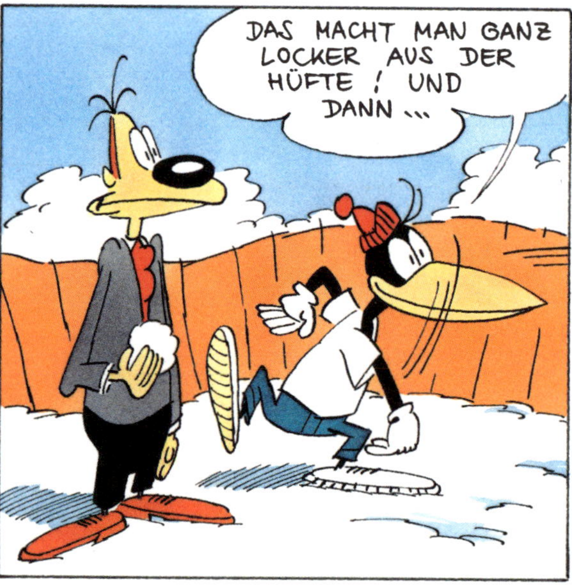
DAS MACHT MAN GANZ LOCKER AUS DER HÜFTE ! UND DANN ...

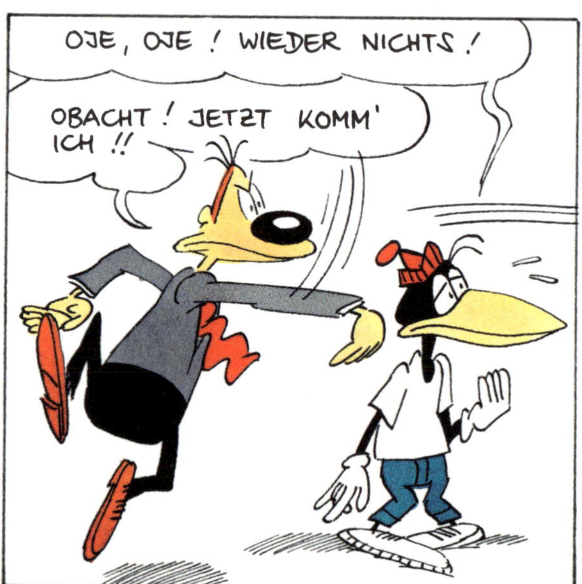
OJE, OJE ! WIEDER NICHTS !
OBACHT ! JETZT KOMM' ICH !!

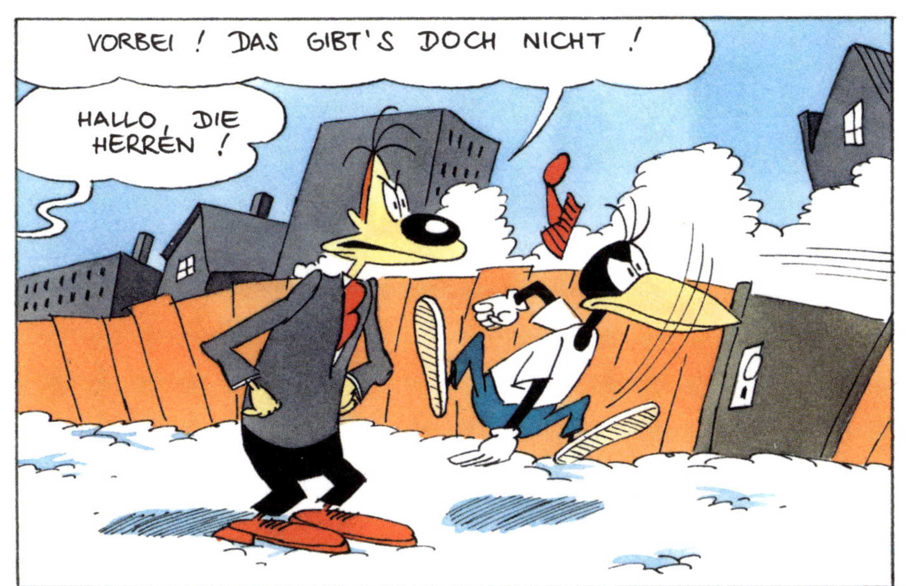
HALLO, DIE HERREN !
VORBEI ! DAS GIBT'S DOCH NICHT !

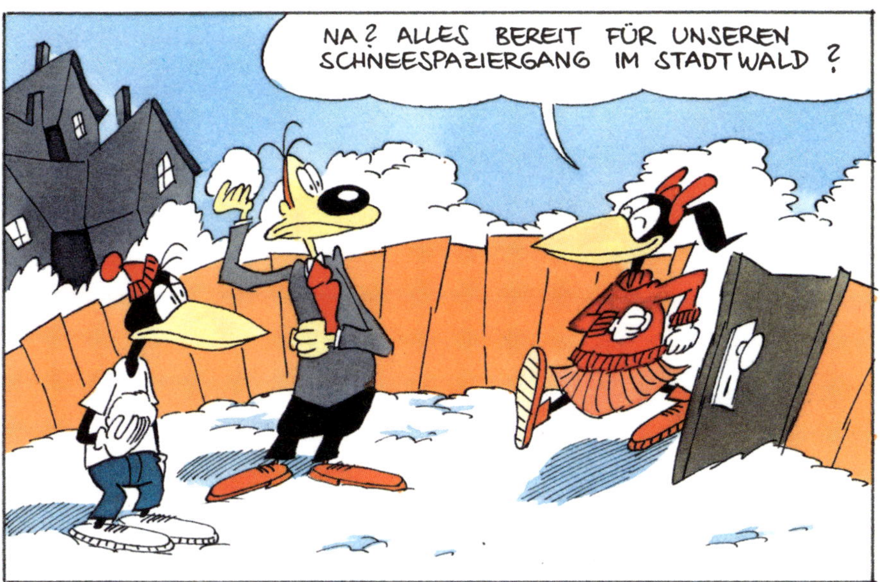
NA? ALLES BEREIT FÜR UNSEREN SCHNEESPAZIERGANG IM STADTWALD ?

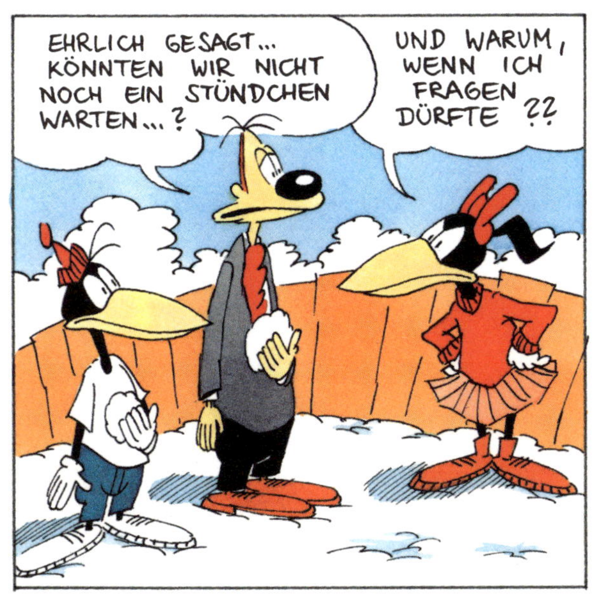
EHRLICH GESAGT... KÖNNTEN WIR NICHT NOCH EIN STÜNDCHEN WARTEN...?
UND WARUM, WENN ICH FRAGEN DÜRFTE ??

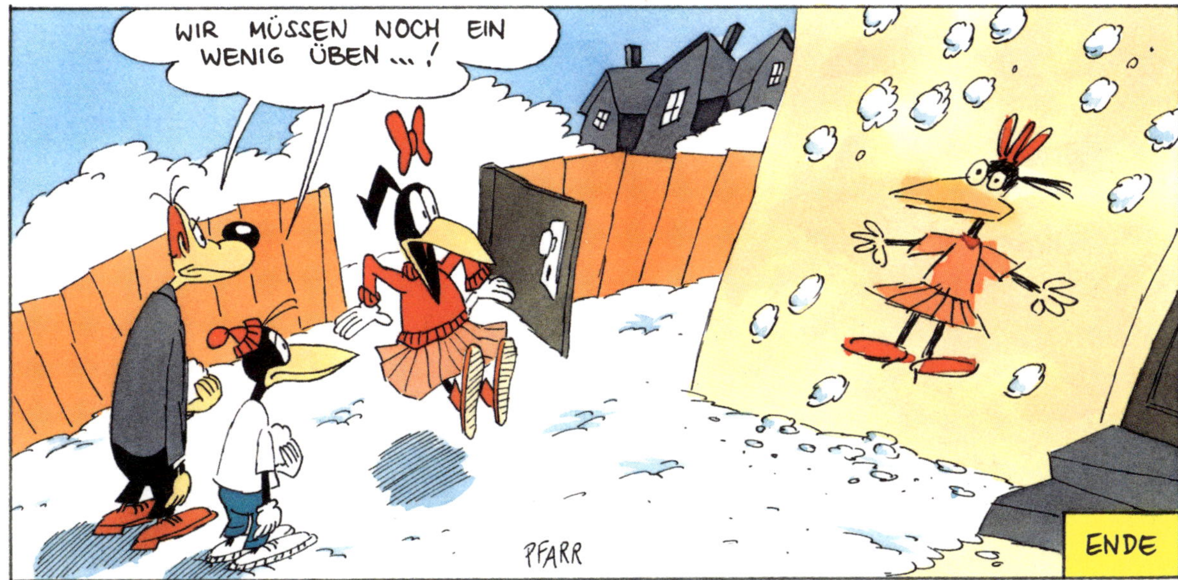
WIR MÜSSEN NOCH EIN WENIG ÜBEN...!
PFARR
ENDE

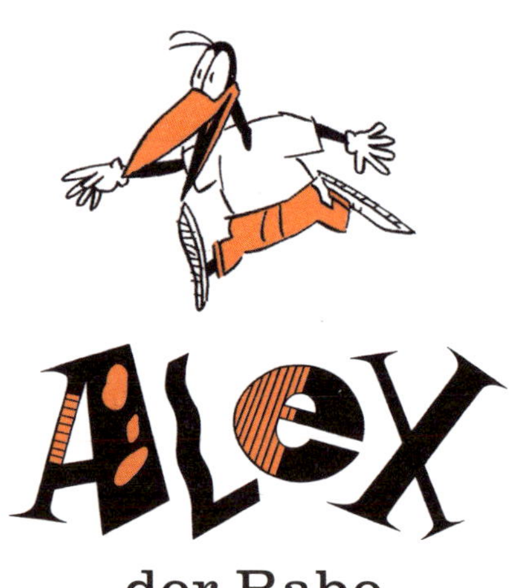
ALEX
der Rabe

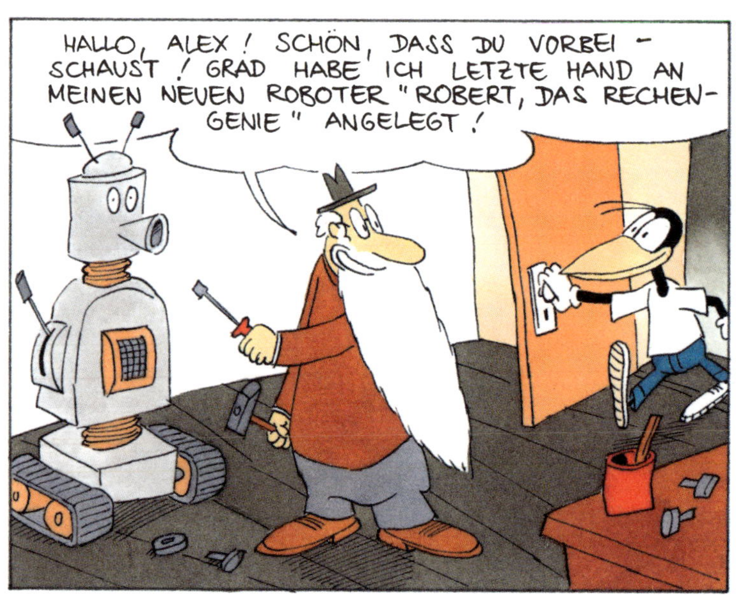
HALLO, ALEX! SCHÖN, DASS DU VORBEI-SCHAUST! GRAD HABE ICH LETZTE HAND AN MEINEN NEUEN ROBOTER "ROBERT, DAS RECHEN-GENIE" ANGELEGT!

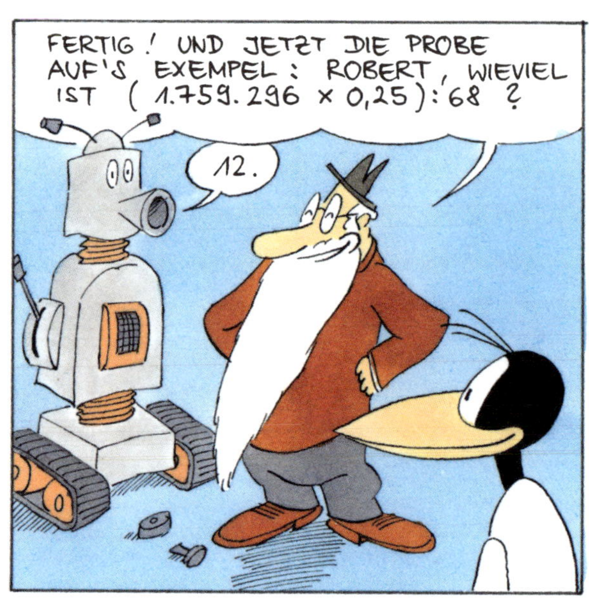
FERTIG! UND JETZT DIE PROBE AUF'S EXEMPEL: ROBERT, WIEVIEL IST (1.759.296 x 0,25):68 ?
12.

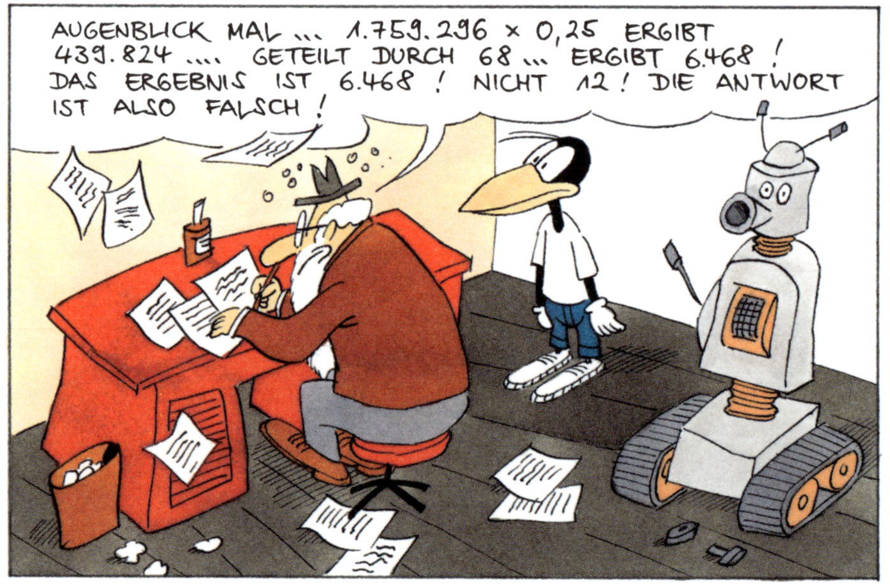
AUGENBLICK MAL ... 1.759.296 x 0,25 ERGIBT 439.824 .... GETEILT DURCH 68 ... ERGIBT 6.468! DAS ERGEBNIS IST 6.468! NICHT 12! DIE ANTWORT IST ALSO FALSCH!

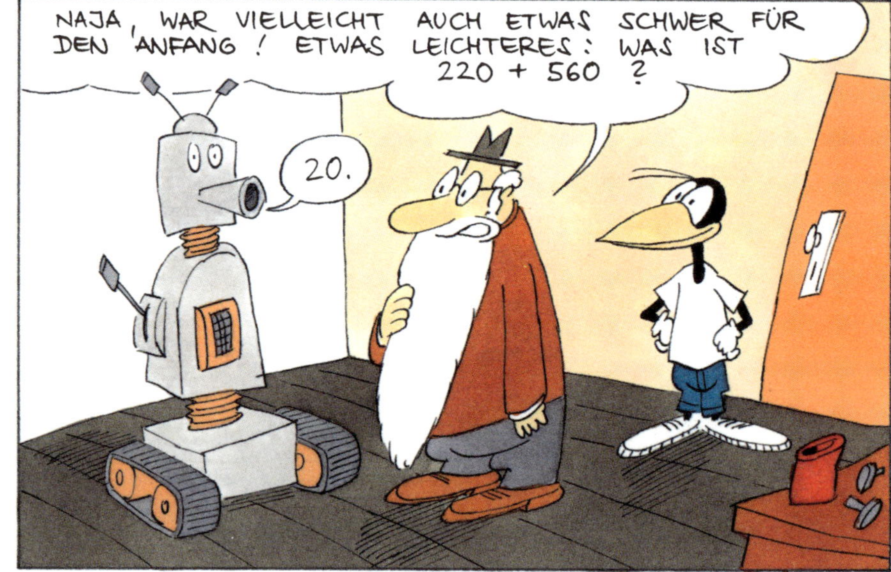
NAJA, WAR VIELLEICHT AUCH ETWAS SCHWER FÜR DEN ANFANG! ETWAS LEICHTERES: WAS IST 220 + 560 ?
20.

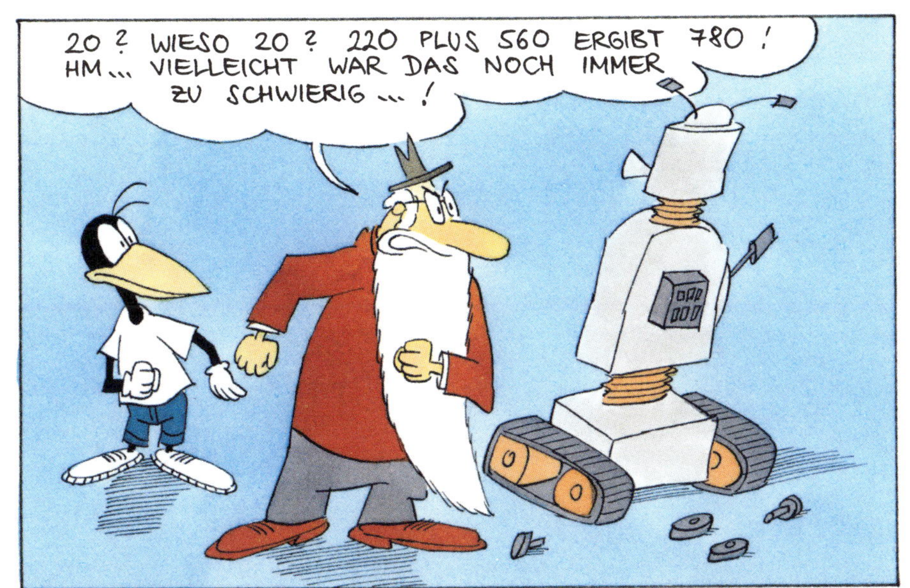
20? WIESO 20? 220 PLUS 560 ERGIBT 780! HM... VIELLEICHT WAR DAS NOCH IMMER ZU SCHWIERIG...!

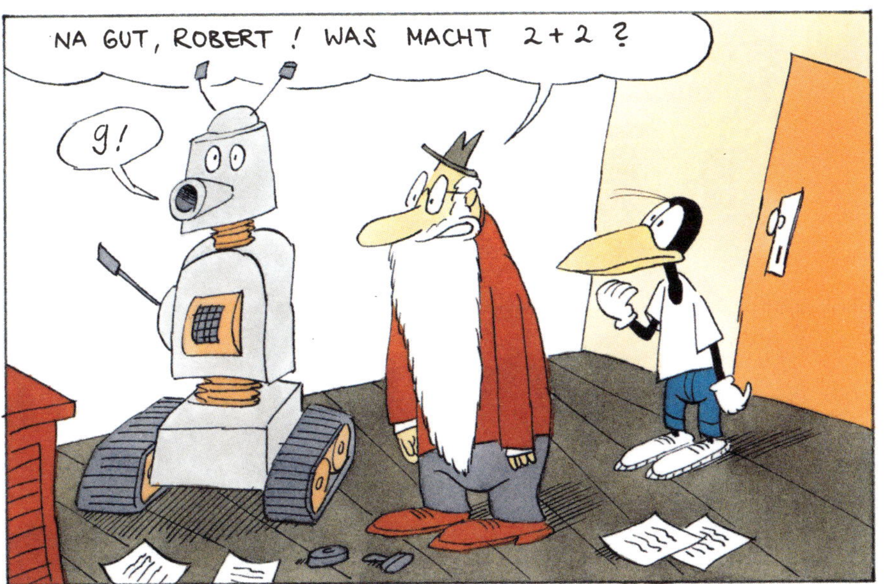
NA GUT, ROBERT! WAS MACHT 2+2?
9!

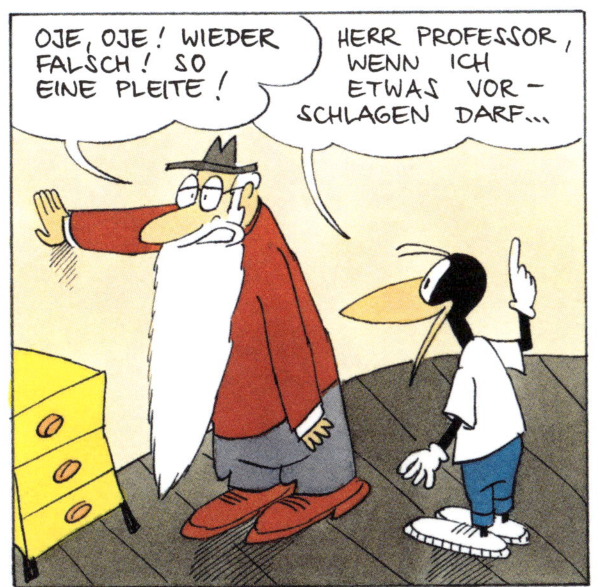
OJE, OJE! WIEDER FALSCH! SO EINE PLEITE!
HERR PROFESSOR, WENN ICH ETWAS VORSCHLAGEN DARF...

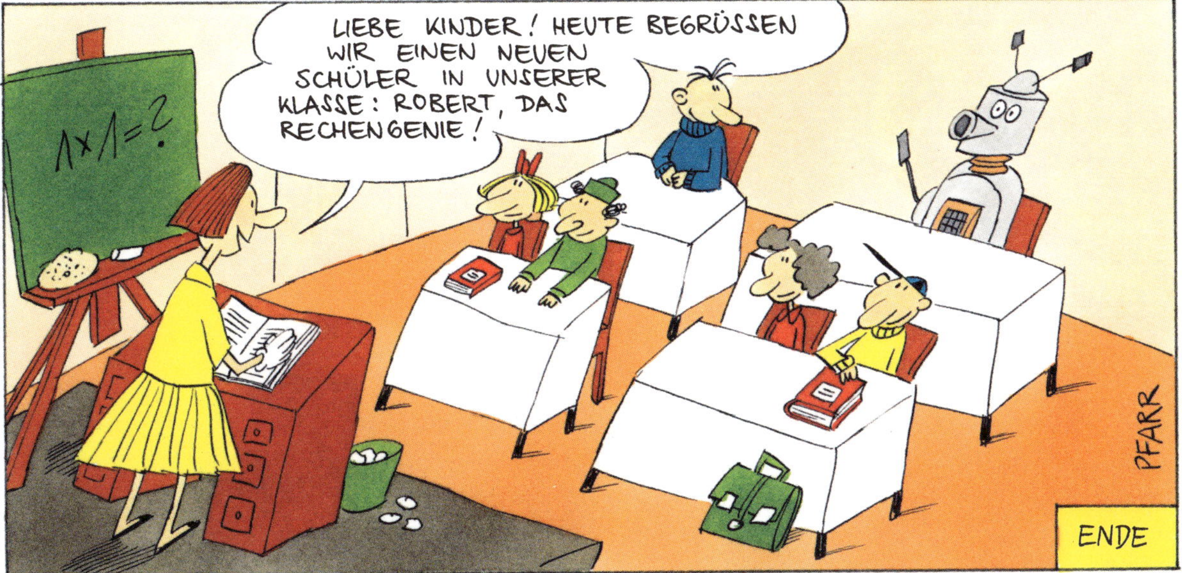
1×1=?
LIEBE KINDER! HEUTE BEGRÜSSEN WIR EINEN NEUEN SCHÜLER IN UNSERER KLASSE: ROBERT, DAS RECHENGENIE!
PFARR
ENDE

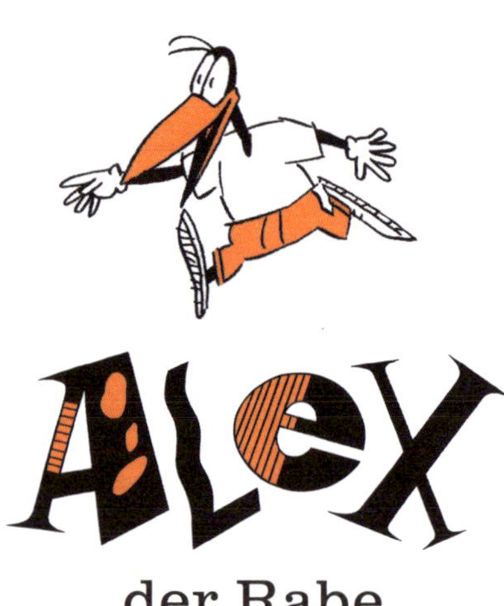
ALEX
der Rabe

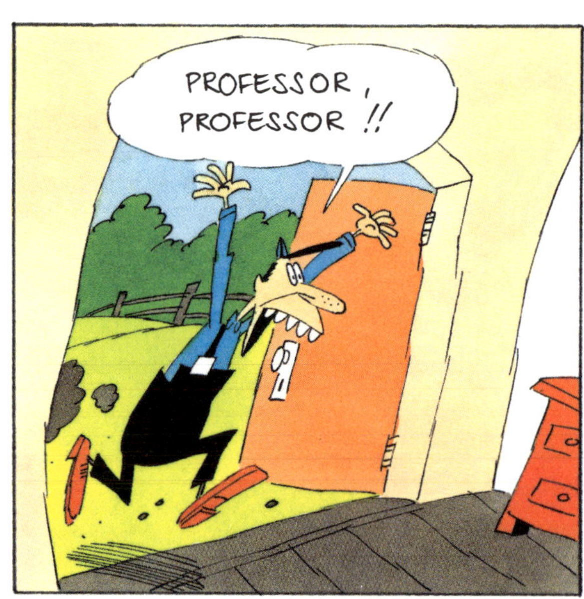
PROFESSOR, PROFESSOR !!

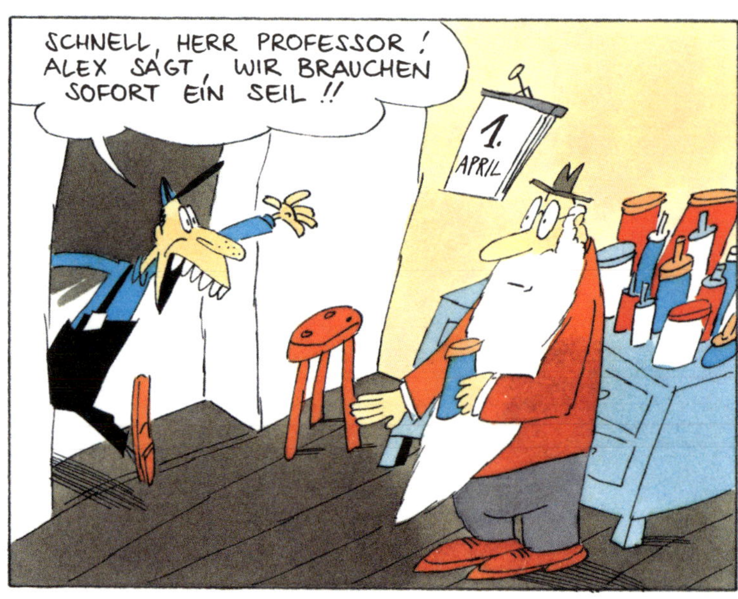
SCHNELL, HERR PROFESSOR! ALEX SAGT, WIR BRAUCHEN SOFORT EIN SEIL !!
1. APRIL

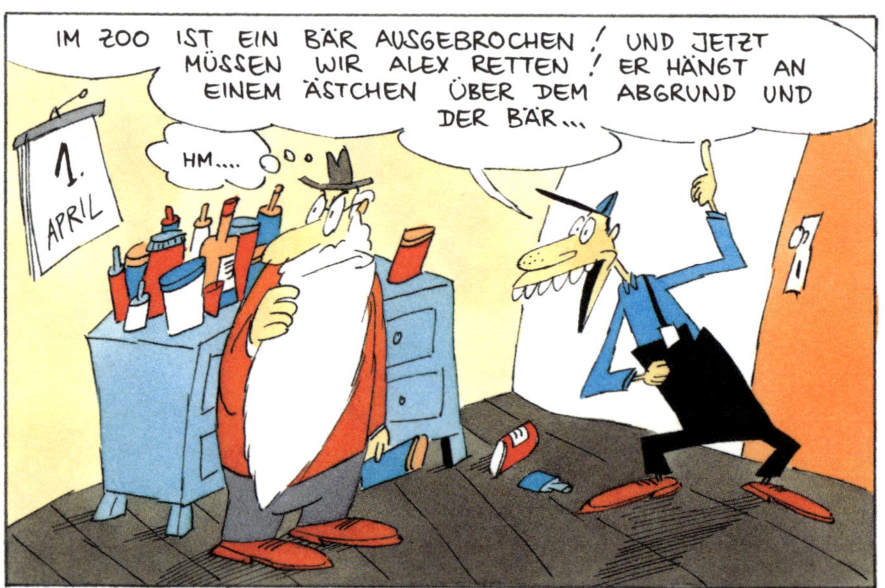
IM ZOO IST EIN BÄR AUSGEBROCHEN! UND JETZT MÜSSEN WIR ALEX RETTEN! ER HÄNGT AN EINEM ÄSTCHEN ÜBER DEM ABGRUND UND DER BÄR...
HM....
1. APRIL

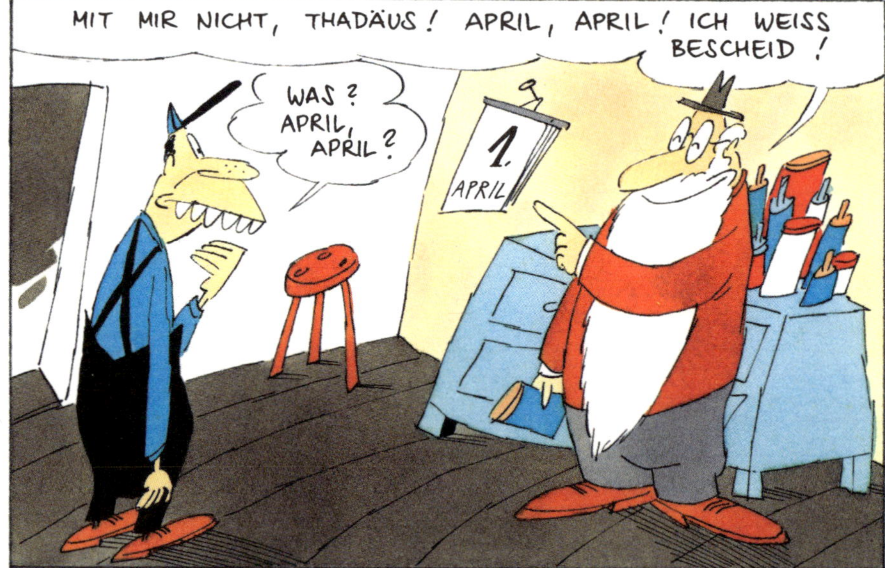
MIT MIR NICHT, THADÄUS! APRIL, APRIL! ICH WEISS BESCHEID!
WAS? APRIL, APRIL?
1. APRIL

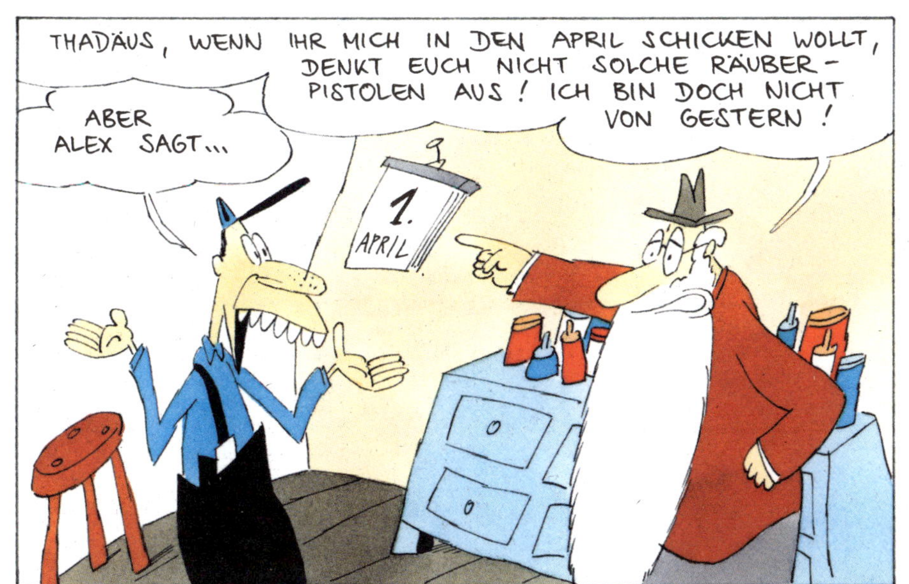
ABER ALEX SAGT...
THADÄUS, WENN IHR MICH IN DEN APRIL SCHICKEN WOLLT, DENKT EUCH NICHT SOLCHE RÄUBER-PISTOLEN AUS! ICH BIN DOCH NICHT VON GESTERN!
1. APRIL

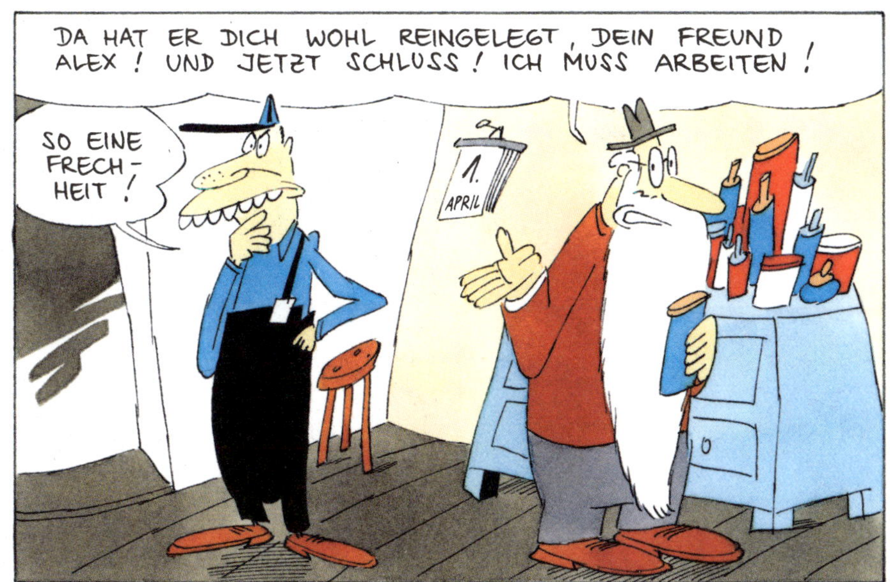
DA HAT ER DICH WOHL REINGELEGT, DEIN FREUND ALEX! UND JETZT SCHLUSS! ICH MUSS ARBEITEN!
SO EINE FRECH-HEIT!
1. APRIL

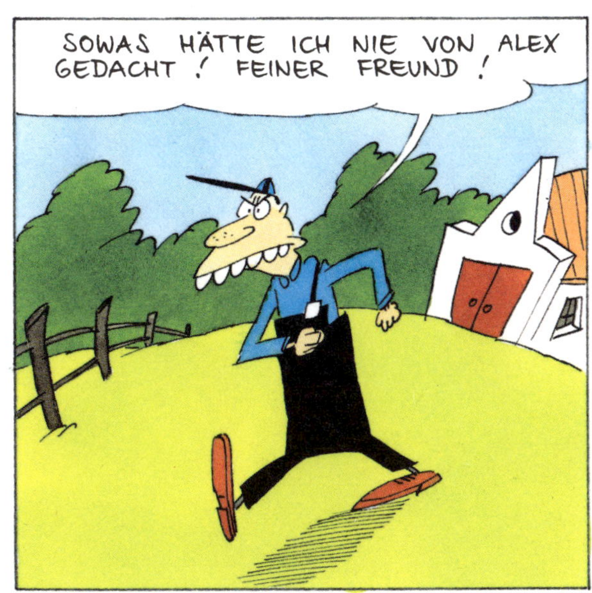
SOWAS HÄTTE ICH NIE VON ALEX GEDACHT! FEINER FREUND!

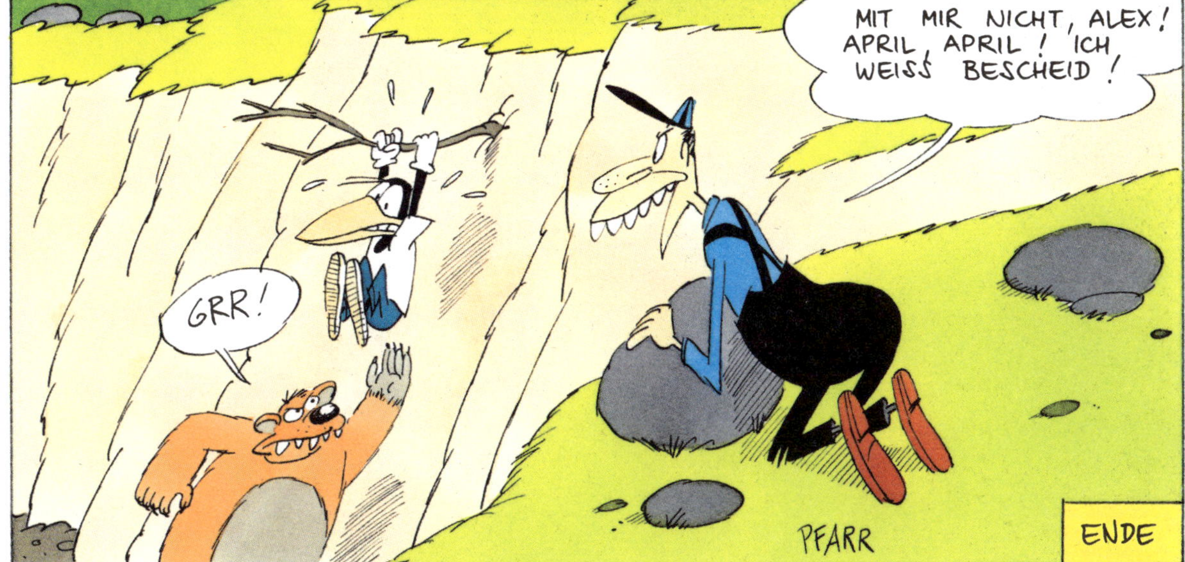
MIT MIR NICHT, ALEX! APRIL, APRIL! ICH WEISS BESCHEID!
GRR!
PFARR
ENDE

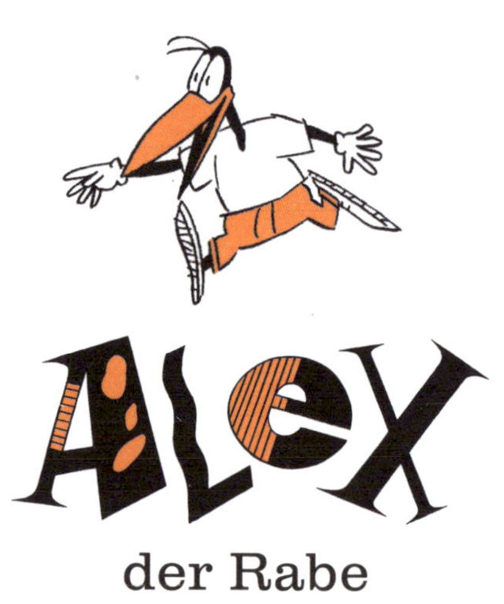
ALEX
der Rabe

33... 34... 35...

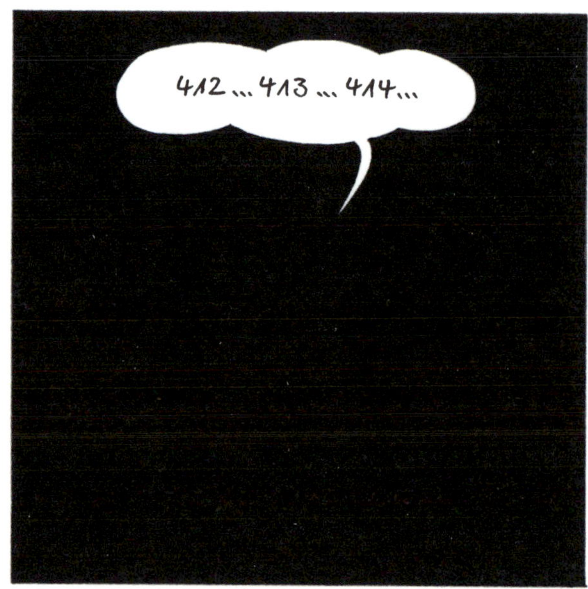
412... 413... 414...

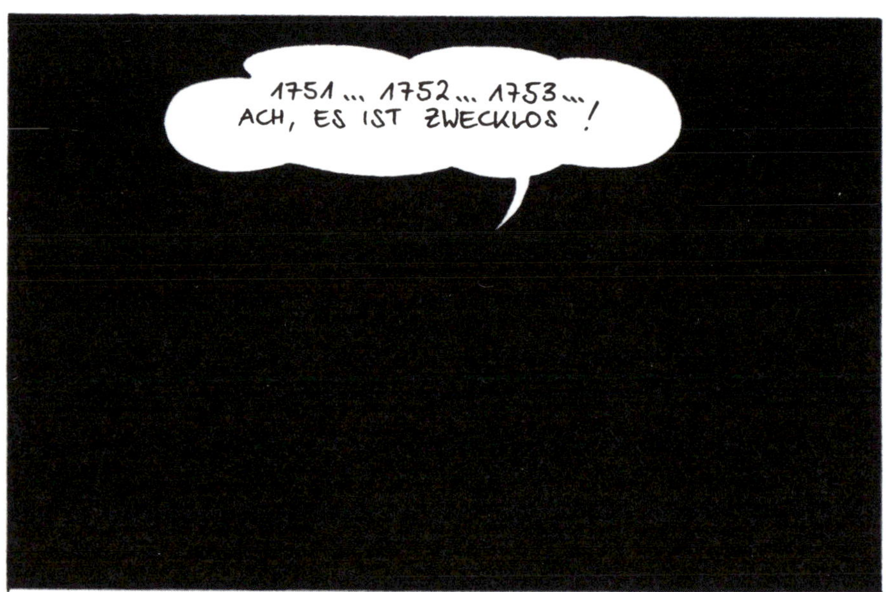
1751... 1752... 1753...
ACH, ES IST ZWECKLOS!

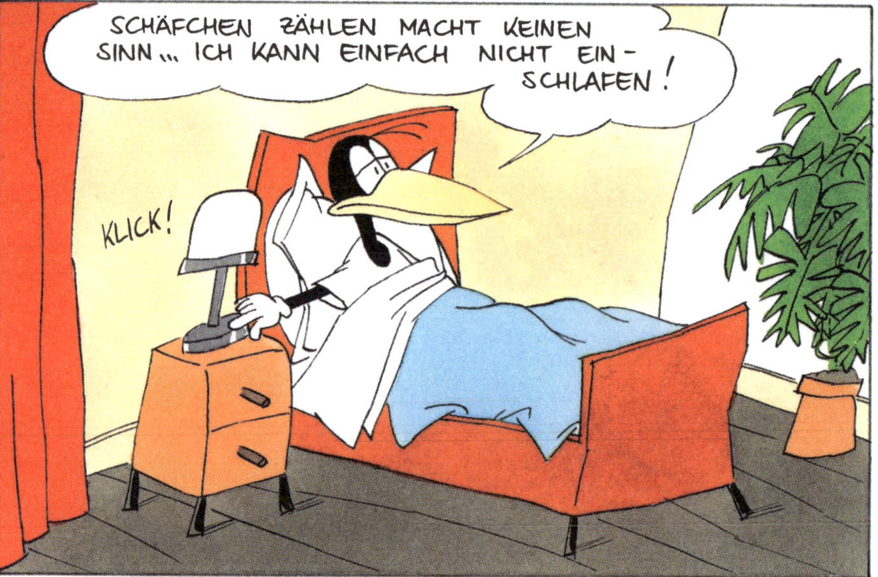
SCHÄFCHEN ZÄHLEN MACHT KEINEN SINN... ICH KANN EINFACH NICHT EIN-SCHLAFEN!
KLICK!

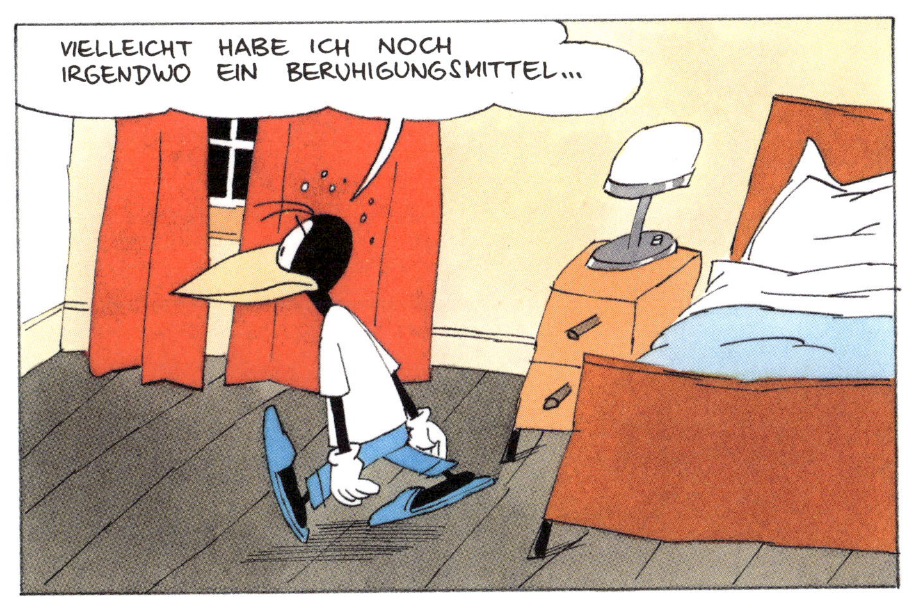
VIELLEICHT HABE ICH NOCH IRGENDWO EIN BERUHIGUNGSMITTEL...

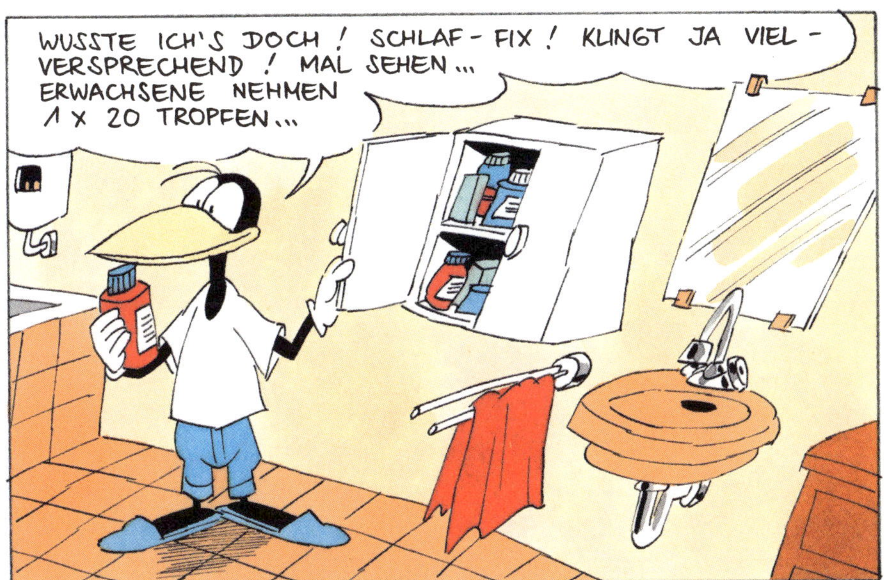
WUSSTE ICH'S DOCH ! SCHLAF-FIX ! KLINGT JA VIEL-VERSPRECHEND ! MAL SEHEN... ERWACHSENE NEHMEN 1 X 20 TROPFEN...

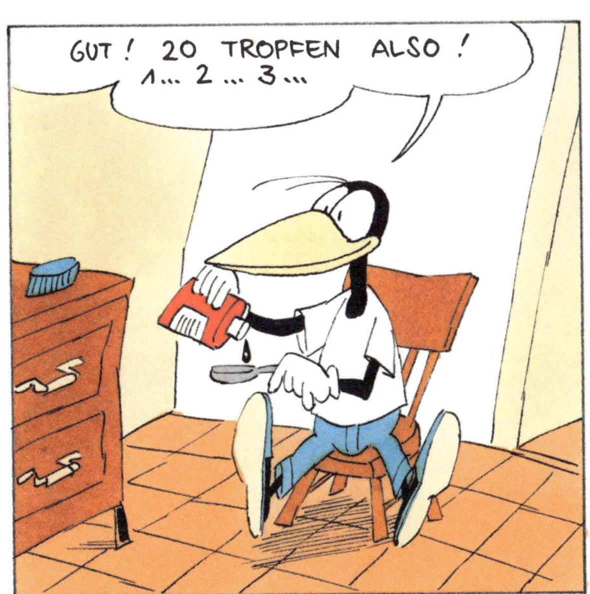
GUT ! 20 TROPFEN ALSO ! 1... 2... 3...

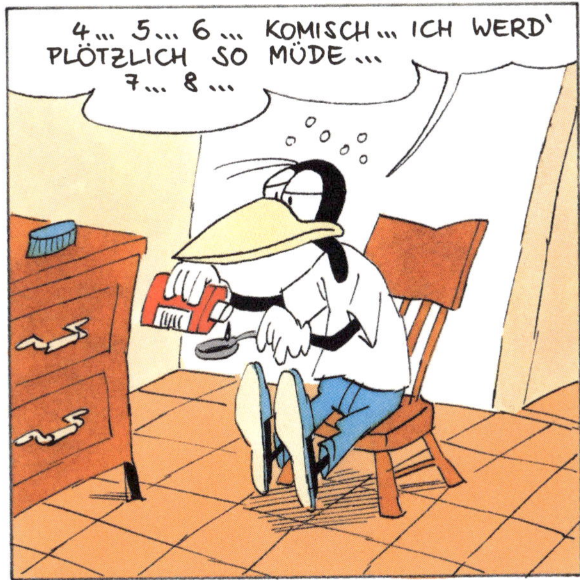
4... 5... 6... KOMISCH... ICH WERD' PLÖTZLICH SO MÜDE... 7... 8...

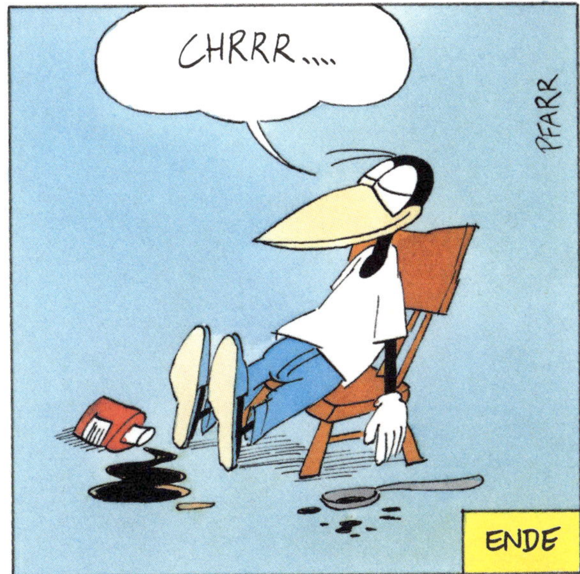
CHRRR....
PFARR
ENDE

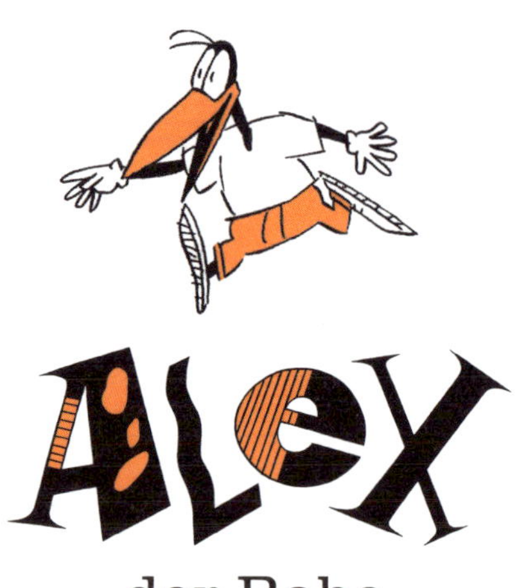
ALEX
der Rabe

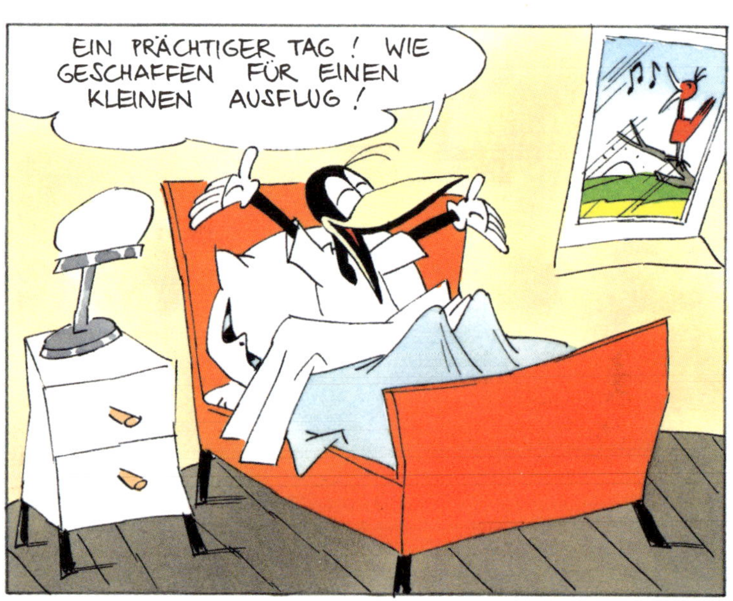
EIN PRÄCHTIGER TAG ! WIE GESCHAFFEN FÜR EINEN KLEINEN AUSFLUG !

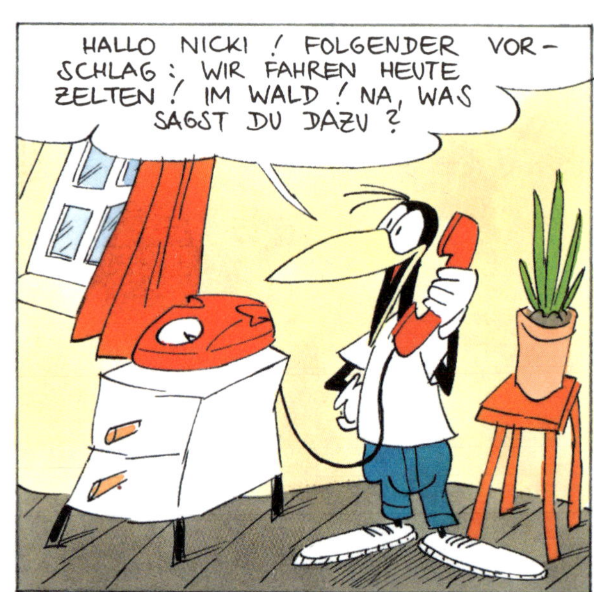
HALLO NICKI ! FOLGENDER VORSCHLAG : WIR FAHREN HEUTE ZELTEN ! IM WALD ! NA, WAS SAGST DU DAZU ?

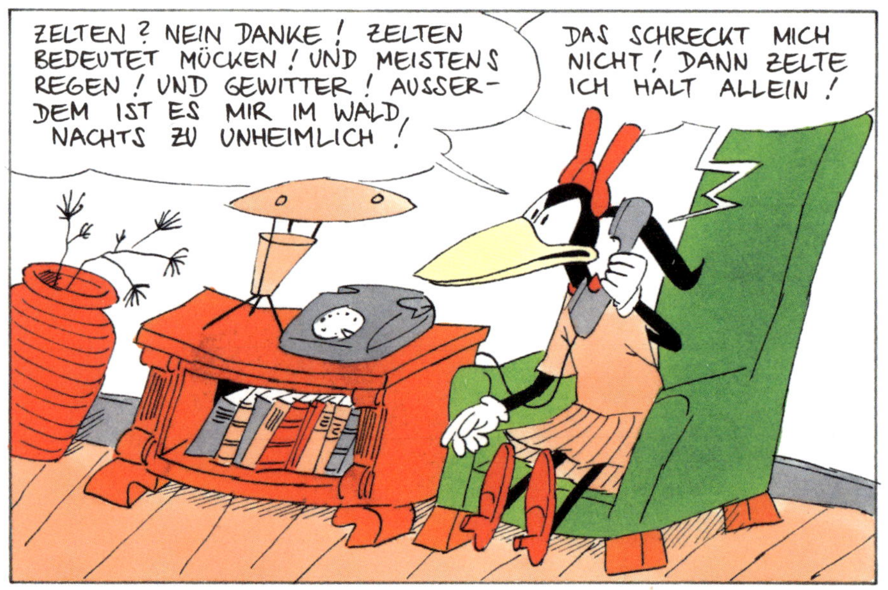
ZELTEN ? NEIN DANKE ! ZELTEN BEDEUTET MÜCKEN ! UND MEISTENS REGEN ! UND GEWITTER ! AUSSERDEM IST ES MIR IM WALD NACHTS ZU UNHEIMLICH !
DAS SCHRECKT MICH NICHT ! DANN ZELTE ICH HALT ALLEIN !

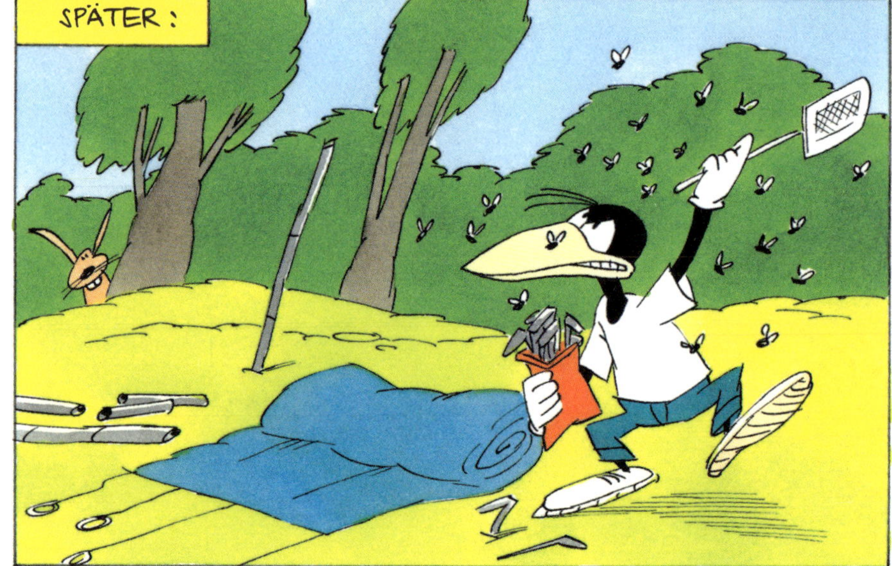
SPÄTER :

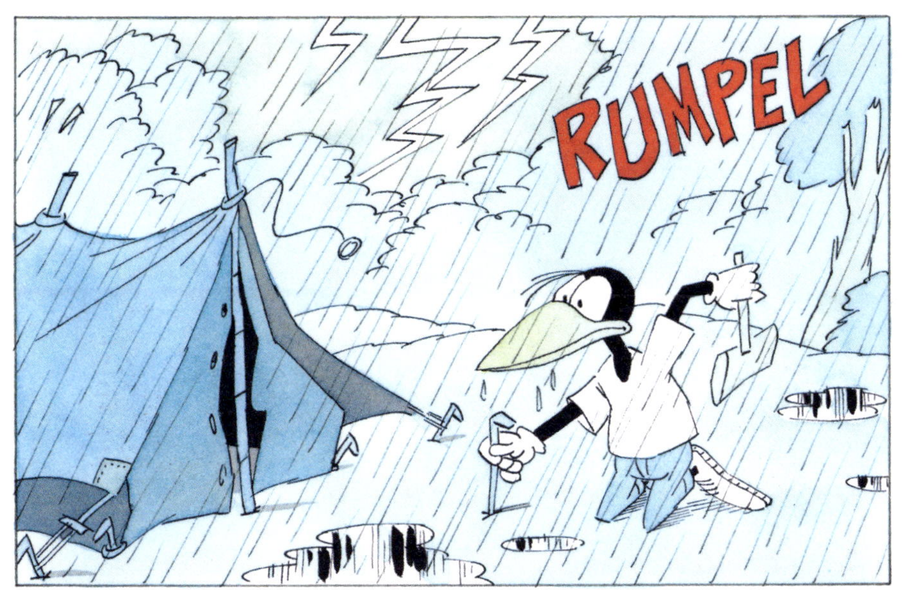
RUMPEL

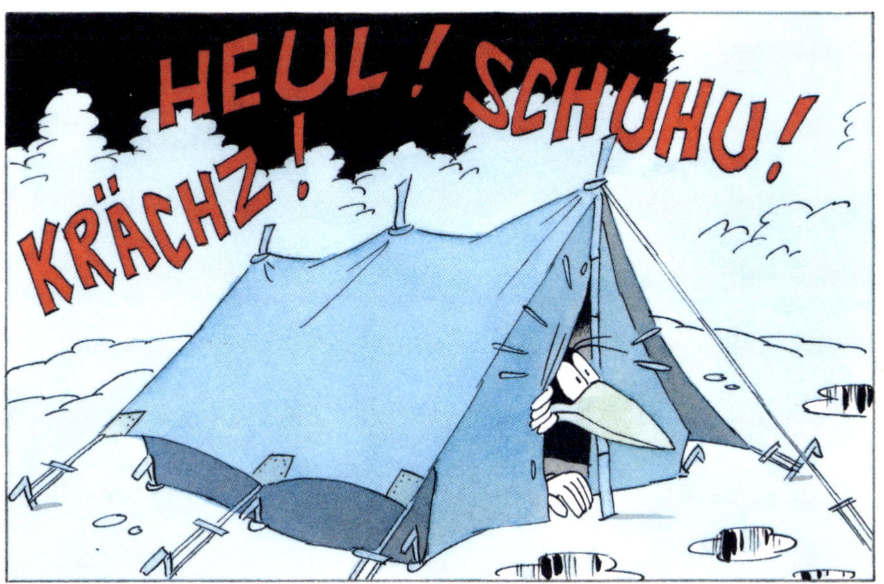
HEUL!
SCHUHU!
KRÄCHZ!

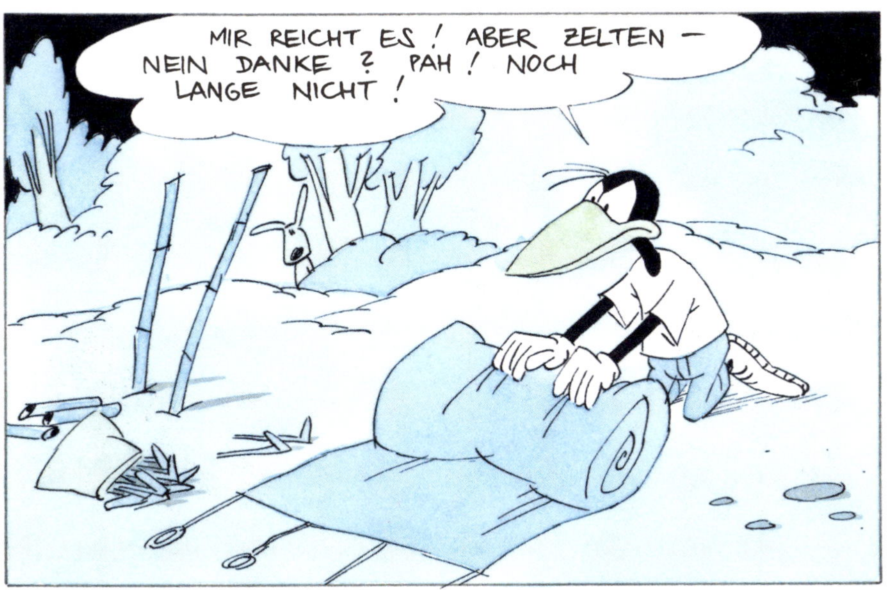
MIR REICHT ES! ABER ZELTEN – NEIN DANKE? PAH! NOCH LANGE NICHT!

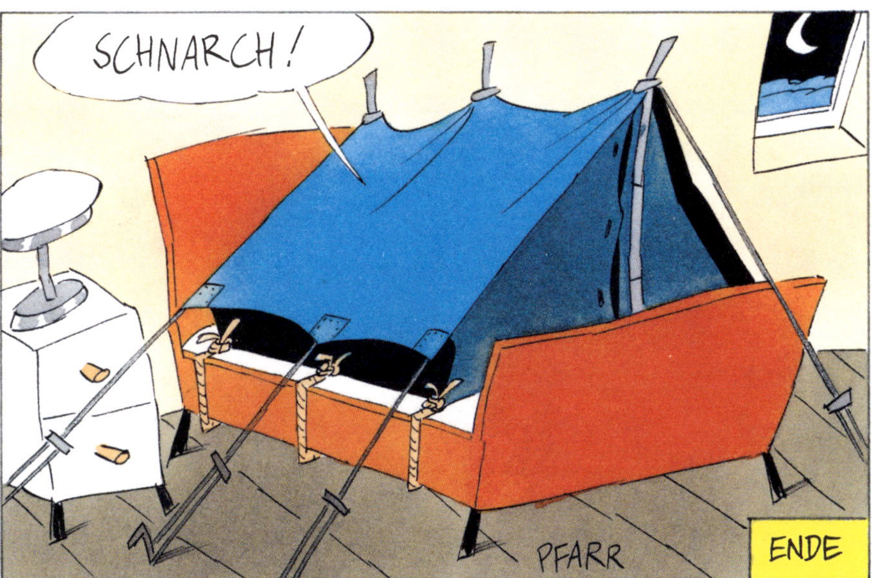
SCHNARCH!
PFARR
ENDE

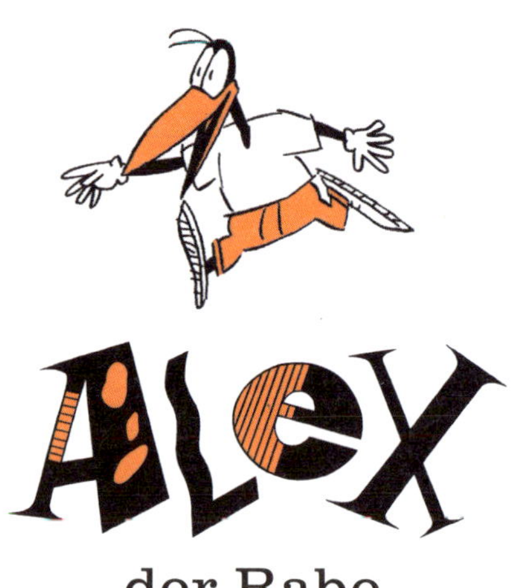
ALEX
der Rabe

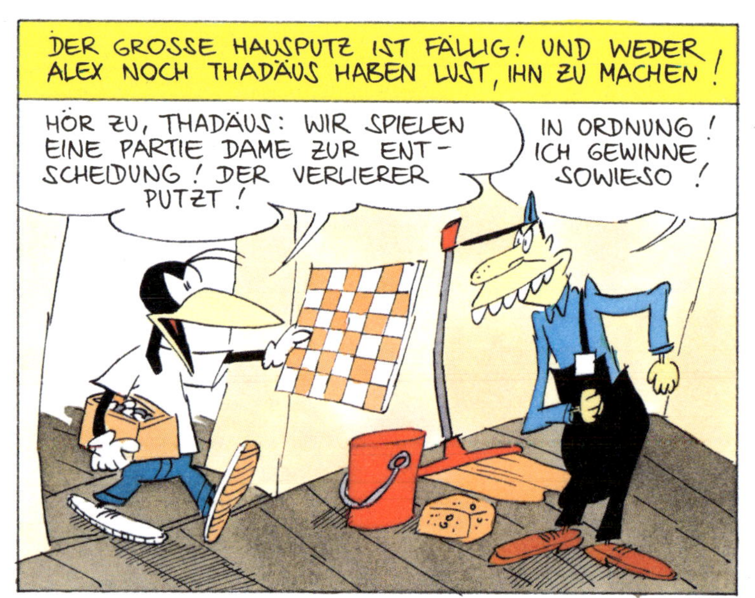
DER GROSSE HAUSPUTZ IST FÄLLIG! UND WEDER ALEX NOCH THADÄUS HABEN LUST, IHN ZU MACHEN!
HÖR ZU, THADÄUS: WIR SPIELEN EINE PARTIE DAME ZUR ENTSCHEIDUNG! DER VERLIERER PUTZT!
IN ORDNUNG! ICH GEWINNE SOWIESO!

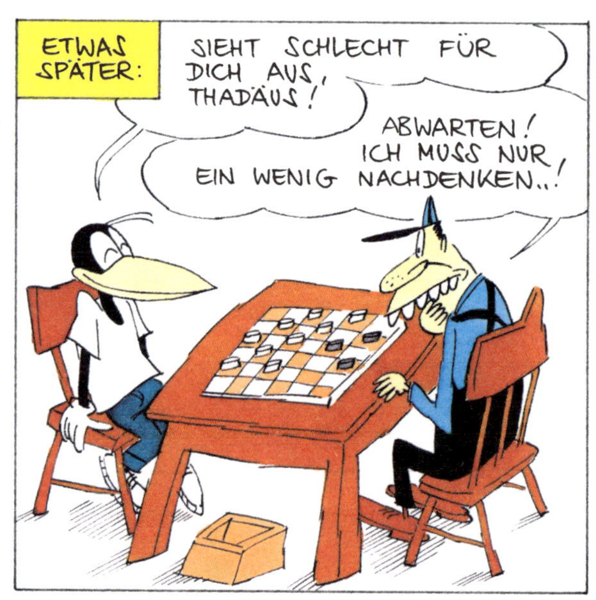
ETWAS SPÄTER:
SIEHT SCHLECHT FÜR DICH AUS, THADÄUS!
ABWARTEN! ICH MUSS NUR EIN WENIG NACHDENKEN..!

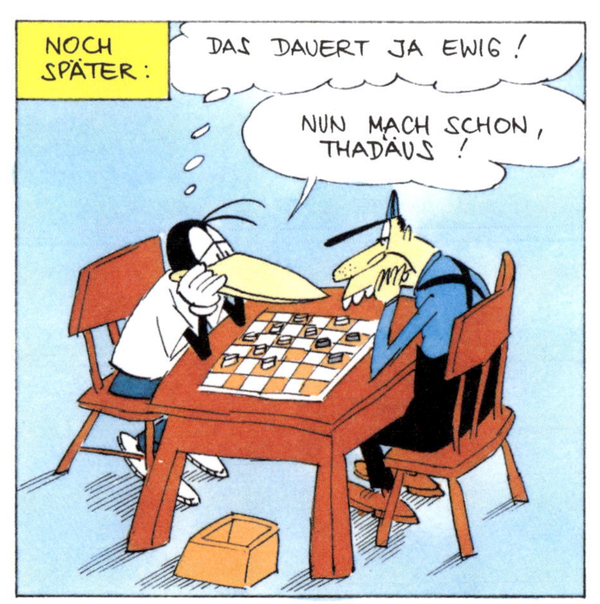
NOCH SPÄTER:
DAS DAUERT JA EWIG!
NUN MACH SCHON, THADÄUS!

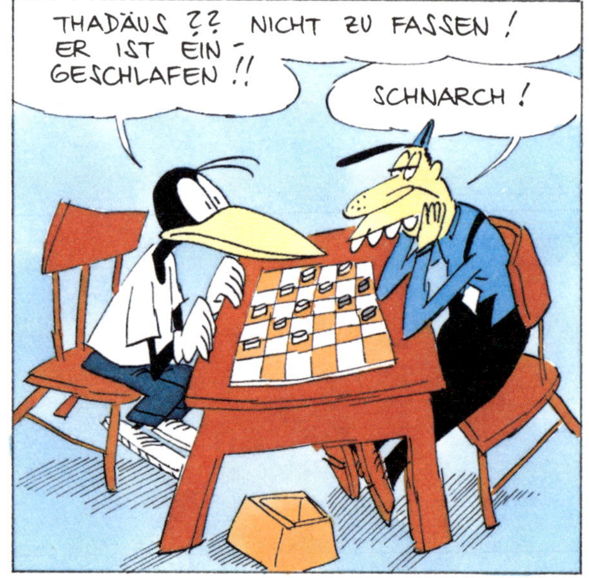
THADÄUS ?? NICHT ZU FASSEN! ER IST EINGESCHLAFEN!!
SCHNARCH!

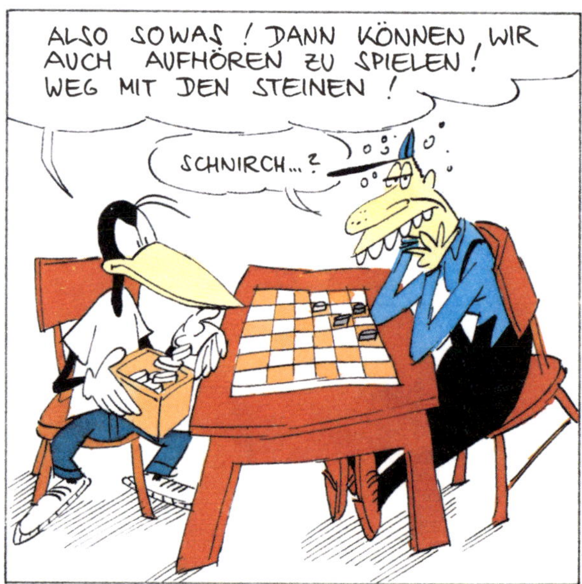
ALSO SOWAS! DANN KÖNNEN WIR AUCH AUFHÖREN ZU SPIELEN! WEG MIT DEN STEINEN!
SCHNIRCH...?

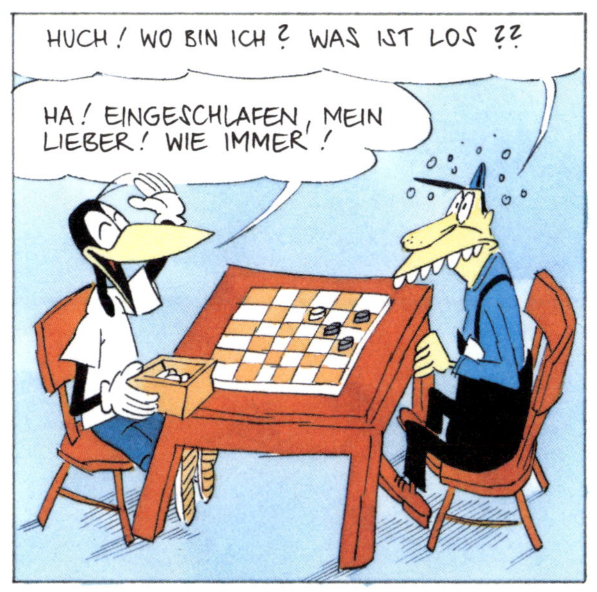
HUCH! WO BIN ICH? WAS IST LOS??
HA! EINGESCHLAFEN, MEIN LIEBER! WIE IMMER!

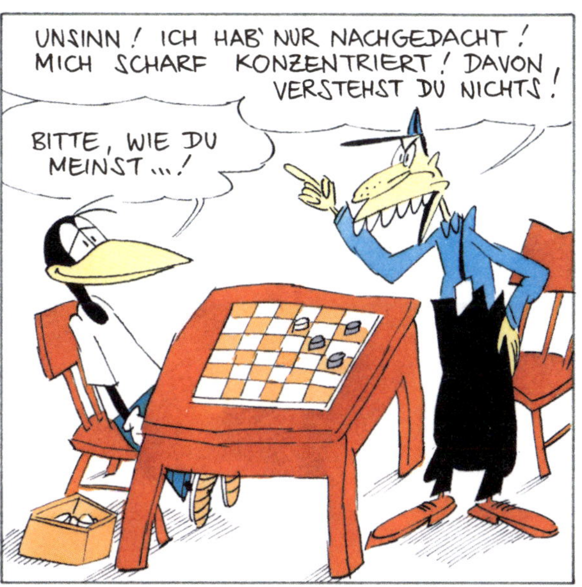
UNSINN! ICH HAB' NUR NACHGEDACHT! MICH SCHARF KONZENTRIERT! DAVON VERSTEHST DU NICHTS!
BITTE, WIE DU MEINST...!

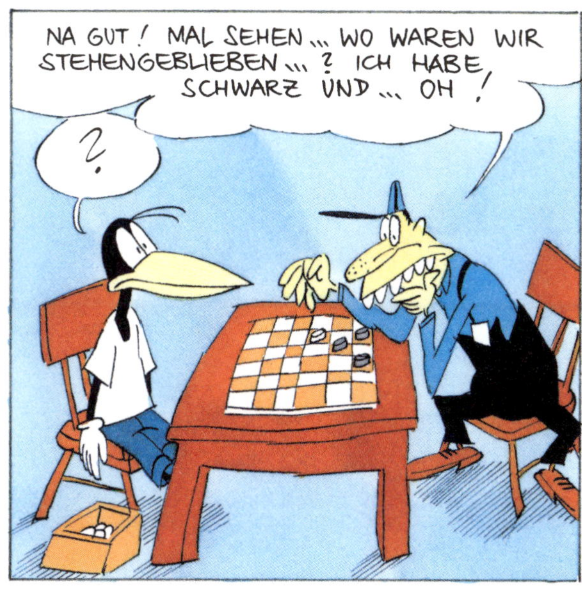
NA GUT! MAL SEHEN... WO WAREN WIR STEHENGEBLIEBEN...? ICH HABE SCHWARZ UND... OH!
?

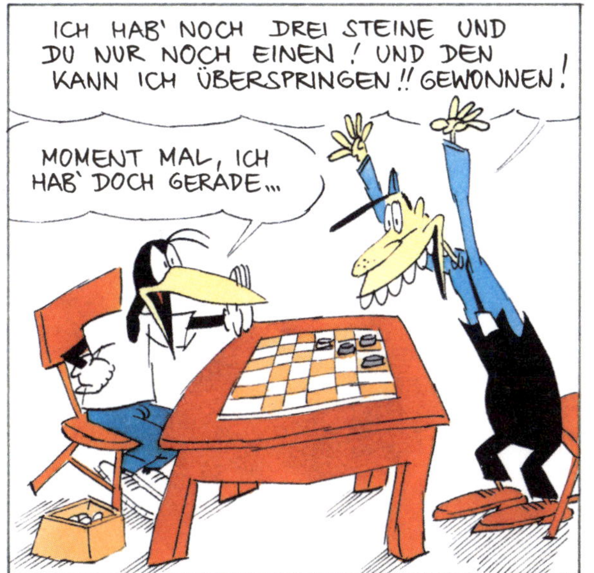
ICH HAB' NOCH DREI STEINE UND DU NUR NOCH EINEN! UND DEN KANN ICH ÜBERSPRINGEN!! GEWONNEN!
MOMENT MAL, ICH HAB' DOCH GERADE...

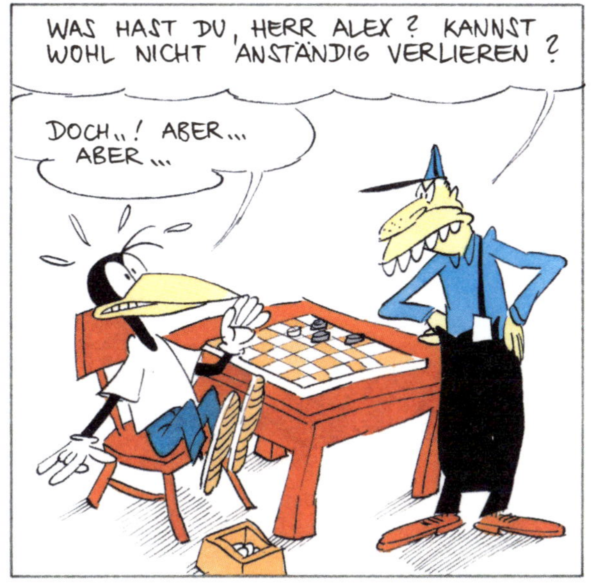
WAS HAST DU, HERR ALEX? KANNST WOHL NICHT ANSTÄNDIG VERLIEREN?
DOCH..! ABER... ABER...

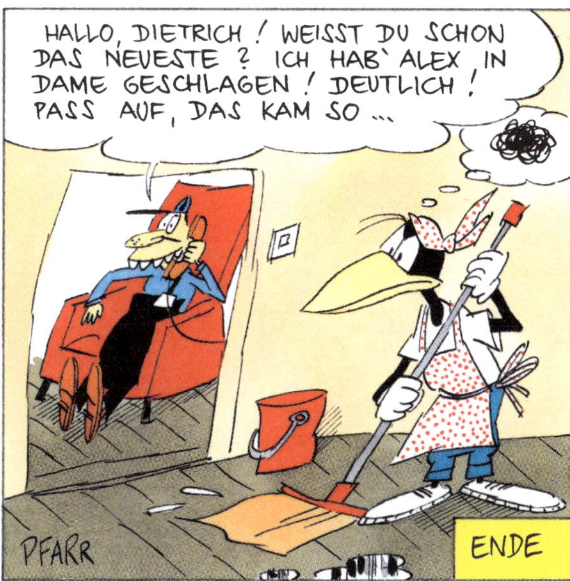
HALLO, DIETRICH! WEISST DU SCHON DAS NEUESTE? ICH HAB' ALEX IN DAME GESCHLAGEN! DEUTLICH! PASS AUF, DAS KAM SO...
PFARR
ENDE

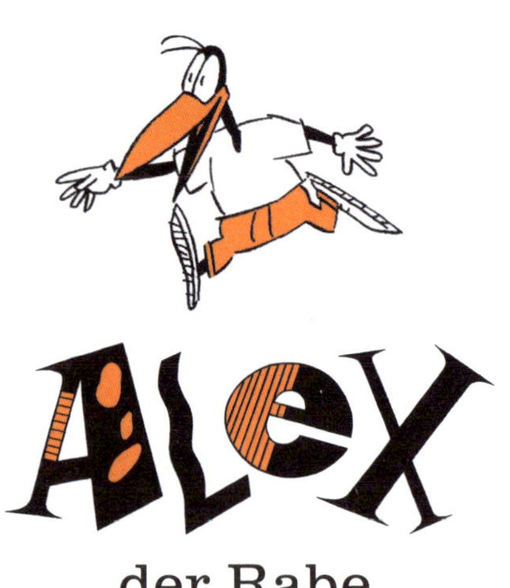
ALEX
der Rabe

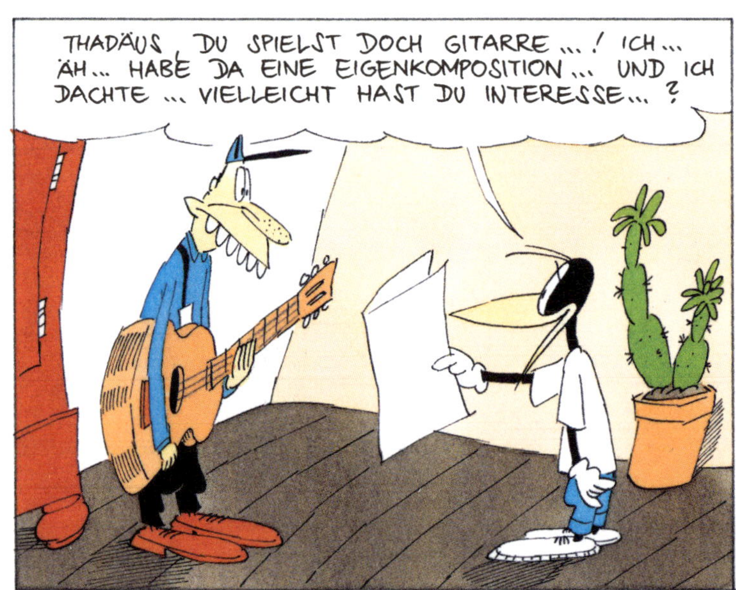
THADÄUS, DU SPIELST DOCH GITARRE ...! ICH ... ÄH ... HABE DA EINE EIGENKOMPOSITION ... UND ICH DACHTE ... VIELLEICHT HAST DU INTERESSE ...?

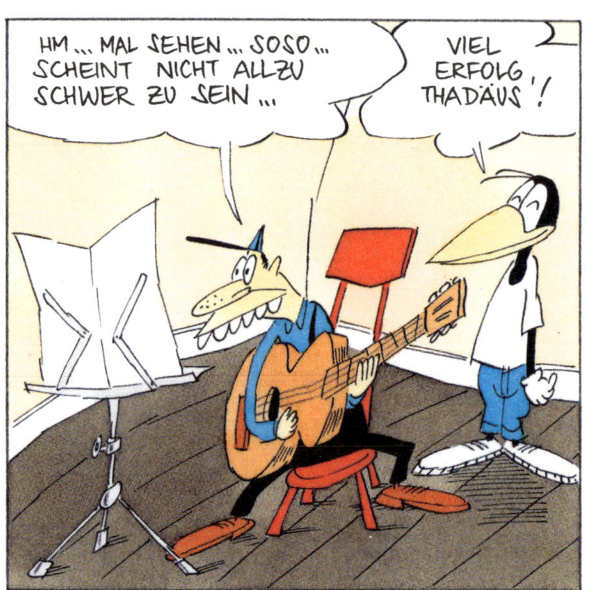
HM ... MAL SEHEN ... SOSO ... SCHEINT NICHT ALLZU SCHWER ZU SEIN ...
VIEL ERFOLG, THADÄUS!

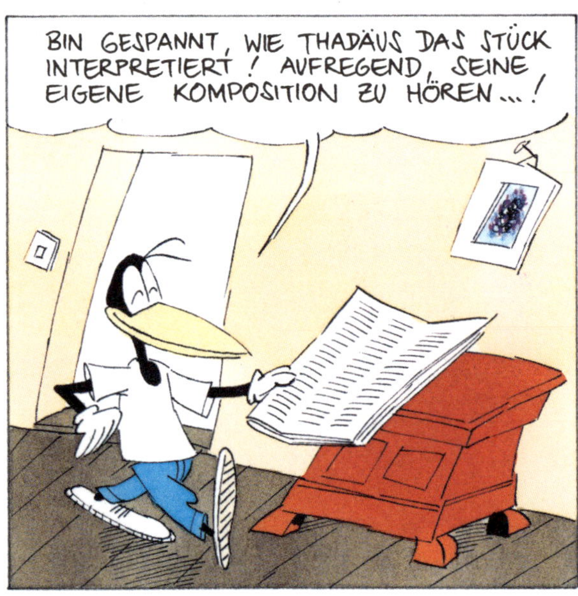
BIN GESPANNT, WIE THADÄUS DAS STÜCK INTERPRETIERT! AUFREGEND, SEINE EIGENE KOMPOSITION ZU HÖREN ...!

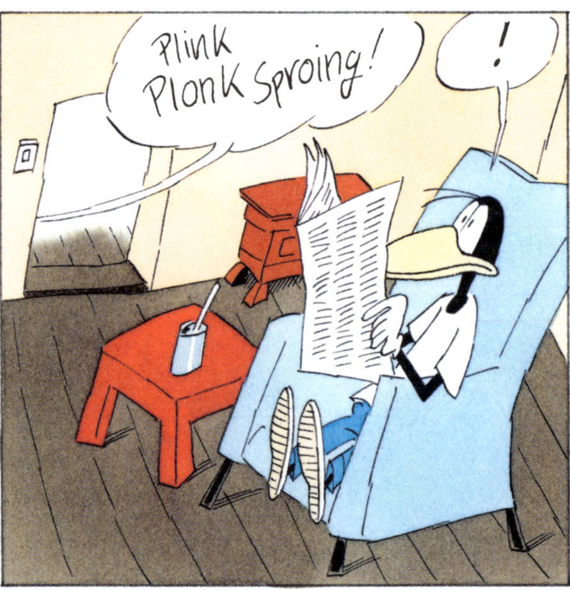
Plink Plonk Sproing!
!

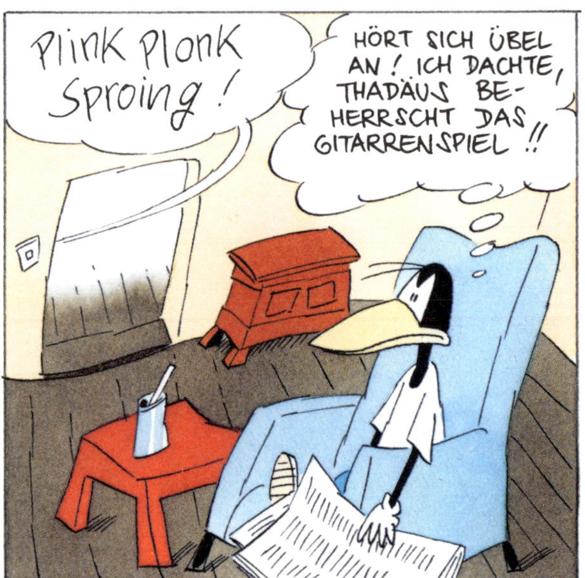
Plink Plonk Sproing!
HÖRT SICH ÜBEL AN! ICH DACHTE, THADÄUS BEHERRSCHT DAS GITARRENSPIEL!!

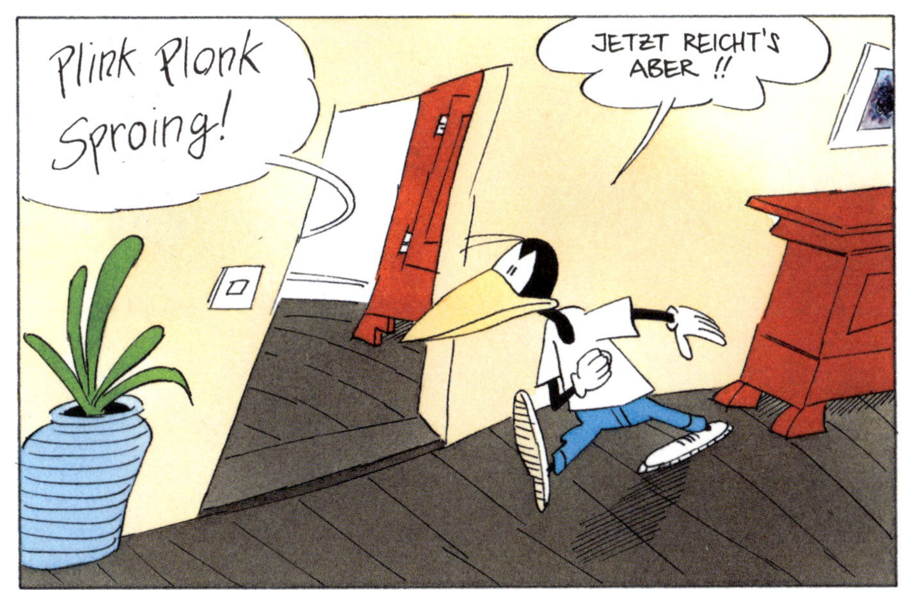
Plink Plonk Sproing!
JETZT REICHT'S ABER !!

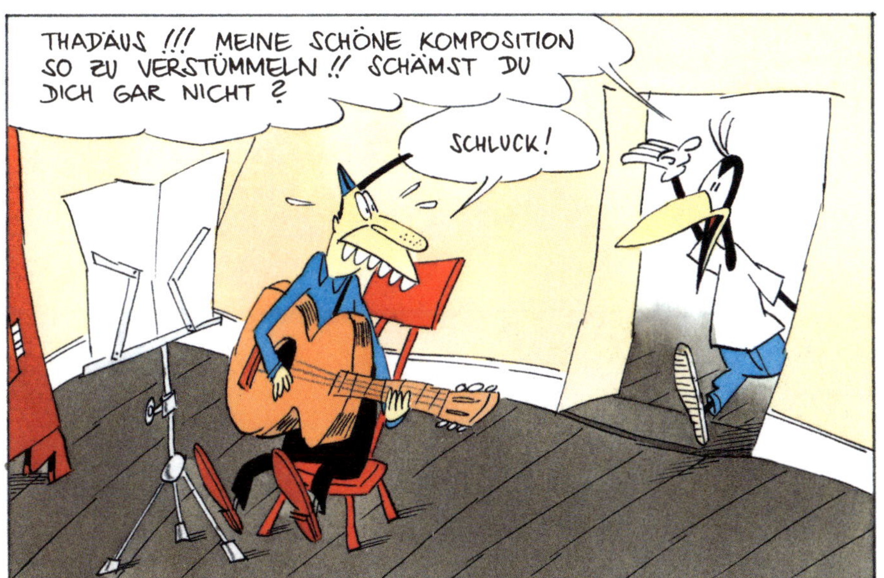
THADÄUS !!! MEINE SCHÖNE KOMPOSITION SO ZU VERSTÜMMELN !! SCHÄMST DU DICH GAR NICHT ?
SCHLUCK !

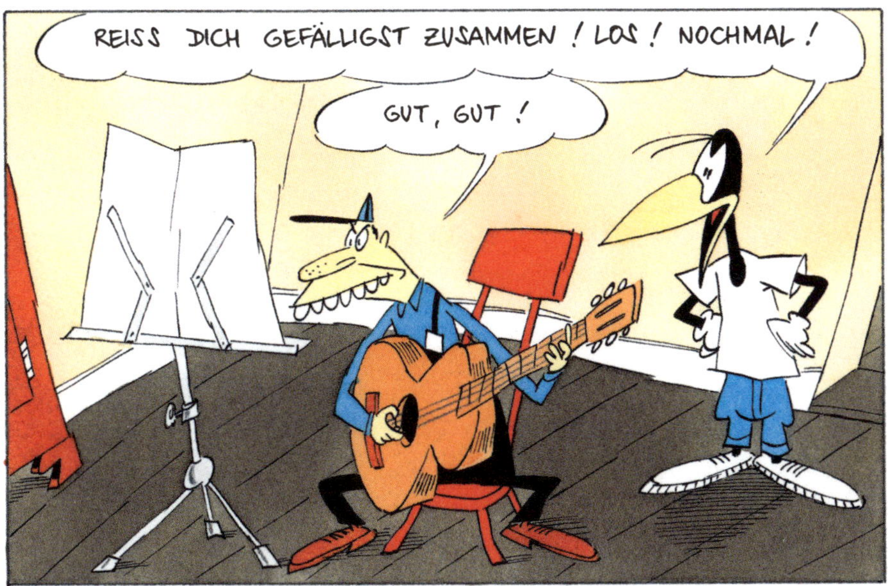
REISS DICH GEFÄLLIGST ZUSAMMEN ! LOS ! NOCHMAL !
GUT, GUT !

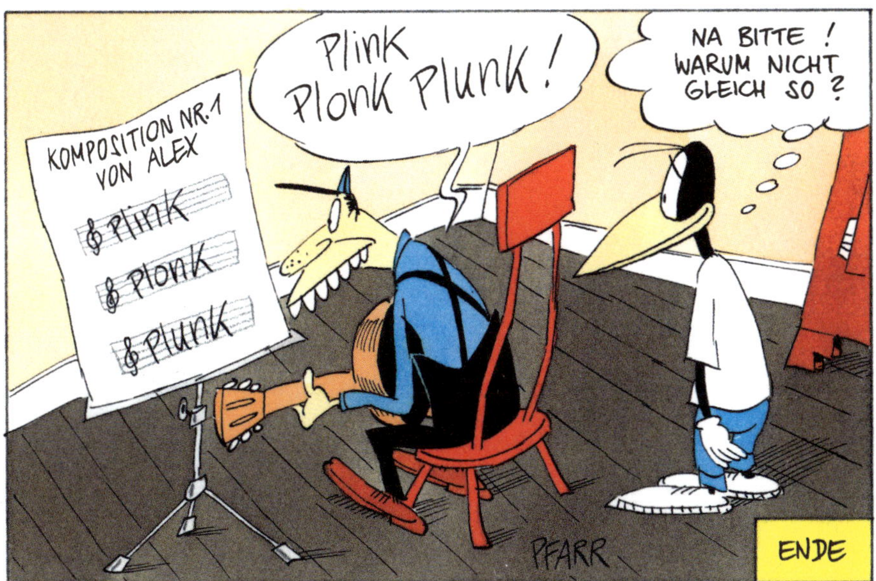
KOMPOSITION NR. 1 VON ALEX
Plink
Plonk
Plunk
Plink Plonk Plunk !
NA BITTE ! WARUM NICHT GLEICH SO ?
PFARR
ENDE

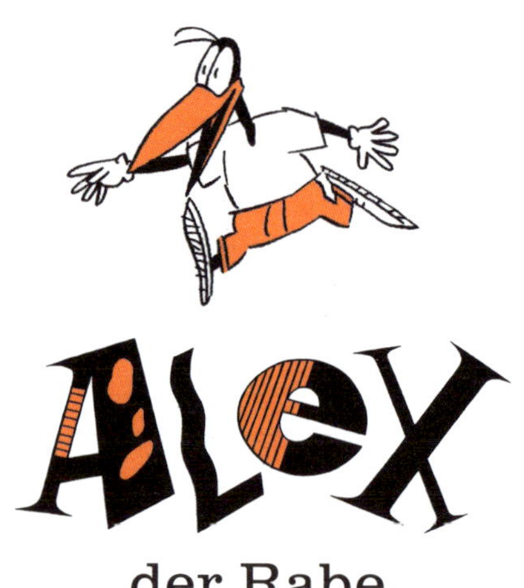
ALEX
der Rabe

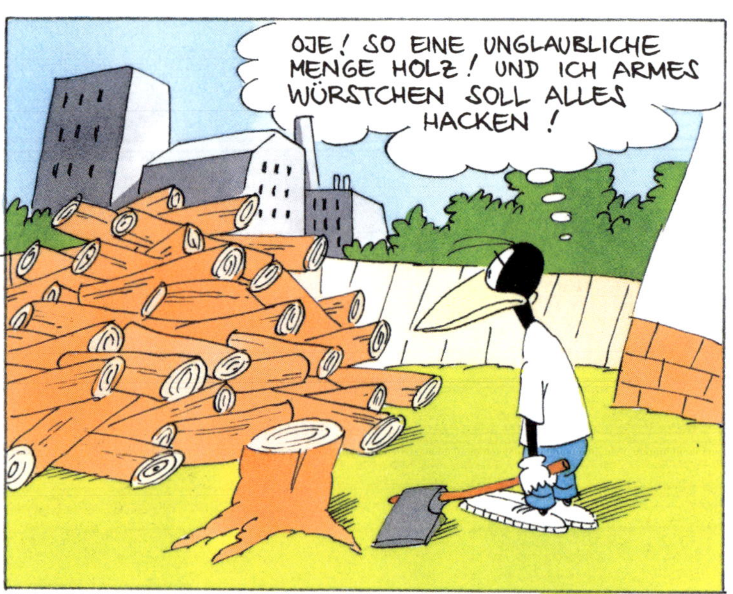
OJE! SO EINE UNGLAUBLICHE MENGE HOLZ! UND ICH ARMES WÜRSTCHEN SOLL ALLES HACKEN!

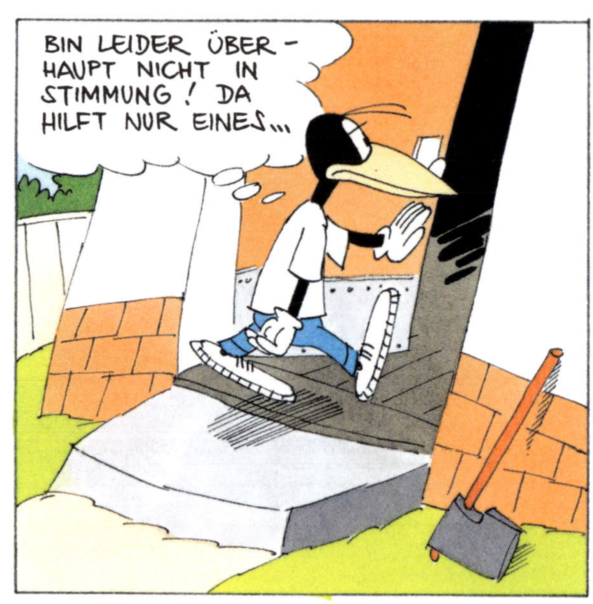
BIN LEIDER ÜBER-HAUPT NICHT IN STIMMUNG! DA HILFT NUR EINES...

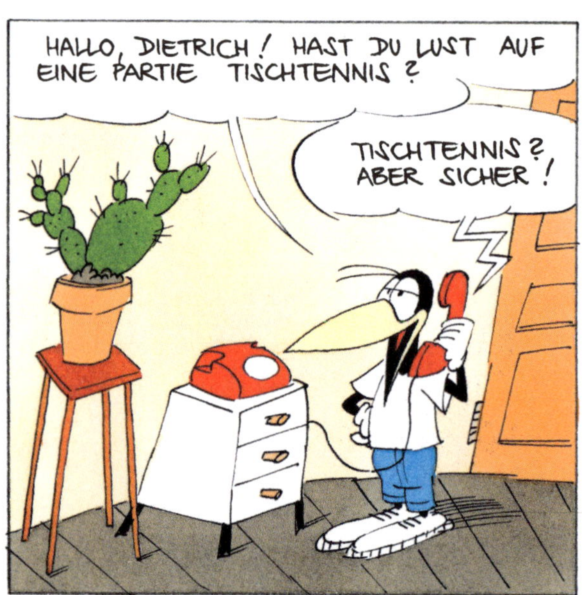
HALLO, DIETRICH! HAST DU LUST AUF EINE PARTIE TISCHTENNIS?
TISCHTENNIS? ABER SICHER!

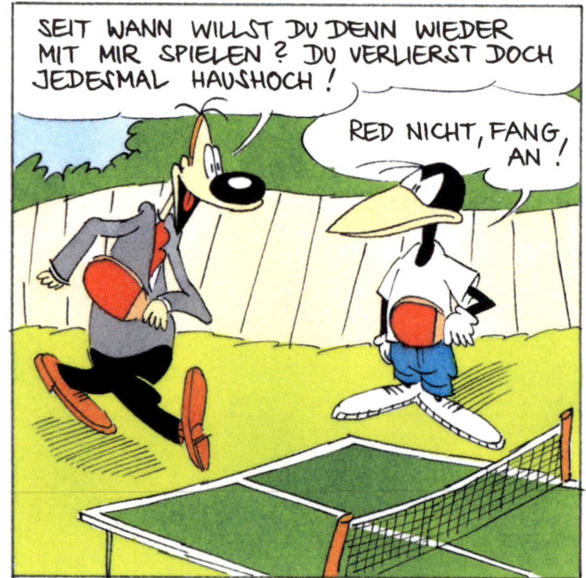
SEIT WANN WILLST DU DENN WIEDER MIT MIR SPIELEN? DU VERLIERST DOCH JEDESMAL HAUSHOCH!
RED NICHT, FANG AN!

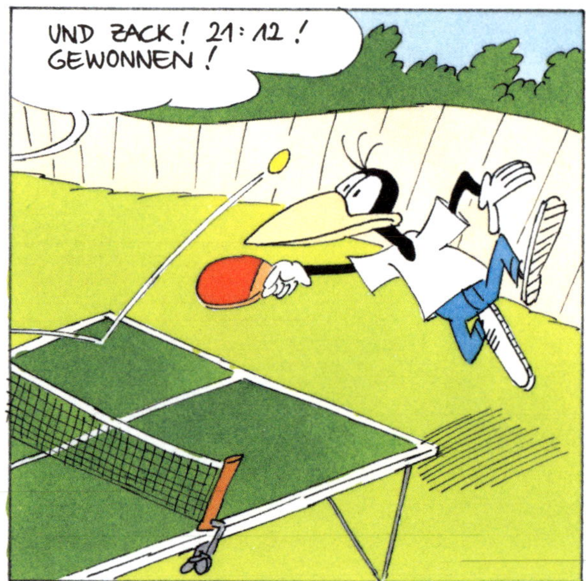
UND ZACK! 21:12! GEWONNEN!

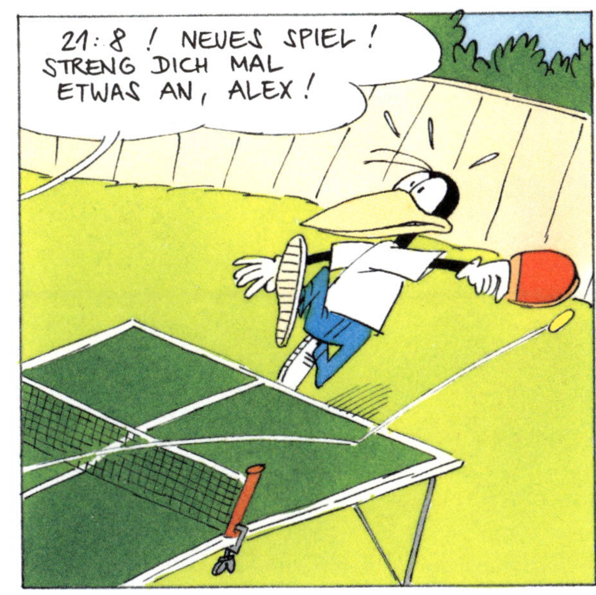
21:8! NEUES SPIEL! STRENG DICH MAL ETWAS AN, ALEX!

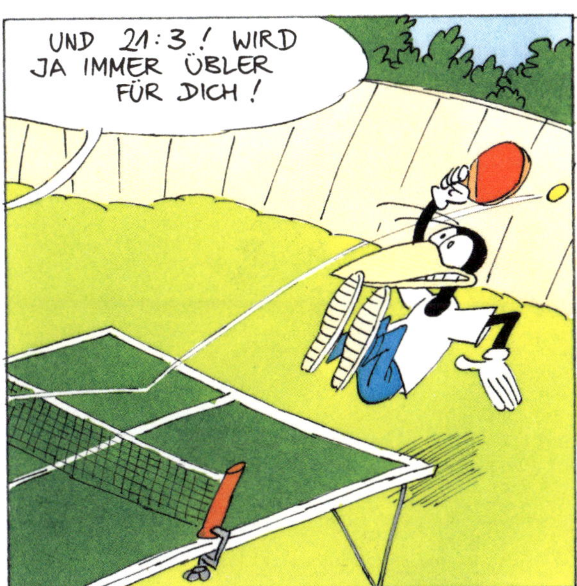
UND 21:3! WIRD JA IMMER ÜBLER FÜR DICH!

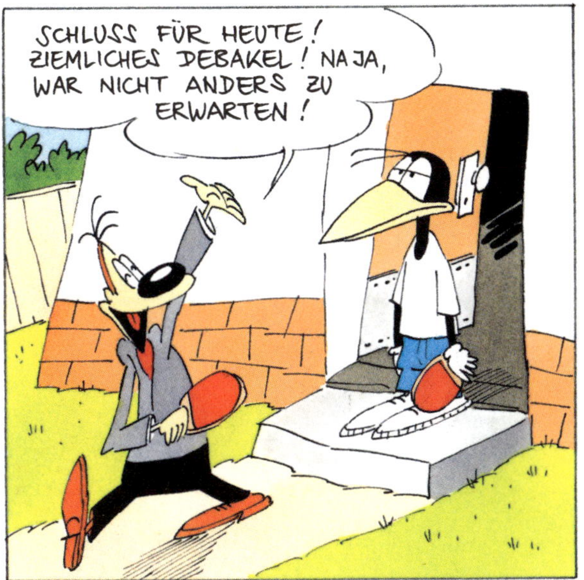
SCHLUSS FÜR HEUTE! ZIEMLICHES DEBAKEL! NAJA, WAR NICHT ANDERS ZU ERWARTEN!

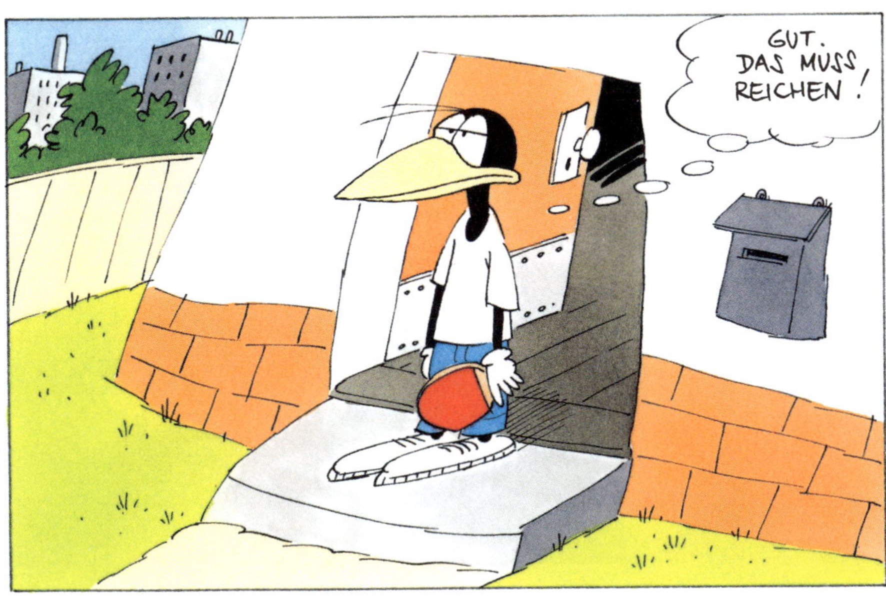
GUT. DAS MUSS REICHEN!

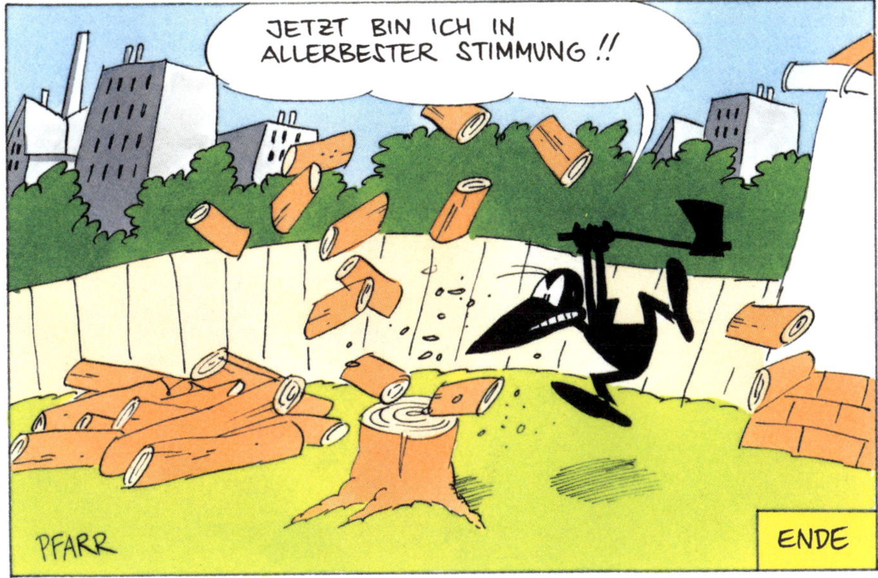
JETZT BIN ICH IN ALLERBESTER STIMMUNG!!
PFARR
ENDE

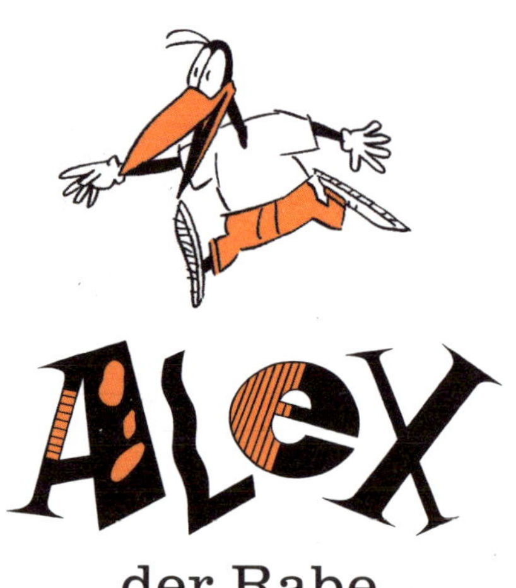
ALEX
der Rabe

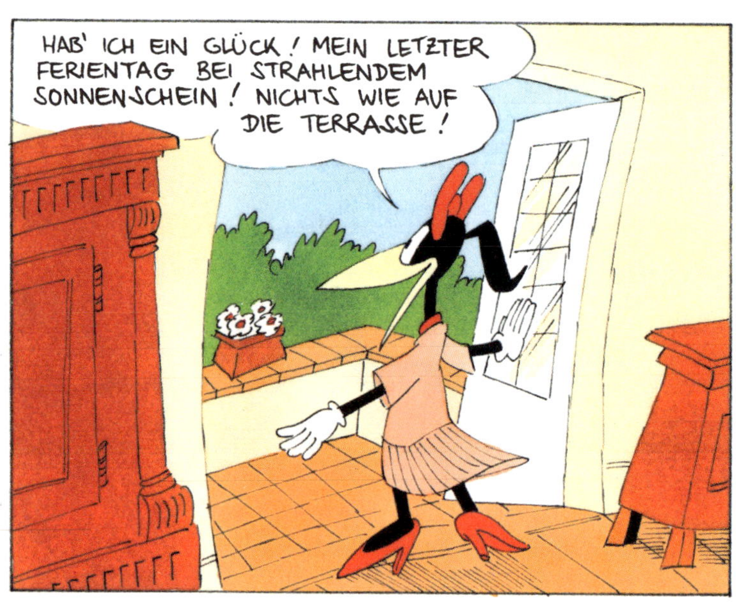
HAB' ICH EIN GLÜCK! MEIN LETZTER FERIENTAG BEI STRAHLENDEM SONNENSCHEIN! NICHTS WIE AUF DIE TERRASSE!

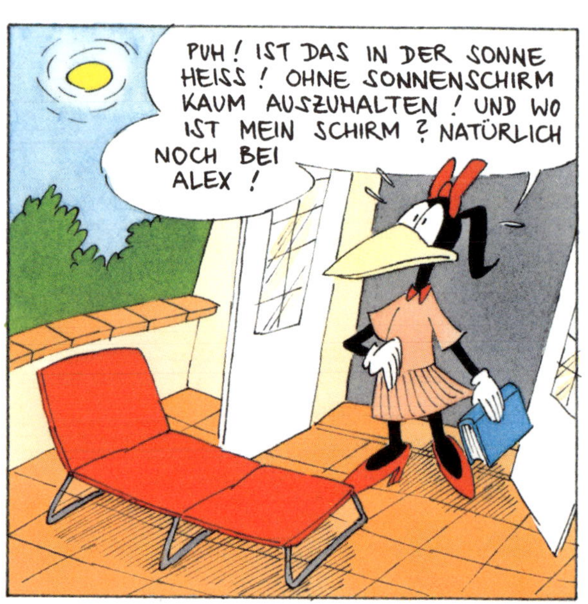
PUH! IST DAS IN DER SONNE HEISS! OHNE SONNENSCHIRM KAUM AUSZUHALTEN! UND WO IST MEIN SCHIRM? NATÜRLICH NOCH BEI ALEX!

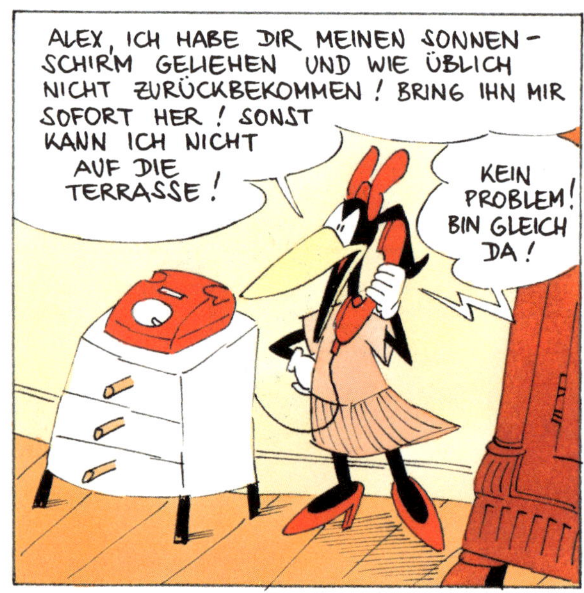
ALEX, ICH HABE DIR MEINEN SONNEN-SCHIRM GELIEHEN UND WIE ÜBLICH NICHT ZURÜCKBEKOMMEN! BRING IHN MIR SOFORT HER! SONST KANN ICH NICHT AUF DIE TERRASSE!
KEIN PROBLEM! BIN GLEICH DA!

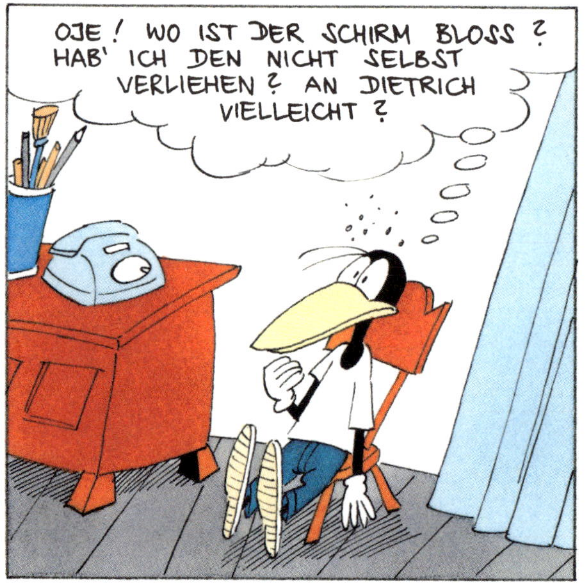
OJE! WO IST DER SCHIRM BLOSS? HAB' ICH DEN NICHT SELBST VERLIEHEN? AN DIETRICH VIELLEICHT?

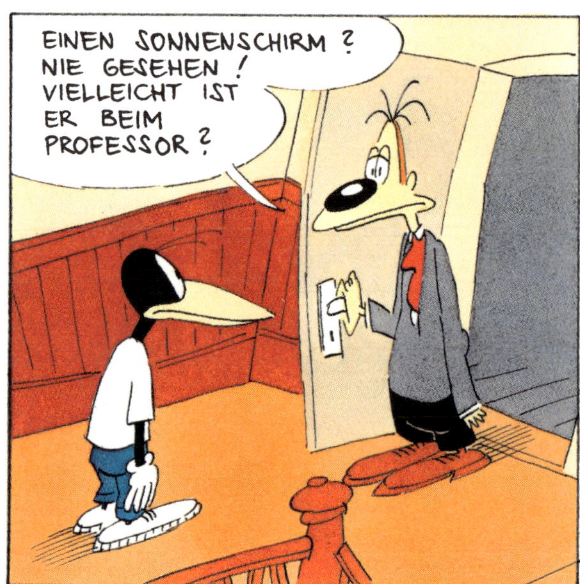
EINEN SONNENSCHIRM? NIE GESEHEN! VIELLEICHT IST ER BEIM PROFESSOR?

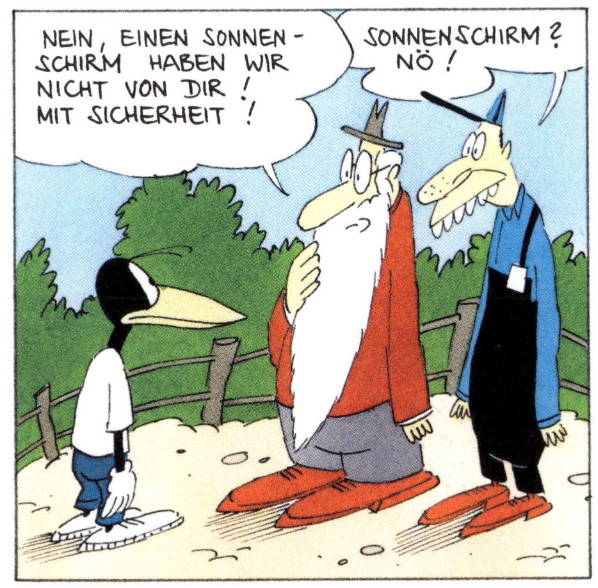
NEIN, EINEN SONNEN-SCHIRM HABEN WIR NICHT VON DIR! MIT SICHERHEIT!
SONNENSCHIRM? NÖ!

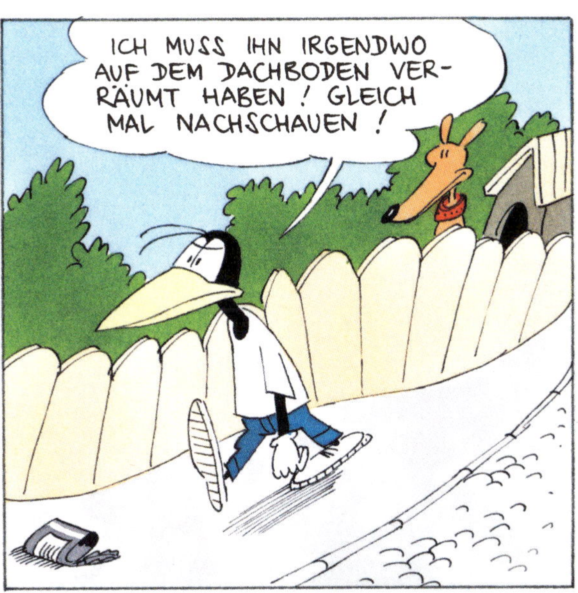
ICH MUSS IHN IRGENDWO AUF DEM DACHBODEN VERRÄUMT HABEN! GLEICH MAL NACHSCHAUEN!

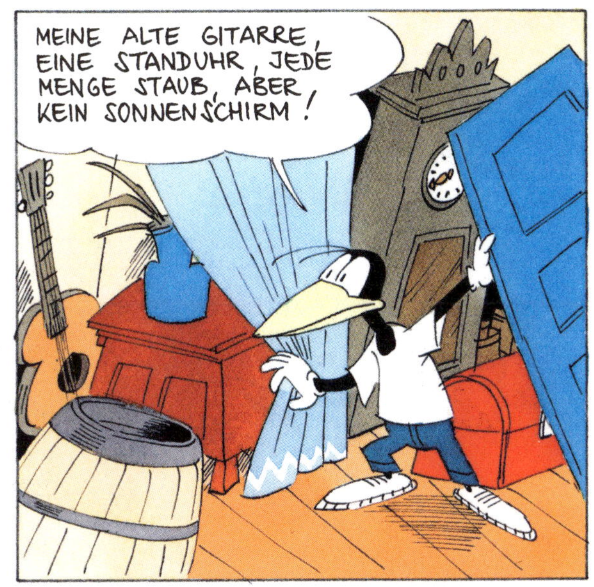
MEINE ALTE GITARRE, EINE STANDUHR, JEDE MENGE STAUB, ABER KEIN SONNENSCHIRM!

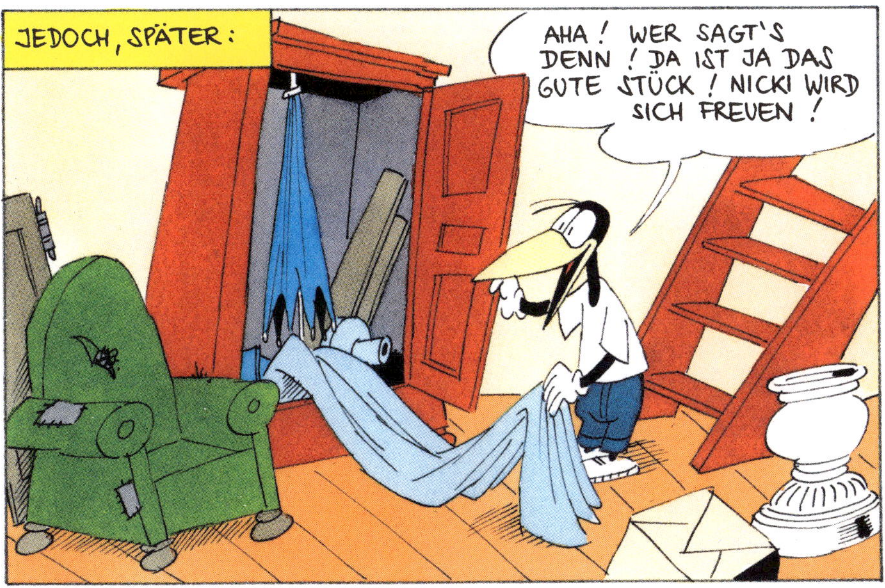
JEDOCH, SPÄTER:
AHA! WER SAGT'S DENN! DA IST JA DAS GUTE STÜCK! NICKI WIRD SICH FREUEN!

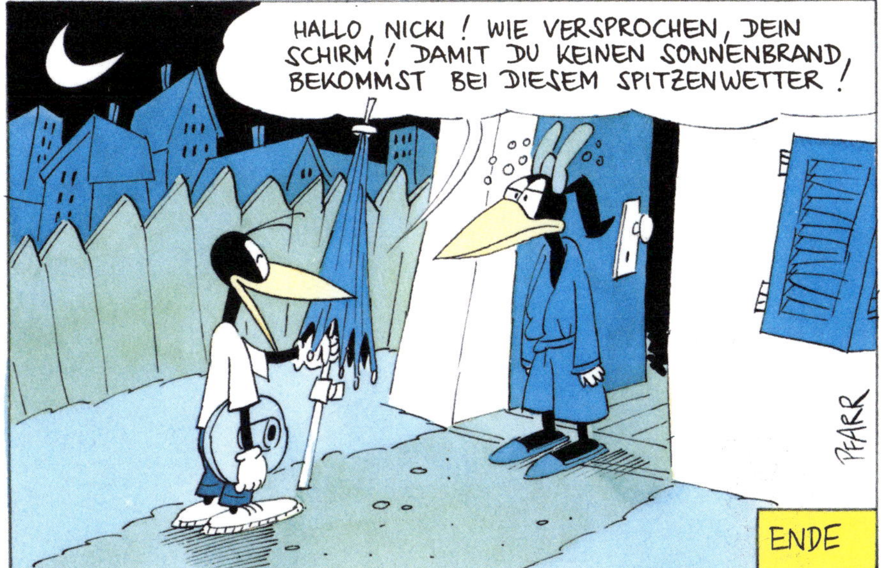
HALLO, NICKI! WIE VERSPROCHEN, DEIN SCHIRM! DAMIT DU KEINEN SONNENBRAND BEKOMMST BEI DIESEM SPITZENWETTER!
PFARR
ENDE

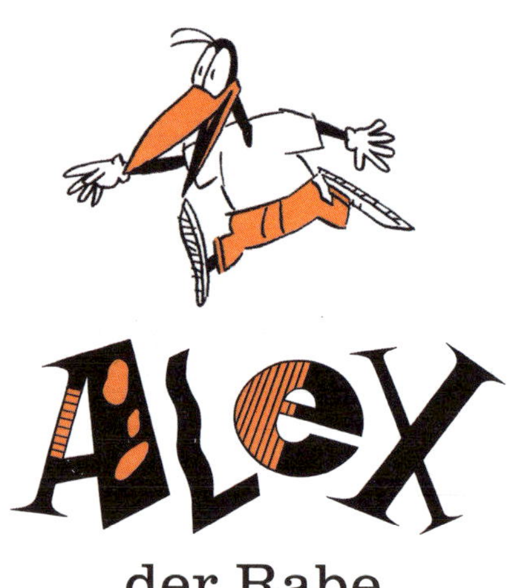
ALEX
der Rabe

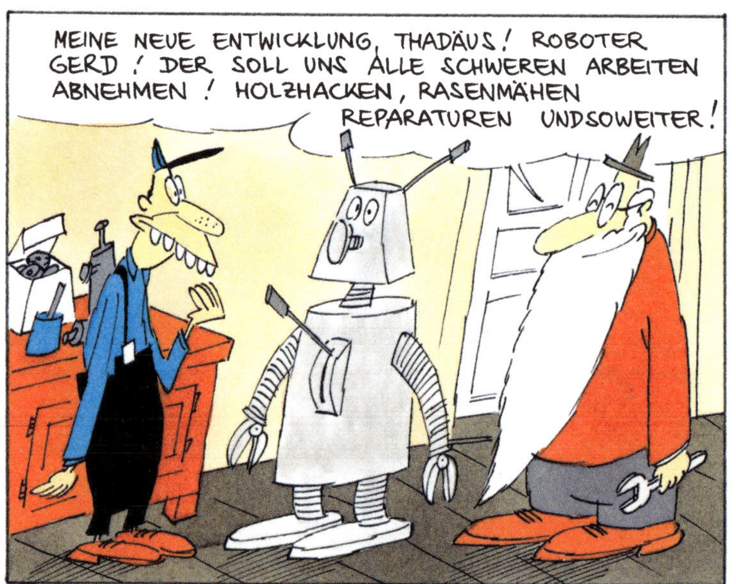
MEINE NEUE ENTWICKLUNG, THADÄUS! ROBOTER GERD! DER SOLL UNS ALLE SCHWEREN ARBEITEN ABNEHMEN! HOLZHACKEN, RASENMÄHEN REPARATUREN UNDSOWEITER!

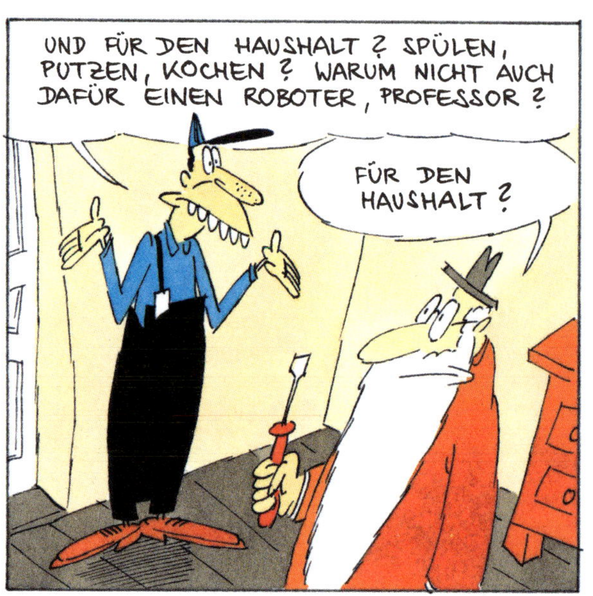
UND FÜR DEN HAUSHALT? SPÜLEN, PUTZEN, KOCHEN? WARUM NICHT AUCH DAFÜR EINEN ROBOTER, PROFESSOR?
FÜR DEN HAUSHALT?

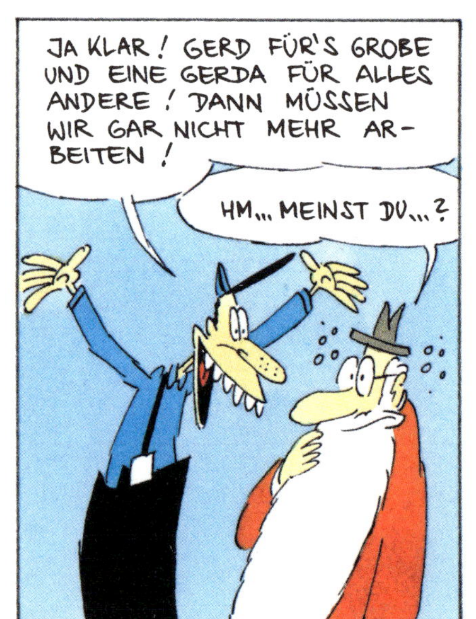
JA KLAR! GERD FÜR'S GROBE UND EINE GERDA FÜR ALLES ANDERE! DANN MÜSSEN WIR GAR NICHT MEHR ARBEITEN!
HM... MEINST DU...?

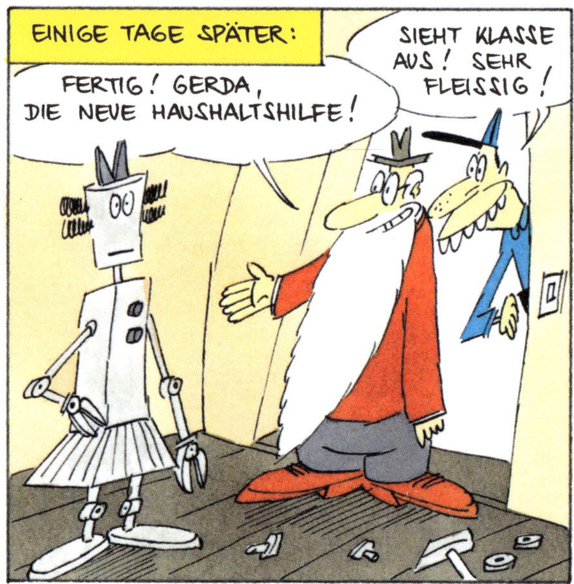
EINIGE TAGE SPÄTER:
FERTIG! GERDA, DIE NEUE HAUSHALTSHILFE!
SIEHT KLASSE AUS! SEHR FLEISSIG!

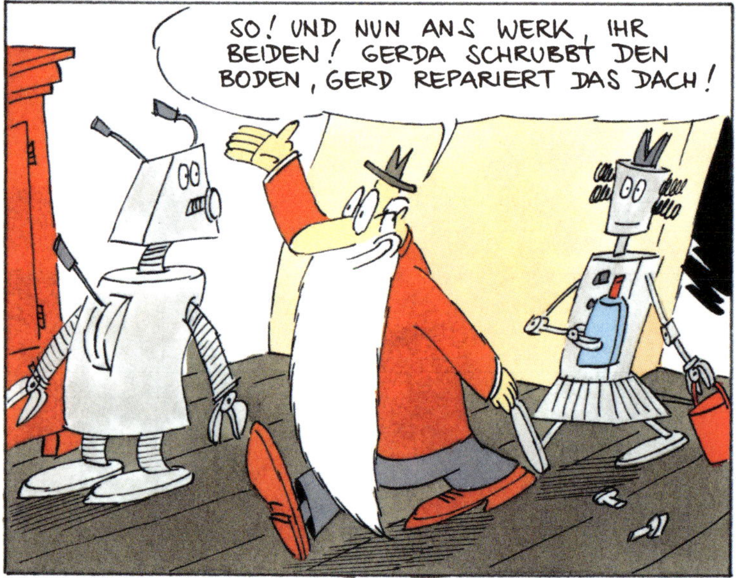
SO! UND NUN ANS WERK, IHR BEIDEN! GERDA SCHRUBBT DEN BODEN, GERD REPARIERT DAS DACH!

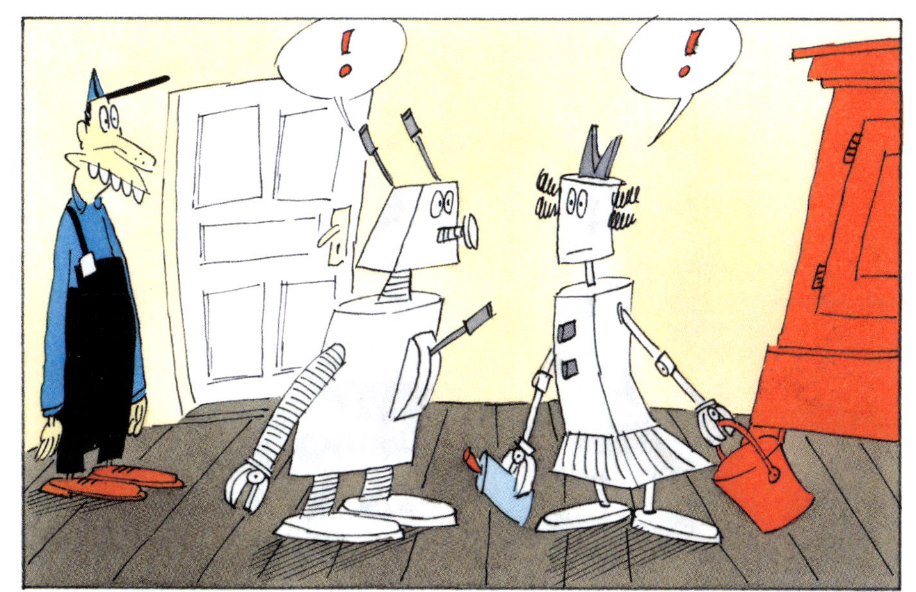
!
!

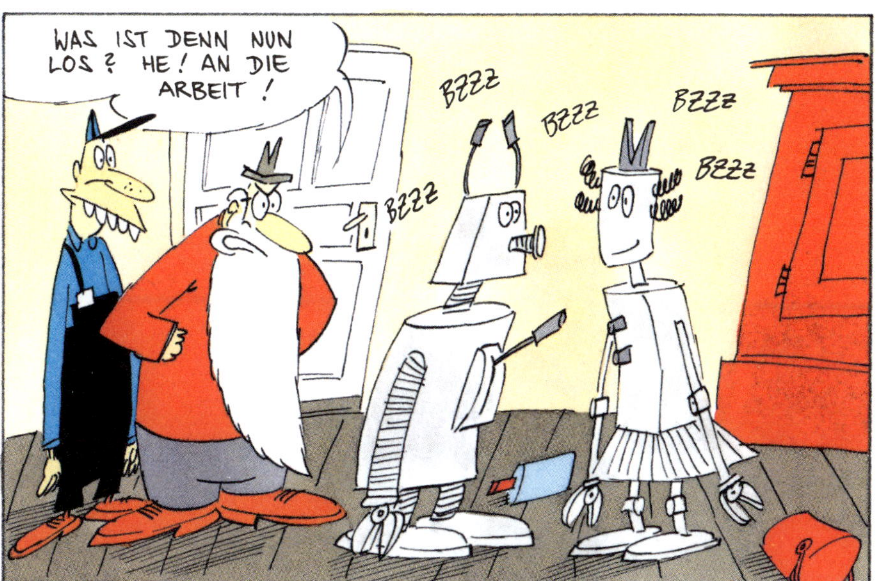
WAS IST DENN NUN LOS? HE! AN DIE ARBEIT!
BZZZ
BZZZ
BZZZ
BZZZ
BZZZ

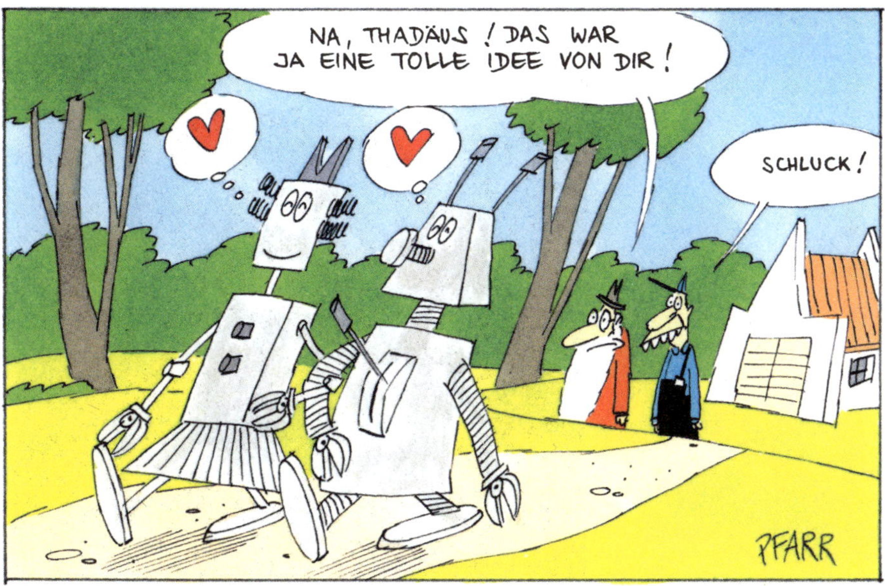
NA, THADÄUS! DAS WAR JA EINE TOLLE IDEE VON DIR!
SCHLUCK!
PFARR

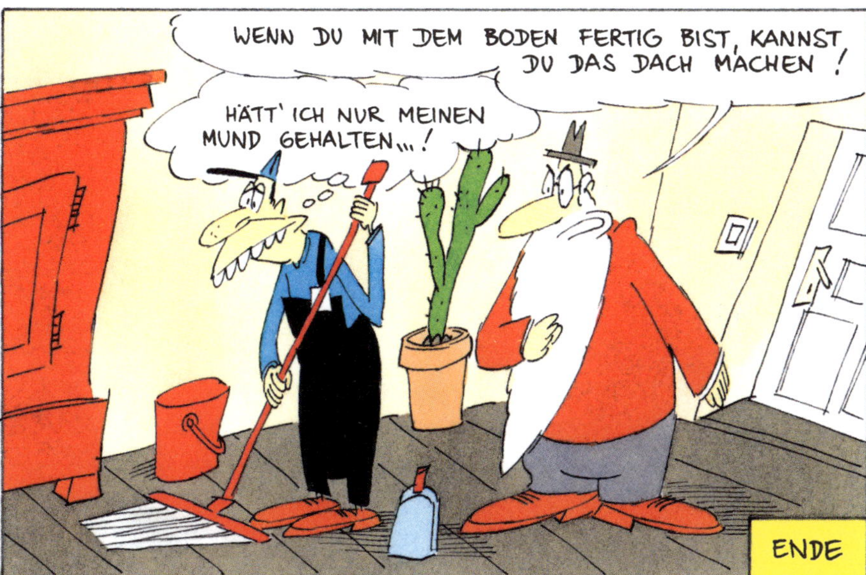
WENN DU MIT DEM BODEN FERTIG BIST, KANNST DU DAS DACH MACHEN!
HÄTT' ICH NUR MEINEN MUND GEHALTEN...!
ENDE

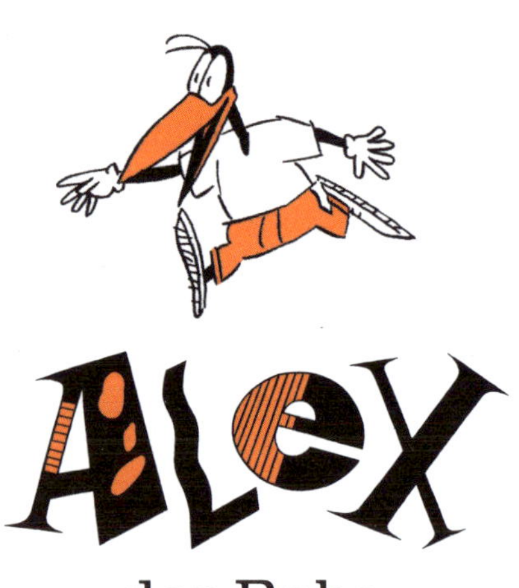
ALEX
der Rabe

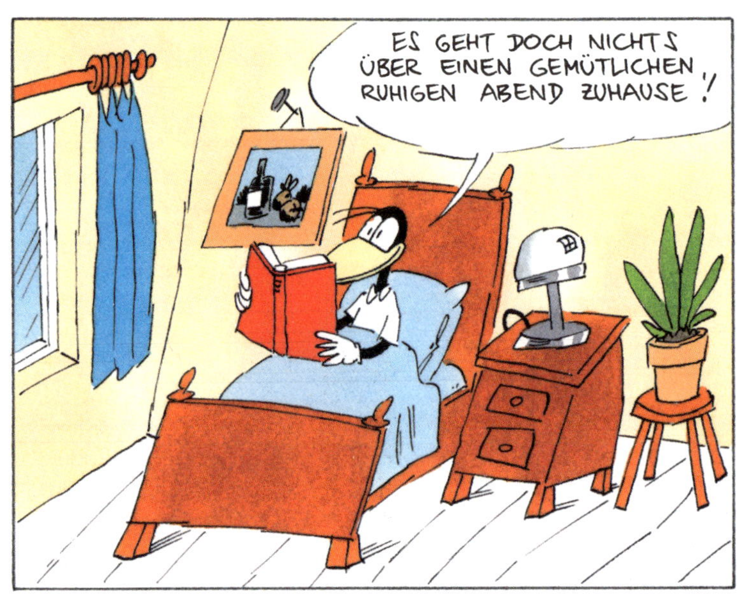
ES GEHT DOCH NICHTS ÜBER EINEN GEMÜTLICHEN RUHIGEN ABEND ZUHAUSE!

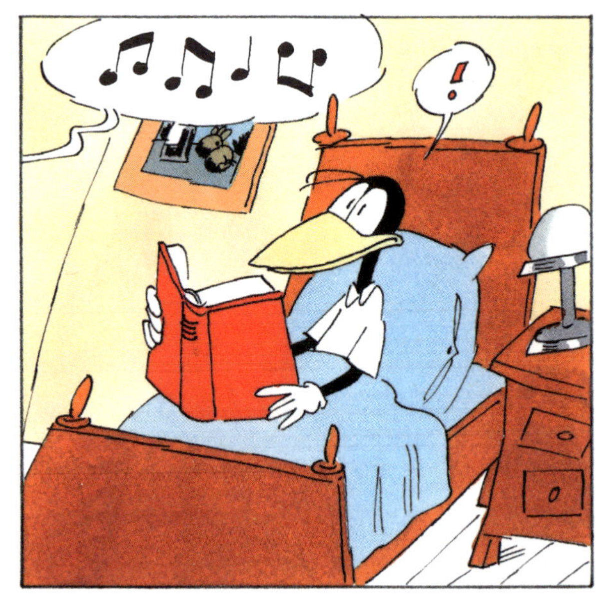
!

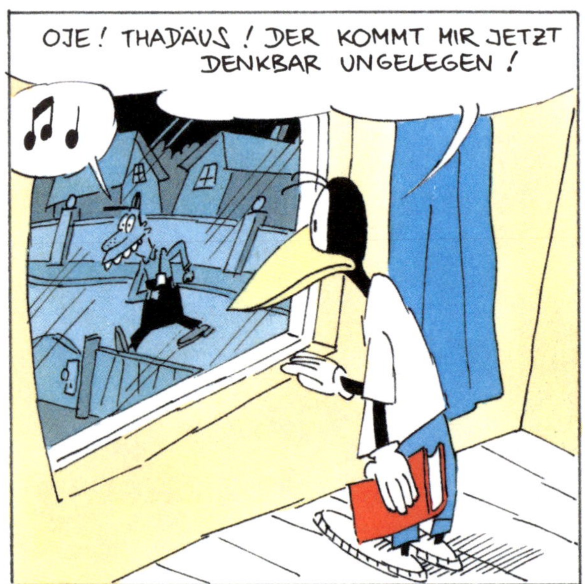
OJE! THADÄUS! DER KOMMT MIR JETZT DENKBAR UNGELEGEN!

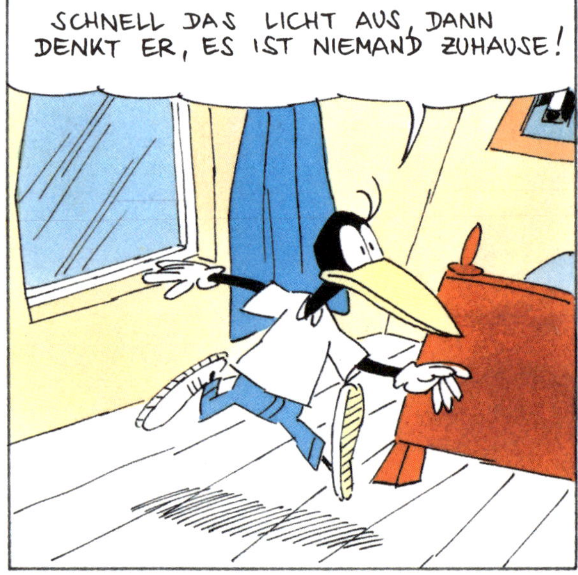
SCHNELL DAS LICHT AUS, DANN DENKT ER, ES IST NIEMAND ZUHAUSE!

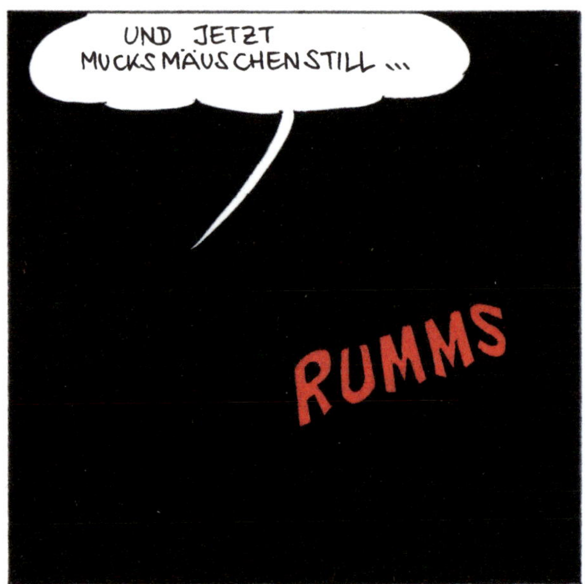
UND JETZT MUCKSMÄUSCHENSTILL ...
RUMMS

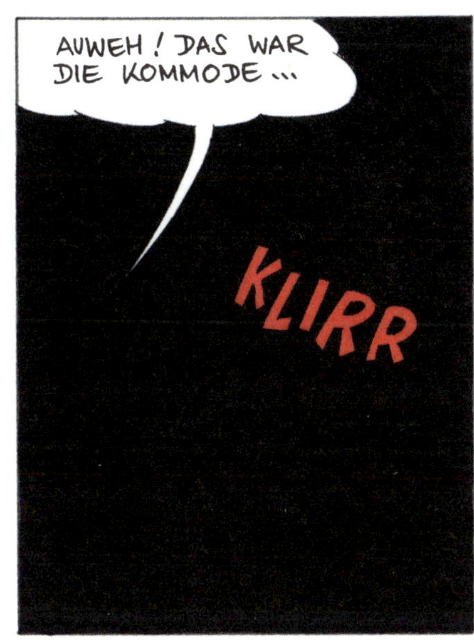
AUWEH ! DAS WAR DIE KOMMODE ...
KLIRR

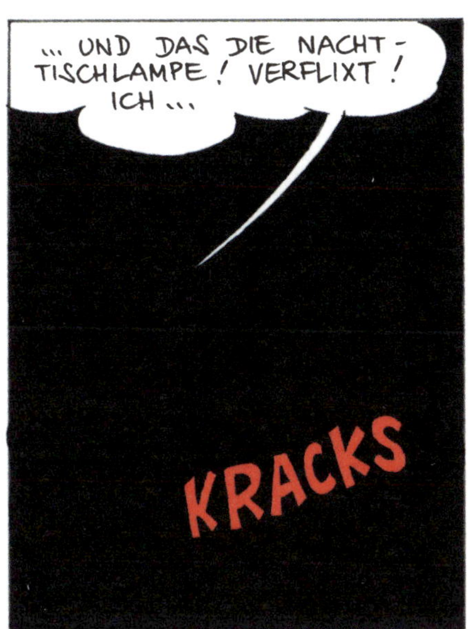
... UND DAS DIE NACHT-TISCHLAMPE ! VERFLIXT ! ICH ...
KRACKS

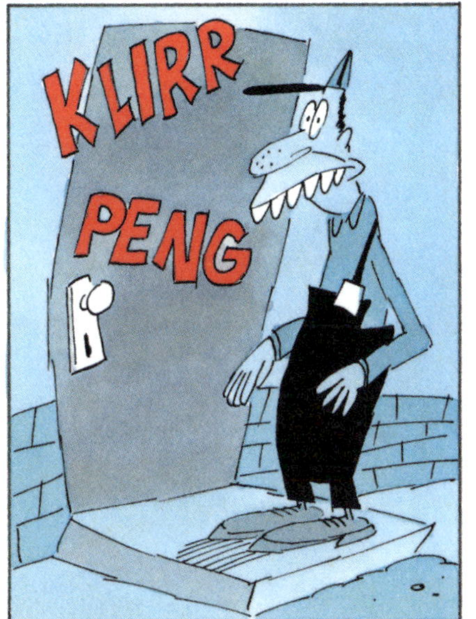
KLIRR
PENG

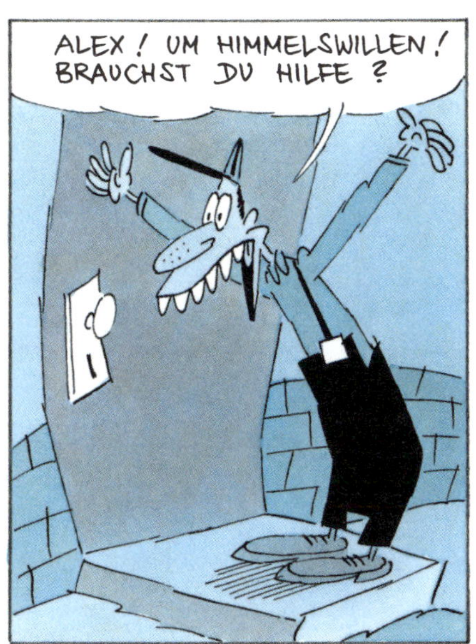
ALEX ! UM HIMMELSWILLEN ! BRAUCHST DU HILFE ?

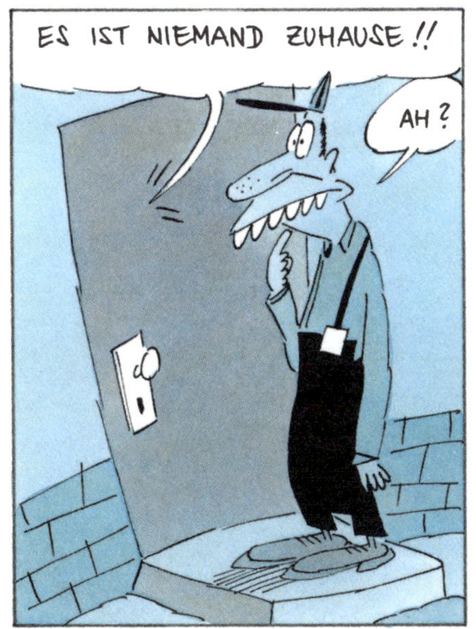
ES IST NIEMAND ZUHAUSE !!
AH ?

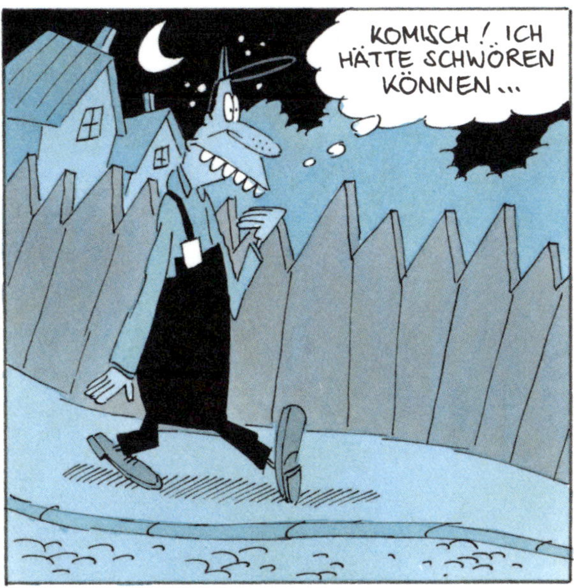
KOMISCH ! ICH HÄTTE SCHWÖREN KÖNNEN ...

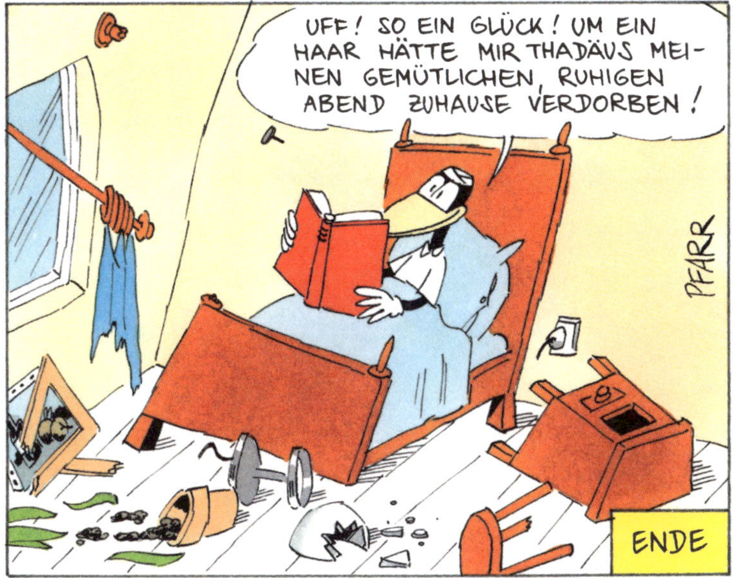
UFF ! SO EIN GLÜCK ! UM EIN HAAR HÄTTE MIR THADÄUS MEINEN GEMÜTLICHEN, RUHIGEN ABEND ZUHAUSE VERDORBEN !
PFARR
ENDE

Weitere Bücher von Bernd Pfarr:

Engel und sonstiges Geflügel
(Kibitz Verlag, 2024)

Die wilde Schönheit der Auslegeware
(Carlsen Verlag, 2018)

Sondermann kommt groß heraus. 1987 bis 2004
(Carlsen Verlag, 2018)

Bernd Pfarr

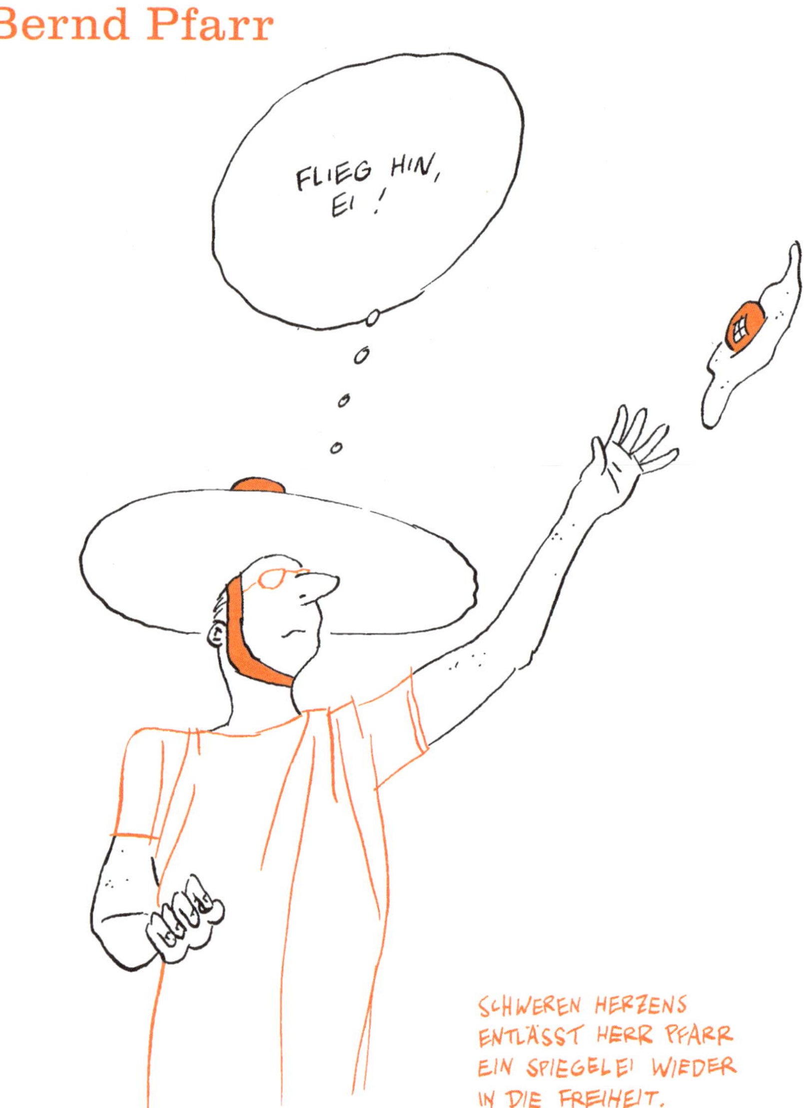

„Ich würde gern der Welt die Realität austreiben."

Könnte es ein schöneres Motto für einen Comiczeichner geben? Bernd Pfarr hat diesen Vorsatz konsequent verwirklicht. Seien es die Abenteuer des Büroangestellten Sondermann, mit denen er in den 1980er-Jahren auf den Seiten der Satirezeitschrift *Titanic* bekannt wurde, seine gemalten Cartoons für die Wochenzeitung *DIE ZEIT* oder seine einseitigen Comic-Adaptionen der Weltliteratur: All diese Geschichten und viele mehr hat Bernd Pfarr in seiner eigenen Welt angesiedelt, einer Welt, deren Alltag uns wohlbekannt scheint, in der aber schon die nächste Hausecke bedrohlich kippen kann - ganz zu schweigen von den aberwitzigen Dingen, die uns hinter ihr erwarten. Die vierte Schobtaler Tubenparade etwa. Gott, der es kaum erwarten kann, seinen neuen Akne-Emitter auszuprobieren. Oder ist es doch Detlev Siehlbeck, der seinem toten Fisch Streicheleinheiten verschaffen möchte?

Weniger bekannt sind die Comics um Alex, Nicki, Professor Alfonso und Thadäus, die Bernd Pfarr immerhin fast 16 Jahre lang allmonatlich für die Zeitschrift *ReformhausKURIER* gezeichnet hat. Obwohl für ein jüngeres Publikum geschaffen, lebt Alex der Rabe ebenfalls im Pfarr'schen Universum: Rebellische Roboter machen nicht nur Professor Alfonso das Leben schwer, sondern auch Sondermann, eigenwillige Pflanzen und Hunde mit riesigen Knochen bevölkern neben Alex' Vorgarten auch etliche *ZEIT*-Cartoons. Und Thadäus hat gar einen Zwilling mit eigener Sitzcom in Bernd Pfarrs absurdem Schrottplatz-Theater *Dulle*. Neben treffsicherem Humor, zeichnerischer Meisterschaft und sprachlicher Finesse ist es diese allumfassende realitätsfreie Welt, die Bernd Pfarrs Werk einmalig im deutschen Comic macht.

Kibitz sammelt in drei Bänden erstmals sämtliche *Alex*-Geschichten der Jahre 1988 bis 2004 und lädt kleine wie große Leser*innen dazu ein, Spaß zu haben und mitzuverfolgen, wie auch ein klassisch-charmanter Familiencomic mit den Jahren inhaltlich wie zeichnerisch zusehends schräger wird.

All jenen, die bei der Lektüre nicht von ihren Großeltern begleitet werden, sei kurz erläutert: Das wiederholt auftauchende „DM" hat nichts mit Instagram-Nachrichten zu tun, sondern ist die Abkürzung der ehemaligen deutschen Währung „Deutsche Mark". Fernseher hatten im vergangenen Jahrhundert Antennen und Telefone bestanden aus zwei Teilen und waren mit der Wand verkabelt. Sie konnten nicht in der Hosentasche mitgeführt werden. Es gab außerdem keine Spam-Mails (gut, oder?), sondern (echt *noch* nerviger!) Menschen, die an der Haustür geklingelt haben, um Quatsch zu verkaufen.

Bernd Pfarr wurde 1958 in Frankfurt am Main geboren, 2004 ist er viel zu früh in Köln gestorben. Für seine Kunst wurde er 1998 mit dem Max und Moritz-Preis als bester deutschsprachiger Comic-Künstler ausgezeichnet. Seit 2004 wird in Frankfurt alljährlich der Sondermann-Preis für Komische Kunst verliehen.

bernd-pfarr.de

Die in diesem Buch gesammelten Comics sind ursprünglich von April 1988 bis Dezember 1993 in monatlicher Folge in der Zeitschrift *ReformhausKURIER* erschienen.

Aus Gründen der Authentizität hat der Verlag sich bewusst gegen eine orthografische Aktualisierung der Sprechblasentexte entschieden.

ALEX DER RABE · Plink! Plonk! Sproing!

Redaktion: Michael Groenewald
Korrektur: Nele Heitmeyer
Herstellung: Thomas „Pfarrer“ Gilke
Druck: Balto Print, Vilnius, Litauen

ISBN 978-3-948690-33-5
Erste Auflage: November 2024

Erschienen im Kibitz Verlag
Michael Groenewald und Sebastian Oehler Comicverlag GbR
Moorfuhrtweg 9d
22301 Hamburg

info@kibitz-verlag.de
www.kibitz-verlag.de

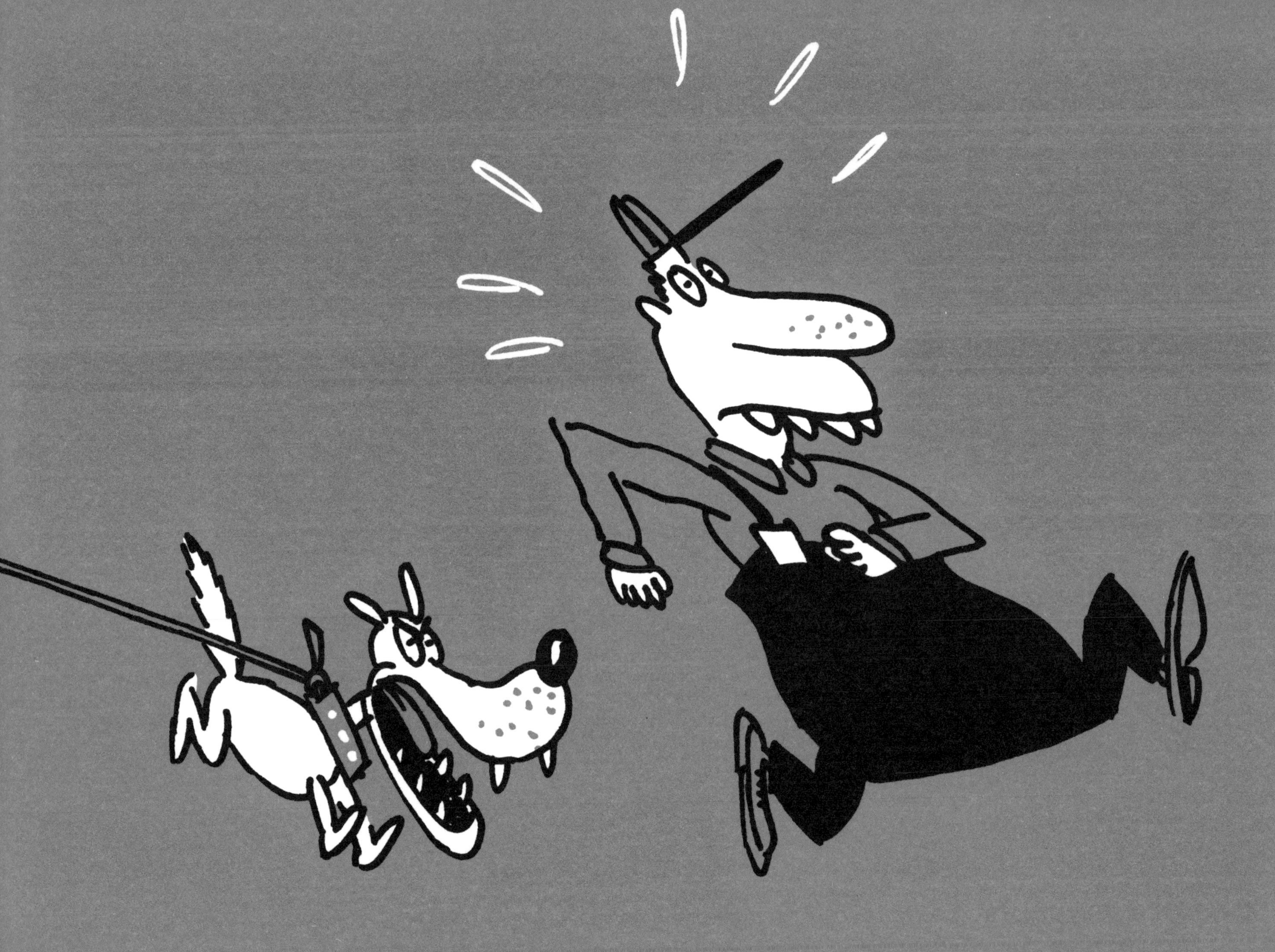